LA PREMIÈRE-NÉE

Amy Harmon est une romancière américaine qui a rencontré le succès en 2013 avec *Nos faces cachées*, roman auto-édité. Elle a depuis publié une dizaine de livres et figure régulièrement sur la liste des meilleures ventes du *USA Today*, du *New York Times* et du *Wall Street Journal*. *Ce que murmure le vent* s'est vendu à plus d'un million d'exemplaires et a été traduit en vingt langues. *La Première-née* est le premier tome de la duologie *Les Chroniques de Saylok*.

Paru au Livre de Poche :

Ce que murmure le vent

Un tourbillon de sable et de cendre

AMY HARMON

La Première-née

Les Chroniques de Saylok – Livre 1

TRADUIT DE L'ANGLAIS (ÉTATS-UNIS) PAR FABIEN LE ROY

CHARLESTON

Titre original :

THE FIRST GIRL CHILD

ISBN : 978-2-253-90910-1 – 1re publication LGF

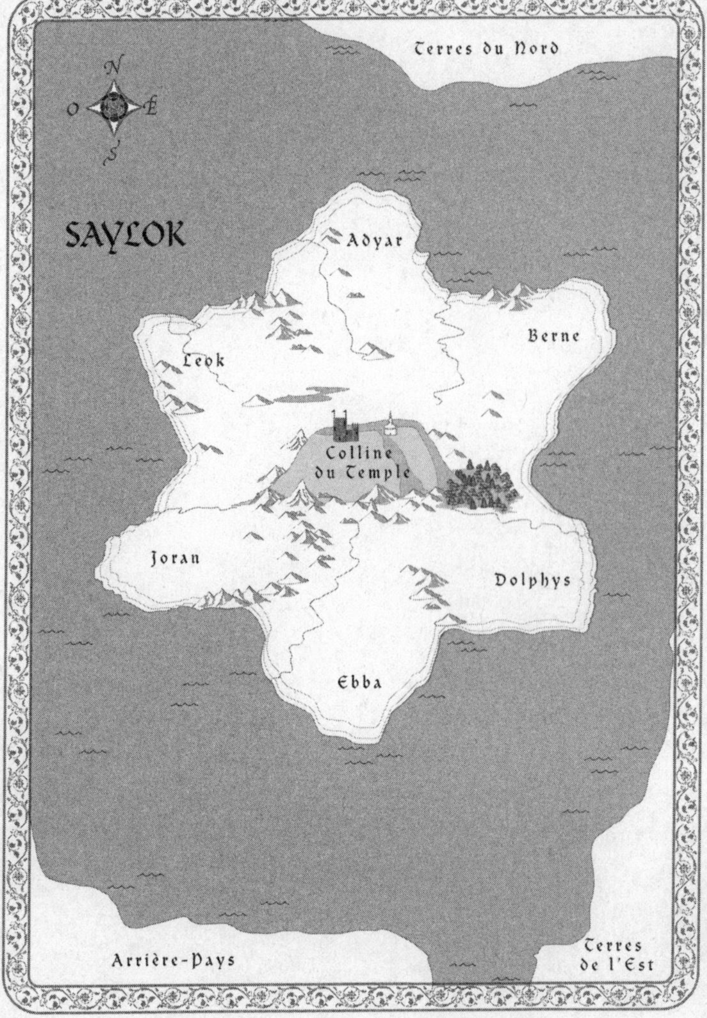
Terres du Nord
N
O
É
S
SAYLOK
Adyar
Berne
Leok
Colline
du Temple
Joran
Dolphys
Ebba
Arrière-Pays
Terres
de l'Est

Car, de même que la femme a été tirée de l'homme, de même l'homme existe par la femme.

I Corinthiens, 11-12

Prologue

Ils n'auraient pas dû grimper si longtemps, mais ils s'étaient laissé convaincre qu'en atteignant le sommet de Shinway, ils auraient vue sur la mer et même jusqu'aux Terres de l'Est. Ils pensaient pouvoir apercevoir les voiles de leur père – celles de la flotte de Dolphys, qui revenait de raids sur des rivages lointains. Leur père leur rapportait toujours quelque chose, bien que ses cadeaux soient rarement à leur goût : à Dagmar, il offrait des épées alors que celui-ci ne rêvait que de parchemins ; à Desdémone, des babioles, là où une longueur de bonne corde ou un collet ingénieux l'aurait comblée. Et pourtant ils le guettaient. Ils l'attendaient. Et voilà qu'ils étaient montés trop haut.

— La tempête se lève, Des, s'inquiéta Dagmar. Avec cette brume qui s'est posée sur l'eau, jamais nous ne verrons Père, même s'il est près des côtes.

Desdémone grimaça sans s'arrêter pour autant, gravissant le sentier escarpé comme l'une des chèvres dont ils s'occupaient et auxquelles ils auraient dû retourner. Si Père revenait bel et bien à la maison, il s'étonnerait de la trouver déserte, le bétail affamé et la vache en attente d'être traite, sans parler du bois qu'ils n'avaient pas ramassé. Ils étaient partis à l'aube et il était déjà midi, bien que les nuages épais et la pâle lumière fassent paraître l'heure bien plus tardive. Ils s'étaient amusés en chemin, recueillant des trésors qu'ils jetaient ensuite au profit de nouvelles trouvailles. Ils avaient fait halte pour se gaver de mûres, puis cédé à la tentation d'un vieux chêne qui leur tendait ses branches basses. Résultat : ils étaient partis plus longtemps que prévu et il commençait à se faire tard.

— Il ne reviendra pas aujourd'hui, asséna Desdémone d'un ton qui n'admettait pas la réplique. Hier, la vieille Hilde a consulté la mer, et celle-ci lui a envoyé cinq coquillages entassés sur le sable. Elle a dit que les guerriers seraient de retour dans cinq jours.

Maîtresse Dunhilde avait la charge de veiller sur eux lors des absences de leur père, alors qu'elle était à moitié gâteuse et piquait régulièrement du nez. Dagmar avait souvent l'impression qu'il s'occupait davantage d'elle que l'inverse. Mais la vieille Hilde se trompait rarement sur ce genre de choses.

Dagmar se figea sur place.

— Dans ce cas, pourquoi as-tu insisté pour qu'on monte jusqu'au sommet ? s'énerva-t-il.

— Je n'en pouvais plus de la ferme, répliqua Desdémone dans un haussement d'épaules.

Elle lui adressa un sourire malicieux et lui tendit la main.

— Il faut qu'on fasse demi-tour, Des, insista Dagmar. La tempête se lève et elle va nous cueillir sur la falaise.

Sa cadette avait la fâcheuse habitude de l'entraîner dans ses bêtises, n'en faisant toujours qu'à sa tête.

— Ne t'inquiète pas, Dag, je te protégerai, le rassura-t-elle tout en dégainant la lame du fourreau de cuir qu'elle portait à la taille.

Elle la lança à deux mains en direction du modeste pin qui se dressait juste sur leur chemin.

— Je l'ai eu ! triompha-t-elle en se précipitant vers l'arbre.

Dagmar comprit que sa cible n'avait jamais été le tronc en apercevant un lapin gris, la lame fichée dans son dos, détaler à grands bonds jusqu'à disparaître au milieu des pierres, au pied du plus haut rocher escarpé. Les trois falaises de Shinway se succédaient telles de gigantesques marches, leurs plateaux rocailleux et plats tandis que les collines alentour ondoyaient, couvertes d'un épais manteau vert. Ces falaises n'offraient rien hormis un panorama spectaculaire au terme d'une ascension ardue. Les habitants de Dolphys ne s'aventuraient que rarement jusqu'au sommet. Les journées étaient trop courtes et la vie trop rude pour perdre son temps à des voyages inutiles.

— Dépêche-toi, Dag, lui enjoignit Desdémone par-dessus son épaule.

Elle avait coincé sa jupe dans la ceinture à sa taille pour poursuivre sa proie en toute liberté. Dans sa course, elle glissa et se retint d'une main sur l'arête d'un rocher, puis se remit debout aussitôt, suivant à la trace le gros lapin qui saignait sans pour autant s'avouer vaincu.

— Il s'est faufilé là-dedans, haleta Desdémone une

fois que Dagmar l'eut rejointe, pointant du doigt une cavité entre deux saillies rocheuses.

— Et ta lame avec, ajouta Dagmar, même s'il se doutait que l'animal s'en serait volontiers débarrassé.

La grotte n'était pas visible depuis le chemin étroit, d'autant qu'un lourd rideau de lierre cascadant de la corniche en surplomb en obscurcissait l'entrée.

— Montre-moi tes mains, ordonna-t-il.

Desdémone s'exécuta en réprimant un soupir d'impatience. Elle s'était écorché les paumes dans sa chute et celles-ci saignaient légèrement.

— C'est trois fois rien, ça picote juste un peu, se défendit-elle. Je veux ma lame et je veux ce lapin. Il sera parfait pour un bon ragoût et une paire de pantoufles.

Dagmar se retint de protester. La grotte était noire comme un four et sa sœur n'irait pas bien loin. Il leva les yeux sur les falaises qui se dressaient encore devant eux, évaluant le chemin qu'ils avaient déjà parcouru. En contrebas, sur sa gauche, s'étendait la mer. Même si la brume en rendait actuellement les contours flous, il savait qu'elle était là.

Derrière lui, la vallée de Dolphys s'étalait dans toute sa splendeur têtue, le ruban argenté de la Mogda serpentant à travers. Le fleuve s'enroulait autour de huttes et d'habitations qui, de cette hauteur, n'apparaissaient guère plus grosses que des débris de coquillages jonchant une plage. Des collines, verdoyantes pyramides bosselées et émoussées, ponctuaient la vallée, séparant les clans les uns des autres. Dolphys en regorgeait. Les locaux les appelaient des géants endormis, même si elles évoquaient davantage à Dagmar d'énormes crapauds assoupis.

— Il fait noir là-dedans ! s'exclama Desdémone de l'intérieur de la grotte, tirant Dagmar de ses réflexions.

Des nuages aussi sombres et changeants que le tempérament de leur père s'amoncelaient au-dessus de leur tête, conférant au paysage des couleurs de pluie. Dagmar lâcha un soupir et partit en quête de bois sec. Il serait imprudent de redescendre la montagne en plein déluge, et la grotte ferait un abri idéal, à condition qu'ils puissent allumer un feu.

Un tronc de pin couché lui fournit tout ce dont il avait besoin. Il se servit de la hachette à sa ceinture pour couper plusieurs grosses branches, qu'il traîna ensuite jusqu'à hauteur de la grotte. Il dut se pencher pour y entrer, Desdémone écartant le rideau de lierre afin qu'il puisse déposer son fardeau de bois. Une fois à l'intérieur, Dagmar constata qu'il pouvait se redresser de toute sa taille. Il avait beau ne rien distinguer au-delà de quelques pas, l'espace enténébré lui donnait l'impression d'être aussi vaste et inexploré que le ciel nocturne.

— Il nous faut plus de lumière. Sers-toi de ma hache pour dégager l'entrée. Et gare à ne pas te couper les orteils !

Si Desdémone était déjà une chasseuse accomplie, sa confiance en elle démesurée et son manque de concentration la rendaient parfois maladroite. Elle lui obéit, maugréant par principe, et entreprit de tailler les tiges de lierre par poignées, apportant un peu de jour blafard au sein de leur abri.

Dagmar eut tôt fait de donner naissance à une flammèche, même si un violent coup de marteau de Thor, vite suivi de trombes d'eau, menaçait de faire durer leur pause forcée plus longtemps que les branchages à leur disposition. Desdémone vint s'accroupir à ses côtés pour se confectionner une torche en attachant plusieurs brindilles à l'aide du lierre qu'elle avait récupéré. Elle en fit une seconde pour Dagmar, mais, la patience n'étant pas son fort, partit sans lui en quête du lapin.

Dagmar continua de s'occuper du feu, avant de noter qu'au lieu de s'amasser autour des flammes, la fumée disparaissait dans des hauteurs encore insondables. Il devait donc y avoir une ouverture au-dessus de lui. Un appel soudain de Desdémone interrompit ses pensées. Sa voix avait quelque chose d'étrange et de distordu, comme si elle lui parvenait de là où s'engouffrait la fumée. Il ne distinguait pas sa sœur, mais un rougeoiement réchauffait un pan de l'obscurité et, sa torche à la main, il s'engagea dans cette direction.

Les yeux rivés sur la source de lumière, Dagmar découvrit que la galerie principale était flanquée de plusieurs tunnels à taille d'homme, qui menaient les dieux seuls savaient où. Desdémone s'était aventurée beaucoup plus loin que lui-même ne l'aurait osé s'il avait été seul. Il se retint néanmoins de lui dire le fond de sa pensée lorsqu'il finit par la rejoindre.

Sa sœur se tenait dos à lui dans une salle séparée de la galerie principale, la torche levée pour illuminer la paroi rocheuse. En se rapprochant, il la vit lentement pivoter pour éclairer diverses sections du mur. Les ombres respiraient autour d'elle, naissant ou s'évanouissant au gré de ses mouvements, ce qui permit à Dagmar de mieux appréhender les lieux. Cela ressemblait plus à une grande salle qu'à une caverne, une voûte de pierre les surplombant comme le dôme du temple où il avait mis une fois les pieds.

— Qu'est-ce que c'est d'après toi ? lui demanda Desdémone dès qu'il eut franchi le seuil de l'alcôve rocheuse.

Il imita sa sœur et leva sa faible torche pour illuminer la paroi.

La chambre était intégralement recouverte de figures – il y en avait des centaines ! – gravées à même la roche. Des cercles, des obélisques, des yeux et des angles, tout un langage d'images et de dessins que Dagmar reconnaissait à défaut de savoir le déchiffrer. Il lui fallut trois rotations complètes avant de répondre, le cœur battant la chamade.

— Ce sont… des runes, chuchota-t-il, sentant le fin duvet de ses bras se dresser en signe de révérence.

— Je croyais qu'on en trouvait uniquement au temple de Saylok, sous la surveillance des gardiens, murmura Desdémone en retour.

Nulle trace de peur sur son visage, même si Dagmar entendait dans sa voix la même trépidation qui tonnait dans sa propre poitrine. Lui avait la sagesse d'être terrifié pour deux, mais pas assez toutefois pour quitter cette salle. Le tonnerre grondait au-dehors, martelant les montagnes de ses poings. La réverbération emplissait la salle d'un bourdonnement sourd.

— Que crois-tu que ça raconte ? Tu penses que ce sont des histoires ? demanda Desdémone.

— Certaines, oui. Regarde, tu devrais reconnaître

celles-ci, dit-il en lui montrant les figures les plus proches de l'entrée.

On aurait dit que ces runes marquaient le début de l'histoire.

— C'est l'histoire des dieux, annonça Desdémone fièrement. Là c'est Père Saylok, désigna-t-elle, et ici l'aigle Adyar, l'ours Berne, Dolphys le loup, Ebba le sanglier, Joran le cheval et le lion Leok.

Les figures gravées étaient remarquablement détaillées. Le dieu Saylok, fils d'Odin et père de leurs terres, se tenait au centre d'une étoile à six branches, ses enfants animaux tous à égale distance de lui, chacun occupant l'une des pointes de l'étoile.

Dagmar effleura du doigt la pointe supérieure puis descendit par la droite, nommant chacun des clans à mesure qu'il touchait les dessins – Adyar, Berne, Dolphys, Ebba, Joran et Leok.

— C'est à ça que doivent ressembler nos terres vues du ciel.

Enhardie par les gestes de son aîné, Desdémone posa la paume sur la rune gravée juste en face d'elle, le regard luisant de curiosité dans les ombres mouvantes.

— Cette rune a des ailes, Dagmar, s'émerveilla-t-elle en en suivant le contour.

Le grondement lointain du tonnerre changea alors de tonalité et monta dans les aigus, transformant le bourdonnement en un millier de murmures. Une brise soudaine enfla dans la salle, comme si le vent extérieur cherchait à fuir la pluie.

Desdémone se hâta de retirer sa main de la figure gravée, mais trop tard. Une légion de créatures ailées leur fondaient dessus depuis des hauteurs insoupçonnées, tourbillonnant, heurtant les murs, griffant l'espace et s'accrochant aux cheveux de Desdémone et aux vêtements de Dagmar. Leurs torches tombèrent au sol tandis qu'ils se débattaient vigoureusement contre la masse volante et les ailes parcheminées des créatures. Ils poussèrent des cris étouffés en enfouissant leur visage dans les vêtements de l'autre pour se protéger.

Aussi brutalement qu'elles étaient apparues, les chauves-souris s'engouffrèrent à travers l'ouverture de la salle, l'écho du claquement membraneux de leurs ailes persistant longtemps après leur départ. Les deux enfants restèrent un moment blottis l'un contre l'autre, palpant leur chevelure et les replis de leur tunique pour s'assurer qu'aucun passager clandestin ne s'y était glissé.

Par chance, les torches brûlaient toujours et Dagmar s'accroupit pour les ramasser. Il était soulagé de ne pas avoir à rebrousser chemin dans le noir complet. Parcouru d'un violent frisson, il s'empressa de secouer ses vêtements une nouvelle fois. Desdémone, elle, s'était déjà remise et faisait face au mur, sa frayeur aussi volatile que les chauves-souris.

— La rune précédente avait des ailes, mais celle-ci est ornée de flammes. Peut-être que c'est une rune de feu ? supposa-t-elle.

— Non ! hurla Dagmar, et son cri se répercuta contre la roche en une série de dénégations farouches.

Mais la gravure que caressait Desdémone s'embrasa d'un coup à son contact, le contour du symbole rougeoyant tels des charbons ardents. Dagmar lâcha sa torche puis un chapelet d'obscénités. Il se hâta de retirer sa cape pour étouffer le feu qui courait sur la paroi.

— Tu es complètement folle ! Tu ne dois jamais toucher les runes, s'époumona-t-il en frappant la roche de sa cape.

Celle-ci en ressortirait roussie, en plus d'empester la chauve-souris. La rune cessa de rougeoyer dès qu'il eut éteint les flammes et Dagmar recula, le souffle court, prêt à affronter une nouvelle calamité.

— Et pourquoi je ne pourrais pas les toucher ? Tu l'as bien fait, toi, marmonna-t-elle, contrite, en ramassant la torche de son frère.

Elle disait vrai.

C'était Dagmar qui avait posé la main sur le mur en premier.

Il avait tracé le contour de l'étoile de Saylok et rien ne s'était produit.

— Peut-être que… que certaines racontent simplement une histoire, hasarda-t-il, éprouvant tout à coup une étrange sensation de vide.

— Dans ce cas, mets ta main sur la rune de feu, le défia-t-elle. Ma torche s'est éteinte.

Dagmar hésita, sachant que sa sœur adorait le provoquer et qu'il se faisait bien trop souvent avoir. Mais la tentation était trop forte.

Il s'attendait à la morsure du feu, mais ne sentit que le baiser froid de la pierre, les sillons de la rune chatouillant la pulpe de ses doigts. Il appuya plus fort, priant pour que la rune s'embrase, assoiffé soudain du pouvoir que sa sœur avait si aisément manipulé. Animé par un désespoir aussi abrupt que violent, lui aussi voulait invoquer des ailes et du feu, quand bien même les chauves-souris devraient l'emporter, ou la grotte devenir la proie des flammes.

Mais la rune s'obstinait à se refuser à lui.

— Peut-être que j'ai du sang à runes, s'enthousiasma Desdémone sans remarquer la déception de son frère. Comme les gardiens !

— Du sang à runes et pas une once de bon sens, répliqua Dagmar en souriant pour adoucir la blessure provoquée par ses mots, mais aussi celle infligée à son amour-propre – il rêvait depuis toujours de devenir l'un des gardiens de Saylok.

Il se figea soudain, tandis qu'une idée se formait dans son esprit.

— Tu as… du sang… sur les doigts, énonça-t-il. Tu as tracé les runes avec du sang… Hilde m'a toujours dit que les gardiens se servaient de sang pour alimenter les runes.

Desdémone leva sa main pour l'observer dans le halo de la torche : du sang tachait le bout de ses doigts.

— Comme quoi, j'ai *vraiment* du sang à runes, jubila-t-elle.

Dagmar s'entailla la pulpe de l'index sur le tranchant de sa hache, laissant échapper une petite grimace. Le sang afflua, noir dans la lumière vacillante. Sans se donner le temps d'avoir peur, il suivit du bout du doigt le contour d'une rune qui renfermait un œil, étalant son sang dans les sillons qui formaient la paupière, les cils et la pupille. Cette rune semblait inoffensive par rapport à d'autres : ni ailes ni flammes, ni épées ni homme sans tête.

Puis il attendit, partagé entre l'espoir et la crainte

de ce qu'il pourrait voir… ou de ce qu'il pourrait *ne pas* voir.

Et soudain l'obscurité l'engloutit corps et âme, et son esprit lui échappa.

Des images surgirent sous ses yeux avant de se défaire et il se sentit s'élever au-dessus des falaises. Il volait à présent à une vitesse phénoménale, propulsé au-dessus des cimes des grands arbres jusqu'à la ferme de Dolphys où il habitait avec sa sœur et son père, là où il s'occupait des chèvres et des porcs, profitant de ses quelques moments de liberté pour lire les rares textes sur lesquels il avait pu mettre la main – le plus souvent des choses qu'il avait lui-même griffonnées. Il dépassa sa maison, survolant collines et vallons, forêts et cours d'eau, jusqu'à se retrouver sur la Colline du Temple de Saylok, les mains couvertes de sang, les yeux levés sur les poutres du sanctuaire. Il était vêtu d'une tunique de gardien, d'un pourpre profond, et il avait froid à la tête. Il porta une main humide de sang à son crâne et découvrit qu'il était rasé.

Le temple se mua alors en un bosquet envahi de troncs massifs et de lourdes branches qui obscurcissaient le ciel et s'enfonçaient dans la terre à ses pieds. Il tenait une femme dans les bras. Elle ressemblait au souvenir qu'il se faisait de sa mère, mais il n'avait que quatre ans lorsque celle-ci était morte et jamais il ne l'avait portée ainsi. C'était toujours elle qui le portait. Elle avait le corps chaud, mais le regard froid, et il pleura, de gros sanglots qui lui déchiraient la poitrine et la gorge.

— Dagmar, est-ce que tu m'entends ? demanda sa mère, mais ni ses yeux ni ses lèvres ne bougeaient.

— Dagmar ! s'écria-t-elle à nouveau.

Le jeune garçon prit une profonde inspiration pour rassasier ses poumons privés d'air, si profondément que la femme glissa de ses bras. Il se retrouva catapulté en arrière, parcourant le paysage à une vitesse telle que les couleurs se fondaient en nuances de vert et de bleu, d'ombre et de lumière, jusqu'à ce qu'il réintègre enfin la caverne. Il était allongé sur le dos, les membres écartés, avec du sang dans les narines et un mal de tête qui pulsait douloureusement. Desdémone était accroupie au-dessus de lui, la torche à la main, et il comprit que c'était sa voix qu'il avait entendue.

— Tu m'as fait tellement peur, chuchota-t-elle en s'essuyant les joues.

Elle pleurait, et lui aussi d'ailleurs. Il se redressa avec mille précautions et son ventre émit des gargouillis.

— Tu es tombé comme une pierre, comme si tu étais mort, gémit Desdémone.

Il toucha la bosse qui poussait sur l'arrière de son crâne, juste sous sa tresse. Ses cheveux étaient de nouveau là.

— Je veux rentrer à la maison, Dagmar. Je veux être une guerrière, pas une gardienne, déclara sa sœur en l'aidant à se relever.

Sa torche était éteinte, mais celle de Dagmar suffit à les ramener à l'entrée de la grotte où le feu brûlait toujours. Il avait l'impression d'être désincarné : il ne sentait pas ses pieds avancer ; pas même sa main dans celle de sa sœur. Tout était devenu pierre – lourd, froid et sombre. La pierre était partout. Autour de lui. Sous lui. En lui.

— La pluie s'est arrêtée, remarqua Desdémone quand ils sortirent de la grotte.

Il aurait continué de marcher, quand bien même il aurait plu à torrents. Il mit du temps avant de regagner l'usage de la parole, avant qu'un semblant de chaleur ne revienne dans ses membres et que son corps lui appartienne de nouveau. Desdémone était restée silencieuse à ses côtés, comme si elle devinait à quel point il était désorienté, et sans doute aussi pour dissiper sa propre confusion. Lorsque enfin ils parvinrent au pied de Shinway, Dagmar se tourna vers elle et lui chuchota d'un ton grave – comme s'il craignait que les arbres puissent entendre ses paroles :

— Promets-moi de ne jamais retourner dans cette grotte, supplia-t-il. Et promets-moi de ne jamais en parler à qui que ce soit.

— Je le promets, répondit-elle, mais il perçut dans sa voix de l'impatience et de la lassitude.

L'expérience de la caverne s'était déjà atténuée dans son esprit, tel un mauvais rêve qu'on s'empresse d'oublier. Elle le tira par la manche, pressée de regagner la ferme, de dîner, de dormir. Lui, en revanche, n'oublierait jamais.

— Desdémone, écoute-moi.

— Je t'écoute, Dagmar, répliqua-t-elle en plongeant son regard dans le sien.

— Cette grotte est pleine de choses que personne n'est supposé trouver, chuchota-t-il, la voix tremblante de peur.

Desdémone acquiesça, ses grands yeux bleus écarquillés. C'était la première fois qu'il remarquait à quel point elle ressemblait à leur mère.

PREMIÈRE PARTIE

LE GARÇON DU TEMPLE

1

Dix ans plus tard

Dagmar préférait prier en extérieur. Les murs du temple avaient beau offrir calme et fraîcheur, la pierre était dépourvue de vie et le coupait de cet émerveillement qui lui donnait justement envie de prier. Lorsqu'il marchait dans les bois et touchait les arbres ou qu'il traversait les collines en herbe qui s'élevaient dans tout Saylok, il se sentait l'âme libre, et les prières de son cœur jaillissaient alors jusqu'à ses lèvres. Il priait Odin, le Père de Tout, bien que le mot *père* suscite toujours en lui un vague sentiment de culpabilité. Son père était un guerrier puissant et redouté, et il était bien décidé à ce que Dagmar le devienne à son tour. Mais c'était Desdémone, la guerrière, la meilleure porteuse de bouclier de Dolphys. Elle se battait avec une habileté et une férocité qui suscitaient l'admiration des hommes de tous les clans. Dagmar, lui, se fichait royalement de l'admiration des hommes. Ce qu'il désirait, c'était le savoir des dieux.

Les gardiens de Saylok étaient révérés et protégés, un statut que Dagmar convoitait depuis toujours.

Il lui garantissait la paix, la quiétude et la sécurité. Son père n'avait pu s'opposer lorsqu'il avait officiellement demandé au chef de Dolphys la permission de se rendre à la Colline du Temple. Une fois l'an, un homme issu de chacun des six clans de Saylok était sélectionné pour devenir suppliant auprès des gardiens de Saylok. Une partie seulement restait ensuite au temple pour y être formés et, pour quelques rares élus, ordonnés. Certaines années, tous étaient renvoyés chez eux. Les gardiens disposaient de leurs propres méthodes de sélection. Or, Dagmar avait été choisi. Il s'était dévoué à la tâche et le Très-Haut Gardien avait décelé son potentiel. Il avait également remarqué sa force considérable, sa taille et son affinité pour les runes.

Le Très-Haut Gardien, un petit homme rabougri répondant au nom d'Ivo, lui avait demandé d'une voix dégoulinante de dédain et de soupçon :

— Que fais-tu ici, Dagmar de Dolphys ? Tu es bâti comme un guerrier. Tu devrais protéger ton clan.

— J'ai beau avoir le corps d'un guerrier, mon cœur est celui d'un gardien, avait répondu Dagmar.

Le Très-Haut Gardien, les yeux cerclés du même noir qui encrait ses lèvres ridées, avait ri de sa réponse. Puis craché.

— Tu n'as pas le cœur d'un gardien, mais celui d'un enfant rebelle.

— Je refuse d'être un guerrier de Dolphys… ou de quelque clan que ce soit. C'est là la seule rébellion qui m'anime.

— Et si je te renvoie chez toi ? avait demandé le Très-Haut.

— Je me rendrai alors aux falaises de Shinway et me jetterai dans le vide, avait rétorqué Dagmar le plus sincèrement du monde.

Le Très-Haut Gardien ne l'avait pas renvoyé. Aucun autre suppliant n'avait été retenu cette année-là, ni la suivante, ni même celle d'après. Mais Dagmar était resté. Il était à présent dans sa cinquième année et il n'était plus suppliant. Il était désormais gardien.

Dagmar traversa le cours d'eau en s'équilibrant comme il pouvait sur les pierres glissantes. Il pensait à sa sœur. Il était son frère depuis bien plus longtemps qu'il n'était gardien de Saylok et voilà qu'il avait rêvé d'elle trois nuits d'affilée. Il s'était réveillé à l'aube, saisi d'une vive inquiétude. Si elle était née laide, sa vie aurait sans doute été plus simple, mais elle ne l'était pas et, malgré tous ses talents, sa sœur manquait cruellement de discernement. Peut-être était-ce dû à l'absence d'une mère et à l'exemple d'un père qui ne vivait que pour se battre, qui confondait haine et passion, les liant si inextricablement qu'elle n'arrivait plus à les différencier.

Dagmar n'avait pas revu sa sœur depuis son entrée au temple. Il lui avait écrit des lettres, mais n'avait reçu que de rares réponses espacées dans le temps. Elle était amoureuse d'un homme. Bien qu'elle n'ait jamais mentionné son nom, Dagmar avait remarqué la manière dont ses mots penchaient vers l'avant sur le parchemin, comme si elle se projetait dans son avenir la tête la première. Une union était en cours de négociation. La fille de Dred, le plus craint des guerriers de Dolphys, et elle-même femme au talent considérable, était d'une grande valeur. Le chef Dirth avait un temps souhaité la marier à l'un de ses fils, mais il était plus judicieux de renforcer leurs alliances. Desdémone serait très probablement promise à un homme d'un autre clan.

Évoluer sous le couvert des arbres donnait à Dagmar l'impression d'être épié. Non… pas épié. Plutôt qu'on veillait sur lui. Il était vu, il était reconnu, mais en aucun cas jugé. « Nous te souhaitons la bienvenue », lui chuchotaient les arbres. Ils l'accueillaient sans contrepartie, ne lui demandaient pas de partager ses secrets.

Dagmar quitta l'ombre des pins pour commencer à gravir la colline qui surplombait Berne à l'est et Dolphys au sud-est. Les deux territoires étaient séparés par une crête de basses collines qui formaient une frontière naturelle – comme si les dieux eux-mêmes avaient orchestré le partage entre tous les différents clans. Au centre de Saylok se dressait la plus haute, celle où était érigé le temple, et depuis son plateau on pouvait observer les terres alentour. Le flanc au nord offrait un superbe panorama d'Adyar, le flanc sud une vue d'Ebba. Et si Dagmar s'était rendu du côté ouest de la Colline du Temple, il aurait pu contempler Joran au sud-ouest et Leok plus au nord. Chacun de ces paysages lui coupait le souffle.

Saylok était un pays somptueux en forme d'étoile dont les six péninsules arrondies abritaient chacune un clan. Leurs terres flottaient au milieu de la Mer du Nord, créées par Odin lui-même : après avoir plongé la main dans les fonds marins, le dieu les avait étirés jusqu'à la surface baignée de soleil et, rouvrant alors le poing, avait laissé cette île derrière lui.

— *Say-lok*, prononça Dagmar dans un souffle en détachant les deux syllabes.

Il ferma les yeux pour que la vue ne trouble pas sa concentration. *Saylok* signifiait « béni » et, en cet instant, Dagmar avait conscience de l'être. Il craignait en revanche que cette bénédiction ne s'étende pas à sa sœur. Elle n'était pas parvenue à quitter Dolphys. Elle n'avait pas davantage réussi à s'opposer aux ambitions de leur père.

D'une main, Dagmar prit la dague passée à son ceinturon de cuir. Les yeux toujours fermés et l'esprit focalisé sur le beau visage de Desdémone, il s'entailla la paume. Mille cicatrices s'écartèrent au passage de la lame, et son sang afflua dans sa main en coupe, chaud et impatient. Le sang était la seule chose à laquelle la terre daignait répondre. Le sang représentait le sacrifice, et nulle autre monnaie d'échange n'était à même de lui faire divulguer ses secrets.

Dagmar serra le poing et tomba à genoux, laissant les gouttes écarlates abreuver le sol. Il répandait son sang en échange de sagesse. Pas en échange de pouvoir. Il connaissait pourtant des hommes, et même certains gardiens, qui désiraient le pouvoir par-dessus tout. De telles choses étaient prohibées, mais le fruit défendu s'avérait parfois trop appétissant. Si un gardien était découvert à verser du sang – le sien ou celui d'un autre – en échange de pouvoir, il se voyait exécuté sur l'autel d'Odin sans autre forme de procès. Les gardiens de Saylok étaient responsables de la protection des runes interdites et de la succession royale, pas de leur propre pouvoir. Il était hélas facile de confondre responsabilité et pouvoir. Dagmar était quotidiennement hanté par ces questions. C'était le cas en ce moment, tandis qu'il offrait son sang en échange d'une meilleure compréhension de la situation délicate dans laquelle se trouvait sa sœur. Car il la savait dans l'embarras. Ses rêves avaient été suffisamment clairs sur ce point.

Il planta la pointe de sa dague dans la terre tout en prononçant le nom de Desdémone. Odin avait renoncé à l'un de ses yeux pour acquérir la sagesse, et Dagmar traça la rune de la vision afin de pouvoir voir ce qui n'était pas accessible à ses yeux physiques.

— Je suis un gardien de Saylok, entonna-t-il à voix basse, à la recherche d'une vision qui m'aide à chérir et protéger celle qui m'appelle son frère de chair.

Instantanément, le visage de Desdémone envahit son esprit, et ce n'était pas la Desdémone de ses souvenirs, issue du tréfonds de sa mémoire, mais une image nouvelle. Elle était pâle et sa chevelure sombre cascadait le long de ses joues blêmes. Elle appelait à l'aide et c'était son nom à lui qu'il lisait sur ses lèvres. Elle leva une main en guise de supplique, et sa paume, tout comme la sienne, était maculée de sang. La perspective s'élargit soudain, comme si Dagmar avait reculé pour prendre du champ.

Parée des couleurs de leur clan, Desdémone était assise dos à un arbre, les yeux fermés, le menton légèrement levé comme si elle implorait. Il la vit commencer à crier, un petit gémissement déchirant dont ses propres lèvres se firent l'écho. La perspective s'agrandit de nouveau jusqu'à ce que Desdémone ne soit plus qu'une tache bleue sur une toile de fond à dominante vert et brun.

Dagmar connaissait la forêt où elle se trouvait. Ce n'était pas loin, juste au pied de la colline. Il se leva et effaça la rune d'un coup de semelle en rendant grâce aux dieux pour leurs dons. Sa paume avait beau toujours saigner, il ne prit pas la peine de panser la plaie, n'y songeant d'ailleurs même plus.

Il rengaina sa dague, puis se jeta dans la pente en direction du bosquet. Il se déplaçait rapidement et d'un pas sûr, se retenant d'appeler Desdémone – il ne voulait pas risquer qu'un autre gardien l'entende. Il était toujours sur le domaine du temple, et il était loin d'être le seul à apprécier la solitude afin de méditer et de communier avec les dieux. Si Dagmar devait trouver Desdémone dans les bois, il ne savait ni ce qu'il ferait, ni où il pourrait l'emmener. Les gardiens de Saylok étaient tous des hommes et aucune femme ne vivait parmi eux. Mais mieux valait ne pas trop y penser pour le moment.

Dagmar procéda tout en discrétion, balayant les environs du regard tandis qu'il se faufilait entre les arbres. Il approchait de la zone de sa vision et dut se faire violence pour ne pas crier le nom de sa sœur. Il n'avait croisé personne durant sa descente, pas plus que depuis le début de la matinée, mais on ne savait jamais. Il n'y avait aucun bruit alentour. Ni gazouillis ni vrombissement. Pas d'oiseau dans les arbres ni de petites créatures se carapatant parmi les bourgeons au-dessus de sa tête. Il se figea pour mieux écouter le silence. Il perçut alors un faible gémissement filtrant sur sa gauche à travers les frondaisons et il se précipita vers son origine.

Elle lui apparut telle que dans sa vision : assise dos à l'arbre, comme si Loki, dieu de la Malice et de la Discorde, l'avait posée là pour jouer un tour à Dagmar.

— Des ? chuchota-t-il en s'arrêtant soudainement, peu enclin à faire un pas de plus.

La jupe de sa tunique était trempée de sang et elle avait les bras bizarrement croisés sur la poitrine. Ses paupières papillonnèrent un instant, se fermèrent, puis s'entrouvrirent faiblement.

— Dag, geignit-elle.

Il s'approcha, avec une horrible impression de déjà-vu.

— Tu es blessée, s'inquiéta-t-il.

— Non, pas blessée.

— Mais tu saignes !

Cette conversation n'avait aucun sens. Il n'avait pas revu sa sœur depuis plusieurs années et voilà qu'elle apparaissait dans les bois du temple, assise dans une flaque de sang. Il ne lui demanda pas comment elle s'était retrouvée là, elle ne lui offrit pas davantage d'explications. Pas encore. Elle se contenta de le regarder avancer, les bras toujours croisés – comme le ferait une femme qui cherche à cacher ses seins. Il se demanda soudain si quelqu'un l'avait battue et abusé d'elle. Mais au bout de quelques pas, il se rendit compte qu'elle ne dissimulait pas sa poitrine : elle tenait un enfant. Un nouveau-né tellement minuscule et ensanglanté qu'il en paraissait à peine réel. Elle avait délacé le devant de sa tunique pour serrer l'enfant contre sa peau, recouvrant son petit corps avec l'étoffe.

— Voici mon fils, dit-elle. Je te l'ai amené.

Elle parlait d'une voix faible, mais ses yeux d'un bleu pâle, si similaires aux siens, luisaient d'une volonté farouche.

— À moi ? Desdémone, tu sais bien que je suis un gardien !

— Et moi je suis ta sœur, et la seule personne qui t'aime…

Son ton s'était fait dur, cruel même, mais sa voix se brisa et elle frissonna longuement, hochant la tête comme si elle luttait contre l'évanouissement.

— … et tu es la seule personne qui m'aime, compléta-t-elle dans un souffle.

— Qui est le père de cet enfant ?

Un gémissement fendit l'air et Dagmar comprit alors que les cris qu'il avait entendus dans sa vision étaient ceux du nourrisson et non de sa sœur. Ses pleurs étaient étonnamment vigoureux et sonores pour un petit être d'apparence si fragile.

— Il a pour père Banruud de Berne, confessa Desdémone.

— Pourquoi n'es-tu pas allée le voir ?

Banruud était le jeune chef de Berne, promu à la mort de son père, et déjà un homme puissant. Dagmar et Desdémone connaissaient Banruud depuis l'enfance. Leurs pères avaient livré bataille côte à côte, et parfois l'un contre l'autre. Les deux étaient des guerriers qui suscitaient un grand respect. Mais Berend, le père de Banruud, était chef de son clan, contrairement à Dred de Dolphys. Dred possédait peu de choses sur cette terre, hormis son tempérament et son épée. Berend était considérablement mieux doté et ne manquait pas une occasion de le lui rappeler. Dagmar se demanda brièvement si Banruud n'avait pas fait de même avec Desdémone : lui avait-il fait miroiter l'honneur de devenir la femme d'un chef, pour ensuite la rejeter comme une vulgaire putain ?

— Je suis allée le voir. Et il m'a éconduite, dit Desdémone.

Dagmar avait sa réponse, à défaut de connaître toute l'histoire.

— Comment es-tu venue jusqu'ici ?

— À cheval. Il doit encore être dans les parages. Je n'étais plus en état de chevaucher. Le bébé arrivait.

— Tu es venue seule ?

— Hormis l'enfant que je portais, oui.

— Desdémone, grogna Dagmar. Pourquoi ? Pourquoi venir me voir moi ?

— Tu dois le recueillir, Dag. Et tu dois l'appeler Bayr, comme le clan de son père. Bayr… parce qu'il sera aussi puissant que l'ours duquel il porte le nom.

Dagmar s'agenouilla à côté d'elle et tira son couteau, prêt à dessiner des runes de guérison dans la terre, dans ce sang qu'elle avait répandu pour donner naissance à son enfant. Il devait la soigner à tout prix. Il fallait qu'elle puisse s'occuper de son fils.

— Non, mon frère ! siffla-t-elle. J'ai ma propre rune.

Ses lèvres arboraient une teinte grisâtre qui remontait à présent sur ses joues pâles. Elle n'en dégaina pas moins sa propre dague. Dagmar se demanda comment elle faisait pour rester consciente. Elle avait perdu tellement de sang que la terre et les racines au pied de l'arbre en étaient gorgées, comme si l'arbre lui-même saignait.

— Tu ne peux pas faire ça, Des. C'est strictement interdit. Seuls les gardiens ont le droit d'utiliser les runes.

— Je vais bientôt mourir, sourit-elle amèrement. Qui ira me punir ?

Dagmar tressaillit, mais ne répondit rien tandis qu'elle commençait à tracer sa rune dans la terre.

— Je l'aimais, lâcha-t-elle.

— Banruud ?

— Je l'aimais et c'est devenu gênant pour lui. Il recherche le pouvoir plus que tout au monde, exactement comme son père. Il veut être roi. Il va épouser la fille du roi Ansel. Il pense que cela lui apportera du prestige et qu'elle lui donnera beaucoup de fils. Mais mon fils sera le seul héritier de Banruud.

D'une main tremblante, elle traça une nouvelle rune, une rune que Dagmar ne reconnut pas, du moins pas sur l'instant.

— Banruud le reniera une seconde fois. Et lorsqu'il le repoussera, ce sera tout Saylok qu'il reniera. Le salut proviendra de mon fils, et de lui uniquement.

L'enfant se remit à pleurer et Desdémone s'affaissa, l'hémorragie la privant de ses dernières forces. Envahi de chagrin, Dagmar la prit dans ses bras. Il avait les yeux et les joues humides de larmes et il pressa les lèvres contre sa chevelure brune, priant pour qu'elle se taise. Elle était en train de proférer une malédiction de sang, la plus puissante de toutes, car le sang dont elle abreuvait la terre était son sang vital. Sa mort viendrait sceller sa prophétie. Elle n'avait plus guère qu'un filet de voix, mais elle continua de tracer sa rune dans la terre détrempée en reprenant :

— On nous maltraite. On se sert de nous. On nous troque, on nous abandonne. Mais on ne nous aime que si rarement. Qu'il en soit ainsi. À compter de ce jour, plus aucune fille ne naîtra à Saylok.

La terre émit un grondement sourd, comme si la dague de Desdémone la faisait souffrir, et Dagmar eut peur un instant qu'elle s'ouvrît pour les engloutir. Mais les tremblements cessèrent presque aussitôt.

— Je t'aime, Desdémone, s'étrangla Dagmar en tâchant de refouler ses larmes. Je t'ai toujours aimée. Ne prononce pas de telles paroles.

— Tu m'as abandonnée, mon frère, et maintenant c'est mon tour, souffla-t-elle.

À peine les mots eurent-ils franchi ses lèvres qu'elle lâcha son couteau. Ses runes étaient tracées et sa vie terminée. L'enfant poussa un nouveau cri, bref et triste, avant de se taire à nouveau, sa bouche en cœur cherchant le sein maternel.

Mais sa mère n'était plus.

Dagmar sentit la vie déserter le corps de sa sœur et ses membres se relâcher. Sa tête partit en arrière, dégageant son joli cou juvénile, qui portait la marque de ses doigts ensanglantés. Dagmar la secoua, l'implorant de se réveiller tandis que le bébé tétait un sein encore chaud, retirant à sa mère le peu de chaleur qui lui restait. Horrifié par la scène, Dagmar eut un mouvement de recul, et il pleura à chaudes larmes en regardant l'enfant boire, ses petites joues creusées par la succion, ses mains minuscules agrippant la chair blanche de sa mère morte.

Dagmar voulut arracher le nourrisson du sein de Desdémone, mais il le savait innocent. Affamé. Il n'y avait aucune malice dans son geste, et téter était chez lui un réflexe inné. Le peu de lait qu'il pouvait encore tirer était le seul cadeau que sa mère serait en mesure de lui offrir. Dagmar détourna le regard, aussi bouleversé que mal à l'aise, mais il ne relâcha pas sa sœur de peur de bousculer l'enfant. Il les serra donc tous deux dans ses bras, les yeux rivés sur les runes que Desdémone avait tracées dans la terre rougie.

Elle avait dessiné la rune de la femme à l'enfant, qu'elle avait entourée d'une queue de serpent, sa tête et sa langue fourchue s'élevant au travers d'une couronne à six flèches. Six flèches pour les six clans de Saylok. Elle avait aussi tracé la rune de la force et du pouvoir, mais le cercle autour de la seconde rune n'était pas fermé et Dagmar se demanda si c'était volontaire ou si Desdémone avait simplement rendu l'âme avant de pouvoir le terminer. Il pourrait clore le cercle, mais le sang n'était pas le sien et il craignait qu'une intervention de sa part ne fasse qu'aggraver les choses.

Un cercle fermé représentait l'irrévocabilité. Dans une rune de force, un cercle brisé introduisait une forme de faiblesse – même infime. Si cette rune de force était destinée à son fils, Desdémone l'avait possiblement affecté d'un défaut mortel. Soudain anxieux, Dagmar trempa la dague de sa sœur dans le sang encore frais de sa propre paume, puis d'un geste vif, il compléta le cercle.

— Il n'aura pas de mère. Pas de père. Pas de clan.

Il n'aura que moi, ô Père de Tout. Et je ne sais pas comment je vais subvenir à ses besoins. Mais en ce qui concerne une éventuelle malédiction qui pèserait sur lui – sur Bayr –, je m'engage à compenser la différence.

Après cette brève prière énoncée d'une voix étonnamment calme, Dagmar allongea le corps de sa sœur sur la terre, à laquelle elle retournerait bientôt, et détacha l'enfant de sa poitrine. Le nouveau-né s'était endormi et il lâcha sans broncher le sein maternel. Son petit corps était tout chaud et gluant, couvert qu'il était de terre et de sang. Son crâne était toutefois garni d'une chevelure sombre et il avait le tronc et les membres roses et bien formés, avec de petits bourrelets de graisse qui lui donnaient un air de porcelet bien nourri. Dagmar se dit que c'était un spécimen vigoureux de bébé mâle, sans aucun défaut.

— Tu dois venir avec moi maintenant, Bayr, dit-il à l'enfant en employant le prénom choisi par sa mère.

Elle avait maudit Banruud, et pourtant elle avait donné à son fils la sonorité de son clan. Tous les enfants mâles d'un clan héritaient du premier son du nom de leur père. Les filles, elles, héritaient de celui de leur mère. Dagmar se prit à regretter que sa sœur n'ait pas choisi son propre clan. Le père de l'enfant avait des droits légitimes sur lui, mais Banruud avait rejeté mère et enfant sans la moindre équivoque. Gagné par une colère soudaine, Dagmar jura solennellement que jamais cet homme ne s'approprierait cet enfant.

Suivant l'exemple de sa sœur, Dagmar glissa le nourrisson dans le haut de sa tunique pour le réchauffer au contact de sa peau et se lança dans la longue ascension qui le mènerait au temple, promettant à sa sœur qu'il reviendrait s'occuper de sa dépouille dès que l'enfant serait en sécurité.

2

Dagmar faillit rebrousser chemin à plusieurs reprises. Il ferait mieux de garder l'enfant et d'abandonner les gardiens. Jamais ceux-ci ne lui permettraient d'élever l'enfant au sein de la citadelle. Quelques femmes habitaient sur la colline, et davantage logeaient dans les quartiers des domestiques au palais, mais aucune n'était autorisée dans l'enceinte du temple. Les gardiens subvenaient à leurs propres besoins et entretenaient le temple seuls, chacun des frères gardiens s'acquittant de diverses tâches du quotidien selon un système de rotation. On ne pouvait pas uniquement prier, lire et écrire toute la journée. Et les tâches ménagères leur permettaient de rester ancrés dans le monde physique, qu'un état méditatif trop prolongé aurait pu facilement leur faire oublier.

La Colline du Temple hébergeait aussi des soldats, et un détachement de la garde royale était chargé de protéger le temple des pillards et des indésirables. La Colline du Temple ressemblait ainsi à un petit village géré principalement par des hommes et Dagmar était à peu près sûr qu'il ne trouverait pas de nourrice au palais ni ailleurs sur le domaine.

Dagmar passa en revue tous ces détails, aussi triviaux soient-ils, essayant de s'imaginer la vie d'un enfant au sein de cette communauté. Ivo, le Très-Haut Gardien, le chasserait sans doute. Dagmar hésita derechef et marcha un temps en rond, scrutant le ciel et les arbres en quête d'une réponse. L'enfant se tortilla un instant contre son torse, mais sans pleurer. Dagmar lui tapota le dos par instinct, tâchant d'apaiser le bébé et ses propres craintes par la même occasion.

Dagmar ne pouvait pas fuir. Il n'avait nulle part où aller. Il n'avait pas de foyer à Dolphys, du moins plus maintenant. Il ne put réprimer un frisson en imaginant la réaction de son père. Il déclencherait une guerre, voilà ce qu'il ferait. Il prendrait l'enfant et chevaucherait jusqu'au fief de Berne, là où résidait le chef Banruud. Il exigerait de lui d'être compensé pour la mort de sa fille. L'enfant serait alors soit pris en charge par Banruud, soit élevé par Dred de Dolphys – ou tout du moins par la femme dont il louerait les services tandis qu'il irait piller les régions à l'est de Saylok, de l'autre côté de la mer.

Banruud avait déjà renoncé à son fils et à Desdémone.

Dred était incapable de s'occuper d'un enfant.

Et Desdémone avait spécifiquement confié Bayr aux bons soins de Dagmar.

— Odin, Père de Saylok, aie pitié de cet enfant ; il est de la lignée de ton fils, un descendant direct de l'ours Berne et du loup Dolphys.

Telle était la prière qu'il avait répétée en boucle depuis qu'il avait quitté Desdémone au pied de la colline. Il la reprit en gravissant la dernière pente qui menait aux portes du temple.

— Gardien Dagmar, maître Ivo vous cherche, lui cria Jakub, l'un des gardes en faction dans la tour de guet qui flanquait les portes.

Ses yeux trahissaient une grande curiosité.

— Qu'est-ce que vous nous rapportez là, gardien Dagmar ? s'enquit Jakub.

Dagmar ne répondit rien, se contentant de secouer la tête. Il n'avait aucune envie que la nouvelle comme quoi Dagmar portait un nourrisson dissimulé dans sa tunique se répande parmi les soldats et les gardiens, de peur que celle-ci atteigne les oreilles d'Ivo plus vite que ses propres jambes.

Autrefois, dans un lointain passé, les gardiens de Saylok avaient coutume d'offrir des sacrifices humains en plus des animaux. Tous les six ans, six têtes de bétail et six hommes étaient ainsi offerts en sacrifice aux dieux. Le roi Enos d'Ebba avait mis un terme à cette pratique. Il avait voyagé en terre chrétienne et avait adopté certaines de leurs mœurs. Jésus-Christ avait été ajouté au panthéon de leurs dieux et il n'y avait plus eu de sacrifices humains parmi les clans de Saylok. Enos n'avait pas été baptisé. Il avait tout simplement été intrigué par cette religion et avait rapporté de ses pérégrinations une grande croix dorée ainsi qu'un livre qu'il appelait la Bible. Les deux étaient exposés dans le temple sous une fresque représentant les voyages d'Enos, guidé par une créature volante aux longs cheveux d'or.

Si bien des choses avaient évolué sous le règne d'Enos, certaines restaient inchangées. L'une des choses qui n'avaient pas changé, c'était le pouvoir absolu du Très-Haut Gardien. Il s'était choisi le nom d'Ivo, qui n'était lié à aucune tribu, car sa mission suprême était de demeurer impartial vis-à-vis des six clans, de garder les runes interdites et de veiller à l'équilibre spirituel de tout Saylok. Il avait renoncé à son ancien nom – celui que lui avait donné son père, un homme du clan de Joran – lorsqu'il avait embrassé cette nouvelle vie. Si un jour Dagmar devenait le Très-Haut Gardien, il lui faudrait également se choisir un nouveau nom. Mais d'abord, il lui fallait survivre à cette journée. Vu ce qu'il s'apprêtait à faire, penser au poste de Très-Haut Gardien relevait même de la folie.

Une chaleur soudaine se répandit sur la poitrine de Dagmar et il crut l'espace d'un instant recevoir un signe divin, un moment sacré de révélation spirituelle. Son cœur bondit d'allégresse. Peut-être qu'Odin répondrait favorablement à ses prières ! Puis la chaleur se révéla humide et il comprit que l'enfant venait de lui uriner dessus. Dagmar grimaça sans ralentir l'allure. Cette souillure ne faisait que lui rappeler toute la réalité du problème : il avait un nourrisson collé contre sa peau et le cadavre de sa sœur reposait dans les bois. Il grimaça de plus belle et le chagrin le submergea d'un coup. Le choc initial s'était dissipé, laissant le champ libre à la douleur. Il trébucha et dut mettre un genou à terre. Mal à l'aise dans l'étoffe mouillée, le bébé lâcha un gémissement plaintif.

— Dagmar ? s'enquit une voix provenant d'une des alcôves plongées dans l'ombre du sanctuaire.

— Oui, Maître, c'est moi, Dagmar, dit-il en reconnaissant la voix du Très-Haut Gardien.

— Viens ici, ordonna Ivo.

Dagmar perçut une tonalité inhabituelle dans les mots du Très-Haut. Il serra les dents puis rajusta le bébé contre lui.

Le sanctuaire était sombre et frais, la grande arche de pierre qui courait sous et au-dessus des vitraux rouge sang empêchait la chaleur du jour de se propager à l'intérieur. Plusieurs bougies éclairaient diffusément les lieux et Dagmar vit Ivo assis sur son siège au-dessus de l'autel, tel un roi sur son trône. Il y avait sept chaises au total, avec celle de maître Ivo au centre. Les six autres étaient vacantes – les Hauts Gardiens, qui représentaient chacun un des clans, ayant laissé leur maître méditer seul. La chose n'était pas inhabituelle. Ils méditaient ensemble une fois par jour et n'occupaient leur siège respectif que lors des offices et des cérémonies. Maître Ivo, lui, aimait à rester dans le sanctuaire. Il s'était approprié l'espace pour y mener les affaires du temple et s'acquitter des tâches qui lui incombaient.

Les yeux de Dagmar s'accommodèrent péniblement à la pénombre ambiante, ne distinguant dans un premier temps que les flammes vacillantes qui coiffaient les bâtons de cire disposés sur toutes les surfaces.

— J'ai eu une vision troublante, Dagmar, déclara doucement Ivo, ce qui fit tressaillir le jeune gardien.

Il s'avança néanmoins, ne faisant halte qu'une fois parvenu devant l'autel.

— Qu'avez-vous vu, Maître ?

— La mort d'une femme.

— J'ai moi aussi vu sa mort, Maître, mais pas lors d'une vision. Je l'ai vue mourir de mes propres yeux, dit Dagmar, des sanglots dans la voix.

Les larmes lui montèrent aux yeux, ruisselant le long de ses joues, mais il n'y prêta pas attention.

Maître Ivo n'avait pas l'air surpris et son regard resta braqué sur le visage de Dagmar.

Le jeune gardien lui raconta les rêves qui l'avaient assailli trois nuits d'affilée, puis comment il s'était isolé sur la colline pour tâcher de comprendre ce qu'ils signifiaient. Il lui rapporta comment il avait procédé à un sacrifice en échange de sagesse et comment sa sœur lui était apparue en vision.

— Je l'ai retrouvée facilement, Maître, mais je suis arrivé trop tard pour pouvoir la sauver.

— Était-elle morte lorsque tu es arrivé ? demanda Ivo.

— Non, mais elle saignait abondamment.

— Pour quelle raison ?

— Elle venait de donner naissance à un enfant au beau milieu des bois, à l'endroit même où je l'ai trouvée. Il a dû y avoir une complication. Elle avait perdu beaucoup trop de sang.

Il s'abstint de mentionner les runes. Le recours aux runes était strictement interdit sauf aux gardiens de Saylok, et encore, ces derniers ne pouvaient en utiliser qu'un nombre restreint.

— Et qu'en est-il de l'enfant ? s'enquit Ivo.

Dagmar ouvrit alors sa tunique et, la peur au ventre, enleva le nourrisson de sa poitrine. Il le présenta au Très-Haut Gardien avec des mains tremblantes.

Le bébé s'était rendormi, mais la soudaine perte de contact avec la peau de Dagmar lui fit agiter frénétiquement ses petits bras.

Maître Ivo siffla entre ses dents comme si Dagmar lui avait tendu un serpent venimeux.

— L'enfant est en bonne santé, plaida Dagmar. Et je suis son oncle. Je n'allais pas le laisser mourir seul dans les bois.

Les yeux du Très-Haut ne reflétaient qu'une sainte horreur.

— L'oncle d'Odin, frère de Bestla, a enseigné à Odin les chants de la vie, argumenta Dagmar. Il lui a appris les dix-huit charmes. Il n'a pas renoncé à ses responsabilités sous prétexte qu'il était un dieu. Je ne peux pas davantage me soustraire aux miennes sous prétexte que je suis un gardien.

— Et qui nourrira l'enfant ? Tu n'as pas de mamelles à ce que je sache, frère Dagmar.

Le ton dégoulinant de mépris du Très-Haut lui fit l'effet d'une gifle.

— L'une des femmes du Village du Roi saura quoi faire. Au pire, il boira du lait de chèvre comme nous le faisons, répliqua Dagmar en s'efforçant de ne pas laisser transparaître sa peur.

Il n'avait pas peur pour lui. La colère et le déplaisir d'Ivo ne lui importaient guère. Ce qu'il craignait, c'était que le chef des gardiens lui interdise de garder l'enfant dans l'enceinte du temple. Il lui faudrait dans ce cas s'exiler. Lui et l'enfant.

— Qui est le père de cet enfant ?

Dagmar n'hésita pas un seul instant. Il s'était préparé à cette question et il mentit avec aplomb :

— Je n'en sais rien, Maître.

Les lèvres du Très-Haut se plissèrent en une moue de dédain, comme si une femme qui avait accouché sans un homme à ses côtés pour couper le cordon ombilical d'un coup de dent – une proclamation traditionnelle de reconnaissance parmi les clans – ne méritait pas sa compassion.

— Elle m'a donné le nom de l'enfant. Il s'appelle Bayr, reprit Dagmar – en énonçant une vérité, il se hâtait d'ensevelir le mensonge précédent. Elle m'a dit qu'il serait fort et que le salut de Saylok reposait sur lui. Et elle m'a demandé de le prendre avec moi. C'est ce que j'ai fait, Maître. Je vous supplie de me laisser l'élever ici parmi nous.

Maître Ivo avait pâli et son dédain semblait s'être mué en réflexion.

— Qu'entendait-elle par... « le salut » ? murmura-t-il.

— Je ne sais pas, Maître. Ce n'était peut-être que les dernières volontés d'une mourante, mais... il m'a semblé que ses paroles allaient au-delà.

Le silence s'étira entre les deux hommes, un véritable calvaire pour les nerfs de Dagmar, et ce ne fut qu'au bout de longues minutes que le vieux gardien reprit la parole.

— Il se trouve que j'ai aussi rêvé d'elle, Dagmar, admit-il. La nuit dernière, la précédente et de nombreuses nuits avant celle-ci. Je n'arrivais pas à percer le sens de ces rêves. Mais cette femme... Elle me faisait penser à toi. Elle te *ressemblait*. C'est pour cela que j'ai demandé à te voir. Et te voilà.

Dagmar eut temporairement le souffle coupé et il

courba la tête, désireux de ne rien laisser paraître de ses sentiments.

— Apporte-moi l'enfant, ordonna Ivo.

Dagmar s'exécuta en priant pour ne pas trébucher tant ses jambes flageolaient. Il contourna l'autel et monta les marches jusqu'au dais où son maître était assis. Il n'avait aucune idée de ce que le vieil homme allait faire. Ses yeux, noircis comme ceux de tous les Très-Hauts Gardiens l'ayant précédé, suivaient attentivement son approche, ses lèvres formant des mots que Dagmar ne pouvait entendre.

Les longs ongles de maître Ivo avaient beau être pointus et recourbés, celui-ci accueillit le nourrisson entre ses paumes avec une délicatesse qui surprit et soulagea son oncle.

— Sa mère t'a dit qu'il serait fort ? chuchota le Très-Haut Gardien.

— Oui, Maître.

— Je peux déjà le constater. Regarde comme il tient sa tête ! C'est inhabituel chez un nouveau-né. Il me dévisage, Dagmar. Il a les yeux clairs et le regard fixe.

Il disait vrai. Le bébé observait maître Ivo avec une solennité teintée d'émerveillement, son minuscule corps rose reposant entre les mains griffues de l'homme le plus puissant de Saylok. Plus puissant que le roi, puisque maître Ivo avait le pouvoir de choisir qui porterait la couronne. Plus puissant encore que les dieux et que les trois Nornes qui tissaient les destinées de l'humanité, puisque, en ce moment même, il tenait la vie de l'enfant entre ses mains.

— Comment s'appelait ta sœur, Dagmar ?

— Desdémone.

— Desdémone, chuchota maître Ivo en étirant les syllabes. Celle qui pourfend les démons.

— Oui, acquiesça Dagmar. Elle faisait partie des meilleurs guerriers de notre clan.

— Pff, siffla Ivo. Les femmes ne font pas de grands guerriers.

Dagmar se retint de répliquer, bien qu'il ne fût pas d'accord. Il savait qu'une mère était la plus farouche de toutes les guerrières.

— Si je te demandais de laisser l'enfant dans les bois du temple, en guise d'offrande à Odin et à tous les dieux de Saylok, m'obéirais-tu ?

— Non, Maître, répondit Dagmar avec fermeté.

Ivo maudit Dagmar pour son insolence, sans pour autant détacher son regard de l'enfant.

— Nous n'avons pas eu d'enfant au temple depuis Bjorn, et il avait dix ans, protesta Ivo – Bjorn, à présent dans sa cinquantaine, était l'un des Hauts Gardiens. Nous n'avons aucun moyen de savoir si cet enfant sera ou non un suppliant digne de ce nom.

— Il y a aussi des soldats sur la colline. Des cuisiniers, des jardiniers, ainsi que des blanchisseuses. Nous ne sommes pas tous gardiens ou suppliants, avança Dagmar en pesant ses mots.

— C'est vrai, concéda Ivo.

Un sourire flottait désormais sur ses lèvres tandis qu'il couvait du regard l'enfant dans ses bras. Même souillé et taché de sang, le nourrisson respirait la santé et l'espoir.

— Que vais-je raconter aux autres ? marmonna le Très-Haut Gardien.

Le cœur de Dagmar s'emballa en constatant l'attitude radoucie d'Ivo.

— Racontez-leur vos rêves, Maître. Personne n'ira les remettre en question.

— Et qu'en est-il de *tes* rêves, Dagmar ?

— Je ne révélerai que ce que vous me direz de révéler, répondit-il humblement.

— Tu consens donc à m'obéir sur ce point ? s'enquit Ivo, le mépris de retour dans sa voix. Mais si je te demande de l'offrir aux dieux, là tu refuses ? Tu es prêt à prendre l'enfant avec toi et à nous quitter ? Peut-être pour aller te jeter du haut des falaises de Shinway, hein ?

— Peut-être. Mais son sort sera le mien, Maître, confirma Dagmar.

Le nourrisson se mit soudain à hurler, fort, faisant sursauter les deux hommes. Ivo faillit même le lâcher, le griffant de l'un de ses ongles crochus. De la fine coupure, sur les côtes de l'enfant, s'échappèrent quelques gouttelettes de sang.

— Bayr de Saylok, médita Ivo à voix haute, les yeux rivés sur le filet de sang.

Il déposa l'enfant sur l'autel devant lui, faisant courir la pulpe de son doigt sur l'éraflure avant de tracer l'étoile de Saylok sur le front du nourrisson.

— Bayr de Saylok, répéta-t-il plus fort. Bayr, neveu de Dagmar, fils de Desdémone, enfant du temple. Ta vie sera épargnée et protégée dans un but que je ne connais pas encore, mais je scelle la prophétie de ta mère sur ton front et remplirai mon rôle afin que ta destinée s'accomplisse.

À ces mots, les jambes de Dagmar le lâchèrent et

il dut se retenir à l'autel où reposait l'enfant. La gratitude, la culpabilité et le chagrin s'étaient alliés pour le faire tomber à genoux. Il n'avait pas tout révélé à Ivo, et celui-ci venait de sceller la prophétie de Desdémone.

— Occupe-toi de lui. Fais le nécessaire. Tes missions demeurent inchangées, gardien Dagmar, avec ou sans l'enfant. Prions qu'il s'accommode de la vie dans la citadelle. Si tel n'est pas le cas, lui… et toi… devrez partir.

*

Le jour, Bayr dormait, battait des paupières et des jambes, s'émerveillait de ce qui l'entourait. En revanche, les nuits étaient dures dans la chambre spartiate aux murs nus et au lit étroit. L'enfant ne pleurait que la nuit, quand le temple était plongé dans le silence et le noir, quand l'écho de ses vagissements arrachait des plaintes amères aux gardiens qui dormaient alentour.

Dagmar lui avait façonné un berceau à partir d'un tonneau, mais le bébé refusait de dormir durant les heures sombres qui précédaient l'aube à moins d'être dans ses bras, et Dagmar avait alors trop peur de le laisser tomber pour oser fermer l'œil. Une semaine après la naissance de Bayr, Dagmar était si épuisé qu'il s'endormit sur le sol de sa chambre, le bébé sur sa poitrine. Ils passèrent une si bonne nuit que Dagmar finit par céder : à compter de ce jour, le nourrisson dormit dans ses bras sur un matelas de paille à même le sol.

Ayant lui-même perdu sa mère dans sa tendre enfance, Dagmar n'était en rien familier des douces manières d'une femme. Il n'avait pas de seins avec lesquels offrir subsistance et réconfort au nourrisson, ni de chansons ou d'historiettes avec lesquelles le bercer. Il avait la voix grave et basse, de larges mains malhabiles, mais son cœur souffrait et saignait, et l'enfant – dans toute son innocence et sa vulnérabilité – agissait sur lui comme un baume apaisant.

Une femme du Village du Roi, dont l'enfant venait à peine d'être sevré, accepta de venir trois fois par jour au temple pour lui donner le sein, mais cela ne suffisait guère : le petit Bayr n'avait jamais son content. Dagmar lui fabriqua une tétine à partir d'intestins de mouton et lui donnait ainsi du lait de chèvre le soir avant le coucher – et entre deux tétées avec la femme du village. Ce lait était renforcé à l'aide de prières : Dagmar priait pour que les dieux lui prêtent force et endurance, pour que ses bras ne lui fassent pas défaut pendant la nuit, pour que Bayr ne réveille pas ses frères gardiens et que ses propres faiblesses n'occasionnent pas de tragédie.

Les premiers temps, les autres gardiens lui jetèrent des regards noirs, s'ingéniant à compliquer la vie de Dagmar, mais après quelques semaines de nuits sans sommeil, ils se mirent progressivement à accepter la présence de l'enfant parmi eux. Plus d'un gardien fut d'ailleurs surpris à adresser des sourires à l'enfant ou à lui faire risette lorsqu'ils se pensaient seuls avec lui. Les gardiens de Saylok étaient tous membres d'une confrérie exclusive, mais aucun d'entre eux ne serait jamais père, et le petit garçon leur donnait un goût de ce qu'ils n'auraient jamais.

Dagmar confectionna une écharpe afin de se libérer les mains ; ainsi Bayr l'accompagnait partout dans sa poche ventrale tandis que lui-même vaquait à ses diverses occupations. Dagmar pratiquait ses runes avec l'enfant collé contre le torse, entamait sa journée par les chants du matin que l'enfant écoutait les yeux grand ouverts et la bouche en cœur, puis partait s'acquitter de ses tâches quotidiennes – dont la traite de ces maudites chèvres –, le tout en portant le garçonnet dans l'écharpe qui fut bientôt trop petite.

Malgré son émerveillement et son tempérament d'abord conciliant, il ne fallut que quelques mois à l'enfant pour qu'il rechigne à être porté et qu'il commence à crapahuter sur les sols de pierre et les pavés de la cour. Quelques mois de plus suffirent à le voir se mettre debout – avec son cortège de chutes et d'objets renversés. Il rampait, tirait, poussait tout ce qui se trouvait à portée de ses petites mains potelées. Un gardien, toujours prompt à se plaindre, jura que l'enfant lui avait arraché une pleine touffe de sa barbe, et maître Ivo s'étonna de la force que possédait Bayr. Il convoqua un jour l'ensemble des habitants de la citadelle pour qu'ils observent le garçonnet escalader le vénérable chêne noueux qui ornait la cour centrale du temple depuis des temps immémoriaux.

— Ce n'est pas chose usuelle chez un enfant si jeune, n'est-ce pas, gardien Dagmar ? Il n'a même pas six mois ! Est-ce dû au lait de nos chèvres ou est-ce un don des dieux ? se demandait Ivo.

Dagmar ne put guère que contempler le spectacle

d'un air ébahi, avant d'aller chercher Bayr, de le sangler – dans son dos à présent – et d'ajouter une nouvelle prière aux précédentes, suppliant que l'enfant survive à sa première année et puisse supporter cette force physique dont sa mère l'avait béni – ou maudit.

Bayr marcha à huit mois, et il ne fit pas que cela. Il courait et grimpait, sautait et trébuchait, enfant minuscule doté de la force et de la coordination d'un garçon de trois fois son âge. Bien rares étaient les moments où ses bras et ses jambes robustes n'étaient pas en mouvement. Lorsqu'il eut un an, il battait les poulets à la course, les pourchassant pour les attraper avant de les relâcher. Le coq revêche ne goûtait guère à ce jeu et s'échappait dans un battement d'ailes jusqu'au toit du poulailler, hors de portée de l'enfant.

Bayr le considérait d'un air frustré, désirant – sans succès – le faire descendre de son perchoir par la seule force de sa volonté. Jusqu'au jour où il en eut assez d'attendre. À peine Dagmar eut-il tourné la tête vers la rangée de légumes dont il s'occupait, que le garçon avait grimpé sur l'enclos et progressait le long de son faîte, les yeux rivés sur le coq indigné.

Un an plus tard, Bayr sauvait un chat qui s'était aventuré au sommet des remparts, escaladant les murs et courant sur les toits sans la moindre appréhension ou le moindre faux pas.

Dagmar ne le quittait pas d'une semelle, habité par une terreur permanente, et l'attachait à lui la nuit, de peur que l'enfant ne s'éveille et n'aille déambuler aux alentours – il aurait pu emprunter des escaliers interdits, passer par une fenêtre ouverte ou escalader les murs qui séparaient le temple du palais royal.

Dagmar grava des runes de protection et d'avertissement sur le linteau de sa porte ainsi que sous sa fenêtre. Il cacha des runes sur les poutres au-dessus de leur tête et sur les dalles sous leurs pieds, tant et si bien que ses sacrifices de sang répétés lui laissaient les mains douloureuses et crevassées.

— Le garçon a la faveur des dieux, le réprimanda Ivo en découvrant l'état de ses mains. Les Nornes m'ont montré les fils de sa destinée, entre-tissés en une longue corde multicolore dont l'extrémité, tel un fleuve, se perd au-delà de l'horizon. Il ne périra pas. Cesse donc tes runes de sang, mon frère, elles ne font que t'affaiblir. Le garçon nous survivra à tous.

Mais Dagmar n'était pas convaincu.

— Il n'émet presque aucun son. Il ne babille pas comme la plupart des enfants. Il est tellement en avance physiquement… pourtant, il ne prononce pas un mot. Sa force dépasse de loin sa compréhension et sa maturité, s'inquiéta Dagmar. Et la force dépourvue de sagesse est dangereuse.

— Il est encore très jeune, répliqua Ivo. Il apprendra. Il comprend déjà beaucoup de choses. Il suffit de regarder ses yeux pour voir son esprit au travail.

Dagmar ne put guère que hocher la tête, ce qui ne l'empêcha pas de continuer à graver des runes et à passer des pactes avec les dieux.

3

Le village n'avait pas de nom, tout du moins pas au sens traditionnel du terme. On l'appelait simplement le Village du Roi. Il était niché sur le flanc de la Colline du Temple et s'étendait sur une lieue dans chaque direction. Au sommet de la large colline s'épanouissaient les flèches du temple et, à proximité, non moins majestueux et tutoyant le ciel, se dressait le palais royal. Le fait que le temple domine le palais n'avait rien d'un hasard, ni le fait que les deux édifices cohabitent sur la même éminence – bien qu'elle tienne davantage du plateau, son sommet ayant été taillé par Odin lui-même puis aplati par le marteau de Thor. Les gardiens de Saylok ne dictaient rien au roi ni ne s'impliquaient dans les affaires du royaume. Ils n'étaient que les superviseurs, le contrepoids au pouvoir royal, chargés de sélectionner les rois et de perpétuer la monarchie. Lorsqu'un roi trépassait, la couronne n'allait point à son fils ou à sa fille. Elle n'allait pas non plus à l'un de ses héritiers ou membres de son clan. Au lieu de cela, la couronne changeait de clan à tour de rôle – d'Adyar à Berne, de Berne à Dolphys, de Dolphys à Ebba, d'Ebba à Joran, de

Joran à Leok, puis à nouveau de Leok à Adyar – et était remise à l'homme choisi par les dieux… et par les gardiens.

Le souverain actuel, le roi Ansel, était d'Adyar, le clan de l'Aigle, et c'était sa fille Alannah qui avait épousé Banruud, le chef de Berne. Lorsque le roi Ansel mourrait, sa famille quitterait la Colline du Temple et le palais royal. Ils retourneraient dans leur clan et à leur vie d'antan, et un nouveau roi d'un nouveau clan serait choisi et couronné. Ce système empêchait que le pouvoir demeure trop longtemps contrôlé par une seule famille, une seule tribu, un seul homme. Saylok était ainsi gouverné depuis plus de cinq cents ans. Un roi avait régné soixante-dix ans, un autre seulement soixante-dix jours. Mais la couronne continuait de changer de clan sans la moindre exception. Le choix portait le plus souvent sur les chefs de clan, des hommes puissants et rompus à la gestion de leurs terres. Leur tribu soutenait leur sélection dans la majorité des cas, et les gardiens de Saylok prenaient ce genre de choses en considération.

Seulement à cinq reprises au cours des cinq siècles écoulés les gardiens avaient-ils dévié de ce cap. Cela avait failli provoquer une révolte une fois, mais le peuple de Saylok et les chefs de clan – à l'exception de celui qui s'était vu refuser la couronne – avaient soutenu les gardiens ainsi que le voulait la tradition, et leur choix avait fini par être validé et plébiscité. Le chef de Joran, sous le nez duquel la couronne était passée, avait comploté la mort de l'homme choisi à sa place et était parvenu à ses fins. La couronne était donc directement passée au clan de Leok – le suivant sur la liste –, sur la tête du fils aîné de son chef vieillissant. Le régicide de Joran, lui, eut la sienne coupée.

Jamais la couronne ne restait attribuée au même clan, quand bien même les circonstances de la mort du roi s'avéraient criminelles ou injustes. Il y eut un temps où certains clans conspirèrent pour assassiner les chefs d'autres clans, afin d'accélérer l'ascension au pouvoir de leur propre clan, mais les gardiens de Saylok contrecarrèrent leur soif de pouvoir en choisissant des guerriers ou de simples fermiers à leur place. On recensait également des tentatives de corruption, et quatre Hauts Gardiens eurent ainsi les yeux crevés, avant d'être dépouillés de leur rang puis chassés hors du temple, réduits à mendier leur pitance auprès de ces gens mêmes dont ils avaient trahi la confiance.

Les habitants de Saylok ne pardonnaient pas facilement. Déjà qu'ils devaient s'acquitter de taxes pour subvenir aux besoins du roi et à ceux du temple, ils n'avaient aucune envie de payer pour des gardiens corrompus qui abusaient de leurs pouvoirs et qui avaient failli à leurs obligations sacrées.

Dagmar ne doutait guère que Banruud de Berne fût proclamé le prochain roi. Ansel se faisait vieux – il avait été un bon roi – et le clan de l'Ours était le suivant dans l'ordre de succession. En tant que chef, Banruud solliciterait les gardiens et sa candidature serait dûment examinée avant toute autre. Mais si tous les hommes de Berne avaient le droit de postuler auprès des gardiens, peu choisissaient de le faire. Les tribus étaient loyales envers leur chef, qu'elles craignaient d'ailleurs souvent. Si un homme se risquait à postuler et se voyait refusé, l'obligeant de ce fait à repartir sur ses terres, il était alors frappé d'ostracisme, ou pis encore. Au cas où la couronne échoyait à leur chef, il était téméraire d'avoir cherché à lui contester le trône. Bien sûr, les gardiens de Saylok avaient le pouvoir de choisir n'importe quel homme, qu'il se soit ou non déclaré, mais un tel choix était si rare que personne n'en avait entendu parler. En tout cas, pas Dagmar.

Banruud était riche, puissant et craint, sur ses terres comme dans les autres clans. Ce serait lui le prochain roi. Ce n'était qu'une question de temps.

Dagmar redoutait l'avènement de ce jour. Banruud de Berne installé sur la Colline du Temple dans le palais de Saylok, à quelques arpents de son fils qu'il n'avait jamais rencontré, de ce garçon qui se développait si vigoureusement dans l'enceinte du temple. La rumeur de sa force ne manquerait pas de se propager. Cela avait d'ailleurs déjà commencé.

Les villageois appelaient Bayr « le Garçon du temple ». Ils avaient entendu des histoires à son sujet, rapportées par les blanchisseuses qui lavaient le linge du temple, par le cuisinier qui travaillait aux cuisines du palais, par les soldats postés sur les remparts qui pariaient sur les prouesses de force et d'agilité accomplies par le jeune garçon. Dagmar s'était efforcé de protéger l'enfant. Il avait essayé de ne pas laisser s'ébruiter le secret de sa force, mais la tâche s'était vite avérée impossible. À trois ans déjà, Bayr suivait les gardes du temple en sautillant et en imitant leurs mouvements d'épée et de bouclier. Âgé désormais de sept ans, il gambadait infatigablement sur les monts alentour et Dagmar peinait à soutenir son rythme ; il soulevait des rochers – plus gros que lui – que même des adultes auraient eu du mal à déplacer.

Maître Ivo avait proclamé cela un miracle, l'avait proclamé *lui* un miracle, un enfant de Thor, le plus fort d'entre les dieux, et Dagmar n'avait rien dit. Il savait à qui Bayr appartenait, et ce n'était pas au dieu de la Foudre. La force de Bayr avait été prophétisée par sa mère et son sacrifice de sang avait porté ses fruits.

Et ce n'était pas tout.

Durant les sept années qui suivirent la mort de Desdémone, aucune fille n'était née à Saylok. Dans aucun clan. La première année, les gens s'étaient réjouis de la naissance de tant de fils et ils avaient remercié les dieux. La deuxième année, ils en avaient parlé entre membres des différents clans, s'étonnant de cet étrange afflux de garçons. La troisième année, ils avaient commencé à s'inquiéter. Les chefs des six clans s'étaient rendus chez le roi, et le roi s'était rendu chez le Très-Haut Gardien. Ivo avait alors réuni tous les gardiens de Saylok, et ensemble ils avaient répandu leur sang sur la terre. Ils avaient dessiné des runes pour en appeler à la déesse Freya afin qu'elle donne des filles à Saylok. Ils avaient jeûné, prié, sacrifié six agneaux mâles à chaque lune de moisson.

Mais rien ne se passa. Et Dagmar, qui avait saigné et gravé des runes avec ses frères, n'avait toujours rien dit à qui que ce fût. Il avait supplié les dieux, les dieux nordiques, les dieux celtiques, le dieu chrétien, mais aucune fille ne vint récompenser ses suppliques. Au début, accaparé qu'il était par son rôle de père et la charge d'élever un bébé dans une enclave d'hommes qui n'y connaissaient pas plus que lui, il n'avait pas eu le temps de s'inquiéter des runes tracées par Desdémone. Mais au fil des ans, l'incapacité prolongée des femmes de Saylok à donner naissance à des filles lui avait remis les amères paroles de Desdémone à l'esprit, et elles le torturaient à présent sans répit.

Les entrailles rongées par la culpabilité et le cœur endeuillé, Dagmar avait gardé le silence sous le coup du doute et de la crainte. Il se répétait qu'une rune ne pouvait pas contenir tant de pouvoir. Desdémone ne pouvait pas être la cause d'une malédiction d'une telle ampleur. Il devait s'agir d'autre chose. Des filles ne tarderaient sûrement pas à naître. Saylok survivrait. Desdémone avait dit que Bayr serait la clé de son salut. Mais comment ? Et *quand* ?

— Que dois-je faire, Odin ? Ce n'est encore qu'un jeune garçon, se lamenta Dagmar à haute voix, priant les yeux fermés. Il a beau être fort, il ne peut pas porter un tel fardeau.

Dagmar se tut, les oreilles aux aguets, mais le monde autour de lui restait muet, la forêt sourde à ses suppliques. Il entailla ses paumes balafrées et les plaqua contre le tronc de l'arbre de Desdémone dans l'espoir de percevoir ses intentions, de comprendre ses ultimes paroles ; hélas, il ne sentit guère que le bourdonnement de la vie, du temps qui passe, et il finit par laisser retomber ses mains, conscient de la futilité de son geste.

Dagmar sentit la présence du garçon avant de l'entendre. Il en allait toujours ainsi. Bayr se déplaçait sans un bruit, mais Dagmar le vit avec l'œil de son esprit, et espéra que l'enfant n'avait pas surpris sa prière.

— Onc', grogna Bayr pour s'annoncer.

Il essayait de dire « oncle », mais il ne parvenait à enchaîner deux syllabes d'affilée qu'à grand-peine, et renonçait souvent dès le premier son émis. Bayr comprenait pourtant tout ce qu'on lui disait. Il avait l'esprit vif ; en revanche, il ne pouvait parler sans bégayer terriblement, tant et si bien que chaque mot lui prenait plusieurs secondes à prononcer.

Les incantations étaient pour lui plus faciles. Il se joignait aux gardiens pour leurs louanges du matin, chantant les mots qui l'avaient bercé depuis sa plus tendre enfance, mais lorsqu'il s'agissait de s'exprimer par lui-même, il n'arrivait guère à former une phrase entière. C'était une faiblesse étonnante chez un enfant si fort : il trébuchait davantage sur les mots que sur les obstacles physiques qui se dressaient sur son chemin. Ce défaut d'élocution le rendait très humble et était source pour lui d'une grande insécurité – faisant de lui un élève docile, ce dont Dagmar était reconnaissant. Même si cela n'apaisait pas ses appréhensions quant à l'avenir de l'enfant.

Dagmar repensait souvent à la rune de force incomplète qu'avait tracée Desdémone : savait-elle alors ce qu'elle faisait ?

— Oui, Bayr ? finit par répondre Dagmar en se détournant de l'arbre qui surplombait la dernière demeure de sa sœur.

Il venait souvent s'y recueillir et n'était guère surpris que Bayr ait su où le trouver.

— I-I-I-vo, bégaya Bayr en pointant le temple du doigt.

— Il désire me voir ?

Bayr hocha la tête, s'évitant de parler. Dagmar était convaincu que Bayr et lui pouvaient tenir toute une conversation faite uniquement de regards, de haussements d'épaules et de grimaces – et Bayr en serait même soulagé. Il possédait un visage expressif, et ses yeux bleu pâle couplés à son épaisse tignasse noire lui conféraient le même air de loup que ses ancêtres de Dolphys. Bayr tenait cela de Desdémone, mais sa taille et sa force faisaient immanquablement penser aux hommes du clan de l'Ours de Berne, le clan de son père. Et si jamais Banruud venait à poser les yeux sur lui, il verrait forcément la ressemblance. Mais Banruud ne l'avait encore jamais vu. Rares étaient ceux, à l'extérieur de l'enceinte du temple, à l'avoir aperçu. Dred, le père de Dagmar, était venu à la recherche de sa fille un mois après sa mort, et Dagmar lui avait montré sa tombe au pied de l'arbre où elle s'était vidée de son sang, sans lui révéler qu'elle avait donné naissance à un fils. Dred était reparti en maudissant les dieux et son infortune, maudissant sa fille morte et son incapable de fils. Dagmar ne l'avait pas revu depuis.

Sans qu'il y eût besoin de l'encourager, le garçon se prosterna sur la dalle de pierre posée à même la terre, collant son front juste au-dessus de là où sa mère était enterrée. Telle était la coutume de leur peuple, en guise d'hommage aux défunts. Dagmar avait salué sa sœur de la même manière à son arrivée.

— M-m-mè-mère, bégaya-t-il avant de se relever d'un bond, glissant sa main dans celle de Dagmar.

Cette douceur contrastait avec sa force et Dagmar s'en réjouissait. Il pressa fort la main de Bayr dans la sienne en le regardant dans les yeux, submergé en cet instant par un irrépressible instinct protecteur. Les craintes qu'il entretenait à son sujet n'étaient pas les appréhensions typiques d'un oncle pour son neveu : Bayr était plus que capable de se défendre physiquement ; en revanche, les menaces d'ordre politique et spirituel l'inquiétaient bien davantage.

— As-tu été chasser… ou te battre ? demanda-t-il à son neveu.

Le bras du jeune garçon arborait une vilaine estafilade. Bayr y jeta un coup d'œil indifférent avant de relever la tête.

— Tu n'as pas été affronter de sangliers, de loups ou d'ours, hein ? s'enquit Dagmar avec tact.

Le garçon secoua la tête. La première fois qu'il s'était retrouvé face à une bête sauvage – un ours, en l'occurrence – remontait à deux ans. Bayr avait alors cinq ans. Ils venaient de se recueillir sur la tombe de Desdémone lorsqu'un craquement soudain sur leur droite avait mis leurs sens en alerte. Ils s'étaient relevés précipitamment, assaillis par une peur visqueuse qui étouffait les sons de la forêt. Le cœur battant dans les tempes et le souffle suspendu, Dagmar n'avait pas entendu l'ourse charger : elle fonçait droit sur eux, droit sur Bayr paralysé à ses côtés.

Puis le silence avait volé en éclats, et Dagmar avait instinctivement cherché à protéger l'enfant en le poussant derrière le rempart de son corps, priant les dieux que l'inévitable ne se produise pas. Mais Bayr n'était déjà plus là. L'enfant, sorti de sa stupeur, s'était mis en mouvement, et non pas pour fuir : il courait vers l'ourse comme s'il se réjouissait de son arrivée.

— Bayr ! s'était écrié Dagmar, mais sa voix avait

été noyée par le rugissement guttural qui s'échappait de la gorge du garçon.

C'était un cri tellement en décalage avec sa taille et la forme de sa poitrine, tellement en décalage avec son *espèce* même, que Dagmar avait reculé en chancelant. L'ourse avait ralenti sa course, à l'inverse du garçon qui fonçait à travers les arbres, bras et jambes fendant l'air avec force et détermination.

Bayr avait poussé un nouveau rugissement et la forêt s'était inclinée, les feuilles avaient tremblé et l'ourse avait changé de trajectoire. Le garçon l'avait poursuivie et, tête baissée, les bras croisés sur sa poitrine, véritable boulet de canon humain propulsé par une fureur intrépide et une foi impossible, il avait percuté le flanc de l'animal de plein fouet. L'ourse était tombée sur le côté d'une manière presque comique – les quatre fers en l'air, la surprise lisible sous son masque de fourrure –, puis s'était lentement remise sur pattes, légèrement sonnée, et avait laissé échapper une plainte aux accents de supplique. Emporté par son élan, Bayr avait également roulé au sol, mais il s'était relevé tout aussi sec. Bras levés et jambes écartées, il s'était fait aussi grand et aussi féroce que possible, puis avait lâché un nouveau rugissement.

L'ourse s'était éloignée en titubant, brisant branches et arbrisseaux dans sa fuite, suivie de ses deux oursons. Bayr les avait regardés détaler, les poings serrés, et Dagmar avait alors retrouvé l'usage de ses membres et de la parole. Puis le garçon s'était jeté dans ses bras, blotti contre sa poitrine, ses boucles noires chatouillant les lèvres de Dagmar.

— Jamais, jamais, jamais plus, Bayr. Tu ne dois plus jamais faire ça.

— Elle est partie, Oncle. Tu es en sécurité. Elle a eu peur pour ses oursons, je crois. Comme tu as eu peur pour moi.

— Pourquoi as-tu agi comme ça ? Comment ?

— Elle allait nous faire du mal.

Le garçon ne bégayait pas. Il ne trébuchait sur aucune syllabe, et Dagmar avait plongé son regard dans les yeux bleu pâle, une nouvelle fois abasourdi.

— Tu ne dois plus jamais, jamais faire ça, répéta Dagmar.

Bayr fronça les sourcils et baissa la tête. Les battements de son cœur revenaient à la normale, Dagmar le sentait contre son torse, dansant au même rythme que son propre pouls. Le gardien reposa l'enfant, soudain pris de vertiges. Bayr était beaucoup plus lourd qu'il n'y paraissait.

— Ce cri… On aurait dit celui d'un animal. Comment as-tu fait ça, Bayr ?

Le garçon haussa les épaules, la tête toujours baissée.

— Tu as couru vers l'ourse. N'étais-tu pas effrayé ? haleta Dagmar.

La confiance en lui du jeune garçon l'inquiétait presque autant que sa force.

— J-j-j'av-j'avais peur. M-m-m,-mais p-pas de l'ourse, répondit Bayr, repris par son bégaiement.

Dagmar s'agenouilla à hauteur d'yeux et attendit, à l'écoute.

— J'ai-j'ai eu p-peur pou-pour toi, murmura Bayr en caressant la joue de son oncle.

— Je suis un homme. Je suis ton oncle. Il est de mon devoir de te protéger.

Bayr secoua la tête avec véhémence puis se frappa la poitrine, et Dagmar comprit ce qu'il voulait dire. Le garçon considérait que c'était à lui de le protéger.

— Bayr, écoute-moi. Tu ne dois jamais t'interposer entre la mort et moi si cela te fait risquer ta vie. Si les Nornes en ont décidé ainsi, que leur volonté soit faite. C'est *moi* ton gardien, et non l'inverse.

Bayr ne répliqua pas, mais son regard s'assombrit et ses mâchoires se contractèrent. Il n'était manifestement pas d'accord. Cette réaction rappela à Dagmar son propre serment de se jeter du haut des falaises de Shinway si Ivo et les gardiens n'avaient pas consenti à garder l'enfant. Dagmar se dit que son entêtement d'alors lui revenait en pleine figure.

— P-p-peux pas te p-perdre, avait ânonné Bayr, les larmes aux yeux.

— Je serai toujours là pour toi, Bayr. Toujours. Mon cœur t'appartient. Mon esprit t'appartient, et même lorsque je mourrai, je refuserai le Valhalla pour continuer à veiller sur toi, avait promis Dagmar.

Bayr ne l'avait pas cru. Dagmar l'avait lu dans son regard. Ou peut-être préférait-il simplement avoir un oncle vivant à ses côtés plutôt qu'un ange au-dessus de son épaule. Toujours est-il qu'il avait approuvé d'un hochement de tête. Oubliant l'ourse, il serra la main de Dagmar dans la sienne comme l'enfant qu'il était, pardonnant à son oncle de l'avoir disputé.

Ce fut là le premier des nombreux exploits du jeune Bayr. À mesure que les années passaient, Dagmar cessa de le réprimander et de lui interdire des choses.

Comment aurait-il pu punir l'enfant de faire usage de ses dons ? Jamais Bayr ne cherchait le conflit ou la confrontation, sauf quand il s'agissait de protéger, comme si c'était un instinct ancré au plus profond de lui et qu'il n'avait d'autre choix que de lui obéir. Dagmar continuait donc à s'entailler les paumes et à prier, traçant dans la terre des runes de patience et de perspective, dans le but de pouvoir continuer à guider l'enfant qui lui avait été confié.

— Que me veut maître Ivo ? Le sais-tu, Bayr ? demanda Dagmar tandis qu'ils arrivaient en lisière de forêt et entamaient l'ascension de la Colline du Temple.

— R-rêve.

— Il a fait un autre rêve ? traduisit Dagmar.

Le garçon hocha une fois la tête.

— Le r-r-roi, articula péniblement Bayr.

Dagmar accéléra le pas.

La terre se mit alors à gronder, remuant et frissonnant, et Dagmar et Bayr redoublèrent encore leur foulée en arrivant en vue des remparts de la citadelle. Une secousse plus brutale que les autres les fit tous deux tomber et Dagmar tenta de protéger le garçon des rochers qui dévalaient la pente. Mais celui-ci s'était déjà remis sur pied et tendait la main à Dagmar pour l'aider à se relever.

Le tremblement de terre cessa abruptement, comme si le monde avait décrété que l'heure de sa fin n'avait pas encore sonné, et des cris retentirent depuis l'intérieur des remparts – des gémissements de terreur qui donnèrent la chair de poule à Dagmar.

Sans hésiter une seconde, Bayr courut vers le

temple, suivi de près par son oncle. Il n'y avait aucun garde sur le rempart ouest, mais Bayr escalada le mur avec une facilité déconcertante, puis ouvrit la lourde porte à Dagmar quelques secondes plus tard. Ils remontèrent à la hâte le chemin qui traversait le potager en direction du sanctuaire où Ivo passait la majeure partie de son temps. Le séisme avait affaibli les murs de l'édifice et plusieurs fissures zébraient son extérieur du sol au plafond. Le temple tenait néanmoins toujours debout.

Les plaintes reprirent de plus belle et Dagmar ouvrit la porte avec fracas, terrifié à l'idée de ce qu'il allait y découvrir.

Un groupe de gardiens s'était massé autour de la table de pierre au centre de la salle. Le tablier de l'autel était brisé en son milieu.

— L'autel est tombé ! souffla Dagmar, pris à la gorge par l'horreur de la scène.

Des rumeurs terrifiées couraient parmi les gardiens, eux d'habitude si maîtres de leurs émotions, et Dagmar et Bayr se précipitèrent le long de l'allée. Dagmar aperçut alors le corps inerte du roi Ansel, cloué sous la dalle de pierre.

— Bayr, file chercher les gardes ! lui intima Dagmar.

La reine, le regard fou, le visage maculé de poussière et de larmes, était agenouillée auprès de la tête de son époux, lui assurant d'une voix étranglée que tout allait bien se passer. Le roi avait les yeux clos, les traits impassibles.

Bayr n'obéit pas à son oncle. Se campant solidement sur ses jambes, il empoigna la dalle à deux mains et, poussant un rugissement qui n'était pas sans rappeler celui qui avait fait fuir l'ourse, il souleva le tablier de pierre et le projeta sur le côté, libérant ainsi le corps immobile du monarque. Le lourd bloc de pierre retomba dans un grand fracas, faisant de nouveau trembler le sol. La reine lâcha un cri et les gardiens eurent un mouvement de recul, mais le roi était désormais dégagé et le temple ne s'était pas effondré.

— Ansel ! gémit son épouse, les mains sur son torse inerte et sur son visage.

Mais déjà, la peau du roi arborait une teinte cireuse et son torse autrefois large et puissant apparaissait creusé sous les plis de sa tunique royale.

Ivo se pencha pour poser l'oreille contre le cœur du souverain, la paume suspendue au-dessus de ses lèvres.

— Il nous a quittés, ma reine, murmura-t-il d'une voix qui ne tremblait pas, mais le regard troublé.

*

Tard cette nuit-là, une fois le corps du roi rapatrié au palais et Bayr envoyé au lit, maître Ivo convoqua Dagmar au sanctuaire. Le Très-Haut ne lui adressa aucun signe tandis qu'il remontait l'allée sans un bruit, mais Dagmar savait que ce dernier avait remarqué son entrée. Ivo siégeait sur son trône, les yeux rivés sur l'autel brisé, ses mains aux longs ongles peints de noir accrochées à ses accoudoirs. Dagmar vint s'agenouiller à ses pieds, signalant ainsi sa subordination et son désir d'être instruit, avant de se relever, portant son regard sur la table de pierre que Bayr avait déplacée.

— Que s'est-il passé, Maître ? s'enquit-il dans un murmure chargé d'effroi.

— Le roi vient de nous quitter, déclara Ivo, à voix basse lui aussi.

Dagmar ravala son soupir. Il savait déjà cela. Il voulait comprendre ce qui s'était tramé en son absence, pourquoi maître Ivo l'avait fait quérir dans la forêt plus tôt dans la journée.

— Vous avez envoyé Bayr me chercher, lui rappela Dagmar.

Ivo leva lentement les yeux, comme s'il s'arrachait à une profonde réflexion.

— Je souhaitais réunir tous les frères. Depuis un certain temps déjà, je sentais le décès du roi imminent. Je craignais qu'il fût frappé d'une manière ou d'une autre. Mais sa mort aura été miséricordieuse. Instantanée. Tout homme souhaite partir ainsi, foudroyé dans le temple des dieux. À l'heure qu'il est, il dîne sans doute au Valhalla.

— Quelle était la raison de sa présence au temple ? s'enquit Dagmar.

Comme il disposait de sa propre chapelle au palais, le roi ne rendait que rarement visite aux gardiens dans leur sanctuaire.

— Le roi et la reine sont venus solliciter mes conseils. Le roi se faisait du souci pour sa fille. Elle est de nouveau enceinte, mais tous les enfants qu'elle a portés jusqu'alors sont morts avant de pousser leur premier cri. La reine m'a demandé d'invoquer les Nornes et de les interroger sur la destinée de sa fille.

Dagmar garda le silence, attendant que maître Ivo poursuive. Plus il témoignerait d'impatience et moins le vieil homme lui en révélerait. Ivo prolongea son silence sans rien dire, mais sans le congédier non plus.

— J'ai vu Dame Alannah tenir un enfant dans ses bras, finit par murmurer Ivo. Elle débordait de joie. J'ai partagé cette vision avec le roi Ansel et la reine.

Dagmar ne put réprimer un hoquet de surprise. Banruud aurait donc un autre fils. Desdémone avait pourtant prophétisé que Bayr serait son seul enfant. Peut-être cela signifiait-il la fin de sa malédiction de sang ?

— C'est… C'est… une formidable nouvelle, bégaya Dagmar.

Ivo hocha lentement la tête et ferma ses paupières cerclées de noir comme pour se replonger dans sa vision.

— Cette annonce a apporté beaucoup de bonheur au roi dans ses derniers instants.

— Nous avons senti la terre trembler tandis que nous remontions la colline, dit Dagmar.

Il avait ressenti les mêmes secousses à la mort de Desdémone, un point qu'il n'avait jamais abordé avec Ivo.

— Ça s'est passé très soudainement, telle une tempête en mer, rumina Ivo. Le sanctuaire s'est mis à trembler et j'ai bien cru que le temple allait s'effondrer… que nous allions tous périr écrasés. J'ai supplié le roi de se mettre à couvert sous l'autel, mais celui-ci s'est alors brisé en deux, comme si Thor avait abattu son marteau dessus.

— Qu'est-ce que cela signifie ? le pressa Dagmar, incapable de masquer sa stupeur.

— Qu'il est impossible de se cacher lorsque les dieux nous rappellent à eux, déclara Ivo, arrachant une grimace à Dagmar au souvenir du corps sans vie du roi. Nous allons devoir choisir un nouveau souverain, poursuivit le Très-Haut.

— Bien entendu, Maître.

Ansel était déjà roi lorsque Dagmar avait été intronisé gardien. Il n'avait donc jamais participé à la sélection d'un monarque et l'importance de cette tâche lui noua l'estomac.

— Bayr a été choisi par Thor. Thor a brisé l'autel. Il a ôté la vie d'un roi pour en révéler un autre, asséna Ivo en fixant Dagmar de ses yeux noirs.

Dagmar lui rendit son regard, bouche bée.

— Il n'a que sept ans, Maître, protesta-t-il une fois qu'il eut recouvré l'usage de la parole.

— Il a été choisi, Dagmar. Depuis le tout début, il a été choisi.

— Il n'appartient à aucun clan, bredouilla Dagmar. Le peuple va se révolter.

— Il s'appelle Bayr. Il est du clan de Berne. Sa mère le savait, tu le sais… et je le sais aussi, mon frère. Je sais qu'il est le fils de Banruud, les runes me l'ont montré.

Dagmar fut parcouru d'un frisson et lutta pour apaiser la tempête qui devait se lire dans ses yeux. Il aurait dû se douter qu'Ivo découvrirait la vérité. Ivo savait tout.

— Le chef Banruud ne le reconnaîtra jamais

comme son fils, murmura Dagmar, se raccrochant à cet espoir.

— Cela n'a aucune importance. Le gardien de Berne le reconnaîtra comme l'un des siens, répliqua Ivo sans se démonter le moins du monde. Et tu témoigneras de sa filiation si la chose s'avère nécessaire.

— Je vous en conjure, Maître, il n'est pas encore prêt.

— Il est notre salut.

— Ce n'est qu'un enfant.

— Nous avons tous été témoins de sa puissance.

— La puissance ne fait pas tout, Maître. Il doit encore grandir et apprendre.

— Tu seras son précepteur. Tu lui serviras de conseiller sur le trône jusqu'à ce qu'il soit en âge d'assumer ses fonctions.

— Oui, je serai son précepteur. Je donnerai ma vie pour lui – je la lui ai déjà consacrée. Mais il n'en reste pas moins un enfant, protesta Dagmar, la poitrine irradiant de peur pour son neveu et pour lui-même.

Il ne pouvait pas devenir le conseiller d'un roi.

— Ton destin sera son destin, décréta Ivo. Te souviens-tu du jour où tu as apporté l'enfant dans ce sanctuaire, encore couvert du sang de sa naissance ?

Dagmar acquiesça. Cette journée s'était inscrite au fer rouge dans son cœur et sa mémoire.

— Je l'ai su dès ce jour, Dagmar. Je savais qu'il serait couronné roi. Il est le fils de Thor, déclara Ivo d'un ton inflexible. Nous convoquerons les chefs de clan une fois le roi conduit à son repos éternel. Puis nous tracerons nos runes et invoquerons les dieux. Alors nous choisirons un nouveau roi.

4

À mesure que les funérailles du roi Ansel approchaient, chacun se mit en route vers le centre de l'île, en l'honneur du défunt roi. Dans l'attente de la procession royale, les membres de chaque tribu campaient autour du Village du Roi, vêtus de leur plus belle livrée, et les couleurs de leurs tentes – l'or d'Adyar, le rouge de Berne, le bleu de Dolphys, l'orange d'Ebba, le brun de Joran et le vert de Leok – formaient un arc-en-ciel circulaire. Les proches du défunt en deuil, tresses coupées et tenues aux couleurs éclatantes, bordaient des deux côtés la route qui descendait le long de la Colline du Temple, seule voie d'accès à la citadelle qui ne requît ni escalade ni chemins escarpés.

Quand le souverain de Saylok mourait, il était de tradition pour les hommes de se couper les cheveux en reconnaissance de son trépas. La longue tresse serrée qu'ils portaient dans le dos était sectionnée – une tresse qu'ils avaient laissée pousser durant tout le règne du monarque –, signifiant ainsi la fin d'une ère et le commencement d'une nouvelle. À Saylok, on pouvait déterminer la durée d'un règne en observant la chevelure de ses guerriers. Un par un, les guerriers de chaque clan déposèrent leur longue tresse sur le cercueil du roi lorsqu'il passa à leur niveau – Ansel d'Adyar avait régné sur Saylok pendant vingt années.

Les femmes n'avaient pas obligation de se couper les cheveux à la mort du roi, mais beaucoup le faisaient en signe de deuil et de respect, indiquant ainsi l'ampleur de leur chagrin personnel. En ce matin de procession, la reine, le crâne garni de quelques touffes de cheveux blanc-gris inégales, suivait à pied le chariot ouvert où reposait son époux, tiré par des chevaux. Le cercueil du roi était drapé de ses couleurs et les tresses de ses concitoyens – de toutes les formes, teintes et tailles – débordaient de la litière funéraire. Beaucoup pleuraient sur son passage, et certaines femmes détournaient le regard, honteuses de ne pas s'être coupé les cheveux.

Les gardiens de Saylok, eux, avaient la tête rasée, indiquant ainsi leur séparation d'avec le roi et ses sujets. Le sommet du crâne luisant au soleil, maître Ivo ouvrait le cortège, suivi des six Hauts Gardiens, tandis que leurs frères d'un rang moins élevé formaient deux colonnes derrière eux, arborant leur longue tunique pourpre qui venait elle aussi rappeler leur impartialité. Bayr ne marchait pas avec eux. Il n'était pas gardien, pas même encore un suppliant, et son épaisse tresse avait également été sectionnée à hauteur de sa nuque comme le voulait la coutume. Lorsque Dagmar avait quitté l'enceinte du temple avec les autres gardiens, Bayr avait escaladé la plus petite des tourelles du rempart nord pour observer la mer colorée qui ondulait à ses pieds : la lente progression solennelle de la parade, les puissants chefs de clan et les austères gardiens, tous descendant la même route qui les éloignait du temple et du palais royal.

Les chefs de clan, rangés dans l'ordre de succession au trône, venaient en fin de procession, Banruud de Berne chevauchant en premier tandis qu'Aidan d'Adyar, fils du roi défunt et par conséquent l'homme le plus éloigné du pouvoir, fermait la marche.

— Saylok, chuchota Bayr.

Il prononça ce mot avec la même révérence que Dagmar quand il en parlait, et il sentit son cœur se serrer de fierté et d'admiration devant le spectacle qui s'offrait à ses yeux. Ses yeux bleu pâle revenaient sans cesse au grand homme vêtu de rouge, cheveux bruns au vent, qui brandissait fermement sa bannière.

— B-B-Banruud de B-Berne, ajouta Bayr, profitant d'être seul pour tester la sonorité de ce nom.

Le nouveau roi serait issu de Berne, et cela intriguait Bayr. Les chefs chevauchaient leur destrier et portaient haut les couleurs de leur clan. L'assistance les regarda passer avec admiration, tout comme le jeune garçon. Mais, de son perchoir, ce dernier n'entendit pas la rumeur qui se frayait insidieusement un chemin parmi les rangs des spectateurs : les dieux de Saylok avaient brutalement rappelé à eux le chef d'Adyar, et le peuple n'était pas convaincu que le choix d'un nouveau chef de clan fût la réponse exigée par les dieux – ni par les circonstances.

Le tour complet du Village du Roi prit toute la journée, et lorsque la procession toucha à son terme, les chefs et la garde royale escortèrent le cercueil et la reine jusqu'à Adyar, où la dépouille du roi Ansel serait placée sur un bateau puis envoyée en mer, son bûcher funéraire embrasé marquant l'ultime étape de son périple.

Six semaines durant, les gardiens de Saylok interrogeraient les dieux et invoqueraient des souverains passés pour faire appel à leur sagesse. Les chefs de clan seraient également convoqués au temple afin que chacun puisse donner son opinion, puis les gardiens s'enfermeraient à nouveau pour délibérer.

Au terme des six semaines, maître Ivo et l'ensemble des gardiens de Saylok défileraient une nouvelle fois autour du village dans leur tunique pourpre, le nouveau roi à cheval derrière eux. Et le peuple se réunirait cette fois pour célébrer son nouveau monarque.

Dagmar avait été d'une concision inhabituelle lorsqu'il avait répondu aux questions de Bayr au sujet de la succession au trône. Bayr voulait tout savoir dans les moindres détails, connaître tous les cas de figure et toutes les exceptions, et il avait beaucoup questionné son oncle sur Banruud de Berne.

Dagmar lui avait expliqué ce qu'il pouvait, mais Bayr avait lu la tension dans les yeux de son oncle et au niveau de ses lèvres pincées. La longueur de ses prières et ses paumes tailladées ne lui avaient pas échappé : Dagmar recourait aux runes, délaissant Bayr pour s'isoler dans les bois. Il disait que les arbres lui murmuraient des paroles de sagesse à l'oreille et qu'il ne pouvait pas les entendre lorsque Bayr l'accompagnait. Son neveu avait accueilli cette excuse d'un air sceptique – il était très discret –, et il avait tenté de le suivre à bonne distance, mais Dagmar devinait toujours sa présence et le renvoyait au temple.

Les yeux de Bayr s'attardèrent sur le large dos du chef Banruud, et il se demanda ce que cela faisait d'être roi, d'être le souverain de tout Saylok. Personne ne pourrait lui dire de rester en retrait ni ne lui cacherait aucun secret. Dagmar ne pourrait plus lui interdire de l'accompagner dans les bois lorsqu'il le souhaitait.

Que cela faisait-il d'être roi ?

Bayr frissonna et abandonna cette idée. Il n'avait aucune envie de dire aux autres quoi faire, de voir les six clans se tourner vers lui pour qu'il les dirige, de donner des ordres ni de prononcer de beaux discours depuis son trône. Il n'avait aucune envie d'être roi. Même pas un tout petit peu. Bayr se moqua de lui-même et lâcha un petit rire avant de se redresser, se balançant sur le rempart abrupt comme s'il n'était pas à cent pieds du sol.

— V-v-vive B-B-Banruud de B-Berne, p-prochain roi de S-Saylok ! cria-t-il dans le vent, heureux que le choix des dieux se porte sur lui, heureux de n'être qu'un jeune garçon au sommet du parapet, caché de la vue de tous.

*

Banruud avait eu bon espoir d'obtenir le soutien de ses pairs, ne serait-ce que parce qu'ils aimaient l'idée d'un chef de clan portant la couronne. Mais ils avaient entendu le bruissement des rumeurs de la foule, et jugèrent bon de narguer Banruud avec cette histoire de Garçon du temple. Les chefs de clan n'étaient liés que par leur statut et leur désir commun de voir Saylok prospérer – cette prospérité ne pouvant qu'accroître leur pouvoir et leur richesse personnels. Aucun d'entre eux n'aimait particulièrement Banruud et aucun ne verserait de larmes si le trône venait à lui être refusé. Ils étaient réunis à Berne aux frais de Banruud dans l'attente de l'annonce des gardiens. Ils seraient alors convoqués au temple pour exprimer leur vote et couronner un nouveau roi. Dans l'entre-temps, Banruud avait l'impression de devenir fou. Ils mangeaient sa viande, buvaient son vin, dormaient dans ses lits et troussaient ses domestiques, et pourtant cela ne les empêchait pas de revenir sur la même conversation à chaque repas.

— Il paraîtrait que le Garçon du temple a déjà affronté un ours, et il aurait aussi mis une meute de loups en déroute, marmonna Lothgar, la bouche encore à moitié pleine du gigot d'agneau qu'il tenait en main.

— Il a tué un sanglier adulte à mains nues. Mon frère en a été témoin, abonda Erskin, chef d'Ebba, tout en grimaçant à la vue de la bouche barbouillée de graisse de Lothgar. Il a attrapé la bête par les défenses et l'a fait tournoyer dans les airs. Quand il l'a lâché, le bestiau a été se fracasser contre un arbre, et je peux vous dire qu'il ne s'est pas relevé !

— Voyons, Erskin, ce n'est qu'un enfant ! s'énerva Banruud.

— C'est vrai. C'est un garçon de sept ans. Mais il est grand pour son âge, et il possède une force incroyable, intervint Lothgar sans lever les yeux de sa nourriture.

Banruud balaya ces propos d'un revers de manche.

— Un garçon de sept ans ne peut pas être roi. Il n'a même pas de clan.

— Il s'appelle Bayr, ça laisse à penser qu'il vient de Berne, lança Dirth de Dolphys en arquant un sourcil brun à l'adresse de Banruud.

Si le garçon était effectivement de Berne, Banruud devrait le reconnaître comme l'un des siens. Et en tant que tel, il pouvait donc être choisi roi.

— Ma mère la reine m'a rapporté que le garçon avait soulevé l'autel sous lequel gisait mon père à lui tout seul, alors que trois hommes s'y étaient essayés ensemble plus tôt sans déplacer la dalle d'un pouce, dit Aidan, chef d'Adyar et fils du défunt roi, d'une voix calme.

Quatre paires d'yeux se tournèrent vers le jeune chef. Aidan n'avait aucune chance d'être nommé roi. Il s'écoulerait un siècle ou plus avant que la couronne ne revienne à son clan, et Aidan serait sous terre depuis longtemps. Cela conférait davantage de poids à ses mots.

— Les soldats de la Colline du Temple disent qu'il a combattu un lion des montagnes, qu'il a escaladé les plus hauts pics jusqu'aux nids des aigles, qu'il a monté et dompté un cheval sauvage. Savez-vous ce que cela signifie ? demanda Aidan d'un ton nonchalant.

Les hommes attendirent, sachant qu'Aidan allait le leur révéler. En tant que benjamin de l'assemblée, Aidan semblait savourer d'être ainsi au centre de l'attention, plus qu'il n'aurait sûrement osé l'admettre.

— Adyar, l'aigle. Ebba, le sanglier. Leok, le lion. Berne, l'ours. Joran, le cheval. Dolphys, le loup. Le garçon a triomphé de chacun d'entre eux. Le Très-Haut Gardien estime que sa destinée est de régner sur les six clans, élabora Aidan.

— C'est un gamin ! Il n'a pas de clan ! Il ne peut pas être roi ! tonitrua Banruud.

Aidan hocha lentement la tête, se réjouissant manifestement de sa colère. Le chef de Berne savait qu'Aidan ne l'avait jamais apprécié. Il lui en voulait d'avoir fait souffrir sa sœur – et de la faire souffrir encore, puisqu'elle était alitée à l'étage au-dessus d'eux en ce moment même, s'apprêtant à accoucher d'un nouvel enfant mort-né. Durant les sept années écoulées, elle avait donné naissance à quatre garçons, tous morts en venant au monde. Et à chaque nouvelle déception, Banruud l'avait maudite, souhaitant qu'elle soit morte en couches à la place de l'enfant.

Peut-être que ce serait une fille, cette fois-ci.

Banruud chassa ces pensées ridicules d'un claquement de langue agacé, que les autres chefs de clan interprétèrent comme une volonté d'argumenter.

Aidan, lui, se contenta de rire.

— Ne t'en fais pas, Banruud, mon frère. Tu seras roi ainsi que tu l'as prévu.

Tous les regards se portèrent à nouveau sur Aidan, interrogateurs.

— Le Garçon du temple est un idiot, consentit finalement à expliquer Aidan.

— Qu'entends-tu par là ? s'enquit Dirth de Dolphys, l'acier de ses yeux démentant la douceur de sa voix.

Berne avait beau être en lice pour le trône, le tour du clan de Dolphys suivrait, et Dirth était tout aussi curieux du garçon que Banruud.

— J'entends par là qu'il a beau être doté d'une force contre nature, il a toutes les peines du monde à terminer une phrase. Il bégaye dès qu'il ouvre la bouche, conclut Aidan dans un sourire narquois.

Banruud eut l'impression qu'on lui ôtait un poids de la poitrine, et Dirth jeta sa timbale contre un mur pour accueillir la bonne nouvelle. Banruud n'était pas encore entièrement soulagé pour autant.

Adyar, l'aigle. Ebba, le sanglier. Leok, le lion. Berne, l'ours. Joran, le cheval. Dolphys, le loup. Le garçon a triomphé de chacun d'entre eux. Le Très-Haut Gardien estime que sa destinée est de régner sur les six clans.

C'était une chose si Aidan cherchait juste à le faire enrager, c'en était une autre si l'enfant avait la faveur du Très-Haut Gardien. Si ce dernier considérait le garçon comme l'élu des dieux, alors tout était perdu.

Erskin reprit la parole :

— Ce n'est pas une force contre nature qui sera en mesure de sauver Saylok, même si l'enfant s'avère aussi fort que Thor lui-même.

— Nous avons besoin de femmes. Sept ans se sont écoulés, et pas une seule fille n'est née dans tout Saylok, dit Lothgar qui mangeait toujours. Seules les femmes sauveront Saylok, même si nous devons les prendre par la force.

Et ils ne s'étaient pas gênés. Erskin d'Ebba et Jaak de Joran avaient fait voile vers les Terres Méridionales, pillant des villages et volant des femmes, les transférant à bord de leurs navires afin de les ramener chez eux. De tels raids comportaient bien des dangers, et les hommes du Sud ne prenaient pas le rapt de leurs épouses à la légère. Et pour couronner le tout, tout comme pour les femmes de Saylok, les femmes kidnappées ne donnaient naissance qu'à des fils.

Le dernier raid s'était mal terminé pour le chef de Joran. Il avait perdu la vie au cours d'une bataille sur un rivage lointain, et son peuple procédait actuellement à la désignation d'un nouveau chef de clan. Banruud et Dirth, peu désireux de rencontrer le même sort, avaient opté pour le commerce plutôt que la rapine, dans l'espoir d'éviter la guerre avec les nations du levant. Ils avaient ainsi acheté deux douzaines de femmes – des esclaves, pour la plupart – aux hommes de l'Est, mais ces derniers avaient dû sentir leur désespoir : bien qu'affreusement chères, elles étaient fragiles et laides ; pas de quoi engendrer des enfants vigoureux. Trois d'entre elles étaient d'ailleurs mortes lors de la traversée retour vers Saylok.

Banruud n'avait pas de filles. Il n'avait pas de fils. Il avait une épouse qui avait tout fait pour lui en donner, et qui avait échoué. Desdémone lui aurait donné un fils, mais, à cette époque, il convoitait encore la faveur du roi. La belle Desdémone à la chevelure noire et au sourire malicieux, dont le père était venu le voir, enrageant des épousailles gâchées et blâmant Banruud pour sa mort. Banruud avait voulu tuer Dred de Dolphys, mais le chef de Dolphys aurait exigé une compensation pour la mort de l'un de ses meilleurs guerriers. Banruud l'avait donc dédommagé d'une bourse d'or et n'avait plus entendu parler du père de Desdémone depuis ce jour.

Banruud quitta la salle de banquet et ses tables chargées de victuailles, gravissant les marches jusqu'à la chambre où sa femme était en travail. La pièce empestait la sueur et les sels médicinaux, et il grimaça en s'avançant vers ce lit où il n'avait pas dormi depuis des lustres. Agnes, l'accoucheuse, avait cantonné Alannah à son lit pour la majeure partie de sa grossesse, convaincue qu'elle conserverait l'enfant si elle observait un repos absolu. Les faits lui avaient donné raison dans un premier temps, le bébé poursuivant sa croissance normalement dans le ventre de sa mère. Mais, ces deux derniers jours, Alannah ne sentait plus l'enfant bouger en elle. Elles craignaient dès lors le pire.

— Comment va-t-elle ? demanda-t-il à Agnes qui se tenait au chevet de sa femme.

Agnes avait été présente pour la délivrance de ses quatre enfants mort-nés et il se pouvait qu'elle en soit la cause. Peut-être devrait-il la jeter par la fenêtre, ouverte pour aérer la pièce. Il aurait pu soulever la corpulente sage-femme et la faire basculer dans les douves profondes qui entouraient son palais. Seul le fait qu'Agnes ait mis au monde plusieurs dizaines d'enfants en bonne santé au sein de son clan le refrénait.

— Elle se repose, Seigneur. Ses contractions sont encore espacées. Elle ne souffre pas. Peut-être que cette fois sera la bonne, Chef Banruud, dit l'accoucheuse avec un sourire plein d'espoir.

— Peut-être, acquiesça-t-il.

Ils répétaient la même phrase à chaque fois. Et à chaque fois, ils étaient déçus.

*

Le fermier et sa femme avaient attendu qu'il n'y ait plus personne dans la vaste salle, debout près des doubles portes, regardant le chef Banruud donner sa bénédiction à chaque nouveau-né de Berne qu'on lui présentait, tous des garçons. Il leur traçait sur le front une étoile d'un doigt trempé dans son sang, puis offrait à leurs parents une pièce d'or avant de les congédier. C'était un rituel obligatoire dans tous les clans. Chaque nouveau-né était ainsi accueilli et inscrit dans les registres de leur clan. Malgré cette coutume, il leur avait fallu une année pleine pour se rendre compte que les naissances au sein des clans étaient uniquement masculines.

Ils s'en étaient réjouis dans un premier temps. Il était toujours bon d'avoir des fils. Les fils constituaient les forces vives du pays. Les protecteurs. Les guerriers. Les fermiers.

Qu'ils avaient pu être stupides.

— Amenez-moi l'enfant, demanda Banruud au couple, contrarié.

Il avait veillé trop tard avec les autres chefs, la nuit précédente. Ils avaient trop ruminé leurs plaintes, bu beaucoup trop de son meilleur vin, tout cela sans parvenir à une quelconque conclusion. La journée avait été longue, la nuit ne tarderait plus à tomber, et il était las. Inquiet. Et il n'avait guère de patience pour ces villageois qui s'éternisaient chez lui alors que sa journée aurait dû être terminée. D'habitude, c'était Alannah qui guidait les gens jusqu'à lui et les raccompagnait en ces jours de bénédiction, mais elle était en train de mourir dans son lit, de mourir avec son enfant toujours en elle, et Banruud devait se coltiner ses obligations en plus des siennes.

Il regarda le fermier et sa femme à la peau criblée de taches de son approcher, le nourrisson dans les bras de sa mère. Ils jetaient des coups d'œil furtifs aux gardes restés près de la porte. Lorsqu'ils arrivèrent au pied du trône, la femme esquissa une petite révérence et l'homme s'inclina, mais la femme ne lui tendit pas l'enfant pour qu'il trace l'étoile sur son front.

— Nous souhaiterions vous parler en tête à tête, Seigneur, chuchota le fermier, sa nervosité poussant Banruud à porter la main à la dague passée à sa ceinture.

— Pourquoi ? grogna Banruud.

La femme eut un mouvement de recul, mais l'homme se pencha vers son chef, faisant preuve d'un courage qui frisait l'inconscience, et murmura encore plus bas :

— Ceci est l'enfant d'une esclave – notre jeune servante – et… et… il se trouve que… que c'est une fille, Seigneur.

Le fermier s'était exprimé si bas que Banruud crut l'avoir mal compris. Bonheur et peur se mêlaient sur le visage aplati du fermier.

— Laissez-nous, ordonna Banruud à ses gardes en les remerciant d'un geste.

Ceux-ci s'empressèrent d'obéir, refermant les

lourdes portes derrière eux. La journée avait été longue pour eux aussi.

— Donnez-moi l'enfant, demanda Banruud.

Il conservait une expression sereine et tâchait d'apparaître détendu, mais son cœur tambourinait follement dans sa poitrine.

L'épouse du fermier approcha du trône et lui tendit le nourrisson endormi, non sans une certaine appréhension.

— Nous l'appelons Alba, précisa la femme.

Banruud écarta les couvertures, puis dénoua les langes qui couvraient les parties intimes du bébé.

Il ne put retenir le petit cri de surprise qui jaillit de ses lèvres et se hâta de remmailloter l'enfant, parcourant la salle vide du regard comme si une armée se trouvait à ses portes, déterminée à mettre la main sur ce trésor qui lui était apporté.

— L'esclave… La mère… Dites-m'en plus à son sujet, les pressa Banruud tout en berçant l'enfant.

— Elle vient des Terres de l'Est. Balfor l'a ramenée à Saylok lors de son dernier voyage. Elle n'est chez nous que depuis quatre mois. Le bébé devait être en elle avant qu'elle ne fasse la traversée, même si elle nous l'a bien caché. Nous ne savions pas qu'elle était enceinte. Elle dort avec les moutons. C'est elle qui s'en occupe. Comme aucun homme ne voulait d'elle, c'est nous qui l'avons prise, expliqua le fermier.

— À l'évidence, un homme a bien voulu d'elle à un moment donné, rétorqua sèchement Banruud.

— Personne ne voulait d'elle parce qu'elle est fort laide, crut bon d'ajouter la femme.

Banruud éclata de rire. La femme qui se tenait

devant lui était sèche comme une trique et, avec ses traits fades, ses joues couperosées et ses cheveux frisés grisonnants, Banruud doutait qu'elle fût la mieux placée pour critiquer ainsi son esclave. Le rouge lui montant aux joues sous le coup de la mortification, elle poursuivit néanmoins :

— Elle n'a pas de couleur sur la peau ni dans les cheveux, Seigneur. Elle est blanche comme la neige… comme un fantôme… Même ses yeux sont très pâles.

— Elle a les yeux comme de la glace, Chef Banruud, renchérit son mari. J'arrive pas à la regarder plus de quelques secondes. Elle est d'une laideur effrayante. Ceux de l'Est ont dû bien se moquer de nous quand ils nous l'ont envoyée.

Un souvenir affleura à la mémoire de Banruud.

Aucune des femmes qu'ils avaient acquises auprès du peuple de l'Est n'avait résisté ni même rechigné à être ainsi vendue. Elles étaient nées en servage et semblaient résignées – impatientes même pour certaines – d'échapper à un maître pour en retrouver un autre, surtout si elles pouvaient devenir épouses au lieu d'esclaves. Aucune de ces femmes n'avait été maltraitée, mais elles avaient fait l'objet d'un examen poussé. Toutes celles en âge de porter des enfants ou plus jeunes étaient acceptées. Banruud se souvint d'un petit brin de femme à peine plus grande qu'un enfant, emmitouflée des pieds à la tête, qui se tenait à l'arrière du groupe que les hommes de l'Est avaient débarqué sur le ponton. Balfor, le superviseur de Banruud, lui avait retiré sa capuche pour mieux pouvoir juger de son âge et de son état de santé.

Sa chevelure blanche avait aussitôt fait naître un concert de protestations.

— Celle-ci est vieille. Nous avons exigé des femmes jeunes ! s'était indigné Balfor.

— Elle n'est pas vieille, elle est juste laide, intervint une femme du groupe. On l'appelle Fantôme. Regardez sa peau : elle n'a pas une ride ni une tache. Regardez sa silhouette : elle est mince et se tient bien droite. Vous pouvez même regarder ses seins, si vous y tenez. Elle a tout juste dix-sept ans. Je la connais depuis le jour de sa naissance.

La femme qui avait pris la parole n'avait elle-même guère plus de dix-sept ans, mais ses yeux étaient cernés et lestés de poches de fatigue, ses longs cheveux bruns lui cinglant le visage comme si elle était trop lasse pour les attacher. Banruud avait alors compris qu'on leur avait fourgué les femmes dont personne ne voulait, ce qui n'augurait rien de bon pour l'avenir de son peuple.

Balfor avait promptement arraché la tunique de la fille fantôme, découvrant son torse du cou jusqu'au nombril, exposant sa chair à l'air mordant. Elle était d'une pâleur de mort, mais sa jeune poitrine portait haut, et tous les hommes de l'assistance étaient restés bouche bée devant la pointe rose vif de ses seins. Elle n'avait pas protesté, gardant ses étranges yeux couleur de pierre rivés sur l'horizon dans l'attente du verdict.

Le superviseur avait fini par grogner son acquiescement avant de se détourner. La jeune femme avait refermé sa tunique et rabattu sa capuche boueuse sur ses cheveux tissés de nuages, et l'incident avait été clos. Banruud n'avait plus posé les yeux sur elle durant la traversée et ne s'était pas intéressé à son sort depuis leur retour à Berne.

— Pourquoi vous a-t-on permis de l'acheter ? Les femmes rapportées de l'Est devaient toutes servir d'épouses, insista-t-il.

— Balfor me l'a donnée, Seigneur, s'empressa d'expliquer l'homme. Il me devait de l'argent. Et, comme je vous l'ai déjà dit, personne d'autre ne voulait de la fille fantôme. Les hommes avaient peur d'elle, elle est tellement étrange. Ils pensaient que coucher avec elle transformerait leur queue en glace.

— Mais elle travaille dur, intervint son épouse, désireuse de défendre son esclave. Elle s'occupe bien des bêtes. On n'en a pas perdu une seule depuis qu'elle est là.

Banruud se fichait éperdument qu'elle fût une bonne travailleuse ou qu'elle gelât des queues. Il demeura un temps silencieux, ruminant les implications de cette découverte. Les dieux lui souriaient ce soir.

— Qui d'autre est au courant de l'existence de cette enfant ? demanda-t-il prudemment.

— Il n'y a que nous, Seigneur. Nous avons eu peur. Nous pensions que l'enfant avait hérité de la malédiction de sa mère…

— Pourquoi ?

— Parce que sa mère est d'apparence si étrange… et parce que c'est *une fille*, Chef Banruud. Et qu'elle ne vient pas de Saylok. On s'est dit que c'était peut-être un changelin. Ou une autre tromperie surnaturelle. Qui sait, c'est peut-être un monstre caché sous des apparences de petite fille ? raisonna le fermier.

L'enfant était coiffée d'un duvet de cheveux blond pâle qui rappelait ceux de la fille fantôme, mais elle avait de la couleur aux joues et un teint hâlé, les lèvres rose foncé. Elle était parfaitement formée et semblait en bonne santé. Sans la moindre marque d'étrangeté.

— Et où se trouve la mère en ce moment ? s'enquit Banruud.

— Avec les moutons, Seigneur, répondit la femme du fermier. Elle a des tâches à accomplir, et nous lui avons dit que la loi nous imposait de vous amener l'enfant. Il va d'ailleurs bientôt falloir la nourrir.

— Je vais l'apporter aux gardiens de Saylok, décréta Banruud d'un ton sans appel. Ils sauront quoi faire d'elle. Ils sauront si cette enfant est telle qu'elle apparaît. Vous ne devez souffler mot de son existence à personne jusqu'à ce qu'ils l'aient bénie.

— Mais, Seigneur, protesta la femme d'un ton hésitant. Il faut que sa mère la nourrisse. La petiote va avoir besoin de sa mère.

Banruud songea à Alannah, qui attendait de donner naissance, à ses seins déjà lourds de lait. Le bébé n'aurait nul besoin de la fille fantôme, mais Banruud devrait s'assurer de son silence.

— Rentrez chez vous et attendez mes instructions.

La femme fit mine de vouloir protester à nouveau, mais son époux eut la sagesse de la calmer d'une pression de la main. Il connaissait les colères de Banruud et souhaitait à tout prix éviter que sa femme ne l'offense.

Mais Banruud était empli de lumière. Sa poitrine. Sa tête. Son avenir. Tous baignés d'un halo radieux.

Il adressa un sourire patient à ce couple qui venait de lui offrir la seule chose susceptible de lui garantir le pouvoir qu'il convoitait.

L'enfant toujours dans les bras, il défit la bourse accrochée à sa ceinture et la présenta au fermier et à son épouse.

— Prenez cela en guise de dédommagement. Et surtout, pas un mot de l'existence de cette enfant jusqu'à ce que je vous informe de la décision des gardiens.

Les yeux du fermier s'illuminèrent à la vue de la bourse, mais sa femme se mordillait la lèvre, manifestement mal à l'aise.

— Viens, Linora, insista son mari avant de s'incliner devant son chef, la bourse disparaissant dans les entrailles de sa sacoche. C'est pour le mieux.

Banruud serra l'enfant contre sa poitrine et se détourna du couple, leur signalant qu'il en avait fini avec eux. Il attendit qu'ils se soient retirés et, quand enfin il entendit se refermer la lourde porte, il se pencha sur le visage du nourrisson.

— Tu seras mon salut, Alba, murmura-t-il.

C'était le prénom parfait, comme si les Nornes elles-mêmes l'avaient choisi et chuchoté à l'oreille de la jeune esclave. Alba, le mot bernien qui signifiait « blanc ». Blanc, pour la couleur de ses cheveux et celle de cette fille fantôme qui venait de le sauver sans le savoir. Alba, un nom qui commençait par la même lettre que celui du clan d'Alannah. Tout Saylok serait ainsi persuadé qu'Alannah d'Adyar était la mère de cette enfant. C'est ainsi qu'il annoncerait la nouvelle et, une fois les derniers obstacles restants réglés, tous n'y verraient que du feu. Il se proclamerait son père. On l'appellerait alors le briseur de malédiction. Le peuple de Saylok y lirait un signe.

Banruud de Berne avait une fille, et les gardiens de Saylok feraient de lui le roi.

5

Alannah dormait lorsque Banruud se glissa dans la pénombre de sa chambre, la nouvelle-née entre les bras. Un feu brûlait dans l'âtre alors même que la journée avait été plutôt clémente. Une servante ramassait des linges souillés au pied du lit, ses mouvements lents et empreints de tristesse, et Banruud sut le sort qu'avait rencontré son nouveau fils.

La domestique se retourna, le visage blême, et laissa tomber les draps ensanglantés qu'elle tenait à la main, comme si on l'avait surprise en train de commettre un crime.

— Seigneur ! Agnes est partie vous chercher. L'enfant… Votre fils… Ma dame…, bredouilla-t-elle, incapable d'annoncer la nouvelle qu'il avait déjà acceptée sans sourciller.

— Va-t'en, ordonna-t-il d'une voix neutre.

Les yeux de la servante se posèrent sur le paquet qu'il tenait dans les bras, mais elle s'empressa d'obéir, non sans avoir ramassé les linges souillés au préalable. Détournant le regard de son maître et de l'enfant qu'il portait, elle gagna la sortie d'un pas vif. Mais Banruud savait ce qu'il lui fallait faire.

Il déposa le nourrisson dans le berceau à côté de la fenêtre, un berceau prévu pour accueillir la progéniture d'un chef. Puis il se hâta de sortir de la pièce à son tour. La servante se tenait encore non loin de la porte, comme si elle hésitait sur la conduite à adopter, mais lorsqu'elle l'entendit, elle fila vers l'escalier de pierre raide à l'arrière du palais, celui qui permettait aux domestiques d'accéder aux différents étages sans être vus.

— Cours, petite servante, cours, chuchota Banruud.

Et c'est ce qu'elle fit, les bras chargés de linge, cherchant à s'éloigner aussi vite que possible de son seigneur et maître. Mais en trois enjambées, il eut tôt fait de combler la distance qui les séparait. D'une poussée vigoureuse dans son dos gracile, il hâta sa fuite, l'envoyant dévaler les impitoyables marches de pierre.

Elle ne poussa pas même un cri.

Banruud la suivit, d'un pas beaucoup plus prudent. Elle gisait au bas de l'escalier, son visage émergeant des draps qu'elle portait comme d'un suaire. Mais elle n'était pas morte. Elle le regardait avec de grands yeux, gémissant de douleur et de peur. Elle s'était rompu le cou dans sa chute, la jambe gauche aussi, mais il ne comptait pas la laisser souffrir. Il posa son pied botté sur sa gorge et appuya de tout son poids, lui souhaitant un voyage sans encombre vers l'au-delà.

Puis il remonta l'escalier de pierre avec la même conviction farouche. Si Agnes, l'accoucheuse, faisait montre de la moindre incrédulité ou d'un quelconque manque de loyauté, il lui ferait subir le même sort. Il comptait sur sa fidélité à sa maîtresse et sur sa foi dans les dieux pour garantir son silence.

Banruud pénétra derechef dans la chambre de son épouse, marcha jusqu'au lit et contempla le corps endormi d'Alannah. Elle n'avait plus le ventre gonflé et serrait l'enfant mort enveloppé d'une couverture au creux de ses bras. Chaque fois, elle insistait pour les tenir, et chaque fois, Banruud devait lui faire lâcher le petit cadavre avant qu'il ne commence à se décomposer.

L'espace d'un instant, il se laissa submerger par cette rage et ce chagrin qui lui étaient à présent si familiers. Quatre fils – cinq désormais –, tous enterrés sur une même rangée, quatre petites têtes surmontées de quatre pierres plates. Et sa femme qui leur avait tous survécu. Il l'aurait volontiers répudiée – et remplacée – depuis longtemps, mais elle était la fille du roi, et il ne pouvait pas s'en débarrasser si facilement.

Mais Odin avait fini par lui accorder sa faveur.

Banruud défit la couverture tricotée avec tant de soin par Alannah d'autour de son fils mort, avant d'y enrouler Alba et de la placer contre la forme inerte de sa femme. Il s'empara de l'étoffe rêche qui avait emmailloté la petite fille, descella une pierre branlante de la cheminée, puis la plaça dans le tissu avec le cadavre de son fils. Il noua le tout solidement et se dirigea vers la fenêtre ouverte. Il scruta la pénombre naissante. Si jamais quelqu'un devait être témoin de la chute du paquet dans les douves, cela n'avait aucune importance. Quand bien même quelqu'un chercherait à le repêcher, il aurait déjà coulé à pic. Il lâcha le paquet et le regarda tomber, jusqu'à entendre un plouf discret lorsqu'il creva la surface de l'eau. Il le perdit immédiatement de vue, le poids de la pierre entraînant son fils mort vers sa tombe sous-marine.

Satisfait de s'être acquitté de la partie la plus pénible de sa besogne, il revint vers sa femme endormie et s'installa dans un fauteuil près du lit, attendant qu'elle s'éveille et découvre le cadeau qu'il avait déposé dans ses bras. Elle venait d'endurer deux jours d'un labeur exténuant et la naissance d'un énième enfant mort-né, et elle était plongée dans ce profond sommeil qui suit les crises d'hystérie. Agnes lui avait sans doute donné une potion, ne serait-ce que pour la soustraire un temps à la douleur et à la misère, et la faire plonger dans un sommeil sans rêves. Mais Banruud avait besoin qu'elle se réveille.

— Alannah, dit-il à mi-voix en la secouant sans ménagement. Réveille-toi.

Elle ne bougea pas d'un iota. Il insista, lui pinçant les bras cette fois jusqu'à lui arracher de faibles gémissements. Elle leva une main pour le repousser.

— Alannah.

Elle grogna de plus belle.

— Alannah.

Elle papillonna des paupières et il vit dans ses yeux qu'elle se souvenait de ce qui était arrivé. Elle les referma et détourna le visage. Elle pensait sûrement qu'il allait la réprimander, passer sa rage et son chagrin sur elle – et n'avait aucune envie de lui faire face.

Il s'efforça d'adopter le ton le plus doux possible.

— Alannah, il faut que nous fêtions ça.

Le menton de sa femme fut agité de tremblements et sa bouche se tordit vers le bas. Des larmes s'échappèrent de sous ses paupières closes, dévalant le long de ses joues pâles.

— Regarde ce que tu m'as donné, femme. Regarde notre somptueuse petite fille.

Ses paupières se rouvrirent et deux yeux bleus se fixèrent dans les siens, noirs. Elle dévisagea son époux d'un regard las. Faible. Désorienté.

Parfait. Cela arrangeait Banruud qu'elle soit confuse.

La nouvelle-née émit alors un petit vagissement, à point nommé.

Alannah baissa les yeux sur l'enfant blotti contre ses côtes, l'incompréhension s'épanouissant sur ses traits ravagés de douleur.

— Regarde ta magnifique petite fille, dit-il en déposant le nourrisson en travers de sa poitrine pour qu'elle sente sur sa peau la chaleur et la douce respiration de l'enfant.

— Mon bébé ? geignit-elle. Non… Je… Mon bébé est mort, ânonna-t-elle.

Son visage se décomposa à nouveau et elle porta ses mains à ses yeux. Elle épongea ses larmes, ignorant le nourrisson qui gesticulait contre elle.

— Non, pas cette fois. Ton bébé est vivant. Ta *petite fille* est vivante. Tu étais en état de choc et Agnes t'a prodigué un remède. Ça a apaisé tes douleurs, mais ça t'a également fait oublier.

Banruud lui ôta les mains des yeux, enserrant ses fins poignets avec ses doigts. Il la força à prendre l'enfant.

— Regarde-la, Alannah. Prends ta fille. Elle a faim. Elle a besoin de toi.

Il tira sur le devant de sa robe de chambre, dévoilant ses seins gorgés. Elle avait des montées précoces de lait, devançant toujours la naissance de bébés qui ne survivaient pas. Les yeux vitreux, elle agrippa l'enfant.

— Je n'ai aucun souvenir d'elle, geignit-elle encore.

— Je sais. Mais ça va te revenir. Tu seras bientôt comblée de bonheur, comme je le suis moi.

Alannah détourna son regard de l'enfant pour trouver celui de son mari.

— Tu es vraiment heureux ? demanda-t-elle d'une petite voix.

— Plus que je ne l'ai jamais été.

— C'est mon enfant ? Notre enfant ? voulut-elle s'assurer, le suppliant presque.

— Oui.

— Une fille ?

— Oui, c'est bien une fille.

Alannah toucha la joue du bébé du bout des doigts, l'étonnement et l'espoir redonnant quelques couleurs à ses traits marqués par la fatigue.

— Je suis en train de rêver, se lamenta-t-elle. Ça ne peut pas être vrai. Mes bébés sont tous morts.

— Et pourtant elle est bien vivante.

La petite fille se mit à brailler avec vigueur, et Alannah mêla ses pleurs aux siens.

— Aide-moi à m'asseoir, Banruud, dit-elle entre deux sanglots tout en raffermissant sa prise sur l'enfant.

Il l'aida à se redresser, calant femme et enfant contre la tête de lit en chêne massif. D'une main hésitante, mais guidée par un instinct né de longues souffrances, Alannah approcha la nouvelle-née de son sein. Le bébé ne se fit pas prier et se mit en devoir de téter goulûment. Un sentiment de triomphe envahit Banruud quand il vit la grimace initiale de son épouse se muer en un soupir de soulagement.

— Nous allons l'appeler Alba, déclara-t-il.

— Alba, répéta-t-elle dans un état proche de la transe.

Banruud entendit alors des cris suivis de bruits de bottes à l'extérieur de la chambre, mais personne ne fit irruption ni même ne frappa à la porte. Sa femme, enveloppée dans un brouillard où l'euphorie le disputait à l'épuisement, ne remarqua même pas le remue-ménage. Un de ses hommes ne manquerait sans doute pas de venir informer Banruud de ce qu'il s'était passé. Ou peut-être que non. Il était assisté d'un intendant et d'une gouvernante. C'était à eux de gérer le terrible accident dont la jeune servante avait été victime. Il fut brièvement assailli par le remords. Ça lui avait coûté de tuer une jeune femme de Berne, à une époque où celles-ci se faisaient rares. Et ce soir, il en tuerait plus d'une.

La porte s'ouvrit soudain sans un bruit et Agnes se glissa dans la chambre – elle était la seule du palais à pouvoir ainsi pénétrer dans la chambre de Dame Alannah. Elle avisa tout d'abord Banruud assis au chevet de sa femme et son expression se figea tandis que tout en elle se raidissait dans l'attente de la colère du chef. Puis son regard se posa sur sa maîtresse.

L'accoucheuse poussa un petit cri étranglé et

manqua tomber à la renverse, les yeux rivés sur l'enfant qui tétait le sein d'Alannah.

— Par les yeux d'Odin ! siffla-t-elle en traçant le signe de l'étoile sur son cœur.

— Elle est si belle, Agnes. Viens voir comme elle est belle, murmura Alannah d'une voix pâteuse et encore ensommeillée.

— Que… qu'est-ce que c'est ? chuchota Agnes, agitant ses mains comme si elle ne savait plus où les poser.

Banruud s'attendait presque à ce qu'elle s'évanouisse. Agnes tituba et finit par s'appuyer contre le mur le plus proche.

— La déesse Freya m'a fait don d'une petite fille, Agnes, reprit Alannah, toujours concentrée sur l'enfant à son sein. Me voilà mère, comme tu me l'as promis.

Banruud considéra l'accoucheuse d'un regard calculateur. Elle connaissait Alannah depuis sa naissance, l'avait aimée et choyée comme une mère, l'accompagnant à Berne lorsque Alannah était devenue sa femme. Elle était restée à ses côtés au travers de toutes ses grossesses infructueuses.

— Vous êtes une prophétesse, Agnes, minauda Banruud, et je vous serai éternellement reconnaissant.

— Mais l'enfant… J'étais partie vous chercher, Seigneur. Je croyais que l'enfant était…, bredouilla-t-elle sans terminer sa phrase.

Elle ne pouvait pas se résoudre à prononcer les mots, pas en présence d'Alannah qui tenait ce nourrisson dans les bras, un nourrisson bel et bien vivant.

— Imaginez ma joie quand je suis entré dans la pièce et que j'ai découvert ma fille, répliqua Banruud. Vous aviez annoncé que les choses se passeraient différemment cette fois. Vous aviez raison.

— Une fille ? s'étrangla Agnes avant de se reprendre. Bien sûr. Une fille. Loués soient les dieux ! murmura-t-elle, les mains croisées sur le cœur.

Banruud rit presque de la voir essayer de concilier ce qu'elle avait sous les yeux et ce qu'elle savait. La preuve était pourtant là. Elle devait se croire folle ou songer à quelque acte de sorcellerie.

— Les dieux se sont montrés généreux aujourd'hui, dit Banruud d'une voix empreinte d'une grande sincérité.

Il sacrifierait un veau gras en leur honneur. Mais pas avant d'avoir annoncé la naissance de sa fille à tous les chefs qui soupaient dans la salle de banquet. Et pas avant de s'être assuré que le fermier, sa femme et leur fille fantôme n'ouvriraient jamais la bouche à son propos.

*

Balfor était assis à une table au fond de la grande salle, entouré des guerriers de Berne et savourant sa position d'intendant en chef. Banruud se fit la réflexion qu'il prenait un peu trop ses aises, en approchant de la tablée. Ses hommes s'empressèrent de se lever dans un concert de « Seigneur ». Balfor mit davantage de temps à s'exécuter.

— Je souhaiterais te parler, Balfor, dit Banruud à mi-voix. Seul à seul.

Voyant ses hommes se bousculer pour les laisser tranquilles, Banruud les arrêta d'un geste et intima à Balfor de le suivre dehors.

Le tonnerre grondait dans la cour intérieure et des feuilles tourbillonnaient au-dessus des pavés, mais Banruud s'engagea dans l'obscurité, se baissant pour passer sous la corniche, les yeux rivés sur le ciel. Dès que Balfor l'eut rejoint, Banruud n'hésita pas une seconde avant de passer à l'offensive :

— Tu as donné la fille blanche, celle qu'ils appellent Fantôme, à un couple de fermiers, lança-t-il sur un ton agressif.

Balfor se raidit et jeta un regard oblique vers son chef.

— C'est vrai, Chef. Je lui devais de l'argent.

Banruud hocha lentement la tête.

— Eh bien, maintenant, c'est à moi que tu dois de l'argent. Il ne t'appartenait pas de la donner. Cette fille est la propriété du clan, pas la tienne.

— Les gens avaient peur d'elle.

— Elle n'était pas à toi.

Balfor ne put qu'acquiescer, attendant tête basse l'énoncé de son châtiment. Banruud laissa le silence s'éterniser, se réjouissant intérieurement de voir son intendant se tortiller sous son regard.

— Ce fermier, quel est son nom ?

— Bertog, répondit Balfor.

— Bertog est venu me voir dans la salle d'audience aujourd'hui, après que tous les autres sont partis. Apparemment, la femme que tu lui as donnée – la fille fantôme – est porteuse d'une maladie. Elle a infecté sa famille.

Balfor laissa échapper un chapelet de jurons, puis Banruud reprit :

— Il réclame une compensation ainsi que d'être guéri. Je ne peux lui offrir ni l'un ni l'autre. La seule chose que je puisse faire, c'est protéger le reste du clan du mal qui sévit sous son toit.

Les yeux légèrement exorbités, Balfor demanda :

— Qu'est-ce que je peux faire, Chef ?

— Tu dois brûler sa maison. Assure-toi avant que toute la maisonnée soit à l'intérieur, Balfor. Le mari, la femme, tous les domestiques à leur service, leurs enfants s'ils en ont et la fille esclave. En priant les dieux que personne d'autre ne soit frappé par cette maladie… Si ça se trouve, il a apporté l'infection jusqu'à mon palais.

— Les deux fils de Bertog sont déjà adultes. Ce sont des guerriers, ils participent actuellement à un raid sur les Terres de l'Est.

— Très bien. Pas la peine de les mettre au courant du sort de leur famille.

— Et ils n'ont pas de domestiques, s'empressa d'ajouter Balfor. Juste l'esclave venue de l'Est.

Banruud hocha la tête.

— Bien. Tu dois y aller sans plus attendre. Dépêche-toi, il y a une tempête à l'approche et cette maison doit brûler intégralement.

Balfor accepta sa mission d'un coup de menton décidé. Il n'avait pas peur de se salir les mains. De fait, Banruud savait qu'il prenait même du plaisir à voir les autres souffrir. Il n'aurait aucun cas de conscience à exécuter ses ordres.

— Ne souffle pas mot de cette affaire à qui que ce

soit, Balfor. Il faut éviter à tout prix que se répandent des histoires de peste, ça pourrait déclencher une panique, le prévint Banruud. Nous resterons vigilants. Et tu pourras considérer ta dette envers moi remboursée.

— Oui, Chef Banruud.

— Viens me trouver quand ce sera fait.

Les yeux plissés et les pensées en ébullition, Banruud regarda Balfor s'éloigner à grandes enjambées. Puis il se retourna vers l'entrée de la salle de banquet et sa lumière chaude, impatient d'annoncer son triomphe.

Il ne vit pas la fille au teint de fantôme et aux cheveux de lune pelotonnée dans l'obscurité à quelques pas de lui. Elle avait marché jusqu'au palais dans l'espoir d'être réunie avec son enfant. Sanglotant de peur, elle s'adossa au mur de pierre, les seins douloureux d'un trop-plein de lait, choquée par la conversation qu'elle venait de surprendre.

*

— Dame Alannah a mis au monde un enfant en pleine santé, et me voici père ! rugit Banruud en levant son verre à la salle remplie de guerriers et de chefs.

Le silence se fit, le temps d'une longue inspiration collective, puis un joyeux chaos s'empara des convives : les timbales s'entrechoquèrent et volèrent en célébration, certains battaient des mains et d'autres des pieds, le tout sous des acclamations nourries. Tous connaissaient les difficultés qu'avait rencontrées Alannah. Et tous connaissaient la malédiction qui frappait Saylok.

— Mais je ne suis pas seulement père, ajouta Banruud en sautant sur la table qu'occupaient les chefs de clan.

Il ne les avait pas revus depuis la veille au soir, alors convaincu que ses ambitions étaient en péril et qu'il allait perdre un nouvel enfant. Quel signe de la providence qu'ils se retrouvent tous réunis sous son toit pour cette annonce ! La nouvelle ne tarderait pas à atteindre les oreilles des gardiens de Saylok. Elle se répandrait aux six coins du pays, et son nom serait sur toutes les lèvres.

Les vivats se turent, tous les regards braqués sur Banruud. Il sourit, montrant ses dents blanches à ces hommes qui l'appelleraient bientôt leur roi.

— Dame Alannah m'a donné… une petite fille !

L'onde de choc causée par cette annonce remplit la salle d'une euphorie sans pareille et Banruud rugit de plus belle, se frappant la poitrine du poing, une fois, une deuxième, puis une troisième fois. Plusieurs hommes tombèrent à genoux, un autre se mit à sangloter, puis un cri de joie résonna sous le plafond de bois, en entraînant de nombreux dans son sillage. Les guerriers de Banruud cherchèrent à le faire descendre de la table pour le porter en triomphe sur leurs épaules, mais il déclina l'offre en riant, s'abreuvant des mines ébahies des chefs de clan, lesquels avaient tous pâli à l'annonce.

Aidan d'Adyar se leva brusquement de son siège, le faisant tomber avec fracas sur le sol de pierre.

— Je veux voir ma sœur. Je veux voir cette enfant, exigea-t-il en regardant son beau-frère dans les yeux.

— Et tu vas les voir, mon frère, vous allez tous les voir, promit Banruud en sautant au bas de la table.

Un à un, ses pairs se levèrent à leur tour, le doute le disputant en eux à un espoir indéniable.

— Allez, suivez-moi tous, les invita cordialement Banruud.

Ils lui emboîtèrent le pas dans le grand escalier, puis le long du couloir qui menait à la chambre où Alba dormait dans les bras d'Alannah. Son épouse salua les chefs de clan avec les larmes aux yeux et le sourire aux lèvres. Ils s'inclinèrent profondément et lui transmirent leurs félicitations, puis s'arrangèrent en demi-cercle au pied du lit. Leurs yeux s'écarquillèrent quand Alannah leur exposa brièvement le sexe de l'enfant avec une fierté non dissimulée, avant de la remmailloter et de la plaquer contre sa poitrine.

Lothgar de Leok fut le premier à tomber à genoux et à prononcer son allégeance à l'enfant. Avec sa large carrure et son abondante chevelure d'or, sa barbe fournie et son nez épaté, il évoquait le lion qui ornait ses armoiries. Il cultivait d'ailleurs sciemment cette affinité, mais après tout, ils le faisaient tous. Être perçu comme l'incarnation de l'animal de leur clan leur conférait un statut à part au sein de leur tribu. Erskin était le seul à ne pas chercher à accentuer sa ressemblance au sanglier dont son clan portait le nom ; son corps robuste et trapu, ainsi que sa mâchoire proéminente ne laissaient toutefois guère de doute quant à son ascendance. Aidan d'Adyar était grand, il avait le nez aquilin et une vue perçante comme son ancêtre l'aigle – trop perçante au goût de Banruud –, mais ses soupçons et son incrédulité s'évanouirent dès qu'il posa les yeux sur la magnifique petite fille et qu'il vit le triomphe de sa sœur. Lui aussi mit un genou à terre. Les chefs d'Ebba et de Dolphys l'imitèrent aussitôt.

— La pénurie est terminée, murmura Dirth de Dolphys. Nous allons à nouveau voir naître des filles à Saylok. Loué soit Odin, et loué soit notre père, Saylok.

Les chefs d'Ebba, d'Adyar et de Leok rendirent grâce à leur tour, remerciant tout le panthéon des dieux et des déesses, jusqu'à ce que le nom de chacune et chacun soit revenu au moins une fois. Ceci fait, ils rugirent, trompetèrent, hurlèrent et grognèrent, le cri distinctif de chaque clan résonnant entre les quatre murs de la chambre. Le bébé poussa alors un vagissement indigné et ces célébrations bestiales se turent d'un coup, presque comiquement. Les chefs se relevèrent, riant de cette petite fille capable de réduire des hommes mûrs au silence.

Puis, l'un après l'autre, ils se tournèrent vers Banruud et inclinèrent la tête. Un chef ne se prosternait que devant son roi, mais Banruud de Berne serait bientôt couronné, cela ne faisait plus l'ombre d'un doute.

6

— Banruud de Berne est l'heureux père d'une petite fille.

Un messager était venu annoncer la nouvelle sur la Colline du Temple et Edmund, un suppliant exclu des discussions jusqu'à son ordination, s'était hâté de la relayer à ses frères rassemblés dans le sanctuaire. Les gardiens étaient toujours en train de débattre de la sélection d'un nouveau roi et Dagmar, tiraillé et mal à l'aise, se tenait autant que possible en retrait des tractations. Ce fut donc lui qui alla ouvrir la porte.

— Une fille est née à Saylok ! exulta le jeune Edmund dès que Dagmar eut entrebâillé le battant, et son cri se répercuta dans l'enceinte.

Les gardiens, sur le point de réprimander l'importun venu les déranger, eurent un hoquet de surprise. Qui se mua en murmure, puis en brouhaha, et maître Ivo dut se lever de son trône, les bras en l'air, afin d'apaiser les questions et les exclamations, tandis que les gardiens les plus haut gradés se mettaient en cercle autour de lui. Et le silence se fit enfin.

— Que se passe-t-il, frère Dagmar ?

— Le jeune Edmund est porteur d'une nouvelle, Maître.

— Laisse-le entrer, ordonna Ivo, et Dagmar obtempéra.

Edmund s'inclina devant ses aînés, dissimulant un sourire en coin à tous les savoir suspendus à ses lèvres. Il avança jusqu'à l'estrade, Dagmar lui emboîtant le pas à contrecœur.

— Parle, Edmund, dit Ivo.

Edmund hocha la tête et, après une profonde inspiration, annonça :

— Banruud de Berne et Alannah d'Adyar viennent d'être comblés par la naissance d'un enfant. Une petite fille.

De nouveaux murmures et prières agitèrent les rangs des frères.

— Silence ! tonitrua Ivo, et la rumeur se tut. Est-ce là tout ce que tu en sais, Edmund ?

— Le chef Banruud et son épouse sont en route, ils viennent au temple… avec leur fille. Les chefs de clan ont vu l'enfant, et il a leur soutien. Ils l'accompagnent aussi.

— Mais… ils n'ont pas encore été convoqués, s'offusqua Ivo.

Edmund déglutit, se gardant de répondre.

— Nous devrons attendre Joran, réfléchit Ivo à voix haute. Leur clan n'a pas de chef. L'appui des six chefs de clan est nécessaire pour qu'un nouveau roi puisse être choisi.

— J'ai également des nouvelles en provenance de Joran, Maître, intervint Edmund, ravi de produire son petit effet.

Le Très-Haut Gardien le fusilla du regard tout en lui faisant signe de parler.

— Joran s'est choisi un nouveau chef. Josef, fils aîné de Jurgen. Ils l'ont annoncé il y a deux jours, Maître. Il a ensuite chevauché jusqu'à Berne pour voir l'enfant de ses propres yeux, et il se dirige vers la Colline du Temple avec les autres chefs de clan au moment où je vous parle.

Maître Ivo se laissa retomber sur son trône, évoquant un corbeau perché dans son ample tunique noire. Comme des enfants obéissants, les autres gardiens l'imitèrent et se rassirent.

— Devrions-nous alerter le personnel du palais, Maître ? demanda Edmund.

— Les chambres sont déjà prêtes. Nous les attendions de toute manière, prononça Ivo d'un ton las. En revanche, nous ne nous attendions pas à… ça.

Les gardiens qui l'entouraient hochèrent la tête en silence, sous le choc eux aussi.

— Tu peux disposer, Edmund, finit par reprendre Ivo. Je suis sûr que d'autres sont impatients d'entendre tes nouvelles.

Edmund s'inclina respectueusement, et Dagmar lui prit le bras pour l'escorter vers la sortie.

Ivo se tourna vers Dagmar et le vieux maître pointa sur lui un index mécontent :

— Ne t'avise pas de partir, frère Dagmar. Cela fait trop longtemps que tu négliges tes devoirs.

Lorsque la porte du sanctuaire se referma, l'atmosphère avait changé du tout au tout.

— Une fille est née, dit Amos, gardien d'Adyar. Et

d'une femme d'Adyar, qui plus est. Loué soit Odin. Loué soit notre père Saylok.

Ses louanges déclenchèrent un cortège de pieux « amen » en retour, mâtinés d'incrédulité et d'émerveillement.

— Cette nouvelle vient sans doute changer la donne, Maître, intervint Dagmar.

— Banruud doit être couronné. C'est un signe, ajouta Amos.

— Les dieux ont parlé, Maître, renchérit un autre gardien.

— Nous étions parvenus à un accord il y a quelques minutes encore, protesta maître Ivo.

— Il y a quelques minutes, nous ne savions pas que Banruud de Berne était père d'une petite fille. Une fille, pensez donc à ce que cela signifie ! insista Amos, s'attirant le regard noir de certains de ses frères.

Les gardiens étaient supposés ne favoriser aucun clan, mais il était manifeste qu'Amos se réjouissait qu'une fille d'Adyar fût nommée reine, et qu'une fille d'Adyar ait donné naissance à la première petite fille du royaume en sept ans.

— J'ai vu Dame Alannah avec un enfant, murmura Ivo. J'ai vu sa joie, mais je n'ai pas vu les choses se dérouler ainsi.

— Aucun de nous n'a vu la chose venir, Maître, dit frère Bjorn. Nous avons tout lieu de nous réjouir.

— Nous avons tout lieu d'être extrêmement prudents, contra maître Ivo. Nous devons consulter les dieux.

— Mais, Maître… il est pourtant clair que les dieux ont parlé, suggéra Amos, sur la défensive à présent.

— Pas à moi, frère Amos, aboya Ivo. Pas à toi non plus, je présume, ni à quiconque d'entre vous. Aucun de nous n'a médité sur ce sujet. Vous réagissez tous sans avoir consulté la source. Je reste quant à moi sur mon sentiment : c'est le garçon qui doit être couronné.

Le silence se fit à nouveau dans la salle. Personne n'osait prendre la parole ni même lever la tête. Les gardiens avaient beau s'être plongés dans la contemplation, une résistance tout en retenue demeurait palpable, tels des battements de cœur de plus en plus rapides, de plus en plus sonores. Tant et si bien qu'au bout d'une heure de prières silencieuses, frère Amos se leva de son siège et se mit à secouer son crâne rasé.

— Je souhaite modifier mon vote. Vous savez tous quels sont mes doutes et mes griefs concernant le garçon, Bayr.

À ces mots, les sourcils d'Ivo s'arquèrent de dédain. Ignorant cette réprimande muette, Amos poursuivit :

— Je me suis rallié au consensus parce que j'ai été témoin de la force du garçon. Il semblerait qu'il a bel et bien été choisi par Thor. Mais à présent… les dieux se sont de nouveau exprimés. La déesse Freya a parlé, et elle vient d'offrir à Saylok une fille à son image. Je ne peux pas faire fi de la préférence qu'elle vient de marquer.

Il y eut des hochements de tête et des raclements de gorge.

Maître Ivo poussa un long soupir, ferma ses paupières cendrées et croisa ses mains crochues.

— Bien. Je propose donc que nous nous levions un à un pour exprimer chacun le fond de nos pensées. Brièvement. Amos a déjà parlé, ajouta Ivo en voyant que le gardien d'Adyar s'apprêtait à reprendre la parole. Bjorn ?

Bjorn se leva et annonça qu'il était d'accord avec Amos. L'un après l'autre, hauts et bas gardiens motivèrent leur vote en quelques mots. Tous n'étaient pas en faveur de Banruud de Berne, mais il obtint tout de même la majorité des votes.

Dagmar resta ramassé sur son banc, mains croisées et tête baissée, et fut appelé à se prononcer en dernier. Il n'avait pas prononcé le moindre mot depuis le début de leur semaine de délibérations. En lieu et place, il avait supplié l'intercession des dieux, priant pour qu'ils lui accordent la lucidité, ou tout du moins un sursis. Il semblait à présent que ses prières eussent été entendues. Mais cela ne plairait pas à maître Ivo.

— Dagmar, toi qui es le tuteur du garçon, qu'en dis-tu ? l'interrogea le Très-Haut.

— Maître… C'est à vous que devrait revenir la décision. Moi, je ne peux pas me prononcer, murmura Dagmar.

— Ce n'est pas comme ça que ça marche, Dagmar, le rabroua Amos.

Ce dernier commençait à perdre patience, surtout vis-à-vis des frères qui ne partageaient pas son opinion, alors même que le choix semblait si évident.

Dagmar tritura la dernière cicatrice en date qui barrait sa paume, regrettant de ne pouvoir recourir à sa dague et à ses runes. Le cœur lourd et l'âme en peine, Dagmar se leva et regarda son maître droit dans les yeux. Le silence se fit à nouveau dans les rangs, comme si la décision finale allait se jouer à présent.

— Bayr n'a que sept ans, Maître. Et il ne souhaite

pas être roi, dit Dagmar, sa voix résonnant comme le tocsin sous la voûte du sanctuaire.

Tous retinrent leur souffle.

— Mon propre père a tenté de me forcer à devenir quelqu'un que je n'étais pas. Et, pour cela, je l'ai détesté. Je refuse de mener le garçon sur un chemin qu'il n'a aucune envie d'emprunter. Si Thor veut que Bayr soit roi, Thor devra lui offrir un chemin différent.

Ses paroles firent naître un brouhaha parmi les gardiens, vite étouffé par la repartie cinglante du Très-Haut :

— Le chemin est ici et maintenant, gardien Dagmar ! Tu te dresses en travers du chemin de Thor !

Amos se leva pour protester, mais Ivo le fit promptement rasseoir d'une œillade noire et d'un geste sans appel, avant de redonner la parole à Dagmar.

Celui-ci acquiesça lentement, comme s'il reconnaissait la valeur de l'argument du Très-Haut.

— Thor possède le pouvoir de m'écarter de son chemin si tel est son souhait, Maître. Mais je ne crois pas que le temps soit venu pour Bayr. Le salut de Saylok repose sans doute sur ses épaules, mais pas encore. Pas encore, Maître.

Le vieux gardien croisa les bras, ses amples manches évoquant des ailes membraneuses, et se rencogna dans son trône, les yeux fermés. Cette fois, les frères ne se rassirent pas. Ils sentaient que le Très-Haut s'était retiré en lui-même et attendaient qu'il les congédie.

— Je vous ai tous entendus. Et vous m'avez entendu. Laissez-moi à présent. Nous écouterons les chefs de clan, et nous procéderons au vote une fois qu'ils se seront exprimés.

Mais lorsque les chefs arrivèrent le lendemain, auréolés du miracle de Berne et encore abasourdis par la naissance de l'enfant sacrée, ils furent unanimes pour proposer le nom de Banruud de Berne aux dieux ainsi qu'aux gardiens de Saylok. La plupart des gardiens hochèrent la tête, tellement soulagés que cette inexplicable pénurie de filles fût enfin derrière eux, et que le signe des dieux fût si manifeste. Même les gardiens qui s'étaient rangés à l'avis du Très-Haut virent leurs certitudes vaciller en découvrant le tableau que formaient le chef musculeux, son épouse aux anges et la petite fille qu'elle tenait tendrement dans ses bras.

Maître Ivo, désormais seul dans sa conviction, ravala sa rancœur et se tut. Dagmar, lui, ne ressentait que le soulagement de savoir que son Bayr ne serait pas appelé à régner à un si jeune âge. Sous ce soulagement affleurait toujours une peur omniprésente et aux multiples facettes, mais il était certain de pouvoir en venir à bout si seulement on lui en laissait le temps. Bayr grandirait jusqu'à devenir un homme sous le règne de son père – sous le nez de son père –, mais cela demeurait préférable à un couronnement trop précoce.

Au cours des jours qui suivirent, ce fut l'enfant, la petite Alba, qui parvint à faire fondre le cœur du Très-Haut Gardien et à lui desceller les lèvres. Elle avait le teint doré, comme si sa mère l'avait réchauffée dans un four et que sa peau, tel du pain, avait bruni sous l'effet de la chaleur. Ses yeux, d'un brun si foncé qu'on les aurait dits noirs, étaient ourlés de cils tout aussi noirs qui papillonnaient sur ses joues, en un contraste saisissant avec ses cheveux blonds comme les barbes de maïs, si vaporeux qu'ils apparaissaient dépourvus de couleur sous la lumière vacillante des chandelles du sanctuaire. Les gardiens et la famille royale s'y étaient rassemblés pour qu'elle reçoive sa bénédiction. Elle se mit à geindre et à battre de ses petites jambes lorsque des mains froides se posèrent sur sa peau nue.

Le tablier de l'autel avait été remplacé et les gardiens de Saylok étaient disposés en cercle autour, le bout du doigt sur la poitrine frêle du nourrisson. Ils s'étaient piqué l'index et avaient mêlé leurs sangs pour tracer l'étoile de Saylok sur son front, l'élevant ainsi du rang de fille des clans à celui de fille des dieux. Sa mère Alannah se tenait à proximité, seule femme autorisée dans le sanctuaire, et observait la cérémonie au côté du roi, Banruud, déjà couronné par les gardiens et qui ne tarderait pas à l'être officiellement devant son peuple.

— Alba, fille de Banruud de Berne, roi de Saylok, et fille d'Alannah d'Adyar, reine de Saylok, nous t'honorons et te reconnaissons nôtre, toi, don de la déesse Freya. Que ta naissance inaugure un nouvel âge, princesse, afin que tu guides toutes nos filles depuis l'obscurité du ventre maternel jusqu'à la lumière d'une nouvelle vie, psalmodia Ivo d'une voix empreinte de révérence.

Dagmar releva le menton afin que l'humidité qui menaçait de déborder de ses yeux ne ruisselle pas sur ses joues, révélant ainsi son cœur tendre. Dans la pénombre qui régnait sous la coupole, il lui sembla voir l'entrelacs de poutres onduler, et son cœur fit un bond dans sa poitrine, jusqu'à ce que sa vision s'accommode et qu'il saisisse la cause du phénomène : ce n'étaient pas les poutres qui bougeaient, mais le garçon qui rampait dessus.

Bayr s'arrêta pile au-dessus de l'autel, petit ange sombre qui veillait sur l'enfant. Dagmar aurait pu se douter que Bayr trouverait le moyen de se glisser à l'intérieur. Il avait escaladé tous les bâtiments de la Colline du Temple depuis qu'il savait marcher. Dagmar lui ferait des remontrances plus tard ; présentement, il baissa le regard afin d'éviter que les autres ne lèvent aussi les yeux et ne le découvrent. Mais l'enfant couchée sur l'autel, elle, avait vu le garçon perché au-dessus d'elle, et elle n'en détachait plus son regard.

*

Les festivités battaient leur plein au palais. La lumière et la gaieté débordaient généreusement des portes ouvertes, se répandant sur les pelouses avant de s'arrêter au pied du rempart qui séparait les jardins du palais de ceux du temple. Les chefs étaient venus accompagnés d'une caravane d'épouses et de guerriers, de fils, de frères et de sœurs, et la sélection du nouveau roi s'était transformée en une tapageuse réunion des six clans.

Les gardiens ne participaient pas aux réjouissances. Tandis qu'Ivo remâchait son échec dans le sanctuaire, les autres célébraient l'événement en sourdine au réfectoire. Bayr fut escorté dans sa chambre malgré ses protestations. Dagmar savait pertinemment que le garçon se faufilerait jusqu'au palais dès qu'il aurait quitté sa petite chambre, située sous les combles dans l'aile est du temple. Dagmar occupait toujours la cellule où il avait autrefois dormi avec le garçon dans les bras durant de longues nuits désespérées, mais Bayr avait grandi à présent et son oncle lui avait déniché un endroit bien à lui.

Le garçon était à fleur de peau, même s'il ne le verbalisait pas, et Dagmar sentit combien il brûlait d'envie d'aller voir ce qui se tramait au palais.

— Je t'ai vu dans le sanctuaire pendant que la nouvelle-née recevait la bénédiction, murmura Dagmar en s'asseyant sur le tabouret qu'il avait fabriqué pour Bayr.

Les yeux de Bayr se levèrent furtivement vers Dagmar pour tenter de juger l'ampleur de sa déception.

— T-tu es en-en c-colère ? demanda Bayr dans un filet de voix.

Il ne chercha pas à nier sa présence dans le sanctuaire ni à s'excuser.

— Pas en colère, non. Mais si tu n'écoutes pas ce que je te dis, comment puis-je te faire confiance ? Tu sais que le sanctuaire est un lieu sacré et qu'on y mène des cérémonies réservées aux gardiens. Ce n'est pas un endroit pour les garçons curieux qui possèdent plus de talent que de jugeote.

— Au-aujourd'hui é-était un jour spé-spécial. P-pas juste pour les g-gardiens.

Dagmar lâcha un profond soupir, reconnaissant la vérité derrière l'affirmation du garçon. Les chefs étaient présents, alors pourquoi pas le garçon qui avait failli être couronné ?

Ils gardèrent le silence un instant, chacun plongé dans ses propres pensées, jusqu'à ce que Dagmar parvienne à une décision. Il prit la main de Bayr dans la sienne. Ses ongles étaient crasseux et abîmés, la saleté incrustée dans les replis de ses paumes. Peu importait le nombre de fois où Dagmar l'avait instruit de l'importance de l'hygiène, Bayr restait un garçon, et il se salissait en permanence. Dagmar se leva pour aller humecter un chiffon dans la bassine d'eau sur la table de chevet du garçon, puis se rassit et lava les mains de Bayr, utilisant la pointe de sa dague pour lui curer les ongles. Une fois qu'il eut terminé, il reposa le chiffon et la dague, puis fit courir son pouce sur les phalanges de son neveu, saisi d'une étrange émotion. Bayr avait toujours des fossettes d'enfant sur le dos des mains : il était si jeune, si précieux, et les dieux lui réservaient une telle destinée... Le cœur de Dagmar en tremblait d'émoi.

— Maître Ivo voulait que tu sois roi, Bayr, chuchota-t-il, sachant qu'il était temps de préparer son neveu.

La main de Bayr tressaillit dans celle de Dagmar.

— M-m-moi ?

— Oui. Toi.

Dagmar soutint le regard du garçon, pour lui faire comprendre qu'il ne plaisantait pas. Le visage de Bayr avait pâli d'un coup, et ses yeux luisaient sombrement dans la faible lumière.

— Tu n'es pas comme les autres garçons, Bayr. Tu en as conscience, n'est-ce pas ?

Bayr interrogea son oncle du regard, comme il le faisait souvent, exigeant une explication.

— Tu as sans doute remarqué que tu fais des choses dont personne d'autre n'est capable ? insista Dagmar.

— Je-je suis f-f-fort, admit Bayr.

— Oui. Rapide aussi. Et agile. Et très, très courageux. Tu n'es qu'un jeune garçon, et pourtant tu combats des hommes adultes avec la technique et la puissance d'un guerrier chevronné. Les gardiens et la garde du palais sont ébahis par tes prouesses. Ta réputation est déjà connue de tous les clans.

— Je-je ne suis p-p-pas c-c-courageux. J'ai p-peur, confessa Bayr en baissant la tête.

Ce fut au tour de Dagmar d'attendre que l'enfant poursuive, ce qu'il encouragea d'un regard bienveillant.

— Je-je ne v-veux pas être r-r-r-oi, mon oncle, chuchota Bayr.

— Je sais. Moi non plus, je ne veux pas que tu deviennes roi. Mais, Bayr, un jour viendra peut-être, quand tu seras plus grand, où Saylok aura besoin de toi pour la diriger. Peut-être qu'un jour, tu devras diriger les clans, et tu vas devoir te préparer pour ce jour.

— Qu-quand je s-s-serai grand, je n'aurai p-p-plus peur, murmura Bayr, gagné par un regain d'espoir.

— Tu auras toujours peur. Mais tu devras faire ce qui est juste, malgré cette peur.

— T-tu as p-peur, toi ?

— Oui. Tous les jours, répondit Dagmar.

Il rit en voyant la grimace incrédule de son neveu, mais son rire laissa vite place à un souvenir.

— Quand ta mère t'a confié à moi, Bayr, et qu'elle

m'a demandé de veiller sur toi, de t'élever, j'étais terrifié. Je ne voulais pas être père. Je ne savais pas comment m'occuper d'un enfant. Mais je l'ai fait quand même, parce que tu avais besoin de moi, parce que c'était la bonne chose à faire. Et tu m'as rendu heureux comme jamais auparavant.

La gorge serrée par des sanglots, Dagmar marqua une pause. Bayr, les lèvres tremblantes, rejeta sa couverture, monta sur les genoux de son oncle et le serra dans ses bras, la tête nichée dans son cou.

— Quand tu es né, chuchota Dagmar en luttant contre l'émotion, ta mère m'a dit que tu serais doté d'une grande force. Elle t'a donné ton nom… et m'a aussi dit que tu serais le salut de Saylok.

— C-c'est quoi, le s-salut ?

— L'espoir. Le secours. Le fait d'aider les gens. Tu es un protecteur, Bayr. Et je crois que le pouvoir dont tu as hérité servira à défendre notre nation, nos clans. Tu n'es pas Bayr, le Garçon du temple. Tu n'es pas Bayr de Berne ou de Dolphys. Tu es Bayr de Saylok, et tu devras défendre notre territoire contre ses ennemis, qu'ils viennent d'ici ou d'ailleurs.

— Je p-p-protégerai la p-p-princesse.

Dagmar sourit, surpris par la réponse de Bayr.

— Seulement elle ?

— P-pour le m-m-moment. Elle est p-précieuse.

— C'est vrai qu'elle l'est, soupira Dagmar – il avait encore des choses à révéler à Bayr, même s'il ne lui dirait qu'une partie de la vérité.

— Quand tu es né, ta mère était très en colère. Elle ne voulait pas t'abandonner, et elle a maudit tout Saylok avec une rune de sang.

Bayr savait que les runes de sang étaient exclusivement réservées aux gardiens et, même pour eux, elles devaient strictement servir à l'acquisition de sagesse, pas à l'obtention de pouvoir ou à des fins de vengeance.

— P-pourquoi é-était-elle en c-colère ?

— Elle aimait un homme qui ne l'aimait pas.

— Mon père ?

— Je crois, oui, répliqua Dagmar en se préparant à énoncer son mensonge. Même si je ne connais pas son nom.

— J-je veux que c-ce soit toi, mon père, chuchota Bayr.

Dagmar déposa un baiser sur le sommet de son crâne.

— Je *suis* ton père. Et tu es mon fils. Mais il faut encore que je te parle de ta mère. Tu dois essayer de bien comprendre ce que je vais te dire.

Bayr hocha la tête, sérieux et déterminé.

— Desdémone – ta maman – était très triste. Et très…, Dagmar lutta pour trouver le mot approprié.

— S-seule ? proposa Bayr.

— Oui. Très seule. Les hommes peuvent être cruels, surtout envers leurs femmes. Ta mère a donc juré qu'il n'y aurait plus de femmes à Saylok, afin que les hommes ne puissent plus les maltraiter.

— Mais t-tous les hommes n-ne sont pas m-méchants.

— Non. Et les femmes ne sont pas toutes innocentes non plus. Mais Desdémone était furieuse. Elle savait qu'elle allait mourir. Et elle a fait quelque chose de terrible. Et à présent, Saylok souffre – les innocents tout autant que les coupables – et je ne sais pas comment réparer le mal qui a été fait.

— M-mais, il y a u-une f-fille maintenant, objecta Bayr avec un petit sourire.

— Oui. Et cela me donne l'espoir que la rune tracée par ta mère s'est affaiblie avec le temps et que Saylok va être débarrassée de cette plaie.

— J-je v-veillerai su-sur elle. Sur Alba. S-si je m'oc-occupe bien d'elle… p-peut-être que les d-dieux nous en d-d-donneront d'autres.

— C'est possible. C'est tout ce que nous pouvons faire. Allez, c'est l'heure de te coucher et de dormir à présent. Pas de crapahutages sur les remparts ce soir, fils. Je ne supporterais pas de te perdre, et je ne pense pas que notre nouveau roi apprécierait que tu l'espionnes.

Le garçon descendit des genoux de Dagmar et se glissa dans son lit. Calant la tête sur son oreiller, il bâilla à s'en décrocher la mâchoire – de manière convaincante. Dagmar se leva et, ébouriffant la tignasse de Bayr, s'apprêta à le quitter, mais pas avant d'avoir obtenu de lui la promesse qui avait motivé cette conversation.

— Les dieux récompensent ceux qui savent garder la foi même lorsqu'ils sont effrayés, Bayr. C'est quand on dépasse la peur qu'on atteint le triomphe. Tu dois me promettre que, lorsque le jour viendra, quand tu auras grandi, et même si tu ne veux pas être roi, tu feras ce qui doit être fait.

— Je te le promets, mon oncle, murmura Bayr, sa langue libérée au seuil du sommeil. Je ferai ce qui doit être fait.

7

La rumeur de la naissance s'était répandue comme une traînée de poudre à travers Saylok, et tout le monde voulait voir la nouvelle-née de ses propres yeux. Bayr quitta son perchoir, d'où il dominait l'entrée du temple et la route menant au Village du Roi, et descendit se mêler à la foule, se frayant un chemin jusqu'à trouver une meilleure place.

La petite fille lui manquait.

Cette pensée le fit rire. Il l'avait contemplée du haut des poutres surmontant l'autel, et elle lui avait rendu son regard. Elle n'avait que quelques jours et était si minuscule qu'il n'aurait pas osé la toucher, même s'il y avait été autorisé. Elle ne lui avait pas adressé de sourire en retour du sien, mais Bayr n'était pas sûr que les bébés sachent sourire. S'il la revoyait, il pourrait lui apprendre. Il espérait un jour pouvoir l'approcher de plus près.

Il avait vu si peu de bébés. Il y avait bien d'autres enfants dans le village, mais Bayr ne sortait que très rarement de l'enceinte du temple. Cette journée lui offrait donc des vacances à plus d'un titre. Un nouveau roi venait d'être couronné, une fille était née, et les citoyens de Saylok avaient mis leur activité en pause pour célébrer l'événement. Dagmar lui avait expressément demandé de ne pas trop s'éloigner de la citadelle, mais il participait à la procession derrière le roi : il ne saurait donc pas si Bayr respectait ou non sa promesse.

Il n'avait pas bien vu le roi descendre la Colline du Temple, mais il avait fini par dénicher un arbre dont les larges branches surplombaient la route principale et, lorsque la procession royale emprunterait le tournant menant à la place du village, il aurait la vue dégagée sur l'intégralité du cortège, jusqu'à son arrière-garde composée des tuniques pourpres des gardiens de Saylok.

Les chefs, brandissant chacun un étendard frappé aux couleurs de son clan, défilaient en tête, signifiant ainsi leur soutien et leur soumission au nouveau roi de Saylok. Leur chevelure récemment coupée était rassemblée en un moignon de tresse auquel de longs rubans étaient attachés, symbolisant leur espoir qu'elle repousse durant le règne à venir.

Bayr s'avança précautionneusement le long de la branche, de manière à se positionner au-dessus du milieu de la route : la bannière or de Leok le frôlerait de peu. Banruud de Berne – ou plutôt de Saylok, maintenant qu'il était roi – avançait au pas derrière les cinq chefs de clan, monté sur un destrier noir si massif que la foule massée au bord de la route reculait, de peur d'effrayer la bête. Tout de rouge drapé, le roi était aussi impressionnant que sa monture, mais bien que la foule se prosterne sur son passage, c'était avant tout l'enfant que les gens souhaitaient apercevoir.

Derrière le roi, dans un chariot qui n'était pas sans rappeler celui qui transportait le cercueil du roi Ansel, Alannah, la femme de Banruud et la nouvelle reine, était assise avec l'enfant dans ses bras, mais Bayr ne distinguait pour l'instant qu'un petit paquet noyé dans une marée rouge. Le rouge était la couleur de Berne, et donc celle du trône à présent. Bayr se fit la réflexion que cette teinte rouge sang n'allait guère à la reine et à sa petite fille, et tandis qu'il regardait la procession approcher, un frisson de prémonition lui parcourut le haut du corps avant de se concentrer dans ses mains. La reine, tout sourire, saluait la foule et se tournait de droite et de gauche afin que chacun pût voir l'enfant.

Sous la branche de Bayr, les gens se tortillaient et se poussaient en criant le nom de leur chef de clan et celui de leur roi. Comme parmi toutes les foules, certains s'impatientaient, provoquant des remous incontrôlés. Une silhouette couverte de la tête aux pieds d'une tunique marron défraîchie, le visage dissimulé par une profonde capuche, perdit l'équilibre sous le coup d'une nouvelle poussée. Elle était si voûtée qu'elle évoquait une personne âgée, fragile, et personne ne prêtait attention à elle.

Sans même prendre le temps de réfléchir, Bayr se laissa glisser du haut de sa branche droit dans la mêlée afin de porter assistance à la vieille femme avant qu'elle ne finisse piétinée. Elle lui parut bien frêle lorsqu'il l'aida à se remettre sur pied, mais la souplesse avec laquelle elle se releva démentait son âge. Elle s'assura d'une main gantée de laine que sa capuche était bien en place, bien qu'il fît trop chaud pour porter des gants. Bayr était plus petit qu'elle et, malgré ses tentatives pour cacher son visage, il n'eut qu'à lever les yeux pour voir ses traits.

Elle était humaine – des yeux, un nez, une bouche, un front et des joues lisses –, mais paraissait venue d'un autre monde. Bayr était trop jeune pour savoir qu'il était malpoli de regarder ainsi les gens, et trop innocent pour feindre de ne pas voir comme elle était singulière. Elle n'était pas vieille, et son étrangeté ne provenait pas de ses traits, mais de son absence totale de pigmentation. La femme était plus blanche que du lait de chèvre. Plus blanche que les nuages qui surmontaient les pics séparant Joran de Leok, plus blanche que la neige en hiver, plus blanche même que la mort qui avait figé le visage du roi Ansel dans le sanctuaire.

La femme posa une main sur l'épaule de Bayr et elle lui murmura des remerciements – ses lèvres, seul point de couleur au sein de cette vision monochrome. Bayr comprit les mots sans parvenir à replacer son accent. Chaque clan possédait de légères différences d'intonation qui permettaient ainsi de distinguer par exemple un habitant d'Adyar au nord, et un d'Ebba au sud, mais Bayr ne reconnut aucun des signes distinctifs d'un accent de Saylok.

En revanche, il vit les larmes de la femme et identifia sur ses traits froissés les marques d'un profond chagrin.

— V-v-vous vous êtes f-fait mal ?

— Non, répondit-elle en secouant la tête, mais Bayr avait vu ses yeux d'argent se lever sur le nouveau roi qui passait.

La foule s'agenouillait par rangées, dégageant la vue tout en créant un effet de vague ondoyante, et la femme fut prise de tremblements si violents que Bayr craignit qu'elle ne retombe. Il sentit les poils de sa nuque se hérisser, et les gens autour d'eux commencèrent à se retourner, percevant la détresse de la femme. Une aura de malaise semblait se concentrer autour d'elle telle une tempête sur le point d'éclater, une perturbation invisible et pourtant bien palpable.

Le destrier noir sur lequel était juché Banruud se mit soudain à hennir et à se cabrer. La foule fit immédiatement écho à son cri, tâchant de battre en retraite pour se soustraire aux lourds sabots du cheval aux yeux fous. Le roi parvint à se maintenir en selle en agrippant l'abondante crinière et en serrant l'animal entre ses cuisses puissantes, mais il n'était pas le seul à risquer d'être désarçonné. La jument blanche caparaçonnée de rouge qui tirait le chariot de la reine, docile jusque-là, se dressa soudain sur ses jambes arrière avant d'enchaîner les ruades. Une clameur horrifiée s'éleva de l'assistance lorsque le conducteur fut propulsé dans les airs.

À l'arrière du chariot, la reine parvint d'un bras à protéger l'enfant et de l'autre à s'accrocher au rebord du véhicule. Au côté de Bayr, la femme blanche lâcha un gémissement sourd, sa détresse se muant en horreur et contaminant les gens massés autour d'elle. La jument blanche se cabra de plus belle, menaçant de faire basculer le chariot. Nouveaux cris de panique dans la foule. Bayr se fraya un chemin à travers les rangs compacts de spectateurs effrayés jusqu'à atteindre la route. Il se campa fermement sur ses jambes, attendant que le cheval affolé passe à son niveau.

Il entendit la voix de Dagmar qui criait son nom au loin, mais toute son attention était concentrée sur l'attelage qui tanguait furieusement. Il bondit sur le cheval emballé, saisissant sa crinière à pleines mains, et atterrit sur son encolure. Pressant ses petits genoux contre le garrot de la bête, il serra les dents et enfouit la tête dans la crinière blanche. Le cheval lâcha un nouveau hennissement sonore et fendit l'air de ses membres antérieurs.

— Woah. Shhh, l'apaisa Bayr, penché à son oreille.

Tremblant comme une feuille et les yeux révulsés, la jument renâcla encore avant de s'immobiliser complètement. La foule explosa en cris de joie et le cheval, bien que toujours frémissant, ne fit plus mine de vouloir s'emballer.

Le cortège était à l'arrêt, les gardiens observant la scène avec une pieuse consternation tandis que la foule était toujours partagée entre le choc et la fascination. Les chefs de clan, leur étendard en main, avaient esquissé un sourire, lequel s'évanouit lorsqu'ils virent leur reine : du sang s'écoulait d'une entaille dans son cuir chevelu, mais elle se releva toute seule, serrant sa fille en pleurs dans ses bras. Le garde du roi, honteux, l'aida à descendre du chariot. Le souverain exigerait sans doute que ses hommes lui rendent des comptes, bien que ce ne fût pas leur faute. C'était la femme blanche qui était à l'origine de l'incident, Bayr en était convaincu – même s'il n'aurait su dire pourquoi.

Bayr crut voir Dagmar qui accourait vers lui, mais le roi Banruud détourna son attention.

— Quel est ton nom, mon garçon ? demanda-t-il en faisant porter sa voix au bénéfice de la foule.

Il avait maîtrisé son destrier et semblait fâché que le conducteur du chariot n'ait pas réussi à faire de même. Son jour de gloire avait soudain viré au fiasco et voilà qu'il n'était plus au centre de l'attention.

Bayr s'efforça de répondre, mais son nom lui resta bloqué dans la gorge. Il essaya une nouvelle fois, bégayant pitoyablement, avant de renoncer, la tête basse.

— Il s'appelle Bayr, Sire, intervint Dagmar en tendant les bras à son neveu pour qu'il descende de la jument.

Celui-ci refusa et se cramponna à l'encolure de l'animal, de peur qu'il ne s'emballe à nouveau.

— Lâche le cheval, Bayr, tu lui fais mal, insista Dagmar.

Surpris, Bayr desserra son étreinte. La jument s'ébroua, manifestement soulagée, et Dagmar aida Bayr à mettre pied à terre. Le roi observa la scène avec des étincelles dans les yeux et une moue réprobatrice.

— Dagmar de Dolphys. Cela fait une éternité, s'exclama Banruud. Ou bien dois-je t'appeler « gardien Dagmar » ?

Dagmar fit une profonde révérence.

— Au moins une dizaine d'années, Sire. Toutes mes félicitations.

Il s'abstint de lui rappeler qu'il était présent dans le sanctuaire lors du processus de désignation, qu'il avait participé au couronnement et qu'il avait été témoin de la bénédiction de sa fille. Il s'était alors volontairement tenu en retrait. S'était fondu dans la masse. Avait détourné le regard. Avec son crâne rasé et sa tunique pourpre, il ne se démarquait pas de ses frères, et il n'était guère étonnant que Banruud ne l'ait pas remarqué jusqu'alors.

Le roi tira sur les rênes pour faire tourner son destrier et s'approcha de l'oncle et du neveu, dont les cœurs tambourinaient à l'unisson.

— Bayr. C'est un bon nom, approuva le roi en adressant un signe de tête au garçon. Tu as fait preuve d'une grande maîtrise… et d'un grand courage.

Banruud avait les mâchoires serrées et les narines dilatées, tel un prédateur qui a flairé sa proie.

— Le Garçon du temple a sauvé la princesse et la reine ! s'écria alors l'un des spectateurs.

Le Garçon du temple, le Garçon du temple, le Garçon du temple. De rang en rang, le surnom de Bayr fut bientôt sur toutes les lèvres.

Le roi dégaina son épée et, répondant aux aspirations de la foule, plaça la lame à plat sur la tête penchée de Bayr. Dagmar tressaillit, tandis que Bayr accueillit le contact sans broncher.

— Je t'adoube protecteur du trône et ami du roi, jeune Bayr.

La foule explosa de nouveau en cris de liesse. Bayr, embarrassé, se serra de plus belle contre Dagmar, et le roi Banruud retira son épée. Il fit ensuite volte-face en la brandissant et un coup de trompette signala la reprise de la procession – sans la reine et la princesse qui furent reconduites au palais sous bonne escorte.

— Je p-pensais qu-qu'il allait me t-t-tuer, bégaya Bayr en regardant son oncle avec de grands yeux.

Dagmar se contenta de frémir sans mot dire, mais son silence vint renforcer la conviction de Bayr que le roi ne l'aimait pas.

— La f-femme p-pâle a fait p-p-peur aux chevaux, chuchota Bayr, très secoué.

— Quelle femme ? s'enquit Dagmar.

Bayr secoua la tête et haussa les épaules. C'était trop compliqué à expliquer et il n'avait pas envie d'attirer d'ennuis à la femme. Le roi ne l'aimerait pas non plus, il en avait la certitude.

*

— Je crains que nous n'ayons placé un homme masqué sur le trône, grommela Ivo après avoir demandé à Dagmar de rester au sanctuaire seul à seul avec lui.

Le couronnement avait eu lieu plusieurs semaines auparavant et la Colline du Temple s'était muée en fourmilière depuis lors. Un nouveau roi impliquait de nouvelles politiques, de nouvelles règles, de nouvelles concessions. Banruud se préparait à la guerre – même si personne ne savait contre qui –, et ses guerriers passaient leurs journées à s'entraîner, rendant la méditation et la prière sur les terres du temple d'autant plus difficiles. Banruud ne se souciait guère des gardiens – ni du temple d'ailleurs – bien qu'il ait demandé à Ivo de porter une de ses requêtes auprès des dieux à la suite de cauchemars récurrents.

— Il est terrorisé par de pâles spectres qui chercheraient à lui voler son âme… et sa fille, révéla Ivo. Il a posté des hommes pour le protéger d'une attaque de fantômes… Je lui ai dit que les dieux avaient désigné un protecteur pour la princesse en la personne du jeune Bayr, mais il n'a guère semblé apprécier cette réponse. Il a exigé qu'un sacrifice soit adressé à Odin et que des runes de protection soient tracées au-dessus de chaque porte.

— Qu'entendez-vous par « un homme masqué », Maître ? l'interrogea Dagmar.

— Banruud est deux hommes. L'un est visible, l'autre invisible. Si l'on dénouait sa tresse, je suis prêt à parier qu'on lui trouverait un autre visage dans la nuque, dissimulé sous ses cheveux.

Dagmar ne put réprimer un frisson en imaginant la scène. Ivo avait toujours eu un goût prononcé pour le mélodrame.

— Je ne comprends pas, Maître. C'était un bon chef. Berne est un clan prospère et ses gens ne se sont jamais plaints. C'est un guerrier puissant qui sait diriger.

— Tout ce que tu dis est vrai. Et pourtant… notre mission a toujours consisté à aller au-delà de l'évidence ou de la facilité… Et j'ai bien peur que nous ne nous soyons laissé abuser cette fois.

— Maître…, protesta Dagmar, son sentiment de culpabilité enflant dans sa poitrine.

Ivo le coupa d'un geste de la main.

— Il suffit, Dagmar. Je ne dis pas que tu as eu tort. Tu aimes sincèrement le garçon. Et tu as choisi en fonction de lui, pas pour moi. Pas pour toi non plus, ni même pour Saylok.

Le monstre de culpabilité qui lui rongeait les entrailles grossit encore à ces paroles.

— Saylok a besoin d'un homme sur le trône, Maître, pas d'un enfant, contra-t-il d'un ton las – il avait tant rabâché cet argument.

— Mieux vaut un enfant qu'une bête, soupira Ivo. Mais il est trop tard à présent, et nous devons nous accommoder au mieux de cette situation.

— Pensez-vous réellement que Banruud soit une bête ? demanda Dagmar.

— Si Père Saylok avait souhaité que le choix du roi repose sur une seule personne, il n'aurait mandaté qu'un seul gardien. Notre système fonctionne depuis des siècles et j'ai bon espoir que cela continue ainsi, même si je n'approuve ni n'aime ce nouveau roi.

— Et la fille ?

Ivo soupira, mais sembla s'apaiser un peu, un sourire s'épanouissant sur ses lèvres noires.

— C'est un petit être merveilleux. Je nourris de grands espoirs pour Alba.

— Moi aussi, Maître, acquiesça Dagmar.

En pratique, son espoir lui valait de longues séances de prière à genoux dans sa cellule.

— Le roi ferait mieux de suivre mon conseil, réfléchit Ivo à voix haute.

— Lequel ?

— Celui de garder le garçon à proximité.

— Je ne préférerais pas, dit Dagmar.

— C'est ton égoïsme qui parle, Dagmar. Bayr est un protecteur.

— Bayr est le fils de Banruud, répliqua Dagmar dans un souffle.

— Et une menace directe à son pouvoir, ajouta Ivo en hochant la tête. J'ai conscience que Banruud est jaloux du garçon. Ce qui n'empêche pas qu'il devrait écouter mes conseils… pour l'amour de la princesse. Bayr saura prendre soin d'elle, il protégera l'enfant. Je l'ai vu.

Les mains de Dagmar tremblaient à l'intérieur de ses amples manches et il les croisa. Il n'avait aucune envie de savoir ce qu'avait vu Ivo. Parfois, les visions prémonitoires poussaient les gardiens à oublier leur intuition, et celle de Dagmar lui criait de maintenir Bayr éloigné de Banruud.

— Y avait-il autre chose dont vous souhaitiez m'entretenir, Maître ? s'enquit-il, impatient de quitter le sanctuaire.

La journée avait été interminable et il n'avait pas vu Bayr depuis l'aube.

— As-tu aperçu des spectres pâles… dans tes rêves ou ailleurs, Dagmar ?

— Non, Maître, répondit Dagmar en soupirant.

— Hmm, dit Ivo en se frottant la bouche. Il faudra que tu me dises si jamais c'est le cas.

*

Fantôme était fourbue et elle avait les seins douloureux. Elle les avait bandés étroitement pour les empêcher de se remplir de lait, mais le liquide suintait pourtant, détrempant l'étoffe. Elle tâchait de les presser à la main dès qu'elle le pouvait, afin qu'ils ne se tarissent pas : sa fille aurait besoin de se nourrir si jamais elles devaient être réunies. Hélas, l'odeur sucrée de son lait avait tendance à attirer les insectes.

C'était le printemps et les averses étaient fréquentes, rendant son séjour dans les bois du temple des plus inconfortables. En tant que bergère, elle était habituée à dormir à la belle étoile ainsi qu'à se nourrir de chasse et de cueillette ; en revanche, elle n'était pas habituée aux patrouilles. La garde royale sillonnait régulièrement la forêt ainsi que les flancs de la colline, comme s'ils étaient à sa recherche. Elle avait découvert un petit espace accessible en rampant à l'abri d'une corniche rocheuse, et elle s'y réfugiait dès que les gardes patrouillaient dans son secteur. Elle avait dû déloger une famille de campagnols pour ce faire, mais insectes et bestioles étaient le cadet de ses soucis.

Ses maigres possessions étaient toutes restées à Berne chez Bertog, et la maison du fermier avait disparu dans les flammes. Elle avait acheté quelques objets au Village du Roi – un couteau aiguisé, un pain de savon, une longueur de corde et une deuxième robe –, mais les gens l'avaient dévisagée, et cela la terrifiait plus que tout. Les marchands se souviendraient d'elle si jamais on venait les questionner.

Elle avait récupéré un pot de fer et une petite cassette remplie de pièces d'or dans les ruines fumantes de la maison de Bertog. Le fermier avait été un homme d'argent : il collectionnait les faveurs de la même manière que sa femme ramassait les œufs – notant le poids et la taille de chacune avec jubilation et gourmandise. Même le méprisable Balfor lui était redevable. Bertog conservait son or dans une cache sous son plancher, mais au final, les dieux – et Fantôme – ne lui devaient rien. Fantôme l'avait vu compter son or, elle l'avait aussi vu le cacher. Lorsque Balfor était venu mettre le feu au bâtiment, la cassette et le pot de fer avaient échappé à l'incendie.

Bertog et Linora n'avaient pas eu cette chance.

Fantôme ne ressentait aucune tristesse à leur égard. Ils avaient eu tort de faire confiance à leur chef. Et elle avait eu tort de leur faire confiance. À présent, ils étaient morts et son enfant lui avait été arrachée.

Le chef Banruud lui avait volé sa fille. Ils s'étaient approprié Alba, lui et sa menteuse d'épouse. Fantôme ne disposait d'aucun recours et cela l'emplissait de rage et de frustration.

Elle avait suivi la caravane depuis le palais, mendiant quelques restes de-ci de-là, traversant dans une sorte de transe les contreforts menant de la vallée de Berne au plateau sur lequel était juchée la citadelle. C'était un spectacle grandiose, avec les tourelles du palais royal et les flèches du temple qui se dessinaient contre un ciel dégagé, mais elle n'avait vu que les hauts remparts, les guerriers en faction et la distance qui la séparait de sa fille.

Elle avait suffisamment d'or dans la cassette de Bertog pour s'enfuir et mener une vie à l'abri du besoin pendant quelque temps si elle faisait attention. Elle l'avait dissimulée sur la fourche d'un arbre, là où les plus grosses branches se séparaient du tronc, mais elle n'avait nulle part où aller et elle ne pouvait se résoudre à abandonner sa fille. Toutefois, même si elle parvenait à s'introduire dans le palais et à s'approcher d'Alba, elle et son enfant n'iraient pas bien loin. Fantôme n'échapperait pas à la malédiction de sa peau. Elle ne pourrait pas non plus cacher son enfant dans les bois. Elle hantait donc les collines environnantes en espérant qu'une fois au moins, les dieux se montreraient cléments et lui rendraient ce qui était sien. Ou, tout du moins, qu'ils la laisseraient tuer le roi.

*

Fantôme vit que le Garçon du temple, celui qui avait calmé la jument, avait été assigné à la garde des moutons destinés aux sacrifices. Le vieux pâtre qui s'en occupait depuis qu'elle était arrivée avait contracté une vilaine toux sous les averses printanières et le garçon avait hérité de sa charge. Il s'y entendait à merveille, rassemblant le troupeau et l'emmenant paître tout en guettant les loups et autres menaces potentielles.

Il avait senti sa présence – Fantôme l'avait deviné à la ride perplexe qui barrait son front lisse. Les moutons aussi. Elle avait cet effet sur les animaux, depuis aussi longtemps qu'elle s'en souvînt. Cette affinité lui avait rendu bien des services, mais parfois, comme lors de la procession, Fantôme rendait les bêtes folles. Elle n'avait pas eu l'intention d'effrayer les chevaux du cortège, tout du moins pas celui qui tirait le chariot. Elle était en proie à une telle colère – une colère qui confinait au désespoir – que la puissance de ses émotions avait dû perturber les bêtes. Le roi s'en était sorti sans la moindre égratignure, mais le chariot avait manqué se renverser. Fantôme s'était alors enfuie à toutes jambes, terrifiée d'avoir mis son enfant en danger, et elle s'était réfugiée au cœur de la forêt jusqu'au coucher du soleil, le temps que sèchent ses larmes.

Depuis lors, elle avait observé ce garçon qui l'avait traitée avec gentillesse, ce même garçon qui veillait à présent sur les moutons du temple, dans l'espoir que ses entrées au palais et au temple lui fournissent l'opportunité d'y pénétrer incognito. Il avait beau n'être qu'un enfant, il se déplaçait comme un homme et s'occupait du troupeau avec une étonnante sérénité. Il était différent des autres garçons et elle l'étudiait avec une fascination grandissante.

Il ne dormait pas dans les champs, mais ramenait les bêtes à l'intérieur de l'enceinte du temple dès que le soleil descendait derrière les flèches du temple. Et tous les jours, il les ramenait en extérieur, bien que ce ne soit que rarement avant le soleil de midi. Elle se demanda s'il suivait des leçons durant la matinée.

L'occasion se présenta un jour en toute simplicité, comme bien souvent. Une brebis enceinte, stupide et entêtée telle qu'il en existe au sein de chaque troupeau, s'était égarée et était tombée dans un fourré. Elle s'était cassé la patte et poussait des bêlements à fendre l'âme, appelant son jeune berger à la rescousse. L'écho de ses vagissements se répercutait tant sur la colline que dans les bois, et Fantôme, tirée de l'une de ses cachettes, avait été tentée d'aller lui trancher la gorge pour abréger ses souffrances. Mais elle se ravisa, préférant rester en retrait pour ne pas être vue, et observa l'arrivée du garçon. Elle se demandait s'il aurait le cœur, mais aussi le savoir-faire pour mettre à mort la bête blessée. Ce n'était pas une besogne agréable pour quelqu'un de si jeune.

Il s'accroupit près de la brebis, les mains sur les cuisses, et réfléchit un moment. Puis, comme si l'animal ne pesait pas plus lourd qu'un sac de grain, il le souleva de terre et le hissa sur ses épaules.

La brebis poussa un long bêlement et Fantôme un petit cri de surprise, abasourdie par tant de force. La brebis, enceinte, devait lui rendre une trentaine de kilos, sinon plus. Le spectacle avait quelque chose de comique : les pattes frêles de l'animal touchaient presque terre, en équilibre sur un dos qui n'aurait pas dû être capable de supporter son poids. Pourtant, le garçon ne ralentit pas l'allure, entonnant un chant étrange que Fantôme avait déjà entendu provenant de derrière les murailles du temple. Il faudrait abattre la brebis tôt ou tard, mais le garçon semblait décidé à ne pas l'abandonner.

À l'évidence, il ne souhaitait en abandonner aucune et il se mit en devoir de rassembler le troupeau en lui tournant autour, rétrécissant le cercle à chaque passage. Il fit remonter la colline à ses bêtes en direction du portail est, tour à tour aboyant et encourageant les moutons à grand renfort de gestes, le tout avec la brebis blessée sur ses épaules. Fantôme se déplaçait en lisière de forêt, suivant sa progression avec fascination.

Cela lui prit deux heures de trottinements incessants autour du troupeau pour enfin arriver à la cloche accrochée au portail. Le soleil était bas dans le ciel et le garçon était couvert de sueur, mais aucun de ses moutons ne manquait à l'appel. Le tintement dissonant de la cloche alerta le garde en faction.

— Ouvrez le portail ! cria-t-il en voyant le garçon chargé de son lourd fardeau.

Rien ne se produisit, au grand étonnement du garde, qui cria de nouveau :

— Tiens bon, mon garçon, je vais lever la herse par moi-même.

Fantôme n'y réfléchit pas à deux fois : elle se précipita, couvrant la distance qui la séparait du bouquet d'arbres le plus proche de l'entrée du temple en un temps record. Ni cri ni alarme ne s'éleva depuis les remparts. Le Garçon du temple avait le champ de vision à moitié obstrué par la bête sur ses épaules et ne se retourna pas vers elle. Il lui suffisait désormais de rentrer avec le troupeau dans l'enceinte. Si quelqu'un l'apercevait, il aurait l'impression qu'elle aidait le garçon dans sa tâche.

Mais personne ne la vit.

Elle se colla à l'arrière du troupeau, la tête baissée, s'efforçant de calmer sa respiration pour ne pas attirer l'attention du garçon. Elle donna une petite tape sur la croupe d'un mouton pour le faire avancer, de sorte que les bêtes soient assez compactes pour dissimuler son passage, et franchit le portail comme si c'était la chose la plus naturelle au monde. Personne ne l'arrêta – il n'y avait pas âme qui vive dans la cour à cet instant – et dès qu'elle arriva près du couvert des bâtiments, elle se glissa dans l'ombre pour y attendre la tombée de la nuit.

8

La reine avait une voix superbe. On l'aurait dite portée par des ailes de fée tant elle était légère et aérienne, et Bayr l'écoutait depuis le mur qui surplombait les jardins tout en contemplant le ciel étoilé. La nuit, la petite Alba avait tendance à pleurnicher. Dagmar avait dit à Bayr qu'il faisait pareil lorsqu'il était tout petit, qu'il pleurait parfois sans raison apparente – pour demander un peu de réconfort, de chaleur ou simplement un geste tendre. La reine se promenait avec le nourrisson dans ses bras, lui tapotant le dos en chantant des chansons qui plongeaient le palais entier dans le recueillement et attiraient les oreilles solitaires.

La nuit était douce et les jardins embaumaient. Les pas de la reine la menaient souvent vers les rosiers, où elle cueillait des pétales aussi duveteux que les joues de sa fille, et Bayr les observait ; il aurait à la fois aimé tenir l'enfant et être cajolé lui aussi.

Dagmar l'avait forcé à se laver dans la froide baignoire en fer à son retour. Le poids de la brebis blessée combiné à sa laine rêche lui avait irrité le cou et les épaules à force de frottements. L'eau glacée avait apaisé sa peau à vif, mais Bayr avait néanmoins le cœur lourd, entraînant ses pensées dans de sombres méandres. Il avait donc quitté son lit et était monté en haut des remparts. À présent, il observait la reine et la princesse.

La reine était une femme gentille. Il était facile de s'en rendre compte. Elle était douce là où le roi était dur, lumineuse là où il était ombrageux, et Bayr était tombé sous son charme.

— Je te vois là-haut, Garçon du temple, appela-t-elle de sa voix mélodieuse. Si tu peux escalader le mur du jardin, tu peux sans doute en redescendre et venir nous rejoindre. Cela fait un certain temps que je souhaite te remercier.

Le pouls de Bayr s'accéléra d'un coup, et il hésita un instant à s'éclipser pour regagner sa petite chambre sous les combles. Au lieu de cela, il sortit de sa piètre cachette et se laissa tomber dans le jardin. Il s'avança vers la reine en regardant alternativement ses pieds et la princesse qu'elle tenait dans ses bras.

— Tu t'appelles Bayr, c'est bien ça ?

Il acquiesça d'un hochement de tête, heureux de ne pas avoir à parler.

— Nous te devons la vie, ma petite Alba et moi. Tu as fait preuve d'un grand courage et d'une grande agilité lors de la procession.

La reine lui posa une main sur l'épaule en témoignage de sa gratitude et il se rapprocha encore, comme aimanté par la chaleur qui émanait d'elle. Le bébé qu'elle tenait gazouilla et referma son petit poing sur une touffe de ses cheveux noirs. Dagmar ne les lui avait pas tressés après son bain, et ils avaient séché en frisottis indomptables. Bayr rit et pencha la tête pour qu'Alba s'en donne à cœur joie.

— Est-ce que tu veux la prendre dans tes bras ?

Bayr émit un hoquet de surprise et voulut reculer, mais la petite ne l'entendait pas de cette oreille, refusant de lâcher sa tignasse.

— J-je ne p-peux pas, souffla-t-il, bien que rien ne lui eût fait davantage plaisir.

— Si tu es capable de calmer un cheval emballé, tu es capable de tenir une petite fille, insista la reine avec douceur.

Bayr leva les yeux sur l'enfant et elle lui décocha un sourire ravi en battant de ses petites jambes.

— Elle a s-s-souri, bégaya-t-il, oubliant sa peur.

— Oui. Elle sourit souvent. C'est un bébé très joyeux la plupart du temps. C'est la nuit qu'elle ne tient pas en place… Ou peut-être que c'est sa manière de demander à venir dans les jardins. C'est notre endroit favori à toutes les deux.

Bayr tendit les bras comme s'il s'apprêtait à recevoir un fagot de bois. La reine Alannah partit d'un rire cristallin et, une main sous les fesses du nourrisson, l'autre sous son bras droit, elle déposa Alba dans les bras du garçon. D'instinct, Bayr cala la tête duveteuse sous son menton et referma les bras.

— Tu vois ? Tu t'y prends à merveille, l'encouragea la reine.

Un sentiment de fierté fit monter le rouge aux joues de Bayr, et ses yeux croisèrent furtivement ceux de la reine avant qu'il ne les baisse à nouveau sur Alba.

— Tu veux te promener un peu avec elle ?

Bayr acquiesça d'un signe de tête et hasarda un pas vers l'avant comme s'il traversait un pont endommagé au-dessus d'un précipice sans fond. La reine partit d'un nouveau rire, puis calqua son pas sur le sien.

— Maître Ivo dit que tu es béni par les dieux. Il dit que tu es le protecteur d'Alba. Je me sens tout à fait en sécurité en ta présence.

La reine ne semblait pas lui tenir rigueur de son silence, et ils progressèrent lentement le long des allées jonchées de pétales. Elle se remit à fredonner, tandis que Bayr, n'osait qu'à moitié respirer. Le bébé était détendu dans les bras de Bayr, son souffle chaud lui chatouillant la gorge, et sa petite main ne tarda pas à lui lâcher les cheveux.

— Alba aussi se sent en sécurité avec toi, jeune Bayr.

— J-je l'aime, chuchota-t-il en réponse.

Il n'avait pas prévu de le dire à voix haute, mais la reine ne se moqua pas de lui. Elle se contenta de sourire, le couvant d'un regard bienveillant.

— Moi aussi je l'aime. Infiniment, dit-elle.

— J-je d-dois y aller, balbutia Bayr.

Il n'en avait aucune envie, mais Dagmar ne tarderait plus à venir vérifier qu'il était bien dans sa chambre. Il lui rendait visite tous les soirs et il se ferait du souci s'il ne trouvait pas Bayr dans son lit.

— Tu reviendras nous voir, n'est-ce pas ? demanda la reine Alannah.

Il acquiesça énergiquement, le souffle coupé par l'émotion. La reine déposa un baiser sur sa joue et reprit l'enfant endormi dans ses bras. Bayr la salua d'un au revoir murmuré, puis se dirigea vers le mur du jardin. Il l'escalada, sentant le regard de la reine s'appesantir sur lui, ainsi que le poids fantôme de la princesse qu'il tenait un instant plus tôt. Une fois au sommet, il lui sembla apercevoir un éclat de blanc zébrer le potager du temple. Sans doute était-ce un tour joué par la lune ou un scintillement des étoiles sur le ruisseau qui serpentait dans le jardin, car, lorsqu'il scruta la pénombre, il ne vit rien d'anormal.

*

Fantôme s'était endormie dans les jardins du palais entre les rosiers et le rempart sud. L'endroit était frais et odorant, et elle avait le ventre plein. Elle s'était copieusement servie dans le carré de navets et avait déterré à la hâte autant de carottes que possible avant de filer se cacher derrière un massif touffu. Les carottes s'étaient avérées délicieuses malgré la terre qui collait encore à leur chair. Elle avait de toute façon les mains encore plus sales que les légumes, mais les mendiantes – et les voleuses – ne pouvaient guère se montrer trop méticuleuses. Ni même impatientes. À défaut de plan, elle avait un objectif, et c'est ainsi qu'elle avait attendu des heures durant derrière son buisson en fleur, à l'affût des bruits de la cour du palais et résistant à l'introspection. Lutter contre le découragement avait fini par la rendre somnolente.

La nuit était tombée pendant qu'elle dormait, le ciel virant du pourpre au noir, du soleil couchant aux étoiles. L'écho de pleurs d'enfant l'avait tirée de ses rêves et son corps avait aussitôt réagi, envoyant du lait dans ses glandes. Elle avait porté ses mains à sa poitrine, s'était souvenue d'où elle était et de ce qu'elle devait faire. D'une main, elle avait écarté les tiges épineuses pour fouiller la cour enténébrée du regard.

La lune levante baignait la reine et l'enfant d'un halo révérencieux, et Fantôme resserra d'instinct la main sur son couteau, ne s'apercevant que trop tard qu'elle le tenait par la lame et non par le manche. Ce fut la chaleur du sang qui lui dégoulinait le long de la manche qui l'alerta de son erreur, pas la douleur : depuis que son bébé lui avait été retiré, elle vivait de telles affres de souffrance qu'elle n'enregistra même pas la morsure du couteau.

Ses lèvres formèrent le prénom d'Alba et elle but sa fille du regard, se remémorant ses gémissements et ses petits poings agités, ses cheveux soyeux et l'odeur crémeuse de sa peau chaude encore ridée. Se trouver si proche de son enfant, si proche de son salut, lui fit couler les larmes et elle adressa une prière à Freya que celle-ci guide ses pas et sa lame.

Elle tuerait la reine et récupérerait son enfant. Les dieux lui avaient accordé une opportunité.

Mais le Garçon du temple veillait lui aussi. La reine l'avait fait descendre de son perchoir et Fantôme avait attendu son heure, allongée parmi les rosiers dans sa tunique couleur de boue, à l'affût de leur conversation. Ils offraient tous les trois un tableau charmant à se promener ainsi dans les jardins, et Fantôme s'était laissée envoûter par la scène, subjuguée par le chant de la reine et apaisée par le clair de lune.

Le Garçon du temple – Bayr – était finalement

reparti. Lui aussi était tombé sous le charme de la reine. Il avait bercé l'enfant de Fantôme dans ses bras, son visage juvénile luisant de fierté et d'adoration. Alba recevait tant d'amour. Elle était si désirée. Si vénérée. Cette certitude avait rempli Fantôme de joie et d'espoir.

Puis la lune s'était cachée derrière les nuages et le charme s'était soudain rompu. L'espoir avait laissé la place à l'horreur, la joie à la prise de conscience : les dieux ne lui avaient pas livré la reine sur un plateau, non, ils venaient de lui montrer tout ce qu'elle n'était pas, tout ce qu'elle ne pourrait jamais apporter à sa fille. Ils lui avaient murmuré au creux de l'oreille : « Disparais, petit fantôme. Va-t'en. Donne-nous l'enfant. Elle nous appartient. » Et lorsque la lune avait reparu – pour s'assurer que le message avait été entendu –, les rayons de lumière avaient révélé la présence d'une trappe au pied du mur sud, carré de bois entrouvert qui invitait à l'exploration.

« Disparais, petit fantôme. Va-t'en », répétèrent les dieux. Ils lui procuraient même une porte de sortie. Les rosiers s'en étaient mêlés, la griffant de leurs épines, la forçant vers l'avant avant de se refermer derrière elle tels des buissons de ronces.

« Enfuis-toi », chuchotèrent-ils à leur tour.

Et c'est ce qu'elle fit.

Il était beaucoup plus compliqué d'entrer dans l'enceinte que d'en ressortir. La trappe ouverte sur le jardin donnait sur une volée de marches grossièrement taillées, qui menait à un tunnel de terre battue, lequel finissait par déboucher au milieu de la lande, loin des remparts. La sortie était si étroite qu'un homme adulte aurait eu du mal à s'y faufiler, dissimulée qu'elle était par de hautes herbes et de lourdes pierres, le tout au milieu de buissons denses où nichaient toutes sortes de créatures. Celles-ci lui chuchotèrent également de fuir.

Fantôme courut à travers la lande, une main toujours ensanglantée, l'autre tenant le couteau. Le couvert des arbres l'appelait, et en particulier l'arbre dans lequel elle avait dissimulé son or, à cet endroit où les touffes d'herbe poussaient autour de formes inscrites dans la terre. Une pierre plate était collée au pied du tronc, trop lisse et parfaite pour n'être qu'une coïncidence, et elle se demanda si celle-ci signalait la présence d'une tombe. La sienne, peut-être ? Elle avait un couteau. Elle avait du courage. Mais pas assez pour aller jusqu'au bout.

Elle s'effondra au sol sous les branches basses, la tête enfouie entre les bras. Elle ne souhaitait plus vivre et était trop fatiguée pour mourir. Elle brûlait de fièvre et grelottait de froid, consumée tant par la rage que par la résignation. Alba pourrait être une princesse au lieu d'une esclave, la fille d'une reine plutôt que le rejeton d'un fantôme. Jamais elle ne lèverait les yeux sur sa mère pour n'y voir qu'un monstre ou une aberration.

— Je n'ai rien à te donner, se lamenta-t-elle. Je n'ai rien que de l'amour, et mon amour ne t'offrira pas de refuge sûr. Mon amour ne te sauvera pas, il ne te nourrira pas ni ne t'habillera. Mon amour ne pourra que te faire du mal.

Elle était remplie de haine, une haine amère et acérée. Elle haïssait le roi et elle haïssait sa reine. Elle haïssait la lune et la lande et la trappe qu'elle n'aurait jamais dû trouver si facilement. Elle haïssait le fer rouge qui lui brûlait le cœur et cette foi dont elle ne parvenait pas à se débarrasser, même si la vie ne lui avait jamais laissé de motif d'espérance. Elle haïssait le peuple de Saylok, qui se prosternait aux pieds d'un monarque qui leur mentait.

— Je te donnerai donc une reine. Je te donnerai une reine resplendissante qui te bercera de ses chants, sanglota-t-elle. Je te donnerai un père qui dirige un royaume et un garçon qui veillera sur toi. Je te donnerai une vie où tu n'auras pas à te cacher, un monde sans peur, un foyer que je ne pourrai jamais t'apporter seule. Voilà ce que je peux te donner – l'unique chose que je puisse te donner. Une vie sans moi est la seule chose que j'aie à t'offrir.

Elle caressa de la paume la pierre lisse et ferma les paupières, trop lasse pour se soucier qu'on la trouve au lever du soleil. Puis elle s'endormit, espérant ne plus jamais se réveiller.

*

Allongée sur le ventre sous l'arbre de Desdémone, on aurait dit une pile informe de haillons brunâtres. À première vue, Dagmar se dit qu'elle était morte, une vieille âme qui avait choisi la solitude de la forêt pour mourir en paix. Il sut immédiatement qu'il s'agissait d'une femme, car ses cheveux blancs n'étaient pas tressés. Il traça l'étoile sur son propre front, puis interpella l'inconnue pour la prévenir de son arrivée, mais elle n'esquissa pas le moindre mouvement. Aucune odeur de mort ne rôdait autour d'elle, pas de taches de sang sur sa cape, et lorsqu'il la retourna sur le dos, il sentit que son corps était chaud. Des traînées crasseuses lui couraient le long des joues, contrastant avec la blancheur de ses cils. Il prit conscience que c'était une jeune femme, et qu'elle avait manifestement des ennuis.

Ses paupières s'ouvrirent d'un coup, et Dagmar lâcha un glapissement de surprise en reculant précipitamment.

Elle ne chercha pas à se relever ou à s'enfuir comme il s'y attendait. Peut-être n'en avait-elle pas la force. Son regard était rivé sur lui, mais il ne trahissait ni intérêt ni la moindre peur, comme si elle s'était résignée au sort qui l'attendait, quel qu'il fût. Elle le fixa pendant plusieurs secondes avant de refermer les yeux, dissimulant ses orbes iridescents sous des paupières veinées de bleu.

— Vous êtes blessée ? s'enquit-il.

Elle ne répondit pas, mais ne semblait pas souffrir non plus.

— Si je vous aide à vous asseoir, vous pourrez boire ?

Elle rouvrit les yeux, et il prit cela pour un oui.

Il s'approcha à nouveau et détacha la gourde qu'il gardait autour du cou. Agenouillé près d'elle, il glissa un bras sous ses épaules et la cala contre lui pour qu'elle puisse boire. Elle ne tenta pas de se dégager, et lorsqu'il porta la gourde à ses lèvres, elle but avec gratitude.

Était-ce la créature dont Ivo lui avait parlé ? Elle

n'avait rien d'un spectre ou d'un fantôme, même si elle faisait peur à voir. Et elle avait très soif.

— Qui êtes-vous ? demanda-t-il. D'où venez-vous ?

— Qui êtes-vous ? demanda-t-elle dans un filet de voix aussi blême que sa peau.

— Je suis un gardien de Saylok. J'habite au temple.

— Je suis un fantôme, et j'habite sous cet arbre, grinça-t-elle.

Ses mots étaient clairs, mais leur prononciation peu commune. Il la considéra le front plissé, convaincu que Loki – ou bien maître Ivo – était en train de lui jouer un tour. Mais la fille n'était ni une vision ni une apparition. Sa chair était bel et bien vivante sous ses mains, et sa gourde ne contenait plus une goutte d'eau.

— Je ne suis pas la seule qui vive sous cet arbre. Quelqu'un est enterré ici. Vous voyez cette pierre ? demanda la fille en touchant la tombe de Desdémone. C'est un bon endroit pour mourir.

— C'est ma sœur qui repose sous cet arbre. C'est sa pierre, et elle n'a pas connu une fin paisible, opposa-t-il.

Elle leva sur lui un regard solennel et luisant de compassion.

— Est-ce pour cela que vous êtes venue ici ? Pour mourir ? insista-t-il.

Il ne voulait pas penser à Desdémone.

La fille referma les yeux et se mit à trembler contre lui.

— C'est en effet mon souhait.

— Pourquoi ?

Elle rabattit sa capuche sur sa tête. Son nez pâle

maculé de terre était à présent la seule partie de son visage qu'il distinguait.

— Si vous vouliez vraiment mourir, vous n'auriez pas bu toute mon eau, répliqua-t-il doucement.

— Peut-être que mon corps veut encore vivre, chuchota-t-elle, mais moi pas.

— La volonté est une maîtresse têtue et tyrannique, acquiesça-t-il. Mais si vous n'êtes pas sur le point de mourir, il existe de meilleurs lieux pour vivre.

— Autrefois, j'ai été attachée à un arbre comme celui-ci. Un grand arbre majestueux, murmura-t-elle.

Il n'était pas sûr d'avoir bien entendu. Elle avait beau marmonner, elle ne semblait ni malade ni blessée. Affamée, sale et épuisée, mais pas blessée.

— Vous étiez attachée à un arbre ?

— Oui, les gens voulaient m'offrir en sacrifice aux dieux. Mais les dieux n'ont pas voulu de moi, et les animaux ne m'ont fait aucun mal. Après trois jours, la femme du chef m'a libérée et m'a remise au travail.

Ils procédaient de la même manière à Dolphys, dans le clan du Loup, même si cette tradition participait de la sélection d'un nouveau chef plutôt que d'un sacrifice aux dieux. La croyance voulait que les loups ne dévoreraient pas l'un des leurs. Dagmar trouvait cela ridicule. Les loups, comme les hommes, étaient davantage motivés par la survie que par une quelconque loyauté.

— C'était à Fiend. Vous connaissez ? articula-t-elle avec un effort apparent.

— Vous voulez parler de Fiend… dans les Terres de l'Est ? hoqueta Dagmar.

— Oui, murmura-t-elle. Les Terres de l'Est.

— Et comment vous êtes-vous retrouvée ici dans les bois du temple ?

— Je suis venue pour devenir une épouse, mais je suis restée esclave. Et à présent, je ne suis plus rien.

— Vous n'êtes plus esclave ?

— Je n'ai plus de maître.

— Je vois, souffla Dagmar.

Il était au courant des raids menés outremer. Il avait entendu parler du commerce de femmes et d'enfants – surtout des jeunes filles – afin de combattre la pénurie de naissances féminines. Cette femme était sans l'ombre d'un doute l'une des victimes de ces pratiques.

— Mais pourquoi ici ?

À sa connaissance, il n'y avait pas eu d'arrivée particulière de femmes dans la caravane royale. Les clans qui se livraient à de tels raids gardaient leur butin pour eux.

— Vous venez de Berne ? Vous êtes arrivée avec le roi ?

Il remarqua le léger tressaillement qu'elle s'efforça de vite masquer. Voilà qui répondait à sa question. Cela le fit repenser aux réflexions de maître Ivo, aux rêves du roi et à la femme que Bayr avait vue lors de la procession. C'était forcément elle. Dagmar en eut soudain les mains moites et sa main droite se porta sur la dague à sa ceinture.

— Vous avez assisté à la procession du roi ? demanda-t-il.

La femme fut parcourue d'un frisson et elle ramassa ses genoux contre sa poitrine.

— Mon garçon m'a parlé de vous, poursuivit Dagmar. Selon lui, c'est vous qui avez effrayé les chevaux. Il ne sait pas comment… mais il en est persuadé. Il a eu très peur.

— Ce n'était pas mon intention. Les chevaux sont très sensibles à la peur… et à la colère, chuchota-t-elle.

— Sensibles à *votre* peur et à *votre* colère ?

Elle lui adressa un petit hochement de tête affirmatif.

— Pourquoi aviez-vous peur ? Pourquoi étiez-vous… en colère ?

— J'ai perdu un enfant… il y a peu de temps. De voir la princesse… ça a été très dur pour moi…

Dagmar prit le temps de réfléchir à ces paroles, les yeux rivés sur la pierre de Desdémone. Qu'il était étrange que cet arbre n'attirât que les désespérés et les rejetés. Qu'il était étrange que ce fût lui qui les trouve à chaque fois. Et inversement. Il ne pouvait pas aider cette femme s'il ne lui faisait pas confiance.

— Me donnerez-vous votre main ? demanda-t-il.

Il espérait ne pas devoir recourir à la force.

Elle releva le menton, sa capuche dévoilant l'hésitation dans ses yeux. Lentement, elle extirpa sa main des replis de sa cape et la lui tendit. Elle avait le regard aussi morne que sa triste histoire, et sa paume était barrée d'une longue entaille. Il n'aurait même pas besoin de faire de nouvelle incision. Elle ne trembla pas lorsqu'elle vit sa dague et se contenta de le regarder rouvrir sa plaie sans un mot.

Dagmar pressa ensuite la paume ensanglantée de Fantôme à même la terre, à l'endroit où Desdémone avait tracé ses runes. Il avait bien essayé de les gratter, de les brûler, de les faire disparaître en les recouvrant de ses propres runes. Mais elles demeuraient telles des traces de sabots pétrifiées, indifférentes à tous ses efforts. L'herbe poussait entre et autour des symboles, les masquant à un œil non averti. Lui, en revanche, les percevait aussi nettement que la pierre qui marquait la tombe de sa sœur.

— Êtes-vous ici pour faire du mal à la princesse ? demanda-t-il.

La jeune femme secoua la tête avec véhémence.

— Jamais de la vie.

— Êtes-vous ici pour l'emmener loin de Saylok ? poursuivit-il, se souvenant des rêves de Banruud.

Ses yeux gris s'embuèrent, miroitant comme du verre, et la dénégation qui franchit ses lèvres résonna comme un éclat tranchant :

— Non…

Du bout de l'index, Dagmar dessina une rune de vérité sur sa paume, mêlant le sang à la terre, et il vit les deux converger vers la ligne de vie qui courait de son poignet à ses doigts.

La fille ne mentait pas. Il relâcha sa main et elle la laissa tomber, sans intention ni de la nettoyer ni de panser la plaie fraîchement rouverte.

Dagmar se leva et lui tendit la main pour l'aider à se mettre sur pied.

— Venez avec moi.

— Je n'ai pas envie de coucher avec vous, bredouilla-t-elle.

Dagmar accusa le coup.

— J'ai mal partout, continua-t-elle. Je suis éreintée.

Je vous donnerai une pièce d'or si vous me laissez tranquille.

S'il avait effectivement voulu coucher avec elle, il aurait pu voler son or avant de prendre son corps, mais il admira tout de même sa force de caractère. Il n'avait jamais connu de femme, et il n'avait pas l'intention de commencer maintenant, même si son corps s'était soudain tendu d'intérêt. Il soupira, déçu par la faiblesse de sa chair, et tendit de nouveau la main, résolu.

— Je ne veux pas non plus coucher avec vous ni ne vous le demanderai jamais. Je souhaite vous aider, c'est tout.

Elle releva les yeux sur lui, et il crut l'espace d'un instant qu'elle allait refuser une deuxième fois. Puis ses épaules s'affaissèrent, son menton retomba, et Dagmar prit conscience qu'elle n'avait pas l'énergie suffisante pour lui obéir. Il s'accroupit et la prit dans ses bras, priant les dieux de lui donner une fraction de la force de Bayr, afin qu'il la ramène dans la bergerie abandonnée sur le versant ouest de la Colline du Temple.

9

L'homme qui se présentait comme un gardien était étonnamment fort, mais, au bout d'un moment, elle sentit ses bras trembler sous l'effort et elle sut qu'elle ne pouvait pas rester dans ses bras plus longtemps, à souhaiter que sa fin advienne. Sa fin n'adviendrait pas, à moins qu'elle y mette du sien, et cet homme ne comptait manifestement pas la laisser tranquille.

Il avait des yeux bleu pâle – un trait qu'il partageait avec le Garçon du temple –, mais les ombres qui lui ornaient la mâchoire et le sommet du crâne étaient noires. Elle avait vu les prêtres au crâne rasé défiler dans leur tunique pourpre lors de la procession, en rangs derrière le roi, les mains jointes et le pas mesuré. Apparemment, certains avaient plus de mal que d'autres à venir à bout de leur pilosité. Elle fut tentée de passer le bout des doigts sur ce collier de repousse, pour voir si les poils étaient doux ou rêches.

— Je vais marcher, gardien, chuchota-t-elle. Sinon, nous tomberons tous les deux.

— Nous ne sommes plus très loin, haleta-t-il.

Elle se cambra comme un enfant colérique et il céda immédiatement, la reposant à terre. Elle hasarda un premier pas, chancelante, et il enroula un bras autour de sa taille pour l'aider à progresser. Lorsque la fatigue eut finalement raison d'elle, il la reprit dans ses bras pour la fin du trajet.

La bergerie était bâtie à flanc de falaise – un taudis plus qu'une maison à proprement parler –, mais aux yeux de Fantôme, elle représentait un abri et la fin d'un voyage, et ses yeux s'attardèrent sur la porte fermée et la petite fenêtre. La maisonnette était d'ailleurs plus robuste qu'elle n'en avait l'air au premier abord, et des pots d'herbes aromatiques étaient alignés au pied du mur sous la fenêtre.

— C'est le cabanon du berger, expliqua le gardien en la déposant sur ses pieds.

— J'ai déjà gardé des moutons, dit-elle dans un filet de voix. Cette maison est à vous ?

— Elle appartient à la confrérie.

— Mais pas à un frère en particulier ?

Elle se sentait si lasse qu'elle n'avait aucune envie d'affronter de nouveaux visages ni de nouvelles questions.

— Plus personne n'y habite. Lem, le gardien en charge du troupeau, s'installait ici lorsqu'il faisait paître les moutons dans la prairie. C'était trop éloigné du temple pour qu'il puisse faire l'aller-retour chaque soir. Mais Lem est vieux et malade à présent, et ses jours de berger sont derrière lui, dit le gardien avant de pousser la porte sans la moindre hésitation et d'aider Fantôme à franchir le seuil.

Une paillasse montée sur un cadre en bois occupait le mur du fond, et Fantôme s'y dirigea d'un pas trébuchant, trop épuisée pour envisager autre chose que de s'y affaler. Elle entendit le gardien s'affairer dans le cabanon, puis sentit sa main sur son épaule la retourner vers lui. En réponse à ses faibles protestations, il la rassura avec des mots doux :

— Je vais panser votre main.

Elle n'acquiesça pas, mais ne se débattit pas non plus. L'eau était froide et le contact du chiffon humide apaisant. Une fois qu'il eut fini de nettoyer sa blessure, il rinça et essora le chiffon, puis entreprit de lui laver le visage. Fantôme se raidit et baissa le menton, pour qu'il cesse ses attentions.

— Chuuut. Vous devez savoir à présent que je ne vous ferai aucun mal, la raisonna-t-il en humectant à nouveau son linge.

Pourtant, c'était le cas. Sa gentillesse était douloureuse, comme du sel sur une plaie à vif. Elle aurait presque préféré qu'il la frappe, et des larmes d'humiliation ruisselèrent le long de ses joues jusqu'à ses lèvres entrouvertes. Elles aussi avaient un goût salé, et Dagmar les essuya en soupirant.

— Je vais vous laisser ici. Il y a de l'eau dans le seau, qui vient du ruisseau à proximité. Il y a aussi un peu de pain sur la table, de l'huile dans la lampe et de quoi alimenter le feu. J'en ai démarré un petit, mais il fait doux aujourd'hui.

Elle hocha la tête sans rouvrir les paupières pour autant.

— Je reviendrai demain avec des provisions. Nous parlerons à ce moment-là.

— Merci, marmotta-t-elle en attendant de l'entendre partir.

— Comment dois-je vous appeler ? demanda-t-il encore.

— Fantôme, murmura-t-elle avant de retomber dans l'oubli du sommeil.

*

Elle se leva quand les premières lueurs de l'aube frappèrent la fenêtre rudimentaire, zébrant le sol de fins rais de lumière. Le gardien n'avait pas ouvert les grossiers volets de bois, mais le soleil inquisiteur avait trouvé le moyen de s'infiltrer entre les lattes.

Elle remplit d'eau la timbale en fer-blanc à trois reprises avant d'avoir étanché sa soif. Elle s'en resservit un quatrième verre après avoir dévoré le pain sec laissé par le gardien. Le feu s'était éteint durant la nuit, mais le soleil suffisait à réchauffer la petite pièce, et Fantôme ouvrit les volets pour découvrir le paysage.

Elle se sentait curieusement régénérée, comme si ses larmes couplées aux bons soins prodigués par le gardien avaient raccommodé une partie de ce qui s'était déchiré en elle. Ces points de suture pouvaient encore craquer à tout moment et elle avait toujours l'âme en lambeaux, néanmoins, elle n'aspirait plus à s'ensevelir et à cesser de respirer.

Un tonneau, une table, deux tabourets, trois étagères et un petit coffre en pin constituaient l'intégralité du mobilier ; il n'y avait guère la place pour davantage. Une casserole noircie et une bouilloire assortie reposaient dans l'âtre, vides. Deux cuillers en bois, un bol et une assiette en fer-blanc – comme la timbale dont elle s'était servie au réveil – étaient posés sur une étagère. Un second seau, deux petits morceaux de savon et une pile de linges propres garnissaient une autre étagère. Deux couvertures, une aiguille et du fil, un petit sac de farine, un balai et un pot de chambre complétaient l'inventaire du cabanon.

Fantôme s'empara du balai de paille et le passa sur le plancher, chassant les araignées et détruisant leurs œuvres.

Une natte avait été roulée et rangée sous le lit, sans doute pour lui éviter de prendre la poussière en l'absence de son propriétaire. Elle la sortit au soleil, puis la battit jusqu'à en avoir les épaules douloureuses. La natte donna immédiatement un air plus douillet à la pièce lorsqu'elle la rentra et Fantôme sourit, fière du résultat, avant d'apercevoir ses souliers éculés et troués. L'intérieur du cabanon avait bien meilleure mine, mais pas elle. Elle aurait du mal à réparer ses chaussures, mais sa robe, sa cape, ses cheveux et ses mains avaient besoin d'un sérieux décrassage.

Elle s'arma de l'un des seaux et d'un peu de savon, puis partit en quête du ruisseau. Pour son plus grand plaisir, quelqu'un avait ménagé une sorte de barrage suffisamment grand pour former une baignoire naturelle. Elle se dévêtit sans la moindre hésitation, serra les dents et s'immergea dans l'eau claire et fraîche.

Une heure plus tard, le corps et les cheveux ruisselants d'eau, sa robe un peu râpée à force de l'avoir frictionnée contre un rocher, elle se hissa sur la berge et remit sa cape – toujours sale –, avant d'étendre sa robe et ses sous-vêtements à sécher sur des pierres chauffées par le soleil. Elle repartit ensuite vers le cabanon avec le seau rempli d'eau.

Elle avait de la visite, mais pas celle du gardien. C'était le garçon – Bayr. Quand il la vit, il la salua d'un hochement de tête et se saisit du paquet à ses pieds. Le baluchon était presque aussi grand que lui, et noué de telle manière qu'il pouvait aisément le porter sur l'épaule.

— P-p-pour v-vous, dit-il en tapotant la toile du paquet.

Il avait une agréable voix de basse, mais ses mots avaient du mal à sortir. Il entra à sa suite dans le cabanon, posa son fardeau et l'ouvrit sans plus attendre.

Il en sortit une couverture, un assortiment de légumes et de salaisons, six pommes, une livre de fromage et plusieurs sachets d'épices. Vinrent ensuite une miche de pain, une tunique pourpre, deux paires de bas, un jupon blanc, un écheveau de laine, une aiguille à repriser, un miroir, une brosse à cheveux et une grande gourde.

Il déposa le tout méticuleusement sur la table sans dire un mot, même si elle devinait qu'il brûlait de lui poser mille questions. Elle était si bouleversée par cette soudaine abondance qu'elle ne fit dans un premier temps que regarder chaque objet, des gargouillis dans l'estomac et la gorge sèche.

Elle coupa une tranche de pain qu'elle tendit au garçon, ne sachant pas trop quoi dire pour les mettre tous les deux à l'aise. Il hésita à accepter, mais elle insista, gardant la main tendue jusqu'à ce qu'il prenne le pain. En échange, il lui donna la corne qu'il portait en bandoulière.

Elle y but une grande gorgée et la lui rendit, mais il secoua la tête.

— G-gardez-la. P-pour les m-moutons.

Elle fronça les sourcils d'incompréhension, mais conserva le récipient.

— Qu-qu-qui…, commença Bayr, prenant une profonde inspiration avant de poursuivre. Qui êtes-vous ?

— Personne, murmura-t-elle.

Le garçon accueillit cette réponse par une petite grimace avant de se montrer du doigt.

— Bayr.

— Je sais qui tu es. Tu es le Garçon du temple.

Il soupira, comme s'il n'aimait pas ce sobriquet. Elle non plus n'aimait pas le sien.

Il se pencha vers elle, hésitant, manifestement soucieux de ne pas l'effrayer. Puis il lui toucha la main.

— P-p-pourquoi s-si blanche ?

— Je ne sais pas. Je suis née comme ça. Pourquoi es-tu si fort ?

— B-b-béni ? dit-il comme s'il n'en était pas sûr.

Elle rit, charmée de sa réponse.

— Tu es béni. Je suis maudite. Et aucun de nous deux n'a eu son mot à dire dans l'affaire.

— F-F-Fantôme ? demanda-t-il.

Le gardien avait dû lui dire son nom, bien que le garçon semblât ne pas trop y croire.

— C'est ainsi qu'on m'appelle, confirma-t-elle.

Il fit une nouvelle grimace.

— P-pas de n-n-nom ?

— Je n'ai pas vraiment de nom. Donc je suppose que Fantôme convient aussi bien qu'un autre.

Le garçon paraissait frustré, comme s'il avait voulu en savoir plus à ce propos, mais que l'exercice se révélait trop pénible pour lui.

— Le gardien… Qui est-ce ? demanda-t-elle en changeant de sujet.

— M-mon on-oncle.

— Comment s'appelle-t-il ?

Le garçon s'accroupit et traça un mot sur les pierres lisses de l'âtre avec de la suie.

— Je ne sais pas lire, murmura-t-elle en se mordant la lèvre.

Parler lui demandait un tel effort qu'il avait préféré recourir à l'écriture, mais elle n'avait aucun moyen de la déchiffrer.

— D-D-D-Da-g-gm-gmar, finit-il par énoncer.

Il effaça les lettres à l'aide du balai et elle eut un pincement au cœur. Elle aurait bien aimé en étudier les formes.

— Dagmar ?

Il hocha la tête.

— R-rester ? demanda-t-il en pointant le sol du doigt.

Elle ne savait pas s'il lui demandait la permission de rester ou s'il voulait savoir si elle allait rester sur place.

Lorsqu'elle répondit d'un haussement d'épaules, il ramassa son baluchon désormais vide.

— Rester, répéta-t-il avant de sourire et de se tourner vers la porte.

Son sourire tout en dents blanches lui montait jusqu'aux yeux. Il était beau garçon, ses cheveux noirs tirés vers l'arrière dégageaient un visage qui s'allongerait et s'affinerait avec l'âge. Il ressemblerait au gardien, mais sa taille et sa force laissaient imaginer qu'il aurait des traits plus secs et une carrure plus large.

— Rester, déclara-t-il une troisième fois, fier d'avoir prononcé deux fois le mot sans bégayer.

Sachant qu'il ne s'adressait pas volontairement à elle comme à un chien, elle acquiesça d'un signe de tête.

Il lui sourit à nouveau, ouvrit la porte et sortit. Elle ne pourrait pas rester, mais elle n'avait pas encore suffisamment récupéré pour partir sur-le-champ. Un jour ou deux dans cette bergerie lui feraient le plus grand bien. Un jour ou deux, et après elle partirait. Il lui faudrait aller chercher son or et, si possible, faire ses adieux à sa fille.

*

— Cela devient une habitude, Dagmar, de recueillir ainsi des âmes errantes.

— Oui, Maître, il semblerait.

Ivo soupira, mais sa bouche s'étira en un semblant de sourire sous son nez aquilin.

— Mais les dieux te les ont envoyées dans un but précis.

— Peut-être qu'ils *nous* les ont envoyées, Maître, répliqua Dagmar d'une voix humble démentie par son regard d'acier.

Ivo pinça les lèvres devant cette insolence, mais ses yeux se voilèrent comme si une vision lui apparaissait. Il resta immobile pendant de longues secondes, la tête baissée.

— Il se peut que tu aies raison, Dagmar. Il en viendra d'autres, marmonna le Très-Haut Gardien.

— D'autres, Maître ?

— D'autres âmes errantes, mon frère. Parle-moi de la dernière en date.

— C'est une esclave sans maître. Elle vient des Terres de l'Est.

— Et qu'est-elle venue faire ici ?

— Elle est venue avec la caravane du roi, ou, plus probablement, elle l'a suivie. J'ai cru comprendre qu'elle avait eu un enfant, mais que celui-ci était mort. Elle est perdue, Maître, et je crois vraiment qu'elle n'a nulle part où aller.

— C'est une femme, Dagmar. Nous sommes des hommes. Des gardiens. Elle ne peut pas vivre parmi nous, tu le sais pertinemment.

— Frère Lem n'est plus en état de s'occuper des moutons. Il se fait vieux et il n'en a plus la force. Bayr veille sur le troupeau à présent, mais il a besoin d'autre chose et…

— … et il a mieux à faire de son temps, finit Ivo.

— Oui, Maître.

— Et donc Odin, dans sa grande sagesse, nous a envoyé quelqu'un pour s'occuper de nos moutons. Que d'attentions de la part des dieux !

— C'est ce que je m'apprêtais à suggérer, Maître. Elle n'aura pas à mettre les pieds dans l'enceinte du temple pour s'acquitter de sa tâche. Qui plus est, elle m'a dit qu'elle avait déjà été bergère.

— Comment s'appelle-t-elle ?

— Elle se fait appeler Fantôme. Sa peau n'a pas une once de couleur… tout comme ses yeux et ses cheveux.

Les sourcils d'Ivo s'arquèrent et une moue perplexe s'afficha sur ses lèvres.

— J'ai eu une vision de spectre, et les dieux m'envoient un fantôme ! éclata-t-il d'un rire sec. Odin tisse les rêves avec beaucoup de malice, n'est-ce pas ?

— Je l'ai installée dans la bergerie du versant ouest, Maître. Elle est faible, fatiguée… et d'une saleté repoussante. Mais tout cela peut s'arranger facilement.

— Fais en sorte qu'elle ait le nécessaire. Frère Gilchrist allouera une somme pour subvenir à ses besoins.

— Merci, Maître.

— Dagmar ?

— Oui, Maître ?

— Est-ce qu'elle est belle ?

Surpris, Dagmar fronça les sourcils.

— Je ne sais pas, Maître. Elle est… effrayante. Et sale. Et triste. Mais elle pourrait être belle si… si quelqu'un l'aimait.

Le rouge monta aux joues de Dagmar. Il n'était pas bien sûr d'où lui était venue cette réponse, mais Ivo le considéra comme s'il n'en avait pas attendu d'autres.

— Eh bien, tant que ce n'est pas *toi* qui l'aimes…

Dagmar rougit de plus belle. Il n'avait aucune intention de tomber amoureux d'elle.

10

Bayr s'éveilla avec la mélodie de sa mère en tête. Ou peut-être n'était-ce pas du tout celle de sa mère, mais celle de la reine, qui chantait des berceuses à Alba comme jamais sa mère n'avait pu le faire pour lui. Et cette mélodie était stridente et dissonante, alors que la reine chantait d'une douce et belle voix. Allongé dans son lit, il essayait d'imaginer la femme qui avait manié l'épée et le bouclier aussi bien qu'un homme et qui pourtant était morte en lui donnant la vie. Dagmar lui avait dit qu'elle était belle et courageuse, et il s'efforçait de visualiser une telle femme dans sa tête.

Le son résonna à nouveau, et cette fois Bayr se redressa. Ce n'était pas une mélodie, mais un cri. Pas un cri de femme ni d'enfant, plutôt un gémissement de surprise et des bruits de lutte étouffés. Il bondit sur ses pieds et se précipita à la fenêtre, sans penser une seconde à prendre une arme ou même des chaussures. Rien ne bougeait dans les jardins au pied de la tour de la reine, aucune lumière n'en éclairait les fenêtres. Il y avait *toujours* de la lumière dans le pignon reliant la nursery et les quartiers de la reine. Quelque chose n'allait pas.

Il enjamba le rebord puis bondit de toit en toit, léger sur ses pieds nus, se laissant glisser jusqu'au sol avant de filer escalader le mur qui séparait le temple du palais. Une autre exclamation et un cri soudain retentirent, et Bayr sprinta jusqu'au pied de la tour où dormait Alba. Il l'avait déjà escaladée, lorsque le monde dormait, simplement pour voir s'il en était capable. Une prise ici pour le pied, un rebord là pour faire le balancier. Les yeux rivés sur la pierre pour assurer ses prises, il gravit la maçonnerie jusqu'à la fenêtre qu'il devait atteindre.

La reine poussa un nouveau cri tandis qu'Alba pleurait à pleins poumons, et les doigts de Bayr se crispèrent sur le rebord de la fenêtre, un pied glissant dans le vide avant de retrouver son appui. Il se hissa à la force de ses bras et bondit à travers la fenêtre ouverte, prêt à en découdre avec quiconque osait faire crier une femme dans la nuit. Une fois à l'intérieur, il sentit plutôt qu'il ne vit un premier assaillant et se baissa à temps pour esquiver une lame sifflante. Il décocha immédiatement un uppercut dans le cœur palpitant de l'homme à l'épée. Celui-ci émit un gargouillis et Bayr l'agrippa par le devant de sa veste pour le propulser par la fenêtre par laquelle il venait d'entrer. L'homme avait lâché son arme et Bayr sentit le métal froid sous ses pieds nus en passant une tête dans le couloir afin de voir qui s'y tapissait encore. Il enjamba l'épée, trop longue et trop peu maniable – il préférait avoir les mains libres.

Il se jeta dans la direction des voix. La porte sur la

droite donnait sur la chambre à coucher de la reine, celle de gauche sur la nursery, dont le centre était occupé par un berceau de bois ouvragé. Il l'avait déjà aperçu lors de ses explorations. Il le voyait maintenant, doré à la feuille d'or et digne d'accueillir une princesse. C'était pour elle que les hommes tapis dans l'ombre étaient venus. Il s'attendait à ce qu'ils viennent un jour. Alba était trop précieuse pour qu'on la laisse tranquille. Elle était le joyau de Saylok, le trésor des clans, et quelqu'un voulait se l'approprier.

Deux hommes se présentèrent alors face à lui, silhouettes indistinctes dans le couloir obscur. Il leur attrapa le côté du crâne et entrechoqua leurs deux têtes avec sa force phénoménale. Leurs nez se brisèrent dans un craquement d'os satisfaisant et ils tombèrent à genoux, à hauteur de Bayr. Sans réfléchir ni s'inquiéter le moins du monde du sang qui l'avait éclaboussé, il les agrippa fermement par la tresse et les traîna jusqu'à la fenêtre, d'où il les jeta l'un après l'autre pour qu'ils rejoignent leur compagnon. Trois autres hommes sortirent alors de la chambre de la reine. L'un la tirait par les cheveux, une dague pressée contre sa gorge, tandis qu'un autre tenait Alba par les pieds comme un poulet qu'on s'apprête à égorger.

Les hommes partirent d'un grand rire gras en voyant cet enfant désarmé et barbouillé de sang. L'homme qui n'avait pas d'otage s'avança vers Bayr et tendit la main pour le saisir par les cheveux. Le garçon s'accroupit pour attraper l'épée qui se trouvait à ses pieds. Un cri désarticulé et une estocade plus tard, l'homme était transpercé et Bayr prêt à défier le suivant.

La reine esquissa un geste vers Alba, toujours suspendue au poing noueux du troisième larron. Celui-ci fit un pas en direction des escaliers et la reine cria, se débattant pour rejoindre son enfant. Son ravisseur la lâcha pour affronter Bayr avec la dague dont il la menaçait. Le garçon repoussa le corps de l'homme toujours embroché sur son épée afin de dégager la lame ensanglantée. Il la projeta alors comme un javelot et elle vint se ficher dans l'épaule de l'homme, lui faisant lâcher son arme. Bayr l'envoya s'écraser contre le mur en un tournemain et bondit sur le dos de l'homme qui tenait Alba. L'attrapant par les oreilles, il lui brisa le cou d'une puissante torsion, voyant la lueur de vie s'éteindre dans ses yeux. L'homme s'effondra et la reine se précipita en sanglotant pour récupérer la princesse qu'il tenait toujours.

— Elle n'est pas blessée. Elle est juste effrayée… et en colère, se rassura la reine en caressant l'enfant dont les petits membres gesticulaient pour accompagner ses vagissements aigus.

Bayr la contourna pour revenir vers l'unique survivant, l'épée toujours fichée dans l'épaule, les yeux écarquillés d'incrédulité. Il leva sa main valide pour signifier qu'il se rendait et Bayr resta positionné entre la reine et lui, incertain de la conduite à tenir envers cet homme qui ne représentait plus une menace. Un halo lumineux bourgeonna dans l'escalier, et le martèlement de bottes sur la pierre se fit bientôt entendre. La garde du roi venait d'arriver… à la fumée des cierges.

— Tu es couvert de sang, Bayr, dit la reine d'une voix tremblante.

Cela ne l'empêcha pas de lui prendre la main, portant Alba dans l'autre bras.

Bayr baissa le regard sur la chemise de nuit informe qu'il avait mise pour dormir. Ses pieds nus étaient rouges du sang versé, tout comme le tissu de son vêtement. Il sentit que ses paupières étaient collantes, elles aussi, et il se dit que son visage devait être tout aussi souillé.

Le vestibule fut soudain illuminé de plusieurs torches et envahi de guerriers armés, prêts à livrer une bataille déjà gagnée. Le roi Banruud fermait la marche, le visage terrible dans la lumière vacillante.

— Qui a fait ça ? voulut-il savoir en découvrant la scène, les mourants et les morts.

Ses guerriers semblaient tout autant abasourdis.

Bayr tenta de répondre, mais sa langue pesait plus lourd que le tablier de l'autel et il ne parvint pas à la faire fonctionner. Après quelques croassements incohérents, il baissa la tête, honteux.

— Bayr nous a sauvées, dit la reine, venant à sa rescousse et serrant Alba contre elle.

La princesse ne pleurait plus, ses yeux embués attirés par le groupe d'hommes et leurs armes scintillantes.

— Trois hommes, Banruud. Et ce n'est qu'un garçon, observa l'un des guerriers sur un ton incrédule – il était venu de Berne avec son roi et n'était pas familier des prouesses de Bayr.

— Il y en avait davantage, intervint Alannah.

— Où ? aboya Banruud.

Bayr désigna la fenêtre du doigt, tandis que l'assaillant survivant se vidait de son sang en implorant la clémence. Le guerrier incrédule alla jusqu'à la fenêtre et jeta un coup d'œil en contrebas.

— Il y a trois hommes en tas au pied de la tour, Sire ! s'exclama le guerrier.

Le roi vint le rejoindre pour voir cela de ses propres yeux.

— Quel est ton clan ? demanda Banruud au blessé.

Le ravisseur eut un mouvement de recul et son geste lui arracha une grimace de douleur.

— Je n'ai pas de clan, grommela l'homme.

— Qui t'a envoyé ? rugit Banruud.

— Nous sommes venus pour l'enfant. Certaines personnes sont prêtes à payer de grosses sommes pour avoir une fille.

Ses compagnons étaient morts et il les rejoindrait bientôt. Il n'avait plus personne à protéger. Bayr savait que l'homme ne pouvait guère espérer qu'une mise à mort rapide.

— Vous aviez forcément des complices, siffla Banruud en empoignant le pommeau de l'épée toujours fichée dans son épaule. Vous connaissiez la configuration du palais.

— Il s'appelle Biel, haleta l'homme. C'est lui qui a conçu le plan.

— Biel de Berne est l'un des nôtres, Sire, confessa un garde.

Le groupe de guerriers fut parcouru d'un frisson scandalisé et l'enfant se remit à pleurer.

— Où est-il ? exigea de savoir Banruud.

Le blessé pointa la fenêtre au bas de laquelle s'empilaient les cadavres.

— Là.

— Et le garçon ? poursuivit le roi.

L'homme le dévisagea sans comprendre.

— Il n'est pas avec nous.

— Vous a-t-il apporté son aide ? insista Banruud, provoquant un malaise palpable parmi sa garde.

La reine hoqueta et secoua la tête, mais son époux la fit taire d'une main levée.

Bayr chiffonna sa chemise de nuit, nerveux, mais sans tenter de se défendre.

— Non, geignit le blessé en dardant des regards effrayés vers Bayr. Il les a tous tués.

Le roi retira alors d'un coup l'épée qui lui transperçait l'épaule. L'homme poussa un cri de douleur mêlée à du soulagement, que le roi fit taire aussitôt en l'achevant d'un coup d'estoc en plein cœur. Banruud dégagea la lame une nouvelle fois, laissant le cadavre rendre un dernier hommage à ses bottes.

Il fit volte-face et braqua l'arme sur le front de Bayr. Le garçon ne sourcilla pas, la paralysie qui gelait ses lèvres avait contaminé ses membres.

— Ne lui fais pas de mal, Banruud, l'implora la reine, s'attirant des grognements d'assentiment de la part des guerriers.

Le roi étudia le garçon d'un regard inexpressif sans abaisser sa lame, indifférent à la détresse de son épouse et de ses hommes. Lorsque enfin il reprit la parole, ce fut d'un ton qui n'admettait pas la réplique :

— À partir de maintenant, tu dormiras ici, Garçon du temple.

*

Le gardien ne revint pas pendant plusieurs jours, le garçon non plus, et chaque matin, Fantôme se disait qu'elle allait quitter le cabanon à flanc de falaise. Cependant, la lassitude qui oppressait ses membres et ses pensées la faisait à chaque fois renoncer. Son esprit tendait à vagabonder par-delà les verts coteaux pour aller escalader le mur d'enceinte du palais où sa petite fille vivait, où elle respirait et dormait, et levait les yeux sur une femme qui n'était pas sa mère. Et bien que Fantôme ne se trouvât pas à l'intérieur de ces murs, elle était sous les mêmes cieux, elle respirait le même air, se réchauffait au même soleil, et ne parvenait pas à se résoudre à partir.

Le gardien ne se présenta qu'au bout d'une semaine. Elle avait mangé toutes ses provisions et avait pêché plusieurs poissons dans le ruisseau – elle n'avait pas été rechercher son or, n'ayant que peu de crainte qu'on le lui vole. Dagmar portait la même tunique, brune avec une cordelette en guise de ceinture, que lorsqu'il l'avait ramenée de la forêt. Elle se dit que la tunique pourpre était sans doute réservée aux cérémonies et aux offices et se demanda si celle que le garçon lui avait apportée lui avait appartenu. Elle était tout effilochée au niveau des bords, mais Fantôme était certaine de pouvoir la rendre plus présentable avec un peu d'effort. Peut-être qu'elle la teindrait d'une autre couleur. Pour accompagner sa robe de bure simple, le gardien arborait des cernes violacés sous les yeux et un teint blême qui faisait ressortir le noir de sa pilosité domptée.

— Vous sentez-vous mal ? lui demanda-t-elle avec une inquiétude sincère dans la voix.

— Non. Juste fatigué, répondit-il d'une voix empreinte de lassitude. Pardonnez-moi de ne pas être repassé plus tôt. Il y a eu quelques soucis qui m'ont retenu.

Il lui résuma en quelques mots la tentative de kidnapping de la princesse et de la reine.

— Elle n'a pas été blessée ?

— Non… Elles sont toutes deux saines et sauves. Elles ont juste eu très peur.

Fantôme se rendit compte que la nouvelle lui avait coupé les jambes et elle se laissa tomber lourdement sur un tabouret, manquant de le faire basculer. Le gardien la stabilisa d'un geste doux, puis s'assit comme si lui aussi se sentait en proie à des vertiges. Il croisa les mains sur ses genoux, ses larges épaules voûtées, la tête basse.

— Le danger est passé à présent ? demanda-t-elle d'une voix hésitante.

— Je ne sais pas s'il passera vraiment un jour, répliqua-t-il d'un ton chagrin.

— Qu'entendez-vous par là ?

Il secoua la tête, comme si la chose était difficile à expliquer, et elle attendit, espérant qu'il lui en dirait un peu plus.

— Elle sera une fille toute sa vie, finit-il par lâcher. Elle est très précieuse. Et quiconque possède une grande valeur est exposé à de grands risques.

Il n'y avait rien à ajouter.

— Le garçon reviendra-t-il me voir ? s'enquit-elle, désireuse d'oublier un instant la sécurité d'Alba.

— Je… Je ne sais pas. (Cet étrange chagrin résonna à nouveau dans sa voix.) Il est… Il n'est plus… sous ma responsabilité.

— Il est parti ?

Fantôme ne comprenait pas.

— Non. Il est maintenant… au service du roi.

— C'est un domestique ? demanda-t-elle en fronçant les sourcils.

— C'est un garde. Il doit rester nuit et jour avec la princesse.

— Mais ce n'est qu'un enfant, chuchota Fantôme.

— C'est… un guerrier.

— Vous ne pourrez plus jamais le voir ?

Le gardien se fendit d'un sourire.

— Bien sûr que si. Ce n'est pas aussi terrible que je le laisse entendre.

— Le roi a pris votre enfant, murmura Fantôme, le cœur fendu.

Tout comme il lui avait pris le sien.

— Non, dit le gardien dans un souffle – mais elle ne le crut pas.

Il se leva alors et marcha jusqu'à la porte, sans toutefois faire mine de partir.

— Je vous ai rapporté votre or, annonça-t-il en sortant de son sac la petite boîte encore noire de suie. Je me rends souvent auprès de cet arbre pour prier. Quand j'ai levé les yeux, j'ai vu votre cassette sur la fourche de l'arbre.

— Vous auriez pu la garder, murmura-t-elle, stupéfaite.

— Elle ne m'appartient pas, déclara-t-il en croisant son regard avant de le détourner, un semblant de couleur aux joues. Vous m'avez proposé de l'or pour que je vous laisse tranquille. Je me doutais que ce devait être la vôtre.

Fantôme ne sut pas quoi répliquer. Elle hésita à ouvrir la cassette pour lui offrir quelques pièces, mais elle se dit qu'il pourrait prendre ce geste pour une invitation à partir.

— Pourquoi avez-vous choisi cet arbre ? l'interrogea-t-il.

— Je ne sais pas. Il était facile d'y monter.

Le gardien éclata de rire, et la soudaineté de sa réaction fit sursauter Fantôme.

— Maintenant que vous avez votre or, vous pouvez partir, si tel est toujours votre souhait. En revanche… vous pouvez aussi rester ici si cela vous plaît. Bayr ne peut plus s'occuper du troupeau. Si cela vous convient de vivre dans cette maisonnette, les gardiens pourraient vous payer pour que vous gardiez les moutons et les emmeniez pâturer.

— Je pourrais rester ici ?

— Oui, acquiesça-t-il, même s'il paraissait un peu troublé à cette pensée. Mais vous serez une femme seule… et pas forcément en sécurité.

— La sécurité absolue n'existe pas, répliqua-t-elle. Par contre, le travail que vous me proposez serait le bienvenu, tout comme la paix qui va avec. Aussi longtemps qu'ils dureront…

— J'ai conduit le troupeau dans la prairie en contrebas. Frère Johan les surveille pour le moment. Il y a un enclos, donc vous ne serez pas obligée de dormir la nuit avec les bêtes. Les troupeaux du roi paissent sur les flancs nord et est de la colline : les pâtures y sont plus vastes et le nombre de moutons beaucoup plus élevé. Les estives de ce côté et sur le flanc sud de la colline, juste sous le temple, devraient suffire pour leur broutage jusqu'à l'automne. Lorsque viendra le froid, nous rentrerons les bêtes dans l'enceinte du temple. Une grande partie du troupeau sera abattue, et vous pourrez rester ici jusqu'au printemps… si vous le souhaitez. Je passerai une fois par semaine – ou vous enverrai quelqu'un à la place – afin que vous ayez un jour de repos.

— Je ne veux pas qu'on me voie, dit-elle à voix basse.

Elle sentait qu'il la couvait d'un regard compatissant. Il croyait sans doute qu'elle avait honte de la couleur de sa peau, de son visage exsangue. Il devait penser qu'elle n'aimait pas être sujette aux regards – et à la peur – des habitants de la Colline du Temple. Ce n'était pourtant pas cela qu'elle craignait.

— Je ne vous forcerai jamais à mettre les pieds dans l'enceinte du temple, lui assura-t-il.

Fantôme hocha la tête, soulagée. C'était une folie de rester. Le roi pourrait la voir ou entendre parler de sa présence et savoir que son homme de main avait échoué dans sa mission. Son apparence étrange avait toujours eu le don de faire jaser. Si le roi découvrait qu'elle était en vie, il la ferait tuer. Mais abandonner Alba serait pour elle un déchirement pire encore que la mort. Peut-être que, si elle se montrait prudente, elle pourrait rester en vie et surveiller sa fille de loin.

DEUXIÈME PARTIE

LES FILLES DU TEMPLE

11

Trois années durant, Fantôme guida les moutons au gré des saisons, dormant dans son cabanon quand le soleil disparaissait derrière le bord de Saylok. Le gardien tint parole et vint lui rendre visite régulièrement. Elle ne l'appelait que rarement Dagmar. Elle l'appelait gardien, et il l'appelait Fantôme, et ils parlaient précautionneusement de petites choses – l'épaisseur de la laine des moutons, la chaleur, la pluie, le village, le ciel. Ils regardaient paître les moutons tout en discutant de l'herbe, des mouettes et des joyeuses cabrioles des agneaux. Mais ces mêmes agneaux les plongeaient également dans la tristesse et la réflexion, ce qui faisait naître un silence entre eux et autour d'eux, les petites choses prenant soudain d'énormes proportions.

Fantôme se forçait alors à l'interroger sur le garçon, même si elle savait la peine que cela lui occasionnait. Son neveu s'occupait d'Alba, et lorsque le gardien en parlait, elle se rendait compte combien le temps filait. Parfois, le gardien semait quelques détails comme autant de perles scintillantes et elle les ramassait une à une pour s'en faire un chapelet d'histoires, qu'elle se racontait dès qu'il repartait et qu'elle se retrouvait seule.

— Il est grand pour un enfant de dix ans, disait le gardien.

Fantôme se demandait à quel point sa fille, qui avait maintenant trois ans, avait grandi, elle.

— On dirait un garçon de quinze ans, mais sa voix n'a toujours pas changé, lui rapportait Dagmar.

Elle se demandait alors si son Alba avait déjà commencé à parler.

— Bayr craint qu'Alba n'apprenne pas à parler correctement du fait de son bégaiement, lui avait un jour révélé le gardien. Le roi lui a interdit de parler plus que nécessaire à sa fille, mais elle est encore très jeune, et elle ne comprend pas qu'il garde le silence. Alba, elle, babille *sans arrêt*.

Des semaines durant, Fantôme avait tenté de s'imaginer la voix de sa fille.

Elle s'efforçait de ne jamais poser de questions sur Alba, sans pouvoir toujours se retenir.

— Est-ce qu'elle est heureuse ? avait-elle un jour demandé à Dagmar.

— Oui, elle est tout aussi joyeuse que ces jeunes agneaux, avait-il répondu avant que le poids de ses mots ne leur retombe dessus avec sa chape de silence.

Les jours devinrent des semaines et les semaines des mois. Deux années de plus passèrent ainsi, jusqu'à ce que Dagmar offre un jour à Fantôme un présent qu'elle n'aurait jamais osé demander. Quelque chose qu'elle désirait plus encore que tout l'or de sa cassette et que toutes les précieuses perles que le gardien laissait échapper par inadvertance.

— Quand vous ramènerez le troupeau jusqu'aux pâturages du temple, je verrai si Bayr et Alba peuvent vous rendre une petite visite. Je suis sûr qu'Alba adorerait les moutons, murmura-t-il, les yeux rivés sur les bêtes laineuses.

C'était le printemps et il serait bientôt temps de procéder à la tonte avant de conduire le troupeau dans la prairie sous les murs du temple.

— Alba possède un vrai don avec les animaux. Ils la suivent et se couchent à ses pieds, même les rongeurs, poursuivit Dagmar. Il lui suffit de chanter et ils accourent. Bayr est obligé de les chasser du palais en permanence.

— Est-ce que la reine les autoriserait à venir ? demanda Fantôme dans un souffle, n'osant entretenir trop d'espoir.

— La reine fait pleinement confiance à Bayr et s'occupe de lui comme une mère, elle ne devrait pas s'y opposer. Bayr ne laissera jamais quoi que ce soit arriver à Alba. Il dort par terre à côté de son lit. Il connaît par cœur son emploi du temps, ses humeurs, les choses qu'elle aime et ses couleurs favorites, ainsi que les aliments qu'elle refuse de manger – même quand sa mère insiste. Alba a en permanence le sourire et elle fait croire à tout le monde qu'elle obéit alors qu'elle n'en fait en réalité qu'à sa tête. Bayr l'observe sans dire un mot, il apprend à communiquer avec elle à base de clins d'œil, de haussements de sourcils, de hochements de tête et autres mimiques. Alba le comprend parfaitement, même si Bayr n'ouvre presque jamais la bouche – du moins lorsque le roi ou ses hommes sont dans les parages.

— Et la reine ? s'enquit Fantôme.

Elle y songeait presque aussi souvent qu'à sa fille.

— Elle est très gentille avec lui. Avec nous tous, du reste, ajouta Dagmar en se rembrunissant. Nous prions pour elle quotidiennement.

Fantôme inclina la tête. Quel effet cela faisait-il d'être aimée au point que l'on prie pour vous, d'avoir un temple et tous ses gardiens intercéder en votre faveur auprès des dieux ?

— Pourquoi priez-vous pour elle ? demanda-t-elle en tâchant de masquer sa curiosité.

— La reine est enceinte. Elle a connu des grossesses compliquées par le passé. Alba est la seule de ses enfants à avoir survécu. Les autres – tous des garçons – sont mort-nés. Elle a perdu deux bébés depuis qu'elle est installée au palais. Elle a passé du temps avec maître Ivo et nous avons inscrit des runes à même sa peau, car elle ne veut plus perdre d'enfants.

— Dans ce cas, il faut que vous priiez souvent, dit-elle d'une voix étouffée, et le gardien l'observa de son regard sombre. Je prierais pour elle moi aussi, si je savais comment faire.

— Sentez-vous le soleil sur votre peau ? demanda Dagmar.

Fantôme portait un fichu sur la tête, le devant replié pour abriter son visage des rayons du soleil. Elle adorait son contact sur sa peau, mais celle-ci cloquait facilement, sans jamais foncer pour la protéger. La peau de Dagmar avait acquis une teinte hâlée au cours des mois chauds alors même qu'il était moins souvent dehors qu'elle. Il aurait dû être pâle et grêlé comme la lune, mais ce n'était pas le cas.

Elle n'avait croisé que quelques-uns de ses frères : la plupart ne sortaient pas de l'enceinte du temple, sous la protection de la garde stationnée aux portes et sur les remparts, et étaient par conséquent presque aussi blancs qu'elle.

— Bien sûr que je sens le soleil, répondit-elle en levant les yeux sur lui.

— Sentez-vous ce bourdonnement de vie dans l'air ?

— Oui, je le sens.

— C'est Dieu – Odin, Saylok ou le Dieu Christ. S'il possède un nom, je ne suis pas sûr que nous le connaissions. Mais je le sens… ou je *la* sens… telle une présence dans mon dos, qui veille sur moi et qui me guide, qui toujours me pousse à avancer. Il est facile pour moi de me représenter l'amour de Dieu. Je n'ai qu'à songer à Bayr. À combien je l'aime, ce que je serai prêt à donner pour qu'il ne lui arrive rien, à mes pensées qui l'accompagnent toujours et au fait que son bonheur fait le mien.

Fantôme comprenait cela. Même si elle n'entendait rien à beaucoup d'autres choses, cela, elle le comprenait.

— Peut-être que chacun d'entre nous a son propre dieu, comme on a tous une mère. Quelqu'un qui a donné naissance à notre âme et veille sur nous jusqu'à ce que cette âme lui revienne, réfléchit-elle à voix haute.

— C'est possible, acquiesça-t-il d'une voix douce. Vous avez connu votre mère ?

— Non. Sans doute qu'elle… qu'elle a eu peur de moi. On m'a trouvée dans les bois, enveloppée dans une couverture, abandonnée à mon sort. Mais j'ai survécu. Une vieille femme m'a trouvée – elle était presque aveugle et ne s'est pas rendu compte de mon apparence physique. Elle vivait seule, ses enfants étant tous grands. Je suis restée avec elle jusqu'à mes cinq ans. À sa mort, son fils a fait de moi une servante chez lui. Depuis, j'ai été employée dans de nombreuses maisons. Ces années écoulées sont les premières où j'habite seule.

Les traits de Dagmar étaient pleins de compassion, mais il n'épilogua pas sur le passé de Fantôme.

— Je me souviens de ma mère. Mais je ne l'ai que très peu connue. Elle est morte jeune, murmura-t-il.

— La vie ne fait pas de cadeaux aux femmes, soupira Fantôme.

— Ma sœur disait la même chose. Mais la vie n'épargne pas beaucoup plus les hommes. La vie est souffrance, et nous souffrons tous.

— Peut-être que Dieu n'aimait pas votre sœur autant qu'il aimait ses autres enfants ? lâcha Fantôme, consciente de l'amertume contenue dans sa voix.

— Ou peut-être l'aimait-il davantage et ne pouvait supporter d'être séparé d'elle plus longtemps.

— Vous voyez le bien même là où il n'y en a pas, chuchota Fantôme, émue malgré elle.

— Même au cœur de la souffrance, il n'est pas difficile de trouver le bien.

— La vie se montrera-t-elle bonne envers Alba ?

Sentant que Dagmar avait perçu sa mélancolie, Fantôme détourna le regard. Elle se rassurait en se disant que le gardien prendrait son intérêt vis-à-vis de la princesse pour celui de tout un chacun. Elle était après tout la seule nouvelle-née du royaume, ainsi que l'appelaient souvent les villageois.

— Si Bayr a son mot à dire, la vie n'osera pas lui faire de mal, répondit Dagmar en souriant.

Il se leva, sur le départ. Les moments passés en sa compagnie lui semblaient toujours trop courts.

— Comment faire pour prier, gardien ? l'appela-t-elle alors qu'il lui tournait déjà le dos.

— Il vous suffit de parler. Parlez au ciel comme si vous parliez à un ami.

Fantôme fronça les sourcils en le regardant s'éloigner. Puis ses yeux revinrent se poser sur les moutons qui broutaient paisiblement. Ses pensées avaient beau être lourdes, elle avait le cœur léger. Elle prierait son dieu personnel comme elle parlait à Dagmar. Après tout, il était son seul ami.

*

Le garçon avait considérablement grandi. À douze ans, il n'avait rien à envier à un homme adulte. Même s'il n'avait pas encore atteint la taille de Dagmar, il avait des mains et des pieds énormes, ainsi que de larges épaules. De loin, Fantôme avait d'abord cru qu'il s'agissait du gardien venu lui rendre visite. Bayr se déplaçait comme son oncle, le dos droit et la démarche souple, mais il n'avait ni le crâne rasé ni les mêmes vêtements – en l'occurrence, une tunique grise et des braies plus sombres. Mais ce fut l'enfant juchée sur ses épaules qui lui coupa le souffle, la forçant à s'appuyer sur le bâton qu'elle emportait pour veiller sur le troupeau. Fantôme connaissait l'enfant qui était sortie de son corps – elle la revoyait en souvenir tous les jours –, mais en l'espace de cinq ans, Alba avait tellement changé qu'elle en était devenue méconnaissable. Il n'y avait plus aucune trace du bébé : sa fille s'était métamorphosée.

— N-N-Nous v-venons r-rendre visite, bégaya Bayr en souriant à pleines dents, l'œil luisant.

Fantôme hocha la tête – de manière si nerveuse qu'elle devait ressembler à une épileptique. Son rôle de protecteur avait tenu Bayr éloigné de Fantôme plusieurs longues années.

— V-v-voici Alba, dit-il en la soulevant de ses épaules pour la déposer au sol.

Elle était relativement menue pour ses cinq ans, mais néanmoins plus grande que Fantôme ne s'y était attendue. Alba resta main dans la main avec Bayr, levant sur Fantôme des yeux aussi bruns que ses cheveux étaient blonds. Le contraste était splendide et Fantôme s'accroupit pour pouvoir la regarder de plus près.

— Bonjour, Alba, salua-t-elle la petite fille dès qu'elle eut retrouvé sa voix.

Elle devait à tout prix éviter de pleurer et de faire peur aux enfants. Elle voulait qu'ils reviennent.

— Et Dagmar ? Va-t-il passer aussi ? demanda-t-elle pour combler le silence et ressentant le besoin de sa présence rassurante.

— N-non, les g-gardiens s-s-sont réunis p-p-pour une… s-suppli-supplication, articula Bayr, heureux de s'être sorti de ce mot compliqué. La reine va b-bientôt ac-accoucher.

— Mère va avoir un bébé, ajouta Alba sans trébucher sur aucun mot.

Il était clair que la compagnie constante du garçon ne l'avait en rien empêchée d'acquérir une diction parfaite.

— P-p-personne n-n-ne s-s'inquiétera de n-n-notre a-absence, murmura Bayr. La r-reine s-souffre, et s-sa d-douleur est… n-notre douleur.

Fantôme acquiesça d'un hochement de tête – elle avait compris ce qu'il ne disait pas, qu'il ne voulait pas qu'Alba entende les cris de sa mère. Elle se tourna vers les moutons, souhaitant changer les idées aux deux enfants, et leur présenta les bêtes une à une par leur nom, exposant à la petite fille et à son robuste protecteur leur personnalité, leurs humeurs et leurs bizarreries, leur faisant même remarquer les différences subtiles de leur pelage.

Alba apprécia particulièrement les petits agneaux et s'empressa de faire ami-ami avec eux, les attirant d'une main tendue et d'une voix douce.

— T-T-Tous les a-animaux l-l'adorent, dit Bayr.

Fantôme lui répondit d'un hochement de tête, submergée de joie en voyant sa fille gambader au milieu du troupeau comme si elle avait fait ça toute sa vie. Fantôme lui avait donc bien légué quelque chose d'elle-même. Une heure passa ainsi, puis une deuxième, et alors que Fantôme s'attendait à ce qu'ils prennent congé, Bayr appela Alba pour lui annoncer qu'il lui ferait cours en plein air.

— Alba prend des leçons ?

Le garçon acquiesça et agrippa des touffes d'herbe à pleines mains. Il les arracha, dégageant une terre noire et riche, et les jeta au loin. Il aménagea ainsi un cercle qu'il entreprit de tasser en tapant du pied. Alba l'imita aussitôt avec ses petites chaussures, s'emmêlant dans les jambes de Bayr, qui l'attrapa d'un geste sûr pour la reposer à l'écart.

— Maintenant, on dessine ! s'exclama Alba en battant des mains.

— Elle est t-très m-maligne, dit Bayr sur un ton où perçait de la fierté.

Il adressa un sourire timide à Fantôme.

— V-vous allez voir, annonça-t-il en lui empruntant son bâton pour tracer un symbole dans la terre meuble.

Alba s'empressa de nommer la figure, mais Fantôme n'avait aucun moyen de savoir si elle avait juste ou non. Bayr valida la réponse d'un hochement de tête et effaça la figure de la semelle. Fantôme s'efforça de mémoriser sa forme pour pouvoir la reproduire plus tard. Bayr dessina un nouveau symbole et Alba leva les bras au ciel en criant ce qu'il représentait.

Bayr porta son index à ses lèvres pour lui signifier de se calmer avant de le pointer vers les moutons. La petite fille sembla comprendre et elle poursuivit l'exercice d'une voix beaucoup plus posée.

— Elle n'a que cinq ans et elle en sait déjà plus que moi, murmura Fantôme dans un sourire. Tu es un bon professeur.

Bayr secoua la tête avant de désigner d'un coup de menton le palais qu'on apercevait au loin.

— La r-reine, rectifia-t-il.

C'était donc la reine qui lui avait appris à lire.

— La reine est aussi intelligente qu'elle est belle, chuchota Fantôme.

Plutôt que de se sentir envieuse, elle s'en réjouissait.

Un chant mélodieux s'éleva alors, porté par la brise tel un oiseau, et Alba cessa immédiatement de sautiller pour tendre l'oreille, la main en cornet.

— Écoutez, intima-t-elle. Les gardiens sont en train de chanter !

La mélopée sourde et lancinante allait crescendo et Fantôme tendit l'oreille à son tour. C'était son moment favori de la journée, cette heure où les gardiens de Saylok entonnaient leurs prières quotidiennes. Elles lui manquaient lorsqu'elle devait faire paître le troupeau hors de portée d'oreille. Le chant des gardiens s'alourdit, prenant des accents moroses ; un hymne funèbre plutôt qu'une célébration. Les cheveux se dressèrent dans la nuque de Fantôme. Les moutons, percevant sa peur, se mirent à bêler et à décrire des cercles affolés.

— N-n-nous d-devons r-rentrer, bégaya Bayr en soulevant Alba pour l'installer sur ses épaules.

Il inclina la tête en guise d'au revoir et, les mains sur les chevilles d'Alba, il repartit au petit trot vers le palais tandis que la chevelure blonde de la jeune fille flottait derrière eux comme un étendard de lumière.

*

Bayr courut jusqu'aux portes de la citadelle, Alba enserrant le sommet de son crâne de ses deux petits bras comme une couronne de chair. Elle avait l'habitude d'être juchée sur ses épaules – de cette manière, il pouvait veiller sur elle tout en se libérant les mains, et elle aimait voir le monde de cette hauteur. Mais, pour une fois, elle ne criait pas son plaisir de chevaucher à une telle allure. Elle avait perçu la peur qui sous-tendait le chant des gardiens, tout comme Bayr, et elle s'accrochait si fort à sa tête qu'il ne sentait plus le sommet de son crâne.

Les gardiens étaient toujours dans le sanctuaire et le son de leurs voix s'élevait d'entre les poutres pour s'échapper par le clocher comme s'ils sonnaient le glas. Ils chantaient anormalement fort, à gorge déployée pour implorer les dieux. Ou peut-être était-ce la peur de Bayr, sa terreur, qui lui palpitait aux tempes et faisait résonner plus fort les suppliques des gardiens. La reine avait des complications.

Quelqu'un cria son nom, mais Bayr franchit la grille en courant, fonçant vers l'incertitude de la même manière qu'il s'était jeté au-devant de l'ours dans les bois, espérant que faire preuve de courage face à la terreur pourrait mettre la mort en déroute.

À l'intérieur du palais, les domestiques étaient tous massés au pied de l'escalier, le visage tourné vers le haut comme s'ils attendaient que les nouvelles descendent jusqu'à eux. Ils s'écartèrent sur son passage, surpris par son irruption soudaine.

— Ne monte pas, mon garçon ! lui hurla l'un des gardes.

— Laisse la princesse ici, Bayr, le supplia une autre voix.

Mais déjà il était engagé dans l'ascension des larges marches, les yeux rivés sur la haute fenêtre qui éclairait l'escalier, tenant toujours Alba solidement par les chevilles. Il ne pouvait pas l'abandonner et il lui fallait voir la reine, pour se rassurer – et la rassurer elle aussi – que tout allait bien.

— Attends au moins que le roi soit parti, l'implora le même garde du bas des marches.

Bayr l'ignora et le garde n'osa pas monter pour tenter de l'arrêter.

— Dehors ! rugit la voix du roi Banruud au-dessus de sa tête.

L'espace d'un instant, Bayr ralentit sa course, croyant que cet ordre lui était adressé. Un frisson glacé lui parcourut tout le corps tandis que les mains d'Alba s'accrochaient de plus belle à ses cheveux. Quelques secondes plus tard, une servante dévala l'escalier, puis une deuxième, le visage baigné de larmes. Cette dernière attrapa Bayr par le bras, l'exhortant à faire demi-tour, mais il se dégagea et gravit les marches qui le séparaient du large palier desservant la chambre d'Alba et celle de la reine. Les lourdes portes en bois de celle-ci étaient entrouvertes et Bayr aperçut Alannah dans son grand lit. Elle avait les paupières closes et ses mains reposaient sur le couvre-lit du même bleu vif que ses yeux.

Son soulagement initial de la voir endormie fut de courte durée, et il se rendit vite compte qu'elle était trop pâle, trop immobile. Et quand Alba l'appela, la reine ne se redressa pas pour lui sourire. Le roi se tenait debout au-dessus d'elle, ses cheveux cascadant sur ses épaules comme s'il avait défait sa tresse à force de trop y passer les mains. Il tourna la tête et son regard croisa celui de Bayr avant de remonter sur

Alba, toujours perchée sur ses épaules. Ce n'était pas de l'affliction qu'il lut sur les traits de Banruud. Pas la douleur du deuil, ni même le choc ou la colère. C'était un mélange de frustration et de calcul, comme si le roi contemplait la défaite de son armée depuis le sommet d'une colline. Bayr se figea net, sans oser ouvrir la bouche.

Alba fut plus courageuse que lui.

— Maman, appela-t-elle encore de sa voix douce, pour la réveiller.

La princesse se tortilla et tira sur la tresse de Bayr, pour lui signifier qu'elle voulait descendre. Bayr fit un pas un arrière, ses mains enveloppant les petits pieds qui tambourinaient sur ses épaules. Il finit par la prendre dans ses bras et la serra fort contre lui.

— Non, Alba, murmura-t-il, non.

Le regard toujours rivé sur Bayr et Alba, Banruud tira le couvre-lit de sous les mains croisées de son épouse et le rabattit sur son beau visage serti dans sa chevelure d'or. D'un geste, le dessus-de-lit devint linceul.

Un hululement lugubre s'éleva alors, telle une bourrasque furieuse, et Bayr crut un instant qu'Alba en était la source. Mais la fillette s'était pétrifiée dans ses bras et la terrible plainte semblait presque animale. Bayr se mit à trembler, tâchant de comprendre d'où provenait ce cri, et le roi se tourna, le regard fixé sur quelque chose – quelqu'un – que Bayr ne pouvait voir.

— Elle est partie, femme. Tais-toi, déclara Banruud d'un ton sec, ce qui ne fit que redoubler les pleurs. Elle ne souffre plus à présent.

Bayr aperçut alors Agnes par l'entrebâillement, l'accoucheuse qui accompagnait toujours Alannah. La femme tituba jusqu'au chevet de sa reine et arracha le couvre-lit, comme si elle ne pouvait supporter de voir Alannah ainsi couverte. Agnes ne portait plus son voile et des mèches grises pendaient sur son visage, collées à ses joues par ses larmes.

Elle poussa un nouveau gémissement, sa détresse était un terrible spectacle. Elle se tirait sur les cheveux et les habits, et lorsqu'elle leva le regard sur le roi, une lueur de folie y brillait.

— Vous ne pouviez pas la laisser tranquille, hurla-t-elle. Vous n'avez pas été capable de garder vos sales pattes maudites pour vous. Et voilà qu'elle est morte. C'est vous qui l'avez tuée !

— Silence ! siffla le roi.

— Vos entrailles grouillent de serpents, votre couronne est de papier et votre reine est morte. J'ai trop longtemps gardé le silence, je ne me tairai plus ! tempêta Agnes.

Soudain, elle se jeta sur le poignard que le roi gardait à son ceinturon, comme si elle voulait l'occire.

Le regard sombre et les mâchoires serrées, Banruud fut plus prompt et dégaina son arme. D'un coup de lame, il fit taire les accusations de l'accoucheuse. Le liquide écarlate ruissela sur son buste, trop épais pour être du vin, trop rouge pour être des larmes. La tête de la vieille femme s'affaissa, le nez contre la poitrine, comme si elle cherchait à humer le parfum de son sang. Puis ses jambes se dérobèrent sous elle et elle s'effondra aux pieds du roi tel un ballot de linge sale.

Banruud essuya sa lame ensanglantée sur sa

tunique, puis la rengaina avec une moue de dégoût. Sa main droite était maculée du sang d'Agnes.

Bayr maintenait Alba la tête contre son torse pour l'empêcher de regarder. Elle se débattit et le martela de coups, exigeant qu'il la lâche. Il rencontra alors le regard du roi, y lisant un mélange d'horreur et de rage. Banruud carra les épaules et fronça les sourcils sur ses yeux noirs.

— Elle a oublié son rang. Ne t'avise pas de commettre la même erreur, Garçon du temple, le mit-il en garde.

Bayr fit volte-face et redescendit l'escalier sur des jambes flageolantes, avant de retraverser le long couloir jusqu'à sortir dans ces jardins où il était tombé sous le charme de la reine. Où elle avait chanté en se promenant à ses côtés. Là, il consola sa fille orpheline.

12

— Aucune nouvelle fille n'est née, roi Banruud.

Bien que prononcée d'une voix neutre, cette déclaration siffla tel un serpent au sein des chefs de clan rassemblés, et Banruud darda un regard noir sur son beau-frère, le jeune chef d'Adyar, le seul qui osât le défier.

Ils étaient réunis dans la salle de banquet du palais, Banruud présidait une tablée si longue qu'elle pouvait accommoder une vingtaine de personnes. D'un côté siégeaient les chefs, de l'autre les Hauts Gardiens de Saylok. Dagmar, qui avait rejoint leurs rangs lorsque le vieux David de Dolphys était décédé, s'était assis aussi loin du roi que possible, gardant les yeux rivés sur les marques qui striaient le chêne brut de la table. Banruud savait que Dagmar le méprisait, pourtant le gardien ne prenait jamais la parole en sa présence. Banruud aurait aimé qu'Aidan en fasse de même, mais à chaque fois ce dernier revenait à la charge.

— Ma sœur a donné naissance à une fille il y a cinq ans de cela, et désormais elle est morte, poursuivit Aidan. Alannah ne pourra plus nous donner de filles.

Une vague de douleur passa sur ses traits, se propageant à toute l'assemblée, tandis que Banruud réprimait un ricanement de dérision. Tous, ils pleuraient une reine qu'ils croyaient être la mère de la princesse, mais qui n'avait pas réussi à mettre le moindre enfant au monde. La mère d'Alba était une esclave morte. Alannah n'avait rien apporté à Saylok.

Le décès de la reine avait rendu nécessaire la réunion d'un conseil des clans. Maître Ivo aurait souhaité l'organiser au sanctuaire, mais Banruud avait insisté pour que la rencontre se déroule au palais. Dans le sanctuaire, c'était maître Ivo qui siégeait sur le trône. Et Banruud n'avait aucune envie de se tenir devant lui comme un vulgaire suppliant, même le temps d'un conseil. Les rois précédents s'étaient inclinés devant les gardiens de Saylok, lui s'y refusait. S'il se débrouillait bien, le peuple de Saylok les accuserait d'être à l'origine de l'absence de naissances de filles et cela signerait l'arrêt de mort de la confrérie.

— C'est la vérité. Nos épouses donnent naissance à des fils… ou meurent en couches, déclara Banruud en plongeant son regard sur le Très-Haut Gardien pour faire peser la faute sur lui. Les seules filles dont nous disposons sont issues de nations étrangères, ou celles nées de viols par des hommes du Nord, des Terres de l'Est ou de la Meute. Nous n'avons presque plus assez de femmes pour tout le monde. Et vous, Maître Ivo, êtes toujours incapable de nous expliquer pourquoi.

Le Très-Haut ne dit rien. Son silence équivalait presque à un aveu de faiblesse et le mécontentement des chefs de clan se dirigea cette fois vers la rangée de gardiens, tout comme l'avait espéré Banruud.

— Mis à part la princesse, cela fait douze ans qu'aucune fille n'a vu le jour à Saylok. Le manque ne se fait pas encore trop sentir… mais qu'adviendra-t-il pour nos fils ? D'ici dix ans, il n'y aura plus aucune femme en âge de se marier, renchérit Benjie de Berne, un cousin de Banruud qui lui avait succédé à la tête du clan après son couronnement.

— Nous dépensons notre or et notre grain pour acquérir des femmes, et nos ennemis commencent à connaître notre point faible, ajouta Erskin d'Ebba.

— Les villageois ont commencé à sacrifier des agnelles, dans l'espoir de passer un marché avec les dieux : une femelle contre une autre, reprit Banruud.

Les sacrifices n'avaient rien donné. Les gardiens en avaient offert eux aussi, en vain.

— Nous ne pouvons poursuivre nos raids, au risque de nous attirer les foudres des autres peuples, grogna Josef de Joran.

À la différence d'autres chefs de clan, il était fermier et non guerrier, et il considérait les raids comme une pratique qui avait fait son temps.

— Josef a raison. Nous avons déjà dû repousser des attaques des tribus de l'Est sur les côtes de Dolphys, et ça ne va qu'empirer, acquiesça Dirth.

— Pareil à Ebba, s'emporta Erskin. La Meute de l'Arrière-Pays nous harcèle sans répit. S'ils parviennent à nous battre, ce sera à vous autres de les affronter.

— Tous nos ennemis ne viennent pas forcément de l'étranger, intervint Lothgar de Leok. Certains assauts viennent aussi de chez nous. Des groupes de guerriers qui n'appartiennent à aucun clan sillonnent la campagne, kidnappant les filles et les épouses des fermiers et tuant leur famille s'ils s'avisent de résister. Mes guerriers ont mis plusieurs de ces groupes hors d'état de nuire. Nous avons empalé leur tête sur des pieux à la frontière entre Leok et Ebba, ce qui a permis de mettre fin à ces agissements… Mais les gens ont commencé à déguiser leurs filles en garçons pour les protéger… même des autres clans de Saylok.

— Le problème ne vient pas des femmes de Saylok, mais bien des hommes, murmura maître Ivo.

Il avait eu beau parler à voix basse, tous l'avaient entendu.

Tous les regards convergèrent vers le Très-Haut Gardien et les mains des chefs se portèrent à la garde de leur épée. Ces hommes virils et puissants n'appréciaient guère ce que venait de sous-entendre le Très-Haut.

— Vous vous entêtez à faire venir des femmes d'autres pays pour pallier leur manque… Et pourtant vous devriez peut-être songer à ramener des hommes pour pallier vos propres manques… afin qu'ils couchent avec vos épouses, poursuivit Ivo en enfonçant le clou, indifférent au déplaisir des chefs. Je suis sûr que les guerriers de la Meute seraient ravis d'aider.

— Si les gardiens sont incapables de nous dire quel mal s'est abattu sur Saylok, nous devons protéger le peu de femmes qu'il nous reste, répliqua Banruud.

Le roi attendit que tous les chefs de clan aient donné leur assentiment pour proposer sa « solution ».

— Chaque clan va réunir toutes les filles qu'il possède et les amener ici sur la colline, exposa Banruud d'une voix posée malgré les haussements de sourcils de part et d'autre de la table.

Il improvisait, mais les battements effrénés de son cœur lui indiquaient qu'il tenait quelque chose : si une fille avait fait de lui un roi, une pléthore de filles décuplerait encore plus son pouvoir.

— Nos filles seront à l'abri à l'intérieur de ces murs, poursuivit-il. Lorsqu'elles seront nubiles, elles seront promises aux fils des chefs en premier lieu, puis aux guerriers, puis aux artisans. Si un homme n'a que peu de valeur aux yeux de son clan, il n'aura guère de chance d'obtenir une épouse. Ce procédé permettra peut-être d'éradiquer les faibles et les parasites.

— Toutes les filles, Sire ? manqua s'étrangler Aidan. Vous allez provoquer une révolte. Comptez-vous aussi prendre les filles de Lothgar ?

Ce dernier s'était déjà levé de son banc, suffoquant d'indignation.

— Toutes les filles de Saylok sont déjà promises, intervint Josef. Il n'en reste plus une seule dont le sort n'ait été négocié. Même les filles d'esclaves. Comptez-vous annuler toutes les unions contractées à leur naissance ?

— Le peuple n'y consentira jamais, renchérit Aidan.

— Vous êtes chefs de vos clans respectifs, c'est à vous de contrôler vos gens, de leur faire comprendre qu'il s'agit du prix à payer pour leur sécurité, rétorqua Banruud sans se démonter.

— Nous sommes parfaitement capables de protéger nos femmes, Majesté, se récria Lothgar.

— Ce ne sont pas *vos* femmes, Lothgar, mais le salut de Saylok, rugit Banruud.

— Très habile de votre part, Sire. Si vous contrôlez les femmes, vous contrôlerez les hommes, lança alors maître Ivo, attirant de nouveau tous les regards. La colline ne peut pas accueillir toutes les filles de Saylok. Malgré leur nombre décroissant, il en reste plusieurs centaines entre douze et vingt ans.

Lothar acquiesça d'un grognement, bientôt imité par les autres chefs de clan. Sentant le vent tourner, Banruud réprima sa déconvenue.

— Dans ce cas, ne m'en amenez qu'une seule. Une jeune fille issue de chaque clan. Si ce n'est pas pour leur protection, au moins pour le symbole. Elles pourront être élevées au temple par les gardiens. Sous leur protection, tout comme les runes sacrées.

Banruud s'était voulu ironique, pour mettre à nouveau en lumière l'incompétence et l'inutilité des gardiens, mais maître Ivo se contenta de hocher la tête comme s'il était d'accord.

— Vous voulez qu'on les sépare de leur famille ? intervint Josef, manifestement troublé.

— Les suppliants quittent bien leur famille lorsqu'ils viennent au temple, n'est-ce pas, Maître Ivo ? remarqua Banruud – même s'il connaissait pertinemment la réponse.

— C'est un fait, confirma le Très-Haut Gardien.

— Eh bien alors, déclara le roi dans un haussement d'épaules, comme l'affaire était entendue.

— Les femmes ne sont pas admises comme suppliantes, Majesté, et les gardiens ne sont pas des nourrices, lui opposa frère Amos.

— Mais en tant que Très-Haut Gardien, Maître Ivo peut parfaitement remédier à cela. Les gardiens de Saylok ont le pouvoir de choisir les rois. Je suis sûr que vous avez également le pouvoir de modifier une chose aussi insignifiante. Il y a bien des déesses… Pourquoi pas des suppliantes ? argua Banruud d'un ton suave.

Amos baissa la tête, et Banruud se retourna vers le Très-Haut Gardien, flairant la victoire proche.

— Vous pensez-vous supérieur aux dieux, Ivo ? reprit le monarque.

Ivo le dévisagea un instant avant de répondre :

— Pourquoi voudriez-vous que ces filles soient des suppliantes ? Vous n'avez nullement l'intention qu'elles deviennent gardiennes.

— Tous les suppliants deviennent-ils forcément gardiens ? s'enquit Banruud d'un ton dégoulinant d'innocence feinte. Votre mission est de veiller à la perpétuation des clans de Saylok. Il n'y aura plus de rois s'il n'y a pas de femmes pour leur donner naissance. Il n'y aura plus de gardiens non plus, même si je reste convaincu que vous, Maître Ivo, êtes sorti d'un œuf.

Personne n'osa rire autour de la table.

Ivo observa un long silence, si bien que les chefs se mirent à se tortiller sur leur banc.

— Très bien, finit par souffler Ivo. Amenez les jeunes filles ici. Faites-les venir au temple.

— Parfait, se félicita Banruud.

— Six filles de Saylok – une de chaque clan – deviendront des suppliantes, psalmodia Ivo d'un ton lugubre, les yeux animés d'une lueur mauvaise. Le roi en a décrété ainsi, nous en sommes tous témoins. Qui suis-je pour m'opposer à sa volonté ?

*

— Elle a sept ans. Sa mère était l'une des concubines à la cour du roi Kembah. Ils l'ont appelée Bashti. Le roi Kembah a des filles à ne plus savoir qu'en faire. Il est attaché à ses épouses, mais plus que ravi d'échanger certaines de ses filles. Il nous en a donné dix, de tous les âges. Bashti était la plus jeune. Je ne sais pas ce qu'il est advenu de sa mère.

— Bashti de Berne, grogna le chef Benjie. Elle fera l'affaire.

— Mais, Seigneur, elle n'est pas… de Berne, dit le guerrier.

— Maintenant, si.

— Mais le roi a expressément demandé une fille de Berne, protesta le guerrier.

— Souhaites-tu donner ta propre fille au temple ? demanda Benjie d'un ton agacé.

— Je n'ai pas de fille, Seigneur.

— Ah. Moi non plus, je n'en ai pas, rétorqua Benjie. Qui parmi vous souhaite donner sa fille ?

Tous les hommes présents qui avaient des filles baissèrent la tête. Ceux qui n'en avaient pas portèrent leur regard sur la fillette aux yeux noirs et aux cheveux frisés. Elle avait la peau mate comme de l'écorce et était habillée comme un garçon, bien que sa chevelure et la finesse de ses traits rendent le déguisement inefficace. Elle n'était clairement pas originaire du clan de l'Ours. Personne ne croirait qu'elle venait de Berne. Ni les gardiens ni le roi. Mais c'était une fille, et c'était là l'important.

— Est-elle en bonne santé ? demanda Benjie.

— Ma femme m'a dit qu'elle n'a jamais été malade… pas une seule fois. En revanche, elle a du caractère et ne tient pas en place. Il se pourrait que le temple ne soit pas idéal pour elle.

— Ce sera aux gardiens d'en juger, trancha Benjie avant de se piquer le bout de l'index de la pointe de son couteau, puis d'étaler le sang qui y perlait sur le front de la fillette.

Elle ne tressaillit pas, le regardant faire avec de grands yeux écarquillés, les poings serrés.

— Tu es à présent Bashti de Berne, fille de l'Ours, enfant de notre clan et suppliante auprès des gardiens de Saylok, déclara-t-il d'un ton solennel.

Puis il se détourna et rengaina son poignard, non sans grommeler d'un air sombre :

— Nous sommes tous maudits.

*

— Le chef dit qu'il est capital que nous ayons une fille originaire d'Ebba. Tu habiteras au temple, tu y seras en sécurité, expliqua la femme à sa fille en tâchant de lui sourire, de la persuader.

— Je travaillerai plus dur encore. Je mangerai moins. Je dormirai avec les animaux, supplia Elayne en s'accrochant aux jupes de sa mère.

— Elayne, ma chère fille. Je ne te renvoie pas, je te confie aux dieux.

— Les dieux n'ont pas besoin de moi. Toi et Père, si. Mes frères aussi ont besoin de moi.

— C'est ta vie que je veux protéger avant tout. Tu as douze ans et tu es la dernière fille qui soit née dans notre village. Tu es l'une des toutes dernières de Saylok. D'ici à quelques années, tu n'auras d'autre choix que de te marier et de donner des enfants au clan. Tu es si jeune, et j'espère beaucoup plus pour toi. Si tu pars au temple, tu seras protégée. Tu seras même vénérée. Pendant un temps tout du moins. Le seigneur Erskin dit que les gardiens te donneront une éducation. Tu auras une vie meilleure que si tu restes avec nous, Elayne, sanglota la femme.

Sa chevelure rousse et les taches de son sur ses joues étaient ternes, comme si une vie de soucis avait drainé jusqu'à la couleur de son existence. Un jour, Elayne lui ressemblerait.

— Je t'en supplie, ne fais pas ça, pleura Elayne. Je ne veux pas aller au temple ; je veux rester avec toi.

— Tu dois le faire, ma fille. Pour moi. Tu dois y aller, afin que je puisse rêver pour toi d'une meilleure vie, d'une vie heureuse.

— Jamais je ne serai heureuse loin de toi.

— Et jamais je ne le serai si je ne te force pas à saisir cette chance qui t'est offerte.

— Et si le temple n'était pas un… un bon endroit ?

— Ça ne peut pas être pire qu'ici, chuchota la mère d'Elayne. Nous sommes en guerre. Devenir une femme au temple sera forcément plus facile que de devenir une femme à Ebba.

*

— Quel âge as-tu, fille ? demanda le chef de Leok.

Il avait requis que toutes les jeunes filles de son clan lui soient amenées. À ce jour, pas une famille n'avait obéi à sa requête. La rumeur s'était répandue parmi le peuple qu'une fille de Leok serait envoyée vivre au temple parmi les gardiens, et aucune famille ne souhaitait se séparer de l'une d'entre elles. Une fille s'était néanmoins présentée spontanément, demandant à s'entretenir avec le seigneur Lothgar.

Elle était de petite taille, mais l'éclat vif de ses yeux témoignait d'une indéniable maturité. Il répéta sa question, n'ayant pas obtenu de réponse.

— Je ne sais pas quel âge j'ai, répondit-elle, impudente.

Elle se tenait raide comme un piquet et baissait les yeux sur ses pieds nus. Ils étaient noirs de crasse.

— D'où viens-tu ?

— Je viens de Leok.

— Si tu étais née à Leok, je serais au courant.

— Je viens de Leok, insista-t-elle en levant un menton volontaire.

— Pourquoi t'es-tu présentée à moi ?

— Je veux être envoyée au temple.

— Qui s'occupe de toi ?

— Je m'occupe de moi-même.

— Où est ta famille ?

— Je ne sais pas.

— Comment t'appelles-tu ?

— Je ne sais pas.

— Que sais-tu alors ?

— Que je viens de Leok, persista-t-elle en haussant le ton. Et que je suis une fille.

Lothgar partit d'un grand éclat de rire et son frère, Lykan, jura discrètement dans son dos – il rôdait toujours dans l'ombre de son aîné. La fille avait beau être petite, elle avait de la repartie et, malgré son jeune âge, semblait parfaitement comprendre les enjeux de la situation dans laquelle elle se trouvait.

— Il est vrai que tu ressembles à une des nôtres, concéda le chef. Tu as les cheveux blonds et les yeux bleus.

— Elle ressemble à vos filles, Seigneur. À notre mère aussi, commenta Lykan.

Lothgar tourna la tête pour écouter son frère.

— Mais je ne pense pas qu'elle soit née à Leok, poursuivit Lykan. Elle a neuf ans, dix tout au plus, et nous aurions forcément entendu parler d'elle. Il est possible que ses parents aient voyagé de province en province, ou peut-être qu'elle appartient aux vagabonds.

— Je n'appartiens à personne, dit la fille.

— Pourquoi souhaites-tu aller au temple ?

— Parce que je n'appartiens à personne, répéta-t-elle. Au temple, je serai nourrie.

Lothgar hocha lentement la tête avant de pousser un soupir. Il n'avait personne d'autre à envoyer. Certes, il aurait pu envoyer l'une des filles de son peuple de force. Mais il se refusait à agir ainsi. Il avait conscience depuis le départ qu'une telle mission serait quasi impossible à mener à bien sans recourir à la violence. Ses propres filles étaient toutes grandes à présent, ce qui ne l'aurait pas empêché de pourfendre tout homme qui aurait tenté de les lui ravir.

Et voilà que cette enfant venait à lui. Une fille. Une fille qui semblait s'être échouée sur leur rivage. Il n'avait aucune idée d'où elle pouvait bien provenir, mais il se rendit compte que cela ne lui importait guère.

— Il va te falloir un nom, fille de Leok, dit-il à mi-voix. Comment allons-nous t'appeler ?

La jeune fille resta muette, et ce fut Lykan qui brisa le silence :

— Nous devrions l'appeler Liis. Comme notre mère à tous. C'est sans doute elle qui nous l'a envoyée, marmonna-t-il.

Lothgar acquiesça et s'entailla le pouce, puis il fit signe à la fille d'avancer pour la bénir. Les dieux avaient parlé et il ne comptait pas refuser ce cadeau si manifeste.

— Qu'il en soit ainsi, Liis de Leok.

*

— Magda essaie de la cacher, Seigneur. Elle ne se baigne pas avec les autres enfants. Magda l'appelle Dalys – un prénom de garçon –, mais cela ne trompe personne.

— Quel âge a l'enfant ? demanda Dirth de Dolphys.

La femme se tortilla sous son regard avant de jeter un regard coupable en direction des cuisines.

— Six ans, peut-être sept. Elle a été ramenée à la suite d'un raid l'an dernier… avec Magda et plusieurs autres. Magda a décidé de veiller sur elle depuis ce jour.

— Vous avez une fille. Pourquoi ne pas l'envoyer, elle ? demanda Dirth, l'œil calculateur.

Il savait pertinemment ce que cette femme avait en tête. Son mari était l'un des plus vieux guerriers de Dirth et elle-même était l'une des dames de compagnie de sa propre épouse. Il était clair qu'elle avait entendu la rumeur, et qu'elle n'avait aucune envie de se séparer de sa fille.

— Ma fille est déjà promise, Seigneur, et nous avons besoin d'elle.

— Magda est la femme de Dakin. Peut-être que la petite fille dont vous me parlez est aussi engagée. Peut-être que Dakin protestera.

— Je suis venue protester en premier, Seigneur.

Dirth tança son impudence par un regard noir, mais la femme ne détourna pas les yeux. Les femmes de Dolphys étaient réputées pour avoir la tête dure. Mais Magda n'était pas originaire de Dolphys. Elle était née dans les Terres de l'Est, et si l'enfant n'était pas la sienne, elle n'aurait guère d'arguments à opposer.

Il étudia un instant les poutres du plafond, et, après un long soupir, décréta :

— Qu'il en soit ainsi, amenez-moi la jeune Dalys.

*

Le chef Josef avait immédiatement su où dénicher une fille de Joran. Il avait pensé à elle dès que le roi avait formulé sa demande. Elle lui avait occupé l'esprit durant le long trajet retour jusqu'à Joran. Son clan l'avait choisi pour chef parce que sa famille était celle qui possédait le plus de terres. C'était un homme juste et il s'efforçait de diriger son clan – composé de pêcheurs, de fermiers et de guerriers – le mieux possible. Josef lui-même avait été un fermier, et non un guerrier. Si Jerom, le grand-père de la fille, refusait sa proposition, il se voyait mal obtenir gain de cause à la pointe de l'épée.

La fille de Jerom avait été agressée lors d'un raid de la Meute de l'Arrière-Pays. Les clans de Saylok n'étaient pas les seuls pillards à écumer les mers : ce qu'ils infligeaient aux autres, ils le subissaient aussi en retour, et la famille de Jerom avait le malheur de vivre près de la côte.

Jerom était un bon pêcheur, mais lui non plus n'était pas un guerrier. Cela n'aurait rien changé qu'il le soit, de toute façon. Ses fils et lui étaient en train de jeter leurs filets lorsque la Meute avait accosté dix ans plus tôt. L'épouse et la fille de Jerom n'avaient pas été épargnées : sa femme avait été tuée, et sa fille était tombée enceinte suite à l'assaut de leur village. Lorsqu'elle avait mis au monde une petite fille neuf mois plus tard – perdant la vie au cours de l'accouchement –, Jerom et ses fils avaient dû prendre le nourrisson en charge. Le clan de Joran avait célébré cette naissance, quand bien même ils savaient que la fille n'était pas de Saylok.

Lorsque maître Ivo avait insinué que c'étaient les hommes de Saylok qui étaient incapables de produire des héritières, Josef avait immédiatement pensé aux guerriers de la Meute et à la fille de Jerom. À sa petite-fille. Ils lui avaient donné le nom de sa mère, Juliah de Joran. Juliah, fille d'un guerrier de la Meute.

Les côtes de Joran n'étaient pas sûres. Jerom le savait mieux que quiconque. Josef se dit qu'il serait sans doute capable de le convaincre d'envoyer la jeune Juliah au temple.

13

— Je n'ai pas amené de fille d'Adyar, annonça Aidan d'Adyar, car vous en avez déjà une, Majesté.

Le roi arqua un sourcil et croisa les bras. Les chefs et leur suite avaient commencé à arriver peu après le crépuscule et il les avait accueillis un par un tandis que tombait la nuit et que la lune se levait. Personne n'était entré dans le palais. Ils avaient monté leurs tentes dans la cour principale. Des domestiques avaient pris en charge leurs chevaux, et la foule s'était faite de plus en plus nombreuse au gré des arrivées successives. Aidan était arrivé le dernier, sa suite s'enorgueillissant de l'épouse du roi précédent. L'ancienne reine s'était inclinée devant Banruud à l'entrée du palais, puis s'était engagée dans la grande salle avec l'assurance de quelqu'un qui avait vécu entre ces murs plus de la moitié de sa vie.

Aidan n'était pas encore descendu de cheval, profitant autant que possible de la position dominante que lui conférait sa monture. Banruud s'était habitué à ses manières. Le jeune chef était le seul de sa famille à avoir un tel cran : Alannah ne possédait pas une once de rébellion, et son père – le précurseur de

Banruud – était tout aussi malléable qu'elle. Cela dit, Aidan d'Adyar ne représentait en rien une menace. Il ne régnerait jamais. Ce n'était guère qu'un garçon à la langue bien pendue, qui lançait des piques au roi simplement parce qu'il se croyait tout permis. Le jour où Aidan s'y attendrait le moins, Banruud mettrait un terme à ses insolences.

— Ma sœur, la reine Alannah d'Adyar, a donné naissance à une fille, poursuivit Aidan, qui vit déjà ici, sur la Colline du Temple. Par conséquent, la princesse Alba peut représenter notre clan au temple. Adyar a assez donné, et nous n'avons aucune autre fille à céder.

— Et pourtant, tu es venu, remarqua Banruud d'un ton méprisant. Pourquoi donc ?

— Par curiosité. Il semblerait que les chefs ont obéi à leur roi.

— Tous sauf un, répliqua Banruud.

Les deux hommes se livrèrent à un duel de regards et le cheval d'Aidan se mit à piétiner en sentant l'électricité dans l'air.

— Je vous ai amené une femme, finit par répliquer Aidan d'un ton égal. C'est juste qu'il ne s'agit pas d'une jeune femme… C'est ma mère, la reine Esa, qui est venue s'occuper de l'éducation de sa petite-fille. À présent qu'Alannah nous a quittés, vous aurez sans doute besoin d'une femme pour élever Alba. À moins… à moins que vous ne comptiez prendre une nouvelle épouse, Votre Majesté ? Peut-être l'une des filles que vous avez fait venir ?

Aidan essayait manifestement d'antagoniser les autres chefs de clan et Banruud décida d'ignorer sa question perfide, faisant signe à l'un des palefreniers de venir escorter le seigneur d'Adyar et mettant ainsi un terme à leur discussion. Alba était avec le Garçon du temple et plusieurs domestiques les accompagnaient constamment. Le roi ne la voyait que rarement. Dame Esa pouvait bien s'installer dans la chambre d'Alannah si cela lui chantait, ça ne changerait rien pour lui. Il était davantage intéressé par les jeunes filles rassemblées pour lui être présentées.

— Voici Elayne d'Ebba, annonça Erskin en inclinant le buste.

Il avait l'air las et comptait repartir dès l'aube le lendemain matin. Les troubles qui secouaient Ebba ne cessaient d'empirer. Banruud avait promis de bientôt venir lui prêter main-forte, et les chefs des autres clans lui avaient déjà envoyé plusieurs de leurs guerriers.

La fille se fendit d'une profonde révérence, sans toutefois lever ses yeux rougis sur le roi. Elle avait des cheveux de feu, des joues parsemées de taches de rousseur et des lèvres pleines. Elle pourrait tout aussi bien devenir une beauté que perdre en charme jour après jour. Il était encore trop tôt pour le dire. Fine et élancée, c'était la plus grande du groupe. D'ici quelques années, elle serait en âge d'être mariée. Elle était clairement née avant la pénurie de filles.

Banruud s'avança devant le chef suivant, son cousin de Berne. Benjie avait jusqu'alors toujours été facile à contrôler et manipuler, et Banruud doutait que cela change. Une fille à la peau brune et aux longs cheveux noirs frisés le regarda approcher. Vêtue de pied en cap d'une tunique du rouge profond de

Berne, elle n'en demeurait pas moins étrangère : les Berniens avaient tous la peau claire.

— Qui est-ce ? s'enquit Banruud.

La jeune fille ne se laissa pas impressionner par la stature imposante du monarque.

— Je vous présente Bashti de Berne, grogna Benjie en poussant la jeune fille dans le dos.

Celle-ci se campa sur ses pieds, refusant d'avancer.

— Bashti de… Berne ?

— Bashti de Berne… Fille de Kembah, il paraîtrait.

— Si c'est une des filles de Kembah, elle n'est pas fille de Berne, Benjie. Et Kembah est roi, releva Banruud. Je doute fort qu'elle lui appartienne… mais si tu souhaites faire comme si, cousin, je ne t'enlèverai pas ce plaisir.

— Peut-être qu'elle nous permettra de nouer une alliance lorsqu'elle sera en âge, suggéra Benjie.

Il avait manifestement réfléchi à comment présenter son offrande sous le jour le plus favorable.

— Possiblement, oui. Si elle parvient à donner des enfants à Saylok, cela sera suffisant, décréta Banruud en élevant la voix pour que tous les chefs se sentent concernés. M'avez-vous tous amené des étrangères dans le but qu'elles engendrent d'autres filles ?

Pas un ne répondit. Pas un n'osait même respirer. Mais Banruud savait que tel était le cas. Ils lui avaient apporté des parias et des filles kidnappées. Tous à l'exception d'Erskin, qui était venu avec la jeune rousse d'Ebba. Erskin lui avait assuré que la mère de celle-ci l'avait supplié d'emmener sa fille. Banruud se demanda si d'autres viendraient chercher sanctuaire sur la Colline du Temple. Son pouvoir ne pourrait que se renforcer avec leur nombre.

Les chefs l'observaient en silence, leur déplaisir évident.

— Vous nous avez chargés de vous trouver des filles. C'est ce que nous avons fait, Votre Majesté, finit par dire Dirth de Dolphys entre ses dents.

— En effet, concéda Banruud.

Sa contrariété n'était que feinte. En réalité, il s'était attendu à un tel assortiment : cinq filles de six à douze ans, têtes courbées et dos graciles, toutes plus âgées qu'Alba. Le chef Josef lui avait amené une petite Juliah, dont les longs cheveux noirs étaient étroitement tressés comme ceux d'un guerrier en herbe. Josef lui avait dit qu'elle avait été élevée par des hommes, et sa coiffure en attestait. Lothgar lui avait présenté « Liis de Leok », une fille dont le regard semblait aussi ancien et inflexible que la Colline du Temple elle-même. Sa chevelure d'or qui cascadait sur ses épaules raides et ses poings serrés ne manqueraient d'attirer l'attention de monarques lorsqu'elle serait plus âgée. La fille qui se faisait appeler Dalys, avec ses yeux de prunelle et ses bouclettes couleur charbon, se cramponnait à la main de son chef comme si la vie à Dolphys valait mieux qu'une vie auprès du roi.

— Elles resteront au palais sous ma surveillance, décréta Banruud en se tournant vers l'édifice pour signifier la fin des débats.

— Vous nous aviez dit qu'elles seraient élevées par les gardiens, au temple, protesta Lothgar.

— Elles seront éduquées avec ma fille, sous mon

toit, rétorqua Banruud. Toutes sont des princesses de Saylok.

— Ce sont des suppliantes du temple, tel était notre accord. Elles habiteront au temple et seront élevées par les gardiens, tonna une nouvelle voix.

Maître Ivo, accompagné de ses gardiens encapuchonnés, avait fait son entrée dans la cour du palais. La lumière de la lune baignait ses traits sévères, ses yeux et ses lèvres noirs semblables à des grottes. Sa tunique et celles de ses frères se fondaient dans la pénombre et personne ne les avait vus arriver. La voix rauque du Très-Haut fit dresser les poils sur la nuque du roi et naître une vague de ressentiment au creux de sa poitrine : le vieux gardien ne cessait d'être une épine dans son pied.

— Tel était l'accord, Banruud, répéta Aidan, toujours juché sur son cheval, flanqué du palefrenier qui ne savait où se mettre.

— Tu n'as pas ton mot à dire, Aidan, le rembarra Banruud. Tu es venu me voir les mains vides.

— J'ai promis à la mère de cette fillette qu'elle habiterait au temple et qu'elle grandirait sous la protection des gardiens, protesta Erskin à son tour.

— J'ai fait la même promesse solennelle au grand-père de Juliah, abonda Josef, son regard se posant sur l'enfant à la tresse de guerrier.

Comme si elle était pourchassée par les dieux, Alba choisit ce moment pour jaillir en trombe de sous l'arche du palais. Elle ne s'arrêta qu'une fois arrivée au niveau des chefs et de leur suite. Le Garçon du temple, qui la suivait partout comme son ombre, était sur ses talons. Des exclamations fusèrent dans les rangs : personne n'avait revu l'enfant depuis le couronnement de Banruud. Il l'avait jalousement soustraite aux regards. Même lors du tournoi annuel qui réunissait les clans sur la Colline du Temple, la princesse et la reine ne s'étaient jamais montrées. Banruud craignait qu'Alba lui soit enlevé. Des hommes avaient déjà essayé par le passé. Mais peut-être lui fallait-il rappeler aux chefs qu'il était père d'une petite fille. Une petite fille parfaite sous tous rapports. Et qu'ils l'avaient proclamé roi du fait de son existence.

Alba était une créature à couper le souffle : elle était un mélange d'ombre et de lumière, comme si la lune s'était unie à la nuit et avait mis au monde un enfant humain. Les chefs tombèrent à genoux comme un seul homme, Aidan glissant à bas de sa monture dans un silence respectueux. Leur front toucha terre et leur tresse, longue déjà de cinq ans de règne, s'enroula au sol à côté de leur tête. Banruud sentit le pouvoir affluer en lui et il attrapa Alba pour la hisser dans ses bras. Le petit corps de celle-ci se raidit à ce contact inédit. Il ne l'avait plus touchée depuis cette première fois où il l'avait placée dans les bras d'Alannah. Les chefs, qui ne mettaient un genou à terre pour personne, se prosternaient devant elle. Et grâce à elle, ils continueraient à lui obéir.

— Ces filles des clans seront élevées comme des princesses, répéta Banruud en pointant du doigt les fillettes tremblantes. Elles seront élevées au côté de ma propre fille.

Les cinq filles, debout auprès des chefs agenouillés, les imitèrent lentement. Elles étaient en présence de la princesse, l'espoir de Saylok, et Banruud brandit Alba plus haut pour rappeler à l'assistance ce qu'il leur avait apporté.

— Non, Votre Majesté. Elles seront élevées par les gardiens, insista à son tour maître Ivo.

Le Très-Haut Gardien ne s'était pas agenouillé. Les autres gardiens non plus. Une nouvelle vague de rancœur menaça de submerger Banruud et de franchir ses lèvres en un torrent de mots acerbes. Le Très-Haut se croyait au-dessus de toute autorité. Il se permettait de traiter le roi avec suffisance comme s'il avait l'oreille d'Odin. Un jour, Banruud lui ferait perdre de sa superbe. Il les mettrait à genoux tous autant qu'ils étaient, à genoux comme Agnes, le cou pissant le sang. Banruud avait été persuadé que le Garçon du temple irait tout rapporter aux gardiens après qu'il avait fait taire l'accoucheuse, mais l'idiot semblait avoir tenu sa langue tordue. Banruud avait accordé à la sage-femme des funérailles qu'elle ne méritait guère, la faisant enterrer aux pieds de sa reine bien-aimée. Personne n'avait mis sa parole en doute lorsqu'il avait raconté qu'Agnes, dans un geste de folie, avait attenté à sa personne.

— Filles de Freya, déesse de la Fertilité et de l'Enfantement, épouse d'Odin notre Père de Tout, nous vous souhaitons la bienvenue ! tonna maître Ivo en s'avançant dans sa longue tunique vers le massif Foyer des Rois.

Ce foyer, qui remontait à aussi loin que le temple lui-même, ne brûlait qu'à l'occasion du couronnement d'un nouveau roi et ses cendres avaient eu le temps de refroidir depuis le sacre de Banruud. Les

Hauts Gardiens lui emboîtèrent le pas, comme s'ils avaient répété un cérémonial pour l'occasion.

— Ces Filles de Freya seront protégées, leur vie sera chérie et leur vertu défendue. Elles seront un symbole de Saylok au même titre que ses runes sacrées, déclama le Très-Haut Gardien d'une voix puissante.

Dans un geste dramatique, il s'entailla la paume du bout d'un de ses ongles crochus. Le sang versé devint peinture pour tracer une rune sur la pierre du Foyer des Rois, laquelle s'embrasa immédiatement en une glorieuse colonne de feu.

— Saylok manque cruellement de filles. À compter de ce jour, ces filles – vos filles – veilleront à maintenir cette flamme allumée. Aussi longtemps que ce feu brûlera, vous saurez que les Filles de Freya l'alimentent, que les gardiens de Saylok veillent sur elles, et ainsi Saylok perdurera.

L'enfant dans les bras de Banruud avait le visage éclairé par la flambée, et la couronne du roi sertie de joyaux baignait les gardiens de couleurs arc-en-ciel. Ivo était certes un magicien, mais Banruud était le roi, et il bouillonnait de rage à présent.

— Nous les garderons précieusement, tout comme nous honorons la princesse, ajouta maître Ivo d'un ton sans appel en défiant le monarque du regard.

Les chefs agenouillés hochèrent la tête en signe d'assentiment, détournant les yeux de leur roi et de sa fille pour les porter sur le Très-Haut Gardien.

— Bayr de Saylok, un enfant lui-même élevé sur la Colline du Temple et que les dieux ont béni d'une force sans pareille, leur servira également de protecteur, tout comme il protège la princesse, leur promit Ivo en tendant un bras vers le garçon comme s'il faisait don aux chefs de clan d'un présent inestimable.

L'histoire de comment le Garçon du temple avait massacré les hommes qui s'étaient introduits au palais – encore embellie par la rumeur – avait acquis un statut de légende dans le pays. À en croire la version la plus répandue, il aurait mis en déroute une armée entière à mains nues.

Le Garçon du temple avait la taille d'un homme, bien qu'il bégaye toujours comme un enfant et que ses joues soient encore lisses. Il ne s'exprimait que rarement à voix haute et, cette fois non plus, il ne chercha pas à verbaliser son accord. Il se contenta de mettre un genou à terre et de baisser la tête, tel un chevalier qu'on adouberait pour la cause. Les chefs y lurent la réponse attendue et se relevèrent. Ils montrèrent leur approbation en portant la main à leur tresse, comme s'ils allaient dégainer l'épée qui leur ceignait le dos. Bayr échangea un regard prolongé avec chacun d'entre eux, se tenant lui aussi la tresse en signe de promesse.

— Le Garçon du temple sera leur protecteur ! rugit Aidan en relâchant sa tresse et en brandissant le poing vers le ciel.

Les chefs d'Ebba, de Dolphys, de Leok et de Joran imitèrent son geste. Benjie fut le seul à hésiter, ses yeux naviguant du visage de son royal cousin à celui des hommes qui l'entouraient, avant de se poser sur celui du garçon qui inspirait tant de confiance au sein des clans. Et le poing de Benjie ne tarda pas à rejoindre celui de ses pairs, validant leur décision collective.

— À partir de ce jour, nous les appellerons les Filles de Freya et les clans se rallieront à leur lumière ! s'exclama Lothgar en reprenant les mots d'Ivo comme s'ils étaient de son cru.

Alba se débattait dans les bras de Banruud et il finit par la reposer au sol, dégoûté d'avoir perdu tout contrôle de la situation. La princesse courut auprès du Garçon du temple et son choix innocent vint confirmer l'onction des chefs de clan. Bayr lui prit la main et salua de nouveau les chefs en inclinant le buste. Il salua ensuite le Très-Haut, puis le roi, le tout sans prononcer le moindre mot. Banruud brûlait de lui demander de prêter serment, ne serait-ce que pour le mettre dans l'embarras et afficher son point faible aux yeux des chefs de clan. Son débit haché viendrait ébranler leur confiance, eux qui étaient si prompts à brandir le poing et à se raccrocher à un sauveur.

Mais Banruud pouvait se montrer magnanime. Le vieux gardien aurait sa flamme, et le garçon veillerait dessus. Les gardiens n'étaient rien d'autre que des paysans en robe pourpre, le garçon un gros lourdaud, et les chefs des idiots.

— Qu'il en soit ainsi, Garçon du temple. Je te confie les Filles de Freya, ainsi qu'aux gardiens de Saylok, finit-il par décréter. Ne me faites pas regretter ma décision, elles sont sous votre protection.

Dans l'entre-temps, si quelque chose devait arriver à l'une de leurs filles, les chefs de clan et le peuple de Saylok auraient un bouc émissaire tout désigné.

*

— Qu'allons-nous faire, Maître ? s'inquiéta Dagmar, les yeux rivés sur les jeunes filles qui mangeaient à la lumière vacillante du réfectoire du temple, pelotonnées les unes contre les autres.

Le Haut Gardien s'était pris à espérer que les chefs obéissent à leur roi.

Il aurait dû se douter que ce ne serait pas le cas.

Les chefs de clan avaient peur. Tout Saylok avait peur. L'offrande d'une fille de chaque clan était le seul moyen qu'ils aient trouvé pour combattre l'ennemi invisible, pour préserver la vie et tenter de négocier avec les dieux. Conduire une fille au temple revenait à enterrer de l'or, à coudre des bijoux dans l'ourlet de sa tunique, ou à entreposer de la nourriture en période de vaches maigres.

— Ce sont des suppliantes, Dagmar, et nous allons les traiter comme telles.

— Non, Maître. Ce sont des jeunes filles qu'on a arrachées à leur famille.

— Odin lui-même a été témoin de leur sacrifice. Nous allons faire de ce temple leur foyer, l'apaisa Ivo.

— C'est vous qui m'avez enseigné que le seul sacrifice qui ait du pouvoir était celui librement consenti. Ces enfants n'ont pas consenti à quoi que ce soit.

— Nous ne leur demanderons rien, Dagmar, rien du tout, soupira le Très-Haut. Nous allons nous contenter de les garder saines et sauves.

— Et leurs vêtements ? Et leur chevelure ?

Ces filles n'étaient ni des guerrières, ni encore des

femmes. Elles n'étaient plus vraiment des enfants non plus.

— Nous sommes des gardiens. Si elles doivent vivre parmi nous, elles doivent se comporter comme nous et adopter la même apparence. Nous leur couperons les cheveux et les habillerons de tuniques de suppliantes. Cela leur offrira une meilleure protection que le fait d'être des filles.

— Ce ne sont que des enfants, marmonna Dagmar.

— Tu as élevé un enfant entre ces murs, Dagmar. Grâce à toi, nous avons acquis une expérience inestimable en la matière.

Dagmar secoua la tête en s'efforçant de réprimer son angoisse.

— Mon expérience, pff, ironisa-t-il. Je ne suis pas capable de protéger Bayr, et encore moins ces filles. Vous avez vu le roi ce soir : Bayr est à sa merci, tout comme ces filles. Il compte se servir d'elles pour mieux asseoir son pouvoir. Tout ceci est une mascarade, Maître.

— Uniquement aux yeux du roi, gardien. Pas aux miens ni à ceux de Saylok.

— Vous voulez dire que nous allons… les instruire ? demanda Dagmar, les yeux toujours rivés sur les jeunes filles. Même dans l'art des runes ?

Ivo resta silencieux un instant, perdu dans ses pensées, puis il lâcha un soupir.

— Pas encore. Peut-être même jamais. Nous verrons chez qui coule le sang des runes. Les suppliants ne deviennent pas tous des gardiens, dit-il en citant ironiquement les paroles du roi. Mais chaque suppliant est protégé par le sanctuaire du temple et aucun chef ni aucun roi ne peut retirer un suppliant du temple une fois qu'il a prononcé ses vœux.

— Seul le Très-Haut Gardien peut libérer ou refuser un suppliant, chuchota Dagmar, prenant conscience de ce que cela impliquait.

— Oui, Dagmar, acquiesça Ivo. Je n'ai pas estimé nécessaire de rappeler ce mandat au roi Banruud ni aux chefs de clan.

— Oh, Maître. Vous êtes rusé.

— Prescient, je suis prescient, corrigea Ivo, qui n'appréciait guère le qualificatif employé par Dagmar. Mieux vaut laisser penser au roi que l'idée était sienne. Il est toujours plus empressé lorsque je lui résiste.

Dagmar secoua la tête, abasourdi.

— Nous devons nous assurer que chacune de ces filles devienne femme. Quel que soit le temps que cela prenne, murmura Ivo.

— Ce ne sont que des fillettes, répondit Dagmar dans un souffle. Pouvons-nous faire cela, Maître ?

Dagmar mourait d'envie de se laisser tomber à genoux et de s'entailler la paume pour tracer une rune de réconfort sur les dalles, toutefois, il se contrôla, confiant que maître Ivo agirait pour le mieux – mais c'était son cœur qui saignait, à défaut de ses mains.

— Nous le pouvons, Dagmar, et nous le ferons. Lorsque le roi partira pour Ebba, tu iras quérir la femme fantôme et tu l'amèneras ici. Elle nous aidera.

*

Fantôme mena le troupeau jusqu'aux pâturages qui s'étendaient au pied du palais le jour où le roi partait pour Ebba, à grand renfort de trompettes et de bannières flottant au vent. Elle ôta sa capuche et courba le dos, sachant qu'ainsi elle ressemblait à une vieille femme, et les vieilles femmes étaient généralement ignorées, bien que ce soit de moins en moins le cas ces derniers temps. Elle s'était davantage fait siffler ces derniers mois que lors de toutes les années précédentes. La profession de bergère avait beau être solitaire, les collines abritaient des bandits et des vagabonds, et les enlèvements de femmes – sans distinction d'âge ou de beauté – s'étaient multipliés dans le Village du Roi.

Dagmar s'était inquiété pour sa sécurité, mais elle s'était débrouillée jusqu'alors, évoluant au milieu de ses bêtes et d'un terrain escarpé. Vêtue de sa tunique pourpre, elle pouvait passer de loin pour un vieux gardien décati qui s'occupait du troupeau, et cela avait suffi à décourager les curieux jusque-là.

Il faisait chaud en ce jour d'été et les moutons s'étaient rassemblés à l'ombre de la Colline du Temple, broutant l'herbe qui avait bien poussé ces dernières semaines. Fantôme ôta sa tunique et s'assit contre un gros rocher qui protégeait sa peau laiteuse de la morsure du soleil. Elle se dit que Dagmar allait sans doute lui rendre visite aujourd'hui. Et peut-être que Bayr et Alba l'accompagneraient. De là où elle se tenait, elle apercevait les tours du palais de l'autre côté des remparts, piquant le ciel tels des doigts crochus, exigeant plutôt qu'implorant, et elle se prit à espérer que ces doigts guident Dagmar, Bayr et Alba jusqu'à elle.

Les agneaux nés au printemps avaient bien grandi et trouvé leur place au sein du troupeau : ils avaient moins tendance à partir explorer et attiraient de fait moins les loups. En fin d'après-midi, Fantôme somnolait à moitié, confiante en l'obéissance de son troupeau et lasse d'attendre en vain la visite du gardien.

— C'est bien une femme.

La voix masculine venait de sa droite – un chuchotement exagéré qui la mit en alerte. Fantôme garda les paupières closes, mais tous ses sens étaient en éveil.

— Je te parie qu'elle est plus jeune qu'elle en a l'air, ajouta la même voix dans un sifflement, comme si l'homme pensait ne pas avoir été repéré.

Les moutons se mirent à s'agiter en sentant l'arrivée des intrus et Fantôme les appela à elle par la pensée. Les bêtes réagirent instantanément à son appel et vinrent se presser autour d'elle et du cercle de rochers où elle se reposait. Elle porta la main à la lame cachée dans ses jupons et se leva lentement.

Debout parmi ses moutons – douve laineuse qui faisait rempart entre elle et ses assaillants –, Fantôme leur fit face. Tous trois avaient les yeux rivés sur elle.

— Viens ici, ma belle, dit l'un en faisant tournoyer son lasso, comme si elle allait lui obéir gentiment et traverser le troupeau pour se laisser emmener les poings liés.

Le deuxième était armé d'un long fouet et le troisième d'une faux – on aurait dit qu'il l'avait aperçue depuis les champs au bas de la Colline du Temple et décidé que sa moisson pouvait bien attendre.

— Ce sont les agneaux sacrificiels des gardiens de Saylok. Il vous est interdit d'y toucher, les prévint-elle d'une voix qu'elle voulait la plus assurée possible.

— Elle parle ! ricana l'homme le plus costaud en faisant claquer son fouet.

Les bêtes se mirent à bêler et à trembler.

— Ouais, et elle a un accent bizarre… comme si elle venait des Terres de l'Est, ajouta son compagnon au lasso. Excellent. Les femmes de Saylok sont maudites et nous en tirerons un meilleur prix si elle ne vient pas d'ici.

— Ce troupeau appartient aux gardiens et les gardiens sont protégés par le roi lui-même.

— Le roi est parti et ses guerriers aussi. On les a vus partir, femme. Il y a la guerre à Ebba, tout le monde sait ça. On n'a rien à craindre du roi aujourd'hui.

Fantôme avait les poches remplies de cailloux et un lance-pierre en cuir accroché à sa ceinture. Elle réfléchit un instant à quelle arme utiliser : le couteau ou le lance-pierre ? Elle choisit ce dernier, qui ne nécessitait pas de se rapprocher pour être efficace. Qui plus est, elle maniait bien la lanière de cuir – elle s'en était déjà servi pour faire fuir des loups. Mais là, elle avait affaire à des hommes qui en avaient après elle, pas après ses moutons.

Ses bêtes tremblantes, sentant son désarroi, se collaient à elle. Elle était tentée de leur donner l'ordre de se disperser, mais elle se raccrochait à leur chaleur et à leur obéissance aveugle. Ainsi, malgré le chœur de bêlements qui montait crescendo, elle les garda sous son contrôle mental.

L'homme à la faux et celui au fouet tentèrent de se frayer un chemin parmi les animaux, prenant la bergère en tenaille. Leurs efforts pour repousser les moutons reçurent un accueil de sabots hostiles et de corps compacts, le tout dans un tonnerre de bêlements vociférants. L'homme à la faux, jurant comme un charretier, finit par abattre sa lame sur le dos laineux du mouton devant lui.

— Arrêtez ! s'écria Fantôme tandis que les bêlements effrayés se muaient en cris de douleur.

Un mouton s'effondra et les autres se mirent à se cabrer, piétinant l'animal au sol et ajoutant à la confusion du troupeau. L'homme n'avait fait que se compliquer la tâche, car les bêtes mugissaient à présent de terreur, prises de convulsions, et l'homme abattit de nouveau sa lame courbe, fauchant un autre mouton. Une gerbe de sang s'éleva dans les airs. Fantôme grimpa sur le rocher contre lequel elle s'était reposée et, poussant un cri qui lui déchira le ventre et la gorge, ordonna aux moutons de se disperser.

Elle sentit une brûlure soudaine à son bras gauche : un coup de fouet cinglant, dont elle se libéra en un tournemain, toujours focalisée sur son troupeau. *Fuyez, fuyez, fuyez !* Les animaux lui obéirent, s'éloignant de l'amas rocheux telles des ondulations à la surface d'un lac. Sauf que ces ondulations n'avaient rien de doux ni de silencieux : c'était une onde de choc impétueuse et massive, et l'homme à la faux tomba à la renverse, son arme lui échappant des mains. Les deux autres se replièrent en trébuchant et en jurant, et Fantôme sauta au bas du rocher pour se précipiter vers les bêtes blessées. L'une avait la gorge tranchée et la regardait avec de grands yeux désespérés. Fantôme l'apaisa d'une caresse sur sa tête noire, et le mouton expira en silence. L'autre mouton tentait de se remettre sur pattes, la profonde entaille sur son flanc teignant son manteau laineux de rouge. Fantôme enroula ses bras autour de la bête, pour l'aider à se relever, mais ne réussit qu'à se maculer de sang.

14

— Fantôme !

Quelqu'un criait son nom.

L'homme à la faux était à genoux. Il s'était retrouvé sur le passage des bêtes terrorisées et semblait avoir reçu un coup de sabot en pleine poitrine. Elle en profita pour se jeter sur son arme et l'homme la supplia alors de l'épargner.

— Fantôme !

C'était la voix de Dagmar.

Elle se leva, la faux à la main, et lui cria un avertissement. Elle ne savait pas si les deux autres avaient fui ou s'ils étaient toujours dans les parages.

Dagmar était accompagné de Bayr et ils accouraient à toute vitesse, Bayr prenant rapidement de l'avance sur son oncle. À douze ans, il était plus intimidant à pied qu'un adulte monté sur un cheval : il avait beau ne pas tenir d'arme, la fureur qui se lisait sur son visage et la confiance avec laquelle il dévalait la colline suffirent à mettre en fuite les deux hommes, sans un regard pour leur camarade au sol. Bayr l'atteignit en premier et, sans une question ni un commentaire, il le cueillit, une main sur sa nuque, l'autre sur sa ceinture, et le souleva au-dessus de sa tête comme s'il s'apprêtait à le jeter au bas de la colline.

— Je t'en supplie, Garçon du temple, plaida l'homme. Aie pitié de moi !

— S-si j'ai p-pitié de toi m-maintenant, ça v-voudrait dire que je n'en ai pas p-pour tes p-prochaines v-victimes, bégaya Bayr.

Il attendit néanmoins que Dagmar le rejoigne, maintenant l'homme au-dessus de lui. Mais Dagmar se précipita d'abord vers Fantôme et lui prit la faux des mains.

— J'implore votre pardon, gardien. Je ne recommencerai plus, geignit l'homme en gesticulant, les yeux écarquillés de peur.

— Donne-moi le nom de tes acolytes, exigea Dagmar.

— C'est Peck et Quinn, du Village du Roi. On a vu la femme, on savait pas qu'elle était à vous.

— Mais vous saviez qu'elle ne vous appartenait pas. Vous saviez que les moutons n'étaient pas à vous, le tança le gardien. Va trouver tes amis et venez tous les trois au temple recevoir votre juste châtiment. Si vous ne le faites pas, votre sentence sera la mort dès que nous remettrons la main sur vous.

Bayr reposa l'homme à terre et le relâcha sans un mot. Celui-ci tituba dans la pente tel un matelot ivre sans demander son reste. Fantôme sentit l'herbe vaciller sous ses pieds et dut fermer les yeux, soudain saisie par le vertige.

La seconde suivante, ses pieds quittaient le sol et elle poussa un cri, convaincue qu'elle tombait à la renverse. Puis les bras de Dagmar la serrèrent et elle s'aperçut qu'il la portait.

— J-je vais m-m'en charger, mon oncle, proposa Bayr.

— Occupe-toi plutôt des moutons, dit Dagmar d'une voix où affleuraient des sanglots.

Fantôme rouvrit les paupières. Bayr s'était déjà mis à rassembler le troupeau.

— Je vais le faire, insista-t-elle, mais ses mots sortirent bizarrement de sa bouche, comme déformés par la peur.

Elle tenta de nouveau :

— Ce n'est que la peur qui m'a donné le tournis, ils ne m'ont pas touchée, le rassura-t-elle en se concentrant sur sa diction.

Dagmar pressa encore le pas vers les remparts au sommet de la colline, resserrant son emprise sur Fantôme.

— C'est juste que vous ne le sentez pas encore.

— Sentir quoi ?

Il étouffa un petit rire, comme si elle venait de confirmer ses propos.

— Vous êtes encore obligé de me porter, se plaignit-elle.

— C'est vrai, mais j'ai moins de chemin à parcourir cette fois.

— Reposez-moi.

— Non.

— Vous êtes un gardien, pas une bête de somme.

— Et vous êtes une bergère, pas un soldat, ce qui ne vous a pas empêchée de vous battre.

— Je vais retourner à la bergerie, insista-t-elle.

— Non, vous n'y remettrez plus jamais les pieds.

La véhémence soudaine de son ton la fit taire, du moins quelques minutes.

— Où m'emmenez-vous ?

— Au temple.

— Je ne veux pas être vue, gardien.

— Vous avez les cheveux attachés, et votre visage et vos vêtements sont couverts de sang, rétorqua-t-il. Personne ne prêtera attention à la couleur de votre peau.

Elle ferma les yeux et plaqua ses mains tremblantes sur son visage. Elle entendit la herse se lever, les questions angoissées du garde de faction et des autres gardiens, mais Dagmar ne s'arrêta pas, dispensant au passage des réponses rassurantes aux curieux. Le bruit de ses pas changea lorsque la terre battue laissa place à des pavés et, entre ses doigts, la lumière du soleil se mua en pénombre. L'air ambiant se rafraîchit et les sons de la cour devinrent étouffés. Fantôme écarta un peu les doigts et contempla la salle où Dagmar l'avait transportée. Elle n'avait jamais mis les pieds dans un tel endroit. Une forte odeur d'encens imprégnait les poutres et les planchers, les pierres et les reliques, et elle insista de nouveau pour qu'il la pose au sol. Un tel endroit exigeait un minimum de dignité.

Dagmar obéit à sa requête, sans toutefois la lâcher. Elle ne put s'empêcher de dévorer du regard les colonnes qui s'élevaient sur plusieurs mètres, la pierre omniprésente, la lumière qui filtrait à travers les vitraux multicolores et venait éclairer des arches et autres formes complexes. Elle en avait le souffle coupé et sentit les poils de ses bras se hérisser. Ce picotement laissa graduellement la place à la douleur, et elle prit conscience qu'une partie du sang qui trempait sa manche était le sien.

Elle poussa un cri de surprise et Dagmar lui empoigna la taille plus fermement.

— Suivez-moi, lui intima-t-il en l'aidant à avancer.

Il lui fit franchir une porte, puis une seconde, jusqu'à pénétrer dans une salle où des étagères croulaient sous les bocaux et les fioles. Une table basse en bois chargée de crochets et de lames la fit hésiter sur le seuil, mais Dagmar la mena jusqu'à un banc où il la fit asseoir.

Des estafilades peu profondes lui zébraient les bras. L'homme au fouet ne l'avait pas ratée, même si, dans le feu de l'action, elle n'avait pas senti sa peau se déchirer. Elle ne la sentait presque toujours pas.

— Ce ne sont que des moutons, chuchota Dagmar en examinant ses blessures. Vous n'avez pas à mourir pour eux.

— Je suis bien loin de la mort, gardien.

— Vous l'avez frôlée de près, murmura-t-il. Ces hommes qui ont attaqué le troupeau connaissent bien les environs. Ce qui s'est passé aujourd'hui se produira de nouveau. Je suis même surpris que ça ne soit pas arrivé avant.

— Ce n'était pas la première fois.

Il leva brusquement les yeux du seau qu'il était en train de remplir.

— Je les ai toujours fait fuir. Je peux faire très peur à regarder, dit Fantôme.

Le regard pâle du gardien se fit un instant glacial.

— Les gardiens sont-ils aussi des guérisseurs ? demanda-t-elle, désireuse de changer de sujet.

— C'est une des façons pour nous de nous rendre utiles.

Il nettoya le sang sur ses bras, puis apposa les mains sur les plaies encore suintantes, comme s'il pouvait la guérir ainsi.

— Que faites-vous ?

— Je demande aux dieux de refermer vos blessures.

— Et ça marche ? demanda-t-elle d'un air un peu dubitatif.

Il leva sur elle des yeux amusés.

— Ça ne peut pas faire de mal de demander. Mais les runes sont en général le moyen le plus efficace. En soi, les runes fonctionnent un peu comme des prières. Les dieux – ou les Nornes – décident d'accéder ou pas à la requête du demandeur.

Il trempa ses doigts dans le sang qui suppurait de l'entaille la plus profonde et se mit à tracer des formes sur son bras. Le contact la chatouilla et elle se tortilla sur le banc.

— Chhhut, l'apaisa Dagmar. Ne bougez pas.

Elle s'exécuta, sentant d'étranges papillons se déployer dans son ventre, les yeux rivés sur le doigt ensanglanté qui traçait dessin après dessin sur sa peau. Il en ajouta un au creux de son poignet et un autre près de son épaule.

— Ce sont des runes ? demanda-t-elle dans un souffle.

Il hocha une fois la tête tout en murmurant des mots dans une langue qui lui était inconnue, puis, plongeant ses doigts dans un bol d'eau, il effaça les symboles de sa peau.

— Qu'est-ce que ça signifie ?

— J'ai demandé que tous les poisons se tiennent à distance. C'est une rune qui a fait ses preuves contre les rongeurs et les insectes rampants.

— Ce n'étaient donc pas des runes de guérison ?

— Le corps sait très bien se soigner par lui-même pourvu que des envahisseurs ne pénètrent pas à l'intérieur.

— Des envahisseurs ? chuchota-t-elle.

— Les plus mortels sont ceux que l'on ne voit pas, dit-il en se redressant. Je redessinerai les runes demain lorsqu'on changera vos pansements.

— Pourquoi les avoir enlevées, dans ce cas ?

— Nous traçons les runes pour que les dieux en prennent connaissance, puis nous les effaçons. Les runes sont sacrées… et très puissantes. Et nous ne les partageons avec personne.

— Si vous les laissiez, alors je pourrais les apprendre, dit-elle en comprenant soudain la raison de son geste.

— En effet, acquiesça-t-il. C'est la manière dont nous préservons leur pouvoir. Les runes sont interdites à quiconque n'est pas un gardien de Saylok, dit-il avant de marquer une pause, et de reprendre avec plus d'emphase : Mais les gardiens ne sont pas les seuls à posséder des pouvoirs.

Les sourcils de Fantôme se froncèrent d'incompréhension.

— Vous ne parlez pas aux moutons, pourtant ils vous écoutent, dit-il en soutenant son regard.

Fantôme partit d'un petit rire.

— Ce n'est pas de l'écoute, c'est de l'obéissance. Ou peut-être… de la confiance. Je me suis toujours bien entendue avec les animaux.

— Vous m'avez dit qu'ils sentaient vos émotions.

Elle pencha la tête de côté, tâchant de deviner ses intentions.

— Vous vous souvenez du jour du couronnement ? Vous m'avez dit que le cheval avait réagi à vos émotions, explicita Dagmar.

— Vous vous le rappelez ?

— Oui, j'y ai souvent repensé en vous observant interagir avec les moutons. Ce don… cette faculté… Il s'agit du même pouvoir que celui des runes. Il se manifeste de nombreuses façons différentes et chez beaucoup de gens. Si vous étiez née à Saylok, vous auriez pu devenir suppliante.

— Qu'est-ce que c'est ?

— Les suppliants sont ceux qui ont les runes dans le sang. Ils proviennent de tous les clans, mais ils doivent bénéficier du soutien de leur chef, et le Très-Haut Gardien est celui qui décide de leur entrée au temple. Les suppliants – la plupart d'entre eux en tout cas – deviennent ensuite des gardiens.

— Bayr a-t-il les runes dans le sang ? Est-ce pour ça qu'il est si fort ? demanda Fantôme, la question s'imposant soudainement à elle.

— Oui, je crois bien que c'est le cas.

— Deviendra-t-il gardien un jour – ou suppliant ?

— Ceux qui possèdent du sang à runes ne deviennent pas forcément gardiens. Il existe d'autres voies… d'autres nobles poursuites.

— Toutes les runes doivent-elles être tracées avec du sang ?

— Oui, c'est le sang qui confère leur pouvoir aux runes.

— Donc, si une personne n'a pas de runes dans le sang, alors ses runes n'auront aucun effet ?

Dagmar opina du chef.

Ils n'avaient jamais abordé ces sujets jusqu'alors. Fantôme ne savait pas pourquoi ils en parlaient à présent, pourquoi il acceptait de lui révéler des choses si manifestement secrètes et sacrées, mais elle voulait en savoir plus.

— Pourquoi garder les runes pour vous dans ce cas, si elles ne servent à rien aux gens ordinaires ?

— Ce n'est pas des gens ordinaires dont nous nous méfions. Le fait qu'un homme ou qu'une femme possède du sang à runes ne signifie pas qu'il ou elle ait le cœur pur. Le pouvoir a tendance à corrompre.

— Et les gardiens… sont-ils corrompus ?

— Bien entendu. Les gardiens ne sont que des hommes. Mais c'est l'une des raisons pour lesquelles nous habitons ici, sans femme ni famille, sans richesses ni salaire, sans toutes ces tentations qui pourraient nous pousser sur le chemin de la corruption. C'est un équilibre délicat. Nous n'utilisons les runes ni pour le pouvoir ni pour la domination. Nous ne les utilisons pas pour nous enrichir ou nous couvrir de gloire. Nous sommes en quête de sagesse, de compréhension et de patience.

Ils demeurèrent un instant silencieux, puis elle releva les yeux, qui brillaient d'une lueur de défi.

— Je ne serais jamais devenue suppliante, lâcha-t-elle.

— Ah ?

— Tous les gardiens sont des hommes. Je suis une femme.

— Ma sœur… La mère de Bayr avait les runes dans le sang. De nombreuses femmes possèdent ce don.

— Pourtant, il n'y a aucune femme dans vos rangs, riposta-t-elle.

— Les femmes sont des gardiennes d'un autre ordre. Des gardiennes d'enfants. Des gardiennes des clans. Au fil des âges, on a eu besoin des femmes ailleurs. Nous, les hommes, sommes devenus beaucoup moins indispensables, et c'est toujours le cas aujourd'hui. Mais le temple accueille désormais des filles.

Fantôme attendit qu'il s'explique.

— Notre visite n'était pas un hasard. Maître Ivo m'a envoyé vous quérir. J'ai mis plusieurs jours à lui obéir. Je frémis à l'idée de ce qui aurait pu se passer si j'avais attendu ne serait-ce qu'un jour de plus.

— Il vous a envoyé me chercher ? s'étonna-t-elle.

— Oui, et dès que vous serez reposée – peut-être demain –, il demandera à vous voir dans le sanctuaire.

— Je croyais que les femmes n'étaient pas autorisées au sein du sanctuaire ?

— « Autorisées » n'est pas le bon mot. Le sanctuaire est un lieu consacré aux runes et aux gardiens. C'est là qu'a lieu le couronnement d'un nouveau roi… ou d'une reine. Alba y a reçu sa bénédiction sur l'autel.

— Vraiment ? souffla Fantôme en tentant de s'imaginer la scène.

— Oui. Nous avons fondé de grands espoirs en la princesse. Nous avons cru que sa naissance annonçait l'aube d'une nouvelle ère. Nous avons prié que d'autres filles naissent à Saylok après elle. Mais cela ne s'est pas produit.

Fantôme soutint son regard malgré les tambourinements de son cœur, qui résonnaient à ses oreilles comme le tambour du bourreau.

— Si cela ne s'est pas produit… comment… pourquoi… y a-t-il des filles au temple ?

— Elles représentent les clans, dit Dagmar dans un soupir. Il y a tant de choses à expliquer. Je vais laisser Ivo s'en charger.

— Que veut-il de moi ?

— Il vous demandera de vous occuper d'elles.

— Vous pensez que, parce que je suis une femme, je sais m'occuper d'enfants ? Ce ne sont pas des agneaux, gardien, bredouilla-t-elle, horrifiée à cette idée.

Elle se mit à faire les cent pas. Elle aurait voulu prendre la fuite, ou du moins trouver un endroit tranquille où attendre que sa migraine se dissipe.

— Je pense que, en tant que femme, vous pouvez nous instruire en la matière. Nous avons besoin de vous.

— Je ne sais rien de vos pratiques. Je ne connais ni vos runes, ni vos coutumes, ni vos prières, riposta-t-elle.

— Ce sont de jeunes filles, Fantôme. Elles sont cinq, six si on inclut la princesse. Et nous sommes perdus… *Elles* sont perdues. Il y a des choses que vous saurez mieux comprendre et anticiper que nous les hommes.

— Vous voulez que j'habite au temple ? dit-elle, incrédule.

— Oui, répondit Dagmar d'une voix si douce qu'elle baissa la sienne en retour.

— Je ne peux pas vivre ici… Je ne veux pas être vue.

— Vous l'avez dit tout à l'heure, et vous me l'aviez déjà dit le jour où je vous ai rencontrée.

Fantôme leva les yeux sur le gardien.

— Rien n'a changé, affirma-t-elle.

Son propre mensonge se répandit de la pointe de ses orteils jusqu'aux fourches de ses cheveux blancs. En réalité, tout avait changé. Tout sauf ceci : elle ne souhaitait pas être vue, mais ne pouvait jamais lui en révéler la raison. Le lui avouer équivaudrait à retirer la couronne de la tête de sa propre fille.

— Vous n'avez pas à avoir honte de quoi que ce soit, murmura-t-il.

Elle ne put s'empêcher de rire, et les sourcils de Dagmar se froncèrent.

— Vous dites ça comme si vous me connaissiez, répliqua-t-elle.

— C'est le cas.

— Vous vous trompez, gardien. Et pourtant, vous voudriez que je vive ici… parmi vous.

— Je vous connais, Fantôme. On ne peut dissimuler qu'un temps sa vraie nature, et vous n'avez eu ni rien ni personne derrière lesquels vous cacher. Vous pouvez devenir l'une des nôtres. Une suppliante, au même titre que ces jeunes filles. Si vous devez vous cacher, cachez-vous parmi nous. Nous nous rasons le crâne et noircissons nos yeux. Nous portons tous une tunique de la même couleur. Si vous ne souhaitez pas être vue, quel meilleur moyen de déguiser votre apparence ?

— Pourquoi vous noircissez-vous les yeux ?

— C'est symbolique.

— De quoi ?

— De notre… de notre aveuglement et de notre manque de clairvoyance. Maître Ivo se teint également les lèvres en noir.

— Mais… c'est le Très-Haut Gardien. Il possède un immense pouvoir.

— À côté des dieux et des Nornes, il n'est rien qu'un être fait de chair. Il est donc sujet au destin, à la mort et au courroux des dieux. Il se noircit les lèvres pour montrer que ses mots ne sont pas la parole divine, et il se peint les yeux en noir pour signifier que sa vision n'est pas omnisciente.

— Et vous ne noircissez pas les vôtres ?

Cela fit bizarre à Fantôme de lui parler de ses lèvres, et elle détourna prestement les yeux de leur renflement charnu pour regarder ses chaussures.

— Seul Ivo se peint les lèvres et les yeux, et toujours en noir… bien que les gardiens soient les seuls à le voir régulièrement. Il ne quitte l'enceinte du temple que lorsque le roi le convoque.

— Et le roi le convoque-t-il souvent ?

— Le roi a tendance à vouloir faire montre de son autorité et de son pouvoir. Surtout vis-à-vis des gardiens. Ivo juge plus sage de lui donner raison sur les sujets de peu d'importance. Je suis persuadé que le roi souhaiterait que nous n'existions pas. Nous contrôlons son mandat, alors qu'il se passerait volontiers de notre opinion. Il existe un tunnel – il y en a même de nombreux sous la Colline du Temple – qui mène directement du temple au palais. Du sanctuaire à la salle du trône. Tous les prédécesseurs de Banruud l'utilisaient régulièrement, lui, en revanche, préfère nous convoquer au palais.

Fantôme connaissait l'existence de ces souterrains. Elle en avait d'ailleurs emprunté un des années auparavant, la nuit où elle avait décidé de laisser sa fille aux soins de la reine. Et à présent que la reine était morte, Alba avait besoin d'une mère.

— Je ne suis pas un gardien, déclara-t-elle.

Elle avait pourtant déjà pris sa décision et elle vit le visage de Dagmar s'illuminer comme s'il l'avait deviné. Ce qui n'empêcha pas le gardien d'insister :

— Alors, Fantôme, consentez-vous à rester avec nous ? Nous aiderez-vous ?

— Je resterai.

*

— La femme fantôme est indemne ? s'enquit Ivo d'une voix sourde, son visage passant de l'ombre à la lumière au gré de la danse des bougies.

Dagmar se laissa choir sur un banc proche de l'autel, soudain épuisé par les événements de l'après-midi.

— Pas complètement. Ses blessures guériront, mais elle était couverte de sang des pieds à la tête, rapporta Dagmar, grimaçant à ce souvenir.

Il se racla la gorge pour reprendre d'un ton plus assuré :

— Ses assaillants ont massacré deux des moutons, mais leur laine et leur chair ne seront pas perdus. Bayr a rentré le troupeau dans l'enceinte du temple, mais il nous faudra trouver quelqu'un pour s'en occuper.

— Tout est ainsi qu'il devrait être. Elle est à l'abri à l'intérieur des remparts. Tu me l'amèneras demain matin.

Les yeux de Dagmar accrochèrent les lueurs vacillantes des bougies qui éclairaient le sanctuaire. Il fallait deux heures chaque matin pour toutes les allumer, et une heure pour les éteindre chaque soir.

— J'ai craint que ce jour arrive, confessa Dagmar à voix basse.

— Prends garde à ce que tu crains, rétorqua Ivo d'un air solennel. Des craintes trop vocales ont tendance à attirer l'attention des Nornes et, dans leur cruauté, elles risquent de te récompenser en donnant corps à tes pires cauchemars.

Dagmar ne put que hocher la tête, sachant que le Très-Haut avait raison. Il avait craint tant de choses, lesquelles avaient toutes fini par se réaliser. Mais la mort de Fantôme n'était pas ce dont il avait le plus peur : c'était sa vie – et plus particulièrement sa présence dans la sienne – qui l'effrayait bien davantage que l'idée de la perdre. Il savait survivre aux tragédies et endurer le chagrin du deuil. En revanche, il n'était pas sûr de savoir résister à l'amour.

15

Pour son premier anniversaire, Bayr avait offert à Alba une poupée qu'il avait lui-même confectionnée. Il avait cousu un petit sachet en toile de lin rempli de grains, et ajouté des boutons en guise d'yeux, de nez et de bouche, ainsi que de la laine pour les cheveux. La reine l'avait aidé à lui fabriquer une robe et une petite couverture à l'aide d'un vieux couvre-lit effrangé. Baptisée Bébé Bayr en son honneur, Alba l'adorait tant que la poupée avait déjà dû être raccommodée à de nombreuses reprises.

Pour son deuxième anniversaire, il avait capturé deux petites souris et leur avait bâti une cage pour qu'Alba ait des animaux de compagnie. Lorsqu'elles avaient commencé à se reproduire, la reine avait insisté pour que ces « animaux de compagnie » soient relâchés à l'extérieur des remparts, mais Alba ne les avait pas oubliées. Elle était même persuadée qu'elle les retrouverait un jour.

Pour son troisième anniversaire, Bayr lui avait taillé un sifflet, fabriqué un tambour et changé les cordes d'un vieux luth afin qu'elle puisse faire de la musique quand ça lui chantait. Pour son quatrième anniversaire, avec l'accord de la reine, il avait peint une image sur chacun des quatre murs de sa chambre. Il avait beau ne pas être un grand artiste, Alba avait adoré ses animaux difformes et ses paysages maladroits. Il les avait d'ailleurs représentés tous deux gravissant les pentes du Shinway, Alba sur ses épaules.

À l'occasion de son cinquième anniversaire, il lui avait déniché cinq œufs de rouge-gorge sur le point d'éclore. Alba s'était émerveillée d'assister à leur naissance et la maman rouge-gorge, perchée sur le rebord de sa fenêtre, avait lissé ses plumes et lâché de joyeux trilles, comme si elle se savait en présence de la famille royale. Elle s'était ensuite envolée en quête de nourriture pour ses oisillons, et Alba avait voulu voler, elle aussi. Bayr avait donc couru à travers les couloirs du palais en la portant dans les airs tandis qu'elle planait, les bras déployés comme des ailes. Alba ne se lassait jamais de leurs jeux et Bayr ne se lassait jamais d'elle. Mais à l'approche de ses six ans, sa mère n'était plus là, et Bayr ne savait que faire.

Il n'avait pas l'impression que quiconque au palais se souciait de son anniversaire. Le roi ne s'embarrassait pas de ce genre de choses, et quand bien même il se serait souvenu de la date, la guerre faisait rage à Ebba et il n'était toujours pas rentré. L'anniversaire de Bayr, lui, revenait chaque année sans trompettes ni fanfare, même si Dagmar n'oubliait jamais de le lui fêter. Une nouvelle année n'était pas une célébration sur la Colline du Temple. La vie y était rude et la survie primait sur le reste. Mais Bayr aimait Alba et son bonheur constituait la chose la plus importante à ses yeux.

Bien que Dame Esa eût emménagé dans les appartements de la reine, c'était un jeu d'enfant de l'éviter au sein du palais. L'ancienne reine se fatiguait vite et n'était guère habituée à l'énergie déployée par Alba. Elle était présente lorsque Bayr avait soulevé l'autel du corps de son mari, et il l'avait plusieurs fois surprise à l'observer avec un mélange de peur et de révérence qui le mettait mal à l'aise. Ce jour-là, alors qu'elle s'était retirée de bonne heure, Bayr avait hissé Alba sur ses épaules et, sans demander la permission à qui que ce soit, était sorti du palais et avait traversé les jardins jusqu'au mur qui les séparait du temple.

— Est-ce qu'on va chercher ma maman ? demanda Alba.

Elle lui avait posé la question tous les jours depuis la mort de la reine, ne comprenant pas que sa mère ne reviendrait plus jamais. Comme à chaque fois, Bayr ne pouvait que faire non de la tête. Il escalada le mur comme il l'avait fait mille fois, Alba resserrant sa prise sans qu'il ait besoin de lui demander.

La méditation du soir avait commencé et les cloches venaient de sonner. Ivo devait se trouver au sanctuaire et les gardiens dans leurs quartiers. Bayr savait également où se trouvaient les filles à cette heure : il avait aidé à transporter les reliques les plus lourdes dans d'autres parties du temple moins encombrées afin de libérer la longue salle qui leur servait à présent de dortoir. Il les avait vues suivre Fantôme en file indienne dans leur tunique pourpre tels des petits poussins derrière leur mère, il connaissait leur nom et savait à quoi elles occupaient leurs journées. Il veillait sur le temple de la même manière qu'il veillait sur Alba, même si, jusqu'alors, il ne l'avait fait que de loin.

Il espérait que Fantôme soit avec elles. Elle occupait le lit en bout de rangée, et elle le connaissait. Elle parlerait à sa place. Mais lorsqu'il se glissa dans la chambre des jeunes filles, il découvrit que Fantôme n'était pas là. Il resta un instant sur le seuil avec Alba sur les épaules, regrettant de ne pas avoir préparé ce qu'il allait dire. Alba battit des mains, l'air ravie, mais il ne la fit pas descendre. Il avait besoin de sa présence rassurante pour prendre son courage à deux mains.

— C-c'est son a-a-anniversaire, parvint-il à articuler pour expliquer leur présence en ces lieux.

Les filles le dévisageaient avec des expressions allant de la crainte à la fascination. Il était costaud et toujours un étranger à leurs yeux, mais elles l'avaient toutes entendu jurer de les protéger le soir de leur arrivée dans la cour du palais. Et il portait une princesse sur ses épaules.

— Vous êtes le Garçon du temple, déclara la fille originaire de Joran.

Envolée, sa tresse de guerrière, tout comme les cheveux roux, blonds et bruns de ses compagnes, réduits à un fin duvet de repousse. Bayr fut tenté de dissimuler sa propre tresse, par compassion et solidarité. Elles avaient beau porter l'habit des suppliants, leur corps frêle et leurs grands yeux racontaient une autre histoire. La rousse au visage criblé de taches de son, qui avait presque l'âge de Bayr, se leva et fit un pas vers eux.

— Joyeux anniversaire, princesse Alba, murmura-t-elle. Je suis Elayne… d'Ebba.

Elle désigna ensuite Juliah, deuxième en âge, puis Liis.

— Voici Juliah de Joran et Liis de Leok.

Cette dernière n'offrit ni sourire ni le moindre geste à la princesse, mais Alba répéta tout de même son nom.

— Bashti vient de Berne, poursuivit Elayne. Elle et Dalys ne sont guère plus âgées que vous, princesse. Dalys est originaire de Dolphys… tout comme vous, Garçon du temple. Et aussi comme frère Dagmar.

— C'est Bayr, protesta doucement la princesse en lui caressant la joue. Pas Garçon du temple, il s'appelle Bayr.

— Pourquoi l'avez-vous amenée ici ? s'enquit Juliah, le regard dur.

— C-c'est son a-a-anni-anniversaire, bégaya à nouveau Bayr.

— Vous l'avez déjà dit, répliqua Juliah d'un ton sec, faisant tressaillir Elayne tandis que Bayr se raidissait.

Il fit descendre Alba de ses épaules. Il avait voulu lui offrir six cadeaux uniques. Un pour chaque année de sa vie. Il s'était rendu compte en chemin qu'elles n'étaient que cinq filles, mais, avec Fantôme, cela faisait six. Six filles. Six amies. Il avait amené Alba les voir, sachant que cela serait pour elle le plus beau cadeau du monde. Et voilà qu'il se tenait devant elles, sans voix, incapable de leur expliquer qu'Alba était aussi seule et triste qu'elles, qu'elle n'avait plus de mère, que c'était la plus gentille des petites filles. Il caressa les cheveux pâles d'Alba, espérant que l'hostilité manifeste qui émanait de certaines ne la blesserait pas.

Alba se dirigea vers Juliah et, sans l'ombre d'une hésitation, prit les mains de la fille tout en renversant la tête en arrière et en souriant.

— IOU-LI-ÂH ! articula-t-elle. Je suis venue vous voir !

Alba partit alors d'un grand rire, lumineux comme le soleil à travers un vitrail, et Juliah perdit instantanément sa morgue.

Ils restèrent une heure, durant laquelle Alba chanta des chansons tout en sautant de lit en lit, arrachant des sourires aux filles malgré elles. Bayr resta en retrait, se contentant d'observer en attendant que finissent les prières et que se couche le soleil ; puis, lorsque retentirent à nouveau les cloches et que les gardiens se mirent à entonner le chant de la lune, il prit Alba dans ses bras et fit la révérence à ses nouvelles amies.

— M-m-merci, bégaya-t-il.

— Vous nous la ramènerez, Bayr ? demanda Dalys, la plus jeune des filles.

Il s'empressa d'acquiescer de la tête, et Dalys ne fut pas la seule à arborer un large sourire à cette nouvelle.

— Je ne veux pas y aller, Bayr. Pas tout de suite. Je veux rester ici, au temple.

Il tapota la jambe d'Alba qu'il avait déjà juchée sur ses épaules, mais se tourna pour partir. Il était l'heure. Les protestations d'Alba dans les oreilles et ses petites mains serrées autour de son cou, Bayr la reconduisit au palais, tout en se disant qu'il aurait aimé ne jamais avoir à y retourner.

*

Les filles dormaient toujours d'un sommeil agité. Dalys pleurait dans son sommeil. Elayne, elle, pleurait avant de se coucher. Juliah poussait des cris et Bashti se débattait en dormant. Liis était en revanche totalement silencieuse et on ne distinguait qu'à peine sa frêle silhouette sous sa fine couverture. Fantôme n'était pas certaine qu'elle dorme du tout.

Les gardiens avaient vidé l'une de leurs réserves de reliques, remplaçant les anciens artefacts par une rangée de lits, chacun assorti d'une malle en bois à son pied pour que les filles y rangent leurs effets personnels – bien qu'aucune d'entre elles ne possède assez de choses pour les remplir. Les nouvelles suppliantes avaient eu droit à une séance d'essayage afin qu'on leur fournisse une tunique pourpre de taille adéquate, et Fantôme était chargée de maintenir leurs cheveux ras, une tâche qui ressemblait à la tonte des moutons – les jeunes filles elles-mêmes n'étaient d'ailleurs pas sans lui rappeler ses agneaux. Les gardiens n'étaient pas méchants envers elles, mais pleins de maladresse et d'appréhension. Aucun d'entre eux n'était père. Aucun d'entre eux n'était à l'aise en présence de femmes – de quelque âge que ce soit – et ils évitaient les filles en baissant la tête et en détournant le regard. À plus forte raison pour Fantôme. Tous, sauf Dagmar et maître Ivo.

Maître Ivo évoquait à Fantôme un grand vautour

voûté, doté de serres et d'un bec de chair. Ses yeux et ses lèvres noirs, maintenant que Dagmar lui avait expliqué leur signification, lui paraissaient moins effrayants. Fantôme considérait sa laideur comme un gage de confiance. Elle avait appris depuis longtemps que l'apparence physique n'était qu'un réceptacle pour toutes sortes de maux. Maître Ivo avait l'air maléfique, mais il ne l'était pas. C'était lui qui avait insisté pour que les jeunes filles soient traitées comme des gardiens miniatures – des suppliantes, comme il les appelait. En plus de la lecture et de l'écriture, elles apprenaient les chants et les incantations.

Lorsque Dagmar l'avait amenée au sanctuaire où le Très-Haut Gardien passait le plus clair de son temps, Ivo avait étudié sa peau diaphane et ses cheveux blancs avec le plus grand intérêt, mais c'étaient ses yeux qui l'avaient le plus fasciné. Il s'était levé de son trône pour s'approcher, se plongeant dans son regard telle une pie voleuse.

— On dirait du verre, marmonna-t-il. Un homme qui les fixerait s'y verrait reflété. Sa beauté – ou sa laideur – lui serait renvoyée en pleine face.

Dagmar se racla la gorge et maître Ivo arqua ses sourcils broussailleux, le congédiant d'un geste :

— Laisse-nous seuls, Dagmar. Je dois communier avec le fantôme.

Dagmar lâcha un soupir, hésitant l'espace d'un instant, mais Fantôme ne lui accorda même pas un regard. Le Très-Haut Gardien ne lui faisait pas peur.

— Alors, que voyez-vous reflété dans mes yeux, Maître Ivo ? lui demanda-t-elle avec audace.

— J'y vois mon âge… ainsi que ma jeunesse. Je

vois le sanctuaire… et mon trône sur l'estrade. Il est vide.

Bien sûr qu'il était vide, le Très-Haut l'avait quitté pour s'approcher d'elle, mais Fantôme ne lui en fit pas la remarque.

Il l'interrogea sur ses années dans les Terres de l'Est. Sur sa naissance. Sa vie. Son voyage jusqu'à Saylok. Elle répondit à ses questions en toute honnêteté. Hormis les questions sur le roi. Et sur Alba. Elle ne mentionna ni l'un ni l'autre.

— Vous aviez un enfant, dit-il.

Ce n'était pas une question.

— Oui.

— Mais plus aujourd'hui ?

Elle le regarda comme si la réponse tombait sous le sens. Elle n'avait pas d'enfant à charge en arrivant à la Colline du Temple. Il le savait déjà.

— Le père était-il un homme des Terres de l'Est… comme vous ? Un domestique ?

— Non. Il était aussi sombre que je suis claire. Il venait d'un autre pays. Il était seul et perdu. Les mal-aimés trouvent souvent du réconfort auprès de leurs semblables. Nous étions tous les deux très jeunes.

— Vous êtes toujours très jeune.

— Je suis vieille à l'intérieur, chuchota Fantôme, et le Très-Haut hocha la tête comme s'il comprenait bien.

— Où se trouve-t-il à présent ?

— Je n'en sais rien, dit-elle sans que sa voix ne tremble. Il a suivi sa route. Le réconfort n'est pas l'amour, Maître. Peut-être aurait-il pu advenir, mais le temps nous a manqué.

— Le temps dispense en effet nombre d'enseignements. Resterez-vous suffisamment longtemps pour qu'il m'apprenne des choses sur vous, fille fantôme ?

— Je n'ai nulle part où aller.

— Il y a toujours quelque part où aller.

— Il n'y a nul autre endroit où je préférerais être.

Le Très-Haut inclina la tête, manifestement satisfait de cette réponse.

— Nous avons donc un accord. Vous resterez. Et nous verrons bien ce que le temps nous réserve.

*

Cela faisait six mois que les filles avaient été accueillies au temple et que Fantôme y avait été convoquée, et toutes s'étaient habituées à leur nouvelle routine. Ce qui ne les empêchait pas de toujours mal dormir, et Fantôme, qui partageait leur chambre, était souvent témoin de leurs sanglots étouffés.

Les filles avaient eu peur d'elle au début et Bashti avait été la première à vaincre sa timidité, comme si l'étrangeté de Fantôme amoindrissait la sienne et qu'elle y trouvait un certain réconfort. Plusieurs semaines après son arrivée, la petite fille était venue se glisser dans son lit au milieu de la nuit pour se blottir dans son dos. La nuit suivante, Dalys avait été la plus rapide. Suite à cela, Fantôme avait suggéré qu'elles collent toutes les deux leur lit au sien, afin de se sentir moins seules tout en restant dans leur propre lit.

Par solidarité, Fantôme s'était rasé les cheveux – elle aussi serait une suppliante à présent. Elle avait revêtu la tunique pourpre que lui avait offerte Dagmar cinq ans plus tôt et utilisé une mèche de ses cheveux fixée au bout d'une tige de bois pour se fabriquer un pinceau à maquillage. À l'aide de cendres récupérées dans le foyer, elle avait obtenu une pâte noire qu'elle avait appliquée sur le pourtour de ses yeux ainsi que sur ses cils blancs. Son reflet dans le miroir l'avait terrifiée : on aurait dit un monstre avec son regard argenté, que les épais traits noirs faisaient ressortir. Elle s'était même teint légèrement les sourcils. Ce maquillage métamorphosait son visage : au lieu de ressembler à un spectre, elle évoquait à présent davantage un démon.

Lorsqu'il avait découvert sa transformation, Dagmar avait eu l'air choqué. Il avait fait mine de passer la main dans le fin duvet qui restait sur le crâne de Fantôme, avant de se raviser.

— Vos cheveux vont me manquer, avait-il commenté d'une voix douce. Ils étaient superbes.

Fantôme avait dû prendre sur elle pour ne pas pleurer à ce moment-là. Pourquoi ne lui avait-il jamais dit ? Elle les aurait tressés autour de sa tête, mais ne les aurait pas coupés. Maintenant, il ne lui restait que ce mot : *superbes*. Dagmar trouvait sa chevelure superbe. Il n'avait en revanche fait aucune remarque sur son maquillage.

— Cela va-t-il nous aider à mieux voir ? avait demandé Elayne en imitant Fantôme.

Avec ses cheveux brillants et ses yeux pétillants, le maquillage la faisait plutôt ressembler à une créature des bois, mais l'effet était tout aussi saisissant.

— En tout cas, ça devrait nous aider à ne pas être

vues. Nous ressemblons aux gardiens désormais. C'est comme un déguisement. Si nous avons toutes la même apparence, nous formerons un clan à nous seules, la rassura Fantôme.

Alba ne dormait pas au temple, bien que Bayr l'amenât aussi souvent que possible voir les filles. Tandis que le roi s'embourbait dans des escarmouches aux quatre coins d'Ebba, tous les habitants de la colline pouvaient souffler, et se pliaient autant que possible aux volontés de la petite princesse.

La rumeur de ce que le roi avait infligé à l'accoucheuse Agnes après la mort de son épouse circulait bon train. Les employés du palais et la garde royale en parlaient entre eux, ce qui ne faisait qu'accroître leur défiance envers Banruud. Fantôme s'en était toujours méfiée comme de la peste et s'efforçait de ne pas songer au jour de son retour.

La vieille reine se montrait indulgente envers Alba, et s'était laissé convaincre par Dagmar que la princesse devrait suivre l'enseignement au temple avec les autres filles. À chaque visite d'Alba, les jeunes filles la saluaient d'une profonde révérence, mais la princesse préférait les serrer dans ses bras avec un plaisir et un enthousiasme qui les faisaient toutes s'ouvrir comme des fleurs. Fantôme elle-même s'épanouissait en sa présence. Chaque jour devenait un éveil, une renaissance, et elle éprouvait parfois un bonheur si intense qu'elle craignait que son cœur ne déborde et se brise.

Dans ces moments-là, Fantôme cherchait la compagnie apaisante de Dagmar. Elle le trouvait souvent le nez dans un parchemin et la plume à la main, à convertir une langue dans une autre, ou à transcrire des écrits. Il la saluait alors d'un sourire, et elle se glissait dans un coin pour laisser la sérénité de l'instant calmer les délicieuses trépidations dans sa poitrine. Ils n'échangeaient pas un mot la plupart du temps, Fantôme disparaissant dès qu'elle sentait son cœur reprendre un rythme normal.

*

Le Très-Haut voyait du sens dans chaque chose, que ce soit dans les laissées d'un mulot ou les formations nuageuses, et Fantôme prit conscience de choses auxquelles elle n'avait jamais pensé auparavant. Elle participait aux cours dispensés aux jeunes suppliantes, apprenait avec elles les prières et pratiquait les incantations avec une intensité qui faisait se soulever les sourcils d'Ivo et le coin des lèvres de Dagmar. Ses doigts étaient tachés d'encre en permanence et elle avait souvent les yeux dans le vague, comme plongée dans de profondes réflexions, même lorsqu'elle accomplissait ses tâches quotidiennes. Elle s'ouvrait au temple de la même manière que ses portes lui avaient été ouvertes, et son enthousiasme pour l'étude était un formidable exemple pour les jeunes filles dont elle avait la charge.

Les filles des clans, ainsi qu'on les appelait le plus souvent, partageaient plus de points communs qu'elles n'avaient de différences : elles étaient toutes jeunes, craintives, toutes rejetées et habitées d'un même sentiment de deuil. Les gardiens arrivés au temple comme suppliants y venaient tous de leur propre gré.

Même Fantôme avait finalement préféré le temple aux moutons – et au fait de quitter Saylok. Les filles des clans, en revanche, étaient venues contraintes et forcées, et cette réalité les unissait. Mais chacune d'entre elles apportait sa touche personnelle à la vie du temple et, à mesure que le temps passait et érodait leurs peurs, leurs différences devinrent plus visibles.

Juliah de Joran avait bénéficié d'une éducation guerrière et elle ne cessait de provoquer Bayr pour qu'il se batte avec elle : souple et agile comme un chat, elle se cachait derrière les portes ou sur des poutres en surplomb et se jetait sur lui dans l'espoir de le prendre par surprise. Il supportait ces assauts répétés avec la même placidité qu'il supportait tout le reste. Dagmar avait en effet déteint sur le garçon, et tous deux s'avéraient imperturbables, sujets à l'introspection bien que fins observateurs. Au lieu de rejeter ce besoin de confrontation de la jeune fille, Bayr l'acceptait sans broncher, transformant ces occasions en leçons. Il repoussait ainsi ses attaques avec suffisamment de répondant pour qu'elle y glane des enseignements sans pour autant risquer de se blesser.

La fille de Joran n'était pas la seule à fleur de peau, mais là où Juliah exprimait son agressivité par l'action, Liis de Leok évoquait davantage un volcan qui sommeille. Elle usait du silence comme d'une arme et le maniait avec une efficacité redoutable. Ce fut donc une grande surprise lorsque, un jour, à l'heure où le soleil laissait le champ libre à la lune et où les gardiens étaient réunis pour prier, Liis joignit sa voix au chœur des frères, crevant l'air de la même manière que son silence plombait habituellement une salle.

Elle entonna le chant de supplication, le plus couramment chanté lors de l'office du soir.

Mère de la terre, soyez mienne, Père des cieux, divin.
Tout ce qui fut et tout ce qui est, tout ce que je suis et tous mes désirs.
Ouvrez mes yeux que je voie, que je ne fasse qu'un en vous,
Dieux de mon père et dieu de mon âme.
Faites de l'espoir mon foyer, offrez-moi un refuge,
Donnez-moi une foi qui jamais ne s'éteigne.

Sa voix d'une pureté cristalline s'élevait au-dessus du ténor paresseux des gardiens. Elle s'amplifia pour mieux s'immiscer dans le cœur de tous les auditeurs et le chant routinier des gardiens se tut, touchés qu'ils étaient au plus profond de leur être. Liis chantait comme si elle maudissait chaque mot de la mettre au supplice, et les larmes qu'elle se refusait à verser jaillirent des yeux des jeunes filles qui déjà pleuraient trop, des yeux des gardiens qui n'avaient pas assez pleuré, et même de ceux de Fantôme qui ne se permettait de pleurer que lorsqu'elle était seule.

Si Liis les faisait pleurer, Bashti, elle, les faisait rire. Elle possédait un don incroyable pour imiter les gens. Son imitation d'Ivo faisait immanquablement pouffer ses compagnes, et plus d'une fois, elles avaient dû mordre leur tunique de peur d'éclater de rire au beau milieu du sanctuaire alors qu'elles étaient censées méditer. Bashti n'aimait pas méditer, elle aimait imiter. Il lui suffisait de côtoyer quelqu'un pendant quelques minutes à peine pour reproduire ses expressions caractéristiques et ses tics de langage. Elle se moquait ainsi du roi, du Très-Haut, de plusieurs gardiens et même de Fantôme, qui accueillait ses performances avec un sourire ravi et un : « Je fais ça, moi ? »

Bashti savait singer frère Dieter et sa faculté à sangloter à la moindre prise de parole, frère Lowell et la manière qu'il avait de parler du coin de la bouche. Elle se moquait aussi des autres filles et de la princesse Alba – mais plus gentiment. La seule personne qu'il lui était interdit d'imiter, c'était Bayr. Elle s'y était essayée un après-midi et son imitation s'était avérée à la fois très juste et presque cruelle : elle avait bégayé à qui mieux mieux tout en bombant le torse pour évoquer la force qui habitait Bayr.

Alba s'était tout à coup figée, les yeux rivés sur la bouille pleine de malice de Bashti, avant de traverser la salle comme une furie, les poings serrés et le regard assassin.

— Ne recommence jamais, jamais plus ! tempêta-t-elle en plaquant ses mains sur la bouche de Bashti. Je t'interdis de te moquer de Bayr !

Toutes les conversations se turent et les larmes montèrent aux yeux de Bashti. Adossé au mur près de la porte, Bayr se redressa et s'empressa de calmer la fureur froide de la princesse. L'imitation de Bashti ne l'avait pas blessé, au contraire, il avait ri de bon cœur avec les autres. Il enveloppa les poignets d'Alba dans ses larges mains pour rendre à Bashti l'usage de la parole et adressa un sourire à cette dernière en lui tapotant la tête, comme pour excuser le comportement d'Alba. Puis il prit la princesse par la main et l'entraîna hors de la pièce.

— Plus jamais, répéta-t-elle en franchissant le seuil.

La fois suivante où Bayr escorta la princesse pour ses leçons, Fantôme remarqua l'accolade plus marquée qu'Alba adressa à Bashti. Elle ne mentionna plus jamais l'épisode par la suite, mais cela n'était guère nécessaire : Alba exerçait une influence étonnante pour quelqu'un de si jeune.

Dalys, la plus jeune des cinq filles, avait un an de plus qu'Alba, mais n'avait jamais reçu d'instruction formelle. Là où Alba débordait de confiance, elle était timorée ; là où Alba excellait, elle avait bien du mal à assimiler les choses. Dalys se dérobait devant toutes les tentatives de lui apprendre à lire, jusqu'à ce qu'Alba décide de s'en charger avec la méthode dont s'était servie sa mère la reine. Il n'était pas simple de se procurer de la peinture, un gardien leur avait donc enseigné comment en fabriquer. Ainsi, Alba avait aidé Dalys à créer un abécédaire qui donnait vie aux lettres en les assortissant d'illustrations, si bien que les lettres devinrent des mots, et les mots des histoires que Dalys se mit à raconter. En quelques mois, Dalys se révéla aussi douée qu'Alba.

Et Alba était véritablement douée. Elle se souvenait de tout comme si elle en conservait la copie conforme dans sa tête, et elle était capable de décrire – et de recréer – la plus petite chose dans ses moindres détails. Les gardiens avaient appris à faire preuve d'une grande rigueur lorsque la princesse assistait à leurs leçons.

Ce fut Dagmar qui leur enseigna leur première rune, le dessin élémentaire d'un soleil duquel partaient sept rayons, six pour figurer les clans et le septième en bas beaucoup plus long que les autres. Il leur expliqua que ce dernier canalisait le bonheur et la compréhension. Le soleil, dans sa radieuse générosité, ne voulait pas que ses enfants vivent dans les ténèbres. Les filles utilisèrent de la salive et non du sang pour tracer la rune. Dagmar affirma que la salive était le meilleur expédient, et chaque fille porta les doigts à la bouche pour reproduire le symbole sur de la pierre sombre, où il ne restait que quelques secondes avant de disparaître.

La nature simpliste de la rune mit Liis en colère, et Juliah exprima tout haut son mécontentement en disant que c'était « une rune pour les bébés ».

— Je veux tracer des runes capables de vaincre mes ennemis, se plaignit-elle.

— Le malheur n'est-il pas le plus grand ennemi de tous ? répliqua Dagmar d'une voix douce. Ce symbole est la première rune, car sans la lumière et la foi, le monde n'est que ténèbres, où tout devient un ennemi.

Son explication calma les filles, mais Fantôme était avide d'en savoir plus, car sa propre ignorance lui paraissait tout aussi ténébreuse.

Si maître Ivo ne prenait que rarement en charge leurs leçons, il les observait en revanche constamment et leur posait souvent des questions, bien qu'il ne semble jamais attendre de réponse particulière. Et lorsque les filles l'interrogeaient sur la raison de ses questions, il se contentait de répondre : « Je cherche uniquement à connaître les dons avec lesquels vous êtes nées. De connaître vos dons m'aide à vous connaître vous. Le Père de Tout ne sème pas les dons et les capacités comme un fermier sème ses graines, sans se soucier d'où elles atterrissent pourvu que ce soit dans la terre. Odin est très soigneux de là où il implante sa semence. »

Le sous-entendu que les filles et leurs dons étaient des produits de la semence d'Odin n'échappa pas à Fantôme. Peut-être n'échappa-t-il pas aux filles non plus, bien qu'Elayne semble la seule à comprendre le double sens. Elle devint rouge comme une pivoine et baissa les yeux sur ses mains parsemées de taches de rousseur, mais Fantôme n'aurait su dire si son embarras venait de la nature sensuelle des propos d'Ivo ou du manque de talent manifeste d'Elayne.

Cette dernière travaillait dur et s'acquittait très convenablement de ses différentes tâches, mais elle ne possédait ni l'âme guerrière de Juliah ni la froide résolution de Liis. Son chant évoquait plutôt le hennissement d'un cheval et elle s'efforçait de ne chanter qu'en sourdine. Elle ne montrait pas de grande aptitude à la mémorisation, et aucune des prières et des incantations ne trouvait d'écho en elle. Elle lisait avec difficulté, n'avait aucune affinité avec l'alchimie et ne produisait que des dessins puérils.

Le seul domaine où elle excellait, c'était la gentillesse.

Elle faisait office de mère pour les filles, témoignant d'une patience infinie à leur égard, et les autres la considéraient comme leur cheffe du fait qu'elle était la plus âgée et la plus attentive à leurs besoins.

Mais Fantôme savait que la conscience de sa propre médiocrité la rongeait.

Quoi qu'il en soit, chacune souffrait de ses propres tourments, et Fantôme soupçonnait leurs peurs d'avoir des visages bien différents.

Une fois les leçons terminées et le temple rendu à l'obscurité, n'existaient plus que l'inquiétude de ce que l'avenir leur apporterait et le chagrin de ce qui était advenu. Et chaque nuit, Fantôme invoquait la rune du soleil de Dagmar, s'efforçant de repousser les ténèbres et de s'accrocher à la lumière, implorant les dieux de veiller sur elles toutes.

16

Une nuit, après que les filles furent couchées, Fantôme partit à la recherche de Dagmar. Elle avait passé tant de temps seule ces dernières années que la compagnie constante d'enfants s'avérait par moments épuisante. Elle rêvait d'un lieu où elle puisse exprimer ses idées et d'une personne qui l'écouterait sans volonté de l'interrompre en permanence.

Dagmar n'était pas penché sur ses chers manuscrits ni dans aucun de ses coins favoris. Elle gravit donc l'escalier jusqu'aux chambres qui surplombaient la cour du palais – ces chambres dont personne ne semblait vouloir – et trouva sa porte entrebâillée, déversant un peu de lumière dans le couloir. Il y avait une tache sur le seuil en bois clair.

Elle l'appela doucement par son prénom et attendit dans la coursive, ne voulant pas le déranger tout en priant pour qu'il souhaite l'être.

Elle l'entendit se lever de son tabouret au raclement des pieds sur le plancher sommaire. Puis il fut dans le couloir, lampe à huile à la main, le front barré de rides inquiètes.

— Y a-t-il un souci ? s'alarma-t-il.

Elle fit non de la tête, embarrassée. Il l'avait toujours bien accueillie jusqu'alors lorsqu'elle recherchait sa compagnie. Mais cette fois, il était tard et elle se trouvait dans ses quartiers privés.

— Je n'avais pas envie d'être allongée dans le noir à écouter les filles jacasser.

Dagmar éclata de rire et son visage se plissa d'une manière totalement différente.

— Vous avez besoin d'un espace à vous.

— Non, dit-elle en secouant la tête. Juste d'un interlocuteur… différent.

— Je comprends. Et si nous allions marcher un peu ?

Elle acquiesça avec gratitude et il rentra dans sa chambre pour déposer sa lampe. Les yeux de Fantôme furent à nouveau attirés par la tache qui s'étalait sur le seuil, à quelques centimètres de ses pieds.

— C'est une rune ? s'étonna-t-elle.

Dagmar sursauta.

— Euh… Oui… Comme personne ne monte ici d'habitude à part moi… J'aurais dû la recouvrir.

— Pourquoi avez-vous dessiné une rune devant votre porte ? demanda-t-elle, l'air perplexe.

Elle se pencha pour mieux l'étudier, un souvenir remontant à son esprit.

— C'est celle que vous m'avez tracée sur le bras. La rune qui repousse les rongeurs et les rampants ! s'exclama-t-elle.

— Vous vous en souvenez ? s'étonna-t-il avec une inflexion étrange dans la voix.

— Je n'aurais pas su la reproduire, mais je me la rappelle. Vous avez donc peur des souris, Dagmar ? déduisit-elle en riant.

Elle trouvait charmante l'idée qu'il puisse verser son sang pour se protéger de si petites créatures, lui qui paraissait toujours si sage et indépendant.

— Je n'ai pas peur des souris, répliqua-t-il, les joues en feu. Repousser les rongeurs et les infestations n'est pas la seule finalité de cette rune.

— Ah ? Que cherchez-vous à repousser alors ?

Ce fut peut-être au raidissement de son dos, à son regard soudain fuyant ou à la manière dont il agaçait les cicatrices de sa paume de l'ongle du pouce, que Fantôme sut avec certitude de quoi – ou plutôt de *qui* – il voulait se protéger.

— Vous ne voulez pas que j'entre dans votre chambre ? dit-elle, trop surprise pour se sentir blessée.

Dagmar se garda de répondre.

— Je ne suis jamais entrée dans votre chambre, gardien. Je n'ai jamais touché à vos affaires ni ne vous ai volé quoi que ce soit. Pour quelle raison avez-vous tracé cette rune ?

Il conserva le silence sans pouvoir la regarder dans les yeux.

— Est-ce que vous craignez que je vienne vous toucher durant votre sommeil et que je vous transforme en fantôme… comme moi ? Ou peut-être pensez-vous qu'il vous faut vous protéger de mes charmes féminins ?

Elle détestait les sanglots qui affleuraient dans sa voix et menaçaient de lui monter aux yeux, honteuse à l'idée de montrer sa faiblesse.

— Oui, avoua-t-il dans un chuchotement. C'est bien de cela que je me protège.

Elle fit volte-face afin qu'il ne vît pas la peine qu'il lui causait.

— Eh bien, bonne nuit, dit-elle.

Elle se sentait mal à l'aise et plus seule qu'elle ne l'avait été dans la bergerie. Plus seule encore que durant toutes ces journées passées avec des moutons pour unique compagnie.

— Fantôme ?

Elle perçut la tension dans sa voix, et elle savait qu'il n'avait pas voulu la blesser. Mais le mal était fait et elle lui souhaita de nouveau une bonne nuit, toujours dos à lui.

Il lui sembla l'entendre soupirer, mais déjà elle s'était mise en mouvement, la lune lui adressant des clins d'œil à travers la fenêtre au bout du long couloir. Aucune tête ne sortit pour assister à sa fuite, et pour cause, Dagmar était le seul gardien à loger dans cette aile. Les cellules qui jouxtaient sa chambre étaient vides et décrépites et Fantôme s'était longtemps demandé pourquoi il s'isolait ainsi, jusqu'à lui poser un jour la question. Il lui avait expliqué avoir emménagé dans cette aile quand Bayr n'était encore qu'un nourrisson et qu'il souhaitait épargner à ses frères ses pleurs nocturnes. Même si Bayr était parti depuis des années, Dagmar n'avait pas rejoint les autres.

Peut-être qu'elle n'était pas la seule contre laquelle il se protégeait. Elle était en revanche la seule à qui cela arrachait des larmes.

Elle descendit l'escalier en spirale jusqu'au couloir sombre qui débouchait sur la galerie en face du sanctuaire. Les torches y brûlaient toujours et faisaient danser les fresques des temps anciens sous leur lumière vacillante, donnant une impression de mouvement comme si les personnages peints vivaient derrière leur simulacre. Elle sentait la présence de Dagmar dans son dos, entouré d'un halo de regret et d'excuses silencieuses. Elle ne ralentit pas son allure, enfilant la galerie circulaire à foulées décidées jusqu'à ce qu'il la supplie de s'arrêter.

— Fantôme. Arrêtez-vous. S'il vous plaît.

Elle lui obéit, sans se retourner pour autant.

— Vous devez pourtant savoir ce que je ressens, murmura-t-il.

— Vous venez de vous montrer parfaitement clair.

Il émit un grognement presque inaudible.

— Apparemment, non.

— Je suis une pestiférée.

— Je n'ai vraiment pas été clair, grogna-t-il.

Lorsqu'il reprit la parole, ce fut d'une voix si basse qu'elle dut tendre l'oreille. Elle resta néanmoins le dos tourné.

— Maître Ivo m'a averti de ne pas tomber amoureux de vous. Mais prévenir d'un amour revient à l'éclairer de mille feux. À compter de ce jour-là, j'ai tâché de me protéger de vous.

— Mais quel besoin de vous avertir ? Suis-je si dangereuse que cela ? dit-elle en faisant volte-face, tentant de masquer sa honte par de l'indignation.

Les épaules de Dagmar s'affaissèrent, ainsi que son menton.

— Fantôme, soupira-t-il d'un ton las. Vous êtes une femme. Je suis un homme. S'il vous plaît, ne nous voilons pas la face.

— Non. Parlons-nous franchement. Qu'est-ce que vous entendez par là ?

Les yeux bleu ciel de Dagmar étaient rivés au-dessus

de sa tête, s'accrochant à l'obscurité, et Fantôme eut de plus en plus de mal à contenir sa frustration. Il s'était montré si gentil. Depuis le début, il avait été attentionné, fiable et droit et rassurant. Elle ne souhaitait en aucune manière le voir plier. Elle ne voulait pas non plus le faire fuir, mais ne supportait plus la distance qui les séparait.

— Dagmar, regardez-moi, je vous en conjure.

Le gardien serra les dents et ferma les paupières, refusant d'affronter la réalité en face.

— Vous me donnez l'envie d'être vue, plaida-t-elle.

Les yeux de Dagmar se rouvrirent d'un coup, cherchant fiévreusement les siens.

— Je vous ai *toujours* vue, Fantôme.

L'espace d'un instant, une chape de silence s'abattit sur eux, lourde de questions en suspens, et qui augurait d'un déluge proche.

— Oui. C'est vrai. Et je... je vous ai aimé pour cela. Personne ne m'a mise en garde.

— Je suis un gardien de Saylok. Je n'ai pas le droit de vous aimer en retour.

— Je ne vous le demande pas, bien que vous soyez fort naïf pour croire qu'on peut interdire l'amour.

— Mais on peut néanmoins s'en protéger, ajouta-t-il d'un ton triste.

— Les gardiens quittent leur foyer et leur famille. Ils ne prennent pas épouse. Ils n'ont pas d'enfants. Le prix exigé par le temple est décidément bien élevé, dit-elle.

— Oui. Et le prix exigé par l'amour l'est tout autant. Il est rare qu'on puisse s'acquitter des deux. On se raccroche à l'un pour mieux ignorer l'autre, ou bien on néglige l'un pour servir l'autre. Notre amour nous rend vulnérable et nous fait courir le risque d'utiliser les runes pour nos propres desseins. Et la première règle est de ne jamais devenir un esclave des runes plutôt que leur maître.

Pour la première fois, Fantôme entrevit la raison pour laquelle les gardiens de Saylok s'enfermaient dans leur temple, à mille lieues de la vie des clans. Aimer revenait à se mettre à la merci d'un autre. Aimer revenait à se laisser contrôler.

— Quand Bayr est né, j'étais persuadé qu'on me forcerait à quitter le temple. Mon amour pour lui m'a compromis. Ma loyauté et ma dévotion envers lui également. C'est toujours le cas aujourd'hui. Je sais que je pourrais abuser de mon pouvoir pour le sauver. Et pourtant… Ivo nous a permis à tous les deux de rester, dit Dagmar.

— Et il m'a permis à moi aussi de rester, enchérit Fantôme.

— C'est vrai, acquiesça Dagmar, manifestement frappé par cette idée comme s'il n'avait jamais fait le rapprochement. Et à présent, vous faites partie des nôtres.

— Une gardienne de Saylok, dit-elle.

Ce titre lui donna envie de rire. Elle avait été servante, puis bergère, et voilà qu'elle était gardienne. Une gardienne de secrets et d'un désir inassouvi.

— Resterez-vous toujours gardien, Dagmar ?

— Je n'ai jamais aspiré à autre chose.

— Pourquoi ? En tant qu'homme, vous pourriez aller n'importe où. Faire ce que vous voulez.

Dagmar partit d'un petit rire sans joie.

— Nous avons tous des attaches. Des entraves… J'ai choisi de me lier au temple plutôt que d'être lié à un clan.

— Nous avons tous des attaches, répéta Fantôme. Mais je ne suis pas comme les gardiens, Dagmar. Je ne crois pas en vos dieux et je ne suis pas ici parce que j'ai peur d'aimer. Je ne suis liée ni à un clan, ni au temple.

— Pourquoi êtes-vous ici dans ce cas ? demanda Dagmar d'une voix mal assurée.

Il avait manifestement peur de sa réponse, qu'elle lui dise être restée pour lui.

Elle était là car elle était liée à son enfant. Mais ce ne furent pas les mots qu'elle prononça. Elle préféra énoncer une autre vérité.

— Quand j'étais petite fille, à peine plus âgée qu'Alba, je me souviens d'avoir voulu me fondre dans les nuages – je croyais que ma place était parmi eux. Je m'imaginais pouvoir marcher dans le ciel et devenir légère comme de la brume, faire partie d'un tout plus grand que moi. Les nuages avaient tendance à s'amasser en haut des falaises près de la ferme où j'ai grandi. Un jour, j'ai couru aussi vite que j'ai pu et me suis jetée du bord de la falaise en espérant que toute cette blancheur m'absorberait. Après tout, je suis un fantôme, dit-elle en arborant un petit sourire triste. Je pensais que les nuages m'accepteraient peut-être comme je suis, que je me sentirais enfin à ma place.

Dagmar ne la quittait plus des yeux à présent.

— Vous vous êtes jetée du haut de la falaise ?

— Oui, et l'espace d'un instant, ça a été l'expérience la plus fabuleuse de ma vie. J'étais libre. Je ne tombais pas… en tout cas, ce n'était pas l'impression que j'avais. Il me semblait flotter. J'étais entourée de silence et de douceur, j'étais persuadée d'avoir réussi. Puis j'ai percuté l'eau.

Ils restèrent tous deux silencieux un moment.

— Elle était si froide. Si mordante, si âpre. J'ai battu des bras et des jambes pour remonter à la surface. C'était trop dur de se noyer… et malheureusement, je savais nager.

— Pourquoi… malheureusement ?

Elle ne jugea pas nécessaire de répondre. La réponse allait de soi.

— Et j'ai recommencé, reprit-elle à la place. Chaque fois que les nuages venaient moutonner au sommet de ces falaises, je me jetais à nouveau.

— Mais, pourquoi ?

— Parce que la beauté de la chute valait largement la douleur de l'atterrissage.

Les yeux de Dagmar se posèrent sur ses lèvres, faisant s'affoler le pouls de Fantôme.

— Et la chute n'a jamais été fatale, ajouta-t-elle.

— Elle aurait pu l'être… un jour, dit-il dans un souffle.

— On ne vit pas pour subir. On subit afin de pouvoir, un jour, vivre… J'ai beaucoup subi dans ma vie, mais je n'ai connu que de rares moments où j'ai vraiment vécu.

Après avoir pris une profonde inspiration, elle se jeta une nouvelle fois du sommet de la falaise, sachant que l'impact serait douloureux, mais sachant que le jeu en valait la chandelle.

— Je vous ai dit, il y a longtemps, que je ne voulais

pas coucher avec vous. Et vous m'aviez répondu que jamais vous ne me le demanderiez, lâcha-t-elle d'une seule traite.

— En effet, dit-il avant qu'elle ne s'empresse de poursuivre.

— Mais il se trouve que je veux désormais coucher avec vous. Je le veux au point que c'en est douloureux. C'est néanmoins une souffrance que je peux tolérer, une souffrance que je *saurai* tolérer… avec plaisir même, si je peux rester auprès de vous. Vous êtes mon ami le plus cher.

— S'il vous plaît, gémit-il. Ne dites pas de telles choses, s'il vous plaît. Vous allez rendre les choses impossibles entre nous.

— Elles sont dites, murmura-t-elle en fermant les yeux pour ne pas être témoin de son désarroi. Mais ce ne sont que des mots. Et il vous suffit de les ignorer.

Elle entendit un froissement de tissu et sentit la chaleur de sa proximité, puis les lèvres de Dagmar vinrent frôler ses paupières closes. Elle leva les mains à ses joues rêches, l'incrédulité lui coupant le souffle. Elle avait été courageuse tant qu'elle le croyait insensible à ses avances, tant qu'elle croyait sa résolution inflexible. Mais à présent, elle avait peur : elle n'était plus la seule à réellement vivre dans l'instant.

La fragrance masculine de Dagmar lui emplit les narines. Elle savait qu'ils ne parleraient plus d'amour. Plus jamais il ne serait proche comme à cet instant, son souffle court lui caressant le front, son pouls battant sous la pulpe de ses doigts. C'est alors que la bouche de Dagmar effleura la sienne en un baiser aussi doux qu'une goutte de pluie, et elle serra son visage plus fort encore. Le temps d'un battement de cœur, ils restèrent debout sans bouger, leur bouche l'une contre l'autre, puis Dagmar se mit à réciter la prière des suppliants.

— « Je suis aveugle, et ma langue est traîtresse », chuchota-t-il, ses paroles chatouillant les lèvres de Fantôme.

— « Ma chair est ennemie, et mon cœur scélérat », enchaîna-t-elle, surprenant Dagmar, qui ne s'y attendait pas.

— « Mes yeux je noircirai, mes lèvres je clorai. »

Il chuchotait les mots si bas qu'elle sentait davantage leur vibration contre ses lèvres qu'elle ne les entendait.

— « Et laisserai les runes m'entraîner dans les voies qui me sont destinées », murmura-t-elle, tout aussi inaudible.

— « Aucun homme ne suit. Aucun homme ne dirige. Aucun homme ne peut me sauver, ni me libérer. »

Ils avaient prononcé les dernières paroles à l'unisson, leurs lèvres scellées par la prière, qui donnaient et recevaient, rompant le baiser sur le point final. Elle trouva alors la force de reculer d'un pas, puis d'un autre, jusqu'à ce que les ombres s'interposent entre eux, lui permettant de se détourner.

— Bonne nuit, gardien. À partir de maintenant, je m'efforcerai également de me protéger de vous.

Il ne protesta pas cette fois et la laissa partir.

— Bonne nuit, mon fantôme, répondit-il à regret.

Elle savait qu'il aurait souhaité pouvoir mieux s'expliquer, mais il n'en avait pas besoin. Elle comprenait.

Il avait déjà le cœur divisé et il craignait que son amour ne soit utilisé contre lui, contre les secrets dont il était le dépositaire.

Elle-même avait ses propres secrets. Des secrets qu'elle se devait de garder. Mais il la voyait de la même manière qu'elle le voyait, et pour cela, elle se réjouissait.

*

Le Tournoi du Roi se déroulait chaque année entre la fin des moissons et l'arrivée des frimas. Les chefs de clans et leurs guerriers se réunissaient alors sur la Colline du Temple pour s'y affronter au cours de nombreuses épreuves destinées à mesurer leur force et leur habileté, et ainsi déterminer le clan le plus redoutable. Les vainqueurs du tournoi entraient alors dans la légende – une légende généralement lancée par les vainqueurs eux-mêmes – et, une semaine durant, la Colline du Temple se transformait en fourmilière à ciel ouvert. De grandes bandes de tissus chamarrés claquaient au vent – vertes, or, rouges, orange, bleues et brunes, sans oublier la pourpre des gardiens qui était aussi celui de Saylok.

Les drapeaux hissés le long des murs du temple, dont les portes étaient ouvertes pour l'occasion, accueillaient les citoyens qui effectuaient le pèlerinage annuel. Les gardiens se rendaient alors disponibles pour dispenser des bénédictions, des conseils, des prières ainsi que le pardon. Pendant le festival, plusieurs centaines de citoyens visitaient les gardiens, pour recevoir l'absolution de leurs péchés ou de leurs sentences. À Saylok, le roi faisait les lois et les chefs les exécutaient, mais les gardiens, eux, pouvaient faire preuve de miséricorde.

La justice au sein des clans était le plus souvent sévère et expéditive, si bien que très peu d'accusés et de condamnés parvenaient à gagner la Colline du Temple pour y demander asile ou mendier une audience auprès des gardiens. Le pardon que ceux-ci pouvaient dispenser était d'ailleurs plus souvent de nature spirituelle que judiciaire, mais à l'occasion du Tournoi du Roi, il était coutumier qu'un criminel notoire au moins se voie accorder l'amnistie.

Le roi avait décrété que les filles des clans, hébergées au temple depuis plus d'un an, apparaîtraient à ses côtés au même titre que la princesse Alba. De leur côté, les gardiens avaient décidé qu'elles revêtiraient la pourpre du temple, mais chacune tiendrait un fanion aux couleurs de son clan pour inspirer le peuple et lui rappeler qu'ils restaient unis, même en temps de guerre. Le roi avait même accepté qu'Alba arbore le drapeau d'or d'Adyar, le clan de sa mère, afin que chaque clan se voie représenté.

Bayr attendait avec impatience le début du tournoi. Lors des précédentes éditions, il avait assisté aux épreuves en lisière de la foule, ou perché en haut des remparts, rêvant de se mesurer aux autres participants.

Mais cette année, il avait quatorze ans – l'âge où l'on devient homme à Saylok – et il serait donc autorisé à concourir. Alba et les filles des clans étant en sécurité auprès du roi et de sa garde, il avait décidé de participer à toutes les épreuves. À défaut d'appartenir à un clan, Bayr avait un mécène – en l'occurrence, les gardiens de Saylok – qui couvrait ses frais d'inscription, et il avait déjà promis de reverser l'ensemble de ses gains au temple et aux Filles de Freya. Maître Ivo avait assuré à Bayr qu'il serait victorieux et que les frères assisteraient au tournoi en posture pieuse tandis qu'il « écraserait tous ses adversaires ». Dagmar avait enjoint à Bayr de ne pas se vanter ni de trop étaler ses talents, avant de lui donner lui aussi sa bénédiction.

La tenue du Tournoi du Roi avait plus ou moins été remise en question, Dirth de Dolphys ayant trouvé la mort lors d'une attaque sur la côte orientale de Saylok – ce qui avait occasionné un deuil à l'échelle nationale. Dirth avait dirigé son clan pendant trois décennies, préparé à cette charge par son père et doté par les dieux d'un charisme formidable. C'était un leader aimé et respecté, et Dagmar avait accueilli avec tristesse la nouvelle de sa mort. C'était Dirth qui lui avait donné l'autorisation de devenir suppliant au temple alors même que Dred, le propre père de Dagmar, le lui avait interdit. Cette décision avait conduit à une rupture de plusieurs années entre les deux guerriers.

— Je ne sais pas si mon père le lui a pardonné. Je sais qu'il ne me l'a pas pardonné à moi, dit Dagmar.

— Qui s-sera ch-chef m-maintenant ? D-Dirth a-t-il un f-f-fils ? demanda Bayr.

— Il en avait deux. Et il leur a survécu à tous les deux. Être guerrier à Saylok – et encore plus à Dolphys – revient à tenter les Nornes. Ce sont nos plus féroces combattants. Il est d'ailleurs courant là-bas de dire que les Nornes font collection de nos tresses.

Joignant le geste à la parole, Dagmar porta une main à la tresse noire de Bayr, le regard pensif.

— Mon oncle, le tança Bayr.

Dagmar retira sa main, se reconcentrant sur son neveu.

— Bayr ?

— Q-quel chef pour D-Dolphys ?

— Je ne sais pas qui le clan de Dolphys choisira, mais certains disent que la sélection aura lieu après le tournoi, pour profiter du fait que les clans soient réunis et que maître Ivo puisse bénir l'élu. Les guerriers de Dolphys ont sollicité son conseil ainsi que la recommandation du roi. Il existe un certain nombre de guerriers à Dolphys qui pourraient faire l'affaire, mais Dirth ne sera pas facile à remplacer.

*

Bien que de nature belliqueuse, les clans n'avaient pas intérêt à faire couler le sang lors du tournoi. Pour éviter que leurs membres ne s'entretuent, les épreuves mettaient davantage l'accent sur l'adresse que sur la force brute. Certains concours étaient si populaires que chaque chef de clan se retrouvait forcé de choisir parmi leurs guerriers qui aligner contre les clans rivaux. Cette sélection préalable était en elle-même tout un art : les chefs ne voulaient pas risquer de voir leur meilleur guerrier sorti dès les tours préliminaires, ni qu'ils se fatiguent inutilement. D'autres épreuves, en revanche, étaient plus rapides : le premier tour de la course à pied par exemple se déroulait à l'intérieur de chaque clan, afin que seuls les meilleurs participent à la finale. Les sans-clan avaient également une course de présélection, les cinq premiers accédant au tour suivant.

Bayr remporta sa première course avec plusieurs secondes d'avance, la deuxième avec encore plus de marge, et il gagna ensuite la finale interclans en devançant ses adversaires d'une bonne longueur. Il domina les épreuves de force, soulevant des charges plus lourdes que ses rivaux deux fois plus âgés et qui faisaient deux fois son poids. Il n'était pas encore aussi grand que certains guerriers, ni aussi large d'épaules, mais se dégageait de lui une puissance impressionnante et sa vitesse ne laissait pas de surprendre. Son manque d'expérience lui valut toutefois une défaite lors de l'épreuve de tir à l'arc, où il perdit contre un archer d'Ebba – qui vint le féliciter à la fin en lui disant que la force de son bras aurait fini par avoir raison des autres compétiteurs.

— La précision est capitale, Garçon du temple, mais un archer dépourvu d'endurance ne sera guère utile à son clan. Il faiblira rapidement du haut des remparts, contrairement à toi.

Bayr lançait la hache avec une telle force, même à trente pas, que le manche vibrait telle une corde de luth. Les foules contemplaient ses prouesses bouche bée tandis que les guerriers qui se considéraient la fine fleur de Saylok lui témoignaient – à contrecœur – un respect croissant. Lors du tournoi de lutte, il expulsa un à un du cercle les vainqueurs des précédentes éditions avec une joie enfantine et l'adresse d'un compétiteur chevronné. Il ne s'embarrassait pas d'étudier les techniques ni de se préparer mentalement aux combats : il se contentait d'entrer dans le cercle et de mettre dans ses prises toute la ferveur qui l'habitait.

Il reçut moult accolades et louanges, et souriait en retour, hochant la tête et serrant les mains tendues, mais il évitait toute conversation au point que beaucoup le pensaient aussi bête qu'il était fort. Certains allaient même jusqu'à suggérer qu'il était sourd et s'oublièrent en sa présence, imaginant qu'il ne pourrait pas répéter leurs plaintes. Bayr leur laissait croire ce qu'ils voulaient, s'esquivant dès la fin des épreuves pour aller veiller sur la fille du roi et ajouter ses gains aux offrandes faites au temple.

À la fin de la première semaine, auréolé d'une nouvelle victoire, Bayr fut approché par un guerrier qu'il n'avait jamais croisé auparavant. L'homme n'avait pas pris part aux épreuves ni siégé à la tribune royale en compagnie des chefs de clan, mais à en juger par la qualité de sa tunique bleue, c'était manifestement un personnage important à Dolphys. Une poignée de guerriers se tenaient quelques pas derrière lui comme s'ils constituaient sa garde rapprochée.

Grand et costaud comme un homme dans la fleur de l'âge, il avait néanmoins une mèche argentée qui venait strier sa tresse noire, attestant d'une à deux décennies supplémentaires. Des cicatrices – certaines boursouflées, d'autres lisses, et de tailles variées – sillonnaient ses bras et son visage tout en angles. Il avait l'air d'avoir passé sa vie entière à guerroyer.

— Qui es-tu ? demanda l'homme, ses sourcils épais et noirs froncés par-dessus des yeux bleu glacier.

— Bayr… de… Saylok.

Bayr avait respiré entre chaque mot ainsi que le lui avait enseigné Alba, se représentant le mot dans sa tête avant de le prononcer. Il ne voulait pas bégayer devant ce guerrier, qui ressemblait à une version plus âgée et plus sauvage de Dagmar. Bayr se sentait mystérieusement attiré par sa présence.

— Le Garçon du temple ? s'enquit l'homme, le regard acéré.

Bayr hocha la tête, sans faire remarquer qu'il n'était plus un garçon.

— Qui était ta mère ? De quel clan venait-elle ? insista l'homme en avançant d'un pas.

Bayr l'étudia un temps, il n'était pas sûr que révéler une telle information à un inconnu soit une bonne idée. Personne ne lui avait jamais posé de question sur sa mère. Habituellement, lorsqu'il se présentait comme Bayr de Saylok – le Garçon du temple –, tout le monde considérait qu'il n'avait pas de clan et qu'il était tout simplement né dans le Village du Roi.

— Serais-tu lent d'esprit ? s'impatienta son interlocuteur.

Avec une vitesse foudroyante, la main de Bayr saisit la dague du guerrier située à sa ceinture, alors même qu'il lui fauchait les jambes d'une balayette. L'homme chuta lourdement sur sa hanche, mais se releva aussitôt, portant la main à son fourreau vide. Il écarquilla les yeux en découvrant que Bayr l'avait également délesté de son arme – que ce dernier rengaina tout aussi promptement.

— Juste lent pour parler, rétorqua Bayr sans trébucher une seule fois.

L'homme rejeta la tête en arrière et partit d'un grand éclat de rire qui secoua sa tresse noire et argent.

— Je suis Dred de Dolphys, Bayr de Saylok, et tu me rappelles un peu mon fils.

— Qui… est… votre… fils ?

— Dagmar de Dolphys. C'est un gardien de Saylok, annonça le guerrier avec une étonnante pointe de fierté paternelle dans la voix.

Bayr n'y prêta pas attention sur le coup – même s'il s'en souviendrait plus tard –, bouleversé qu'il était par cette révélation.

— Ma mère… était Desdémone de D-Dolphys, murmura Bayr, si bas qu'il eut lui-même du mal à s'entendre.

Dred de Dolphys se figea à cette annonce, ses traits comme pétrifiés, et durant de longues secondes, il se contenta de dévisager Bayr sans exprimer la moindre émotion.

Bayr avança d'un pas, puis hasarda un second. Il était plus grand que Dred de Dolphys – il était plus grand que la majorité des hommes –, mais pas de beaucoup. Il se pencha, soutenant du regard celui de l'homme, et appuya son front contre le sien le temps de deux inspirations avant de reculer.

— Grand-père, dit-il dans un souffle.

Les yeux de l'homme s'écarquillèrent perceptiblement, et ses lèvres se mirent à trembler. Bayr crut l'espace d'une seconde qu'il allait se mettre à pleurer. Mais la mâchoire de Dred de Dolphys se durcit à nouveau et l'émotion disparut de ses traits comme si elle n'y avait jamais été.

Dred avança d'un pas à son tour et saisit le visage du garçon. Front contre front, ils se regardèrent dans les yeux – des yeux de même forme et de même couleur.

— Bayr de Dolphys, gronda Dred. Petit-fils de Dred. Fils de Desdémone.

— Neveu de D-Dagmar, murmura Bayr, bien décidé à ce que son oncle ne soit pas laissé pour compte.

Il sentit alors son grand-père tressaillir et sa main se raidir dans sa nuque.

— Il ne m'a pas parlé de toi, siffla Dred entre ses dents.

— Non, reconnut Bayr.

— Pour ça, il mériterait que je le tue.

— Il vous f-faudrait d'abord me t-tuer.

Dred desserra son étreinte et recula en décochant un sourire aux dents effilées.

— Je préférerais apprendre à te connaître plutôt que te tuer.

Bayr sourit à son tour et lui tendit la main, indiquant qu'il était bien d'accord.

Dred partit d'un nouveau rire, qui se mua bientôt en cri de ralliement.

Les hommes qui l'accompagnaient rejetèrent la tête en arrière pour hurler leur jubilation et leurs cris s'élevèrent sur toute la Colline du Temple, célébrant l'arrivée d'un ours au sein du clan du Loup.

17

— Est-elle vraiment partie ? demanda Dred de Dolphys à voix basse.

Celui-ci l'avait entraîné à sa suite pour festoyer dans la tente de leur clan, et Bayr, avide non seulement de viande et de pain, mais aussi de mieux connaître son grand-père, s'était laissé faire.

Il reposa sa timbale, pas certain d'avoir compris la question.

— C-comment ?

— Desdémone. Dagmar m'a dit qu'elle était morte. Il m'a mené à sa tombe. M'a-t-il également trompé à ce sujet ?

— Elle est m-morte, répondit doucement Bayr. Je ne l'ai j-jamais c-connue.

— Et ton père, est-il au courant ?

Bayr fronça les sourcils.

— Je ne s-sais pas… qui est… mon p-père.

— Dagmar ne te l'a pas dit ?

— Il n-ne sait pas non p-plus.

Les yeux de Dred s'étrécirent et différentes émotions se succédèrent sur son visage.

— Il ne sait pas ? répéta-t-il, sa main glissant malgré lui vers son épée.

— Dagmar est mon père, insista Bayr, inflexible. P-peu im-importe… qui est… mon g-géniteur.

Dred acquiesça lentement, l'œil luisant et les lèvres pincées. Mais il ne répliqua rien. Bayr fut soulagé. Il n'avait aucune envie de parler plus que nécessaire. Sa mâchoire commençait à le lancer suite aux efforts qu'il avait déjà déployés pour contrôler son bégaiement.

— Es-tu aussi fort que le dit la rumeur ? demanda Dred en changeant de sujet, élevant la voix pour inclure ses compagnons dans la conversation.

Bayr haussa les épaules. Il ne savait pas ce que disaient les gens, et s'en fichait suffisamment pour ne pas demander.

— Tu es vif. Et costaud. Je t'ai vu concourir lors des épreuves. Mais ces histoires qui courent sur toi… sont-elles toutes vraies ? insista Dred.

Nouveau haussement d'épaules.

— Tu dois bien avoir une faiblesse.

Bayr songea aussitôt à Alba, à ses cheveux blonds et à son sourire franc. C'était elle sa faiblesse, si tant est qu'il en avait une, mais il n'était pas certain que ce soit à cela que Dred de Dolphys faisait référence.

Bayr porta la main à ses lèvres.

— Tu as la langue tordue.

Bayr hocha la tête.

— Il te faut une jeune femme pour la redresser… et pour te montrer comment l'utiliser.

La suggestion de Dred tira de grands rires gras parmi l'assistance. Bayr se doutait que son grand-père ne parlait pas du tout d'élocution, et il rougit, regrettant d'avoir été si prompt à révéler son défaut.

— Nous avons ramené vingt catins du harem du roi Kembah à Bomboska. Elles ne devraient pas lui manquer, il en a dix fois autant dans son palais. On lui a laissé son or et ses bijoux ; on a juste pris quelques femmes. Il devrait même nous être reconnaissant, on aurait pu lui trancher la tête.

Comme s'il les avait convoquées par la pensée, cinq femmes firent alors leur apparition sous la tente de son grand-père, bras nus et cheveux détachés, arborant quelques bandes d'étoffes chatoyantes pour tout vêtement.

Bayr observa leur entrée, bouche bée. Des femmes de tous les clans venaient pour les festivités, mais jamais il n'en avait vu de telles. L'une d'elles s'approcha de Dred, mais s'arrêta près de Bayr pour faire courir un doigt sur sa tresse, l'expression avenante et le regard chaleureux.

— Elle te montrera comment te servir de ta bouche, dit Dred, l'œil pétillant.

— Tu ne chercheras plus tes mots une fois qu'elle en aura fini avec toi, Garçon du temple, déclara un guerrier au crâne luisant et sans tresse en adressant à Bayr un clin d'œil qui se voulait rassurant.

— Et pour cause, il ne sera plus en mesure de parler ! éructa un autre.

— Il y a beaucoup de choses que mon fils ne t'a pas enseignées, des choses qu'on ne peut pas apprendre au temple. Combien de femmes as-tu connues ? l'interrogea Dred.

Bayr secoua la tête. Il n'avait connu aucune femme.

Du moins, pas de la manière dont son grand-père l'entendait. Ses interactions avec le sexe opposé s'étaient limitées aux filles du temple, à Alba, Fantôme et à la poignée de villageoises qui travaillaient au palais. Jamais il n'avait croisé de femmes comme celles qu'il avait sous les yeux.

La femme tira sur sa tresse et Bayr sentit le sang affluer vers son bas-ventre. Elle relâcha ses cheveux et recula d'un pas, attendant manifestement qu'il réagisse. Voyant qu'il la regardait sans comprendre, elle s'éloigna en dansant, l'invitant d'une main à la suivre.

— Elle veut que tu ailles avec elle, fils, murmura Dred. Tu vois comment elle te fait signe ?

Bayr se leva, hypnotisé par les doigts courbés qui l'appelaient, par ses hanches voluptueuses qui ondulaient au diapason de ses bras fins.

— Prends tout de même garde à ton couteau. Elle sait aussi s'en servir, l'avertit son grand-père tandis qu'il la rejoignait.

Mais les pensées de Bayr étaient déjà à mille lieues des hommes de Dolphys, des effluves de cochon grillé et d'hydromel tiède : elles étaient focalisées sur cette femme qui allait lui apprendre à utiliser sa langue.

Vingt minutes plus tard, il en savait bien davantage qu'au début de la soirée, mais il n'était pas prêt à absorber toutes les leçons que la fille de joie semblait vouloir lui enseigner.

— Non, haleta-t-il.

L'urgence de ses mains et de sa bouche le faisait trembler et il la repoussa doucement.

— Pourquoi ? s'étonna-t-elle.

Il ne lui expliquerait pas. Cela lui prendrait plus de temps et d'énergie qu'il n'en avait, et si jamais elle se lassait d'attendre qu'il trébuche mot après mot, elle pourrait bien user de son corps doux et de ses mains insistantes pour le forcer à rester.

— En-enfants, dit-il, espérant qu'elle déduirait le reste.

— Tu ne veux pas mettre un bébé dans mon ventre ?

Il fit non de la tête.

— N'est-ce pas… ce que vous désirez tous ?

Il secoua la tête derechef en se rhabillant à la hâte, détournant les yeux du velouté de sa peau et de son corps offert à lui. Les guerriers de Saylok copulaient comme des taureaux en rut, disséminant leur semence à travers les clans, convaincus que c'était là leur seul espoir. Bayr, lui, n'avait aucune envie d'engendrer un fils qu'il pourrait ne jamais connaître, avec une femme qui n'était pas la sienne, comme son père l'avait fait pour lui.

Dagmar avait suggéré que la semence de Bayr constituait peut-être le salut de Saylok prophétisé par sa mère, mais un seul homme ne pouvait pas sauver une civilisation, et il n'avait ni l'arrogance ni même le désir de tester la théorie de son oncle. Leur ancêtre, Saylok, avait couché avec une femme de chaque village et ses enfants s'étaient transformés en bêtes. Bayr ne souhaitait en aucun cas marcher dans ses traces.

Il s'empressa de regagner la tente et demanda une chope d'hydromel en bégayant. Son grand-père leva les yeux sur le garçon assoiffé.

— Tu as toujours la langue tordue, fit-il remarquer.

Bayr acquiesça en s'essuyant la bouche.

— J-je s-suppose que… j'ai encore… b-besoin d'instruction, ânonna-t-il.

Dred éclata de rire, lui évoquant l'un des loups affamés qui hantaient les flancs de la colline. Ses compagnons d'armes se joignirent à son hilarité, sans même savoir pourquoi ils riaient.

*

La mêlée était par tradition l'épreuve finale du tournoi, et chaque chef devait sélectionner dix hommes parmi ses rangs pour entrer en lice – seuls ceux qui appartenaient à un clan avaient le droit de participer. Soixante guerriers s'affrontaient donc en même temps et la victoire revenait au dernier clan ayant un – ou plusieurs – combattant encore debout. Les armes étaient interdites et il n'y avait qu'une seule règle : envoyer tous ses adversaires au tapis. Dès qu'un homme touchait le sol, il devait quitter l'arène.

Chaque clan avait ses propres techniques, et ce sport était pratiqué toute l'année à travers les provinces afin que chaque clan les perfectionne. Ceux qui étaient considérés comme les principales menaces étaient généralement pris pour cible en premier par de petits groupes de guerriers adverses, mais il arrivait que cette manœuvre s'avère contre-productive : si un homme tombait en en mettant un autre au sol, il était lui aussi éliminé. Tous les clans avaient connu la victoire dans cette épreuve, mais tout le monde se souvenait encore d'une édition où Banruud – pas encore roi à l'époque – et ses neuf coéquipiers avaient écrasé la concurrence, restant tous les dix debout au terme de la mêlée. Une telle prouesse était alors inédite et ne s'était jamais reproduite depuis.

Le roi ne prenait jamais part à la mêlée. C'était trop dangereux, mais aussi trop intimidant pour les autres équipes. En effet, personne n'oserait s'attaquer au monarque, de peur que l'éliminer de l'épreuve ne cause du tort à son clan par la suite. En tant que roi, Banruud était censé demeurer impartial, mais il était de Berne et sa préférence était connue de tous.

Il siégeait en tribune, attendant le début de la joute. La reine Esa, Alba et les filles des clans étaient assises à sa gauche, les gardiens derrière elles, et les clans déployés tout autour en guise de périmètre de sécurité. Bayr mit un genou à terre face aux filles, une main sur le pommeau de son épée, déterminé à ne pas se laisser distraire de sa tâche de protecteur. N'appartenant à aucun clan, il ne participait pas à la mêlée.

— Nous ne sommes que neuf, Majesté, déclara Dred de Dolphys d'une voix forte en approchant de la tribune royale. Il nous manque un homme.

La foule grogna sa désapprobation, impatiente que l'épreuve tant attendue débute. Le roi leva les bras pour faire taire le brouhaha.

— Eh bien, choisis-en un autre, Dred. Je ne doute pas qu'un autre guerrier du clan du Loup veuille te rejoindre pour la mêlée.

— Je le choisis, lui, le Garçon du temple, annonça Dred en pointant Bayr du doigt.

La foule se répandit en vivats et en railleries, et le roi éclata de rire.

— Il n'est pas de Dolphys. Il n'a pas de clan. Il ne peut pas se battre à vos côtés, choisis-en un autre, répliqua Banruud.

Le cœur de Bayr se mit à battre la chamade.

— C'est lui que je choisis, persista Dred, bien campé sur ses jambes. Nous n'avons pas encore sélectionné notre nouveau chef. Étant l'aîné des guerriers de notre clan, je parle donc en son nom.

Le calme descendit sur l'assistance, ponctué d'interrogations confuses. Dred de Dolphys était un participant chevronné, au fait des règles strictes de la mêlée.

— Il est de Dolphys, poursuivit Dred.

— Que me chantes-tu là, vieil homme ? grogna le roi.

Il avait le regard dur et ses mains noueuses s'étaient crispées sur ses genoux.

— Il est le fils de ma fille Desdémone, porteuse de bouclier du clan du Loup.

Il existait jadis une épreuve réservée aux femmes porteuses de bouclier, mais le roi y avait mis un terme. La pénurie de femmes à Saylok avait rendu les clans prudents et ils ne voulaient plus que leurs femmes deviennent des guerrières. Ils n'étaient plus prêts à courir le risque.

Le roi se figea sur son trône et la foule retint son souffle. Personne ne savait pourquoi le roi s'était pétrifié ainsi, mais personne n'osait rompre le silence.

— Il a quatorze ans, Dred de Dolphys. Pourquoi ne pas l'avoir revendiqué plus tôt comme l'un des vôtres ? Ceci est hautement suspect, réagit Aidan, le seul homme qui ne se laissait pas intimider par le roi – il avait toutefois modéré son ton, car même lui avait dû voir combien Banruud semblait troublé par cette nouvelle.

— J'ignorais jusque-là son existence, répondit Dred. Sa mère – ma fille – est morte. Elle est morte il y a quatorze ans en lui donnant naissance, Adyar.

— Il n'est personne d'autre que le Garçon du temple, décréta Banruud, la mâchoire serrée.

Il était devenu tout pâle.

— Je n'en doute pas, Votre Majesté, mais il est aussi de Dolphys. Et je le revendique. Nous, le clan du Loup, le revendiquons. J'en ai le droit, en tant que chef du clan par intérim, à moins que… à moins qu'un autre clan – ou le roi lui-même – l'ait revendiqué au préalable.

Dred avait adopté un ton raisonnable, et un murmure d'approbation s'éleva de l'assistance. Telle était la loi des clans. Un homme – ou une femme – pouvait être revendiqué comme l'un des leurs par un clan, même en l'absence de lien familial. L'adoption par un clan était pratique courante, surtout en cet âge de raids et de conquêtes. Mais une telle adoption pouvait également être refusée.

— Est-ce la vérité, garçon ? demanda le roi en se ressaisissant. Es-tu de Dolphys ? Si tu acceptes cette revendication, il te faudra aller vivre au sein de ton clan.

La foule fut parcourue de remous. Nul homme – ni même garçon – n'était tenu de vivre parmi son clan, mais personne n'était assez fou pour contredire le souverain.

— Votre Majesté, c'est un stratagème, intervint

Lothgar. Dred sait pertinemment qu'il n'a aucune chance de remporter la mêlée avec sa meute de loups vieillissants. Il pense que le Garçon du temple est un des loups d'Odin. Il l'abandonnera une fois la bataille terminée. Qu'il fiche la paix à ce garçon.

Les guerriers déjà réunis trépignaient de se lancer dans l'épreuve et ils manifestèrent leur approbation avec force grognements.

— Alors, garçon ? Souhaites-tu vivre à Dolphys ? s'enquit le roi d'une voix pleine de venin.

— Je suis un s-servi-serviteur du t-t-t…

Bayr fit la grimace et prit une grande inspiration avant de prononcer :

— … t-temple.

Les combattants présents dans l'arène s'esclaffèrent et Dred se rembrunit en constatant que le roi se gaussait lui aussi.

— Retires-tu ta requête, Dred de Dolphys ? demanda le roi.

— Je ne peux pas retirer mon sang de ses veines ni le sien des miennes, Sire. Je m'abstiendrai toutefois de le soustraire à son foyer… ainsi qu'à ses obligations. Nous jouerons donc à neuf. Et nous l'emporterons.

Les guerriers assemblés derrière Dred réagirent bruyamment – qu'ils soient membres de son propre clan ou ses adversaires –, impatients de commencer la joute, et Dred de Dolphys fit volte-face, mettant fin à l'incident. Bayr, lui aussi, aurait souhaité pouvoir tourner le dos et fuir dans le soleil couchant, dévaler la colline et se réfugier parmi les arbres en attendant que les guerriers de Dolphys repartent chez eux. Pour échapper aux confins de sa confusion. Il n'était pas gardien. Il n'était pas guerrier. Il n'était qu'un chien de garde. Le Garçon du temple. Il haïssait le roi et rêvait du jour où il n'aurait plus à poser le regard sur lui.

Mais il aimait Dagmar. Il aimait Ivo. Il aimait la pâle Fantôme et les filles du temple. Et il aimait Alba. La petite Alba. Il ne la quitterait jamais. Même pour devenir membre d'un clan. Même pour son grand-père. Son grand-père… Cette pensée lui donnait envie de hurler à pleine gorge comme le loup duquel il descendait. Son grand-père avait proposé que son clan l'adopte et il avait essuyé une humiliation devant l'ensemble de la mêlée lorsque Bayr avait rejeté sa proposition.

L'épreuve démarra alors, mais Bayr n'y prêta pas attention. Il gardait les yeux rivés en face de lui, et lorsqu'il vit Alba commencer à piquer du nez sur son tabouret, il s'avança et la prit dans ses bras avec mille précautions. Dame Esa se leva également et le suivit jusqu'au palais pour la coucher, et Bayr ne sut jamais qui l'avait emporté. Tout ce qu'il savait, c'est que lui avait perdu.

*

Une douleur intense au niveau du cœur réveilla Bayr en sursaut. Le roi n'aurait pas dû pouvoir le surprendre, et pourtant il était là, dans sa chambre. Peut-être était-ce parce que Banruud n'était pas un intrus, ni une menace pour la princesse. Il en constituait une pour Bayr en revanche, mais le garçon ne s'était jusqu'alors jamais figuré qu'il pourrait être en danger.

Le blanc des yeux du roi réfléchissait la lumière, alors que tout était plongé dans l'obscurité, comme s'il était du clan du Loup et non de celui de l'Ours. Ou peut-être était-ce la peur de Bayr qui le faisait se focaliser sur ses yeux plutôt que sur les poings qui lui comprimaient la poitrine. C'était dans ces yeux qu'il lirait s'il survivrait ou non à cette nuit.

Ça lui était déjà arrivé une fois, ce réveil douloureux, empli de terreur. Un an auparavant, lors de la nuit de la cérémonie du temple, lorsqu'il avait prêté serment de veiller sur les filles des clans. Cette nuit-là, le roi avait eu le vin mauvais, mais la correction qu'il lui avait infligée avait été de courte durée. Bayr n'avait toujours pas compris ce qu'il avait fait de mal.

Il n'avait pas pu dissimuler ses blessures à Alba et les avait justifiées en lui disant qu'il s'était battu contre un dragon.

— Quel genre de dragon ?

Bayr avait tapoté sa tempe du bout de l'index, et elle avait immédiatement commencé à inventer une histoire, comme il l'avait anticipé.

— Est-ce que c'était le dragon qui vit dans les falaises de Shinway ?

Il opina du chef.

— Celui dont les ailes portent les couleurs de tous les clans ?

Nouveau hochement de tête.

— Était-il venu m'enlever ?

Il acquiesça à nouveau.

— Mais tu l'en as *empêché* ?

Elle ne semblait pas particulièrement ravie de ce dernier point.

— J'aimerais voler avec un dragon, Bayr. Tu crois que tu pourras le laisser m'enlever la prochaine fois ? Peut-être qu'on lui demandera de nous emmener tous les deux ?

Il se força à sourire.

— C-ce n'est p-pas un g-gentil dragon.

— Pas comme le dragon qui vit sous le temple ?

C'était une autre des histoires d'Alba, qu'elle avait inventée lorsque maître Ivo avait promis que le Foyer des Rois demeurerait allumé en permanence. Elle était persuadée que la flamme qui ne s'éteignait jamais était due à un dragon et elle trouvait sa présence sous le temple rassurante. Alba avait tendance à trouver du réconfort dans des choses bizarres.

— N-non, p-pas du tout. Et j-je ne sais p-pas p-parler aux d-d-dragons.

— C'est vrai. Mais je pense que moi je pourrais lui parler. Les souris, les oiseaux, les cochons et les chevaux m'écoutent. Je suis sûre que le dragon arc-en-ciel m'écouterait aussi, alors réveille-moi la prochaine fois qu'il passe, s'il te plaît.

Elle passait son temps à lui donner des ordres. Une vraie petite matrone. Et si futée.

Bayr l'avait laissée bavarder, hochant la tête tandis qu'elle l'imaginait dansant dans la pièce et sautant de-ci de-là pour asséner des coups d'épée au dragon, tout en encaissant des coups de sa puissante queue au passage.

— Merci de ne pas l'avoir laissé me prendre, Bayr, conclut-elle. En fait, je n'ai vraiment pas envie de vivre avec un dragon.

Bayr s'était contenté de déposer un baiser sur sa

douce chevelure et de lui souhaiter bonne nuit. Il avait chanté une prière en boucle dans sa tête jusqu'à ce que l'aube darde ses premières lueurs. Alba vivait déjà sous le toit d'un dragon, un dragon que Bayr ne pouvait vaincre.

Mais le roi n'était pas ivre cette nuit. Bayr se leva, non pour se battre, mais pour se soumettre avec dignité. Il n'aurait pas pu brandir les poings face à son roi.

Banruud ne se servit d'aucun instrument pour le frapper, juste de ses poings, comme si la chair battant la chair – tout comme faire souffrir quelqu'un qui n'opposait aucune résistance – lui conférait une plus grande satisfaction.

— Le devoir exige que tu restes ici. Tu es un serviteur. Tu es le Garçon du temple, pas un prince. Pas un chef de clan, et encore moins un dieu. Et tu n'oublieras plus jamais ta place, c'est compris ?

Voyant que Bayr ne répondait pas – il baissait la tête en signe de soumission silencieuse –, le roi cracha sur sa tresse soigneusement enroulée au sommet de son crâne, puis le gifla, guettant le moindre prétexte, le moindre semblant de rébellion, pour le passer au fil de son épée. Mais Bayr ne desserra pas les mâchoires. Il ne se protégea même pas de ses bras. Il avait vu le sort que le roi avait réservé à Agnes. Bayr resterait à sa place. Et si le roi tenait à lui prendre la vie, il ne se déshonorerait pas en lui fournissant une bonne excuse.

Banruud se remit à le rosser, et quand il vit que Bayr ne bronchait toujours pas et qu'il refusait même de tomber sous ses coups, il le frappa de ses pieds.

Bayr se campa fermement sur ses jambes et encaissa les chocs. Le roi allait le tuer. Les bagues qu'il portait étaient acérées et lui avaient déjà entaillé la peau en plusieurs endroits. Le garçon avait les yeux tuméfiés, le nez cassé et les lèvres fendues, mais il ne se défendit toujours pas. Les hématomes fleurissaient tels des coups de tonnerre sur son torse et ses épaules, dans son dos et sur ses jambes.

Lorsque Banruud frappa Bayr à la tempe du pommeau de son épée, ce dernier sentit sa conscience vaciller et ses jambes flageoler. Sa chute fut une miséricorde.

— Tu ne veux donc pas te battre, Garçon du temple ? N'es-tu pas le fils de Desdémone de Dolphys ? N'es-tu pas un guerrier ?

Bayr ne répondit pas. À peine laissa-t-il échapper un gémissement. Ses blessures et le brouillard dans sa tête lui avaient ôté tout usage de la parole, quand bien même il aurait pu convaincre sa langue de former des mots cohérents.

*

Cette fois-ci, Alba était âgée d'un an de plus, et fort sage pour son âge. Lorsque Bayr, bien trop mal en point pour parvenir à se lever, essaya d'invoquer l'attaque du dragon, elle secoua la tête.

— Tu es le garçon le plus fort au monde. Pourquoi l'as-tu laissé te faire du mal ?

Il n'avait pas de réponse.

— Nous devons dessiner la rune, décréta Alba.

Celle qui fait fuir les bêtes rampantes, celle dont se sert Dagmar.

— J-je ne m'en sou-souviens pas.

— Moi si. J'adore dessiner.

— Ç-ça, c'est s-sûr…

Il s'interrompit, car sa bouche était une plaie à vif.

Alba trempa un doigt dans le sang qui s'écoulait de sa lèvre fendue et traça une araignée sur son avant-bras, une araignée aux longues pattes fines repliées contre son corps, lui donnant l'apparence de la mort. Elle n'avait oublié aucun détail, ses lignes et ses angles étaient si parfaits que Bayr ne put que s'émerveiller de son talent.

— Ça devrait aider à empêcher l'infection, mais tes coupures ne sont ni trop profondes ni trop graves. C'est plutôt les ecchymoses qu'il va falloir soigner, dit-elle.

— Elles g-guériront.

— Oui… mais elles te font souffrir.

Le trémolo qu'il perçut dans sa voix le fit grimacer. Elle avait peur pour lui.

— D-dis moi t-t-toutes les ch-choses qui te r-rendent heu-heureuse, lança-t-il pour tenter de la distraire – cela faisait partie des jeux auxquels ils jouaient.

— Je suis heureuse quand tu ne souffres pas, répondit-elle du tac au tac, le menton agité de tremblements.

Elle plissa le front et ferma les paupières, comme si elle essayait de capturer un souvenir qui menaçait de lui échapper. Elle était si intelligente, si intelligente, et il était si fier d'elle.

— Il existe une rune contre la douleur. J'ai vu Dagmar la tracer sur le front d'Elayne quand elle avait ses terribles migraines. Il faut juste que je m'en souvienne. Il l'a vite effacée… mais je crois que je peux la reproduire.

— N-ne fais p-p-pas ça, chuchota-t-il.

Il était dangereux de jouer avec les runes, il le savait pertinemment.

— Je l'avais dessinée dans ma tête pour être sûre de m'en souvenir.

Elle tamponna de nouveau la lèvre de Bayr comme un peintre trempe son pinceau et, à côté de l'araignée, traça une à une les lignes et les courbes qui formaient la rune de soulagement. Il ferma les yeux et perçut le moment exact où le symbole fut achevé : la douleur reflua comme si elle descendait une échelle, chaque nouveau barreau franchi l'apaisant davantage.

— N'ou-n'oublie pas de l'ef-effacer, murmura-t-il, soudain engourdi par la disparition de la douleur.

Ses paupières tuméfiées se fermèrent, et il avait déjà sombré dans l'inconscience lorsque Alba s'exécuta.

*

Quand Bayr rouvrit les yeux, il découvrit Dagmar penché sur lui. Il se sentait mieux. La rune d'Alba avait fait des merveilles, soulageant sa douleur et le laissant somnolent. Il faudrait qu'il dise à Dagmar d'être plus prudent. La princesse mémorisait tout ce qu'elle voyait.

— J-je suis désolé. J'étais si-si f-f-fatigué, marmonna-t-il en essayant de se redresser.

L'aube avait laissé place à un soleil franc, et il était toujours allongé sur le plancher de la chambre d'Alba, où il avait fini par se réfugier après la correction du roi. Un éclair de panique lui transperça soudain la poitrine :

— Où-où est Alba ?

— Au temple. Elle avait peur et elle est venue me chercher. Elle m'a dit qu'elle t'avait plongé dans le sommeil, répondit Dagmar en lui caressant la joue, le regard peiné. Qu'est-ce qu'il t'est arrivé, Bayr ?

Bayr dévisagea l'homme qui l'avait aimé toute sa vie, et il ne put se résoudre à parler, le cœur rempli de honte.

— Tu as le visage complètement tuméfié et les deux yeux au beurre noir. Tes lèvres ont doublé de volume.

— P-pourquoi le roi me d-d-déteste, m-mon oncle ?

— C'est lui qui t'a fait ça ?

Bayr ferma les yeux et, pendant de longues secondes, chacun attendit que l'autre parle en premier.

— Dis-le-moi, Bayr, je t'en conjure, supplia Dagmar. Je ne peux pas te protéger de ce que je ne comprends pas.

— J-je n-ne comprends pas non p-p-plus, chuchota le garçon.

Il roula sur le côté et se releva lentement en serrant les dents.

— Et c'est m-m-mon devoir de p-p-protéger.

— Oh, Bayr, mon garçon !

— J-je ne suis p-p-plus un garçon, mon o-oncle.

Il vit que Dagmar ne partageait pas cet avis. Ce

dernier avait les yeux embués et les mâchoires tellement crispées qu'elles étaient parcourues d'un tremblement convulsif. Bayr se dirigea vers la bassine d'eau fraîche et remplit la cruche pour se la verser sur les mains. Elles tremblaient et il se dépêcha de reposer la cruche. Il avait la gorge terriblement sèche, mais il attendrait le départ de son oncle pour se désaltérer.

— J-je ne suis p-p-plus un g-garçon, répéta-t-il.

Et pourtant, il se sentait comme un jeune garçon, un garçon sans défense ni espoir, et il dut lutter pour refouler ses larmes.

— Si c'est vraiment le cas… alors il est temps que tu nous quittes, chuchota Dagmar.

18

La Colline du Temple, humide et silencieuse, évoquait en ce jour un tombeau. Il en était toujours ainsi au lendemain du Tournoi du Roi. À l'issue de la mêlée, il était coutume pour les clans de se livrer à une nuit de boisson et de débauche, chacun célébrant comme s'il avait remporté l'épreuve. Au lever du soleil, la fête prenait fin et la foule redescendait la colline plus ou moins lourdement, laissant derrière elle les vestiges de la beuverie aux bons soins des gardiens, obligés de se charger du nettoyage.

Dolphys s'était finalement imposé lors de la mêlée, malgré un concurrent en moins et un guerrier vieillissant pour les diriger. Dagmar avait assisté à la joute en tribune au milieu de ses frères, fier de son père en dépit de vieilles frustrations qui remontaient à la surface.

Dagmar avait toujours su que cela se produirait un jour : Dred de Dolphys avait fini par découvrir la vérité et avait revendiqué Bayr comme membre de son clan devant le roi et ses propres guerriers. Dagmar ne doutait pas non plus que le roi fût désormais au courant.

Les poings serrés, il luttait pour contenir la nausée qui l'envahissait. Quel idiot il avait fait ! Il aurait dû envoyer le garçon à Dolphys depuis longtemps déjà.

Tous les chefs, leurs guerriers d'élite ainsi que les vétérans de Dolphys étaient restés au palais pour conférer avec le roi, car le nouveau chef de ces derniers devait être choisi dans les jours à venir. Si le roi avait de l'influence sur la décision, le choix final ne lui revenait pas. Les gens de Dolphys trancheraient une fois leurs guerriers revenus, non sans avoir été informés de la recommandation du roi et de la préférence des gardiens.

Le conseil devait être terminé à cette heure, et Dagmar partit en quête de son père parmi les tentes encore dressées. L'herbe jaunie et piétinée était parsemée de trous là où les membres des clans avaient retiré les piquets. Trouver celle de Dred de Dolphys parmi les rares qui restaient ne lui posa aucun problème. Lorsque Dagmar souleva la toile et demanda à pouvoir entrer, Dred était en pleine conversation avec trois hommes qu'il reconnut immédiatement. Leurs visages accusaient tous le passage du temps, contrairement à celui de son père. Surpris de le voir là, ils se levèrent tous trois. Dagmar les salua par leurs noms et ils portèrent la main à leur tresse, en reconnaissance du fait qu'il était des leurs, avant de tracer l'étoile de Saylok sur leur front.

— Gardien Dagmar, dirent-ils en retour, leur regard naviguant entre le père et le fils.

— Je souhaiterais m'entretenir avec mon père, déclara Dagmar.

Sur un signe de tête de Dred, les guerriers s'éclipsèrent rapidement.

Dagmar s'efforça de regarder son père dans les yeux, malgré ses nerfs en pelote. Il ne s'était jamais vraiment senti à l'aise en sa présence, mais sa nervosité actuelle découlait davantage de son angoisse au sujet de Bayr. Étonnamment, Dred prit la parole le premier :

— Je crois que je vais être choisi pour diriger Dolphys, déclara-t-il de but en blanc. Le roi a beau ne pas m'apprécier, il n'a pas émis d'objection.

— Je sais. Maître Ivo m'a demandé ce que j'en pensais, répliqua Dagmar d'une voix douce.

Dred avait également l'approbation des gardiens.

— Et quelle est ton opinion, Dagmar de Dolphys, fils de Dred, gardien de Saylok ? As-tu dit au Très-Haut combien tu me haïssais ? Lui as-tu dit que je voulais que tu combattes à mes côtés et que tu as préféré aller prier avec lui à la place ?

Le mordant de ses mots était tempéré par le ton presque nostalgique sur lequel ils étaient prononcés, comme si le vieux guerrier s'était depuis longtemps fait à l'idée.

— Le Très-Haut Gardien connaît mes sentiments, répondit Dagmar sans rien admettre.

À vrai dire, il avait affirmé en toute sincérité à maître Ivo que son père constituait le meilleur choix possible. Dred aimait Dolphys de tout son cœur et il donnerait sa vie pour son peuple. Dolphys comptait autant aux yeux de Dred que le temple à ceux de Dagmar.

— Je ne suis plus de première jeunesse, concéda Dred.

— Certes, mais c'est un statut que tu convoites depuis longtemps déjà.

Dagmar se maudit pour la pointe d'amertume qu'il venait de laisser transpercer dans sa voix. Mais son père ne s'en offusqua pas et Dagmar sentit une étincelle d'espoir s'allumer en lui.

— Il est vrai. Mais maintenant que la place de chef me tend les bras… Je n'en ai plus envie, confessa Dred dans un soupir.

— Tu ne peux pas refuser, rétorqua Dagmar d'un ton ferme. En tant que chef, tu seras mieux à même de protéger Bayr.

— Comment donc ? grogna Dred. Je n'aurai aucune autorité ici.

— Je veux que tu emmènes Bayr à Dolphys.

Dred déglutit, incrédule.

— Je croyais que c'était à cause de toi qu'il avait refusé d'être adopté par le clan du Loup.

— Il est le protecteur des filles des clans, et celui de la princesse. À vrai dire, il protège presque toute la Colline du Temple et il a sur les épaules une responsabilité écrasante. Tu as vu de quoi il était capable… mais il n'en est pas moins toujours un enfant.

— Peuh ! De telles choses n'existent pas à Saylok. Les filles deviennent mères et les fils deviennent guerriers dès qu'ils en sont capables. La survie l'exige et ne laisse guère de place à quoi que ce soit d'autre.

— Tu n'as pas changé, Père.

C'était un mensonge. Dred avait beaucoup changé.

— Toi non plus, Dagmar. Nous n'avons pas bougé

de nos positions et tu cherches toujours à me contrarier à la moindre occasion, rétorqua Dred, manifestant pour la première fois sa colère.

Il fit quelques pas sous la tente, puis revint se poster face à Dagmar, la main sur le pommeau de son épée et les yeux luisant d'une émotion qu'il n'y avait jamais lue auparavant.

— C'est un bon garçon, souffla Dred d'un ton presque admiratif.

— Le meilleur d'entre tous, acquiesça Dagmar avant de se taire pour ravaler la boule de chagrin dans sa gorge. Et ce, depuis le jour de sa naissance.

Dred glissa la main devant sa bouche pour se redonner une contenance et Dagmar ne put s'empêcher de remarquer l'usure de sa peau et les tendons qui affleuraient à sa surface. Mais même sur le déclin, son père restait un homme d'une force redoutable.

— Le roi ne l'a pas reconnu, grogna Dred – ce n'était pas une question.

— Non. Il doit pourtant savoir. Surtout depuis que tu l'as revendiqué. Je pense qu'il soupçonnait déjà quelque chose, sans en avoir la certitude. Il n'a pas cherché à savoir, en tout cas, il n'a jamais… posé la question.

— Quel genre d'homme ne reconnaîtrait pas un tel fils ? fulmina Dred en secouant la tête.

— Un homme jaloux. Un homme obsédé par son propre pouvoir. Mais Bayr a plus de force… plus de pouvoir que Banruud n'en aura jamais. Il a le pouvoir des dieux, et Banruud a peur de lui. Il a toujours eu peur de Bayr.

Jamais Dagmar n'avait énoncé cette simple vérité

à voix haute, mais c'était bel et bien la vérité, et son appréhension ne fit que croître.

— Le clan de Dolphys est le prochain en lice pour le trône… Maintenant que Bayr a été revendiqué par Dolphys, il peut devenir roi, chuchota Dred en comprenant soudain les enjeux.

— Banruud voit des complots partout, parce que lui-même complote sans arrêt. S'il désigne des coupables et des traîtres, c'est parce qu'il est lui-même coupable de trahison. Si Bayr constituait déjà pour lui une menace, celle-ci est encore plus grande aujourd'hui.

— Ça signifie que Bayr n'est plus en sécurité ici.

— Tout comme le temple s'il part, admit Dagmar, se mordant aussitôt la langue.

— Tu serais prêt à le sacrifier au nom de ton précieux temple ? s'indigna Dred.

Dagmar ferma les paupières et se remémora ce jour où il avait gravi la Colline du Temple, un Bayr tout juste né blotti dans sa tunique, sa sœur morte dans les bois, ses runes encore fraîches dans la terre.

— Non, avoua Dagmar dans un chuchotement. Je ne le sacrifierais pas pour toutes les runes au monde ou même pour les dieux de Saylok, quitte à ce qu'ils me foudroient.

— Odin a de nombreux fils. Il comprend, le consola Dred, soudain radouci.

— Il comprend, mais il ne cautionne pas. Tu dois emmener Bayr afin que je ne sois jamais tenté de faire ce choix. J'ai accepté cette tunique pourpre et la charge qui va avec et je n'ai aucune envie de les renier.

— Et s'il refuse de m'accompagner ? demanda Dred.

— Je ne lui laisserai pas le choix.

— Je ne te l'ai pas laissé non plus à l'époque… et regarde-nous aujourd'hui.

Dagmar fit la grimace, mais son père éclata de rire. Son rire franc apaisa momentanément la douleur qui lui oppressait le cœur.

— Bayr doit partir, insista-t-il, sa terreur revenant au triple galop. Ou Banruud va le tuer. Ivo a eu une vision.

Le rire se tarit dans la gorge de Dred et la lueur guerrière se ralluma dans ses yeux bleus.

— Banruud a détruit ma fille. Il ne détruira pas son fils.

*

— Tu seras le salut de Saylok, dit Dagmar, le suppliant presque.

Bayr et lui étaient dans le sanctuaire. Dred attendait non loin, Ivo aussi. Le temple tout entier était en deuil, et la princesse Alba était inconsolable. Bayr évoquait un homme condamné au supplice du chevalet : il ne parvenait pas à affronter le regard de son oncle et, les épaules basses, le front baigné de sueur, se triturait les mains nerveusement.

— Ç-ça v-v-veut dire quoi, le s-s-salut ? s'emporta Bayr, frustré. Le s-s-salut comment ?

— Je n'en sais rien, Bayr, soupira Dagmar. Je sais uniquement que tout ce que m'a dit ta mère a fini par se produire. Je dois donc croire que ses autres paroles adviendront également.

— M-ma mère a m-maudit ce p-pays.

— Ou simplement prophétisé ce qui allait se passer.

Bayr lui lança un regard chargé de tant d'incrédulité et de reproche que Dagmar eut un mouvement de recul.

— Elle a u-u-utilisé des r-runes, rappela Bayr.

Dagmar ne put que hocher la tête. Il avait toujours trouvé des excuses à sa sœur.

— J-je ne s-s-suis pas une f-femme, asséna Bayr.

Et de fait, il ne pouvait pas mettre d'enfant au monde. Il ne pouvait pas repeupler Saylok. Bayr était un homme avec l'âme innocente d'un enfant, et ses interactions avec les femmes demeuraient très limitées. Sa meilleure amie était une enfant aux fins cheveux d'or, et lorsqu'ils se retrouvaient tous les deux, c'était elle qui parlait, elle qui guidait leurs jeux et qui dominait leur relation malgré son jeune âge et ses fantaisies.

— Tu es un homme à présent, Bayr. Tu disposes d'une force incroyable, peut-être même l'égale de celle des dieux. Tu ne pourras pas rester au sein du temple toute ta vie, fils. Il faut que tu ailles à Dolphys, il faut que tu trouves le salut, sous quelque forme qu'il se présente.

Bayr eut l'air mortifié.

— J-j-je ne s-s-sais pas d-d-diriger…

— Tu apprendras.

— J-je ne p-p-parle pas b-bien.

— Tu en es capable, quand c'est nécessaire. Et

c'est ta force, ton exemple, que les hommes verront. Et ils croiront en toi comme je crois en toi. Comme Alba croit en toi.

— M-m-mais les filles. Q-q-qui les pr-protégera ? Q-q-qui gardera A-Alba en s-s-…

Bayr laissa sa phrase en suspens, incapable de la terminer. Déjà que les mots ne lui venaient pas facilement, parler lui devenait presque impossible lorsqu'il était en proie à une forte émotion. Il voulait savoir qui assurerait la sécurité d'Alba, une tâche qui lui avait toujours incombé.

— Alba est la responsabilité du roi. Elle est en sécurité ici. Les filles des clans aussi. Les gardiens de Saylok mettront tout leur pouvoir au service de leur protection, tu le sais.

— E-elle est le s-s-salut. P-pas moi, protesta Bayr en secouant la tête.

C'était ce que tout le monde avait cru. Qu'Alba avait mis fin à la pénurie. Tous s'étaient réjouis, couronnant son père dans la foulée. Et pourtant, dans les sept ans qui avaient suivi sa naissance, aucune autre fille n'était née : une unique averse orageuse ne met pas fin à une sécheresse.

— Alba est spéciale. Mais une femme ne suffit pas à sauver une nation. Il en faudrait un millier d'autres.

— Et un homme le p-p-pourrait ?

— Les dieux t'ont fait puissant.

— Et f-faible.

— Viens avec moi, il faut que je te montre quelque chose, le pressa Dagmar.

Bayr se leva pour le suivre, toujours aussi défiant, toujours aussi obéissant… obéissant comme jamais un garçon avec des dons aussi extraordinaires le fut jamais.

Ils marchaient côte à côte et Dagmar ne put s'empêcher une nouvelle fois de s'ébahir de la taille de Bayr, tout en déplorant que ce garçon fût déjà un homme, qu'il y soit préparé ou non. Les hommes de Dolphys étaient pour la plupart grands et larges d'épaules, mais leur musculature était plus sèche et plus fine, telle celle du loup dont ils descendaient. Bayr était bâti comme l'ours, avec un dos fait pour porter le poids du monde. Il était davantage bâti comme son père, le roi.

La salle où Dagmar le conduisit était remplie de parchemins et ses murs couverts de livres, certains d'antiques ouvrages, d'autres à l'encre encore fraîche, qui narraient les chroniques de Saylok et de son peuple. La pièce sentait la sciure et l'application des copistes, et Dagmar tapota le tabouret où il s'asseyait d'habitude pour indiquer à Bayr de s'y installer. Il déposa sur le lutrin devant lui l'histoire d'un homme qui lui était chère.

— Cet homme s'appelait Moïse.

Bayr attendit.

— Je ne t'ai jamais raconté son histoire.

— P-pas s-sûr que je p-p-puisse la lire, dit Bayr en grimaçant devant ces lignes interminables.

— C'est du latin. Si tu te concentrais, tu serais capable de le déchiffrer. Je voulais t'enseigner tant de choses encore…

Dagmar se racla la gorge, pris par l'émotion. Il n'y avait plus de temps pour lui apprendre le latin.

— Les R-R-Romains étaient les m-maîtres d-du m-monde, offrit Bayr.

— Oui, mais leur empire a fini par tomber. Lorsque le roi Enos a rapporté une bible et un crucifix du pays des Angles, il a aussi ramené un prêtre.

— J-je me s-s-souviens. Il a é-été le p-premier g-g-gardien.

— C'est exact. C'est ainsi que la religion des chrétiens a rencontré les dieux du Nord. Son savoir s'est transmis de génération en génération. Je t'ai enseigné tout ce que j'ai pu dans l'espoir qu'un jour tu voudrais peut-être devenir suppliant auprès de maître Ivo.

La bouche de Bayr s'arrondit sous le coup de la surprise.

— T-tu v-v-veux que je d-d-devienne gardien ?

La stupéfaction de Bayr fit naître un sourire sur les lèvres de son oncle.

— Au final, je ressemble davantage à Dred de Dolphys que je ne le croyais. Mais ta vocation n'est pas de devenir gardien.

— P-pourquoi ?

— Tu es un guerrier, comme ton grand-père. Et, un jour, peut-être, tu seras amené à diriger Saylok. C'est mon sentiment… et aussi celui de maître Ivo.

— C-comment ?

— Je ne sais pas. Ce que je sais, c'est que cet homme – Moïse – a été appelé à libérer son peuple, tout comme toi.

— N-nous ne s-s-sommes pas réduits en esclavage, objecta Bayr.

— Si on ne fait rien, ça pourrait bientôt être le cas, répliqua Dagmar. La guerre qui sévissait à Ebba s'est propagée à Dolphys. La guerre a coûté la vie à leur chef.

— J-je n'ai pas de c-clan.

— Dred t'a revendiqué au nom de Dolphys, tu es l'un des leurs désormais. Mais tu as aussi été baptisé Bayr de Saylok. J'étais présent le jour où Ivo a tracé l'étoile sur ton front. Tu dois défendre tous les clans.

— Je v-veux juste d-défendre le t-t-temple. Et Alba, protesta Bayr.

— Il n'y aura plus de temple si le pays est conquis. Moïse était comme toi, Bayr. Dieu l'a investi d'un pouvoir, et pourtant Moïse a résisté parce qu'il ne pouvait pas parler.

Bayr dévisagea son oncle avec un intérêt renouvelé.

— Lis un peu, que dit le texte, là ? insista Dagmar en désignant un passage.

— M-mais j'ai la b-b-bouche l-lourde… et la l-l-langue em-embarrassée, traduisit Bayr après plusieurs secondes.

Il releva les yeux du difficile texte en latin pour regarder son oncle avec stupéfaction.

— Tu vois ? murmura Dagmar. Moïse était comme toi.

— Qu-qu-qu'a répondu son d-dieu ?

— Son dieu a dit : « C'est moi qui t'ai donné ta bouche. »

Bayr fronça les sourcils, pas sûr de comprendre.

— Il lui a donné une bouche faible dans un but précis. De la même manière qu'il t'a fait comme tu es dans un but bien précis. Il t'a donné une bouche faible pour que tu aies un cœur vaillant.

Bayr secoua la tête, refusant une telle contradiction.

— Ne va pas en douter, Bayr, poursuivit Dagmar. N'aie crainte. Tu es parfait – à la fois merveilleux et terrible – dans ta faiblesse.

— T-t-terrible ?

— Les hommes trembleront devant toi. Et pourtant, lorsque tu t'exprimes, c'est toi qui trembles devant Dieu. Les choses sont telles qu'elles doivent être.

Bayr n'émit plus d'objection et se retourna vers le texte. Les yeux sur la page, il tâcha d'en apprendre davantage, de trouver de quoi lui donner du courage. De quoi l'aider à partir.

— Le dieu de la Bible a dit à Moïse qu'il serait sa bouche. Qu'il lui soufflerait toujours quoi dire, chuchota Dagmar en pointant les mots du doigt. Tu sauras quoi dire. Quand ton heure adviendra, tu sauras trouver les mots.

Bayr cacha son visage dans ses mains.

— Il n'y a pas que ton corps qui soit fort. Ton cœur aussi l'est. Depuis que tu es tout petit. Face au danger, tu ne t'es jamais dérobé, tu n'as jamais eu peur. Je t'ai vu à cinq ans te jeter sur un ours adulte. Tu n'as pas hésité une seule seconde. Ta force ne réside pas que dans ta taille et dans tes muscles, elle repose avant tout sur ta foi et ton courage. Je ne t'ai jamais vu douter.

— M-mais j-je n-ne s-s-sais pas p-parler, insista Bayr.

— C'est ta seule faiblesse. Mais sache que la sagesse peut naître de la faiblesse. Tu seras davantage à l'écoute. Tu réfléchiras davantage avant de parler. Tu ne te croiras jamais tout-puissant ou omniscient. Jamais tu ne diras des choses que tu ne crois pas.

— J-je ne veux p-p-pas p-partir, mon oncle.

— Et je ne veux pas que tu partes. Mais ce que nous voulons n'est pas forcément ce qui est le mieux pour nous. Tu dois partir, Bayr. Aujourd'hui.

*

— Je t'interdis de t'en aller, lui intima Alba alors qu'ils se tenaient dans le sanctuaire.

Bayr ne répondit rien, couvant sa petite protégée d'un regard lourd de détresse.

— Qui va veiller sur moi ? Qui va m'aimer ?

— Les gardiens v-v-veilleront sur t-t-toi. Dagmar v-veillera sur t-toi.

— Ce n'est pas pareil. Dagmar ne joue pas. Il ne grimpe pas aux arbres ni ne me porte sur son dos. Il ne rit pas et n'écoute pas mes histoires. Il n'est pas… toi.

Bayr prit la petite fille dans ses bras et, avec une férocité qu'il s'était jusque-là efforcé de restreindre, la serra fort contre lui.

— Est-ce que tu reviendras ? demanda-t-elle, mouillant de ses larmes le devant de la tunique de Bayr.

Il hocha la tête une fois, ne faisant pas confiance à sa voix. Il savait que sa langue torturée n'aurait pas la force de répondre.

— Tu me le promets ?

Il hocha une nouvelle fois la tête, caressant d'une main la chevelure de la princesse.

— Bientôt ? gémit-elle.

— P-pas b-bientôt, se força-t-il à dire.

Les sanglots redoublèrent et il lutta contre l'émotion qui menaçait de le submerger à son tour. Ivo avait eu une vision de son retour.

« Tu auras grandi, lui avait promis le Très-Haut Gardien. La princesse sera adulte, elle aussi. Et elle aura besoin de toi. Ce n'est qu'alors que tu reviendras. »

— S-s'il te plaît, Alba. Ne p-p-pleure pas, supplia-t-il.

— Tu dois revenir pour mon anniversaire. Tu me dois au moins ça ! geignit-elle.

Il secoua la tête. Elle fêterait bientôt ses huit ans, mais il ne serait pas de retour avant plusieurs années au moins.

— J-je re-reviendrai, promit-il.

— Fais-moi voir tes yeux, exigea-t-elle en rejetant la tête en arrière pour mieux le voir.

Il lut tant de misère et de chagrin dans ses yeux embués qu'il doutait de pouvoir vraiment la quitter. Elle le supplia du regard tandis qu'autour d'eux, l'ombre de Bayr projetée par les cierges vacillants du sanctuaire semblait s'agiter sur les murs, telle une famille de dieux jaloux qui voulaient le séparer de la princesse.

— Dis mon nom.

— Alba, prononça-t-il lentement pour être sûr de ne pas bégayer.

— Promets-moi avec des mots que nous nous retrouverons.

Elle voulait s'assurer qu'il lui dise bien la vérité.

— Nous n-nous r-reverrons.

Elle lâcha un profond soupir, mais Bayr vit qu'elle le croyait. Elle lisait dans ses yeux depuis si longtemps. Elle l'avait fait toute sa vie. Et elle savait toujours lorsqu'il lui mentait.

19

Le temple accueillait les dernières lueurs du crépuscule, ainsi qu'un rassemblement des chefs. Dred aurait voulu garder ses plans pour lui, tout comme la venue de Bayr à Dolphys, mais la rumeur s'était vite répandue. Six guerriers de Dolphys étaient à ses côtés, leur campement démonté et les chevaux chargés. Pour la plupart des gens, il était peu recommandé de voyager de nuit, mais les loups n'éprouvaient aucune difficulté à évoluer dans l'obscurité et les guerriers de Dolphys ne faisaient pas exception. Dred avait hâte de se mettre en route. Dagmar ne préviendrait le roi qu'une fois Bayr à une bonne distance – il lui faudrait alors assigner un nouveau soldat à la protection de la princesse et renforcer la garde dans le temple et aux alentours.

Mais le garçon était encore réticent.

Plusieurs heures s'étaient écoulées, et l'impatience montait chez Dred et ses hommes.

Aidan d'Adyar avait prévu de partir à l'aube, tout comme Benjie de Berne. Ils chemineraient ensemble vers le nord avant que le chef de Berne et ses guerriers ne bifurquent vers l'est, là où les falaises et la montagne venaient séparer leurs deux clans. Lothgar et Josef agiraient de même vers l'ouest, avant de rejoindre leur province respective. Erskin lèverait également le camp à l'aube pour rentrer chez lui, mais la perspective ne semblait guère les enchanter, lui et ses hommes. Ses terres avaient payé un lourd tribut ces dernières années, et bien que le conflit se soit apaisé durant la saison des moissons, Erskin ne se faisait pas d'illusion. Le tournoi lui avait apporté ce bref répit qu'il ne pouvait guère se permettre, mais dont il avait désespérément besoin. Il avait passé le plus clair du festival à avertir les autres chefs de ce qui les attendait, tout en tâchant de récolter une aide militaire et matérielle de leur part. Ebba constituait la pointe sud de Saylok, la queue de l'étoile, et sa péninsule bénéficiait des mers les plus calmes et de la ligne de côte la plus dégagée. Ce qui en faisait aussi la plus exposée.

Erskin fut le premier à découvrir Dred et ses hommes à l'extérieur du temple. Il devina aisément ses intentions.

— Tu as réitéré ta volonté d'adopter le Garçon du temple, Dred. C'est bien pour ça que tu t'attardes encore, n'est-ce pas ?

Dred envisagea un instant de ne pas répondre. Ses hommes s'entre-regardèrent, nerveux, tandis que leurs chevaux renâclaient. Il était manifeste qu'ils attendaient quelqu'un, et Dred n'avait guère le goût des mensonges alambiqués.

— Oui. Il a accepté que je le reconnaisse. Il repartira avec nous.

Erskin n'émit aucune objection, mais il pivota sur ses talons et s'éloigna à grandes enjambées pour aller chercher des renforts. Erskin était en guerre depuis trop longtemps. Il craignait pour le temple, le cœur battant des clans, et il avait besoin de la faveur du roi. Dred songea amèrement qu'ils ne pourraient plus partir sans livrer bataille, quelque forme qu'elle prît.

Il jura et se retourna vers ses hommes.

— J'emmènerai mon petit-fils à Dolphys. Il fera honneur au clan. Je vous demanderai donc de m'assister pleinement dans cette entreprise.

— On devrait le laisser, Dred, grogna le jeune Daniel. Il n'a clairement pas envie de venir. Ça fait des heures qu'on l'attend et je sens qu'il va y avoir du grabuge. Je crois que le Garçon du temple ferait mieux de rester au temple.

— Et moi je crois que j'aurais mieux fait de te laisser à Dolphys. Mais il se trouve que j'en ai décidé autrement, rétorqua Dred en fusillant le jeune homme du regard.

Daniel était le plus jeune guerrier du clan – guère plus âgé que Bayr – et, un an durant, il avait suivi Dred partout où il allait. Même s'il lui tapait souvent sur les nerfs – c'était toujours le cas pour les guerriers qui n'avaient pas connu de réelle bataille –, Dred ne l'avait jamais rejeté.

Le jeune homme se rembrunit.

— J'ai jamais croisé son pareil. La place du Garçon du temple est à Dolphys, marmonna Dakin, la main sur le pommeau de son épée.

Il avait les cheveux aussi rouges que le sang qui coulait dans ses veines et un goût immodéré pour la bagarre. La mêlée était sa plus grande passion, et c'était grâce à lui qu'ils l'avaient remportée. Dred savait bien qu'une petite échauffourée ne serait pas pour lui déplaire. Les guerriers restants manifestèrent leur soutien d'un grognement.

Dred rejeta la tête en arrière et lâcha un hurlement de loup, pour appeler son petit-fils, mais aussi pour prévenir le temple et tous ses habitants. Ses frères se joignirent à lui, et Dred pria pour que Dagmar et Bayr le rejoignent avant qu'il ne doive dégainer son épée.

Il ne fallut que quelques minutes pour que les gardiens habillés de pourpre descendent les marches du temple, rassemblés autour du Très-Haut tout de noir vêtu. Dred chercha le visage de son fils parmi les profils des frères aux capuches rabattues et remarqua des silhouettes plus frêles au dernier rang – celles des filles des clans.

Dred poussa un nouveau hurlement, enjoignant à Bayr de le rejoindre sur-le-champ. Mais il était trop tard. Les chefs, devancés par Erskin et le roi, venaient de faire leur entrée dans la cour, suivis de trois douzaines de gardes armés.

— Tu ne peux pas le reconnaître comme tien, Dred, beugla Erskin en approchant.

Il avait beau parler d'une voix ferme, son regard luisait d'une supplique muette. Mais Dred n'était pas prêt à céder.

— J'en ai le droit, et je l'ai fait, répliqua-t-il. Il est le fils de ma fille. Mon propre petit-fils, et je n'en ai pas d'autre. Jamais je ne m'opposerais à toi, Erskin. Pourquoi donc t'opposer à moi ?

— Il est le Garçon du temple. Il a prêté serment de protéger les filles des clans, tonitrua Lothgar de Leok, sa barbe dorée tremblant après qu'il eut fini de parler. Nous nous tenions sur ces marches, réunis autour de cette flamme, et Bayr de Saylok a promis de les protéger de la manière dont il a toujours protégé la princesse. Il ne peut pas briser ce serment. Il doit demeurer sur la Colline du Temple.

Dred resta muet durant plusieurs secondes, abasourdi par cette révélation. Il n'avait pas été présent lors de l'arrivée des filles au temple. Il n'avait pas vu le Très-Haut Gardien allumer le Foyer des Rois et promettre que celui-ci brûlerait en leur honneur sans discontinuer. Il n'avait pas été témoin du serment solennel de Bayr, c'était le chef Dirth qui était venu. Mais Dred avait eu vent de l'histoire.

Bayr sortit des rangs de gardiens en tunique, sa tresse de guerrier si longue qu'elle touchait la bande d'étoffe bleue qui lui ceignait la taille, signe qu'il avait été revendiqué par le clan du Loup. Les épaules carrées et les poings serrés, il s'avança, suivi de Dagmar. Il ne restait qu'une seule chose à faire et Dred n'hésita pas une seconde. Il fit une croix sur ce qu'il avait si longtemps convoité, pour combler un désir qui lui était plus cher encore.

— Vous ne pouvez pas retenir un chef de clan au temple, rugit-il.

Ses hommes se figèrent derrière lui, et Bayr s'arrêta sur les marches du temple, Dagmar lui aussi pétrifié par cette annonce soudaine. Le silence se fit, et le choc se lut sur tous les visages.

— Quel chef ? grogna sourdement Banruud.

Dans un froissement de tuniques pourpres, le Très-Haut s'extirpa du groupe, mains croisées devant lui et lèvres noires ourlées, les yeux masqués par sa capuche rabattue. Il chemina jusqu'à Bayr et se tint à ses côtés, chétif oiseau noir aux pieds de la bête. Le roi et les chefs assemblés autour de lui s'étaient tous hérissés et Dred entendit le bruit caractéristique d'épées qu'on dégaine : les gardes royaux étaient prêts à livrer bataille. Mais Dred ne quitta pas Banruud des yeux.

— Dolphys n'a pas encore choisi son chef. Le garçon doit se rendre sur place pour que le clan puisse le reconnaître comme tel.

— C'est toi qui seras chef de Dolphys, Dred, rétorqua le roi. Telle a été la décision collégiale du conseil.

— Vous voulez remplacer un vieil homme par un autre ? demanda Dred. Ce n'est pas dans l'intérêt de mon clan.

Ses frères d'armes s'agitèrent derrière lui et il pria pour qu'ils tiennent leur langue.

— Tu as la bénédiction des gardiens, le soutien des chefs et l'aval d'un roi. Pourquoi insistes-tu tant pour avoir le garçon ? demanda Aidan d'Adyar, le regard calculateur.

— Je ne suis pas le meilleur choix. Si on lui en donne l'opportunité, je suis persuadé que mon clan le choisira lui, ajouta Dred en désignant Bayr de l'index.

— Père, dit alors Dagmar.

Ce n'était qu'un mot, et chuchoté de surcroît, mais avec un respect dans la voix que Dagmar n'avait jamais employé avec son géniteur auparavant. Les derniers doutes de Dred s'évanouirent et son cœur enfla de joie.

— Il n'est pas encore adulte, objecta Erskin. Comment peut-il diriger un clan ?

— As-tu tué un homme, Bayr de Saylok ? demanda Aidan.

— Oui, déclara Bayr en hochant la tête.

— As-tu couché avec une femme ? l'interrogea ensuite Lothgar.

— Il n-n'y avait p-p-pas de lit, bégaya Bayr.

Lothgar sourit à sa réponse, tandis que les hommes de Dred se détendaient presque imperceptiblement.

— Voilà bien des réponses d'homme, commenta Aidan. Et son corps aussi est celui d'un homme.

— Il a protégé le temple et la princesse depuis que le roi a été couronné. Il n'a jamais failli dans sa tâche. Mais il a un clan, et ce clan l'a reconnu comme l'un des siens… Vous ne pouvez pas nous retirer notre chef, enchaîna Dred sans attendre, sentant la victoire à portée de main.

Il vit Dagmar serrer le bras de son neveu, lui enjoignant silencieusement de cesser de lutter, de lui faire confiance. Et Bayr, les yeux ronds, partagé entre la terreur et l'incompréhension, conserva le silence.

— Votre clan n'a pas procédé à sa sélection. Votre peuple ne s'est pas prononcé. Vous ne pouvez pas prendre la parole en son nom, Dred de Dolphys.

— En effet, c'est pour cette raison que le garçon doit m'accompagner à Dolphys afin d'être entendu, répliqua Dred.

Bayr pâlit tout à coup, son visage aussi blanc que la pierre des marches du temple.

— Ceci n'est qu'une mascarade, intervint le roi d'un ton glacial.

— En aucun cas, tonna le Très-Haut Gardien de sous sa capuche. Dred de Dolphys est un visionnaire.

Erskin ne put réprimer un rire méprisant et Lothgar, tout aussi incrédule, croisa les bras sur son large torse. Dred avait certes de nombreuses qualités, mais le fait d'être visionnaire n'en faisait pas partie, loin s'en fallait.

— Dred renonce à briguer le mandat de chef, et ce en faveur d'un autre, meilleur que lui, reprit Ivo dans un sifflement. Seriez-vous prêts à faire de même ? J'ai en tête plusieurs guerriers d'Ebba et de Leok qui sauraient diriger leur clan avec honneur.

— Le clan le choisira, intervint alors Dagmar d'une voix claire et forte. Je suis un gardien de Dolphys. Au sein du temple, c'est moi qui représente le clan, et je donne ma bénédiction à Bayr de Dolphys.

— Il n'a pas le droit d'abandonner Saylok au profit d'un unique clan, protesta Banruud.

— Il n'est ni esclave, ni suppliant, ni le fils du roi, rétorqua maître Ivo d'un ton à la fois posé et tranchant comme du verre. Il s'est acquitté de sa mission et doit à présent s'atteler à une autre. Lorsque vous avez été choisi comme roi, Banruud, vous n'avez pas rompu votre serment envers Berne. Quelqu'un vous a remplacé. Il en ira de même pour Bayr.

— Et s'il n'est pas choisi ? demanda Lothgar.

— S-si je n-ne suis pas ch-ch-choisi… j-je reviendrai, s'engagea Bayr.

Dred se prit à souhaiter que le marteau de Thor s'abatte sur le crâne de son petit-fils – maudite soit sa loyauté ! S'il n'était pas choisi, il le tuerait de ses propres mains.

La promesse de Bayr eut toutefois pour effet d'apaiser la tension parmi les chefs de clan, et Aidan d'Adyar fut le premier à empoigner sa tresse d'une main et son épée de l'autre.

— Il a été reconnu par les siens. Laissons-le partir. Si tel est le choix des Nornes, il reviendra.

Lothgar imita le geste d'Aidan, mais Erskin d'Ebba et Benjie de Berne s'en abstinrent. Les traits du roi trahissaient son indécision ; il restait fermement campé sur ses jambes puissantes, les bras croisés et les épaules droites. Pourtant, personne n'esquissa le moindre mouvement pour entraver la progression de Bayr et de Dagmar, qui s'avancèrent jusqu'à Dred.

Dred évita délibérément de croiser leur regard, de peur que l'émotion qu'il y lirait ne vienne fissurer son calme apparent.

— À Dolphys ! s'écria-t-il, défiant quiconque de s'y opposer.

— À Dolphys ! reprirent en chœur ses guerriers avant de monter en selle.

— À Dolphys ! ordonna Dagmar d'un ton grave et plein d'amour.

Et le garçon obéit.

*

— N'aie pas peur, je t'en supplie. Je suis… Je ne suis pas censée me trouver ici, dans le palais. Mais je savais que tu serais triste, chuchota Fantôme.

Elle avait emprunté le tunnel qui reliait le sanctuaire à la salle du trône, puis s'était rendue dans la chambre à coucher d'Alba, effrayée à l'idée d'être repérée, persuadée d'échouer, et impuissante pourtant à faire demi-tour.

La Colline du Temple tout entière pleurait l'absence de Bayr, mais Alba était sans équivoque celle qui en souffrait le plus. Elle avait grandi sous son aile et les années à venir s'annonçaient bien froides pour elle.

Alba se redressa au milieu de ses draps froissés. Personne ne lui avait tressé les cheveux pour la nuit ni ne lui avait demandé de se changer, si bien qu'elle s'était couchée dans sa robe du jour, gardant ses pantoufles de cuir aux pieds.

— Pourquoi aurais-je peur ? demanda Alba en essuyant d'une manche ses joues humides de larmes.

— Parfois, les gens sont effrayés par mon apparence. On m'a dit aussi que j'étais encore plus terrifiante dans l'obscurité.

Alba l'étudia un instant, pensive.

— Vous ressemblez à la lune, finit-elle par murmurer.

— Vraiment ?

La petite fille hocha la tête.

— La lune ne fait pas peur, c'est la seule lumière qui brille dans le ciel la nuit.

— Et les étoiles alors ? s'enquit Fantôme.

— Je ne les vois pas ce soir, répondit Alba d'une voix chargée de peine, comme si les événements de la journée lui étaient soudain revenus.

Elle se laissa retomber sur ses oreillers.

— Puis-je te brosser les cheveux et t'aider à te changer ?

La princesse soupira et se rassit, repoussant d'une main la mèche qu'elle avait devant les yeux.

— Bon, d'accord. Grand-mère a voulu m'aider, mais je me suis conduite comme une bête.

— Une bête ?

— Oui. J'ai crié, grogné, griffé, et elle a fini par partir.

Intérieurement, Fantôme remercia l'ancienne reine d'avoir au moins essayé.

— Pourquoi t'es-tu comportée comme ça ?

— Tout le monde me quitte, répondit Alba. Même quand je ne me conduis pas comme une bête.

— Je ne te quitterai pas, promit Fantôme d'une voix douce en se saisissant de la brosse à cheveux sous le miroir de la coiffeuse.

— Les domestiques disent que mon père est une bête lui aussi, confessa Alba.

Fantôme se raidit avant de se reprendre. Elle se mit à brosser la chevelure d'or de la princesse, démêlant une à une ses longues mèches.

— Et c'est vrai…, poursuivit Alba à mi-voix. Il a fait du mal à Bayr. Et Bayr a dû s'en aller.

— Il a fait du mal à Bayr ? s'étonna Fantôme.

Personne ne lui en avait parlé.

— Bayr a refusé de se battre. Je l'ai vu et ça m'a fait peur. Je me suis enfuie.

— Est-ce qu'il t'a déjà fait du mal ?

Fantôme décida dans l'instant que, en cas de réponse positive, elle trouverait un moyen d'emmener sa fille loin d'ici et de quitter Saylok au plus vite, quoi qu'il en coûte.

— Juste au cœur.

Cette réponse aurait semblé pathétique de la part d'une femme mûre, ridiculement romantique, mais de la bouche de cette enfant, ce fut comme un coup de poignard dans la poitrine de Fantôme et elle ne sut plus que dire.

Alba était visiblement apaisée par sa présence et elle ne parut pas trouver son silence pesant, bien que son chagrin fût toujours palpable.

— Là d'où je viens, ton prénom signifie « lever de soleil ». Tu savais ça ? finit par lui demander Fantôme, désireuse de lui changer les idées.

La petite fille fit non de la tête.

— Tu es née juste à l'aube. La nuit avait été si longue et la douleur si vive… et le soleil est alors entré dans la pièce pour t'accueillir au monde.

— C'est ma mère qui vous a raconté cette histoire ? demanda Alba.

Fantôme ne put qu'acquiescer.

— Est-ce que Bayr est parti rejoindre ma mère ?

— Oh, non, pas du tout, Alba. Il n'est pas parti si loin. Il a simplement rejoint son clan.

— Moi aussi, je veux y aller. Où est mon clan ?

— Tout Saylok est ton clan. Les gardiens sont ton clan. Les filles du temple… et moi aussi.

— Princesse Alba de Saylok, murmura Alba.

Fantôme ferma les paupières le temps de prier pour que cela ne change jamais.

— Princesse Alba de Saylok, confirma-t-elle.

— Vous me promettez de ne pas disparaître ? demanda Alba d'une voix ensommeillée.

— Oui, je te le promets.

— Ne le laissez pas vous voir, Dame Lune.

Fantôme sourit en entendant ce nom.

— Comment m'as-tu appelée ?

— Dame Lune, répéta la jeune fille avant de bâiller

à s'en décrocher la mâchoire. Ne laissez pas Banruud vous voir.

Elle appelait le roi par son prénom, comme si elle ne se sentait aucune affinité avec lui. Elle lâcha un nouveau bâillement, puis ajouta :

— Il fait disparaître les gens.

*

Fantôme s'était attendue à trouver le sanctuaire désert, et la présence de Dagmar parmi les ombres lui donna un coup au cœur.

— Où étiez-vous partie ? chuchota-t-il.

— La princesse… J'ai été voir la princesse. Elle est si seule.

— C'est vrai. Elle l'est. Nous… Nous le sommes tous.

— Mais elle n'est qu'une enfant, répliqua Fantôme d'un ton dur.

Elle s'en voulut en voyant les yeux chargés de peine de Dagmar plonger dans les siens.

Il hocha légèrement la tête et elle distingua à la lueur des cierges sa pomme d'Adam monter et descendre, comme s'il ravalait les paroles qu'il s'apprêtait à prononcer. Son visage était baigné de larmes, ses épaules voûtées. Elle vint s'asseoir à ses côtés, prenant garde de laisser un espace entre eux, désireuse de le réconforter comme elle l'avait fait avec la princesse tout en craignant qu'il la rejetât.

— Je suis monté au sommet du clocher pour les regarder partir. La vue est dégagée sur plusieurs lieues à la ronde, confessa-t-il à voix basse.

— Vous saignez, dit-elle sur un ton de reproche.

— Quand je l'ai perdu de vue, j'ai tracé une rune de vision pour le voir encore. Dès qu'elle a commencé à perdre de son pouvoir, j'en ai dessiné une nouvelle. Puis encore une.

Ses paumes étaient parsemées de multiples blessures.

— Je dois arrêter de faire ça, poursuivit-il. Sinon je vais devenir fou à vouloir tout le temps l'avoir sous les yeux. Je suis un gardien, et non un dieu. Le voir ne m'apportera rien de bon. À lui non plus, d'ailleurs. Et je ne devrais pas faire mauvais usage des runes comme cela.

— Vous allez vous abîmer les mains, chuchota-t-elle.

Dagmar serra les poings pour soustraire ses blessures à sa vue. La résolution de Fantôme faiblit et elle saisit les mains du gardien pour les poser sur ses cuisses. Il s'accrocha à elle comme s'il risquait de se noyer. La peau autour de ses plaies récentes était tellement rêche et striée de cicatrices qu'elle se demanda comment il parvenait à ressentir encore son toucher. Dagmar fut parcouru d'un frisson et son regard accrocha celui de Fantôme.

— Je n'ai plus aucune défense ce soir, Fantôme. Plus la moindre. Je suis incapable de voir le bout, ou de voir l'aube se lever. Même pas dans les runes. Je ne vois que les ténèbres et mon propre désespoir. Vous devriez me laisser.

Il se leva du banc, mais ne fit pas mine de s'éloigner, gardant sa main dans celle de Fantôme.

— Ma présence vous apporte-t-elle du réconfort ? demanda-t-elle en se levant à son tour.

— Oui.

— Dans ce cas, je vais rester.

Il frissonna de nouveau et il lui serra plus fort la main. Elle porta la paume de Dagmar à sa bouche et déposa un baiser en son centre. Elle pensa à Alba, qui était venue se blottir contre elle, et elle se demanda qui avait le plus bénéficié de cet échange. C'était sans conteste Fantôme, et il en irait de même si elle réconfortait Dagmar.

— Le réconfort n'est pas l'amour, murmura-t-elle pour le rassurer avant d'embrasser son autre paume.

— C'en est une forme, chuchota-t-il en retour.

Il la prit alors dans ses bras et posa sa joue sur sa tête. Fantôme se força à respirer et l'enlaça de ses deux mains, mais elle se retint de lui caresser le dos ainsi qu'elle l'aurait souhaité.

— Bayr a grandi si vite, se lamenta-t-il. Avec sa force et ses capacités, c'est normal qu'il ait rapidement gagné en confiance. La confiance et l'indépendance vont de pair. Mais je me souviens de ses premiers jours, à l'époque où je devais le garder toute la nuit dans les bras pour qu'il ne pleure pas, et j'aimerais tant revivre ces moments. Hélas, il n'y aura plus jamais de nuits comme celle-là.

— Non, chuchota-t-elle, songeant aux journées ayant suivi la naissance d'Alba. Plus jamais en effet.

Elle sentit le chagrin enfler dans la poitrine de Dagmar et ne parvint pas à conserver le silence plus longtemps.

— Pourquoi, Dagmar ? Pourquoi l'avoir laissé

partir ? demanda-t-elle. Pourquoi ne pas l'avoir laissé rester ici, auprès de nous ?

Il se dirigea soudain vers l'autel, la tirant derrière lui comme s'il devait s'échapper, comme si, en s'éloignant de l'encens et des cierges, il se libérerait aussi de sa culpabilité et de sa peine. Derrière l'autel se trouvait un mur pivotant qui donnait sur une porte. Une fois qu'ils l'eurent franchie, Dagmar la referma dans un raclement de pierre. Plongés dans le noir le plus complet, le gardien entraîna Fantôme à sa suite, comme si l'absence de lumière ne le gênait en rien. Le passage sentait la terre, le temps et le souffle court, et, confiante, elle ne s'enquit pas de leur destination ni du temps qu'il leur faudrait pour l'atteindre. Elle se contenta de lui tenir la main et de savourer ce contact.

Ils marchèrent ainsi en silence pendant une éternité aveugle, main dans la main, jusqu'à ce que le sol s'élève sous leurs pieds et que l'odeur change subtilement, le parfum du plein air, de l'herbe et de la liberté. Puis Dagmar lâcha la main de Fantôme et ouvrit une nouvelle porte, les baignant de la lumière laiteuse de la lune. Ils sortirent à flanc de colline, à mi-chemin entre le temple au-dessus d'eux et le Village du Roi en contrebas.

— Certains secrets ne peuvent être partagés qu'au-delà des remparts. Je ne peux pas courir le risque que ces secrets puissent être entendus à nouveau, murmura-t-il, si bas que Fantôme dut se pencher contre lui pour distinguer ses mots.

— Il y a vingt ans de cela, alors que j'avais l'âge qu'a Bayr aujourd'hui, j'ai quitté Dolphys pour venir au temple. J'étais si décidé, si sûr de mon choix. Je savais où était ma place. Aujourd'hui, je fuis le temple parce qu'en réalité je ne sais rien. Je suis impuissant. Incertain. Et à cet instant même, mon cœur fait route vers Dolphys.

Il marqua une pause, le regard aimanté vers l'est, et Fantôme sut qu'il n'avait pas quitté l'enceinte du temple pour l'embrasser ou coucher avec elle dans l'herbe. Mais parce qu'il n'avait qu'une envie : suivre Bayr, et il avait besoin de Fantôme pour qu'elle l'en empêche. Il ne s'agissait pas de lui déclarer son amour, ni même de lui avouer son attirance pour elle. Dagmar était un homme écrasé par le désir, certes, mais pas pour elle.

— Bayr est le fils du roi. Il est le fils de Banruud, chuchota-t-il avant de se mettre à pleurer.

Fantôme eut le souffle coupé par cette révélation et sa vision se troubla. Sans doute tituba-t-elle sans s'en rendre compte, car Dagmar l'allongea doucement au sol, l'enserrant dans ses bras comme s'il craignait qu'elle fuie, qu'elle le laisse porter ce terrible fardeau seul.

— Oh, Dagmar, compatit-elle d'une voix étranglée.

Il s'allongea contre elle, posant sa tête sur ses genoux, les bras autour de sa taille, et elle caressa le sommet de son crâne dont les cheveux commençaient déjà à repousser.

— Bayr n'est pas au courant, sanglota-t-il – et elle pleura avec lui.

— Et le roi ?

Il secoua la tête, rageant de son impuissance.

— Mon père a revendiqué Bayr au nom de Dolphys

du fait qu'il est le fils de Desdémone. Le roi n'est pas stupide.

— Vous devez tout me raconter depuis le début, plaida-t-elle.

Après une brève hésitation, Dagmar céda, laissant les mots s'écouler de sa bouche tels des galets qui ne troublaient qu'à peine la surface de la nuit tiède avant de sombrer dans ses profondeurs insondables.

— Lorsque ma sœur est morte… elle a tracé deux runes de sang. Des runes qu'elle n'aurait jamais dû connaître. Le prix à payer pour l'une d'entre elles était sa vie, mais elle était déjà mourante. Et elle était aigrie, en colère. Elle a maudit tous les hommes de Saylok. Elle a dit qu'il n'y aurait plus d'enfants filles, plus de femmes que ces hommes puissent aimer puis détruire. Elle a maudit le nom de Banruud.

— Comment ?

— Elle a dit que Bayr serait son unique enfant. Avec sa seconde rune, elle a annoncé que Bayr serait fort, si fort que lui seul pourrait sauver Saylok, mais que son père le rejetterait.

— Son unique enfant…, répéta Fantôme dans un chuchotement.

Elle voulait lui conter sa propre histoire, mais les mots étaient trop lourds et elle les avait enfouis trop profondément pour pouvoir les déterrer si rapidement.

— Les runes ne sont pas toutes-puissantes. Pour preuve, Banruud a eu un autre enfant. Une fille. Alba. Pourtant… la malédiction n'est pas tombée. Le pouvoir de la rune de sang de ma sœur persiste. Je ne sais pas comment rompre la malédiction ou même si j'en suis capable.

— Avez-vous parlé de ces runes à Ivo ?

— Non, avoua-t-il dans un souffle. Je ne peux pas.

— Vous le devez. Il saura quoi faire, asséna-t-elle, avec dans la bouche le goût amer de l'hypocrisie.

— Je ne peux pas, persista-t-il.

Elle continua à lui caresser le crâne d'une main, attendant qu'il lui expose ses raisons. S'il lui faisait confiance, peut-être lui accorderait-elle la sienne en retour. S'il était capable de garder les secrets de Desdémone, peut-être pourrait-il également conserver les siens.

Dagmar se redressa pour la regarder dans les yeux et Fantôme se vit reflétée dans ses prunelles apeurées.

— Si Ivo l'apprend, il sera obligé d'agir. En tant que Très-Haut Gardien, il fera tout ce qui est nécessaire – il n'aura pas le choix – pour détruire le pouvoir des runes de Desdémone, insista Dagmar. Et je ne peux pas courir ce risque.

— Mais… n'est-ce pas ce que vous voulez ? s'étonna Fantôme.

— Et si Bayr était le seul à pouvoir mettre un terme à la malédiction ? demanda Dagmar d'une voix lourde de désespoir.

Fantôme le dévisagea sans comprendre, bouleversée par le chagrin et la culpabilité qui déformaient ses traits.

— Que voulez-vous dire par là ?

— La naissance de Bayr a marqué le début de la pénurie de filles… Et si c'était sa mort qui devait en marquer la fin ?

20

Bayr avait passé toute sa vie sur la Colline du Temple. Il ne s'était jamais aventuré plus loin que le Village du Roi, n'avait jamais exploré les terres au-delà des bois du temple, n'était jamais monté plus haut que sur les flèches de l'édifice.

Il avait appris à nager à Alba dans les sources encaissées parmi le réseau de grottes qui criblait la face nord à pic de la colline, lui avait montré tous les passages souterrains et les tunnels secrets, les meilleures cavernes et les arbres les plus hauts. Mais son monde s'était résumé à cette montagne qui s'élevait au cœur d'un pays qui lui était inconnu, et qu'il avait hâte de découvrir.

Il n'avait jamais posé les yeux sur les plages de galets d'Ebba, ni escaladé les pics de Shinway à Dolphys. Il n'avait jamais vu les arbres de Berne, des arbres au tronc si massif qu'un ours pouvait loger dans ses branches. Il n'avait jamais goûté à l'hiver d'Adyar, bien qu'il eût entendu que les stalactites pouvaient y empaler un homme. Il n'avait jamais contemplé les terres arables et prospères de Joran, ni les baleines qui croisaient au large des côtes de Leok.

Liis soutenait que tout était plus grand à Leok : les hommes, les bateaux, la faune, les tempêtes. Bayr était impatient de découvrir tout ça. Et pourtant, à mesure qu'il s'éloignait du temple sur un cheval qui n'était pas le sien, entouré de son grand-père et d'une poignée de guerriers grisonnants au visage sinistre, il n'avait qu'une seule envie : faire demi-tour.

C'était une bonne chose qu'il ait du mal à s'exprimer, que les mots lui fassent l'effet de rubans noués autour de sa langue. S'il avait pu mettre en mots ce qu'il ressentait, ils auraient cascadé de sa bouche tel le torrent de larmes qu'il luttait pour contenir. Il voulait pleurer pour Dagmar, car il savait que Dagmar pleurait pour lui. Il voulait verser des larmes de frustration vis-à-vis de ce roi détestable, n'ayant aucun doute qu'il était la cause principale de son départ. Il voulait sangloter pour Alba, désormais à la merci de Banruud et à celle des gens trop fatigués ou trop occupés pour faire attention à elle. Personne ne veillerait sur elle comme il avait pu le faire. Personne ne lui donnerait autant d'amour que lui.

Mais Bayr ne pouvait pas se permettre la moindre larme devant les guerriers de Dolphys, il se rabattit donc sur la prière, implorant Odin, Thor et Freya de protéger Alba des ambitions de son père et de l'indifférence des gardiens. Bayr était âgé de sept ans lorsqu'il était devenu son protecteur officiel, le même âge que la princesse avait aujourd'hui. L'enfance de Bayr avait filé aussi vite que filerait la sienne. Il pria pour qu'elle devienne sage et perspicace. Pour qu'elle voie le monde tel qu'il était et non tel qu'elle voudrait qu'il fût, ne serait-ce que pour se préserver des forces à l'œuvre autour d'elle. La dernière requête qu'il avait adressée à Dagmar était de lui faire promettre de veiller sur elle, et son oncle lui avait donné sa parole. Ses prières et réflexions furent interrompues par Dakin, le rouquin flamboyant qui chevauchait à sa droite.

— Tu es contusionné de partout. Quelqu'un t'a donné une sacrée correction, Garçon du temple, commenta-t-il.

Le destrier de Dakin émit un long hennissement avant de secouer sa crinière, comme pour dire : « Quelle honte ! Quelle honte ! »

Bayr ne répondit rien, mais Dred, qui faisait route devant lui, se retourna sur sa selle pour lui lancer un regard interrogateur. Voyant que le garçon persistait dans son silence, Dred prit la parole :

— Ce n'est pas rassurant pour mes hommes de te voir dans un tel état. Ils craignent que toutes les histoires qui courent à ton sujet ne soient que ça : des histoires.

Dakin acquiesça d'un grognement.

— J-je n'ai j-j-jamais ra-raconté d'-d'histoires, bégaya Bayr.

— Mais d'autres, si, répliqua le jeune Daniel qui chevauchait à l'arrière, arrachant des grommellements approbateurs aux guerriers auxquels il n'avait pas encore été présenté.

— Lors du tournoi, je l'ai vu perdre face à l'archer d'Ebba, intervint l'un d'entre eux. Il est bon, mais ce n'est pas le meilleur archer du royaume. Il sait lancer la hache avec une puissance incroyable, mais j'en ai vu d'autres viser tout aussi bien. Il existe d'autres guerriers tout aussi talentueux.

— Je l'ai vu gagner la course à pied, enchérit Daniel. Mais je doute qu'il puisse courir ainsi sur de longues distances.

Bayr soupira. Il se savait capable de courir sur des lieues sans ralentir l'allure, mais préféra ne rien dire. Il se moquait bien de ce que Daniel pensait de lui.

— Il a vaincu Lothgar de Leok à la lutte. Lothgar n'avait jamais perdu auparavant, intervint Dred en gardant les yeux rivés sur l'horizon, une note d'avertissement dans la voix.

— C'est une chose de se battre dans le cercle, de remporter une épreuve de force ou même d'agilité ; c'en est une autre d'affronter une forêt d'épées ou un homme bien décidé à vous embrocher, rétorqua Dakin.

— Tu as dit plus tôt que tu n'avais jamais croisé son pareil. À quoi joues-tu, Dakin ? grogna Dred.

— J'ai dit la vérité. C'est un garçon qui possède la taille et la force d'un homme – de plusieurs hommes, même. Sa place est à Dolphys et je l'y accueille à bras ouverts. Il ferait honneur à n'importe quel clan. Mais il ne devrait pas être nommé chef, déclara Dakin avec franchise.

Bayr était d'accord avec lui, mais garda ses pensées par-devers lui.

— Est-ce que vous auriez soutenu ma candidature, tous autant que vous êtes ? demanda Dred en regardant ses hommes un à un. Aurais-je bénéficié de votre soutien si j'avais été choisi chef ?

— Oui, répondit Dakin, rapidement imité par ses compagnons.

— Dans ce cas, je vous demande de parler en

faveur de Bayr, reprit Dred. De faire cause commune en sa faveur… pour moi.

— C'est un étranger. Le peuple le mettra au défi d'accomplir des tâches si difficiles qu'elles lui coûteront la vie. Même si nous nous prononcions tous en sa faveur… cela ne suffirait pas.

Dakin s'était exprimé d'une voix douce, gentille même, et Dred sembla s'affaisser sur lui-même, le menton contre la poitrine et les épaules voûtées. Bayr regretta une nouvelle fois de ne pas s'être tenu à sa résolution de rester sur la Colline du Temple.

— Je ne me ferai pas son porte-parole, Dred, mais je ne m'opposerai pas à lui, ajouta Dakin.

— Moi non plus, renchérit un guerrier aux yeux enfoncés et aux pommettes saillantes à l'arrière du petit groupe. Il peut se présenter, je ne revendiquerai pas la position de chef.

Bayr avait vu cet homme participer à la mêlée, ainsi que lors des festivités nocturnes qui avaient suivi. Il semblait presque aussi taiseux que Bayr, mais paraissait tenir Dred en haute estime.

— Dakin, Dystel, merci pour vos paroles, dit Dred d'un ton bourru. Et vous autres, qu'en dites-vous ? Vous opposerez-vous à lui à présent que j'ai retiré ma candidature ?

— Je n'ai aucune chance d'être choisi, répondit simplement Daniel en haussant les épaules. Peu m'importe si le Garçon du temple veut se tuer en tentant de devenir le Dolphys.

Le peuple de Saylok se référait souvent à leurs chefs par le nom de leur clan – l'Adyar, le Leok, le

Joran – et les citoyens de Dolphys ne faisaient pas exception.

Dystel donna une forte bourrade dans le dos de Daniel, manquant le faire tomber de sa monture. Les autres éclatèrent de rire tandis que Daniel se répandait en invectives, puis, l'hilarité retombée, chacun des guerriers présents donna son approbation.

— Si Dakin et Dystel ne comptent pas se présenter, aucun d'entre nous ne le fera non plus. Ce sont les plus légitimes, déclara un homme au crâne chauve tel celui d'un gardien.

Il était coiffé d'une toque de renard, le museau et la mâchoire supérieure de l'animal posés sur son front comme si son visage était sur le point de se faire dévorer. La queue touffue de la bête avait été découpée en bandes, puis tressée de manière à ce qu'il arbore lui aussi une tresse de guerrier.

— Qu'il en soit ainsi, conclut Dred après avoir regardé chacun dans les yeux. Nous verrons ce que notre peuple a à dire.

*

Ils chevauchèrent pendant deux jours, se reposant brièvement le long de fleuves et de cours d'eau. L'eau se trouvait en abondance à Dolphys, les rochers aussi, en revanche les terres cultivables étaient rares. Par conséquent, les Dolphyniens privilégiaient les cultures peu gourmandes en superficie – les pommes de terre formaient ainsi la base de leur alimentation. Certains étaient guerriers, d'autres chasseurs, fermiers ou pêcheurs. Il y avait des commerçants, des trappeurs, des mineurs et des meuniers, et, dans la vallée la plus vaste – qui accueillait le palais du chef de clan et la majorité des habitations –, toutes ces professions se trouvaient représentées.

Aux yeux de Bayr, la vie à Dolphys ne semblait guère différente de celle au Village du Roi. Le relief escarpé en revanche, alternant entre pics et vallées, parois rocheuses et précipices vertigineux, enflammait l'imagination de Bayr, et il se voyait déjà escalader le pic de Shinway, son point culminant, et de sa cime apercevoir au fond de l'horizon les flèches coiffant la Colline du Temple.

Lorsqu'il posa la question à son grand-père, Dred haussa les épaules.

— Je ne suis jamais allé voir. Tu ferais mieux de ne pas trop regarder en arrière non plus, Bayr.

Quand enfin ils atteignirent la pente menant à la vallée, fourbus et le derrière endolori par la longue chevauchée, Dred arrêta sa monture et intima à ses hommes de partir en éclaireurs afin de prévenir le village de leur retour.

— Dis-leur que nous arrivons, Dakin. Raconte-leur tout ce qui s'est passé au palais. Tu leur diras que j'ai ramené mon petit-fils à Dolphys afin qu'il se présente comme chef.

Dakin hocha la tête, ses yeux s'attardant sur Bayr.

— Mieux vaut ne pas trop attendre, mon garçon. Tu es fatigué, mais ils ne te laisseront pas une minute de répit. Que Thor te prête sa force et que les loups d'Odin protègent tes arrières.

Dakin tira un coup sec sur sa longue tresse rouge sang en signe de respect, puis éperonna sa monture.

Les autres guerriers lui emboîtèrent le pas, pressés d'arriver à destination et de relayer les nouvelles.

Dred les regarda s'éloigner un moment, avant de se tourner vers Bayr. Les rides de son front et celles encadrant sa bouche pincée s'étaient accentuées à mesure qu'ils se rapprochaient du terme de leur voyage. De son côté, Bayr s'était efforcé de ressentir le moins de choses possible. Le pays de Dolphys était rude, les hommes avec lesquels il voyageait davantage encore, et bien que son œil ait été attiré par les paysages, tout lui paraissait froid et étranger. Lui-même se sentait froid et étranger. La rage qui lui tordait le ventre était la seule chaleur qui lui restait – alimentée par son amertume vis-à-vis de sa propre faiblesse, sa fureur à l'égard des circonstances qui étaient les siennes et sa frustration de ne jamais avoir eu le choix.

— Être proclamé chef d'un peuple parmi lequel tu n'as jamais vécu ne sera pas chose facile, mais je te promets que ce sera bien plus facile que ce qui t'attend dans les heures qui viennent. Tu vas devoir les impressionner, Bayr. Ils ont tous entendu parler du Garçon du temple. Dakin a dit que tu étais un étranger, il a tort. Tu fais partie des histoires qu'on raconte au coin du feu. Et cela pourrait te rendre la tâche plus difficile encore. Ils se ficheront que tu n'aies que quatorze ans, que tu ne sois qu'à peine un homme. Ils attendront de toi la grandeur. Ils attendront Thor. Et c'est ce que tu devras leur donner.

Bayr serra les dents en sentant les larmes d'impuissance s'accumuler derrière ses yeux. Il n'avait pas demandé à devenir chef. Il ne le souhaitait même pas. Pourtant, il allait essayer. Il allait mettre un genou à terre et agripper sa tresse. Il prêterait serment. Il saignerait et souffrirait et ferait ce qu'on lui demanderait.

— Ils n'aimeront pas ton nom, poursuivit Dred. C'est un nom de Berne, pas de Dolphys. Je ne te le retirerai pas, car ta mère te l'a donné. Mais ils tenteront peut-être de t'en faire changer. À toi de décider si c'est une bataille que tu es prêt à livrer.

Bayr se frotta le visage, cherchant le calme tout en luttant contre le désespoir.

— Es-tu prêt ? s'enquit Dred.

Bayr secoua la tête. Comment aurait-il pu répondre à l'affirmative ?

Dred dirigea sa monture vers lui et posa une main sur l'épaule de Bayr pour l'encourager à redresser la tête, sans succès.

— Nous autres femmes et hommes de Saylok pouvons rarement choisir notre bonheur. Notre venue au monde est une bataille, et chaque jour nous en livrons une nouvelle.

Dred marqua une pause et raffermit sa prise sur l'épaule de son petit-fils, avant de reprendre :

— Mon fils savait ce qu'il voulait. Ma fille aussi. Mais je ne les ai pas écoutés. J'avais trop peur de ne pas pouvoir le leur donner.

La voix de Dred était plombée de regrets, et il secoua vivement la tête, comme s'il avait oublié ce qu'il voulait dire. Après quelques secondes de silence, il prit une grande inspiration et lâcha un long soupir.

— Qu'est-ce que tu désires, Bayr ? Si tu veux partir… je partirai avec toi. Où que tu le souhaites. J'ai passé toute ma vie à désirer quelque chose que je n'ai jamais réussi à nommer. Je croyais que c'était le pouvoir, mais je sais maintenant que c'est la postérité. Moi qui pensais vouloir être chef, voilà que, tout à coup, Odin a ouvert la main et que tu étais là, juste sous mes yeux.

— Je veux protéger, déclara Bayr sans réfléchir ni hésiter – depuis tout jeune, cela avait été sa mission. J-je veux protéger S-Saylok et le t-temple. J-je veux p-protéger la p-princesse et les f-f-filles des clans. Je v-veux p-protéger D-Dagmar et les g-gardiens.

— Tu veux protéger ceux que tu aimes.

Bayr acquiesça d'un brusque hochement de tête. Il voulait protéger ceux qu'il aimait, et, à la place, il avait été envoyé à Dolphys, loin de tous ceux qui lui étaient chers.

Dred étudia un instant son petit-fils, d'un regard doux qui contrastait avec son visage dur.

— Si tu restes ici… tu apprendras à aimer Dolphys. C'est une province rude à laquelle il n'est pas facile de s'attacher, mais une fois que tu l'auras dans la peau, elle ne te quittera plus jamais. Et pareil pour son peuple. Tu apprendras à aimer les Dolphyniens, et tu les protégeras eux aussi.

La colère de Bayr commença à s'évaporer au soleil du milieu de matinée, et il contempla la vallée de Dolphys avec un regard nouveau. Il ne voulait pas diriger. Mais peut-être pourrait-il servir. Peut-être cela revenait-il au même après tout.

— Je sais que tu n'as pas choisi de venir ici, Bayr, mais je t'aiderai dans la tâche qui t'attend. Je serai ton bras droit et le gauche s'il le faut. Je surveillerai tes arrières et je protégerai ton cœur. Je te donnerai tout ce que j'ai jusqu'à mon dernier souffle. Tout ce que je suis. Tout ce que je sais. Tout est à toi.

— Tout ? chuchota Bayr, laissant ses doutes s'envoler et la foi prendre leur place.

— Tout, confirma solennellement Dred.

— T-tu aurais qu-qu-quelque-chose à m-manger ?

Dred arqua les sourcils, interrogateur.

Bayr lui décocha un sourire et se pencha pour tirer sur la tresse de son grand-père.

— J-je ne p-peux pas me b-battre le v-ventre vide.

*

Ce fut son dernier repas avant longtemps. Comme on pouvait s'y attendre, le peuple de Dolphys ne l'accueillit pas à bras ouverts, et sa candidature non plus. Dred s'était chargé des discours, et Bayr s'était contenté de faire ce qu'on lui demandait. Il lança ses lames et fit montre de tous ses talents. Les gens souhaitaient le voir défier Dakin en duel, mais la peur de voir un de leurs meilleurs guerriers blessé l'emporta. Les anciens bouillonnaient, les vieilles femmes crachaient, et tous se tenaient en cercle autour de lui, à le palper et à tirer sur sa tresse. Personne ne semblait savoir que penser de lui.

— Ce n'est pas un loup. Il n'est pas des nôtres, déclara un vieil homme dont la natte était hérissée de petites touffes de cheveux blancs.

Il portait aux doigts des bagues serties de dents acérées et les autres, qui l'appelaient Dog, lui témoignaient un grand respect. Bayr se dit qu'il avait dû être jadis un grand guerrier. Tous étaient vêtus de peaux de loup – grises, blanches, noires et brunes, petites et grandes. Bayr se demanda s'il n'avait pas commis une erreur en arrivant habillé d'une simple tunique, avec ses bas et ses bottes. Il affichait certes les couleurs de Dolphys, mais pas les atours.

— Il est des nôtres, rugit Dred. Il est de mon sang !

Les gens marmonnaient en secouant la tête. Ils avaient peur.

— Il doit vaincre Dolphys, décréta Dog d'un ton sans appel.

Dred eut beau ne pas tressaillir, cette annonce fit l'effet d'un coup de tonnerre parmi la foule assemblée et dans le ventre de Bayr.

— Qu'il en soit ainsi, approuva Dred.

Bayr voulut demander ce que cela signifiait, mais il ne faisait pas confiance à sa langue.

Les gens se mirent à pousser des cris et le cercle se mua en deux longues lignes qui se faisaient face le long de l'artère principale qui menait à la résidence du chef. Les Dolphyniens se munirent qui d'un fouet, qui d'une pierre ou d'un bâton, et Bayr crut un instant que les deux rangées allaient s'affronter. Sauf que tous avaient les yeux rivés sur lui.

— Retire ta tunique, Bayr. Et tes chaussures, lui intima son grand-père, le ton grave.

Bayr s'exécuta, les entrailles en feu, mais les mains glacées. Les bleus et les contusions infligés par le roi marbraient toujours son corps de teintes bleuâtres et violacées, déclenchant sifflements et quolibets de la part de la foule.

— Il s'est déjà fait rouer de coups, protestèrent certains membres de l'assistance.

— Et il est prêt à en recevoir d'autres, tonna Dred. Il ne tombera pas !

Bayr dévisagea son grand-père avec un air incrédule.

— Tu vas devoir courir, Bayr. Cours au milieu.

Bayr, sidéré, contempla la longueur des deux files.

— Ils vont tout faire pour te mettre à terre. Mais je sais comment tu cours. Cours, et ne t'arrête pas.

Sans se donner le temps de réfléchir ni laisser aux belligérants l'opportunité de se préparer, Bayr bondit en avant, franchissant le premier tiers de l'enfilade avant qu'ils se soient aperçus que le défi avait commencé.

Des jappements et hurlements s'élevèrent alors comme si les gens s'étaient métamorphosés en chiens enragés, et Bayr sentit la morsure d'un fouet sur son talon ainsi qu'un choc à son flanc droit. Il ne regarda ni d'un côté ni de l'autre, fonçant droit devant lui en se focalisant sur le bout du tunnel humain, où scintillaient des torches et où des nuages roses sertissaient un crépuscule pourpre.

Il ne vit pas d'où venait le coup de bâton qui lui fendit l'arcade sourcilière, mais il dépassa les derniers Dolphyniens le visage ensanglanté et le cœur martelant sa poitrine. Jamais il n'avait couru aussi vite.

Aucun vivat ne vint saluer son arrivée triomphale. Il s'essuya les yeux du dos de la main et se retourna vers la foule, en quête d'un geste ou d'un mot de réconfort – en vain.

— Dans la forêt ! s'écria une voix.

Dakin et Dystel se matérialisèrent près de lui et l'empoignèrent chacun par un bras. Ils ne cherchaient pas à le neutraliser, juste à le guider, comme s'ils savaient pertinemment que Bayr pouvait se débarrasser d'eux en un clin d'œil si le cœur lui en disait.

— Si les loups te laissent vivre, alors tu seras leur chef, expliqua Dakin.

— N-n-n'ai je pas v-vaincu Dolphys ? demanda Bayr en jetant un coup d'œil par-dessus son épaule, vers les deux lignes qui se reformaient en une foule compacte.

— Ce n'était pas Dolphys. C'était l'étape préliminaire pour faire couler le sang, et attirer les loups. Dolphys est le Loup, répondit Dystel.

Bayr secoua la tête, la vision toujours voilée par le sang qui lui coulait du front.

— Dred ne peut pas t'accompagner – personne n'y est autorisé. Tu seras seul dans les bois. C'est une épreuve que peu de chefs ont dû endurer et à laquelle seul un a survécu… mais Dog a parlé et c'est à présent l'unique preuve de ta valeur que le peuple acceptera.

Bayr ne voyait pas ce qu'il y avait de particulièrement inquiétant à se retrouver seul.

— Pas de couteau. Pas de vêtements. Pas la moindre arme, ajouta Dystel.

Bayr acquiesça d'un hochement de tête, même s'il aurait apprécié un tissu pour lui bander la tête.

— Ils vont t'attacher à un arbre, déclara Dakin.

Bayr vacilla à l'annonce de cette nouvelle règle, et Dakin lui serra le bras dans un geste de réconfort. Les trois hommes poursuivirent leur chemin sous le couvert des arbres, de plus en plus dense.

— Tu es parvenu à soulever l'autel tombé sur l'ancien roi. Mon frère, qui fait partie de la garde royale, t'a vu faire ce jour-là au temple, l'encouragea Dystel. Mais cette tâche finale n'est pas une épreuve de force. Tu ne dois pas tuer les loups pour te sauver. Ça ne comptera pas non plus si tu te libères de tes liens. Les loups doivent te choisir.

Bayr s'imagina un instant s'offrir en pâture aux loups. Il était exténué et maculé de sang. Si seulement il possédait le don d'Alba de courtiser les bêtes, même s'il n'était pas sûr qu'elle-même soit capable de calmer une meute de loups excitée par l'odeur de sang. Elle était persuadée de pouvoir parler à des dragons, mais elle n'avait jamais rencontré ni dragon ni loup, et une bête sauvage restait une bête sauvage.

— Si les loups ne viennent pas, tu survivras. Et le peuple décidera de ton sort, expliqua Dystel.

— Prie pour que les loups ne viennent pas, murmura Dakin.

— Et s-s-s'ils viennent q-quand même ?

— Alors débrouille-toi pour rester en vie, Garçon du temple. Mais sache que si tu tues les loups, le peuple y verra alors un signe.

Ils l'entravèrent dans une clairière à moins d'un kilomètre de la place du village : les lourdes chaînes enroulées autour de son torse, de sa taille et de ses cuisses le plaquaient au tronc d'un arbre colossal. Les chaînes étaient rivetées à l'arbre grâce à des vis massives et longues comme sa paume afin de prévenir toute tentative d'évasion. Bayr n'offrit aucune résistance ni supplication. La foule qui les avait suivis comprenait un mélange de guerriers, d'anciens et de villageois munis de torches, qui échangeaient des propos à voix basse, la crainte lisible sur leurs traits.

La foule déchaînée avait laissé place à une assemblée solennelle.

— Peut-être que tu es assez fort pour desserrer tes chaînes et pour grimper à l'arbre, déclara une vieille femme.

— Les loups ne montent pas aux arbres, avertit Dakin.

— Les ours grimpent aux arbres, eux, ajouta Dystel, faisant allusion à son nom. Es-tu un ours ou un loup ?

Bayr comprit aussitôt que l'épreuve ne consistait pas à s'échapper, mais à résister. À endurer.

— Peut-être qu'il est capable de briser ses chaînes, avança un ancien, de l'espoir dans la voix.

L'homme portait les cheveux détachés comme une femme, ses années guerrières – s'il en avait jamais eu – longtemps derrière lui.

— Ce serait certes une prouesse inédite. Mais tuer les loups ne suffira pas. Si tu veux vivre, Garçon du temple, alors brise tes chaînes, décréta Dog, le vieux guerrier. Tes exploits physiques nous ont été rapportés. Mais si tu veux devenir notre chef, il te faudra apprivoiser les loups.

Dakin lui fit boire de longues gorgées d'hydromel pour humecter sa gorge sèche et lui prodiguer un peu de courage. Bayr craignit que l'alcool ne servît qu'à aromatiser ses entrailles, pour le plus grand plaisir des loups, mais il fut reconnaissant au guerrier de son attention.

Ils le laissèrent là, solidement attaché à l'arbre, et lui firent leurs adieux tout en lui souhaitant une bonne traversée jusqu'au Valhalla… ou jusqu'à l'aube, selon ce qui se présenterait à lui en premier.

Bayr ne vit personne monter la garde. Et Dred, s'il était là, ne chercha pas non plus à signaler sa présence – si bien que Bayr se demanda s'il n'avait pas été placé sous surveillance. La nuit serait probablement longue pour tous les deux.

Bayr s'assoupit brièvement, l'épuisement l'emportant un temps sur l'appréhension. Mais à mesure que la lune et les étoiles prenaient possession du ciel, des bruissements annonçant la venue de visiteurs indésirables se firent entendre, et le silence se fit aussitôt dans la forêt. Un hurlement soudain lui fit lever la tête, mettant sa vessie à l'épreuve. Bayr s'essuya le front contre son épaule et sa blessure se rouvrit. L'odeur du sang ne manquerait pas de les attirer, et Bayr maudit son geste en voyant une, deux, puis trois paires d'yeux le fixer depuis la lisière de la clairière.

Il entonna les prières de son enfance, en appelant à Odin et à son fils Saylok, le père des clans. En appelant au Dieu Christ, qu'appréciait particulièrement Dagmar. En appelant à Thor, dont la force surpassait la sienne.

Mère de la terre, soyez mienne, Père des cieux, divin. Tout ce qui fut et tout ce qui est, tout ce que je suis et tous mes désirs.

Le sang s'écoula le long de ses joues, gouttant de son menton pour venir éclabousser la peau pâle de ses pieds nus. Bayr testa ses liens et sentit quelque chose céder ainsi qu'un grondement dans le sol. L'arbre ne voulait pas mourir non plus. Les loups s'approchaient en rampant et leurs claquements de mâchoires venaient faire écho aux protestations des racines malmenées. Les orteils de Bayr se refermèrent sur l'humus tandis que les battements de son cœur lui emplissaient la tête.

Avait-il la force de mourir alors qu'il pouvait tuer ?

Était-il capable de déraciner l'arbre ou de faire sauter les grosses vis qui maintenaient les chaînes en place ? Il pouvait se libérer et laisser Dolphys derrière lui. Il pouvait retourner à pied au temple, humilié et en disgrâce. Le clan le traiterait en paria, comme l'avait prédit le roi Banruud.

Il pouvait se réfugier au temple, s'y cacher avec Fantôme et faire profil bas pour éviter le roi. Ou peut-être que s'il vivait, le clan de Dolphys le laisserait rester, même s'il ne le choisissait pas pour chef.

Une autre goutte de sang s'écrasa sur son pied, puis une autre, et il vit son sang imbiber la terre à mesure que les loups approchaient.

Faites de l'espoir mon foyer, offrez-moi un refuge,
Donnez-moi une foi qui jamais ne s'éteigne.

Ce furent le sang et la terre et l'absence de foyer qui lui y firent penser. Bayr n'avait pas été instruit en matière de runes, bien que Dagmar fût convaincu qu'il les avait dans le sang, mais il avait grandi au temple et il connaissait les plus courantes – la rune du soleil et la rune contre la douleur, ainsi que la rune qui éloignait les rampants et les nuisibles. Du gros orteil, il en traça maladroitement le symbole dans l'humus. Son dessin n'avait pas l'assurance de celui d'Alba, mais il traça une à une les longues pattes fines de l'araignée, tendant la jambe au maximum avant de la ramener jusqu'au pied de l'arbre.

Une fois toutes les lignes reliées, il baissa la tête, laissant couler le sang de son entaille au front pour en imprégner la rune.

Les loups n'étaient plus qu'à quelques mètres, s'approchant en demi-cercle, faisant ployer les hautes herbes sur leur passage. Leurs grognements se muèrent progressivement en gémissements plaintifs lorsque le plus gros spécimen de la meute avança prudemment pour renifler les contours de la rune grossière. Les gémissements laissèrent alors place à des hurlements à pleine gorge, la meute entonnant un chœur sinistre d'impuissance et de frustration. Il sentait leur haleine de prédateur tandis que les bêtes en colère tournaient autour de lui… sans jamais franchir la barrière de protection que constituait sa fragile rune.

Toute la nuit durant, les loups l'encerclèrent et firent les cent pas autour de l'arbre, claquant des dents et reniflant la forme simple tracée dans la terre avant de reculer, et toute la nuit, Bayr garda le silence, le menton posé contre sa poitrine pour s'assurer que son sang continuât de nourrir la rune, redoutant à chaque seconde que son pouvoir ne s'évanouisse. Il aurait pu desserrer ses chaînes. Il sentait la faiblesse de certains maillons, la force surhumaine qui palpitait dans ses bras et ses jambes et le salut qu'elle lui garantissait. Il aurait pu se libérer. Mais il ne le fit pas.

Ce ne fut que lorsque les premières lueurs grisâtres de l'aube filtrèrent à travers les arbres que les loups succombèrent un à un à la fatigue, rentrant leur tête sous leurs pattes. Bayr mourait d'envie d'enfouir ses pieds douloureux de froid dans leur pelage chaud – ils étaient suffisamment proches pour cela –, mais il avait peur de les réveiller et d'y perdre les jambes. Bayr ne sentait plus ni ses doigts ni ses bras, mais ses épaules raides le faisaient souffrir et ses genoux s'entrechoquaient de fatigue. Le sang de sa plaie avait fini par sécher et ses cheveux étaient plaqués sur son crâne par la rosée matinale. Dès qu'il entendit les guerriers de Dolphys s'avancer dans le sous-bois, il effaça sa rune du talon et attendit que les loups se réveillent.

Alertées par le bruit, les bêtes bondirent sur leurs pattes et se retirèrent en lisière de clairière.

Dred avait les yeux lestés de lourdes poches et les rides anxieuses qui barraient son front étaient plus profondes que la chair meurtrie des poignets de Bayr.

— Il est vivant ! s'écria-t-il en courant vers l'arbre.

Les guerriers qui le suivaient de près se frottèrent les yeux, fouillant la clairière du regard.

— On a entendu des loups. On les a entendus toute la nuit, souffla un ancien, manifestement éberlué.

Bayr se contenta d'attendre qu'on le libère de ses chaînes.

— Regardez là-bas, chuchota Dystel en désignant la meute toujours visible au travers des brumes matinales.

— Les dieux ont parlé, déclara Dakin, plein de révérence.

— Les loups ont parlé, acquiesça Dog d'un ton bourru. Il n'y a pas un doute là-dessus.

— Retirez-lui ses chaînes, rugit Dred en prenant son petit-fils dans ses bras puissants. Tu es vivant, dit-il à son oreille, tandis que les guerriers le délivraient. Toute la nuit, j'ai craint le pire.

— En ce moment, je préférerais être mort, chuchota Bayr en se laissant tomber dans les bras de Dred.

On l'aida à enfiler un justaucorps et des braies.

— Tu vas devoir marcher jusqu'au village. Il faut que tu marches, Bayr, la tête haute et les épaules bien droites. Et les gens se prosterneront sur ton passage, l'instruisit Dred.

— Sois maudit, Dred de Dolphys, marmonna Bayr. Je n'ai jamais voulu qu'on se prosterne devant moi.

— Les dieux t'ont délié la langue, s'enthousiasma Dred.

Son petit-fils était trop éreinté pour vérifier sa théorie.

— Longue vie au Dolphys ! cria alors l'un des guerriers, un cri aussitôt repris par une douzaine de gorges.

— Nous avons un nouveau chef ! beugla Dred.

Bayr releva la tête et carra les épaules, un bras passé au-dessus de celles de son grand-père. Les pieds aussi nus et ensanglantés que le jour de sa naissance, il traversa la portion de forêt jusqu'au village qui serait dorénavant son foyer.

TROISIÈME PARTIE

LES GARDIENS DU TEMPLE

21

— Saylok était le fils du dieu Odin…, débuta Dagmar.

Il avait promis une histoire aux filles et Alba, dont c'était le tour de choisir, réclamait toujours la même.

— Peu savaient qu'il était le fils d'un dieu, interrompit la princesse.

— C'est vrai, acquiesça Dagmar. Saylok ne se souciait guère de l'opinion des hommes. Il savait également, en tant que fils d'un dieu, que beaucoup chercheraient à mettre sa puissance à l'épreuve ou à s'attirer ses faveurs, c'est pourquoi il gardait son identité secrète. Mais bien que peu de gens eussent été au courant de ses origines, Odin les connaissait, et Loki, frère de Saylok, aussi.

— Loki adorait faire des bêtises et semer la discorde, crut bon de préciser Liis, au cas où les autres auraient oublié ce fait.

Dagmar hocha la tête, et poursuivit :

— Saylok adorait être entouré d'animaux aussi bien dans les montagnes que dans les champs, si bien qu'Odin fit émerger une île des profondeurs de la mer et lui donna le nom de son fils. Il la peupla d'hommes et de bêtes et l'offrit à Saylok, afin qu'il puisse y vivre en paix, dans un lieu où personne ne savait qui il était.

— Mais Loki avait d'autres idées en tête, contribua Dalys à son tour.

— En effet, approuva Dagmar. Loki était jaloux de son frère Saylok, et il prenait plaisir à le voir souffrir. Loki savait également qu'il n'y avait qu'une seule chose que Saylok aimait encore plus que les animaux.

— Les femmes. Saylok adorait les femmes, intervint à nouveau Alba, chuchotant le mot « femmes » comme s'il était sacré.

Elle était la plus jeune des filles et ne deviendrait pas une femme avant de nombreuses années.

— Saylok aimait les femmes, il est vrai, mais il voulait aussi de nombreux descendants, tempéra Dagmar. Comme son père, Odin. Dans chaque village qu'il traversait, il couchait avec une femme différente dans l'espoir de lui faire un enfant. Et rapidement, son vœu devint réalité.

— Mais Loki transforma les enfants de Saylok en bêtes en ayant recours aux runes interdites, intervint Elayne d'une voix étouffée par l'horreur.

— En effet. Lorsque naquirent les six fils de Saylok – un enfant dans chaque village –, ils avaient tous une apparence normale. Mais quelques jours après leur naissance, des ailes, des griffes et de la fourrure se mirent à leur pousser.

— Un devint un ours. Un devint un aigle, un devint un sanglier, un devint un cheval, un devint un lion et le dernier un loup, récita Alba, toujours aussi captivée par ce récit.

— Quand Saylok se rendit compte de ce qu'avait tramé Loki, il construisit un temple et assigna des gardiens pour veiller sur les runes interdites, puis il demanda aux dieux de veiller chacun sur un de ses enfants animaux : Adyar, Berne, Ebba, Dolphys, Joran et Leok. Odin eut pitié de son fils et à chaque pleine lune, il permit aux enfants animaux de Saylok de reprendre forme humaine pour une nuit. Dans leur corps d'homme, ils engendrèrent eux-mêmes des enfants avec des caractéristiques animales, mais, au fil des générations, celles-ci s'évanouirent progressivement, ne se manifestant plus qu'à travers la taille, la vitesse, la discrétion ou la force. Et c'est ainsi que sont nés les clans de Saylok.

Pendant de longues secondes, les filles restèrent silencieuses, réfléchissant à cette histoire qu'elles avaient entendue cent fois comme si c'était la première. Les cours avaient beau être terminés pour la journée, Dagmar attendit patiemment, percevant un certain trouble sous le calme ambiant.

— Les hommes ne peuvent pas porter d'enfants, prononça Liis d'une voix aussi révérencieuse que celle d'Alba plus tôt. Même les fils d'Odin. Même le puissant Saylok. Même Bayr !

La mention du nom de Bayr fit sursauter Alba, et Dagmar vit un éclair de tristesse passer sur son visage juvénile.

— Oui. Un jour, vous serez toutes des femmes adultes. Vous serez le salut de Saylok, assura Dagmar en priant pour que ça soit vrai.

Les filles poursuivirent leur introspection un instant, jusqu'à ce que Bashti lève les yeux vers la fenêtre, vers les gazouillis d'oiseaux et le soleil, et elle demanda si elle pouvait sortir.

Dagmar leur accorda la permission et elles se hâtèrent de quitter la salle, impatientes de profiter d'une heure d'amusement avant leurs tâches vespérales. Alba resta seule avec Dagmar.

— Tous les hommes aiment-ils les femmes, Dagmar ? Tout comme Saylok ? demanda-t-elle une fois que les autres se furent égaillées.

— La plupart des hommes, oui, répondit Dagmar en toute honnêteté.

— Est-ce que vous aimez les femmes, Dagmar ?

Ses protégées étaient censées l'appeler « gardien Dagmar », mais Alba n'utilisait toujours que son prénom, sans d'ailleurs qu'il la reprenne.

— Oui. Mais je ne… je ne les aime pas plus que j'aime le temple… ou les dieux.

— Est-ce que Bayr est un dieu, Dagmar ?

Dagmar ne put s'empêcher de tressaillir, surpris par la question. Puis il hésita longuement. Il était difficile de lui répondre.

— Il possède la force des dieux, finit-il par admettre.

Alba redevint songeuse, avant de changer de sujet :

— Mon père dit qu'un jour, je serai reine.

— Je n'ai guère de doutes là-dessus.

— Quand j'aurai les cheveux gris et les seins qui tombent ?

Dagmar la dévisagea avec stupeur. Il se prit la tête entre les mains, une posture qu'il adoptait souvent en présence d'Alba. Jamais il ne la grondait. En revanche, il multipliait les prières muettes en son nom, au cas où ses propos offenseraient les dieux. Alba était trop honnête – et trop franche – pour son propre bien.

— Dans moins longtemps que cela, Alba.

— Mais je ne peux pas être reine si je ne suis pas encore femme.

Dans l'esprit d'Alba, être femme devait signifier être vieille et voûtée, à l'instar des femmes qui travaillaient au palais et des habitantes du Village du Roi.

— Tu seras femme avant d'avoir les cheveux gris. Et tu seras reine lorsque ton père décidera de te marier à un roi, dit Dagmar.

Alba grimaça, faisant apparaître un sillon profond entre ses sourcils sombres – qui contrastaient fortement avec sa chevelure blond pâle.

— Je choisirai moi-même mon mari, décréta-t-elle.

Dagmar lâcha un soupir tout en réprimant un sourire.

— J'espère que tu feras ce qu'il y a le mieux pour Saylok, murmura-t-il. Car nous avons besoin de toi.

— Faire ce qu'il y a de mieux… comme l'a fait Bayr ?

Elle prononça son nom à voix basse – la blessure ne cicatriserait jamais. Cela faisait plus de trois ans qu'il était parti et Dagmar savait qu'il manquait tous les jours à Alba. Il éprouvait exactement la même chose. Il avait conscience qu'Alba craignait de ne plus jamais le revoir.

— Comme l'a fait Bayr, acquiesça Dagmar.

Il pensait qu'elle prendrait alors son congé pour

rejoindre les filles dans le jardin baigné des derniers rayons de soleil, mais elle resta assise.

— Vous avez toujours voulu être un gardien, Dagmar ?

— Oui, toujours.

— Mon père dit que vous auriez dû être un guerrier pour votre clan, pour Saylok. Il a dit que les hommes comme vous devraient se battre au lieu de prier, et aussi se reproduire. C'est ce qu'il a dit.

Dagmar manqua encore s'étouffer, puis traça l'étoile de Saylok sur son propre front, pour se rappeler qu'il était au service des dieux et qu'Alba était toujours une enfant.

— Nous avons tous une vocation, et la mienne consiste à ne jamais faire la guerre, répliqua-t-il d'un ton égal.

— Ni à vous reproduire ?

— Ni à me reproduire, approuva-t-il en se mordant la langue pour ne pas rire.

— Bayr m'a raconté un jour que vous aviez menacé de vous tuer si maître Ivo refusait de vous accepter au temple. Et si moi je refuse qu'on me marie ? Je n'ai pas envie d'épouser un roi. Même pour Saylok.

— Pourquoi ? s'étrangla Dagmar.

Les filles n'arrêtaient pas de parler de devenir mères et reines, d'être les maîtresses de leur foyer et de leur propre vie, enfin affranchies des remparts du temple.

— C'est Bayr que je veux, déclara Alba d'un ton sans appel.

Le cœur de Dagmar manqua un battement.

— Quand je serai femme, il reviendra, chuchota

la princesse. Je pourrai alors l'épouser. Un dieu vaut mieux qu'un roi.

— Oh, mon enfant, cela ne peut pas se produire, gémit Dagmar.

— Pourquoi ?

— Parce que…

Dagmar ne pouvait avouer à Alba que Bayr était son demi-frère. Jamais ces mots ne franchiraient ses lèvres. De telles paroles pouvaient causer sa mort. Et, plus important encore, Dagmar n'y croyait pas. Desdémone avait prophétisé que Banruud n'aurait qu'un seul enfant. Dagmar était donc parvenu à la conclusion qu'Alannah avait pris un amant et que cette liaison avait produit une fille. Jamais pareille infidélité n'avait été une telle bénédiction pour son mari.

— Parce que Bayr n'est ni un dieu… ni un roi. Et il te faudra épouser un roi, Alba, pas un homme de Saylok, répondit finalement Dagmar.

— Pourquoi ? répéta Alba, presque en colère cette fois.

— Parce que nous avons besoin de plus de filles, sinon les clans de Saylok cesseront à jamais d'exister.

*

Le peuple de Dolphys ne l'appelait jamais Bayr, et son nom lui manquait parfois. Il se le chuchotait alors, goûtant à la sonorité du mot sur sa langue, se rappelant le garçon qu'il avait été sur la Colline du Temple. Ils l'appelaient Chef ou Dolphys. Cela ne le changeait finalement guère de « Garçon du temple ».

Son grand-père l'appelait lui aussi Chef, d'une voix qui trahissait sa fierté. Cela permettait à Bayr de ne jamais oublier ce qu'on attendait de lui, et il s'y était habitué. Tant que les membres du clan l'appelaient ainsi, il n'avait pas à se présenter. Il travaillait dur, combattait avec férocité et faisait tout pour ne pas avoir à ouvrir la bouche. Lorsqu'il ne se battait pas, il labourait les champs, jetait des filets à la mer ou chassait dans les collines. Il n'avait rien d'autre à offrir, il mettait donc sa force et son endurance au service de quiconque en avait besoin.

Il vivait dans le palais du chef et dormait dans ses vastes appartements, richement décorés de fourrures et de bois de bêtes qu'il n'avait pas tuées. Dirth avait laissé une veuve derrière lui, Dursula de Dolphys, qui avait pris résidence au palais lorsqu'elle avait épousé Dirth à seize ans, soit plus de trente ans auparavant. Au sein des clans, la coutume dictait que le nouveau chef pourvoie aux besoins de la famille de son prédécesseur, et Bayr convia Dursula à rester. Elle avait survécu à son mari et à ses fils, tandis que ses filles, adultes, étaient parties vivre ailleurs. Bayr, qui n'avait pas de femme et dont le grand-père était la seule famille à Dolphys, était ravi de sa présence. Elle s'occupait de l'intendance du foyer – un foyer qu'il habitait, mais ne pouvait se résoudre à appeler le sien –, et s'était mis en tête de le materner, lui qui n'avait jamais eu de mère. Dred appréciait beaucoup Dursula et passait davantage de temps au palais du fait qu'elle y soit, ce qui convenait très bien à Bayr, car l'espace et la solitude avaient pour travers de lui faire songer à ceux qu'il avait abandonnés.

Dred avait vu juste sur de nombreux points. Bayr adorait Dolphys, il adorait son peuple, et bien qu'il tâchât de ne pas trop penser à son oncle, il retrouvait Dagmar chez son grand-père : dans le raidissement de ses épaules et la taille de ses mains. Il se trompait d'ailleurs parfois, l'appelant Dagmar au lieu de Dred, ce qui faisait rire son grand-père en secouant la tête – un geste dont avait aussi hérité l'homme qui l'avait élevé.

Un anniversaire d'Alba passa, puis un autre, un nouveau et encore un autre. Chaque année, Bayr envoyait un cavalier de Dolphys au temple, chargé de transmettre des lettres à tous et des cadeaux à Alba lorsque son anniversaire approchait. Huit majestueuses plumes de paon, neuf cristaux de Shinway, dix bracelets d'argent, onze foulards de soie retrouvés à bord d'une épave de navire de commerce. Elle lui adressait toujours en retour de gentils remerciements et une longue lettre qui la faisait jaillir des pages devant lui. Elle écrivait beaucoup mieux que lui et débordait toujours d'anecdotes à raconter, et elle lui manquait terriblement. Dagmar aussi lui renvoyait de longues lettres, l'informant des dernières nouvelles du temple et des filles qui vivaient entre ses murs. Après le onzième anniversaire d'Alba, il lui écrivit une lettre que Bayr eut du mal à terminer tant elle ravivait sa nostalgie.

Mon Bayr,

Te lire nous met toujours du baume au cœur. Au sujet des cadeaux que tu fais à Alba, je crains que tu ne crées des attentes qu'il sera de plus en plus difficile de combler. Que lui offriras-tu lorsqu'elle sera bien plus vieille ? Chaque année, je ne peux que m'émerveiller de ta ressource. Nous nous portons tous aussi bien qu'on pourrait s'y attendre. Les filles grandissent et apprennent, et je me réjouis d'être avec elles comme je me réjouissais d'être avec toi.

Bashti n'a qu'une envie, celle de découvrir le monde par-delà la colline. Elle excelle dans l'art du déguisement et de l'improvisation. Elle est déjà parvenue à s'enfuir du temple une bonne dizaine de fois. Sa peau plus sombre la rend plus repérable, mais, comme Fantôme dont le teint est encore plus voyant, elle a appris à se fondre dans la masse quand cela lui est nécessaire. Elle dit souvent que quand elle sera grande, elle retournera à Bomboska. Elle a beau s'appeler Bashti de Berne, elle n'a guère de loyauté envers son clan. Mais je crains que Bomboska ne la déçoive. Aucun lieu ne correspond vraiment à l'idée que l'on s'en fait, et elle est de Saylok à présent, qu'elle en soit consciente ou non. Je crois désormais qu'un foyer n'est pas forcément un lieu physique. Le foyer, c'est quelque chose qu'on porte chacun au fond de nous, ce sont les gens qui sont chers à notre cœur, c'est le but auquel nous aspirons tous. Bashti vient de Bomboska, ce n'est pourtant pas qui elle est. Et Bashti le sait bien, elle aussi, car à chaque fois qu'elle fugue, elle finit par rentrer.

Elayne d'Ebba est à présent une femme, sa beauté et son bon cœur font vraiment plaisir à voir. Sa seule rébellion a été de refuser de se couper les cheveux – une superbe crinière rousse, je ne sais pas si tu t'en souviens. Elle a promis de les garder étroitement tressés autour de la tête afin de ne pas attirer l'attention. Les autres filles ont eu tôt fait de réclamer le même traitement et elles portent maintenant toutes une couronne de tresse. Même Fantôme ne coupe plus ses boucles et est désormais coiffée d'une couronne blanche. Je doute que ce style produise autant l'effet escompté qu'une tête rasée, mais les filles se sont pliées à tant de règles que maître Ivo a consenti à leur accorder cette liberté.

Depuis ton départ, Juliah de Joran s'est autoproclamée leur protectrice. Elle a exigé que les filles sachent manier l'épée, et elles suivent donc des cours quotidiennement. Ivo a donné son aval enthousiaste à cette pratique. Comme tu le sais, tous les gardiens, même les plus âgés, doivent être prêts à protéger le temple. Nous n'avons jamais négligé la part de guerrier en chacun de nous et devons faire de même avec ces jeunes filles. En les voyant avec leur lourde épée, je ne peux m'empêcher de repenser à toi enfant, mon Bayr, qui adorais imiter les soldats à l'entraînement, livrant des duels aux gardes du roi, si petit et pourtant si plein de force et de grâce. J'imagine que tu as bien grandi depuis la dernière fois où je t'ai vu.

Liis de Leok ne nous régale que rarement de sa voix. Elle nous accompagne parfois lors des prières et nous chantons alors tous plus bas pour *mieux l'entendre, mais elle refuse presque systématiquement de chanter seule. Sa voix possède un grand pouvoir et je pense qu'elle en a peur. Cette jeune Liis a très probablement les runes dans le sang, mais être un gardien tout en ayant les runes dans le sang est un fardeau lourd à porter. Nous nous sommes abstenus de lui enseigner des choses qu'on ne pourrait plus effacer par la suite. Si son destin est de devenir gardienne, elle vouera le reste de sa vie au temple et ce n'est pas là une décision à prendre à la légère. Nous ne chercherons pas à l'influencer dans un sens ni dans l'autre.*

Alba a elle aussi les runes dans le sang. Tu le sais bien puisque tu m'as prévenu des choses dont elle était capable. Elle se joint à nous tous les jours pour les séances d'instruction, et elle aussi s'entraîne au maniement de l'épée, mais son père a soudainement décidé de ne plus l'ignorer et il ne lui laisse plus guère de liberté. Peut-être se dit-il qu'elle sera bientôt adulte, et il sait la valeur qu'elle a pour Saylok. C'est une belle jeune fille et elle affiche une placidité qui n'est pas sans me rappeler celle de Fantôme. Sans doute est-ce lié au temps qu'elles passent ensemble. Je me fais du souci pour elle, comme toi je présume. Sache néanmoins qu'elle se porte bien pour l'instant, et qu'en ces temps incertains, les limites imposées à sa liberté la protègent également.

Toujours aucune fille n'est née à Saylok. Des femmes sont venues d'autres pays faire des enfants à nos clans, mais seuls des fils sont nés... La pénurie se prolonge. Cela fait onze ans qu'Alba est née, dix-huit que ta mère a rendu l'âme, et je crains que rien ne puisse lever sa malédiction.

Nous accueillons davantage de femmes au temple désormais, issues de tous les clans. Une par une, elles ont commencé à se présenter aux portes de la Colline du Temple, demandant asile. Bien que la plupart soient jalousement gardées au sein des clans, il y a toujours des femmes qui ont perdu leur protecteur ou ont été chassées de chez elles par la guerre ou les raids. Certaines sont déjà adultes – des femmes de Saylok nées avant le fléau –, d'autres encore des enfants, échouées ici à la suite du pillage de leur village ou pour servir de monnaie d'échange.

Nous sommes donc désormais plus une école qu'un temple, un refuge plutôt qu'un lieu sacré. Ivo dit que nous sommes les gardiens de Saylok et que quiconque nous rejoint doit être considéré comme suppliant, quand bien même aucun nouveau frère n'a été ordonné depuis que les filles nous ont été confiées. Si cela continue ainsi, il y aura bientôt plus de femmes que de gardiens au temple. Certaines n'ont toutefois fait qu'un bref séjour parmi nous : deux se sont mariées à des gardes du roi et un père est venu récupérer sa fille. Elle le croyait mort et était folle de joie de le voir vivant. Nous n'exigeons pas d'elles qu'elles restent, mais si telle est leur décision, nous leur enseignons les us et coutumes de la *vie au temple ainsi que l'histoire de Saylok. Nous nous sommes en revanche abstenus de partager avec elles la sagesse des runes ou de leur en révéler les pouvoirs. Ce savoir n'est pas destiné aux âmes sensibles ni aux demandeurs d'asile. Les seuls dépositaires des secrets des runes – les vrais gardiens – ne quitteront jamais l'enceinte du temple.*

Mais je me suis éloigné de mon sujet et reviens aux nouvelles des filles que tu connais. Dalys de Dolphys n'a guère grossi depuis ton départ et la tresse qui la coiffe paraît presque plus grande qu'elle, seuls ses yeux semblent s'élargir au fil du temps. Dalys a beau être plus vieille qu'Alba, elle est bien plus petite. Elle est très douée en dessin et ses peintures sont pour elle un refuge où elle peut s'épanouir et créer en toute liberté. Elle n'a pas la force de soulever une épée et nous n'osons pas lui faire verser la moindre goutte de sang, même pour activer une rune. La vue du sang la rend malade. Ivo soupçonne également qu'elle ait les runes dans le sang, mais nous n'avons pas encore pu en avoir le cœur net. Le peuple de Dolphys te pose-t-il des questions à son sujet ? Je me demande souvent si les clans tirent du courage de savoir que nous maintenons la flamme perpétuellement allumée en l'honneur de leurs filles. Ces filles représentent-elles un espoir pour les clans ou appartiennent-elles désormais à un monde complètement coupé du leur ?

Saylok souffre et est au bord de l'explosion. Je le sens. Ivo aussi, et cela l'a vieilli. Je ne sais pas si le roi a conscience que le pays menace à ce point de basculer dans le chaos. J'imagine qu'il en a au moins le pressentiment, car Ebba a subi deux invasions successives, et Erskin a trouvé la mort au combat. Le choix personnel de Banruud s'est porté sur Elbor en tant que successeur. Dred n'approuvait pas ce choix, ainsi qu'il t'en a bien sûr tenu informé. Mais le peuple d'Ebba – tout du moins ce qu'il en reste – a validé sa candidature.

Mon père est fier de toi. Il m'a écrit que tu avais gagné l'amour du peuple et que tu travaillais sans relâche à leur service. Je n'en attendais pas moins de toi. J'espère que tu pourras nous rendre visite au temple un jour prochain. Tu nous manques terriblement à tous. Te souviens-tu lorsque je t'ai promis que je préférerais renoncer au Valhalla pour rester à tes côtés ? J'y songe souvent, car mon cœur te suit partout où tu vas.

Porte-toi bien, mon garçon.

Ton Dagmar

Les chefs de clan étaient régulièrement convoqués sur la Colline du Temple, au palais du roi, mais Bayr avait décliné chaque invitation de peur de laisser son peuple sans protection, préférant envoyer Dred et quelques guerriers choisis pour le représenter. Les attaques des hommes du Nord sur Berne avaient récemment débordé sur les terres de Dolphys ; de même, les assauts de la Meute de l'Arrière-Pays s'étaient étendus au-delà de leur frontière avec Ebba au sud. Dred avait insisté pour que Bayr vienne siéger à la table du roi et participe aux tournois, mais celui-ci s'obstinait à refuser. Il n'avait pas grand-chose à dire et personne n'avait la patience de l'écouter. Il ne manquerait à aucun membre du conseil, alors qu'il manquerait cruellement aux champs de bataille sur le sol de Dolphys. Sa seule présence avait tendance à dissuader les attaques ennemies.

*

Une nouvelle année s'écoula, puis deux supplémentaires, et Bayr n'avait toujours pas remis les pieds au temple de Saylok. À la place, il avait envoyé douze gemmes colorées extraites dans les Terres du Nord, treize sachets du thé le plus fin de Bomboska, puis quatorze paires de bas accompagnées d'exquises pantoufles en cuir de vachette fabriquées dans son propre village.

Lorsque le quinzième anniversaire d'Alba approcha, Bayr expédia quinze flacons de précieuse huile issue des champs de lavande qui s'étendaient le long de la frontière berno-dolphynienne. L'année suivante, il lui fit parvenir seize médaillons pas plus grands que l'ongle de son pouce, peints par une vieille femme sourde qui avait fui Ebba pour se réfugier parmi les Dolphyniens. Chaque médaillon affichait une minuscule scène aux détails exquis, lesquels mis bout à bout constituaient une histoire complète. Il y adjoignit une loupe en verre poli pour qu'elle puisse mieux les découvrir. Mais bien que Dagmar lui écrivît une longue lettre en réponse à la sienne, Alba ne le fit pas. Il ne reçut d'elle qu'un simple parchemin noué d'une ficelle, encré de quelques mots :

Bayr,

Toute ma sincère gratitude pour ton magnifique cadeau.

Alba

Il parcourut fiévreusement la missive de Dagmar en quête de ses nouvelles, mais son oncle n'en faisait pas mention. Cela lui causa un profond souci ; il se rassura toutefois en se disant que Dagmar l'aurait informé en cas d'événement fâcheux. La seule bribe la concernant se trouvait à la dernière ligne de sa lettre :

Tu as promis que tu reviendrais. Nous attendons patiemment ce jour.

22

Ces hommes de l'Est ne voulaient pas parlementer et Bayr ne pouvait guère leur en vouloir. Ils étaient en colère. Effrayés. Leur village avait autrefois été pillé par des guerriers de Saylok. Du sang avait été versé, des vies détruites. Bayr avait espéré pouvoir s'entretenir avec leur seigneur, afin de proposer un échange. Ses hommes et lui avaient longuement attendu sur la plage qu'arrive un de leurs émissaires. En vain. Bayr avait compris que la bataille serait inéluctable. Ils ne voulaient ni négocier, ni commercer. Ils sautèrent des arbres, le visage orné de peintures guerrières, mais Bayr, accompagné de guerriers de Dolphys et de Berne, les attendait de pied ferme sur la côte, prêt à en découdre.

Les dieux, en lui confiant cette force surhumaine, n'avaient sans doute pas voulu qu'il l'emploie à tuer des hommes qui avaient des raisons légitimes de s'attaquer aux clans. Mais en tant que Bayr de Dolphys, il était chargé de la défense de ses terres, de son clan, et il n'avait pas son mot à dire. Il tuerait donc les hommes qui fondaient sur lui, l'épée au clair et tous crocs dehors, parce que, dans le cas contraire, ces derniers le tueraient lui ainsi que nombre de ses compagnons d'armes. S'il mourait, son clan attaquerait à nouveau les hommes de l'Est pour le venger, perpétuant le cycle du désespoir et de la violence. Les compatriotes de Bayr n'avaient pas volé leurs femmes pour satisfaire leurs appétits charnels – pas exclusivement tout du moins –, mais pour éviter que Saylok ne périsse.

Il implora intérieurement le pardon du Père de Tout et demanda à sa mère de soulever son bouclier et de guider son épée. C'était elle qui avait poussé Saylok à ces extrémités, et il pria pour que le salut qu'il était censé apporter à son peuple se matérialise enfin. Puis il leva les bras au ciel, rugit comme l'ours auquel il devait son nom et se rua à l'assaut, une image d'Alba à l'esprit, son nom sur les lèvres.

*

La lame entailla le bras de Bayr avant qu'il puisse l'extirper du poing serré de la femme, et Daniel leva la main pour punir son geste.

— Non, grogna Bayr en l'arrêtant d'un bras.

La femme tomba à genoux à ses pieds en sanglotant et Bayr confia son épée à son ami.

Il l'aida ensuite à se relever en s'efforçant de ne pas tacher de son sang – le sang qu'elle venait de verser – sa robe poussiéreuse. Il laissa ses mains sur les épaules de la femme éplorée, qui tremblait toujours d'indignation, pour s'assurer qu'elle ne l'attaque pas de nouveau.

— J-Je ne vous f-ferai aucun m-mal, promit-il.

— Vous avez tué mon mari ! hurla-t-elle, le feu aux joues et les larmes aux yeux.

— Ton mari est mort sur le champ de bataille, femme ! rétorqua aussitôt Daniel. Il est mort l'épée à la main ! Ne va pas aggraver ton cas.

— Nous avons tué leurs hommes, Chef. Que vont-ils faire à présent ? murmura Dakin à l'oreille de Bayr tout en balayant du regard le groupe de femmes et d'enfants réunis dans l'église, le plus grand bâtiment de leur village.

Bayr conserva le silence, luttant pour ne pas prendre ses jambes à son cou. Il aurait tout donné pour repartir sur la côte et laver dans la mer le sang et la crasse de la bataille qui l'empoissaient encore. Un guerrier ne se lavait jamais avant d'avoir exigé son butin, afin de prouver à tous qu'il était ressorti victorieux de son combat. Bayr n'aurait tué aucun de ces hommes s'ils ne l'avaient pas attaqué. Mais Dakin avait raison, le mal était fait et ces femmes le considéraient désormais avec un mélange de peur et de rage.

— Nous n'avons qu'à les ramener avec nous à Dolphys. La moitié pour nous, l'autre moitié pour Berne. Il y a une vingtaine de femmes et au moins le double d'enfants, dont la moitié sont des filles. Elles nous seront reconnaissantes de pourvoir à leurs besoins maintenant qu'elles n'ont plus d'hommes pour veiller sur elles. Et c'est pour elles que nous sommes venus après tout, déclara Daniel en haussant les épaules.

— N-nous sommes venus négocier, corrigea Bayr.

Il ferma les paupières pour puiser au fond de lui

sagesse et patience, mais seules des images de lames tailladant la chair et de corps sans vie lui apparurent.

— D-dis-leur pourquoi nous sommes v-venus, Daniel. D-dis leur que nous sommes v-venus non p-pas pour tuer, mais p-pour négocier. P-parle-leur de la situation de D-Dolphys et de Berne. D-de Saylok. D-de notre b-besoin de femmes, ordonna Bayr.

L'incapacité de Daniel à tenir sa langue faisait de lui un orateur convaincant.

— Ça nous fera paraître faibles, Chef, protesta Daniel dans sa barbe.

— N-nous avons t-tué leurs hommes. Elles sont à n-notre m-merci. Si je dois m-me montrer faible pour q-qu'elles acceptent de nous suivre, qu'il en s-soit ainsi.

Son sang dégouttait sur le sol de pierre, il lui fallait panser sa plaie et donner ses instructions aux guerriers de Berne. Benjie n'accompagnait jamais ses troupes outremer et Bayr les surpassait tous en statut. Il était entendu entre eux que Bayr commanderait les troupes et répartirait le butin entre les deux clans.

Daniel sourit à pleines dents comme si Bayr venait de lui révéler un plan secret. Il avait le visage et la tresse tellement éclaboussés de sang que ses dents blanches ressortaient par contraste.

— Assure-toi qu'il dit b-bien la v-vérité, demanda Bayr à Dakin. C-convainquez-les. N-ne les forcez pas. Et d-dis-lui de se nettoyer le v-visage avant. On v-veut des femmes, p-pas des prisonnières.

— Oui, Chef, acquiesça Dakin. Je vous trouverai une femme comme ma Magda.

Bayr étouffa un rire et Dakin lui sourit en retour ;

ce n'était pas la première fois que ses hommes ou son grand-père lançaient de telles insinuations. Son clan souhaitait qu'il prenne femme.

*

— Il cherche à contracter une alliance, murmura Fantôme en faisant les cent pas, luttant pour masquer la terreur qui la rongeait.

Cela faisait un mois que le roi était parti, ce dont elles se réjouissaient d'habitude, sauf que, cette fois, il s'était rendu dans les Terres du Nord et le roi Gudrun cherchait une épouse.

— Ça fait plus de dix ans qu'il cherche à faire alliance, répliqua Alba en balayant la remarque de la main – un geste contredit par la ride d'inquiétude qui lui barrait le front. On me fait parader devant les chefs, tourner sur moi-même comme une volaille plumée sur son tournebroche, me pencher sous leur nez comme une grappe de raisins bien juteux, pourtant Banruud n'a jamais fait de promesses.

— Tu me donnes faim avec tes comparaisons, répondit Fantôme, arrachant un rire à sa fille comme elle en avait eu l'intention.

Alba ne riait pas assez.

Elles marchaient sur la longue route qui descendait des portes nord du temple au Village du Roi, escortées par une dizaine de gardes du palais. Elles avaient appris au fil du temps à échanger à voix basse, presque tête contre tête – bien qu'Alba eût dépassé Fantôme en taille depuis longtemps déjà. C'était une grande et belle jeune fille, au regard assuré et au menton volontaire que Fantôme reconnaissait comme étant les siens.

Il ne s'agissait pas d'une visite royale officielle, sinon jamais Fantôme ne se serait permis d'y participer. La princesse salua de la main les enfants qui venaient se masser au pied de la colline, mais Fantôme et elle rebroussèrent bientôt chemin sans entrer dans le village. Deux des gardes descendirent toutefois distribuer des sucreries au miel aux enfants, conformément aux ordres de la princesse. Il lui incombait en effet de se montrer régulièrement au peuple : Banruud était convaincu que ses visites apaisaient les citoyens. C'était pour cette raison qu'il l'avait emmenée dans les différentes provinces – toutes… à l'exception de Dolphys.

Cela faisait à présent dix ans que Fantôme vivait sur la Colline du Temple. Au début, elle rasait les murs et évoluait dans l'ombre, terrifiée à l'idée qu'un garde remarque sa pâleur et signale sa présence au roi. Elle portait exclusivement la tunique pourpre à capuche des gardiens, avec des manches délibérément très longues pour que la peau fragile de ses mains soit protégée. Elle avait toujours la tête couverte en public, le visage toujours dans l'ombre, et au fil des années, elle avait commencé à croire que le roi l'avait oubliée. Elle s'était enhardie et cherchait moins à se dissimuler, surtout depuis que d'autres femmes de son âge avaient commencé à affluer au temple. On la prenait en effet pour l'une de ces réfugiées, et puisque rares étaient les gens de l'extérieur à avoir aperçu sa pâleur, personne ne s'interrogeait sur sa présence.

— Je pense que mon père se servira de moi tant que je peux lui être utile, reprit Alba. Et je lui suis bien plus utile en tant qu'Alba de Saylok qu'en tant que reine de l'Arrière-Pays ou l'une des concubines du roi Kembah, conclut-elle en plissant le nez de dégoût à cette idée.

Fantôme partageait son analyse, mais les conditions se détérioraient. L'année écoulée, personne n'était venu grossir les rangs des filles du temple. Dagmar craignait que le trajet jusqu'au temple ne soit trop semé d'embûches… voire pire, qu'il n'y ait tout simplement plus de filles pour les rejoindre.

— Mais s'il devait trouver un arrangement… et que je devais me marier, viendrais-tu avec moi, Fantôme ? demanda doucement Alba.

Fantôme se figea, prise de court par cette requête. Elle leva les yeux sur le visage torturé de sa fille.

— Tu veux que je t'accompagne ? chuchota-t-elle.

— Tu ne m'as jamais quittée, répliqua Alba.

Fantôme n'eut pas la force de soutenir son regard.

— Je te suivrai… où que tu ailles, la rassura-t-elle en contenant le tremblement dans sa voix.

Alba s'accrocha à son bras comme si elle avait eu peur de lui poser la question, peur de mettre Fantôme mal à l'aise au cas où celle-ci aurait refusé sa requête.

— Tu serais prête à quitter Dagmar ? s'enquit Alba, les yeux ronds.

— D-Dagmar ne… Il ne m'appartient pas, bégaya Fantôme, soudain envahie par une bouffée de chaleur qui lui monta directement aux joues.

La journée était certes chaude, mais elle se retrouva tout à coup en nage.

— Tu l'aimes. Et il t'aime, insista Alba.

— Il ne m'aime pas, protesta faiblement Fantôme.

— Bien sûr que si, c'est aussi clair que le ciel aujourd'hui.

Fantôme leva les yeux au ciel et nota qu'il était entièrement dégagé, ce qui fit glousser Alba.

— Que sais-tu de ces choses ? grommela Fantôme, qui ne savait plus où se mettre.

— Uniquement ce que j'en vois, répliqua Alba. Tu devrais tracer une rune qui lie son destin au tien. Deux âmes réunies, pour l'éternité.

— Et tu connais une rune qui rende cela possible ? gloussa Fantôme à son tour.

— Non, répondit la princesse dans un sourire qu'elle ravala rapidement.

Fantôme se demanda si elle mentait.

— Les runes sont source de chaos, Alba, pas une panacée, la gronda doucement Fantôme.

Alba n'était pas un gardien, et sa connaissance des runes ne manquait de préoccuper maître Ivo.

— Dagmar dit toujours qu'aucune rune ne peut annihiler la volonté d'un homme ni lui faire changer d'avis, ajouta Fantôme.

— Et en existe-t-il une pour faire revenir un homme ?

— Bayr ? l'interrogea sa mère.

Alba n'en parlait plus jamais et s'empressait même de changer de sujet dès que Dagmar l'évoquait.

— Bayr, acquiesça Alba. Je n'ai aucune envie de le changer, je voudrais juste le voir. Et je désespère que ce soit le cas un jour.

— Le tournoi se déroulera dans quelques semaines.

— Il ne viendra pas. Il n'est jamais venu.

— Ivo dit… que, cette fois, il reviendra.

Fantôme n'avait pas voulu partager la vision du Très-Haut Gardien, mais elle était incapable de supporter la tristesse de sa fille plus longtemps.

Les jambes d'Alba manquèrent se dérober sous elle et Fantôme dut la soutenir en lui passant un bras autour de la taille. Un garde leur demanda si tout allait bien et Alba lui fit signe que oui en se remettant d'aplomb. Elle reprit l'ascension de la colline, le visage radieux.

— Si Ivo l'a vu, c'est que ça doit être vrai, chuchota-t-elle.

Fantôme acquiesça sans un mot.

Dagmar s'était réjoui de cette prédiction et Ivo lui avait tapoté la joue d'une main noueuse en lui demandant de procéder aux préparatifs. Cependant, dès que Dagmar avait quitté le sanctuaire, Ivo s'était affaissé sur son trône. Sa chair avait payé un lourd tribut aux décennies et aux démons.

— La mort chevauche à ses trousses, avait-il marmonné, ses yeux cerclés de noir rivés à ceux de Fantôme. Le fils est de retour, mais la nuit s'ensuivra.

*

Les vents ne leur étaient pas propices, soufflant du golfe vers les Terres du Nord au lieu de vers chez eux à l'ouest. En lieu et place d'une traversée de deux jours jusqu'à Dolphys, ils durent patienter une interminable semaine dans un village qui leur était hostile avant que les vents tournent enfin en leur faveur.

Cette attente eut néanmoins le mérite d'adoucir la rancœur de certaines femmes vis-à-vis de leurs ravisseurs de Dolphys et de Berne. Douze femmes et vingt enfants – dont une moitié de filles – seraient ainsi adoptés par chacun des deux clans.

Quand enfin ils revinrent à la maison, victorieux et soulagés, ils découvrirent avec effroi que le petit village de Sheba, à cheval sur la frontière séparant le Loup de l'Ours, avait été victime d'une terrible attaque nocturne la semaine précédente. Bayr, Dred et six guerriers troquèrent la cale sombre de leur navire pour des chevaux sans s'accorder la moindre pause, puis firent route vers Sheba avec un change de vêtements et de quoi se nourrir pendant quelques jours dans leurs sacoches.

Les habitants de Sheba ne s'étaient pas laissé faire, mais deux hommes avaient péri alors qu'ils défendaient leur village et trois étaient grièvement blessés. Quatre femmes avaient été tirées de leur lit par les assaillants, parvenant toutefois à se libérer lorsque l'ensemble des villageois avait accouru à leur rescousse. Une partie des pillards s'était échappée à la faveur de la nuit, mais davantage encore avait payé leur faute de leur vie. Les cadavres arboraient une tunique et des braies dénuées de couleur qui les aurait associés à un clan, mais certains fermiers de Sheba conservaient des soupçons sur l'origine de ces maraudeurs.

— Nous avons remonté leurs traces le lendemain matin, elles menaient vers Berne, expliqua l'un d'entre eux.

Bayr leva les yeux sur le fermier qui venait de s'exprimer, attendant qu'il poursuive.

— Deux des assaillants se sont appelés par leur nom, et c'était des noms du clan de l'Ours. Nous avons fait prisonnier l'un d'eux, et il a avoué que son frère était un guerrier de Berne faisant partie de votre expédition, Seigneur. Il nous a aussi soutenu que des Nordiques avaient établi un campement sur les plages de Berne.

— Où est-il ? Je vais m'occuper de le faire parler ! rugit Dred.

— Il est pendu à l'entrée du village, intervint un autre fermier.

La justice était expéditive au sein des clans, surtout lorsque tout un village était témoin de vos crimes. Dred esquissa un sourire de dérision tandis que Bayr hochait la tête, bien que lui-même peu convaincu de la culpabilité des Berniens.

— C'était des gars de Berne, Chef, insista l'un des fermiers. J'en donnerais ma main à couper.

— N'ont-ils pas entendu parler de notre Dolphys ? manqua s'étrangler Daniel. Ne savent-ils pas ce qui leur tombera dessus s'ils s'en prennent à son clan ? Les Berniens croient-ils réellement qu'ils peuvent nous vaincre ?

Bayr fit taire Daniel d'un geste de la main, mais les fermiers approuvaient déjà son discours, comme s'ils s'étaient posé les mêmes questions.

— Ils ont attendu que vous soyez à l'étranger, Seigneur. Ils savaient que vous aviez embarqué pour les Terres de l'Est. Ils ont profité du fait que vous

vous battiez là-bas pour nous attaquer, raisonna un fermier.

— Leurs guerriers nous supplient d'organiser des raids communs parce qu'ils connaissent la puissance de notre chef. Et, dès que nous avons le dos tourné, leurs frères nous attaquent et nous pillent, cracha Dystel d'un air profondément dégoûté.

— De tels raids se multiplient également à Joran, avec des pillards originaires d'Ebba. Elbor ne tient pas son peuple, ajouta Dred. Des bandes de jeunes hommes se mettent à commettre des atrocités dans les villages, allant jusqu'à brûler des fermes. Au lieu de se concentrer sur la menace que constitue la Meute de l'Arrière-Pays, Joran se retrouve à devoir fortifier sa frontière avec Ebba.

— Benjie est faible, fulmina Dystel. Cela fait des années qu'il n'a pas participé à un raid ou à une expédition commerciale. Il reste confortablement planqué dans son palais en s'engraissant sur le dos de son peuple. Ses guerriers ont également été vus à Adyar, de petites unités qui choisissent des hameaux isolés pour kidnapper femmes et enfants.

— M-montrez-moi où m-mènent ces traces, demanda Bayr sans davantage commenter.

*

Bayr et ses hommes suivirent les fermiers en direction de Berne, leurs montures drapées du bleu dolphynien afin de ne pas se voir accusés de la même tromperie que celle qu'ils s'efforçaient de prouver. La route qu'ils avaient prise pour sortir de Sheba finit par croiser un axe plus fréquenté en terre battue, lequel se divisait à son tour en trois voies. Les arbres touffus de part et d'autre de ces routes donnaient l'impression d'une forêt impénétrable.

— Nous ne nous sommes pas aventurés plus loin, Seigneur, indiqua un fermier en flattant l'encolure de sa vieille jument pommelée.

La bête semblait prête à s'écrouler et cette halte était la bienvenue.

— Ils ont pu emprunter n'importe quelle route, Chef, voire toutes les trois, grogna Daniel. Et cela fait plus d'une semaine.

Bayr contempla la scène du haut de son destrier, scrutant le sol tassé tout en se demandant quelle conduite adopter. Du pouce de la main droite, il traça la rune du crâne – celle de la sagesse – dans sa paume gauche. Il n'avait jamais recours au sang et ne s'imaginait pas qu'Odin exauce ses prières, mais cette habitude avait le don de le calmer et de l'aider à se concentrer.

— J'entends des cloches, murmura soudain Dred en tournant la tête de gauche à droite. À moins que je ne devienne gâteux avec l'âge ?

Dred avait – malgré ses dires – les sens les plus affûtés parmi les guerriers de Dolphys, jeunes et vieux confondus. Bayr tendit donc l'oreille. Le bruit était faible, mais bien réel. Il patienta et le volume de ces cloches ne fit que croître, des tintements qui venaient de l'embranchement du nord. Un virage et le couvert des arbres obscurcissaient la vue, mais un voyageur solitaire finit par apparaître sur le chemin.

Il s'agissait d'un colporteur corpulent dont les

marchandises, accrochées à ses vêtements et aux flancs de sa mule, tintinnabulaient au gré de son pas lent, effrayant les oiseaux et les chevaux par la même occasion. La vue de guerriers à la mine patibulaire ne sembla pas l'alarmer outre mesure et il avança jusqu'à eux.

— Bien le bonjour, messeigneurs de Dolphys, les salua-t-il en s'arrêtant à quelques mètres. Quelle belle journée, n'est-ce pas ? Je suis Bozl de Berne, venu tout droit du village de Garbo. J'ai en stock des trésors du Nord et des merveilles de l'Est. Puis-je vous tenter avec quelque breloque pour vos épouses ou une broche pour votre tunique ?

— Nous n'avons pas d'épouses, déclara Daniel.

— V-vous êtes venu d'aussi loin que Garbo ? s'étonna Bayr en considérant l'homme bien en chair d'un regard suspicieux.

— C'est exact, mon bon monsieur, c'est exact. Connaissez-vous Garbo ? C'est un village en bord de mer, et j'ai acquis les plus belles pièces que proposent les navires de commerce. Souhaitez-vous y jeter un œil ?

— N'avez-vous donc pas de clients plus proches de chez vous ? s'enquit Dred, les sourcils froncés.

Le colporteur marqua un temps d'arrêt.

— Si, bien sûr, mais laissez-moi un peu vous montrer mes merveilles.

— Avez-vous entendu p-parler d'hommes du Nord stationnés sur les côtes de B-Berne ? l'interrogea Bayr.

— Oui, Seigneur, avoua le marchand, dont les bajoues tremblotaient au rythme de ses mots, l'air apeuré. Je les ai vus de mes propres yeux. C'est pour ça que je suis parti.

*

Ils cheminèrent le long de la frontière occidentale avec Berne, jusque-là où les terres des clans jouxtaient les contreforts de la Colline du Temple et longèrent sa base vers le nord. Ce terrain neutre, d'un rayon de dix lieues, était tout simplement appelé Saylok, et les troupeaux et fermes qui s'y trouvaient étaient gérés par des métayers sans clan dépendant du roi. Chevaucher à travers les terres d'un clan sans demander l'autorisation de son chef pouvait s'avérer dangereux et Bayr ne s'était jamais enfoncé aussi loin en territoire bernien. Il n'avait aucune idée de ce qui pouvait l'attendre, ni de comment vérifier si les hommes du Nord étaient toujours sur place.

Vu le tintamarre que faisaient Bozl et sa mule, Bayr avait décidé d'acheter l'intégralité de sa marchandise, répartissant les divers bijoux et babioles entre les fermiers ébahis. Puis il avait demandé au colporteur de le mener lui et ses hommes jusqu'à Garbo. Bozl, allégé et la bourse rebondie, avait accepté, mais dès le lendemain matin, tandis qu'ils bifurquaient droit sur les côtes de Berne, son angoisse ne fit que grandir.

— Nous sommes allés suffisamment loin, Seigneur, dit-il. Les Nordiques sont vicieux et plus coriaces que des guerriers berniens à moitié morts de faim. Ils font tous votre taille, Dolphys.

Bayr n'avait pas l'intention de se battre, il voulait uniquement voir de ses propres yeux ce que Bozl lui avait décrit. Au lieu de s'engager directement dans la vallée de Berne, ils opérèrent un détour en longeant ses contreforts, passant par moments à Adyar avant de ressortir sur les hauts plateaux qui séparaient les deux clans. Depuis ces hauteurs, ils avaient vue sur la mer tant du côté d'Adyar sur leur gauche que de Berne à droite. Ils rampèrent à plat ventre sur les derniers mètres qui les menaient au promontoire et sortirent leur longue-vue pour épier ce qui se passait dans le village de pêcheurs en contrebas. Plusieurs quais s'avançaient dans la mer, mais les navires qui y étaient amarrés n'arboraient pas pour la plupart de voiles typiques de Saylok.

— Il a raison, constata Dakin, la mine renfrognée. Je reconnais ces navires, ce sont les drakkars des hommes du Nord. J'en compte dix au total.

— Pourquoi n'en a-t-on pas entendu p-p-parler ? souffla Bayr.

— Ils n'ont pas fait que piller. Ils sont restés, expliqua Bozl.

— Et personne ne les a défiés ? demanda Dred.

— Ceux qui s'y sont essayés ont perdu la vie, se justifia précipitamment Bozl. Ceux qui ne souhaitaient ni mourir ni se soumettre ont été forcés de partir vers l'intérieur des terres. Ils ont abandonné leurs maisons, leurs bateaux, leurs échoppes, tout… et j'ai fait la même chose.

— Et les N-Nordiques, ont-ils avancé vers l'intérieur des terres ? demanda Bayr, l'œil toujours vissé à sa longue-vue.

— Pas encore, Seigneur. Ils ne sont pas très nombreux. Mais nous craignons qu'il n'en arrive d'autres.

— Et q-que fait Aidan d'Adyar ? Il sait f-forcément qu'ils se sont installés p-près de son territoire, demanda Bayr, incrédule.

— Vous-même n'étiez pas au courant, Dolphys, répondit le colporteur en haussant les épaules.

Bayr ne put qu'acquiescer, Bozl n'avait pas tort.

— Chef Benjie leur a offert de l'or pour qu'ils repartent. Mais ils ne veulent pas d'or, ils veulent des terres, expliqua le commerçant. Certains disent même qu'ils veulent conquérir tout Saylok.

— Nous devons en informer le roi, déclara Bayr.

— Il est conscient de la situation, Seigneur, répliqua Bozl.

Les guerriers se tournèrent vers le malheureux colporteur comme un seul homme, bouche bée. L'indignation prit vite le pas sur la stupéfaction, et Dred grinça si fort des dents que Bayr entendit un craquement.

— Le roi Banruud leur a proposé une des Filles de Freya, poursuivit Bozl d'un ton morose. Le roi du Nord désire visiter notre temple. Il est fasciné par les filles des clans… et les gardiens.

Bayr fut submergé par une vague de fureur si brûlante qu'il se releva d'un bond. Bozl se leva à son tour, croyant que Bayr mettait en doute ses paroles.

— Ils ne partiront pas ! geignit Bozl. Certains prétendent que les hommes et les femmes du Nord – des familles – mettront un terme à la malédiction. Mais jusqu'à maintenant, nous n'avons vu que des guerriers. Ni femmes, ni familles.

— Le roi, où se trouve-t-il à p-présent ?

S'il était à proximité, Bayr le tuerait. Ensuite, il

irait tuer Benjie de Berne et se chargerait lui-même de renvoyer les Nordiques chez eux.

— Il se dit que le roi Banruud est parti en ambassade dans les Terres du Nord pour y rencontrer leur roi, s'empressa de répondre Bozl. Mais je ne sais pas s'il est rentré à l'heure qu'il est.

— Que fait-on, Chef ? l'interrogea Dred d'un ton bourru.

Il regardait son petit-fils comme s'il possédait la réponse. Et soudain, celle-ci apparut clairement à Bayr. C'était l'*unique* chose à faire.

— Je vais me rendre à la Colline du Temple.

Dred arqua les sourcils :

— Pour voir le roi ?

Bayr opina du chef. Pour voir le roi… et les gardiens. L'heure était venue. Benjie ne lui serait d'aucune aide – il avait des soucis autres que de prêter main-forte au clan du Loup. Si rien n'était fait pour repousser les hommes du Nord, Berne finirait par tomber entre leurs mains. Et si Berne tombait, Adyar et Dolphys seraient les prochains sur la liste. Il ne pouvait plus se contenter d'envoyer Dred en tant que porte-parole. Si le roi refusait d'agir, Bayr devrait en appeler aux autres chefs.

— Ne d-dites à personne que je suis p-p-parti. Je viens à peine de revenir, et je m-mets le c-clan en danger chaque fois que je m'absente.

— Je ne te laisserai pas y aller seul, Chef, répliqua Dred d'un ton déterminé.

— Moi non plus, renchérit Dakin. Vous avez besoin d'un homme sur chaque flanc.

— J'ai p-plus besoin d'hommes à Dolphys, riposta Bayr.

— Je te suivrai, que tu le veuilles ou non, insista Dred.

— V-vieille tête de mule, soupira Bayr. On ne p-peut pas y aller tous les deux. Si tu restes à D-Dolphys, le p-peuple me croira dans les p-parages. On nous a t-toujours vus ensemble.

— Et le tournoi ? demanda Dred.

Bayr n'en croyait pas ses oreilles. Comment pouvait-il évoquer un tel sujet alors que l'ennemi avait débarqué sur les côtes de Saylok ? Il était déjà inouï que le tournoi ait été maintenu, même si les informations de Bozl indiquaient que la situation n'avait pas empiré depuis un mois qu'il avait fui. Ce n'était qu'un maigre réconfort, mais un réconfort tout de même.

— V-va au tournoi. Je t'attendrai sur place. Viens ac-accompagné des hommes nécessaires, mais pas plus. Le p-peuple voudra profiter des f-festivités ; ne les en dissuade pas. Ils sont plus en s-sécurité sur la colline que dans leur lit ces j-jours-ci.

— Je crains que non, Chef. Pas tant que Banruud est roi, déclara Dred, soucieux.

— J'escorterai le Dolphys, insista Dakin, parlant de Bayr comme s'il était un précieux vase.

— Dakin, je t'ordonne de rester avec D-Dred, trancha Bayr d'un ton sans appel.

Son lieutenant lui jeta un regard noir, mais il se garda de rétorquer.

— Vous agirez c-comme si j'étais resté à D-Dolphys, conclut Bayr avant de se tourner vers le colporteur. Bozl, v-vous p-pouvez voyager avec mes hommes aussi loin que vous le voudrez. Vous êtes le b-bienvenu dans mon clan et dans mon village.

Bozl acquiesça, les yeux soudain embués, et il enfourcha sa mule, manifestement impatient de repartir.

— Si je d-devais ne pas revenir, dit Bayr en dévisageant ses hommes l'un après l'autre, p-promettez-moi de ne pas choisir D-Daniel pour me remplacer.

Ses guerriers éclatèrent d'un rire tonitruant – même Daniel –, libérant un peu de la tension accumulée ces derniers jours.

— Longue vie au Dolphys, s'écria Dred, une main sur sa tresse.

Les guerriers reprirent son cri, l'agrémentant de quelques hurlements de loup, avant de talonner leur monture. Cependant, les yeux de Bayr étaient déjà rivés sur la Colline du Temple, qu'il visionnait en esprit dans ses moindres détails. Dans deux jours, il reverrait enfin sa famille, et son cœur s'envola de sa poitrine, incapable d'attendre plus longtemps.

23

Dagmar était en haut du clocher, tourné vers le nord, lorsqu'il l'aperçut. Ce n'était qu'un point mouvant qui aurait pu être n'importe qui, minuscule tache noire au milieu d'un paysage verdoyant de champs labourés et de bâtiments agricoles, encore à bonne distance de la grappe de maisons blotties contre la base de la Colline du Temple. Malgré le ciel menaçant et les lourds nuages gonflés de pluie, pas une seule goutte n'était tombée.

Il aurait normalement dû se présenter par l'est, mais, tout à sa joie, Dagmar ne s'attarda pas sur la question. Même sans recourir à une rune de vision, il sut d'instinct qu'il s'agissait de Bayr. Il brûlait d'envie de dévaler l'escalier et de courir sur la grand-route, de traverser le village sans s'arrêter, puis de foncer à travers champs à sa rencontre. Il se força pourtant à attendre, observant le point grossir lentement, lentement, jusqu'à former une silhouette à cheval, et il ne put alors retenir ses larmes plus longtemps. Il se mit à sonner la cloche avec ferveur pour l'accueillir, suspendu à la corde comme un imbécile heureux, pleurant et riant à la fois. Il descendit ensuite l'escalier dans un semi-brouillard et courut jusqu'à la porte nord, tâchant d'essuyer ses yeux embués, effrayé de ne plus voir Bayr une fois qu'il eut rejoint la sentinelle de faction sur les remparts.

Mais il le repéra vite dans la foule, son garçon devenu un homme, qui chevauchait sa monture tel le chef de clan qu'il était, le dos droit, une main sur la cuisse, l'autre enroulée dans la crinière de son étalon.

Dagmar se découvrit sans voix, incapable de le héler, et la sentinelle – un homme qui n'avait jamais vu le Garçon du temple – salua Bayr d'une voix forte et lui demanda l'objet de sa venue.

— Je suis Bayr… Chef de Dolphys… ici pour voir le roi Banruud, dit-il sans trébucher sur une seule syllabe – bien qu'il fît des pauses tous les quelques mots.

— Ouvrez cette satanée porte ! rugit soudain Dagmar qui venait de retrouver sa voix, avant de descendre voir les hommes qui manœuvraient le treuil actionnant la herse.

— Le roi est en déplacement, Chef, mais le gardien Dagmar semble vous connaître et m'a demandé de vous ouvrir les portes, annonça la sentinelle sans perdre de son flegme.

Bayr franchit alors les portes, les yeux rivés sur Dagmar qui s'était placé au beau milieu de la route. Le gardien ne se souviendrait plus de qui avait pris l'étalon en charge ni du trajet qu'ils empruntèrent pour rallier les marches du temple. Il ne se rappellerait que le bonheur de savoir Bayr de retour, la sensation de son cœur cognant dans sa poitrine, la manière dont Bayr l'avait soulevé de terre en riant et en l'appelant par son nom.

— Je vois Dolphys en toi – ce clan fait partie de ton sang à présent – mais tu es toujours Bayr, l'ourson devenu grand, manqua s'étrangler Dagmar en riant à travers ses larmes.

— Je ne suis pas un ours. Je suis un loup, mon oncle. Même si je suis p-plus grand que la m-moyenne, répliqua Bayr dans un sourire éclatant.

Dagmar ne voulait plus relâcher son étreinte, bien que le corps de Bayr, endurci et affûté, lui parût presque étranger. Bayr le serra avec tout autant de fougue, lui embrassant le sommet du crâne avec toute l'affection de l'enfant qu'il avait été.

— Je vois du g-gris dans ta barbe, mon oncle, le taquina-t-il, et Dagmar rit à nouveau.

— Tu bégayes beaucoup moins qu'avant ! Et je n'ai pas les cheveux gris, parce que je ne suis pas encore vieux.

— Il a toujours été vieux, ricana Ivo depuis le perron du temple.

Dagmar se força à relâcher Bayr, mais lui emboîta directement le pas comme un chiot, incapable de supporter la moindre distance entre son neveu et lui. Bayr gravit les marches et serra le Très-Haut Gardien dans une étreinte qui aurait dû le réduire en poussière, mais qu'Ivo parvint à retourner sans se plaindre le moins du monde.

— Nous avons attendu, Bayr de Saylok, prononça-t-il lorsque Bayr le lâcha.

Dagmar savait qu'Ivo avait nombre de choses à dire à Bayr, mais il lui enjoignit d'entrer dans le temple sans plus tarder afin de saluer celles et ceux qui s'étaient réunis pour l'accueillir. Fantôme et les filles des clans, ayant entendu le raffut causé par son arrivée, avaient accouru à sa rencontre. Au même instant, de l'escalier de l'aile ouest se déversa un flot de gardiens, saluant son retour à grand renfort de cris de bienvenue.

Lorsque Fantôme tendit une main à Bayr, un timide sourire aux lèvres, il s'inclina et, la lui prenant délicatement, déposa un baiser sur ses phalanges pâles. Son sourire s'élargit, éblouissant tel le soleil qui point au-dessus des collines de l'est.

— V-vous êtes toujours s-superbe, Fantôme, dit doucement Bayr, faisant céder les dernières digues émotionnelles de Dagmar.

Bien sûr que Bayr la trouvait belle. Qu'il le lui dise sans artifice ni embarras témoignait aussi bien de sa grande sensibilité de jadis que de sa confiance récemment acquise.

— M-merci de vous être oc-occupée de lui, ajouta Bayr en jetant un coup d'œil furtif vers Dagmar afin de dissiper toute ambiguïté.

— Votre oncle veille sur nous toutes, répondit Fantôme, le rouge montant à ses joues d'albâtre.

Dagmar dut détourner le regard : de voir ainsi réunies les deux personnes qu'il aimait le plus au monde l'emplissait d'une joie aussi douce que fulgurante.

— V-vous êtes toutes... des f-femmes, bégaya Bayr, levant les yeux sur les cinq filles qui se tenaient derrière Fantôme.

Elayne, Juliah, Liis, Bashti et Dalys, qui ne savaient pas trop comment saluer leur vieil ami, se mirent à rire puis s'inclinèrent devant lui à la manière des gardiens, laissant ainsi transparaître leurs années de formation au temple. Bayr attrapa sa tresse d'une main comme s'il s'adressait au roi en personne, et la révérence que son neveu avait à leur égard n'échappa pas à Dagmar.

En réponse, Juliah attrapa la lourde tresse enroulée au sommet de son crâne.

— À défaut de tresse de guerrier, je porte une couronne de guerrier, dit-elle, un rictus au bord des lèvres.

— La reine guerrière ? demanda Bayr, faisant s'élargir son sourire.

— Il n'y a pas eu de couronnement officiel, mais j'accepte ce titre, plaisanta-t-elle en adoptant un port de tête majestueux.

Bayr vit alors le regard de Juliah se fixer par-dessus son épaule.

— Bayr ?

La voix qui s'éleva derrière lui sembla le pétrifier sur place, comme s'il savait parfaitement à qui elle appartenait. Bien que Bayr se ressaisît rapidement, le frémissement qui parcourut le jeune chef n'échappa à personne dans l'assemblée.

— Alba ?

Elle se tenait immobile dans l'embrasure de la porte du temple, ouverte en grand, nimbée d'un halo de lumière grisâtre en cet après-midi couvert. Et à cet instant, Dagmar vit l'adulte et non l'enfant. Elle n'était plus la petite fille qu'il avait vue grandir jour après jour, mois après mois, année après année. Il la voyait ainsi que la découvrait Bayr et en eut le souffle coupé.

Elle était grande pour une femme, plus grande que

la plupart des gardiens, et son maintien impeccable témoignait de sa force de caractère. Ses cheveux détachés lui couvraient les épaules, les mèches d'or blond évoquant les herbes longues de la fin d'été sur le bleu profond de sa robe. Le contre-jour empêchait de distinguer ses traits, mais Dagmar connaissait parfaitement ses yeux bruns comme la terre de Saylok, et ceux-ci étaient vrillés sur Bayr. Un battement de cœur plus tard, elle s'élançait sur le sol dallé, ses jupons dans une main pour se libérer les jambes, ses cheveux comme en apesanteur. Puis elle fut dans ses bras, serrée tout contre lui, les pieds ne touchant plus le sol comme si elle avait franchi les derniers mètres d'un bond.

Tous se taisaient alentour – foule d'observateurs muets captivée par ces retrouvailles aussi poignantes qu'étonnantes. Bayr et Alba ne se parlèrent pas. Ils n'agissaient pas comme la plupart des amis chers qui se retrouvent après une longue séparation, où chacun se coupe la parole dans le feu de l'excitation, ils se contentaient de s'accrocher l'un à l'autre dans une étreinte empreinte de désespoir et de communion. Dagmar pouvait voir l'expression de Bayr, ses yeux clos et sa mâchoire crispée d'homme qui tâche de contrôler son émotion. Alba s'était mise à pleurer, les épaules secouées de spasmes silencieux, le visage enfoui dans son cou. Bayr pivota soudain sur ses talons et, enserrant toujours Alba dans ses bras, il se dirigea vers le sanctuaire et referma la double porte derrière eux de sa botte.

Il n'y avait pas un gardien ni une fille du temple qui eût l'œil encore sec. Fantôme, qui ne pleurait que rarement et s'en défendait les quelques fois où c'était le cas, s'empressa de gravir l'escalier pour éviter de s'effondrer en public. Dagmar s'essuya les yeux du revers de la manche, se demandant à qui apporter son réconfort, qui suivre… voire s'il devait se retirer lui aussi. Bayr et Alba n'étaient plus des enfants. Bayr ne pouvait plus dormir au pied de son lit ni la porter sur ses épaules. Il ne serait pas sage de les laisser trop longtemps en tête à tête tous les deux. Il ne trouva néanmoins pas la force d'aller les interrompre. S'immiscer entre eux après une si longue séparation lui semblait terriblement cruel. Dagmar se tourna vers Ivo pour solliciter son conseil.

— Le roi n'est pas là, et c'est une bonne chose, déclara le Très-Haut Gardien, toujours aussi perspicace. Ce soir, nous festoierons au temple et Bayr pourra attendre tranquillement parmi nous que Banruud revienne.

*

Bayr ne reposa pas Alba au sol, laissant le temps à leurs larmes respectives de sécher. Le sanctuaire était pareil à un tombeau enténébré, seulement éclairé par la lumière filtrant à travers le dôme dont les rayons tombaient à la verticale sur l'autel. Le verre coloré des vitraux décrivant l'histoire des clans dessinait un arc-en-ciel sur le sol de pierre. Les torches n'avaient pas encore été allumées, mais les nombreux cierges qui recouvraient chaque surface scintillaient çà et là dans la pénombre. Rien n'avait changé depuis ce jour où ils s'étaient fait leurs adieux et, l'espace d'une seconde vertigineuse, Bayr raffermit son étreinte autour de la femme, se souvenant de l'enfant qu'elle était alors.

Mais l'enfant n'était plus.

Alba n'était plus la même.

Et lui non plus.

Il la reposa à terre et la relâcha en douceur. Recula d'un pas, puis d'un autre, soudain timide. Ce n'était pas *son* Alba. Elle était une femme à présent, et il ne savait plus quoi dire. Il l'avait amenée jusqu'au sanctuaire afin que les gardiens ne le voient pas pleurer. Il avait voulu préserver ce moment, le cacher au regard des autres, le garder pour lui seul. Il ne voulait pas le partager… *la* partager… avec quiconque d'autre.

Elle se frotta les joues avec le pouce, un geste dont il se souvenait bien et qui dissipa légèrement son malaise. Mais lorsqu'elle leva les yeux sur lui, il se laissa aspirer par son regard, saisi par un nouveau vertige.

Elle était si belle.

La rondeur enfantine de ses traits avait laissé place à de hautes pommettes et un cou fin. Les yeux sombres, les cheveux clairs, la peau au ton chaud, les lèvres en pétales de rose. Tout cela était sans conteste Alba, et pourtant si différent.

*

— Quand tu es parti, tu étais une colline. À présent, tu es une montagne, le taquina Alba – déglutissant nerveusement tout en espérant cacher son trac.

Bayr était colossal, tant par sa stature que par sa

musculature, et elle n'aimait pas ce contraste frappant entre eux, un contraste qu'elle n'avait étonnamment jamais remarqué auparavant. Il avait été son Bayr, son meilleur ami, son confident, son protecteur, la personne qu'elle aimait le plus au monde. Et voilà qu'à présent il était si clairement un homme, un homme comparable à son père, massif et féroce, sans ce pétillement dans le regard ni cette mollesse juvénile autour des lèvres.

Bayr éclata de rire, ses dents blanches étincelant entre des lèvres loin d'être si sévères au final.

— Je retrouve bien là ma p-petite Alba qui sait me faire rire, dit-il. Je n'étais pas sûr qu'elle soit toujours là.

— Je suis là. Je ne suis jamais partie, murmura-t-elle, le cœur battant la chamade de voir son sourire si familier.

— Toi aussi tu as grandi. Tu étais une fleur délicate, et te voilà un bel arbre élancé, dit-il sans trébucher sur le moindre mot. Je peux à peine te soulever, comment vais-je faire quand tu voudras que je te fasse voler ?

— Un jeune arbre ? Je suis un vénérable chêne, fit-elle mine de s'offusquer. Encore un an ou deux et je te rattraperai.

Il partit d'un nouvel éclat de rire, un rire où perçait une telle affection que les yeux d'Alba s'embuèrent de plus belle et, sans la moindre hésitation, elle retomba dans ses bras.

Il l'accueillit avec bonheur, la serrant fort tandis qu'elle respirait son odeur, le nez enfoui dans son torse. Lui dire qu'il lui avait manqué aurait été un mensonge. Elle avait souffert, pleuré toutes les larmes de son corps, vécu un long deuil dont elle avait compté chaque jour. Elle avait banni Bayr de son cœur et de ses pensées uniquement pour mieux implorer les dieux de le garder en bonne santé. L'année précédente, elle avait même abandonné tout espoir. Un autre anniversaire, un autre cadeau, et toujours pas de Bayr. Maintenant qu'il était de retour, elle ne souhaitait plus que le tenir dans ses bras et savourer l'instant.

— Tu es s-sur la p-p-pointe des pieds ? rit-il – et son bégaiement plus perceptible lui rappela le jeune garçon qu'il avait été.

Ces petits accrocs la rassurèrent : il était toujours son Bayr.

— Oui, en effet.

Elle rit avec lui, un rire un peu étranglé par l'émotion qui lui nouait la gorge. Le sommet de son crâne atteignait à peine l'épaule de Bayr, bien qu'elle fût plus grande que la majorité des femmes – d'après Dagmar en tout cas.

— Dix-sept ans, chuchota-t-il. Et ton anniversaire est demain. Qu'est-ce qui te f-f-ferait p-plaisir, petite Alba ? Dix-sept roses ? Dix-sept p-prunes confites ? Dix-sept diamants p-pour orner ta couronne ?

— Je veux dix-sept jours, répliqua-t-elle du tac au tac, se reculant dans le cercle de ses bras pour mieux jauger sa réaction.

Mais dès que les mots eurent franchi ses lèvres, elle se rendit compte qu'elle désirait bien plus.

— Et dix-sept ans seraient encore bien mieux !

Quelque chose changea dans le regard de Bayr, qui se radoucit, et il posa l'index sur le bout de son nez.

— Je ne peux pas t'offrir ça, Alba.

— Douze jours ?

Il secoua la tête.

— Dix ?

Une nouvelle dénégation.

— Neuf, alors, et c'est mon dernier mot. Je suis la princesse de Saylok et tu dois m'obéir.

Bayr s'esclaffa de nouveau, un rire chaleureux et sonore qui enflait son cœur de bonheur, à un tel point qu'elle se voyait bien exploser en un milliard de minuscules particules de lumière.

— Je peux t'accorder une semaine. Peut-être moins.

— Une semaine ? chuchota-t-elle. Tu repars si vite ?

— Oui, je ne resterai q-que jusqu'au r-retour du roi.

Tout le bonheur accumulé dans la poitrine d'Alba se mit à fuir, s'écoulant le long de ses jambes affaiblies pour former une flaque à ses pieds, la laissant aussi vide qu'elle s'était sentie la veille et l'avant-veille.

— Je te p-promets dix-sept heures p-p-parfaites. Rien q-que nous deux. Les m-meilleurs heures de t-toute ton existence, lui chuchota-t-il à l'oreille. On v-volera et on nagera, et on mangera jusqu'à s'en faire éc-éclater la panse.

— On volera ?

— Et on nagera.

— Et on ne perdra pas de temps à dormir bêtement ?

— Pas une seule minute.

Il lui sourit de nouveau et elle prit soudain conscience qu'il devait être épuisé. Il était venu de si loin et pourtant il se tenait devant elle. Elle se promit de ne pas gaspiller de temps à craindre son absence. Elle inspira à fond puis, prenant Bayr par la main, elle l'entraîna vers le banc le plus proche de l'arc-en-ciel au sol et s'y assit. Elle comptait commencer à profiter sur-le-champ de ses dix-sept heures de perfection.

— Raconte-moi où tu as voyagé, le questionna-t-elle sans plus attendre.

Elle voulait tout savoir, et ce depuis la seconde où il l'avait quittée dix ans plus tôt.

— Partout. Même si, ces d-dernières années, j'ai r-r-rarement quitté Dolphys. Jusqu'à au-aujourd'hui, dit-il en s'asseyant à côté d'elle, sa main toujours dans les siennes.

— Partout ? Je veux plus de mots, Bayr, des détails ! s'écria-t-elle.

Il sourit de nouveau et poussa un grognement, avant de se tapoter l'oreille.

Le cœur d'Alba fit un bond dans sa poitrine lorsqu'elle reconnut leur jeu favori et elle s'y prêta avec grand plaisir.

— As-tu voyagé dans les Terres de l'Est ? demanda-t-elle en retombant dans leur échange au rythme si familier – des questions auxquelles il fallait répondre par oui ou non afin qu'il n'ait pas besoin de s'exprimer à voix haute.

Il acquiesça d'un hochement de tête.

— Le pays est-il plus vaste que Saylok ?

De sa main libre, Bayr cueillit un cierge de son

bougeoir, puis il l'inclina pour dessiner une forme sur les dalles de pierre à l'aide des coulures de cire. Il dessina ensuite une seconde forme, une étoile cette fois, à une largeur de main de la première.

— Saylok, reconnut Alba en désignant l'étoile.

Bayr opina du chef.

— Les Terres de l'Est, devina-t-elle en montrant l'autre forme. C'est si grand que ça comparé à Saylok ?

Nouveau hochement de tête.

— Où d'autre as-tu voyagé ?

Une tache de cire après l'autre, Bayr se mit en devoir de dessiner les pays au-delà de Saylok, et Alba étudia avec fascination le monde qui prenait forme sous ses yeux.

— Dagmar a beau être très savant, il n'a jamais quitté Saylok et les cartes qu'il a dressées ne sont pas du tout à l'échelle, murmura-t-elle.

— Je ne sais q-que ce qu'on m'a dit, et ce que j'ai g-g-glané des gens qu'on a ramenés avec nous. C'est d-difficile de mesurer la taille quand on n'est q-qu'un homme et non un g-grand oiseau qui vole haut d-dans le ciel.

— Mais tu es un chef, dit-elle, un sourire espiègle aux lèvres.

Il acquiesça, revenant à leur jeu, mais son regard semblait soudain moins serein.

— N'était-ce pas là ton souhait ? s'enquit-elle doucement – c'était après tout l'ambition de la plupart des hommes.

Il secoua la tête une seule fois, mais vigoureusement.

— Non ? Pourquoi ? insista-t-elle.

— J-je n'ai jamais souhaité q-qu'une seule chose.
— Laquelle ?
— Être ici. À tes côtés. C'est tout.

Ses traits exprimaient une telle franchise et candeur qu'Alba ne put détourner le regard. Les gens qui l'entouraient se montraient toujours très prudents avec leurs secrets. Les filles du temple. Dagmar. Fantôme. Ivo. Son père. Tout le monde mentait, déformait les faits ou gardait simplement le silence. Certains le faisaient par amour. D'autres par peur. Certains pour le pouvoir, d'autres pour protéger. Mais pas Bayr. Il n'avait jamais été comme ça.

Elle ne lui demanda pas pourquoi il ne pouvait pas rester. Dagmar le lui avait expliqué encore et encore. Et Alba savait ce que c'était de désirer ce qu'on ne pouvait avoir, de ne contrôler ni son destin ni ses fortunes. Elle baissa la tête, saisie d'émotion, serrant fort la main de Bayr dans la sienne. Dès qu'elle eut retrouvé la voix, elle lui chuchota :

— Parle-moi de Dolphys.

Et il céda, d'une voix grave et prudente, formant ses mots bien mieux qu'autrefois, et Alba l'écouta, buvant ses paroles à mesure qu'il les prononçait. Une question en entraînant une autre, Alba se surprit à beaucoup plus parler qu'elle n'en avait eu l'intention et Bayr lui accorda la même écoute bienveillante et captive. Lorsque la lumière arc-en-ciel vint à manquer, chassée par l'arrivée du crépuscule, Ivo ouvrit la porte du sanctuaire, son long bâton entre ses mains noueuses. Il ne se déplaçait plus aussi bien qu'avant et sa vue s'était détériorée, ce qui ne l'empêchait pas de les scruter de ses yeux omniscients.

— Dix ans sont un trop long voyage à effectuer en un seul après-midi, déclara-t-il d'une voix éraillée. Venez donc vous joindre à nous pour dîner, nous poursuivrons ensemble les pérégrinations.

Ils se levèrent tous deux, la main d'Alba au coude de Bayr, et ils suivirent Ivo hors du sanctuaire. Alba s'interdit de décompter les heures déjà écoulées.

24

Vingt-neuf. Vingt-neuf heures s'étaient écoulées depuis son arrivée. Alba lui avait souhaité une bonne nuit comme la veille au soir et ses gardes, en faction à l'extérieur du temple, l'avaient escortée jusqu'au palais où l'attendait sa dame de compagnie vieillissante. Elle la congédia en lui disant qu'elle n'avait pas besoin de ses services, puis gravit les nombreuses marches jusqu'à sa chambre en haut de la tour. À présent, quelques heures plus tard, elle attendait, tout en espérant que Bayr tiendrait sa parole. Il avait promis de ne pas s'endormir.

Au final, n'y tenant plus, elle rejeta sa couverture légère et enfila ses souliers. De la pointe de la lame qu'elle gardait toujours sous son oreiller, elle se fit une minuscule entaille dans la paume, juste suffisante pour laisser perler une goutte de sang. Du bout de l'ongle, elle y traça une demi-lune dans laquelle elle inscrivit un triangle. Elle déposa une nouvelle goutte de sang sur la figure et en barbouilla les traits, comme si un voile nuageux venait éclipser la lune. Avant que sa rune ait le temps de sécher, elle se précipita hors de sa chambre. Elle passa au petit trot devant le garde posté au bas de l'escalier menant à la tour qui n'y vit que du feu. Elle croisa une servante dans le couloir ainsi qu'un domestique qui mouchait les chandelles à côté de la porte ouvrant sur les jardins. Ni l'une ni l'autre ne tournèrent la tête dans sa direction. Elle se glissa au-dehors, puis s'autorisa un soupir de soulagement : le sang avait tendance à sécher trop vite et elle s'était fait attraper plusieurs fois par le passé avant d'atteindre sa destination.

Elle gagna la porte du tunnel dissimulée au milieu des jardins de la reine. Celui-ci cheminait sous terre par-delà le rempart pour déboucher à flanc de colline. Bayr et elle l'avaient découvert alors qu'elle était encore petite, et elle l'avait emprunté plus de fois qu'elle ne pouvait les compter. Elle fit la grimace en sentant l'odeur de renfermé à l'intérieur du tunnel, mais ne ralentit pas l'allure bien qu'elle dût se courber un peu. Elle aurait dû utiliser une rune de lumière, mais elle était trop pressée.

Au bout de quelques minutes, l'air se fit plus pur et les ténèbres moins opaques, et Alba comprit que la trappe qui fermait le tunnel avait été laissée ouverte. Bayr l'attendait à côté, allongé dans l'herbe, ses longues jambes croisées, ses bras musculeux repliés sur son torse. Il dormait. Mais il était là, comme il l'avait promis.

Elle s'assit près de lui sans un bruit. Elle ne voulait pas le réveiller. Pas tout de suite. Ça lui suffisait pour l'instant d'être simplement à ses côtés. Elle s'efforça d'étudier les étoiles, de savourer le répit qu'apportait la fraîcheur nocturne. La journée avait été anormalement chaude, et bien que les moissons touchassent bientôt à leur fin, le temps était plus estival qu'automnal. Mais elle avait contemplé la voûte étoilée des myriades de fois alors que Bayr demeurait pour elle un univers inexploré. Elle se sentait irrésistiblement attirée par son visage, l'arête droite de son nez, le renflement de ses lèvres gonflées de sommeil, sa longue tresse brune de guerrier. Le poids de son regard dut lui chatouiller les sens, car il finit par ouvrir les yeux quelques minutes plus tard.

— Tu me dois une heure, chuchota-t-elle tandis qu'il papillonnait des paupières.

Il leva ses yeux bleu glacier sur elle, ne sachant pas vraiment s'il rêvait ou pas.

— Peu importe, je n'ai pas commencé le compte à rebours de toute façon, ajouta-t-elle.

Dix-sept heures pouvaient durer une éternité si le décompte ne débutait jamais.

Bayr arqua les sourcils en une question muette. Sa manière de communiquer la faisait rire, et un élan de tendresse naquit dans sa poitrine, qui se heurta toutefois à l'inéluctabilité de son départ. Elle ne le supportait pas, ce sentiment de tempête imminente. Son père avait des plans la concernant, des plans qui les sépareraient pour toujours, et les secondes s'égrenaient follement vers ces derniers adieux.

Il décroisa les mains et porta un pouce au front d'Alba, entre ses sourcils. Elle se laissa aller à son toucher et ferma les paupières, lâchant un soupir entre ses lèvres entrouvertes.

— Tu es triste.

— Non. J'ai juste commencé à compter.

— Qu'est-ce que je peux faire ?

— M'emmener nager et voler, dit-elle en ravalant ses angoisses.

Elle se leva dans un frou-frou de jupons et tendit la main à Bayr. Il rit de sa tentative de l'aider à se relever et bondit sur ses pieds tel un chat.

— Préférez-vous m-marcher ou m-monter sur mon dos, princesse ? demanda-t-il avec un sourire narquois.

L'espace d'un instant, elle eut de nouveau sept ans, perchée sur ses épaules tandis qu'il dévalait les pentes et gravissait les collines. À l'époque, il la portait davantage qu'elle ne marchait.

— Ces jours-là sont révolus depuis bien longtemps, répondit-elle à mi-voix, décrochant le sourire des lèvres de Bayr.

— Comme tu dis, Alba, comme tu dis.

Ils cheminèrent vers l'ouest deux heures durant en échangeant à voix basse, les yeux posés sur le paysage, mais les pensées tournées l'un vers l'autre, traversant prairies et bosquets arborés jusqu'à atteindre les cascades nichées au creux de la dernière pente de la Colline du Temple. C'était à cet endroit que convergeaient les eaux de pluie et les divers cours d'eau pour n'en plus former qu'un seul avant de se précipiter du haut de la roche. La chute d'eau la plus haute se séparait en deux cascades, l'une se déversant dans la rivière en contrebas, la seconde dans un bassin séparé, profond et glacial. Bayr avait appris à nager dans cette cuvette naturelle, et c'était là aussi qu'il avait enseigné la natation à Alba. La corniche enherbée qui surplombait le bassin d'une dizaine de mètres marquait le départ d'un sentier qui descendait en zigzag jusqu'à une plage de galets.

— Rien n'a changé ici, constata Bayr en se penchant au bord de la corniche par-dessus l'eau, le visage battu par les embruns.

Alba tira sur les liens de sa tunique pour les desserrer tout en ôtant ses sandales. Elle profita de ce que Bayr avait le dos tourné pour passer sa tunique par-dessus sa tête, plus vêtue désormais que d'un léger fourreau qui n'entraverait pas ses mouvements.

Elle sprinta en riant jusqu'à la lèvre de roche, bras et jambes fendant l'air, cheveux au vent, et Bayr lui hurla de s'arrêter.

Elle n'en fit rien.

Elle sauta dans l'abîme, disparaissant de sa vue.

Quelques secondes plus tard, il fit le grand saut à son tour.

Elle creva la surface de l'eau en riant toujours, lui émergea en crachotant, furieux. Et elle replongea sous l'eau avant qu'il ne puisse l'attraper par les cheveux pour la sortir de l'eau. Il nagea vers les rochers qui bordaient le bassin d'eau cristalline, frappant l'eau à chaque brassée comme pour donner libre cours à sa frustration.

— P-pour-pourquoi t-tu as f-fait ça ? aboya-t-il dès qu'il se fut hissé sur la berge.

Son bégaiement ressortait lorsqu'il était en colère. Si Alba avait pris le temps de retirer tunique et sandales, Bayr était encore tout habillé, avec son épée dans son dos, ses bottes aux pieds et une dague attachée à chaque jambe.

— Et toi, pourquoi n'as-tu pas enlevé tes bottes ?

C'est loin d'être la première fois que je saute, et tu sais que je sais nager : c'est toi qui m'as appris !

— On n-ne sait pas t-t-toujours ce qui se c-cache sous la s-s-surface. Je ne p-peux pas te pr-protéger de dan-dangers que je ne vois p-pas.

— Et qui m'a protégée quand tu es parti, hein ? Je suis assez grande pour me protéger toute seule.

Même si Alba ne lui faisait aucun reproche, Bayr le prit personnellement.

— T-tu aurais pu au m-moins me p-pré-prévenir, marmonna-t-il. J-j'ai l-laissé mon cœur là-haut, avec t-tes affaires.

Elle se hissa à son tour sur un gros rocher plat et s'y installa dans la même position qu'elle adoptait enfant, le visage tourné vers le ciel, les mains dans ses cheveux pour les essorer. Sauf qu'elle n'était plus une enfant et que le fin fourreau qu'elle portait pour tout vêtement lui collait à la peau. La pénombre ambiante offrait certes un maigre rempart, mais Alba entendit le hoquet de surprise de Bayr, qui fit naître une douce chaleur au bas de son ventre. Il détourna le regard et retira ses bottes avant d'essorer ses vêtements dégoulinants. La crique était paisible, seulement troublée par le clapotis de l'onde et le fracas assourdi des chutes d'eau. Il ne serait pas simple de remonter jusqu'à la corniche récupérer les affaires d'Alba. Bayr se dirigea vers le sentier escarpé, refusant de la laisser remonter les chercher à demi nue et sans ses chaussures.

— Je ne veux pas partir tout de suite, protesta-t-elle.

— J'y vais seul.

— Je ne veux pas que tu partes tout de suite non plus.

— Et si une ch-chèvre affamée v-venait manger ta tunique ?

Alba gloussa et Bayr se détendit. Il ne parvenait jamais à rester longtemps en colère contre elle, même si elle avait bien conscience d'avoir plus d'une fois mérité son courroux.

— Je fais j-juste l'aller-retour. Par le s-s-sentier, pas la c-corniche, ajouta-t-il.

Il gravit le chemin abrupt et revint quelques instants plus tard, tunique et chaussures à la main, à peine essoufflé. Alba enfila ses vêtements sans croiser son regard, soudain embarrassée et honteuse, se percevant comme l'enfant qu'il semblait encore voir en elle.

Lorsqu'elle se laissa retomber sur un rocher sec, il vint s'asseoir à côté d'elle, les yeux rivés devant lui, les mains croisées.

— Je suis désolée de t'avoir fait peur, murmura-t-elle. Je pensais… Je pensais que tu allais me trouver courageuse. Je pensais que ça te ferait… rire.

— Ça a t-toujours été ma m-mission de te protéger. C'était mon s-s-seul but dans la vie. C'est pas f-facile d'oublier les v-vieilles habitudes.

— Je ne sais pas quel est mon but, souffla-t-elle.

Il patienta, ainsi qu'il l'avait toujours fait, sachant qu'elle finirait par rompre le silence, ainsi qu'elle l'avait toujours fait. Mais pas cette fois.

— Tu as été c-consacrée sur l'autel du t-temple, et les g-gardiens ont peint une é-étoile sur ton f-front avec leur sang. Tu es Alba de Saylok. Tu es une princesse, dit-il lentement, espérant la faire parler.

— Et c'est ça mon seul but dans la vie ? Ma seule raison d'exister ?

Il soupira, s'en voulant de ne pas avoir su se taire.

— Qu'est-ce qui te rend heureuse ? reprit-il afin de changer d'approche.

C'était un de leurs jeux d'avant. Lorsque l'un des deux avait le cœur lourd, ils dressaient une liste de ce qui les rendait heureux.

— Dormir, chanter, être en sécurité, le jus de pomme, entendre les gardiens entonner les prières du matin, Fantôme. Dagmar. Les filles du temple.

Elle s'arrêta, se sentant soudain si démunie qu'elle n'était plus capable de poursuivre.

— Pourtant… tu n'es pas heureuse, dit-il. Pas juste… en ce moment. Mais… tous les jours.

Ce n'était pas une question. Il ne faisait qu'exprimer ce qu'il voyait.

Elle hocha la tête et ravala ses larmes, réconfortée par le fait qu'il la comprenne aussi facilement.

— J'ai beau faire de mon mieux pour trouver du plaisir dans les petites choses, je n'arrive pas à échapper au poids terrible des grandes.

— Et dis-moi ce que sont ces g-g-grandes choses.

— Il y en a une très grande assise juste à côté de moi, lança-t-elle pour le faire rire.

Il n'en fit rien.

— Je te c-cause de la peine ?

— Oui.

Elle leva ses yeux marron sur les siens et y lut sa propre détresse en miroir.

— Être avec toi, c'est comme essayer de garder de l'eau entre les mains, murmura-t-elle.

Il fronça les sourcils, attendant qu'elle poursuive.

— Je voudrais que tu restes ici… avec moi, et je sais que ce n'est pas possible. Je suis morte de soif et c'est comme essayer de garder de l'eau entre mes mains, répéta-t-elle. Jamais je n'en aurai suffisamment pour étancher ma soif.

Il ne chercha pas à protester ou à lui donner tort. Il se contenta de l'observer d'un regard doux et lui tendit ses mains, paumes vers le ciel, comme s'il lui proposait d'y recueillir de l'eau pour elle.

Elle les étudia – si grandes, si calleuses – et retint un sanglot. Si elle pouvait boire à la source de ces mains, elle serait sans doute en mesure de se désaltérer. Cette pensée fit naître un frisson qui se propagea de son cœur à son bas-ventre, venant renforcer sa résolution.

— Il y a autre chose que je souhaite pour mon anniversaire, bafouilla-t-elle, se jetant d'une nouvelle falaise sans savoir s'il la suivrait cette fois.

— Ah ?

— Oui. Quand Ivo a prophétisé ton retour, je me suis promis de te demander ce… cette chose. Mais passer du temps avec toi est toujours mon vœu le plus cher. Donc s'il me faut choisir entre du temps avec toi et… et ce second cadeau, alors je choisirai le temps.

— Dis-moi, souffla-t-il.

— Je veux dix-sept… baisers, avoua-t-elle de la voix la plus posée possible, avant d'ajouter : dix-sept baisers de toi.

Connaissant Bayr, il aurait été capable d'aller

dénicher dix-sept garçons sans charme du village et de les aligner la bouche en cœur, prêts à lui offrir son cadeau d'anniversaire.

Le menton de Bayr tomba sur sa poitrine, sa longue tresse noire passant devant son épaule massive. Elle compta le nombre de ses inspirations, lentes et profondes – il y en eut trois – avant qu'il ne relève la tête.

— Je ne suis plus un jeune garçon, petite Alba, murmura-t-il.

— Et je ne suis plus ta *petite* Alba, Bayr.

— Tu seras t-toujours ma petite Alba, protesta-t-il.

Mais elle vit le mensonge dans ses yeux, comme elle avait toujours su le faire. Et elle y lut aussi la vérité. Il *savait* qu'elle n'était plus sa petite Alba. Elle avait vu la manière dont il regardait son visage et ses formes quand il croyait l'observer à son insu. Elle l'avait senti tressaillir chaque fois qu'elle l'effleurait, et pour cause : elle éprouvait la même chose.

Les yeux de Bayr s'abaissèrent sur sa bouche, et il laissa de nouveau retomber son menton.

— J-je ne sais p-pas q-quoi faire, chuchota-t-il. Je suis p-prêt à t-t'offrir n'importe quoi. T-tout ce que t-tu voudras… mais p-pas ça. Ce n'est pas… tu n'es pas… mienne.

Il serra ses mains dans les siennes en guise d'excuse.

— J'ai toujours été tienne. Et tu as toujours été mien, n'est-ce pas ? demanda-t-elle.

Elle s'efforçait de combattre l'humiliation qui lui montait aux joues et d'ignorer la douleur cinglante du rejet, qui lui donnait envie de s'enfuir. Mais si elle s'enfuyait, elle n'obtiendrait jamais ce qu'elle voulait. Et elle voulait Bayr. Éperdument.

Bayr poussa un nouveau soupir, déchirant de souffrance.

— Oui. Toujours.

— Si tu ne sais pas comment procéder… je pourrais t'apprendre, dit-elle, l'espoir battant à nouveau dans ses veines.

Il partit d'un petit rire dépourvu de joie, puis retira ses mains pour se les passer sur le visage.

— Et q-qui t'a appris ?

— Fantôme m'a appris.

Bayr releva la tête, l'air horrifié.

— Je n'ai jamais eu d'expérience pratique, mais je sais ce qu'il faut faire, lui assura-t-elle. Fantôme n'a pas été avare de détails… sur tout un tas de choses. Et j'y ai beaucoup réfléchi. Je suis sûre que je peux te guider.

Il lâcha un grognement empreint tant d'incrédulité que de douleur et Alba lui reprit les mains.

— Tu m'aimes, dit-elle – elle n'avait que peu de certitudes, mais de cela elle était sûre.

— Oui, admit-il.

— Et je t'aime moi aussi. Je t'ai aimé toute ma vie.

— Aimer et s-s'embrasser sont deux choses d-d-diffé-rentes.

— Oui… mais nous aussi, nous sommes différents maintenant. Nous sommes adultes, insista-t-elle.

— Je suis adulte. Toi… tu es… tu es…

Alba se pencha soudain en avant et plaqua sa bouche sur celle de Bayr, pour faire taire ses protestations à la source.

Elle avait les lèvres en feu, le sang glacé et les mains tremblantes, mais elle garda les yeux ouverts. Elle ne les ferma pas davantage en se reculant. Elle attendit, s'interdisant de haleter ou d'implorer, tâchant de paraître aussi mature qu'elle se targuait de l'être.

— En voilà un. J'en veux seize de plus.

— C'est ça que F-Fantôme t'a enseigné ? chuchota-t-il.

Elle crut déceler dans son ton une envie de rire réprimée, mais ses yeux étaient plongés dans les siens, sa bouche sérieuse.

— Elle ne m'a pas enseigné *que* ça, répondit-elle sur la défensive.

— Vraiment ?

— Vraiment.

— Je vois, dit Bayr tandis que son regard descendait sur sa bouche. Eh bien. Peut-être que… après tout… tu pourrais… me montrer.

Elle replia sous elle ses longues jambes et se redressa sur ses genoux. Même tous les deux assis, il était largement plus grand qu'elle et elle avait dû se contorsionner pour l'embrasser la première fois. Pas question de commettre la même erreur deux fois. Elle avança ainsi à genoux centimètre par centimètre jusqu'à ce que leurs visages soient parfaitement alignés. Elle sentait son haleine sur sa bouche et le parfum musqué de sa peau. Son odeur lui évoquait vaguement l'encens qu'on brûlait au temple, comme si les racines de son enfance avaient bourgeonné dans ses pores. Garçon du temple un jour, Garçon du temple toujours. Elle en avait rêvé de cette odeur, une fragrance qu'elle avait toujours associée à Bayr, et elle l'inhala longuement, savourant sa proximité. Puis, fermant les yeux, elle avança les lèvres une nouvelle fois, les plaçant doucement sur celles de Bayr. Exquise sensation que de sentir sa douce peau contre la sienne, qu'elle fit durer plusieurs secondes avant de se reculer. Ses lèvres la picotaient, son cœur battait fort. Elle se dit qu'elle s'était déjà améliorée sur ce deuxième baiser. Elle rouvrit les paupières et découvrit Bayr qui la regardait sans oser bouger.

— Leçon numéro un : ferme les yeux lorsque tu embrasses, dit-elle.

— Et la numéro deux ? demanda-t-il très sérieusement.

— Fantôme dit qu'on n'a pas besoin de rester figé quand on s'embrasse, au contraire, on peut remuer les lèvres doucement, d'avant en arrière, presque comme si tu hochais la tête. Je vais te montrer.

— Oui, s'il t-t-te plaît. Montre-moi.

Elle se pencha en avant et prit son visage entre ses mains pour conserver son équilibre. Puis, les yeux ouverts pour vérifier qu'il avait bien retenu la leçon, elle effleura ses lèvres – accentuant puis relâchant la pression –, sa bouche tel un pinceau sur une toile vierge. Voyant qu'il ne tendait pas ses lèvres, elle s'apprêtait à l'instruire sur ce point quand il saisit soudain sa chevelure à pleines mains, la maintenant en place. Il imita le mouvement de ses lèvres, avant de lui mordiller la lèvre supérieure qu'il aspira doucement entre les siennes, et d'offrir le même traitement à sa lèvre inférieure.

Les yeux d'Alba se fermèrent malgré elle et elle en oublia l'existence de la leçon numéro trois, s'abandonnant au baiser jusqu'à ce que Bayr se détache pour les laisser reprendre leur souffle.

— J'ai l'impression que je suis une excellente professeure, murmura-t-elle.

L'haleine de Bayr vint caresser ses lèvres gonflées et elle crut y déceler un sourire, mais Bayr l'empêcha de vérifier s'il se moquait d'elle en conservant son visage proche du sien.

— Excellente. Mais je t'en dois encore une bonne douzaine, chuchota-t-il en retour sans bégayer.

Elle enroula ses bras autour du cou de Bayr – la fameuse leçon numéro trois qu'elle venait de se rappeler – et plaqua ses lèvres de travers contre les siennes, se sentant telle une courtisane aguerrie, avec de nombreux baisers à son actif. De son côté, Bayr l'enveloppa lui aussi dans ses bras musculeux, l'embrassant avec une confiance absente de ses premiers baisers.

Elle sentit la chaleur de sa langue se frayer un chemin vers l'entrée de sa bouche, ce qui lui remit en mémoire la quatrième leçon. Elle avait pensé ne guère apprécier cette dernière et, pourtant, elle se surprit à s'ouvrir pour lui comme une fleur.

Il la goûta d'une langue d'abord timide, comme s'il progressait dans le noir, caressant les parois de sa bouche avec une infinie délicatesse, la laissant diriger son exploration à l'aveugle. Il découvrait sans envahir, initiait sans contrôler, et elle lâcha un gémissement.

Il l'embrassa jusqu'à ce que sa bouche en soit douloureuse et ses lèvres gonflées, jusqu'à ce que son souffle emplisse ses poumons et que ses mains puissantes dans son dos soient les seules choses qui l'empêchent de fondre à son contact telle de la cire chaude. Puis sa bouche vint glisser sur sa joue pour venir se nicher dans son cou. Il l'embrassa dans le cou comme il l'avait embrassée sur les lèvres, insistant, mais toujours respectueux, avant de finir par relever la tête, prononçant son nom comme s'il l'implorait de lui dire d'arrêter.

Jamais elle ne ferait pareille chose.

— Alba, chuchota-t-il, un mot chargé de feu, et elle dut lutter pour rouvrir les paupières et le contempler d'un regard ivre d'amour.

— Encore, supplia-t-elle avant de capturer à nouveau les lèvres de Bayr sous les siennes.

Il capitula l'espace de quelques secondes, leurs langues dansant à l'unisson jusqu'à ce qu'il se relève, le dos courbé pour ne pas interrompre le baiser, puis il rompit le contact en poussant un grognement frustré. C'était un son plus animal qu'humain, un grondement qui faisait vibrer son large torse. Il recula de plusieurs pas, se détournant d'elle, lui offrant le spectacle de sa longue tresse qui lui battait le dos. Elle vit son souffle s'apaiser progressivement jusqu'à ne plus être détectable dans la ligne de ses épaules. Il pivota à nouveau et revint lentement vers elle sans affronter son regard. Puis il se pencha sur elle et l'attrapa par la taille, la remettant sur pied, avant de lui tourner le dos.

— Nous devons rentrer, déclara-t-il d'un ton ferme.

Nul bégaiement. Nulle discussion possible. Ce qui n'empêcha pas Alba d'essayer à nouveau.

— Je ne crois pas qu'on ait atteint la douzaine promise. On a dû échanger quatre ou cinq très longs baisers… ce qui signifie qu'il nous reste quelques leçons avant que… tu partes, balbutia-t-elle, le souffle court.

— Je n'ai pas besoin de leçons, Alba.

Elle resta silencieuse pendant de longues secondes.

— Je sais, murmura-t-elle. Tu embrasses très bien. Quelle idiote j'étais, à croire que tu ne savais pas comment t'y prendre. Je t'ai attendu. Je pensais que peut-être… tu m'aurais attendue toi aussi.

Il pivota sur ses talons, son expression un tel masque de frustration qu'elle trébucha en arrière. Jamais il ne l'avait regardée ainsi, même pas lorsqu'elle lui avait fait de grosses frayeurs, lorsqu'elle avait plaqué ses mains sur ses yeux en exigeant qu'il coure à l'aveuglette ou qu'elle l'avait traîné au marché, lui faisant porter moult paniers remplis de frivolités et de dentelles des heures durant. Pas même lorsqu'elle avait exigé de lui qu'il la fasse tournoyer au-dessus de sa tête, encore et encore, afin qu'elle sache ce que ça faisait de voler.

En un éclair, il se retrouva face à elle, haletant à travers ces lèvres qu'elle venait juste d'embrasser. Un homme de sa carrure n'aurait jamais dû pouvoir se mouvoir si vite. Mais personne n'avait la rapidité de Bayr. Personne n'avait sa force. Ni son courage. Ni son honnêteté. Bayr n'avait pas son semblable. Et il était sien. Au fond du cœur d'Alba, elle avait toujours su qu'il lui appartenait et qu'un jour, lorsqu'elle serait adulte, elle pourrait le revendiquer, tout comme Dolphys l'avait revendiqué.

Elle leva une main pour lui caresser le visage.

— J'ai attendu si longtemps, Bayr. Ne vois-tu donc pas ? Je t'aime. Je sais que tu ne me vois pas comme moi je te vois. Tu ne *nous* vois pas comme je nous vois. J'étais une enfant dont tu avais la charge. J'étais ta responsabilité. Ta princesse.

— Mon Alba, grogna-t-il.

— Oui. Mais tu représentais tout pour moi. Depuis le premier jour. Mon cœur t'a choisi dès le début. Tu n'as qu'à demander à Dagmar. Il a tout fait pour m'en dissuader, mais je ne l'ai pas écouté. Il m'a dit que cela ne pouvait jamais advenir, que je devais quitter Saylok et épouser le roi d'un autre pays. Il pense que les hommes de Saylok sont maudits – y compris mon père – et que je dois partir pour aider la patrie. Comme tu l'as fait. Et je suis prête à partir. Mais pas sans toi.

Il avait les yeux luisants et les mains tremblantes, et Alba crut un instant qu'il allait l'embrasser à nouveau.

— T-ton père n'y c-consentira jamais, chuchota-t-il. S'il savait que j'ai posé la main sur toi, que je t'ai embrassée…

Son regard s'assombrit et il déglutit comme s'il n'arrivait pas à croire qu'il avait fait une telle chose.

— S'il savait, il couperait ma t-tresse et me b-brûlerait les yeux. Maître Ivo l'avait prévu. Il m'a p-prévenu d'attendre… mais je ne pouvais pas attendre é-éternellement.

— Tu m'avais promis de revenir.

— Je n'aurais pas dû.

— Tu es l'homme le plus fort de Saylok. Si quelqu'un peut tenir tête à mon père, c'est bien toi.

— Je ne suis qu'un seul homme. Je ne peux p-pas vaincre le monde à m-moi seul. Même pour toi.

— Promets-moi alors de…

— Plus de baisers, la coupa-t-il.

Elle essaya de sourire, sans succès. Elle ne pouvait pas prêter pareil serment.

— Ma mère avait seize ans lorsqu'elle a épousé Banruud. Fantôme avait quatorze ans la première fois qu'elle a… connu un homme. Tu sais que je suis suffisamment âgée, Bayr. Parmi les femmes qui restent encore à Saylok, toutes celles de mon âge sont déjà mariées depuis belle lurette.

— Le r-roi attend sans doute la p-proposition la plus avantageuse.

— Ma mère était fille de roi. Elle a épousé un chef. Tu es un parti parfaitement convenable.

— Pas aux yeux de Banruud, répliqua-t-il.

Il avait parlé d'un ton sans appel, chacun de ses mots un coup de poignard.

— Et… et toi, tu voudrais m'épouser ?

— Ma vie et ce que je veux n'ont rien à v-voir, Alba. Ça n'a j-jamais été le cas.

— Mais si rien ne s'opposait à notre union… voudrais-tu de moi ? T'enfuirais-tu avec moi ?

— Si rien ne s'op-opposait à notre union, nous n'aurions p-pas besoin de fuir.

— Ce n'est pas ce que je te demande, dit-elle doucement, incapable d'en dire plus.

— Oui. Oui. Oui, souffla-t-il. Oui !

Sa tresse dans une main, il la regardait dans les yeux d'un regard froid. Mais elle se rendit alors compte que la colère de Bayr n'était pas dirigée contre elle. Il s'en voulait de son impuissance, furieux de ne pouvoir s'extraire de la position dans laquelle elle le mettait. Il aurait volontiers continué de faire semblant, l'aimant de la seule manière qui lui était autorisée. Et elle venait de faire voler en éclats ses faux-semblants.

Tout à coup, il sembla se recroqueviller sur lui-même, comme si elle avait tracé à même sa peau une rune qui lui aurait arraché le cœur de la poitrine. Il tomba à genoux, s'inclina à ses pieds et saisit ses chevilles dans ses grandes mains, s'enchaînant à elle.

— M-mon corps t'appartient. Mon cœur t'appartient. M-mon âme, m-mon esprit, mes rêves, ma vie. Ils t-t'appartiennent. J-je ferai t-tout ce que tu ordonnes. T-tout ce que tu d-désires. Mais sache u-une chose : j-jamais ton père ne le p-permettra. Et q-quand il découvrira que je t'aime, n-nous souffrirons tous les deux. Je peux s-supporter ma souffrance… mais pas la tienne.

Elle se laissa glisser devant lui et il lâcha ses chevilles pour la tenir par les hanches, l'asseyant sur ses genoux et cherchant ses lèvres.

— Tu ne pourras pas m'empêcher de souffrir, gémit-elle contre sa bouche. Et ça fait mal. Je ne suis que douleur. Mais il n'y a pas d'Alba sans Bayr. Pas maintenant. Pas autrefois… et plus jamais.

Et, l'espace d'un instant, sous le couvert des ombres et du fracas des cascades, elle parvint à le persuader.

25

Le roi ne revint pas. Ni le lendemain ni le surlendemain. Les chariots de commerçants et les tentes fleurirent autour du Village du Roi dans la perspective du tournoi imminent et, dès la nuit suivante, la colline fut envahie de monde et se mit soudain à bourdonner d'activité tandis que le Tournoi du Roi était lancé malgré l'absence du monarque. Le temple avait ouvert ses portes pour accueillir le flot annuel de pèlerins, venus prier en son sein, et celui des condamnés, venus exposer leurs doléances ou leurs confessions aux gardiens.

Trois chefs étaient arrivés – Aidan d'Adyar, Lothgar de Leok et Josef de Joran – et Bayr s'était entretenu en tête à tête avec chacun d'entre eux. La nouvelle de l'installation des Nordiques sur le littoral de Berne leur était déjà parvenue et le roi avait assuré aux trois chefs que des mesures avaient été prises pour garantir que cette occupation ne dégénérerait pas en guerre. Selon Dred, de telles garanties n'avaient pas été apportées à Dolphys. Elbor arriva au crépuscule du deuxième jour et, entouré de ses guerriers, il évitait autant que possible de croiser les autres chefs. Benjie de Berne, lui, brillait par son absence.

Alba salua la foule, les bras levés et un sourire bienveillant aux lèvres. Lorsqu'elle déclara le tournoi ouvert « à tout le peuple de Saylok, quels que soient son clan ou ses couleurs », aucun tremblement ne vint se glisser dans sa voix et Bayr ne put qu'admirer avec fierté son assurance. Les gens l'appelaient « princesse Alba » comme s'ils la connaissaient personnellement et jetaient des fleurs à ses pieds comme s'ils l'aimaient. Avant le début de chaque épreuve, elle souhaitait aux participants « la sagesse d'Odin, la force de Thor et les bonnes grâces de notre père Saylok », et chacun concourait comme s'il était investi des trois.

Ce ne fut que tard dans l'après-midi du quatrième jour qu'une trompette solitaire résonna du haut de la tour de guet, suivie d'une annonce :

— Le roi est de retour ! Que la colline se prépare à accueillir Sa Majesté le roi Banruud de Saylok.

Du Village du Roi au sommet de la Colline du Temple, les hérauts relayaient la nouvelle l'un après l'autre, jouant chacun une longue note qui montait sur la fin tel un point d'interrogation, le volume s'accroissant à mesure que le son gravissait la longue route à flanc de colline. Le long des remparts, un chœur de trompettes reprit l'annonce, signalant que le message avait bien été reçu.

Le grand terrain dédié au tournoi était noir de monde, les membres de clans se mêlant aux villageois, mais les épreuves en cours furent immédiatement suspendues et tous se ruèrent vers les grilles pour dévaler la colline. Aucun clan ne voulait se voir accusé de ne pas honorer comme il se devait le retour de Sa Majesté, et il ne fallut que quelques minutes pour que tous se disposent de part et d'autre de la route.

Aidan, Lothgar, Josef, Elbor et Bayr gagnèrent les marches du palais, leurs plus fidèles guerriers debout derrière eux. Les gardiens, ainsi que le voulait la coutume lors du retour d'un monarque, s'étaient rassemblés sur celles du temple, rangées de tuniques pourpres parmi lesquelles s'étaient glissées les cinq filles des clans, qui ne se distinguaient guère qu'à la couronne tressée au sommet de leur tête.

La garde du roi se mit en devoir de faire évacuer l'énorme cour principale qui séparait les remparts du temple de ceux du palais, obligeant les grappes de curieux à aller sur les pelouses et les aires de combat pour laisser la place libre au roi et à sa suite. Un tel retour au beau milieu du tournoi suscitait un chaos auquel les gardes n'étaient manifestement pas habitués, et plus d'un villageois fut projeté au sol par leurs efforts pour dégager la place. Une rumeur commença à enfler à l'extérieur des murs, s'infiltrant rapidement dans la citadelle, une déferlante de stupeur et de spéculations qui circulait de bouche en bouche.

Les trompettes sonnèrent à nouveau, indiquant que le roi approchait des portes, et Alba se présenta en haut des marches du palais en tenue d'apparat. Plus tôt, elle avait ouvert le tournoi dans une longue robe blanche, avec pour tout bijou un simple bandeau doré ceignant son front. Mais il ne faisait aucun doute que Banruud s'attendait à une réception plus formelle. La couronne qu'elle arborait était une réplique plus petite de celle de son père, à six pointes, chacune sertie d'un joyau aux couleurs des clans à sa base et à son sommet. Des émeraudes pour Adyar, des rubis pour Berne, des saphirs pour Dolphys, des tourmalines orange pour Ebba, des topazes jaune-brun pour Joran et des citrines aux reflets d'or pour Leok. Le noir brillant de sa cape royale, doublée de fourrure de lapin blanc, aurait pu détonner avec l'or pâle de sa chevelure, mais il ne faisait que l'accentuer, soulignant le contraste entre ses yeux sombres et ses boucles claires. Les chefs de clan et leurs guerriers s'écartèrent pour qu'elle puisse descendre les marches, mais elle s'arrêta à leur niveau, Bayr sur sa gauche et, sur sa droite, son oncle Aidan d'Adyar.

Alba n'accorda pas un regard à Bayr, mais une tension palpable émanait de la rigidité de son dos et de son corps mince. Elle affichait une expression parfaitement sereine, les bras le long du corps. Elle restait immobile telle une statue majestueuse, la tête haute malgré sa lourde couronne, les yeux rivés droit devant elle.

Elle et Bayr n'avaient que très peu dormi depuis son arrivée ; chaque nuit, ils avaient emprunté les tunnels pour sortir de la citadelle, là où l'obscurité leur donnait toute latitude pour voler, nager et se toucher à l'abri des regards indiscrets et des mauvaises langues. Ni l'un ni l'autre n'avait admis vouloir garder leur relation secrète, mais ils n'en avaient pas besoin.

Bayr lui avait promis de plaider leur cause auprès du roi dès que celui-ci reviendrait, qu'il s'inclinerait devant lui et prêterait serment de dédier sa force à Saylok pour obtenir sa main. Il tourna très légèrement la tête de côté pour pouvoir apercevoir du coin de l'œil sa couronne étincelante et ses cheveux qui cascadaient sur sa cape noire. Il avait touché ces cheveux. Il les avait empoignés à pleines mains tandis qu'il l'embrassait.

Elle était autrement moins calme lorsqu'il l'embrassait, moins immobile, moins silencieuse. Il avait tellement baisé ses lèvres qu'elles en étaient devenues rouges et endolories, et la peau douce de son cou irritée par le contact de ses joues rugueuses. L'amour avait eu raison de ses défenses, le dévouement de sa lucidité, et bien qu'il eût jusqu'alors refusé de l'honorer de sa semence, il avait consenti à toutes ses autres requêtes. Il avait enfoui ses mains dans son abondante chevelure et son visage dans la douceur de son corps. Il avait embrassé la peau soyeuse de ses seins et tenu ses hanches tandis qu'elle l'implorait de la soulager de sa bouche. Lorsqu'elle l'avait touché en retour, les yeux écarquillés et les mains entreprenantes, il avait gémi son nom, la suppliant de le sauver. Et c'est ce qu'elle avait fait, le vidant encore et encore de sa force pour mieux le faire renaître.

Depuis le jour de son retour sur la colline, c'était à elle qu'il avait dédié l'intégralité de ses pensées.

Il n'avait songé ni à son clan, ni à son devoir, ni à sa mission. Seulement à elle.

Il ne s'était pas soucié des hommes du Nord ni de leurs drakkars mouillant au port de Garbo. Il ne s'était pas appesanti sur le raid de Sheba ni sur la bataille qu'il avait menée dans les Terres de l'Est.

Quand Dred et une poignée de ses guerriers étaient arrivés pour le tournoi, circonspects et armés, Bayr s'était acquitté de ses tâches avec la même efficacité discrète qu'à l'habitude, mais son cœur et sa tête étaient fixés sur Alba. Pour la première fois de son existence, il se retrouvait consumé par ses propres désirs, et tout le reste semblait passer à l'arrière-plan. Il avait passé ses journées parmi les gardiens ou en compagnie de ses hommes, tâchant de grappiller un peu de sommeil à l'aube et au crépuscule, car il réservait ses nuits à Alba.

À présent, debout à son côté, assez proche pour caresser la peau douce de son cou, il ne pouvait que se lamenter de ces quelques nuits volées. Il ferait tout pour qu'elle soit sienne. Il perdrait volontiers toute sa puissance s'il pouvait la garder auprès de lui en échange. Mais au plus profond de lui, là où vivait son honnêteté et où languissait son espoir, il savait que cela ne suffirait pas.

Malgré le voile dont la passion lui embrouillait les sens, il remarqua que les villageois qu'on avait repoussés en dehors de la cour centrale manifestaient des signes d'épouvante, s'accrochant les uns aux autres en pointant quelque chose du doigt. Ce fut pour lui une douche froide qui le ramena à l'instant présent. Ses craintes au sujet d'Alba – au sujet de tout Saylok – s'étirèrent et enflèrent dans sa poitrine.

— Il a amené les Nordiques à la Colline du Temple, grogna d'indignation Aidan.

Lothgar lâcha un chapelet de jurons, étouffé par la rumeur grandissante de la foule.

— C'est le roi Gudrun, annonça Alba d'une voix

terne, comme si elle aussi venait d'être brutalement tirée d'un merveilleux songe.

Le roi Gudrun avait les yeux cerclés de noir comme les gardiens, mais ses cheveux tombaient en mèches graisseuses dans son dos. Ils étaient attachés au sommet de son crâne par des ossements d'animaux afin de lui libérer le front. Ses hommes étaient affublés d'ornements du même goût et portaient tous des tuniques et des bas de cuir plus ou moins parsemés de clous, une épée en bandoulière et des dagues sanglées à leurs bottes par de longues lanières de cuir. Leurs destriers étaient particulièrement larges et massifs, les jambes noueuses et les sabots épais. Il n'en fallait pas moins pour supporter le poids de leur cavalier, car les hommes du Nord en imposaient par leur taille. Bozl n'avait pas exagéré en disant qu'ils étaient aussi grands que Bayr.

— Mon peuple. Ma fille. Mes chefs. Mes gardiens, tonna Banruud, bras levés pour capter l'attention de tous et faire taire le brouhaha. Dans un esprit de paix et de négociation, j'ai amené le roi Gudrun des Terres du Nord pour qu'il voie notre temple et participe au tournoi. Qu'il soit le bienvenu parmi nous comme je l'ai été parmi son peuple. Nous avons besoin d'alliances puissantes. Que cette visite soit la première d'une longue lignée.

La foule réagit à cette annonce par des murmures nerveux et, s'il n'y eut pas de huées, il n'y eut pas non plus de cris de liesse ou de fanons agités en l'honneur des nouveaux venus.

Alba descendit les marches du palais, son sens du devoir exigeant d'elle d'aller accueillir les visiteurs, et

Bayr s'élança derrière elle, peu désireux de la laisser approcher un roi étranger – et de vile réputation qui plus était – sans protection. Aidan avait dû se dire la même chose, car il suivit le mouvement. Josef et Lothgar leur emboîtèrent le pas également, et Elbor s'empressa de les rejoindre avec un temps de retard, se cachant derrière Lothgar.

Benjie de Berne, lui, était à cheval juste derrière le roi, quelques-uns de ses guerriers autour de lui. Bayr aurait dû se douter qu'il suivait Banruud partout où il allait.

Lorsque Alba se fut rapprochée, le roi Banruud mit pied à terre avec l'aisance d'un homme bien plus jeune que son âge. Mis à part quelques mèches argentées, il n'avait guère changé. Son regard, quand il croisa celui de Bayr, fut tout aussi froid et inexpressif que toutes ces années auparavant.

— Père, je rends grâce à Odin de te voir revenir à moi sain et sauf, le salua Alba.

Elle franchit les derniers mètres qui les séparaient et posa l'étoile invisible qui ornait son front sur le dos de la main tendue de Banruud. Elle se tourna ensuite vers le roi du Nord et, après une profonde révérence dont elle se releva avec grâce, lui dit :

— Roi Gudrun, nous vous souhaitons la bienvenue parmi nous.

Des murmures appréciatifs s'élevèrent dans les rangs des hommes de Gudrun, et le roi du Nord glissa à terre sans cérémonie avant d'empoigner la main d'Alba, comme pour apposer ses lèvres sur ses phalanges. Au dernier moment, il lui retourna la main et, avec un plaisir exagéré, la lui lécha du bout des doigts jusqu'au poignet, déclenchant l'approbation tapageuse de ses hommes.

Bayr émit alors un grondement sourd qui fit relever les yeux à Gudrun et retirer sa langue.

— N'est-ce pas ainsi qu'on présente ses respects à Saylok ? s'enquit le roi du Nord, faussement innocent. Ou peut-être est-elle vôtre, Chef ?

— Laissez-moi vous présenter ma fille, la princesse Alba de Saylok, coupa court le roi tout en fusillant Bayr du regard. Le Garçon du temple a repris ses vieilles habitudes, semblerait-il. Après une décennie d'absence, il revient sur la colline et se comporte comme s'il était toujours le protecteur de la princesse.

— Le Garçon du temple ? répéta Gudrun, les sourcils arqués.

— Je suis Bayr. Chef de Dolphys, annonça Bayr en prononçant chaque mot lentement et avec soin.

Il garda les yeux rivés sur Gudrun, s'abstenant de relever la remarque de Banruud.

— Ah, j'ai entendu parler de toi, Dolphys, siffla Gudrun. Tu es réputé pour ta force. Je la mettrais bien volontiers à l'épreuve.

— Voici mes chefs : Dolphys, Adyar, Joran, Leok et Ebba. Vous avez déjà fait la connaissance de Berne, reprit Banruud en désignant les hommes qui escortaient sa fille.

Bayr ne fut pas le seul à se hérisser devant la formulation : ils avaient beau être subordonnés au roi, ses pairs digéraient mal qu'il les appelle *ses* chefs.

Banruud tendit le bras à Alba, qui le prit sans hésiter, bien que sa main ne fasse que frôler sa manche et qu'elle ne relâche pas sa posture. Banruud adressa un signe de tête aux gardiens qui avaient observé la scène en silence depuis les marches du temple. Maître Ivo s'était posté devant ses frères, oiseau de proie sinistre recroquevillé sur son bâton.

— Gudrun, je vous présente les filles des clans, tonna Banruud en avançant vers les rangées de tuniques pourpres.

Gudrun le suivit, bientôt imité par ses hommes qui descendirent de cheval non sans jeter des coups d'œil suspicieux autour d'eux, la main sur le pommeau de leur arme.

— Je ne vois là que des vieillards, railla Gudrun.

Les filles s'étaient en effet repliées à l'arrière des rangs de gardiens, qui, mains jointes et tête encapuchonnée, formaient une muraille pourpre sans visage.

— Nous voulons voir les filles des clans, Maître Ivo, ordonna Banruud en s'arrêtant en face du Très-Haut Gardien.

— Ce n'est pas à vous qu'elles répondent et ce n'est pas leur rôle que d'être paradées, Votre Majesté, répliqua Ivo d'un ton doux, comme s'il s'adressait à un enfant trop insistant.

Banruud s'approcha si près du Très-Haut qu'on aurait dit qu'il s'adressait à un amant, lui chuchotant des mots tendres à l'oreille.

— Quelle est la raison de votre venue ici, Homme du Nord ? demanda Ivo à Gudrun en ignorant manifestement les paroles de Banruud, d'un ton si glacial que la foule en eut des frissons.

— Je désire voir ton temple, prêtre.

— Je ne suis pas un prêtre. Je ne sauve pas les âmes

et je ne parle pas au nom des dieux. Je suis un gardien de Saylok.

— Et quels trésors gardes-tu, vieillard ? s'enquit Gudrun, un sourire sardonique aux lèvres.

Ses hommes, qui l'avaient rejoint, s'esclaffèrent de concert.

— Faites-nous voir les filles, s'écria Elbor, attestant ainsi de son soutien au roi. Elles appartiennent au peuple, pas aux gardiens.

Plusieurs cris approbateurs résonnèrent parmi la foule, mais aussi des protestations apeurées par la présence des Nordiques au sein de leur précieuse citadelle.

Benjie, toujours en selle en compagnie d'une partie de l'escorte de Gudrun et de la garde royale, manifesta son soutien d'une voix forte :

— Vous vénérez les dieux, mais vous obéissez au roi, Très-Haut Gardien.

Lothgar approuva d'un grognement et Josef demanda à son tour qu'on leur montre les filles.

— Filles des clans, avancez-vous ! tonitrua Banruud, une main sur la garde de son épée.

Les gardiens consentirent finalement à s'écarter, libérant un passage pour les cinq jeunes filles aux longues tuniques qui les masquaient des pieds jusqu'au cou. Elles descendirent les marches du temple, les yeux fixés au-dessus de la tête du roi, et leur approche créa un mouvement de foule, chacun tâchant d'avoir la meilleure vue. Gudrun ne se départit pas de son sourire narquois tandis qu'elles s'alignaient face à lui, sans le saluer ni se montrer intimidées.

Le roi du Nord porta la main à la tresse flamboyante enroulée au sommet de la tête d'Elayne.

Cette dernière déglutit, sa gorge pâle luttant pour ravaler sa frayeur, mais elle parvint à ne pas tressaillir.

— Elayne d'Ebba, annonça Banruud.

— Elayne d'Ebba, répéta Gudrun, l'œil circonspect, avant de passer à la suivante.

— Liis de Leok, psalmodia Banruud.

Gudrun l'étudia, haussant les sourcils en découvrant cette beauté aux cheveux dorés et aux yeux bleus perçants. Il approcha son visage, à quelques centimètres seulement, désireux qu'elle affronte son regard, mais elle demeura stoïque, même lorsqu'il souffla son haleine chaude sur ses lèvres roses. Il rit, comme si cette maîtrise l'impressionnait, et poursuivit son passage en revue avec Juliah, que venait d'annoncer Banruud.

Juliah n'était pas de glace, mais de feu, et lorsque Gudrun fit halte en face d'elle, elle le toisa d'un air dédaigneux, sa lèvre supérieure ourlée d'une pointe de moquerie.

— Je ne plais visiblement pas à Juliah, marmonna-t-il. Mais je me ferais un plaisir de la faire changer d'avis.

— Dalys de Dolphys, enchaîna Banruud.

Dalys se recroquevilla à l'appel de son nom, ses frêles épaules lui remontant jusqu'aux oreilles. Gudrun passa un ongle sur sa gorge soyeuse, la forçant à relever la tête.

Lorsqu'elle s'exécuta, Gudrun esquissa une moue dégoûtée.

— Ton chef de clan est pourtant un colosse, siffla-t-il en jetant un regard à Bayr, mais toi tu es bien chétive. Je cherche une vraie femme, pas une petite fille.

Il se détourna d'elle avec mépris et la foule gronda son mécontentement. Sans se soucier de la réaction qu'il suscitait, le roi du Nord s'avança devant Bashti, qui rencontra son regard avec autant de dédain qu'il en avait témoigné envers Dalys. Elle avait beau n'être elle aussi qu'un petit bout de femme, sa présence forçait l'attention. Et Gudrun la lui accorda.

Il apposa son pouce sur le renflement de ses lèvres pulpeuses, comme s'il s'apprêtait à inspecter sa dentition. Elle grogna et fit mine de le mordre, lui arrachant un petit rire. Il la relâcha avant de perdre un doigt et se tourna vers Banruud.

— Vous avez six clans, Banruud… mais je ne vois que cinq filles, remarqua-t-il.

— La princesse est originaire d'Adyar, intervint Aidan. Elle représente notre clan sur la Colline du Temple.

Aidan était resté au côté de Bayr, mais il avait gardé les yeux rivés sur Elayne tout du long des présentations. Il s'était exprimé d'un ton neutre, que démentait sa main sur la garde de son épée, et Bayr se demanda s'il n'était pas le seul chef à nourrir des affections secrètes.

Gudrun se retourna vers Alba, l'air songeur. À l'instar des filles, elle demeura de marbre sous son regard inquisiteur, tandis que Bayr bouillonnait intérieurement en tremblant presque de rage.

Il lui suffirait de si peu pour dégainer son épée et mettre un terme à ce martyre. Un coup pour le roi du Nord, puis un pour Banruud.

Bayr sentit alors le regard froid d'Ivo ramper sur lui, tels des doigts de glace sur sa peau brûlante. Il sut que le Très-Haut Gardien avait deviné sa fureur, et ce dernier secoua la tête pour dissuader Bayr de tout geste inconsidéré.

— Je pense que vous mentez, Chef. Qui se cache là, sous cette capuche ? s'enquit Gudrun en pointant une silhouette pourpre du doigt. Cherchez-vous à me dissimuler la fille blanche ?

Fantôme se tenait parmi les gardiens, flanquée de Dagmar, et son capuchon avait légèrement glissé, la blancheur de son épaisse tresse contrastant fortement avec la pourpre de sa tunique.

Si Bayr n'avait pas surveillé Alba du coin de l'œil, il aurait sans doute manqué le sursaut de Banruud, qui se crispa soudain au bras de la princesse, l'air horrifié.

— Je veux la voir de plus près, gardien, insista Gudrun en faisant signe à Fantôme de s'avancer.

Elle avait déjà rajusté sa capuche à la hâte, se recroquevillant dans les plis de son ample tunique, n'offrant aux regards qu'un croissant de sa peau d'albâtre. Dagmar semblait pétrifié à côté d'elle.

— Elle n'est pas l'une des filles du temple, roi Gudrun, rétorqua Ivo sans lâcher Banruud des yeux.

— Ah, vraiment ? railla Gudrun.

Il commença à gravir les marches, repoussant quelques gardiens sur son passage. La foule lâcha des cris d'indignation, outrée par cette agression. Gudrun s'arrêta en face de Fantôme et rabattit sa capuche, libérant sa couronne de cheveux blanc argent. Elle releva le menton d'un coup sec, les yeux luisants de défi. Gudrun eut un mouvement de recul et manqua tomber en arrière en ratant une marche. La foule retint collectivement – et de manière audible – son souffle, comme frappée par la foudre.

— Ce n'est pas l'une des filles, Majesté, répéta Ivo sans qu'on sache à quel roi il s'adressait. C'est une gardienne, annonça-t-il avant de marquer une pause, les yeux toujours rivés sur Banruud. Nous l'appelons… Fantôme.

— Je veux voir votre temple, exigea Gudrun, qui avait néanmoins reculé de plusieurs pas.

Fantôme n'avait pas cherché à couvrir ses cheveux ni à baisser les yeux, mais Dagmar lui avait pris la main et, sans un mot, le cercle de frères s'était refermé sur elle en une muraille protectrice.

— Et vous le verrez, roi Gudrun, promit Banruud d'une voix étonnamment mal assurée. Il reste ouvert à tous le temps des festivités. Mais vous devez être harassé par notre longue chevauchée et vous êtes affamé. Nous dînerons tout d'abord, puis nous assisterons aux épreuves. Le temple peut attendre.

Toujours accroché au bras d'Alba, il congédia le Très-Haut Gardien d'un signe de tête et fit volte-face, enjoignant à Gudrun et ses hommes de le suivre d'un geste de la main. Gudrun s'exécuta à contrecœur, se retournant plusieurs fois pour étudier le temple, ses filles et ses gardiens massés ensemble sur les marches.

Bayr et les autres chefs leur emboîtèrent le pas, la mine sombre. Même Elbor semblait secoué. Le roi aurait des comptes à leur rendre, et Bayr intima à Dred et à Dakin de le rejoindre, soucieux de ne pas lâcher Alba des yeux.

26

Fantôme ne se sentit pas tomber. Elle avait dû trébucher ou alors oublier de respirer, toujours est-il qu'elle regardait les yeux vert pâle d'un roi débraillé une seconde, et que la suivante elle était dans les bras de Dagmar, transportée dans les entrailles du temple et entourée des filles, le bâton d'Ivo claquant derrière elles sur les dalles de pierre.

Le roi Banruud l'avait vue. Il l'avait vue et il savait. Le souvenir de ce bref moment la submergea à nouveau, mis en relief par la réaction médusée de la foule assemblée.

Elle avait trop relâché sa vigilance. Elle aurait dû faire profil bas. Elle s'était laissé distraire par le soleil couchant, les ors ourlés de rose et de mauve du ciel de Saylok qui réchauffaient les marches du temple et ses joues pâles. Elle s'était oubliée dans sa peur pour les filles des clans – sa peur pour sa propre fille – et elle s'était tenue parmi les gardiens au lieu de rester à l'abri des regards à l'intérieur du temple.

Banruud l'avait vue et il savait.

— Comment vous sentez-vous, Fantôme ? demanda Elayne en lui caressant doucement le front.

Ses yeux cerclés de noir rencontrèrent ceux de Fantôme, qui secoua la tête, honteuse.

— Je suis une idiote, Elayne. J'ai eu peur, et j'ai trop longtemps retenu mon souffle. Je vais bien maintenant. Va t'occuper des autres filles. Vous avez toutes été si courageuses… Je suis fière de vous.

— Vas-y, Elayne, lui intima Dagmar d'une voix douce. Je vais veiller sur Fantôme.

— Notre vie ensemble est marquée par des moments où je me retrouve dans vos bras, et je n'ai jamais le loisir d'en profiter, chuchota Fantôme tandis qu'il la déposait avec précaution sur l'un des bancs de pierre du sanctuaire, comme le lui avait demandé Ivo.

Dagmar accueillit la remarque de Fantôme par un sourire qui, l'espace d'une seconde, allégea le poids pesant sur son cœur.

— Que va-t-on faire ? murmura-t-elle.

Il ne put que secouer la tête, impuissant, et il recula de quelques pas en voyant entrer Ivo, sa tunique noire se fondant dans les ombres dansantes du sanctuaire.

Il ne monta pas s'installer sur son trône, s'approchant plutôt de Fantôme pour l'observer, les mains sur son bâton, et le menton sur ses mains. Elle fit mine de se lever, mais un vertige soudain la fit se rasseoir. Elle ferma les yeux pour retrouver un semblant d'équilibre et de détermination.

— Pourquoi Banruud vous craint-il, Fantôme ? s'enquit maître Ivo d'une voix qui s'immisça sous ses paupières et parcourut son corps en un frisson glacé.

— Il ne me craint pas, s'étrangla-t-elle.

Mais la vérité sur son passé était déjà en train de

se frayer un chemin jusqu'à sa gorge, un cri de naître sur sa langue.

— Il offrira la princesse au roi du Nord pour mettre un terme à leur conquête de Saylok, et le jeune Bayr ne pourra rien y faire, déclara Ivo.

Il avait parlé d'une voix si basse qu'elle aurait dû se perdre sous la haute voûte, or ses mots semblaient flotter dans l'air, infligeant détresse et culpabilité à ses deux compagnons.

— Je partirai avec elle, haleta Fantôme.

Le cri sur sa langue se débattait de plus belle, à deux doigts de briser les chaînes du refoulement qui le maintenaient encore captif.

— Vous êtes une gardienne… Vous ne pouvez pas, se récria Dagmar, incrédule. Vous avez été initiée aux mystères des runes. Et ce savoir ne peut en aucun cas quitter le temple.

— J'ai donné ma parole à la princesse, rétorqua-t-elle, butée.

— Vous avez prêté serment auprès de moi, de Dagmar, de Saylok, siffla Ivo.

— Je me fiche de Saylok, rugit-elle. Je me fiche de vos foutues runes. À quoi servent-elles si elles ne peuvent même pas nous protéger ? Si elles ne peuvent pas redresser les torts ?

Ivo chancela comme si lui non plus n'avait la force de se tenir debout, puis il se détourna et remonta l'allée qui menait à son trône surélevé, les épaules voûtées et la tête basse. Fantôme et Dagmar lui emboîtèrent le pas, car l'aura de mécontentement qui émanait du Très-Haut était trop impérieuse pour y résister.

— Bayr voit la princesse, reprit Ivo d'un ton accusateur en s'asseyant sur son trône. En ce moment même. Et vous ne dites rien. N'avez-vous pas remarqué la manière dont ils se regardent ?

Dagmar eut l'impression d'avoir été frappé et le cri sur la langue de Fantôme finit par s'échapper, étouffé en un gémissement.

— Ces secrets ont été trop longtemps gardés, et celui-ci les détruira, Dagmar. Et pourtant… vous… ne dites… toujours rien.

Les barrières érigées par Fantôme cédaient l'une après l'autre et elle ne put contenir ses larmes plus longtemps.

— Ils ne comprennent pas que le lien qu'ils ressentent est un lien du sang, du cœur, mais qu'en aucun cas il ne doit devenir un lien charnel, répliqua Dagmar.

— Ce… Ce n'est pas… un lien du sang, sanglota Fantôme.

Ses mots étaient presque inaudibles, si bien qu'elle douta une seconde de les avoir prononcés. Mais elle s'était bien exprimée à voix haute et Dagmar la dévisagea sans comprendre, tandis qu'Ivo lui faisait signe d'approcher d'un long doigt recourbé.

— Dites-moi tout ! lui intima-t-il.

— Alba n'est pas la fille de Banruud. Elle n'est pas non plus la fille d'Alannah. Ni même une fille de Saylok. C'est la fille d'une esclave.

Les mots de Fantôme avaient des ailes et elle les sentait battre dans sa poitrine et dans sa gorge avant qu'elle ne les libère et qu'ils prennent leur envol. Son cri silencieux s'éleva sous la coupole et s'évanouit avant même d'avoir été poussé, et Fantôme se mit à trembler.

— Banruud l'a prise à sa mère quelques jours seulement après sa naissance. Et vous l'avez fait roi, expliqua Fantôme sans accusation dans la voix. Vous l'avez fait roi. Vous l'avez faite princesse. Et je ne pouvais pas lui enlever ça.

— Mais… dans ma vision… j'ai vu… la joie de sa mère, bredouilla Ivo. Alannah a donné naissance à un enfant… Je l'ai vu.

— Moi j'ai vu… la douleur de sa mère, intervint Dagmar qui commençait à comprendre. C'est vous l'esclave, Fantôme. C'est *vous* la mère d'Alba.

— Je suis la mère d'Alba, confirma-t-elle dans un souffle. Je suis la mère d'Alba.

Elle aurait voulu le crier à en faire trembler toute la Colline du Temple, mais la vérité était trop précieuse, trop sacrée pour qu'elle la corrompe ainsi, et lorsqu'elle répéta une nouvelle fois « Je suis la mère d'Alba », ce fut dans un filet de voix.

— Racontez-moi tout, exigea Ivo d'un ton sans appel, et Fantôme obéit, les mots s'écoulant de sa bouche avec l'immense soulagement de qui a gardé un lourd secret trop longtemps.

— Mes maîtres… un fermier et sa femme… ont amené mon enfant âgée de quelques jours au chef de Berne. Ils m'avaient assurée que c'était la coutume – la loi, même – et qu'ils reviendraient avec l'enfant et une pièce d'or. J'ai attendu des heures. Je me faisais un sang d'encre. Il fallait que je la nourrisse. Je suis donc partie jusqu'au palais du chef de clan et les ai vus ressortir. Ils n'avaient plus ma fille. Ils m'ont dit… Ils m'ont dit que le chef voulait l'amener aux gardiens de Saylok afin de déterminer si c'était un changelin… un monstre… ou une bénédiction.

Dagmar était livide et jurait à voix basse, mais Fantôme poursuivit. Elle avait tant besoin de se confier, de se libérer enfin.

— Je l'ai observée de loin. On m'appelle Fantôme à cause de mes cheveux et de ma peau, mais j'en suis véritablement devenu un. J'ai appris à me fondre dans la masse, à disparaître, à me rendre invisible. J'ai surveillé ma fille et attendu mon heure. J'ourdissais des plans en rongeant mon frein. Puis, un jour, l'occasion s'est présentée. Mais je n'ai pas pu m'y résoudre. J'avais beau détester le roi pour le mal qu'il m'avait fait, pour ce qu'il m'avait volé, je ne parvenais pas à détester la reine, une femme qui adorait manifestement ma fille et l'entourait de toutes les attentions. Elle la tenait avec tant de délicatesse. Elle se montrait si patiente… si gentille. Et elle était en mesure de lui donner une vie… que je n'aurais jamais pu lui donner.

Fantôme leva les yeux sur Dagmar puis sur Ivo, les suppliant de se mettre à sa place.

— Ma fille était une princesse. J'étais un fantôme. Je ne pouvais pas la retirer à des gens qui l'aimaient ainsi. Je n'aurais eu nulle part où aller, nul endroit où l'emmener sans crainte d'être pourchassée. Dans ce monde, dans ce temple… elle avait un protecteur.

— Bayr, chuchota Dagmar.

— Oui, et vous tous réunis.

— C'est pour cette raison que vous êtes venue ici. Et cela explique aussi pourquoi Banruud faisait des rêves de spectres pâles cherchant à lui voler son enfant, commenta Ivo en se rencognant dans son trône, et son bâton tomba au sol.

— Il me croyait morte. Il avait envoyé des hommes pour me tuer à l'époque. Il en enverra d'autres à présent.

— Qu'avez-vous fait ? gémit Ivo.

Le chagrin de Fantôme se mua alors en colère devant cette condamnation injuste.

— J'ai regardé ma fille grandir. Je l'ai regardée être éduquée en tant que princesse de Saylok. Elle est aimée. Elle est protégée. Elle est en sécurité.

Ce dernier mot sonna faux à ses oreilles et une terreur soudaine lui fit fermer les yeux.

— Elle n'est pas en sécurité, Fantôme, et vous non plus ! gémit Dagmar. Banruud vous a vue à présent, et Alba est sur le point de devenir reine des Terres du Nord.

— Mieux vaut être reine des Terres du Nord que la fille d'un fantôme, rétorqua-t-elle, blessée.

Dagmar lui attrapa la main, comme s'il avait oublié la présence d'Ivo. Mais celui-ci reprenait déjà la parole :

— Nous avons couronné Banruud. Nous l'avons nommé roi. Et la malédiction continue de s'abattre sur les clans. Nous avons failli envers le peuple de Saylok. Bayr était notre salut, et je le savais. Je n'ai pas écouté les dieux. Et désormais, il est trop tard.

— C'est vous qui avez couronné Banruud… Vous qui lui avez donné son pouvoir, bredouilla Fantôme. Ne pouvez-vous pas… le lui retirer ?

— Comment ? se lamenta Ivo en levant ses mains

crochues comme pour prendre le ciel à témoin. Nous ne sommes au temple que des gardiens vieillissants et des femmes pourchassées. Nous n'avons pas le pouvoir de déposer Banruud. Devrions-nous recourir à l'épée ? Nous avons perdu la foi du peuple et le soutien des chefs. Vous avez entendu la foule aujourd'hui. Nous avons déçu leurs espoirs. Les Nordiques sont à nos portes, le roi complote de vendre nos filles et le destin du temple – de Saylok tout entière – est dans la balance.

— Mais avec les runes… Sans doute que les runes…, balbutia Fantôme, accablée par la finalité des propos d'Ivo.

Dagmar, les traits tirés, ne disait rien.

— La puissance des runes – et leur vertu – se mesure uniquement à l'aune de celle du sang des hommes et des femmes qui les tracent. Et je vous assure que nous avons essayé toutes les runes, imploré tous les dieux, saigné sur les terres de tous les clans, soupira Ivo. Les gardiens ne se sont pas montrés à la hauteur de la tâche. *J'ai* failli. Et Saylok va tomber.

*

Le festin fut une affaire bruyante sur fond de rires gras, ponctuée de quolibets du roi du Nord qui prenait un malin plaisir à se moquer des chefs de clan, remplissant régulièrement sa timbale. Banruud ne fit aucun effort pour le calmer, même s'il permit à Alba de se retirer à la fin du premier plat. Bayr la regarda partir, les dents serrées pour tenter de contenir la rage aveugle qui l'habitait. Il n'était pas le seul frustré. En effet, lorsque le festin fut terminé et que Gudrun se fut affalé sur la peau d'ours noir du roi, face à la cheminée, Lothgar se leva, imité par Aidan, et demanda audience à Banruud.

Banruud, qui se curait les dents de la pointe de sa dague, s'enfonça dans son siège comme s'il s'apprêtait à refuser la requête du chef de Leok. Lorsque Bayr se joignit à Lothgar et à Aidan, suivi du chef Josef, le roi poussa un long soupir et rengaina sa lame.

— Qu'il en soit ainsi.

— Benjie et Elbor d-doivent aussi y a-assister, déclara Bayr.

— Mais bien sûr, railla Banruud. Bienvenue à ton premier conseil, Garçon du temple.

Le roi claqua des doigts et demanda à une moitié de sa garde – composée des sans-clan les plus sauvages qu'il avait pu trouver – de l'accompagner tandis que l'autre moitié resterait à surveiller le roi du Nord et sa suite tapageuse. Alarmés par le nombre d'hommes rassemblés autour du roi, les chefs firent signe à leurs propres guerriers de les rejoindre, chacun lorgnant l'autre avec suspicion, les couleurs fièrement affichées et l'arme au clair. Aidan lança l'assaut dès que les portes du conseil furent refermées :

— Vous ramenez les hommes du Nord sur la Colline du Temple, vous paradez les filles des clans devant leur satané roi, et tout ça sans nous consulter au préalable !

Banruud sonda l'atmosphère hostile de la pièce avec une nonchalance étudiée avant de répondre au chef d'Adyar.

— Je suis votre roi. Je ne prends d'ordres ni

d'Adyar, ni de Leok, ni de Dolphys, de Joran ou d'Ebba. Je suis prêt à écouter vos doléances, mais j'agirai comme bon me semblera, ainsi que l'ont fait les souverains qui m'ont précédé, et comme le feront mes successeurs quand leur heure viendra.

— Prenez-vous des ordres de Berne ? demanda Bayr à qui l'oubli n'avait pas échappé.

Le roi arqua un sourcil sombre et Benjie lâcha un grognement offensé. Les autres chefs attendirent en revanche que Bayr poursuive sur sa lancée.

— Nous a-avons essuyé des attaques de Berne. Benjie nie toute implication. P-plusieurs villages ont été pillés. Nous r-repoussons des assauts sur nos côtes, pour mieux se faire attaquer sur nos f-flancs par ses hommes.

Bayr avait répété son discours au préalable pour éviter de bégayer, mais son débit haché restait trop lent pour la patience limitée du roi.

— Benjie n'a pas à être tenu responsable des bandes de pillards et de maraudeurs, soupira Banruud.

— Si, M-Majesté.

Banruud tança Bayr d'un regard narquois.

— Benjie encourage ces p-pratiques… Sa r-relation avec vous, Sire, le rend p-plus audacieux de jour en jour. Il n'a p-plus de respect… pour les autres clans… ni p-pour leurs chefs.

— Est-ce parce que tu as peur que tu bégayes, Garçon du temple ?

Dakin et Dred réagirent au quart de tour, portant la main sur leur dague, prêts à défendre l'honneur de leur chef. Dans le même temps, les gardes royaux dégainèrent leur épée, crissement métallique qui fit se raidir tous les hommes assis autour de la table.

— Il est le Dolphys, pas le Garçon du temple, Banruud, gronda Dred.

— Et je suis le roi, Dred. Tu m'appelleras donc par mon titre, à moins que tu ne préfères perdre ta langue.

Bayr pivota légèrement et posa une main sur l'avant-bras de son grand-père, ce qui n'empêcha pas le vieux guerrier de fusiller le monarque du regard. Dakin resta alerte à son côté, et Bayr reprit la parole :

— Peu importe c-comment vous m'appelez, Sire. Mais v-vous ne serez p-plus roi très longtemps si les c-clans s'attaquent les uns les autres.

— Tu me menaces ?

— Si les c-clans tombent, le r-royaume tombe.

— Et qui sera roi si ce n'est pas moi, hmm ? Toi ? Le prochain roi doit venir de Dolphys, et tu penses sans doute que les gardiens te choisiront. C'est pour cela que tu daignes enfin te présenter à la table du conseil, Garçon du temple ? Tu souhaites me tuer et te faire couronner roi par les gardiens ?

Un silence à couper au couteau s'abattit sur la pièce suite à cette accusation, et Bayr ne chercha pas à le rompre. Protester aurait donné du crédit aux paroles du roi.

— Tu n'es rien de plus qu'un bœuf. Les bœufs ont une force colossale, mais on ne les couronne pas pour autant, se moqua Benjie.

Bayr demeura impassible, mais il sentit son grand-père bouillir de rage à son côté.

— Je ne d-désire pas être roi, déclara Bayr d'une voix ferme.

— Un roi doit être capable de commander à ses troupes et tu peux à peine aligner deux mots, ricana Elbor. Les hordes ennemies auraient le temps de pénétrer dans l'enceinte de la citadelle avant que tu aies donné l'ordre d'attaquer.

— Mieux vaut un bœuf qu'un idiot qui ne sait pas tenir sa langue, cingla Josef de Joran en crucifiant le chef d'Ebba du regard.

Le menton d'Elbor se mit à trembler d'indignation.

— Mieux vaut un homme bon qu'un homme désinvolte, enchérit Aidan d'Adyar.

— Mieux vaut une langue tordue qu'une langue de serpent, gronda Dred.

La tension était à son comble dans la salle : tous avaient la main sur leur épée, se demandant qui déclencherait les hostilités. Le roi se leva alors lentement, une lueur de défi dans les yeux.

— Que voulez-vous que je fasse ? demanda Banruud en tournant les paumes vers le ciel, comme pour montrer qu'elles étaient vierges de tout reproche. Je suis un roi et non un gardien. Je ne suis qu'un homme et non un maître des runes. Nous assurons la subsistance des gardiens et le peuple les vénère, et pourtant, ils ne sont pas en mesure d'exaucer nos prières. Ma fille est la dernière en date à être née d'un homme de Saylok. En vingt-quatre ans, elle est la seule et unique.

Banruud marqua une pause, le temps que chacun digère les implications de ses paroles.

— Et pourtant, c'est *moi* que vous venez voir pour régler le problème de *votre* semence, siffla-t-il entre ses dents. Pourquoi ne demandez-vous pas aux gardiens ce qu'ils ont fait pour lutter contre ce fléau ? Ne sont-ils pas les gardiens des runes sacrées ? Ne peuvent-ils pas communiquer avec les Nornes ? N'ont-ils pas l'oreille d'Odin ?

Banruud s'arrêta de nouveau et, constatant que personne ne le contredisait, il reprit :

— Cinq filles sont devenues des femmes au sein des murs du temple et pourtant elles ne vous ont pas été rendues. Aucune n'a regagné son clan, déclara-t-il avec passion. Leurs matrices sont vides. Quel espoir vous ont-elles apporté, Chefs de Saylok ? Nos fils se retournent les uns contre les autres. Et vous venez me voir, la main tendue, pour me demander de guérir tous les maux. Pourquoi ne vous adressez-vous pas aux gardiens ?

Elbor hocha vigoureusement la tête, le rouge lui montant aux bajoues tandis qu'il tapait des deux poings sur la table. Dans son dos, ses hommes vêtus de l'orange d'Ebba approuvèrent à grand renfort de grognements sonores, si bien qu'on aurait dit une harde de sangliers.

Les grondements d'ours des guerriers de Berne vinrent ajouter à la cacophonie, et Bayr dut se faire violence pour ne pas se boucher les oreilles. Lothgar de Leok, dont la crinière léonine avait intégralement blanchi depuis dix ans qu'il ne l'avait vu, y alla de son rugissement pour ne pas être en reste, son hurlement puissant couvrant temporairement ceux des deux autres clans.

— Il faut rétablir l'ordre, intervint Bayr d'un ton ferme, mettant un terme aux cris de bêtes sauvages.

— Ce ne sont pas les gardiens qui violent nos femmes et pillent nos villages. Ce ne sont pas les gardiens qui envoient leurs guerriers mettre à sac les terres de leurs voisins, renchérit Dred.

— Nous prenons ce dont nous avons besoin pour survivre ! s'emporta Benjie.

— Tu n'es qu'un fainéant, Benjie, et les jeunes hommes de ton clan ne font que suivre ton exemple. Nous n'avons que peu de femmes à Dolphys, mais ce ne sont pas elles qui labourent les champs, qui chassent, pêchent ou combattent les envahisseurs du Nord. Alors quelle est ton excuse ?

Dred avait beau être un habitué des séances du conseil, il n'était pas le chef de son clan. Benjie se leva, dague à la main, prêt à en découdre. Bayr bondit sur ses pieds pour s'interposer entre les deux. Avant que quiconque puisse réagir, il avait empoigné le Bernien au col et au pantalon et l'avait propulsé par-dessus la large table comme il l'avait fait jadis avec les assaillants de Fantôme sur la colline. Benjie passa largement au-dessus de la tête de Lothgar pour retomber en tas aux pieds de ses fils.

Une onde de choc parcourut l'assistance, tant autour de la table que parmi les guerriers alignés contre les murs. Bayr ne savait s'il devait l'attribuer à sa prouesse physique ou à la crainte de ce que son geste risquait d'entraîner.

Lothgar poussa un nouveau rugissement, mais de rire cette fois, tandis que les fils de Benjie aidaient leur père à se remettre sur pied. Le Bernien semblait avoir pris un coup sur la tête, et il regagna son siège en titubant, son accès de rage oublié.

— Le chef de Dolphys n'a pas tort, intervint Aidan dès que le rire tonitruant de Lothgar se fut apaisé. Nous avons aussi subi les attaques de bandes armées en provenance de Berne. Les poissons n'ont pourtant pas déserté nos filets, nos terres continuent de se montrer généreuses, et nos hommes se battent avec toujours autant de vaillance. Mais trop d'entre eux n'ont ni famille ni compagnie féminine. Certains sont désœuvrés… et peuvent devenir violents, ajouta-t-il en posant un regard appuyé sur la garde du roi.

Josef de Joran, son visage de fermier aussi buriné que les paumes de Dagmar, leva des yeux las sur Banruud.

— Nous sommes constamment menacés par Ebba. Certains des Ebbains qui demandent l'asile chez nous ne possèdent rien d'autre que les vêtements qu'ils portent, mais au moins, ils sont prêts à travailler. D'autres en revanche ne viennent que pour prendre ce qui ne leur appartient pas. Nous avons donc dû poster des guerriers le long de la frontière et interdire l'accès à Joran à tous les Ebbains. Nous ne pouvons plus absorber ces populations. Elbor nous envoie ses pauvres alors qu'il se pavane comme un porcelet sur sa broche, une pomme bien juteuse entre les mâchoires.

Elbor se leva, la mâchoire serrée et dardant ses petits yeux méchants.

— Nous subissons des attaques de la Meute de l'Arrière-Pays depuis plus d'une décennie ! riposta-t-il.

— Et nous donc, rétorqua Josef. Il en a toujours été ainsi parmi les clans du sud-ouest : nous nous battons contre la Meute, Dolphys affronte les hommes de l'Est, Berne et Adyar les Nordiques et Leok doit faire face aux tempêtes. Mais jamais nous ne nous sommes fait la guerre entre nous, clan contre clan.

— Vous écrasez v-votre peuple s-sous les impôts, Elbor, mais v-vous ne les p-protégez pas en retour, renchérit Bayr.

— Je collecte les taxes pour les gardiens ; et eux, que font-ils pour nous ? aboya Elbor en singeant les arguments du roi.

C'était un mensonge pur et simple. Bayr savait d'expérience la frugalité des frères et la vie simple qu'ils menaient dans l'enceinte du temple. Ils avaient leur propre troupeau de moutons, trayaient leurs propres chèvres et cultivaient leur propre lopin de terre. Les quelques pièces dont leur faisait l'aumône la couronne étaient plutôt de l'ordre du symbolique, et les dons recueillis lors du tournoi servaient exclusivement à la préservation du temple. Aucun gardien n'était riche.

— Vous c-collectez les taxes pour vous-même et p-pour le roi, comme nous tous, rectifia Bayr.

La dîme prélevée chaque saison par le roi était un fardeau grandissant pour les clans. Bayr s'occupait personnellement de la recueillir. La part qu'il conservait pour Dolphys, le maintien de son armée et la gouvernance de son peuple ne représentait qu'une fraction de ce que le roi exigeait pour ses propres coffres.

— Prends garde à ce que tu dis, Garçon du temple, siffla le roi tel un serpent.

— Tout cela est la vérité, intervint Lothgar, impassible malgré l'ambiance tendue. Et pourtant…

je me suis souvent demandé pourquoi les gardiens ne parviennent pas à mettre un terme à la malédiction qui sévit parmi nos femmes.

— Pareil pour moi, admit Josef.

— Moi aussi, approuva Elbor, trop heureux de détourner la conversation de ses propres manquements.

— Il faut faire quelque chose, acquiesça Benjie.

Le roi s'adossa dans son siège, les mains jointes et l'œil calculateur. Bayr lui avait déjà vu cette expression… la fois où il avait observé le cadavre de la pauvre Agnes à ses pieds.

— Quelque chose a déjà été fait, finit-il par dire avant de regarder chacun des six chefs dans les yeux. Je suis parvenu à un accord avec le roi du Nord. La princesse va devenir reine.

Bayr releva lentement la tête, mais s'abstint de tout commentaire. Il avait appris à laisser parler les gens. Ils finissaient toujours par le faire, même le roi Banruud.

— Elle partira pour le Nord avec le roi Gudrun dans deux jours. En échange, il a consenti à retirer ses hommes des côtes de Berne. Une proclamation sera faite demain après la mêlée. Et ne vous inquiétez pas pour vos précieuses filles du temple, elles vont pouvoir vieillir tranquillement aux côtés de vos gardiens de pacotille.

Un soulagement coupable s'empara des hommes assis autour de la table et, un à un, les chefs de clan hochèrent la tête comme si cette solution était la seule viable. Benjie se leva et repoussa son siège, comme pour signifier que l'affaire était réglée, et

Elbor s'empressa de faire de même, ravi de ne plus subir les critiques de ses pairs.

— Elle ne devrait pas être vendue, protesta Bayr, énonçant chaque mot avec application malgré son cœur qui s'était emballé.

— Elle n'est pas vendue. Elle va devenir reine et elle aidera son pays grâce à cette alliance, rétorqua Benjie.

— Elle devrait être reine de Saylok. Elle est… unique en son genre, insista Bayr.

Banruud croisa les jambes et l'étudia par-dessus ses mains jointes en un simulacre de prière, l'air plongé dans ses pensées, mais son rictus narquois n'échappa pas à Bayr.

— Et comment pourrait-elle devenir reine de Saylok ? Tu pensais vraiment pouvoir… l'épouser ? Tu penses pouvoir épouser la princesse et, à ma mort, régner avec elle à ma place ? demanda Banruud en feignant l'étonnement. Cela n'arrivera jamais, Garçon du temple. Tu ne fais pas partie de l'avenir d'Alba, conclut-il d'un ton glacial.

Bayr se tut. Il ne souhaitait pas régner. Mais il voulait Alba.

— Vous êtes un charognard, Banruud, cracha Aidan d'Adyar en se levant brusquement à son tour, manquant renverser sa chaise.

Il quitta la table du conseil sans un mot de plus et se dirigea vers la double porte à grandes enjambées, ses hommes à sa suite. Lothgar prit davantage de temps, mais son visage de lion vieillissant n'exprimait que de la résignation. Il ne chercha pas à infléchir le jugement du roi ni à proposer une alternative.

D'un geste de la main, le roi congédia ceux qui s'attardaient encore. Bayr ne quitta pas son siège. La salle se vida jusqu'à ce qu'il ne reste plus que le roi et lui, entourés d'une poignée de gardes, ainsi que Dakin et Dred, qui refusaient d'abandonner leur chef.

— Ne faites pas ça… à Alba. À Saylok. Le peuple… la respecte. Elle est… leur seul espoir, plaida Bayr à mi-voix, le cœur brisé.

— L'accord a déjà été entériné, trancha le roi en tapant du poing sur la table. Laissez-moi seul à présent.

Bayr ne se leva toujours pas et ferma les yeux le temps d'une brève prière aux cieux.

— S-s-s'il vous plaît, dit-il, son désespoir accentuant son bégaiement.

— S-s-s'il vous plaît, l'imita Banruud en exagérant et en postillonnant à profusion. Tu oses remettre ma décision en question ? Tu es amoureux de ma fille et tu penses que je ne suis pas au courant ? Alba est ta sœur, espèce d'idiot. Tu ne peux pas épouser ta sœur.

Bayr tressaillit comme s'il venait de recevoir une flèche en pleine poitrine.

Le roi éclata de rire et posa ses pieds sur la table, les mains croisées sur son ventre. Sa posture décontractée était néanmoins en décalage avec son regard furieux.

— Tu étais forcément au courant. Dagmar, ton gardien chéri, a bien dû te dire qui tu étais, non ? Je pensais que tu étais juste lent d'esprit, pas totalement ignorant.

Bayr demeura pétrifié ; il n'en croyait pas ses oreilles.

— Tu es mon fils, Bayr. Tu es le frère d'Alba, ajouta-t-il.

— C'est faux, riposta Bayr, la langue si lourde qu'elle ne pouvait même plus trébucher.

L'engourdissement gagnait progressivement tout son corps, paralysant ses lèvres et son cou, son torse et ses épaules, comprimant ses veines et figeant son sang.

— Je suis au regret de te contredire. Tu es bien du clan de l'Ours, comme ton père, et c'est ce qui t'a valu ton prénom. Desdémone a toujours été une donzelle pleine de fougue… avec un goût prononcé pour le drame. Même dans la mort, j'imagine.

Dred poussa un cri de rage et Dakin s'empressa de le ceinturer, le retenant de se venger d'un homme qui pouvait le condamner à mort. Plusieurs gardes royaux escortèrent manu militari les deux guerriers hors de la pièce.

— Tu vas quitter la colline, Garçon du temple, ordonna Banruud. Et emmène ton grand-père avec toi. Si tu tiens à ta vie, si tu tiens à *sa* vie, tu ne remettras plus jamais les pieds ici.

Bayr ne sentait plus ses jambes. Il ne sentait plus ses mains ni même les battements de son cœur. Il ne sentait plus rien. Ni sensation. Ni abattement. Ni respiration. Ni existence.

Les gardes restants s'étaient déployés en arc de cercle autour de Bayr, l'épée pointée sur lui tout en gardant leurs distances. Personne n'osait l'affronter. Ils avaient tous entendu les histoires qui couraient à son sujet. Ils avaient tous assisté de leurs propres yeux à certaines de ses prouesses. Et pourtant il se tenait debout les bras ballants, comme pétrifié sur place. Puis, lentement, il extirpa une courte lame de sa ceinture. Un membre de la garde royale poussa un cri d'alarme, mais Bayr l'ignora. Il les ignora tous.

Saisissant sa tresse dans sa main gauche, il la trancha d'un geste sec. D'une pichenette, il envoya sa tresse coupée aux pieds du roi, puis fit volte-face pour gagner la sortie, son couteau toujours à la main. Les gardes royaux échangèrent des regards médusés, ne sachant pas comment interpréter ce qu'il venait de se produire.

27

Les cheveux de Bayr lui tombaient devant les yeux et collaient à son front trempé de sueur. Il les repoussa d'un geste impatient. Il les raserait, à l'image des gardiens. Dès lors, plus rien ne viendrait lui rappeler son géniteur. Le soleil s'était couché tandis qu'il traversait les bois du temple d'un pas vif, comme pour distancer son horreur et sa haine. Il marchait ainsi depuis des kilomètres, incapable de s'arrêter. S'arrêter aurait signifié affronter ses propres démons.

Il était sorti du palais pour rejoindre le temple avant de quitter la citadelle par la porte de l'est, et n'avait pas fait la moindre pause depuis. Les yeux rivés sur la route, l'âme en miettes, l'esprit totalement vide. Jamais auparavant il n'avait souhaité mourir. Ni au cours de ses heures les plus solitaires, ni lors de ses pires journées. Mais en cet instant, il y aspirait de tout son être. Si ses hommes l'avaient vu – si quiconque s'était aperçu de quoi que ce fût –, personne n'avait essayé de lui barrer la route. Cela faisait des heures qu'il marchait, son épée battant en rythme contre sa cuisse.

Il longeait le cours d'eau qui ruisselait depuis la

Colline du Temple à travers bois. Il le mènerait à Dolphys avant d'aller rejoindre le fleuve Mogda qui se jetait dans la mer. Bayr finit par faire halte sur la berge, sa soif se faisant sentir par-delà le voile de brouillard qui lui obscurcissait l'esprit et le trou béant dans sa poitrine.

Dagmar l'avait toujours su. Dred l'avait toujours su. Bayr en était certain. Avaient-ils tous toujours été au courant ? L'avaient-ils tous regardé avec de la pitié dans les yeux, gardant précieusement le secret tandis qu'il tâchait de se frayer un chemin dans la vie, bégayant, aveugle et innocent ? Lui avaient-ils fait quitter le temple pour lui sauver la vie ou pour être débarrassés de lui ?

Il n'avait jamais compris pourquoi Banruud le haïssait à ce point. Il ne comprenait pas davantage à présent. Ne voulait-il pas des fils ? La reine Alannah avait perdu la vie en tentant de lui en donner un, alors même que Bayr grandissait sous son toit. Il n'avait pas désiré Bayr, c'était la seule certitude.

Mais Alba le voulait. Alba l'aimait. Alba avait besoin de lui.

Son nom, crevant la surface bourbeuse de ses pensées, lui arracha un grognement animal et il s'effondra au bord du cours d'eau, se prenant les cheveux à pleines mains.

Elle allait partir pour le royaume du Nord. Elle serait sacrifiée sur l'autel de Saylok et personne ne prendrait sa défense. Personne n'y pouvait plus rien. Les clans célébreraient son sacrifice, ils jetteraient des fleurs sur son passage, mais ils feraient leurs adieux à la promise de Gudrun, fille de Saylok et bientôt reine du Nord.

Bayr la rejoindrait. Il irait tuer le roi du Nord et la ramènerait avec lui.

Et la mort les suivrait jusque chez eux.

Bayr hurla sa rage et son désespoir dans la nuit. Cela déclencherait une guerre. Son amour pour Alba déclencherait une guerre, et Bayr serait le seul homme à la mener. Il n'aurait ni le soutien des clans ni la bénédiction du roi. Si Dolphys se ralliait à son chef, ses citoyens périraient par l'épée et Bayr aurait leur mort sur la conscience. Si les gardiens tentaient de lui prêter main-forte, ils seraient broyés comme le blé sous la meule du meunier, les runes seraient perdues et les filles du temple aussi.

Saylok n'existerait plus à la fin du conflit. Il n'y aurait plus ni clans ni runes. Et Alba serait toujours sa sœur.

*

Les guerriers de Dolphys vinrent au temple quelques heures après le coucher du soleil, à la recherche de leur chef. Dagmar s'était éclipsé pour prier et Ivo ne put que les écouter avec un sentiment croissant de catastrophe imminente, entouré de ses gardiens, de Fantôme et des filles du temple, tandis qu'ils rapportaient les paroles échangées lors du conseil.

— Il est au courant, Maître Ivo. Le Dolphys connaît la vérité… et je crains qu'elle ne l'ait brisé, confessa Dred, le visage marqué par la fatigue et l'inquiétude.

Ivo n'eut pas besoin qu'il précise de quelle vérité il s'agissait tant l'agitation de Dred et des autres Dolphyniens en disait long. Tous étaient encore visiblement sous le choc.

— Le roi l'a banni, ajouta Dakin, la mine lugubre. Il reste néanmoins notre Dolphys et notre allégeance lui revient en premier. Nous ne les laisserons pas faire.

— Il faut absolument que nous le retrouvions, Maître Ivo, supplia Dred.

Les gardiens acquiescèrent, le regard grave, et Ivo sortit sa dague des plis de sa tunique. Il traça une rune de recherche sur sa paume, marmonnant le nom de Bayr tandis que le sang affluait de l'entaille, puis il plaça ses paumes ensanglantées sur ses yeux, attendant que la toile des mondes localise l'être disparu. En l'espace de quelques secondes, il vit Bayr seul dans le noir, la tête basse, le dos voûté, comme si l'univers venait de l'anéantir. Ivo porta une main à sa gorge et l'autre à sa poitrine, de peur d'être aspiré trop loin dans la vision.

Dred lâcha une bordée de jurons et un cri d'angoisse résonna derrière lui lorsque le Très-Haut Gardien fut secoué de spasmes. Mais Ivo finit par se reprendre et porta de nouveau les paumes à ses yeux, observant la scène à plus grande distance jusqu'à ce que son sang sèche et que la vision se dissipe.

— Il est entouré d'arbres et à proximité d'un cours d'eau. Mais il fait sombre et je n'ai pas pu voir davantage de détails, annonça Ivo en méditant sur ce qu'il avait vu.

Il avait ressenti les tourments intérieurs de Bayr et

sa profonde confusion, encore fallait-il les interpréter correctement.

— Il n'est pas brisé, Dred de Dolphys. Mais sa souffrance est grande. Il reste… indécis… quant à la conduite à adopter, déclara-t-il.

Dred acquiesça, la mine défaite, et Dakin lui prit le bras comme pour le soutenir. Ils auraient tous besoin de soutien d'ici le lever du jour. Ivo sentait le souffle glacé des Nornes qui caressait son cou et lui gelait les veines.

— Que devons-nous faire, Très-Haut ? s'enquit Dakin.

— Allez l'attendre au pied de la colline, à la lisière des bois du temple, répondit Ivo. Il n'ira pas bien loin. Son cœur est ici. Son destin également.

*

Dagmar descendait le flanc de la colline le long d'un chemin qu'il avait mille fois emprunté, traversant le ruisseau sur des pierres glissantes, sa dague à la ceinture, les yeux rivés sur les bois du temple. Cette forêt où, dans une vie précédente, il avait perdu une sœur et gagné un fils. Le soleil s'était couché et les gardiens avaient salué son départ avec leurs prières du soir, chantant tous d'une seule voix. Leur chant s'était déversé sur la citadelle, entraînant l'arrêt des épreuves pour la nuit, chacun s'interrompant pour tracer l'étoile de Saylok sur son front. Pour Dagmar, cela avait toujours été la partie qu'il préférait du Tournoi du Roi : se promener au contact du peuple de Saylok, les accueillir au sanctuaire, tracer des runes de vie et d'amour sur leurs paumes tout en recueillant leurs inquiétudes et en apaisant leurs craintes.

Étrangement, il n'avait pas peur. Il savait qu'il aurait dû être effrayé. Saylok était en train de s'effriter autour d'eux. Ivo avait néanmoins tort : ce n'était pas lui qui avait failli, mais Dagmar. Ce dernier avait échoué à confesser ses plus grandes peurs. Il avait gardé un secret qui risquait de condamner tout un peuple. Et, si c'était à refaire, il le garderait à nouveau.

Il trébucha dans la pénombre grandissante et s'écorcha la paume en se rattrapant sur le sol caillouteux. Il se remémora aussitôt un épisode de son enfance à Dolphys, lui escaladant le pic de Shinway à la suite de sa sœur et d'un gros lapin gris. Desdémone saignait elle aussi alors de la main. Dagmar serra le poing et se remit en route. Tant mieux après tout, il aurait besoin de sang pour sa rune.

Cela faisait longtemps qu'il n'avait pas prié sous l'arbre de Desdémone. Lorsque Bayr avait quitté la colline dix ans auparavant, Dagmar s'en était senti incapable. Qu'il lui était douloureux de se tenir sous ses rameaux et de se rappeler l'enfant, ce garçon né d'une mère qui l'avait marqué, d'un père qui l'avait rejeté et d'un monde si cruel envers lui. Malgré toute sa force et son humilité, sa bonté et sa grâce, Bayr n'avait jamais rien exigé pour lui-même. Sur ce point aussi, Dagmar avait failli. Il avait gardé des secrets pour le protéger et, ce faisant, il avait permis à une rune née de la rancœur et activée par un sang amer de gouverner leurs vies.

Si seulement il avait su. Si seulement il avait

compris. Il éprouva un subit accès de colère et de douleur, et articula en silence le nom de Fantôme, se raccrochant en pensée à son visage chéri.

— Elle aurait dû me le dire, chuchota-t-il, et il eut l'impression que sa propre voix se moquait de lui.

Fantôme n'avait fait que protéger son enfant. Tout comme il n'avait fait que protéger Bayr. Dagmar n'avait jamais réellement cru qu'Alba fût la fille de Banruud, pourtant, il n'en avait jamais soufflé mot à Ivo. Ni à Fantôme. Ni à Bayr. Desdémone avait maudit les hommes de Saylok, et Dagmar avait maudit tous ses habitants en gardant son secret toxique.

Il s'agenouilla sous l'arbre de sa sœur et pressa son front contre la pierre tombale, ainsi qu'il l'avait enseigné à Bayr toutes ces années auparavant. Le ciel nocturne à travers les frondaisons n'affichait aucune couleur. Branches noires, étoiles blanches, ciel gris. Du bout des doigts, Dagmar retrouva les volutes de la rune tracée par sa sœur.

— Il faut que je comprenne, chuchota-t-il. J'ai besoin de voir.

La boule au ventre, il ravala un gémissement. Il n'avait aucune envie de dessiner la rune, de peur de ce que l'Œil aurait à lui montrer. Il avait déjà eu recours à des runes de vision et de sagesse, mais jamais il n'avait redessiné l'Œil. Pas depuis ce jour dans la caverne, alors qu'il avait onze ans, et qu'il avait supplié les dieux de lui accorder les pouvoirs des gardiens. C'était une chose de voir le présent, d'affûter sa vision, de voyager en esprit en sachant ce que l'on recherchait. C'en était une autre d'être projeté simultanément dans le futur et le passé, à travers le temps et l'espace, afin de recevoir les révélations de l'Œil sans savoir où mènerait le chemin… ou s'il s'arrêterait.

Il ne traça pas la rune dans la terre, utilisant plutôt son sang pour la dessiner sur la pierre de Desdémone, espérant que sa mort clarifierait sa requête, que sa vie marquerait le chemin. Son inquiétude ne faisait que croître à chaque nouvelle ligne tracée, sans qu'il s'arrête pour autant. Il était désespéré.

Tout comme la première fois, il se retrouva propulsé dans le ciel telle une racine qu'on arrache à la terre, passant d'une obscurité chaleureuse à une lumière glaciale. Il n'y avait plus aucun son.

Il était oiseau. Il était rayon de lune. Il était l'air et l'espace. Il n'était rien du tout. Il fonçait au-dessus du couvert des arbres à la poursuite d'hier… ou de demain peut-être… il n'avait aucune certitude. Le paysage se brouilla soudainement avant de se reformer, et il sut où il était.

Dolphys. Il était à Dolphys. Il était retourné là où tout avait débuté.

Le son revint progressivement, telle une colonie de mouettes qui approche à tire-d'ailes. Un rire d'enfant, puis un autre. Des fillettes. Les filles étaient revenues. Des filles partout. Des brunes et des blondes, des petites et des grandes. Des nouvelles-nées et leurs mères qui dansaient pour l'avènement du printemps. La conscience de Dagmar fut aspirée dans leur ronde, tourbillonnant encore et encore.

— Le Dolphys ! s'écria une petite fille d'une voix perçante en battant des mains. C'est le Dolphys, il arrive !

Les filles coururent toutes vers la silhouette qui se dessinait dans le soleil couchant. Dagmar voulut mettre sa main en visière afin de voir les traits de cette silhouette de guerrier, mais il n'avait pas de substance et ne put donc pas bloquer la lumière.

— Bayr ? chuchota-t-il, le cœur en liesse.

Il y avait à nouveau des filles et Bayr était bel et bien vivant, toujours à Dolphys et toujours le chef du clan. Dagmar aurait tellement aimé être près de lui… et brusquement, il y fut.

Mais l'homme qu'elles appelaient Dolphys n'était pas Bayr. Il avait une chevelure d'un roux flamboyant et, d'un bras puissant, il attrapa une des jeunes filles qui se précipitaient vers lui et la fit tournoyer dans les airs.

Dagmar vola avec elle, mais lorsqu'elle retomba dans les bras du chef, Dagmar poursuivit son ascension vers le firmament jusqu'à se retrouver au-dessus de la Colline du Temple. Il flotta ainsi tandis que la nuit laissait place au jour, puis le jour à la nuit.

Le temple s'effondra puis se releva, pierre par pierre, une saison après l'autre. De son point de vue, Dagmar ne put discerner s'il s'agissait du passé ou du futur.

Soudain, il fut assis sur la colline à observer les moutons, Fantôme à son côté. Le soleil réchauffait ses joues pâles et conférait à sa chevelure des allures de neige immaculée, sans le moindre apprêt ou coquetterie. Le cœur de Dagmar enfla et ses yeux s'humectèrent. Il avait passé dix-sept ans assis à côté d'elle, d'une manière ou d'une autre, sans jamais lui avouer qu'il l'aimait.

Banruud détruirait sa vie ainsi qu'il avait détruit celle de Desdémone.

Dagmar se pencha en avant dans un geste éperdu pour la sauver, et il embrassa sa bouche. Elle était douce et rose, la seule bouche qu'il eût jamais eu envie d'embrasser, la seule femme qu'il eût jamais eu envie de toucher. Fantôme lui caressa le visage et rouvrit ses yeux couleur de pluie.

— J'ai attendu si longtemps, soupira-t-elle.

Mais la voix qu'il entendit n'était pas celle de Fantôme, et ce baiser n'était plus le leur.

— J'ai attendu si longtemps, gémit Alba.

Et Dagmar se retrouva au beau milieu d'une cascade, le fracas de l'eau en lui et autour de lui, déferlant sans commencement ni fin. Les chutes d'eau devinrent soudain des tresses défaites encadrant des corps dénudés sur un rocher baigné de lune. Bayr et Alba y étaient enlacés, inconscients du monde qui les entourait.

— Il n'y a pas d'Alba sans Bayr. Il n'y en a jamais eu. Il n'y en aura jamais, dit Alba.

Bayr la couvrit de son corps, tout à la fois suppliant et sauveur, l'embrassant de ses lèvres ferventes et de ses mains attentionnées.

— Alba, soupira Bayr.

Dagmar voulut détourner le regard, fermer les yeux sur les deux amants maudits, mais il n'avait ni tête à détourner ni paupières à abaisser, et son esprit tressaillit. Il aurait voulu fuir.

— Il n'y a pas d'Alba sans Bayr, plaida Fantôme d'une voix qui évoquait une comptine. *Pas d'Alba sans Bayr, pas d'Alba sans Bayr, pas d'Alba sans Bayr.*

Pas de Bayr sans Alba.

Puis il vit Alba éplorée, pleurant sur le corps immobile de Bayr. Il était couvert de sang au centre de la rune de Desdémone, laquelle pulsait sans discontinuer. La détresse de Dagmar devint un gong qui fendit le ciel en deux et le renvoya d'où il venait, dans les bois où gisait Desdémone.

Il se vit, allongé au sol comme l'avait été Bayr, les yeux fixant les branches au-dessus de lui. Ce n'était pas Alba agenouillée près de lui, mais Fantôme, les mains sur ses joues, son souffle sur ses lèvres.

— Dagmar, suppliait-elle. Dagmar, où êtes-vous parti ?

La seconde d'après, il réintégrait son corps. Il avait des fourmis dans les membres et son cœur battait la chamade. Il inspira profondément. Une fois. Deux fois. Trois fois. Il sentait la fraîcheur de la terre sous son dos et la chaleur de la femme penchée sur lui.

— Dagmar, revenez-moi, murmura Fantôme.

Et il obéit, papillonnant des paupières qui étaient à nouveau siennes. Il leva les yeux sur ses traits rongés d'inquiétude et une main pour caresser sa peau lumineuse.

— Que vous est-il arrivé ? geignit-elle. Qu'avez-vous fait ? Cela fait plusieurs minutes que j'essaie de vous réveiller.

Il secoua la tête pour s'éclaircir les idées et effleura les lèvres de Fantôme du bout du doigt, se rappelant le baiser de sa vision. Elle recouvrit sa main de la sienne, son inquiétude se muant en confusion à ce contact si intime.

— Dagmar ?

— Autrefois… Je vous ai trouvée… sous cet arbre, dit-il d'une voix de poitrine rauque.

— Oui. Vous m'avez trouvée.

Elle tenta d'esquisser un sourire, qui aussitôt s'évanouit de ses lèvres tremblantes.

— Quand je vous ai vue ce jour-là, j'ai pensé que vous étiez morte, continua-t-il en se remémorant la scène – en la revivant.

— J'*étais* morte, chuchota-t-elle. Et vous m'avez ressuscitée.

Il referma les yeux, le cœur meurtri par la jeune femme qu'elle avait été et le vieil idiot qu'il était devenu. Oh, si c'était à refaire ! Mais c'était impossible. Leur union était impossible.

— Vous étiez allongée à l'endroit exact où Desdémone est morte, se souvint-il en rouvrant les paupières. Elle, je n'ai pas pu la ramener. Elle voulait se venger plus que tout au monde. Elle tenait davantage à sa rune de malédiction qu'à sa vie.

— Oui. Mais moi aussi je voulais revoir ma fille plus que je ne voulais mourir. Nous avons toutes deux fait notre choix, votre sœur et moi, murmura Fantôme, les traits empreints de chagrin et de regret. En fin de compte, nous avons toutes les deux choisi. Nous avons *tous* choisi.

Ils demeurèrent silencieux un instant, se dévisageant l'un l'autre sans plus rien dissimuler.

— Je suis tellement désolé, chuchota-t-il. Banruud vous a pris votre enfant, il vous a volé Alba, et nous l'avons fait roi. Je… je l'ai fait roi. Je ne l'ai pas stoppé. Et maintenant je dois le faire. J'y suis obligé, sinon il la détruira… et il détruira Bayr.

Il n'y a pas d'Alba sans Bayr.

Les mots devinrent roulement de tambour. Un compte à rebours. Un sablier presque vide, et Dagmar avait pourtant tant à dire.

— Je vous aime, Fantôme, confessa-t-il, éperdu.

Les lèvres de Fantôme frémirent et ses yeux gris devinrent des miroirs qui reflétaient ses sentiments. Tout était désormais si simple. Si clair.

— Je vous ai aimée dès ce premier jour, quand vous m'avez dit habiter sous cet arbre. Vous étiez si jeune, si triste, et pourtant vous m'avez fait rire, avoua-t-il.

Le rouge monta aux joues diaphanes de Fantôme et elle eut de nouveau dix-sept ans, l'âge qu'elle avait alors, l'âge qu'avait Alba aujourd'hui.

Il n'y a pas d'Alba sans Bayr.

— Depuis ce jour, je vous ai aimée… et je vous ai crainte, admit-il, s'empressant de tout confesser.

— Moi aussi, je vous ai craint, répliqua-t-elle dans un petit sourire. Il n'y a pas d'amour sans peur. Les deux marchent main dans la main. C'est pour cela que l'amour fait si mal.

Il ne put rien ajouter tant sa souffrance était grande, tant Fantôme le comprenait intimement. Elle prit une profonde inspiration, ferma les yeux comme pour demander à Odin du courage. Dagmar attira son visage vers le sien, maladroit, effrayé, et pourtant plus téméraire que jamais. Lorsque les lèvres de Fantôme effleurèrent les siennes, la peur s'évanouit, laissant place à l'émerveillement et au désir. Il approfondit le baiser, se noyant dans sa propre soumission, savourant l'humidité de sa bouche contre la sienne.

Elle émit un gémissement à la fois torturé et

triomphant. L'amour se mua vite en désir, et le désir en déluge. Au lieu de chercher le couvert, ils laissèrent le torrent les emporter, le baiser un frêle esquif ballotté dans la tourmente. Leurs lèvres se mêlaient et s'entrechoquaient, accouplement sauvage qui véhiculait autant de plaisir que de douleur. Lorsque Fantôme rompit l'étreinte pour reprendre son souffle, il enfouit son visage dans son cou, s'abreuvant à sa peau tel un nourrisson affamé.

— J'ai tellement peur que vous ne soyez en train de me faire vos adieux, souffla-t-elle.

Le cœur de Dagmar se brisa à ces mots et son corps se cabra, maudissant l'injustice du déni et l'iniquité du temps.

— Vous devez réunir les filles du temple et vous enfuir avec elles, Fantôme. Vous devez quitter la Colline du Temple, l'implora-t-il, se forçant à la regarder dans les yeux et à détacher ses lèvres de sa peau. Il vous faut partir. Maintenant.

Elle lui prit le visage entre les mains, abasourdie, et il pressa de nouveau ses lèvres contre les siennes, pour dérober un dernier moment à l'urgence.

— Je ne vous quitterai pas, haleta-t-elle avec une énergie farouche. Je ne quitterai pas Alba.

— Elle doit partir avec vous. Emmenez toutes les filles du temple à Dolphys.

— Le roi nous pourchassera.

— Bayr et moi l'arrêterons, promit-il. Les gardiens l'arrêteront.

— Bayr est parti, Dagmar, dit-elle. Il sait que le roi est son père. C'est pour cela que je suis venue vous trouver.

*

Alba s'était endormie. Elle avait pu fuir le festin, la présence des hommes du Nord et les singeries de Gudrun. Les chefs s'étaient comportés comme une meute de chiens irrités, échangeant entre eux des œillades suspicieuses, montrant les crocs au roi en grognant ; et pourtant, ils étaient tous unis dans leur effroi de voir les Nordiques sur la Colline du Temple.

Elle s'était bien gardée de poser les yeux sur Bayr dès le retour de son père. Le regarder aurait suffi à la trahir. Le regarder lui aurait fait perdre le contrôle et aurait anéanti ses espoirs. La tension qu'il provoquait en elle la faisait frémir et la laissait le souffle court.

Elle était épuisée et avait retiré sa robe pour se glisser sous sa couverture, fermant les yeux pour dormir jusqu'à pouvoir le revoir. Lorsqu'elle se réveilla, sa chambre était plongée dans les ténèbres, le ciel noir à travers sa fenêtre. Elle se redressa abruptement, puis s'extirpa de son lit pour tirer les rideaux qui bruissaient doucement dans l'air nocturne. Elle ne savait pas quelle heure il était, mais la lune était haute dans le ciel.

Bayr l'attendait à flanc de colline à côté de la porte du tunnel secret. Il devait se faire un sang d'encre. Elle passa une tunique par-dessus son fin négligé et enfila ses sandales de cuir. Ses tresses enroulées s'étaient à moitié défaites et elle en retira les épingles avant de passer ses doigts dans sa chevelure pour en ôter grossièrement les nœuds.

Elle se nettoya les dents, tamponna un peu d'eau

de rose dans son cou et sur ses poignets, puis se piqua le doigt. Elle utilisa la goutte de sang qui y perlait pour se mettre un peu de rose aux lèvres et aux joues, puis pour tracer sa rune. Emmitouflée dans un châle bleu nuit, elle se glissa hors de sa chambre puis dévala l'escalier de la tour, se faufilant entre les gardes et les Nordiques qui semblaient avoir pris leurs quartiers dans la grande salle du palais. Qu'ils y restent ne la souciait guère, elle redoutait en revanche le scénario inverse : qu'ils partent et l'emmènent avec eux comme promise de Gudrun.

Bayr n'était pas au lieu de rendez-vous. Le coteau en contrebas du temple était plongé dans le silence qui succédait aux festivités de la veille. Le tournoi apportait avec lui son lot de tentes, mais la plupart des visiteurs logeaient dans la citadelle proprement dite ainsi qu'au Village du Roi sur le versant nord de la colline. Le versant sud était truffé de crevasses et de rochers avant de laisser place à une forêt touffue peu propice au campement. Toute la semaine durant, Bayr et elle s'étaient soustraits aux regards en allant jusqu'aux chutes d'eau ou en se réfugiant dans la bergerie que le départ de Fantôme avait depuis longtemps laissée vacante. Ils s'étaient promenés dans les bois et allongés dans les hautes herbes – Alba avait maintenu sa rune active en permanence de peur que quelqu'un les aperçoive et les dénonce, et que Bayr doive en payer le prix.

Elle s'assit dans l'herbe à côté de la trappe et tâcha de ravaler la boule d'angoisse qui lui nouait la gorge, s'astreignant à la patience. Les chefs avaient demandé au roi la tenue d'un conseil. Elle avait surpris quelques bribes de conversation des gardes et des domestiques tandis qu'elle quittait le palais à leur nez et à leur barbe.

Les minutes s'égrenèrent, la lune amorça sa descente, et toujours pas de Bayr. Elle commençait à avoir froid, l'herbe humide ayant pénétré à travers ses vêtements. L'automne approchait à grands pas, mais elle était à présent certaine que Bayr ne viendrait pas, lui.

La panique lui noua les entrailles de plus belle. *Où était-il donc ?* Était-il venu puis reparti avant qu'elle n'arrive, se figurant qu'elle n'avait pu honorer leur rendez-vous ? Avait-il demandé sa main à son père ainsi qu'il le lui avait promis ? Avait-il prêté serment au roi de toujours se battre pour lui ?

Un souvenir s'imposa à son esprit, celui de son père rouant Bayr de coups alors que celui-ci ne cherchait aucunement à se défendre. Elle serra les dents, mais n'essaya pas de chasser cette vision. Elle n'avait jamais voulu l'oublier. Ses souvenirs étaient d'une clarté cristalline, tranchant sur le sombre arrière-fond de sa longue solitude. Elle se souvenait de tout.

Elle sentait encore sa mère, le réconfort de sa présence et la profondeur de son dévouement, mais ses premiers souvenirs étaient de Bayr. Il était partie prenante de toutes ses premières fois, présent dans chaque espoir et chaque bonheur. Bayr était le lumineux contrepoint à l'ombre de son père, qui, lui, rôdait toujours à la marge de son enfance, une source d'inquiétude constante.

Elle aspirait à être libérée de son père. Bayr était

parvenu à lui échapper… pour mieux retomber sous sa coupe.

Tout ça par sa faute.

Alba lâcha une plainte sourde, et les chevaux qui tiraient le carrosse de sa peur s'emballèrent soudain. *Qu'avait-elle mis en branle ?* Bayr avait beau ne plus être le garçon de jadis, son père était toujours sur le trône. Le défier en tant que chef de clan revenait donc à se mettre tout le royaume à dos. Bayr n'était pas faible – c'était peu de le dire –, mais il n'était pas du genre à hausser le ton ni à agir à la légère. Il ne prenait la parole que lorsqu'il y était obligé, et il était prêt à se sacrifier plutôt que d'entraîner son clan dans une guerre. Mais Alba, elle, n'était nullement prête à le sacrifier.

28

Quelques heures plus tard, Ivo ne pouvait plus qu'espérer que les guerriers de Dolphys aient suivi ses conseils et quitté la colline : les gardes du roi venaient de faire irruption dans le temple et d'arracher tous ses résidents au sommeil avant de les réunir à la pointe de l'épée au sein du sanctuaire. Les gardiens, les filles et les réfugiées s'étaient tous massés ensemble, témoins impuissants de la mise à sac du temple – tables retournées, lits renversés, placards vidés de leur contenu. Les portes avaient été barricadées pour se prémunir de toute intrusion extérieure, mais c'était le cœur de la nuit, l'aube encore distante de plusieurs heures, et le reste de la colline dormait, inconscients du raid qui se jouait au sein même de ses murailles consacrées. Alba manquait à l'appel et le roi était convaincu que les gardiens et le Garçon du temple étaient à l'origine de cette disparition.

Personne n'avait plus le droit ni d'y entrer ni d'en sortir. Le roi suivait ses hommes de pièce en pièce, supervisant les fouilles, leur intimant de recommencer lorsque leurs efforts s'avérèrent infructueux. Se rendant finalement à l'évidence que la princesse n'était pas là, Banruud regagna le sanctuaire, en proie comme ses hommes à une tension extrême.

— Vous n'avez aucune autorité en ce lieu, Banruud, déclara Ivo.

Bien sûr, tous deux savaient que personne ne pouvait s'opposer à lui. Les chefs de Berne et d'Ebba étaient sous sa coupe, Bayr était parti, et les autres dormaient. Si la princesse avait bel et bien disparu, eux aussi exigeraient une fouille complète de la colline. La garde du temple, autrefois formée pour le défendre, n'était plus aujourd'hui qu'une extension de celle du roi. Ses membres se plieraient à ses exigences.

— Où est-elle, Ivo ? s'emporta Banruud en dominant le vieil homme las de toute sa taille.

— Où est qui, Votre Majesté ? demanda Ivo en lorgnant le roi d'un œil mauvais.

— Ma fille, siffla-t-il.

— Mais, Votre Majesté… vous n'avez pas de fille, murmura le Très-Haut Gardien. Vous n'avez qu'un fils. Et vous l'avez chassé.

Banruud se rembrunit encore et se détourna d'Ivo. Sa lampe à huile à la main, il s'approcha des femmes et des filles rassemblées à l'arrière de la salle. Il circula parmi elles, scrutant chaque visage, avant de se diriger vers le groupe de gardiens et de les soumettre au même examen minutieux.

— Retirez vos tuniques ! ordonna-t-il soudain. Allez, vous tous, retirez vos tuniques.

Il joignit le geste à la parole en tirant sur des capuches, révélant les crânes glabres sur lesquels se reflétait la lueur orangée des torches.

Ivo regarda ses frères s'exécuter sans broncher jusqu'à ce qu'ils se tiennent tous en chemise de nuit, exhibant leurs mollets blancs et leurs pieds nus. Tirés sans ménagement de leur lit, ils n'avaient pas eu le temps d'enfiler quoi que ce soit d'autre. La seule consolation d'Ivo fut de constater que ni Dagmar ni Fantôme n'étaient présents.

— Séparez-les ! intima le roi à sa garde.

Ses hommes se mirent en devoir de disperser les gardiens dévêtus à travers tout le sanctuaire, et lorsque Banruud exigea qu'il en fût de même pour les femmes et les filles, Ivo fit courir un ongle acéré sur la peau fine de son bras, faisant perler la goutte de sang dont il avait besoin pour tracer sa rune. La fin était proche.

Ses recherches vaines, Banruud semblait à deux doigts de perdre le peu de sang-froid qui lui restait. Il se tourna une nouvelle fois vers le Très-Haut Gardien, ses pas claquant sur le sol de pierre tel un marteau qui s'abat encore et encore.

— Où est-elle ? postillonna le roi, tout proche du visage d'Ivo.

— Qui, roi Banruud ? Qui cherchez-vous ? demanda le vieil homme sans se démonter.

Tout en parlant au monarque, les bras croisés dans le secret de ses amples manches, Ivo traçait des runes sur ses avant-bras sans quitter son interlocuteur des yeux.

— La femme blanche. Le spectre. Où est-elle ?

— Ah. La femme blanche. Cela fait longtemps que vous la recherchez. Il se peut qu'elle ait pris votre fille… Ou peut-être que c'est vous… qui lui avez pris la sienne.

Les narines du roi se dilatèrent et un scintillement dans ses yeux révéla à Ivo l'erreur qu'il avait commise. Le Très-Haut venait de confirmer la plus grande crainte de Banruud, que l'on connaisse son forfait – ce que le monarque ne pouvait tolérer. Ivo n'avait jamais su tenir sa langue, et à cause de cela il n'aurait pas le temps de mener sa tâche à bien.

La main du roi jaillit, farouche anguille aux dents d'acier, plongeant dans la poitrine d'Ivo avant de se retirer tout aussi vite. Ivo s'immobilisa, ses runes toujours fraîches sur ses bras, une flaque de sang se formant à ses pieds. Son ample tunique noire dissimulait la vie qui s'écoulait de lui ainsi que l'anguille, qui s'esquiva sans bruit.

Le roi recula d'un pas, observant le vieil homme s'effondrer sur lui-même sans un cri de protestation.

— Nous en avons fini ici, décréta le roi. Laissez quelques hommes en faction près des portes. Personne n'entre ni ne sort jusqu'à ce que la princesse soit retrouvée.

*

Main dans la main, Dagmar et Fantôme gravissaient à travers bois la Colline du Temple. Le gardien n'était pas encore remis de sa vision, partagé entre confusion et désespoir, et pourtant, il avait l'esprit étonnamment apaisé, et la voie à suivre lui paraissait limpide. Les ossements de Desdémone avaient déserté sa tombe pour les accompagner dans leur ascension. Il sentait sa présence tout autour de lui.

— Je dois dire à Alba qui elle est, dit Fantôme, sa voix au diapason de la brise, presque inaudible. Avant qu'il ne soit trop tard.

Dagmar lui serra la main plus fort, s'abstenant de lui dire qu'il était déjà trop tard.

Ils pénétrèrent le tunnel souterrain qui aboutissait directement dans le sanctuaire et se hâtèrent de le traverser, toujours main dans la main. Fantôme avait les doigts froids et le souffle court, mais Dagmar savait que c'était davantage dû à la peur qu'à la fatigue.

Il s'attendait à trouver le silence d'un temple endormi de l'autre côté du mur de pierre pivotant, mais lorsqu'ils se glissèrent à l'intérieur, ils furent accueillis par des torches flamboyantes et une salle bondée. Tous les gardiens étaient présents, toutes les filles, toutes les réfugiées, et tous les yeux se braquèrent sur eux tandis qu'ils émergeaient sur le dais derrière l'autel.

Tout le monde priait à genoux, mais, contrairement aux offices où les gardiens formaient un cercle autour de l'autel ou se plaçaient à côté des bancs de pierre, chacun était tourné en direction des portes, comme s'ils attendaient qu'Odin les franchisse. Frère Amos se leva pour s'approcher des nouveaux arrivants et Dagmar remarqua qu'il avait les pieds nus et maculés de sang. Lorsqu'il prit la parole, ce fut d'un ton accusateur :

— Le roi a tué le Très-Haut. Il a posté des hommes à toutes les portes du sanctuaire.

— Maître Ivo est mort, lui fit écho Juliah en se levant à son tour.

Les autres filles du temple vinrent se tenir autour de Fantôme. Elles avaient les cheveux défaits, signe manifeste qu'on les avait tirées du lit. Dans la lueur des torches, elles semblaient beaucoup plus sauvages que les gardiens, dont la plupart sanglotaient. Elles aussi pleuraient, mais elles se tenaient droites.

Fantôme poussa un petit cri et descendit les quelques marches pour rejoindre le cercle des frères endeuillés jusqu'à s'agenouiller au milieu d'eux, les yeux rivés sur le sol. Dagmar leva les yeux sur la coupole et pria le Père de Tout de lui donner la force de rester debout, de permettre à son cœur de battre encore un peu.

La tunique noire d'Ivo luisait de sang encore humide, la faisant chatoyer à la lumière des torches. Dans la mort, il n'était plus puissant ; il n'était plus le Très-Haut Gardien. Il n'était qu'un vieillard, une coquille vide, la peau tavelée de fleurs de cimetière, les traits flasques. L'encre noire de ses lèvres avait bavé sur sa joue. Dagmar s'accroupit à côté de lui et le prit dans ses bras. Il ne supportait pas l'indignité de sa mort, ni de le voir dans cette posture dégradante. Il ne pesait guère plus qu'une brassée de feuilles d'automne et Dagmar le transporta jusqu'à l'autel. Fantôme s'empressa de venir l'aider à disposer le corps, alignant ses membres et lissant sa tunique pour le présenter aux dieux.

— Il y a des runes sur son bras, manqua s'étrangler Fantôme en remontant l'une de ses manches. Il les a gravées là, au-dessus de son poignet.

Dagmar les fixa sans rien dire.

— Je ne connais pas ces runes, murmura Fantôme en levant les yeux sur lui.

Dagmar les connaissait, lui. L'une était celle de l'âme, qu'on employait pour connecter un esprit à un autre. L'autre rune – un homme, une femme et un enfant séparés par un serpent – était celle qu'avait utilisée Desdémone.

— La deuxième rune n'est pas achevée, chuchota Fantôme.

— Que s'est-il passé ici ? demanda Dagmar en s'efforçant de ravaler un élan de panique.

Amos, le plus disert des gardiens, entreprit de leur raconter le déroulé des événements de la nuit. Le temps qu'il termine son compte rendu, Dagmar s'était effondré sur l'un des fauteuils du dais, entouré des filles du temple, tout aussi éperdues et confuses que lui. Fantôme, elle, était restée près de l'autel, sa tête blanche baissée, tenant une des mains noueuses d'Ivo dans les siennes. Le bas de sa tunique pourpre était taché de sang, et une longue traînée écarlate s'étirait du pied de l'autel jusqu'à l'arrière du sanctuaire.

— Qui nous viendra en aide ? demanda Dalys d'une voix fluette.

— Nous nous sauverons par nous-mêmes, rétorqua Bashti.

— Mais… même Bayr nous a abandonnés, se lamenta frère Bjorn.

À la mention de ce nom, Fantôme et Dagmar échangèrent un regard par-dessus l'autel.

— Les dieux eux-mêmes nous ont abandonnés, geignit Amos. Nous avons échoué à lever la malédiction.

— Le roi doit mourir, gronda Juliah.

— Nous devons faire passer un message aux chefs de clan, il faut que le peuple sache le crime que Banruud vient de commettre, renchérit Elayne.

— Ils ne bougeront pas le petit doigt, protesta frère Dieter.

— Aidan d'Adyar nous écoutera, riposta Elayne. Lothgar et Josef aussi.

— Ils n'oseront pas s'opposer à Banruud, argumenta frère Lowell. Les Nordiques sont toujours sur notre colline. Les clans ont peur et le roi leur a offert une solution.

— Et quelle est cette solution ? le questionna Dagmar d'un ton sec.

— Il a annoncé que la princesse Alba épouserait le roi du Nord. Gudrun a promis de quitter la colline et de retirer ses hommes de Berne, révéla Amos, apparemment séduit par l'idée. C'est la seule solution viable.

Fantôme frémit et lâcha la main d'Ivo.

— Pourquoi Gudrun accepterait-il une telle chose ? demanda Dagmar.

Les gardiens s'entre-regardèrent, ne comprenant pas sa question. Amos reprit la parole :

— La princesse est très belle. Elle est un formidable butin, un trésor précieux entre tous : elle est l'espoir de Saylok.

— L'espoir de Saylok, répéta à voix basse Dagmar.

Cela faisait tant d'années qu'ils avaient placé tous leurs espoirs dans cette jeune fille, comme ils avaient chargé un orphelin de la responsabilité de veiller sur elle.

Et ils avaient tous patiemment attendu d'être sauvés.

— Quelle garantie Gudrun a-t-il donnée qu'il tiendrait sa part du marché ? s'enquit Dagmar.

Aucun gardien n'avait de réponse, leurs traits vieillissants ne reflétant que doute et horreur. Fantôme adressa un regard éploré à Dagmar, qui la pria intérieurement de le pardonner.

— Gudrun veut le temple, marmonna Juliah.

— Et la colline, ajouta Bashti.

— Il veut tout Saylok, renchérit Liis.

— Et si personne n'arrête Banruud… qui arrêtera Gudrun ? demanda Bjorn.

— Nous, murmura Dagmar.

Même s'il savait que c'était la vérité, il n'y avait aucun triomphalisme dans sa voix. Il inclina la tête et ferma les yeux.

— Ivo a déjà commencé, ajouta-t-il.

*

Alba attendit jusqu'à ce que le ciel rosisse à l'est avant de se résoudre à rentrer. Elle songea à se piquer le doigt pour tracer de nouveau la rune de dissimulation, mais son sang sécherait avant qu'elle n'atteigne les jardins, alors elle patienta encore un peu avant de la dessiner.

Ce dont elle avait besoin, c'était d'une rune de courage, d'une qui lui apporte la paix et d'une dernière qui lui donne un autre père, mais elle n'en avait pas dans son arsenal. Elle connaissait des runes pour guérir et pour dissimuler. Elle en connaissait qui lui permettaient d'écouter ou de voir à distance. Elle savait faire taire les oiseaux et rendre les bêtes dociles, des facultés qui lui donnaient l'impression d'être libre et d'avoir de l'influence. Mais ces tours ne lui conféraient aucun véritable pouvoir. Elle n'était pas capable de lancer une malédiction pour frapper le roi du Nord. Elle ne pouvait ni commander une armée ni contrôler les pensées des hommes. Quels que fussent les dons qu'elle possédait, quelle que fût la dose de magie qui lui courait dans les veines, cela ne lui suffirait pas à modifier le cours de son existence. Et encore moins à protéger Bayr.

Une fois arrivée à la trappe qui obstruait le tunnel côté jardin, elle épousseta sa tunique des restes d'une nuit passée sur la colline, puis traça sa rune avant de sortir à l'air libre. Elle contourna les rosiers épineux, longea le parterre de fleurs à floraison tardive, puis se faufila entre les buissons sculptés, rongée par la fatigue et l'anxiété. Elle s'était trop attardée. Le palais était déjà levé : les vaches meuglaient à l'étable et les poules s'égaillaient dans le poulailler attenant aux cuisines. Elle allait se laver et changer de tenue, puis repartirait en quête de Bayr. Elle se dépêcha de gagner la petite porte et trouva le palais sur le pied de guerre : des porteurs s'affairaient en tous sens, manquant rentrer en collision avec les domestiques et les filles de cuisine. Les gardes royaux semblaient eux aussi dans tous leurs états.

C'était elle qu'ils cherchaient.

Jamais elle n'aurait le temps de naviguer entre tous ces gens pour regagner sa chambre ; de plus, si la rune la faisait se fondre dans son environnement, elle ne rendait pas les gens aveugles. Les gardes faisaient état de leurs recherches à Balfor, le bras droit et homme de main de son père depuis longtemps déjà, et elle se fraya un chemin à travers eux sans quitter des yeux l'escalier menant à sa tour.

— Elle n'était pas au temple, capitaine.

— Nous avons passé le village au peigne fin.

— Toutes les pièces du palais ont été fouillées.

— Personne ne l'a vue depuis hier au soir.

— Elle n'est ni dans les jardins, ni dans la cour.

Elle élabora quelques excuses en se rapprochant des marches, priant que sa dame de compagnie ne l'attende pas dans sa chambre. *Plus que quelques pas.* Au moment où elle allait dépasser Balfor, retenant son souffle et ses jupons, celui-ci se décala sur la gauche et frôla le dos de sa main. À ce contact, il tourna la tête vivement.

— Princesse ! manqua-t-il s'étrangler.

Elle tenta de poursuivre son chemin, mais il la retint d'une main ferme.

— Qu'on prévienne le roi ! s'écria-t-il. La princesse est ici.

Une sentinelle s'empressa de lui obéir, tandis que les autres membres de la garde la regardaient bouche bée. Après de longues secondes de stupéfaction, ils se dispersèrent pour propager la bonne nouvelle, soulagés que la crise se termine enfin.

— Où étiez-vous passée, princesse ? grinça Balfor. La colline a été fouillée de fond en comble, le palais et le temple ont été mis sens dessus dessous pour vous retrouver – les gardiens ne sont d'ailleurs pas contents du tout. Et voilà que vous vous pointez comme une fleur.

— Lâchez-moi, Balfor, exigea-t-elle en se dégageant brusquement.

La manière dont ce dernier la lorgnait l'avait toujours répugnée. Il était venu de Berne avec le roi dix-sept ans plus tôt, et ne l'avait jamais quitté depuis. Même la façon dont il prononçait « princesse Alba » sonnait comme un affront à ses oreilles, et elle l'évitait autant que faire se pouvait.

— Gudrun et ses hommes repartiront après la mêlée, et vous avec eux. Vos bagages sont en cours de préparation. On a cru que vous vous étiez fait la malle avec le Garçon du temple, l'informa-t-il avec un sourire tout en chicots et dents manquantes. On a envoyé une patrouille entière pour le retrouver. Il sera pendu si on lui met la main dessus… mais peut-être que votre retour convaincra le roi de faire preuve de clémence. À condition que vous soyez encore pure. Gudrun ne veut pas d'une reine souillée… L'êtes-vous, princesse ?

— Balfor, héla le roi en arrivant à grandes enjambées. Laisse-nous.

Le Bernien se retira en ordonnant aux sentinelles de se poster à toutes les entrées et d'ouvrir l'œil. Alba fit face à son père, en proie à une terreur brûlante qui lui laissait la gorge à vif.

— Je n'étais pas avec Bayr, insista-t-elle d'une voix mesurée pour que seul Banruud l'entende. Que signifie tout cela ?

Le roi la considéra un instant d'un regard indéchiffrable, lui soulevant le menton de l'index. Il avait les cheveux en bataille, de longues mèches d'argent s'échappant de sa tresse, et ses vêtements étaient tachés de sang.

— Je te prépare pour ce jour depuis longtemps, ne fais pas ton étonnée. Tu seras reine avant le coucher du soleil, et le peuple de Saylok chantera tes louanges de les avoir libérés des hommes du Nord.

— Où est Bayr ? demanda-t-elle en se libérant. Qu'avez-vous fait ?

— Un long voyage t'attend, ma fille. Tu devrais aller te préparer. Le peuple voudra te faire ses adieux. Le roi Gudrun et moi-même t'attendrons à la mêlée. Un banquet de mariage s'ensuivra, puis vous pourrez convoler en justes noces.

Sur ces mots, Banruud pivota sur ses talons, comme si l'affaire était entendue.

— Je ne partirai pas ni n'épouserai le roi du Nord. Si vous m'y forcez, je lui crèverai les yeux et lui trancherai la gorge dans son sommeil. Et ensuite je tracerai une rune que j'abreuverai de mon sang et je donnerai ma vie pour vous maudire comme vous m'avez maudite. Vos membres deviendront aussi noirs et pourris que votre cœur, et vous mourrez tout aussi seul et misérable que vous aurez vécu.

Banruud fit volte-face, un sourire insolent aux lèvres. Il tira quelque chose de sa veste noire et le jeta à ses pieds.

— Au fait, le Garçon du temple a laissé ça pour toi. Je me suis dit que, étant donné votre longue amitié, ça te ferait plaisir de l'avoir.

Il s'agissait de la tresse de Bayr. Une longue mèche blonde était entre-tissée dans toute sa longueur :

c'est elle qui l'y avait ajoutée quelques jours plus tôt à peine. Sa crainte devint une terreur sans nom, et elle tomba à genoux sur le sol de pierre, voulant nier l'évidence qui pourtant s'étalait sous ses yeux.

— Il a coupé sa tresse. Sais-tu ce que cela signifie, Alba, lorsqu'un guerrier coupe sa tresse devant son roi ?

Elle se releva en pressant la tresse contre son cœur, débordante d'appréhension.

— La trahison. On ne coupe sa tresse qu'à la mort d'un roi, ou lorsqu'un guerrier refuse de se battre pour lui.

Banruud franchit les quelques pas qui les séparaient, et pressa ses lèvres contre son front.

— Il refuse de se battre pour moi. Il refuse de se battre pour Saylok. Il refuse même de se battre pour toi, ma fille. Alors… pourquoi t'entêter à te battre pour lui ?

— Q-qu'avez-vous fait ? chuchota-t-elle.

— Je n'ai rien fait. Ce chien est reparti à Dolphys. Tu seras reine. Et ni toi ni moi ne le reverrons jamais plus.

29

De deux portes dissimulées dans le mur du sanctuaire partaient deux tunnels. L'un débouchait sur la colline au-dessus des bois du temple, l'autre serpentait sous le palais pour aboutir dans la salle du trône, là où les anciens monarques de Saylok avaient régné, forts de l'autorité conférée par les gardiens. Durant le règne de Banruud, ce passage avait été négligé et Ivo l'avait même fait sceller quelques années plus tôt, usant d'une puissante rune sur la porte de fer. Jamais Banruud n'était venu leur demander conseil, et les gardiens craignaient de plus en plus pour leur sécurité.

Ils avaient eu raison d'avoir peur.

Il n'y avait pas de clé pour ouvrir la porte qui donnait sur la salle du trône. Une rune de sang était requise pour la franchir, et Fantôme leva sa paume entaillée pour la placer sur le métal poussiéreux. La porte grinça sur ses gonds et elle s'engouffra dans le tunnel avec sa lampe à huile, tâchant de ne pas frotter les murs de l'étroit passage. Dagmar l'avait suppliée de partir en emmenant les filles et les femmes réfugiées avec elle, mais Fantôme n'avait pas vécu dix-sept ans dans les ombres du temple pour abandonner sa fille comme cela. Tous avaient entendu les cris lorsque Alba avait été retrouvée.

— Rendez-vous à Dolphys. Suivez le cours d'eau, avait insisté Dagmar. Vous serez en sécurité là-bas. Je viendrai vous chercher lorsque les choses se seront tassées.

Mais elle avait vu son visage dans les bois et avait senti l'adieu dans le baiser qu'il lui avait finalement donné.

Le dernier jour du tournoi et la tenue soudaine d'un mariage mettaient la domesticité du palais à rude contribution, mais elle trouva la salle du trône vide et silencieuse – les oriflammes des clans et les tapisseries d'ères révolues étouffaient la clameur qui régnait à l'extérieur de la salle. Fantôme dessina une rune de dissimulation, puis referma le mur coulissant derrière le trône pour masquer le passage secret. Puis elle se glissa dans le couloir.

Le palais était en ébullition : gardes et jardiniers, conseillers et cuisiniers, domestiques et servantes se croisaient en tous sens – ou entraient en collision – pour exécuter les ordres du roi. Personne ne songea à arrêter Fantôme ni même à lui accorder un regard. Les gardes postés devant les appartements d'Alba virent avec stupéfaction la poignée s'abaisser et la porte s'entrouvrir. Ils passèrent une tête à l'intérieur pour s'assurer que la princesse n'avait pas bougé, puis refermèrent la porte sans s'être aperçus une seconde de la présence de Fantôme. Celle-ci rabattit la capuche sous laquelle elle s'était cachée, puis frotta la rune pour l'effacer de sa paume.

Alba se tenait debout à sa fenêtre, à contempler les jardins de la reine, ses tresses dorées arrangées en une coiffure élaborée piquée de fleurs. Vêtue d'une robe rose pâle, elle lui semblait d'une beauté presque déchirante et lorsque Fantôme l'appela par son nom, doucement, celui-ci sonna comme une prière.

Alba se retourna en l'entendant. Ses yeux bruns étaient cernés et sa peau d'une pâleur inhabituelle, mais le port altier de sa tête indiquait une détermination farouche. En apercevant la longue tresse sombre qu'elle avait en main, Fantôme sut que Banruud s'était surpassé dans la cruauté.

— Tu dois venir avec moi, Alba, dit Fantôme.

— Et pour aller où ? demanda sa fille d'une voix sans timbre.

— Nous allons rejoindre Dolphys. Toi, moi, et toutes les femmes du temple. Nous serons en sécurité là-bas, Dagmar l'a vu en vision.

Fantôme répéta ce que lui avait dit Dagmar, bien qu'elle n'y crût pas elle-même. Il lui fallait convaincre Alba, elle se soucierait du reste plus tard.

— Et Dolphys sera-t-elle en sécurité lorsque je m'y trouverai ? s'enquit Alba. Ou ne ferai-je qu'y déchaîner les foudres de l'enfer ?

— Je crains plutôt que l'enfer ne t'attende au côté de Gudrun, répliqua Fantôme, l'estomac noué par la peur et les yeux embués.

Elle n'avait pas anticipé le fait qu'Alba lui tienne tête. Elle aurait pourtant dû.

— Je ne peux pas t'abandonner, supplia-t-elle.

— Et tu ne peux pas venir avec moi, acquiesça sombrement Alba. Je sais. C'était stupide – égoïste même – de ma part de te le demander. Tu es une gardienne.

— Je suis avant tout une mère, répliqua Fantôme.

Ses larmes se mirent à couler, ruisselant sur ses joues. Elle les essuya d'un geste impatient. Le temps était trop précieux pour qu'elle le gâche par des pleurs. Alba esquissa un pas dans sa direction, le regard interrogateur.

— Tu es mère ?

Fantôme dut lutter contre son instinct de mentir, de se dédire, de tracer une rune pour faire disparaître ses mots. Mais il n'existait pas de rune pour transformer la vérité, et elle manquait de temps pour la rendre moins désagréable.

— Ton prénom signifie « aube ». T-te l'ai-je déjà dit ? bredouilla Fantôme, répondant volontairement à côté pour qu'Alba parcoure elle-même une partie du chemin.

— Oui, tu me l'as dit… il y a longtemps déjà, murmura Alba en penchant la tête de côté.

Elle essuya d'un geste tendre la joue de Fantôme et celle-ci lui attrapa la main pour se donner du courage.

— Il y avait tant de douleur… tant de peur… et puis le soleil s'est levé, rose et or, et si doux… et tu étais dans mes bras. Jamais je n'avais connu une telle joie… une joie si parfaite, si indescriptible… et je t'ai aimée de tout mon cœur depuis ce jour, hoqueta Fantôme à travers ses sanglots renouvelés.

— Tu m'as tenue dans tes bras ? chuchota Alba, sa main retombant subitement.

Fantôme se couvrit la bouche d'une main

tremblante, s'efforçant de museler sa peine, mais elle ne pouvait plus retenir les mots :

— Je t'ai portée en moi. Je t'ai sentie grandir. Je t'ai sentie bouger. Et je t'ai vue venir au monde, s'étrangla-t-elle, la gorge nouée par l'émotion.

— Tu es ma mère ? demanda Alba d'une voix presque inaudible.

— Je suis ta mère, répéta Fantôme, chaque mot une demande de pardon.

Les jambes d'Alba se dérobèrent sous elle et elle tomba au sol, fleur rose soudain fanée. Elle se redressa sur ses mains, sa chevelure masquant momentanément ses traits. Fantôme s'accroupit près d'elle, n'osant pas la toucher, n'osant pas dire un mot de plus. L'espace d'un instant, il n'y eut plus qu'un silence incrédule.

— Et Banruud ? finit par demander Alba d'une petite voix. Banruud est-il mon père ?

— Banruud t'a enlevée à moi alors que tu n'avais que quelques jours.

— Il m'a enlevée ? murmura Alba, abasourdie. Il m'a enlevée !

— Il a prétendu que tu étais sa fille… et tout le monde l'a cru.

— Est-ce à cause de lui… que tu te caches ?

— N'est-ce pas à cause de lui que nous nous cachons tous ?

Le visage d'Alba se décomposa et elle secoua brutalement la tête, comme si elle ne parvenait pas à saisir ce que cela impliquait.

— Banruud est le père de Bayr, pas le tien. Il n'a aucun droit d'offrir ta main au roi du Nord. Il n'a aucun droit sur toi, souffla Fantôme, consciente que le temps leur était de plus en plus compté.

Dagmar devait se faire un sang d'encre.

— Le père de Bayr ? Banruud est le père de Bayr ? s'exclama Alba, horrifiée.

Fantôme ne put que confirmer d'un hochement de tête.

— Banruud le lui a dit. Il a raconté à Bayr que tu étais sa sœur… et Bayr a sectionné sa tresse.

— Oh, Bayr… Mon cher, cher Bayr, gémit Alba en pressant sa tresse coupée à ses lèvres comme s'il pouvait l'entendre. Que t'a-t-il fait ? Où es-tu parti ?

— Nous le retrouverons ensemble. Mais tu dois venir avec moi à présent. Tu dois m'accompagner à Dolphys, l'implora Fantôme en se relevant et en tirant Alba par le bras.

Manifestement trop sous le choc pour penser par elle-même, Alba se laissa faire et Fantôme lui mit sa cape de voyage sur le dos, avant de tracer la rune de dissimulation au creux de sa paume. Fantôme n'avait qu'un seul plan en tête : fuir, et mettre la princesse à l'abri.

— Non, dit soudain Alba en se dégageant. Non.

Elle secoua la tête, mue par une résolution nouvelle, inflexible.

— Nous devons y aller, Alba. Nous n'avons plus le temps, la supplia Fantôme. Ils vont très bientôt venir te chercher.

— Je ne peux pas partir. Ne vois-tu pas que ça m'est impossible ? Si je pars, des gens mourront. Il est de mon devoir de rester.

— Tu n'es pas la princesse de Saylok, protesta

Fantôme d'une voix tremblante. Tu es ma fille, et je ne t'abandonnerai pas.

L'espace d'un instant, Alba sembla fléchir, mais lorsque Fantôme fit mine de lui reprendre la main, elle résista.

— Alba… Je t'en prie, la pressa Fantôme.

Alba secoua de nouveau la tête.

— Ce n'est pas mon père qui a fait de moi Alba de Saylok. C'était vous. C'étaient les gardiens. Bayr m'a dit que j'avais été bénie sur l'autel du temple et qu'une étoile de sang avait été peinte sur mon front.

— Oh, ma fille, sanglota Fantôme. Je ne peux pas te sauver. Pas cette fois. Tu vas devoir te sauver par toi-même.

— Bayr n'a jamais tenté de se sauver, répliqua fermement Alba. Pas une seule fois. Je ne déclencherai pas une guerre que d'autres devront mener.

*

Aucun guerrier de Dolphys n'entra en lice pour la mêlée. Les clans se retrouvèrent dans la vaste cour du palais. Adyar, Berne, Ebba, Joran et Leok avaient réuni leurs meilleurs éléments, et tous arboraient une mine sombre, témoin de la tension palpable qui régnait sur toute la Colline du Temple. Chaque équipe se regroupa pour un dernier point stratégique, leurs chefs alignés en bord de terrain tandis que le roi et ses invités du Nord siégeaient dans une tribune dressée pour l'occasion. Alba était assise à côté du roi du Nord, les mains croisées sur ses cuisses, le regard distant. Elle avait mal au dos et à la tête, mais elle savait qu'elle ne pouvait espérer ni répit ni repos. Elle se concentra sur sa respiration et fit de son mieux pour ne penser à rien. Si elle ne pensait à rien, elle ne ressentirait rien.

— Je ne vois que cinq clans. Où sont les guerriers de Dolphys ? s'étonna Gudrun, l'air suspicieux. Pourquoi sont-ils absents ?

— Les loups dolphyniens sont repartis chez eux la queue entre les jambes, répliqua Banruud. Il n'y aura que cinq clans en lice pour la mêlée cette année.

Gudrun acquiesça d'un grognement et échangea un regard avec ses hommes. La nouvelle semblait lui faire plaisir.

— Aimeriez-vous y prendre part ? l'interrogea Banruud avec une pointe de défi.

Gudrun cracha au sol, puis jeta un coup d'œil égrillard à Alba.

— Je vais garder mes forces pour des tâches plus agréables.

Les cors et trompettes résonnèrent alors, et Banruud leva une main en l'air pour annoncer le début de la mêlée. Le terrain se mua immédiatement en une foire d'empoigne et plusieurs hommes tombèrent rapidement sous les vivats de la foule et le regard impassible de Gudrun et de ses sbires.

Les guerriers de Dolphys n'étaient pas les seuls à manquer à l'appel : les Filles de Freya et les gardiens du temple ne se tenaient pas derrière le roi comme à l'accoutumée. Ils avaient été délibérément mis à l'écart. La garde royale s'était déployée autour du temple et l'assistance pensait que c'était pour les protéger des hommes du Nord. Alba savait que là n'était pas la raison. Fantôme lui avait dit qu'Ivo était mort, que Banruud l'avait tué. Avec un peu de chance, Fantôme et les filles des clans faisaient route vers Dolphys en ce moment même. Nul besoin de passer par les portes du temple pour quitter la colline. Mais peut-être attendaient-elles le couvert de la nuit ?

Peut-être attendaient-elles Alba ?

Elle baissa la tête et tenta de chasser cette faiblesse passagère.

La foule hurla et le chef de Berne se leva en tribune, se frappant le torse du poing. Quelques secondes plus tard, ce fut au tour de Lothgar de rugir. Alba releva la tête. Le fils de Lothgar venait de projeter au sol un concurrent d'Ebba, les poings serrés et un cri triomphant aux lèvres. Du fait du nombre moindre de compétiteurs, la mêlée dura moins longtemps qu'à l'habitude et lorsqu'un combattant d'Adyar fut défait par un homme de Joran, lequel se fit à son tour mettre au tapis, le clan du Lion fut déclaré vainqueur.

Plusieurs barriques de vin de la réserve du roi furent apportées pour féliciter les participants et les guerriers levèrent leur verre en témoignage de bonne volonté. On commençait toujours à boire tôt le dernier jour du tournoi, et d'autant plus cette année où une célébration majeure restait à venir.

Alba fut escortée jusqu'à la grande salle du palais au bras de Banruud. Le festin qui venait traditionnellement clôturer le tournoi s'était transformé en un banquet de mariage digne d'une fausse princesse. Les jardins de la défunte reine avaient été dépouillés de la moindre fleur dans le but de décorer la salle et les tables.

— Au roi Gudrun et à la princesse Alba, tonna Banruud en portant un toast.

Alba leva son verre, mais n'y trempa pas les lèvres. Elle avait peur que l'alcool ne fasse fondre sa résolution. Gudrun vida le sien d'un trait, mais une fois son verre à nouveau rempli, il n'y toucha plus.

— À notre défunte reine, ajouta Aidan d'Adyar, y allant de son propre toast. Alannah est parmi nous aujourd'hui en esprit, à défaut d'y être en chair et en os. Ta mère serait fière de toi, Alba, déclara-t-il en la regardant.

Elle détourna les yeux. Fantôme était sa mère. Fantôme, qui lui avait promis que, aussitôt le danger passé, elle la rejoindrait dans le royaume du Nord et ne la quitterait plus jamais. Sauf qu'Alba redoutait que le danger ne passât jamais.

Aidan avait toujours pris sa défense, et elle l'avait toujours appelé oncle. Mais il n'était ni son oncle ni son champion. Plus maintenant. Il ne l'avait pas défendue ces dernières vingt-quatre heures, ni contre les Nordiques ni contre Banruud.

Les tournées de vin et d'hydromel se succédèrent, accompagnées de cochons de lait et de canards rôtis, de savoureux plats d'agneau et de veau. Furent ensuite présentés des paniers de pains de toutes les sortes, fourrés aux fruits ou au fromage, ou à tremper dans du beurre, du sucre et diverses épices. Les chefs de clan et leurs guerriers faisaient honneur à la bonne chère, engloutissant les mets avec l'abandon qui caractérise les compétiteurs après l'épreuve. Le festin qui suivait la mêlée avait toujours été le moment favori d'Alba : de la nourriture à profusion, des somptueuses compositions florales et une effervescence qui la changeait de son quotidien. Mais ce soir, elle ne pouvait rien avaler.

Lorsque Banruud se leva et annonça que la procession matrimoniale allait commencer, les convives repus et légèrement pris de boisson emboîtèrent joyeusement le pas au roi et à sa suite à travers la cour principale qui séparait le palais du temple. La garde royale s'était faite plus discrète et les lourds vantaux du temple avaient été ouverts en grand, comme pour accueillir un événement festif. À l'intérieur du sanctuaire, les gardiens dans leur tunique pourpre se tenaient derrière Dagmar, qui présidait derrière l'autel dans la robe noire de Très-Haut Gardien. Une rumeur confuse se mit à circuler parmi les chefs de clans et leurs hommes, qui se demandaient ce qu'il était advenu de maître Ivo, mais Banruud fit comme si de rien n'était et posta ses gardes le long des murs ainsi qu'au niveau des portes.

Les filles étaient assises au premier rang de l'autre côté de l'autel, mais il n'y avait en revanche aucune trace de Fantôme. Si le roi Gudrun les couva d'un regard lascif dans un premier temps, il s'intéressa vite davantage au sanctuaire lui-même, ses yeux parcourant les runes entrelacées sculptées à même la pierre de l'autel : des traits et des points et des figures complexes qui n'avaient de sens que pour les gardiens qui se transmettaient l'art des runes de génération en génération depuis la nuit des temps. Les runes s'entrecroisaient afin de dissimuler leur forme et leur fonction réelles. Plus d'une fois, Alba les avait scrutées jusqu'à en avoir la migraine. De telles runes ornaient la majorité des murs du sanctuaire, camouflées elles aussi. Saigner sur ces murs reviendrait à déchaîner les foudres divines sur le monde.

La cérémonie n'était clairement qu'une ruse destinée à apaiser le peuple : la princesse ne pouvait pas être envoyée dans le royaume du Nord sans devenir reine au préalable. Des vœux seraient prononcés, mais ils ne vaudraient rien, n'étant soutenus par aucune foi ni aucune intention. Gudrun n'était pas natif de Saylok : la cérémonie ne représentait rien à ses yeux.

Il refusa d'ailleurs de s'agenouiller devant l'autel et ne permit pas non plus aux gardiens de le toucher. Ses hommes se tenaient autour de lui, l'épée au clair et l'œil vigilant. Les ossements qui ornaient leur coiffure tintaient à chaque fois qu'ils tournaient la tête.

Dagmar ne traça donc pas l'étoile de Saylok sur leur front malgré la coutume en vigueur parmi les clans. Il entonna la geste d'Odin et de ses fils, de Père Saylok et de ses enfants animaux. Lorsqu'il demanda à Gudrun de prendre la main d'Alba, ce dernier attrapa son bras.

— Cesse de musarder, prêtre, siffla-t-il.

Dagmar finit par les prononcer mari et femme d'une voix douce, dessinant l'étoile dans l'air au-dessus d'eux sans que son expression ne vienne le trahir.

Alba de Saylok devint reine du Nord, et Gudrun la traîna à sa suite vers les portes du temple. Les cloches du temple se mirent alors à sonner à la volée, carillon assourdissant qui lui rappela les funérailles de la reine Alannah. Mais les gardiens s'abstinrent de l'accompagner par leur chant, et il n'y avait pas de Bayr pour la sauver ou la consoler.

*

Bayr se tenait dans le sanctuaire au milieu des gardiens et des gardes du roi, la vision brouillée et les bras affaiblis. Il n'était pas lui-même. Il était dans un corps de petite taille et frêle, les os de ses mains cassants comme ceux d'un oiseau, la peau de ses bras parcheminée. Peut-être était-ce un rêve ou peut-être qu'il était mort, mais aucune des deux hypothèses ne lui semblait la bonne.

— Où est-elle, Ivo ? demanda Banruud d'une voix sifflante en se penchant sur lui de toute sa hauteur.

Bayr dut lever le menton pour croiser le regard du roi. Quelle étrange sensation de se sentir petit lorsqu'on était si grand. Le roi Banruud parlait d'une voix d'outre-tombe.

— Où est qui, Votre Majesté ? demanda la voix d'Ivo avec les lèvres de Bayr.

— Ma fille, rétorqua Banruud.

Son image ondulait comme si Bayr le regardait à travers une étendue d'eau.

— Mais, Votre Majesté… vous n'avez pas de fille, murmura le Très-Haut Gardien. Vous n'avez qu'un fils. Et vous l'avez chassé.

Banruud fit volte-face, la mine orageuse, et vociféra des ordres pour que ses gens mettent la main sur Alba au plus vite.

Alba. Où était-elle ? Bayr tourna la tête d'Ivo et vit les filles des clans recroquevillées ensemble, les cheveux défaits et les pieds nus. Fantôme ne se trouvait pas parmi elles. Dagmar était lui aussi absent. Bayr sentit le soulagement d'Ivo dans sa propre poitrine. Mais où était Alba ? Où était-elle partie ?

Vous n'avez pas de fille. Vous n'avez qu'un fils.

— Où est-elle ?

Banruud faisait de nouveau face à Ivo, le visage écarlate de colère.

— Qui, roi Banruud ? Qui cherchez-vous ? répondit Ivo d'une voix douce.

— La femme blanche. Le spectre. Où se trouve-t-elle ?

— Ah. La femme blanche. Cela fait longtemps que vous la recherchez. Il se peut qu'elle ait pris votre fille… Ou peut-être que c'est vous… qui lui avez pris la sienne.

Une douleur subite irradia dans les entrailles de Bayr, à la fois brûlante et glaciale, aiguë et sourde, et Ivo s'effondra sur les dalles de pierre du sanctuaire, ses runes inachevées, son souffle labourant sa frêle cage thoracique.

— Bayr, résonna l'avertissement d'Ivo sous son crâne. Il n'y a pas de fille sans le fils, ni de fils sans la fille.

Bayr ouvrit les yeux, et Ivo s'évanouit dans un tourbillon de feuilles et de branches noueuses. Le dôme se métamorphosa en un ciel écartelé qui se révélait au gré de leurs ondulations. Les dalles du sanctuaire s'amollirent en une terre herbeuse sous son dos et la douleur d'Ivo devint celle des cruels souvenirs que l'on retrouve au réveil.

Le cours d'eau gazouillait non loin de lui sur un

fond de pépiements et hululements nocturnes. Il s'était endormi adossé à un arbre, le visage au creux des mains et les coudes sur les genoux, après s'être enfoncé de plusieurs lieues au cœur des bois du temple.

Sentant ses cheveux qui lui tombaient sur les yeux, il tressaillit, comme si une grosse araignée lui courait sur la tête. Il n'était plus habitué à la caresse des cheveux détachés et passa ses mains froides sur les courtes mèches frisées, tant pour s'éclaircir les idées que pour faire fuir tout ce qui aurait pu s'y nicher pendant la nuit. Il se mit péniblement sur pied, les membres ankylosés. Il s'appuya contre l'arbre le temps que son corps se réchauffe et que ses sens engourdis se réveillent. Son bras le lançait et il le tendit pour l'étudier au clair de lune, étudiant les balafres incisées dans sa chair juste au-dessus de son poignet.

L'une des runes figurait deux lignes qui se croisaient en un nœud avant de se diviser à nouveau pour dessiner une croix. La seconde était un enchevêtrement de symboles, partiellement entourés par un serpent qui se mordait la queue. Le Très-Haut Gardien l'avait marqué, le trouvant dans son sommeil et gravant la rune dans sa peau.

Il n'y a pas de fille sans le fils.

La lune se déplaça à travers les frondaisons et un hennissement de cheval retentit. Bayr entendit un bruissement de pieds qui avançaient prudemment dans les sous-bois. Il se figea et attendit, scrutant la végétation touffue dans la direction d'où venait le son. Une ombre se scinda en deux, puis en quatre, puis en un bataillon de silhouettes humaines qui remontaient à pas feutrés les bois du temple. L'une d'entre elles passa si près de Bayr qu'il aurait pu soulever ses mèches d'un souffle. Les osselets qui garnissaient sa chevelure et le lobe de ses oreilles cliquetaient doucement dans la brise, masquant les trépidations du cœur de Bayr. Des Nordiques. Par dizaines, et qui se rapprochaient de la colline à la faveur de l'obscurité. Parmi eux, des guerriers de Berne – Bayr en reconnut même certains – avec leur tresse longue et serrée qui les distinguait des pillards venus du Nord.

Bayr attendit que le dernier homme l'eût dépassé et que la forêt eût repris son souffle, puis il se décida à les suivre.

30

Les hommes du Nord s'arrêtèrent en lisière des bois du temple du côté est du Village du Roi, là où les dernières fermes laissaient place à la forêt. Au point du jour, ils mirent en place un roulement de sentinelles tandis que le reste de la troupe se reposait. Bayr ne put pas s'approcher suffisamment pour pouvoir déterminer leur nombre avec exactitude, mais ils semblaient dépasser la centaine. Une centaine de guerriers armés de haches et de boucliers, guidés en ces terres étrangères par des Berniens. Auxquels il fallait ajouter Gudrun et ses hommes déjà à l'intérieur des murs de la citadelle, soit une cinquantaine d'hommes supplémentaires.

La Colline du Temple était pleine à craquer de jeunes et de vieux appartenant aux différents clans. La grande majorité n'était pas des guerriers. La grande majorité ne serait même pas en mesure de manier une épée. Cent cinquante guerriers aguerris suffiraient à les massacrer. Mais les chefs des clans et leur escorte, au moins aussi nombreux que les Nordiques, étaient eux également toujours dans l'enceinte de la citadelle. Mener un assaut alors que les meilleurs guerriers de Saylok y étaient tous regroupés n'avait à première vue que peu de sens. Et pourtant, les yeux des hommes du Nord étaient rivés sur la Colline du Temple.

*

Lorsque sonnèrent les douze coups de midi, les villageois quittèrent leur domicile et les visiteurs leur campement pour converger vers la colline où allait se dérouler la dernière journée du tournoi. Les portes de la citadelle grandes ouvertes accueillaient le flot, ornées de drapeaux claquant au vent, et même de là où il se tenait, Bayr entendit les trilles des trompettes qui annonçaient le début de la mêlée. Elle serait suivie du traditionnel banquet et les villageois ne rentreraient chez eux qu'à la nuit tombée. Tous seraient réunis au même endroit, ivres de réjouissances et de boisson, leurs craintes assoupies par les fiançailles de la princesse, convaincus que la guerre avait été évitée.

Les runes sur son bras se mirent à palpiter.

Bayr contourna la position des hommes du Nord en rampant. Ils attendaient clairement un signal. Aucun d'entre eux n'avait gravi les contreforts de la colline en guise d'éclaireur. Aucun feu n'avait été allumé. Personne ne riait. Les seules paroles échangées l'étaient à voix basse et chacun prenait son tour pour affûter ses armes, dormir ou faire le guet. Bayr présumait qu'ils attendaient le roi Gudrun, mais rien n'indiquait s'ils étaient là pour assurer sa protection ou s'ils préparaient un assaut. À défaut de pouvoir en avoir le cœur net, il fallait à tout prix qu'il prévienne la colline et ses habitants, et qu'il alerte ses hommes.

Il les avait tous abandonnés.

Il avait abandonné Alba.

Il avait dévalé la colline dans un état d'hébétude horrifiée, vidé de ses forces et de sa substance, un véritable mort-vivant.

Il pouvait faire le tour en restant sous le couvert des arbres et gravir son versant sud, mais il n'aurait alors plus moyen de surveiller les hommes du Nord. Il craignait qu'ils n'entrent en action et prennent la citadelle de force pendant ce laps de temps. Il ne pouvait pas non plus les attaquer de front à lui tout seul – Bayr était fort, pas indestructible –, mais s'ils s'engouffraient à travers les portes et qu'il était derrière eux, cela lui laisserait l'opportunité de les prendre à revers et d'en éliminer un bon nombre tout en ralentissant leur progression.

Le ciel commença à s'assombrir et le carillon du temple retentit à nouveau, des coups lents et sonores, incongrus à cette heure. Dong, dong, dong, dong, dong. Ces cloches ne sonnaient ni l'heure ni l'alarme. La mêlée s'était depuis longtemps achevée et le banquet devait battre son plein. Et pourtant, les cloches continuaient de sonner. Bayr fit la grimace en se rappelant le terrible glas qui avait retenti le jour de la mort de la reine Alannah.

Puis il comprit.

Ce tintement n'était pas celui de funérailles, mais célébrait la conclusion d'un mariage.

Comme s'ils n'attendaient que ce signal, les hommes du Nord commencèrent à se glisser dans le village par petits groupes, contournant les enclos et s'engouffrant dans les cabanons et fermes désertés. S'il restait quelqu'un à l'intérieur, Bayr ne doutait pas que les malheureux rencontrent une mort rapide. L'armée nordique se réduisit peu à peu jusqu'à ce qu'il ne reste plus que Bayr dans les parages.

Puis les trompettes retentirent de nouveau, entonnant cette fois la partition d'une procession royale, et Bayr se mit à courir.

*

Les fleurs avaient toutes été récupérées des tables du banquet et jetées sur les pavés de la cour, et les membres des différents clans donnèrent de la voix en secouant leurs oriflammes en une jubilation de façade pour célébrer Alba et Gudrun qui descendaient ensemble les marches du temple. Le vin coula de plus belle et Alba fut préparée pour son départ, sa robe rose pâle troquée contre des vêtements plus adaptés au voyage. Sa longue chevelure fut ramassée en une natte qui la gênerait moins sur la route menant à Berne, où les drakkars des Nordiques les attendaient pour les ramener chez eux.

Les ombres s'allongeaient autour du peuple de Saylok réuni pour ses adieux à la princesse, même si le soleil ne se coucherait que dans quelques heures encore. La plupart avait enchaîné les libations depuis la fin de la mêlée, et les agapes se poursuivraient jusqu'à ce que les gens s'endorment en tas, ivres morts. C'était toujours ainsi que se clôturait le Tournoi du Roi. Le Foyer des Rois, qui symbolisait la présence des Filles de Freya sur la colline, continuait d'émettre des volutes de fumée dans le ciel, mais Alba priait pour qu'elles se soient déjà enfuies. La garde du roi cernait le temple, dont les portes avaient été fermées aux visiteurs et aux pèlerins. Personne ne semblait l'avoir remarqué. Personne ne semblait s'en soucier.

Elle serait accompagnée à la cour du Nord par quelques dames de compagnie vieillissantes et une poignée de domestiques à moitié séniles en guise d'escorte à l'aube d'affronter sa nouvelle vie. Plusieurs d'entre eux pleuraient à chaudes larmes comme si cet exil était une condamnation à mort. Le roi Banruud se tenait sur les marches flanqué de deux gardes aux aguets et souhaitait la bonne route aux hommes du Nord sur le départ. La cour principale présentait désormais un triste spectacle d'ivrognes débraillés, et les Nordiques paraissaient impatients de se mettre en chemin.

Les chefs des clans du Nord – Berne, Adyar et Leok – chevaucheraient avec Alba jusqu'au port où mouillaient les drakkars afin de s'assurer que Gudrun et ses hommes tiendraient bien leur part du marché. Chaque chef était entouré d'une grappe de ses hommes, tous déjà à cheval et parés au départ, mais nombre de ces guerriers avaient pris part à la mêlée et souffraient qui d'un œil au beurre noir, qui d'une côte cassée. Aucun d'entre eux ne semblait en état d'entreprendre un long voyage et certains chancelaient même sur leur selle.

Aidan flanquait Alba sur la droite, Lothgar sur la gauche, et Benjie chevauchait devant eux, les épaules voûtées sous sa peau d'ours comme s'il dormait à moitié. Le roi Gudrun était presque en tête de cortège avec la moitié de ses hommes, l'autre moitié fermant la marche. Alba eut l'impression qu'ils étaient moins nombreux qu'à leur arrivée et elle se dit que des hommes avaient dû partir à l'avant afin de préparer leur campement pour la nuit. La nuit tomberait d'ici quelques heures et ils n'auraient pas le temps de parcourir beaucoup de chemin.

Alba ne se retourna pas lorsqu'ils franchirent les portes de la citadelle sous les trilles des trompettes et des cors. Elle savait qu'elle perdrait tout courage si elle tournait la tête, elle se força donc à regarder droit devant elle, aveugle, sourde et muette.

Elle ignora Aidan lorsqu'il arrêta soudain sa monture.

— Halte ! rugit-il d'une voix habitée par la tension.

Le reste de la colonne à cheval poursuivit sa route vers le pied de la colline sans lui prêter la moindre attention, et un Nordique lui fit signe de se remettre en marche. Une fois leur salut protocolaire achevé, les hérauts postés en haut des remparts se turent et les chevaux prirent de la vitesse dans la pente. Quelques membres des clans sortaient encore de la citadelle et la herse resterait relevée le temps que les allées et venues se tarissent.

Ils étaient à mi-pente lorsqu'un toit de chaume s'embrasa soudainement dans le Village du Roi en contrebas, suivi de plusieurs autres en succession rapide, le feu se propageant rapidement aux fermes attenantes.

Des silhouettes émergèrent alors à la sortie du village, remontant la route vers eux en courant, comme si elles voulaient échapper aux flammes.

— Ce ne sont pas des villageois ! s'écria Aidan en arrêtant de nouveau sa monture.

— Fermez les portes ! hurla Lothgar.

Mais déjà les hommes de Gudrun se jetaient sur les chefs de clan et leurs guerriers abasourdis, frappant d'estoc et de taille. Benjie n'eut pas le temps de se réveiller totalement qu'un coup de hache venait lui ôter la vie. La marée noire poursuivait son ascension de la colline, une armée d'hommes du Nord qui avaient attendu leur heure dissimulés dans le village vide.

— Dispersez-vous ! cria Alba tout en adressant aux chevaux un ordre mental aussi puissant que possible dans le but qu'ils ruent et se cabrent, expulsant leur cavalier comme si eux aussi avaient pris feu.

Les hommes de Gudrun furent temporairement distraits par le chaos qui s'ensuivit et Alba se glissa à bas de sa propre monture, laquelle fila comme une flèche en direction de la horde nordique qui se ruait à l'assaut de la colline.

Tenant ses jupons dans une main, elle se mit à courir vers la citadelle aussi vite que pouvaient la porter ses jambes en s'époumonant pour qu'on sonne l'alarme. Mais les remparts étaient déserts, il n'y avait ni archers ni sentinelles. Les cuivres qui avaient salué leur départ s'étaient empressés de redescendre profiter de la fête.

— Tous aux portes ! hurla Gudrun pour enjoindre à ses hommes de tourner bride.

Il était parvenu à rester en selle et elle pouvait sentir l'esprit de sa monture qu'il poussait dans la pente. Elle ne serait pas en mesure de les distancer longtemps.

Halte, halte, halte ! supplia-t-elle le cheval, projetant sa volonté. Gudrun lâcha un chapelet de jurons en voyant sa monture renâcler violemment. Elle jeta un regard par-dessus son épaule pour jauger la distance qui les séparait et vit Gudrun frapper la croupe de son cheval du plat de l'épée tout en enfonçant ses éperons dans ses flancs. La route derrière elle était jonchée de cadavres et de sang. Elle crut distinguer Aidan et ses guerriers qui se battaient toujours vaillamment, mais une partie des hommes de Gudrun avait déjà fait demi-tour à la suite de leur roi.

C'est alors qu'elle l'aperçut, courant tel le vent devant la horde nordique, une hache dans chaque main, son épée toujours sanglée dans son dos.

— Bayr ! s'écria-t-elle, en proie à une joie intense mêlée de terreur.

— Fuis, Alba ! hurla-t-il en retour.

Elle obéit sans délai, gravissant avec l'énergie du désespoir cette pente qui ne lui avait jamais semblé si raide ni si longue, courant vers ces remparts qui ne lui avaient jamais semblé si vulnérables.

Elle entendit le martèlement des sabots et la respiration saccadée de la monture de Gudrun avant qu'il ne la rattrape et, se baissant vivement, esquiva de justesse sa main tendue.

Le temps qu'il revienne à la charge, elle avait franchi les portes de la citadelle et atteint la cour intérieure qui, quelques minutes plus tôt, regorgeait encore de villageois à divers stades d'ébriété. Les célébrations étaient terminées. L'éviscération sauvage d'une bonne partie de la garde du roi – leurs cadavres en enfilade sur les marches du palais – avait ouvert les yeux des fêtards sur la déferlante de mort qui s'abattait sur eux. Les Nordiques de la fin du convoi – sans doute aidés par un contingent qui s'était caché sur la colline – s'en prenaient désormais aux civils sans discrimination de genre, d'âge ou de taille. Alba trébucha sur les jambes d'une femme qui tenait un petit garçon dans les bras – tous deux étaient morts.

Où qu'elle pose les yeux, Alba découvrait des cadavres et des agonisants. Une barrique de vin transpercée d'une hache laissait couler le liquide écarlate sur les pavés de la cour où il venait s'ajouter au sang dans un mélange impie de fête et d'horreur.

Elle arracha la hache du tonneau afin de pouvoir se défendre et balaya la cour du regard en quête de quelqu'un à aider… ou d'une cachette. Un groupe de guerriers des clans accourait au centre de la cour, armés de leur épée et de leur bouclier, et Alba reconnut le grand-père de Bayr aux avant-postes, entouré de valeureux Dolphyniens. Puis la horde nordique venue du village en contrebas pénétra l'enceinte de la citadelle à son tour et Alba courut vers le temple, le seul endroit où elle s'était toujours sentie en sécurité.

Il était manifeste que d'autres y avaient cherché asile, mais avec les soldats de Gudrun sur leurs talons, ils avaient été fauchés l'un après l'autre. Une partie de la garde royale, postée autour du temple après le mariage, se battait toujours, mais ce qu'elle vit ensuite la coupa net dans son élan.

Les gardiens se tenaient tous autour du temple, dos à la pierre, l'épée à la main, leur capuche rabattue exhibant leur crâne rasé et leur expression déterminée.

— Oh non, gémit Alba. Non, non !

Les gardiens n'avaient rien de guerriers. La plupart étaient des hommes âgés à l'entraînement rudimentaire dont les expérimentés combattants du Nord ne feraient qu'une bouchée. Son horreur l'avait figée sur place et détourné son attention et, sans le moindre avertissement, Gudrun la saisit par les cheveux et la jeta en travers de sa selle.

*

Fantôme avait déjà suivi sa fille jadis, ne sachant pas où le périple la mènerait ni si elle y survivrait. Dix-sept ans plus tôt, elle avait marché de Berne jusqu'à la Colline du Temple, et elle était prête à faire le chemin inverse.

Si Dagmar avait lu dans ses pensées, il n'en avait rien dit. Dès la cérémonie terminée, les hommes du roi avaient de nouveau barricadé les résidents du temple à l'intérieur, empêchant les citoyens d'entrer et les gardiens de s'entretenir avec les chefs de clan. Ainsi qu'ils l'avaient planifié, Dagmar et ses frères s'étaient dépêchés de pousser les réfugiées et les filles des clans dans le tunnel débouchant sur le flanc est de la colline. Ils avaient rongé leur frein tout au long du mariage, attendant que les cloches résonnent et que les portes du sanctuaire se referment sur eux. La poursuite des festivités couvrirait leur fuite et la nuit qui se profilait devrait leur laisser suffisamment de temps pour semer la garde du roi au cas où leur disparition vienne à être découverte. Il y eut des larmes, mais aucune protestation. Le meurtre d'Ivo avait suffisamment illustré l'urgence de la situation : le temple n'était plus un sanctuaire.

Fantôme s'engagea en dernier dans le tunnel, s'enjoignant mentalement de ne pas se retourner, ainsi que l'avait fait Alba en quittant le temple au bras du roi du Nord. Fantôme l'avait regardée s'éloigner, époustouflée par sa volonté de fer, en se jurant d'affronter l'avenir avec le même courage. Dagmar la suivit dans l'obscurité du tunnel et Fantôme ne put tenir sa résolution : elle fit volte-face et tomba dans ses bras en étouffant un sanglot. Il embrassa ses paupières et le bout de son nez, le creux de ses joues et son menton, avant de plaquer ses lèvres contre les siennes, les mains en coupe autour de son visage comme si elle lui était infiniment précieuse. Elle s'abandonna à lui l'espace d'un instant, sa bouche répondant à la sienne, agrippée à sa tunique noire nouvellement revêtue. Les gardiens l'avaient nommé Très-Haut Gardien à la hâte. Aucun autre frère ne s'était senti les épaules d'endosser une telle charge. Il aurait la lourde tâche de protéger les runes et de garder le temple, même contre un peuple et un roi qui n'en voyaient plus l'utilité.

Lorsque Dagmar mit fin au baiser et recula, elle caressa son visage d'une main en guise d'adieu, récoltant au passage les larmes qui ruisselaient sur ses joues. Ils ne se dirent pas au revoir et ils ne se mentirent pas en évoquant des retrouvailles. Il serra sa main quelques secondes encore, puis il était parti, de retour dans la lumière vacillante du sanctuaire.

Elle avança à travers l'obscurité, la dernière d'une longue file de femmes qui n'avaient trouvé un foyer au temple que pour devoir le quitter. Parmi cette trentaine de femmes, il y avait les cinq filles des clans. Le reste était composé de réfugiées de pays étrangers ou de clans ravagés par la guerre. Certaines étaient âgées, d'autres jeunes, mais toutes étaient effrayées. Chacune portait un petit baluchon – un peu de nourriture, un change de vêtements –, leur seul bagage pour rallier Dolphys. Seule Dalys connaissait Dolphys, ce qui n'empêchait pas Juliah d'ouvrir la route.

Lorsque Fantôme émergea de l'obscurité, clignant des yeux dans la lumière de fin d'après-midi, les autres l'attendaient. Elle s'avança vers Elayne et Juliah, leur prit la main, sachant que ce qu'elle avait à leur dire ne leur plairait pas.

— Je ne vais pas vous accompagner, déclara-t-elle, le ton ferme, mais le cœur frémissant.

Bashti siffla entre ses dents et Juliah lâcha un petit cri de surprise, mais Liis hocha lentement la tête et Elayne lui serra la main en retour, comme si elle s'y était attendue.

— Mais… vous ne pouvez pas rester ici, s'écria Dalys. Vous courez encore plus de risques que nous toutes.

— C'est vrai. Je ne peux pas rester sur la colline, acquiesça-t-elle.

— Vous partez avec Alba, murmura Elayne.

Fantôme opina vigoureusement du chef.

— C'est ma fille, et elle est seule, dit-elle en dévisageant tour à tour les filles des clans.

— Alors que nous, nous pouvons compter les unes sur les autres, déclara Liis. Alba n'a personne et elle s'est sacrifiée pour nous aujourd'hui. Nous lui devons bien ça.

— Je veux me battre, insista soudain Juliah, impatiente comme à son habitude. Je reste ici.

— Non, Juliah, c'est hors de question, riposta Fantôme. Tu te battras pour tes compagnes ! Vous vous battrez les unes pour les autres, et vous vivrez.

Elle réprima l'envie de toutes les prendre dans ses bras en serrant fort les poings.

— Allez-y. Maintenant, lâcha-t-elle dans un souffle.

Juliah hocha la tête, refoulant des larmes que les autres filles ne purent retenir.

— Ne pleurez pas, les implora Fantôme d'une voix tremblante. Je vous en supplie. Nous devons nous montrer fortes. Si les dieux le veulent, nous nous reverrons.

Sur ces mots, elle les embrassa farouchement sur les deux joues, les assurant de son amour, puis les pressa de rejoindre le couvert des bois du temple.

Une fois qu'elles eurent disparu dans la forêt, Fantôme se hâta de longer le coteau jusqu'au pied de l'entrée nord de la citadelle, à peine visible dans sa cape de bergère marron dont elle avait rabattu la capuche sur sa tête. Elle irait se poster au pied de la colline, là où la longue route qui descendait de la citadelle devenait la route de Berne, afin d'y attendre le convoi nuptial. Elle avait a priori du temps devant elle, mais il ne fallait pas prendre de retard non plus : les hommes du Nord étaient à cheval et elle à pied. Elle voulait à tout prix éviter d'atteindre Berne après le départ des drakkars. Elle avait emporté son or, et achèterait une monture si besoin dans l'un des relais qui jalonnaient la route.

Les trompettes retentirent, leurs trilles portés par le vent, et Fantôme accéléra l'allure. Quelques minutes plus tard, un autre son s'éleva dans les airs, un son qu'elle ne parvint pas à identifier immédiatement. Il évoquait une sorte de hurlement collectif hérissé de cris aigus, tel un vol de mouettes prises dans une tempête ou la foule en délire lors d'un tournoi. Fantôme ne voyait plus ni le devant de la citadelle ni la lisière nord du village, mais les poils se dressèrent sur sa nuque.

Elle se figea pour mieux écouter, les yeux tournés en direction du temple, sans rien distinguer d'anormal. La rumeur enfla encore. Peut-être n'était-ce qu'un jeu ? Une épreuve entre clans marquant la fin du Tournoi du Roi ?

C'est alors que, provenant de l'intérieur des remparts, des cris atroces se mirent à fuser.

Il fallut plusieurs minutes à Fantôme pour atteindre le versant nord et traverser les pâturages jusqu'à la route qui reliait la colline au village. Quelque chose d'effroyable était en train de se produire – elle l'entendait, elle le sentait dans la moelle de ses os – et elle pressa le pas jusqu'à en avoir les jambes douloureuses. Lorsque, enfin, elle arriva en vue du portail nord, elle n'était pas préparée à l'horreur du spectacle qui l'attendait et elle poussa un cri d'horreur.

La grande entrée de la citadelle était jonchée de cadavres. Il manquait une moitié de tête au chef de Berne, identifiable à sa cape en peau d'ours. Une vieille femme, dame d'honneur d'Alba depuis plus de dix ans, reposait sur le dos, les yeux levés sur le ciel pourpre, les entrailles à l'air. Fantôme se hâta parmi les corps à la recherche d'Alba, une main sur la bouche. Il y avait aussi des Nordiques – leurs cheveux emmêlés et leurs vêtements cloutés permettaient de les distinguer facilement –, mais pas d'Alba. Pas de roi du Nord non plus.

Quelqu'un avait tenté d'abaisser la herse, mais elle était restée bloquée par un empilement de cadavres. Fantôme percevait désormais distinctement les cris de douleur, les suppliques, les grognements et le choc des armes à l'intérieur des remparts.

Il fallait qu'elle entre.

Elle se munit de la dague du chef de Berne restée dans son fourreau dorsal et s'approcha de la double porte, un nœud au ventre. Elle rampa sous la herse aux trois quarts descendue et se releva pour découvrir un spectacle encore plus infernal.

L'immense cour qui séparait le temple du palais était une boucherie à ciel ouvert, les dépouilles tellement nombreuses qu'il lui fallut sauter par-dessus, bondissant de pavé en pavé comme si elle traversait un large cours d'eau sur des pierres. Au centre de la cour, des marches du palais jusqu'à la première arche du temple, les combats faisaient toujours rage. Les guerriers des clans et les hommes du Nord étaient enlacés dans une danse de vie et de mort.

Un homme se tenait seul au centre d'un cercle

d'assaillants sans toutefois sembler se laisser déborder. Il était couvert de sang et de tripes des pieds à la tête et maniait une hache dans chaque main. Avec ses cheveux courts sans ornements ni tresse, Fantôme ne le reconnut pas tout de suite. Ce ne fut que lorsqu'il poussa un rugissement sauvage et faucha trois guerriers nordiques d'un coup qu'elle comprit qu'il s'agissait de Bayr. Saisie d'horreur, elle ne put néanmoins s'empêcher d'entrevoir dans sa présence une lueur d'espoir.

Quelques rares Dolphyniens se battaient non loin de lui – dont Dred, Dakin et Dystel –, leur tresse volant au vent et leur bouclier frappé d'une tête de loup. Chacun devait affronter plusieurs adversaires à la fois. Fantôme avisa aussi Aidan d'Adyar, possédé par la même furie guerrière que ses compatriotes. Dos à dos avec l'un des fils de Lothgar, il parait, taillait et tailladait ses trop nombreux opposants sans relâche. Plus loin, d'autres grappes de guerriers tentaient de refouler des soldats nordiques, et Fantôme aperçut quelques archers qui avaient pu gagner les remparts et qui s'efforçaient de rendre le combat plus égal, mais l'assaut subi par les forces de Saylok avait décimé leurs rangs. Personne ne s'était attendu à cette attaque. Personne hormis les gardiens.

Fantôme courut vers le temple, manquant trébucher sur les corps. Elle nota au passage que certains étaient toujours vivants et leur promit de revenir s'occuper d'eux. Elle devait d'abord retrouver Alba. Elle brûlait d'envie de crier son nom, mais craignait que cela s'avère une distraction mortelle pour le guerrier qui l'aimait.

Elle vit frère Amos tomber – il n'avait pu rivaliser contre son assaillant. Puis Bjorn le rejoignit au sol quelques secondes plus tard. Le devant du temple était à présent jonché de cadavres en tuniques pourpres.

— Dagmar, gémit Fantôme, cherchant fiévreusement son visage parmi les gardiens encore vaillants.

Ce fut alors qu'elle repéra Alba, ligotée à l'une des colonnes du temple telle une sorcière au bûcher. Elle avait les cheveux défaits et la robe déchirée du cou au nombril, mais elle était toujours consciente et s'efforçait de venir à bout de ses liens.

Le roi du Nord était quelques pas derrière elle, s'acharnant à la hache sur la porte du temple et détruisant la rune de protection peinte dessus du même coup. Fantôme vit la porte se fendre en deux dans la hauteur, la partie sans gonds s'écroulant à l'intérieur dans un grand fracas. Gudrun entra dans l'enceinte, se désintéressant d'Alba et de la bataille qui continuait à faire rage. Il fut bientôt rejoint par une dizaine de ses compagnons, avides de butin et certains de leur victoire.

Fantôme trébucha et tomba une nouvelle fois, se relevant pour courir vers la colonne où était attachée Alba, terrifiée à l'idée que le roi du Nord revienne avant qu'elle ne l'ait libérée. Une fois près de sa fille, sa lame lui glissa des mains et elle la ramassa avec des doigts tremblants avant de scier la corde épaisse avec l'énergie du désespoir. Un grondement sourd résonna alors des entrailles de la terre.

— Dagmar va faire écrouler le temple, haleta

Alba en pointant du doigt les deux derniers piliers du temple.

Dagmar était arc-bouté entre les deux comme s'ils l'aidaient à tenir debout, les yeux rivés sur Fantôme, sa tunique noire claquant dans le vent.

— Dagmar ! hurla Fantôme.

— Courez ! rugit-il, les avant-bras couverts de sang et les jambes fermement campées au sol. Partez, maintenant !

Presque aussitôt, les murs du temple se mirent à trembler, comme si un monstre tapi dans la colline cherchait à s'en libérer. Dans la cour, le séisme soudain prit les combattants au dépourvu : certains perdirent l'équilibre tandis que d'autres cessaient de se battre, davantage effrayés par ce tremblement de terre que par les épées de leurs ennemis.

Gudrun hurla des imprécations contre les dieux qui résonnèrent à travers la porte défoncée, et Alba et Fantôme sortirent de leur transe passagère pour courir se mettre à couvert, se soutenant mutuellement pour ne pas tomber malgré les secousses qui se poursuivaient. Les hommes du Nord commençaient à vouloir fuir la citadelle, se précipitant vers la herse entrouverte alors même que les pavés ondulaient sous leurs pieds, projetant les morts en l'air et les vivants à genoux.

Fantôme risqua un regard en arrière, priant pour que Dagmar les suive. Les colonnes contre lesquelles il poussait de toutes ses forces vacillaient à présent, tremblant comme des serpents de pierre animés par les runes de sang peintes dessus. Un grondement assourdissant, inhumain, résonna et le toit du temple s'effondra, abandonnant les murs qui l'avaient si longtemps soutenu. Un champignon de poussière et de débris s'éleva dans le ciel, recouvrant la colline d'une fine poudre blanche.

Puis le silence total.

31

Bayr ne savait pas combien d'hommes il avait tués ni combien d'amis il avait perdus. Il ne savait pas si Alba était en sécurité ni où elle se trouvait. Il savait seulement qu'il devait continuer à se battre, car s'il tombait, Saylok tomberait aussi. Des centaines avaient déjà péri sous la lame des Nordiques – des villageois, des guerriers, des gardiens – et il ne cessait d'en arriver, fauchant les innocents à peine capables de se défendre.

Lorsque la terre se mit à trembler, il crut avoir reçu un coup ou une blessure qu'il ne sentait pas encore, mais il poursuivit son œuvre de mort, déterminé à se battre jusqu'à ne plus tenir debout. Du coin de l'œil, il vit Dred tomber et Dakin trébucher, et il poussa un cri de rage et d'indignation, projetant un assaillant d'une main et fendant le crâne d'un autre avant de prendre conscience qu'il n'était pas blessé ni ses compagnons morts. La déferlante nordique recula sur des jambes chancelantes, comme s'ils évoluaient sur le pont d'un navire en pleine tempête. Bayr suivit leur mouvement d'une démarche tout aussi titubante, craignant qu'ils ne se regroupent pour un nouvel assaut.

Il lui sembla entendre Alba crier, mais sa voix fut noyée par un grondement assourdissant et Bayr se retourna juste à temps pour voir le temple s'écrouler, son dôme disparaissant derrière un écran de fumée blanche.

Puis ce fut le silence sur la colline.

Il ne voyait plus les vivants, s'il en restait vraiment. Seulement les morts à ses pieds. Le nuage de poussière lui formait une pellicule sur la peau, collant au sang dont il était recouvert. Ce silence était presque pire que les cris.

Puis Alba appela son nom.

— Bayr ?

Sa voix venait de la gauche et il se dirigea vers le son, enjambant les cadavres sur son chemin.

— Bayr ? appela-t-elle encore, et il prit conscience qu'il n'avait pas répondu.

— Alba, dit-il, mais d'une voix si faible qu'elle n'aurait pas dû l'entendre.

Mais elle l'avait entendu. Elle apparut au milieu du tourbillon blanc, Fantôme à côté d'elle, et il chancela sur les derniers pas qui le séparaient d'elle pour la prendre dans ses bras. Fantôme se détourna aussitôt, se fondant dans la brume comme si elle n'avait jamais été là.

— Chef ? appela la voix de Dred.

Le nuage commençait à se dissiper, des formes et des silhouettes se découpant çà et là comme dans un théâtre d'ombres.

— Je suis là, tonna Bayr. Dakin ?

— Toujours là, Dolphys. Mais Dystel a été touché.

— Je suis blessé, pas mort, précisa la voix de Dystel tendue par la douleur.

— Adyar ? appela Bayr.

— Ici, répondit Aidan. Logan de Leok et le chef Josef sont avec moi. Lothgar, lui, a été tué sur la route.

— Dagmar ! cria Bayr. Dagmar !

Il avait beau savoir que c'était peine perdue, il ne pouvait s'en empêcher.

— Bayr, l'appela Fantôme d'une voix ténue. Bayr, viens m'aider.

Il courut vers sa voix, Alba à son côté, et trouva Fantôme accroupie sur les décombres, tentant de soulever les gravats tandis que les larmes ruisselaient sur ses joues.

— Il est là. Je suis sûre qu'il est là. Je l'ai vu tomber lorsque les piliers se sont effondrés, sanglota-t-elle.

Les colonnes du temple s'étaient brisées puis écroulées pêle-mêle, leurs tambours désormais en équilibre précaire les uns sur les autres : en déplacer un pouvait entraîner la chute de tout le reste.

— Dagmar ! appela de nouveau Bayr, éperdu.

— Il est ici ! insista Fantôme en voulant pousser l'un des énormes blocs de pierre au sommet de l'éboulis – en vain.

Bayr la prit dans ses bras pour la forcer à descendre, grimaçant en la voyant se débattre. Il resserra encore son étreinte tout en lui chuchotant à l'oreille :

— J-je vais le r-retrouver, promit-il. J-je vais le retrouver. M-maintenant, r-reculez-vous.

— Il me semble l'avoir entendu, Bayr. Il me semble que c'est lui qui appelait. Il est là-dessous.

Des voix commençaient à résonner aux quatre coins de la cour à mesure que les gens émergeaient de leur cachette, se rassemblant pour chercher des survivants parmi les monceaux de cadavres. Bayr écarta les jambes puis, adressant une prière à Odin et une supplique à Thor, il attrapa le chapiteau qui surmontait la pile, dégageant l'accès aux tambours coincés dessous. Un par un, il déplaça les énormes blocs de pierre pour mettre au jour un entrelacs de poutres.

Il vit la main de Dagmar en premier, la paume couverte de cicatrices et les doigts couverts de sang. Il se pencha pour l'attraper et tira précautionneusement Dagmar jusqu'à pouvoir le prendre sous les aisselles et le dégager entièrement.

Dagmar était un poids mort entre ses bras, mais ses paupières papillonnaient faiblement et Bayr sentit un léger souffle sortir de ses lèvres.

— Il est vivant, annonça Bayr d'une voix lourde de détresse – son oncle était vivant, mais son corps était dans un piteux état.

Fantôme se précipita vers eux et saisit la main de Dagmar. Bayr balaya les environs des yeux pour trouver un endroit où allonger son oncle, mais tout autour d'eux, le sol était sens dessus dessous, la terre se mêlant aux pavés et à la pierre du temple, le sang des morts s'infiltrant dans les interstices.

— Dépose-le ici, Chef, intervint Dred en nettoyant à la hâte une petite parcelle de cour.

Il tassa le sol du talon après avoir retiré les gravats, et à son regard anxieux et sa lèvre frémissante, il était évident qu'il avait peur pour son fils. Bayr s'agenouilla pour poser délicatement son oncle. Dred ôta sa tunique par-dessus sa tête afin de lui en faire un oreiller de fortune. Il avait la poitrine aussi couturée que les paumes de Dagmar – chacun avait son propre chemin gravé sur le corps.

— Il n'y a pas de douleur. Pas de douleur du tout, murmura Dagmar.

Il avait ouvert les yeux et semblait conscient. Fantôme s'agenouilla près de sa tête et passa une main sur son front, mouillant son visage de ses larmes. L'espace d'un instant, Dagmar leva les yeux sur elle – comme pour mémoriser ses traits – avant de les reporter sur Bayr.

— Aide-moi à dessiner la rune, Bayr.

Bayr inclina la tête, ne comprenant pas. Il ne connaissait aucune rune de guérison.

— Je ne sens plus mes jambes. Je ne peux plus bouger mes bras. Tu vas devoir m'aider, poursuivit Dagmar dans un filet de voix. J'ai déjà essayé de l'inverser autrefois, de tracer une rune pour changer la malédiction, mais jamais je n'ai voulu mourir pour ce faire. Et une rune de sang exige de sacrifier une vie. Ivo a essayé, mais il n'a pas été au bout. Et il ne comprenait pas. Pas complètement. Le sang d'Ivo n'aurait pas rompu la malédiction. C'est pour cela qu'il avait besoin de toi.

Fantôme laissa échapper un gémissement, pressentant ce qui allait suivre, et Bayr baissa les yeux sur les runes qui étaient apparues dans sa chair.

— Mais j'ai le même sang que Desdémone, reprit Dagmar. Et, au final, nous ne pouvons sacrifier que nous-mêmes. Sacrifier un autre n'est pas un sacrifice du tout.

— Je vais le faire, décréta Bayr.

— Je t'en prie... Bayr. Tu ne peux plus me sauver, alors utilise au moins ma vie pour réparer un tort.

Bayr leva les yeux vers son grand-père et ses compagnons d'armes éreintés, puis il porta son regard sur Alba et Fantôme. C'étaient les femmes – les filles – qui avaient le plus souffert sous la malédiction de Saylok.

— Lève la malédiction, Bayr, dit Dagmar dans un souffle.

— D-dis-moi ce que je d-dois faire, répliqua Bayr, le cœur lourd.

Dagmar ferma les paupières, comme si les Nornes étaient en train d'effilocher les derniers fils qui le maintenaient éveillé.

— Entaille-moi le poignet. Il nous faut du sang pour la rune, enjoignit-il à Bayr.

Bayr ne put réprimer un frisson, mais, serrant les mâchoires, il plaça la lame dans la main de son oncle et referma la sienne par-dessus.

— Je ne sens plus la douleur, lui rappela Dagmar en rouvrant des yeux débordant de compassion.

Cela n'empêcha pas Bayr de pleurer en incisant la peau de son oncle : son pouls était faible et son sang d'un rouge profond s'écoula paresseusement jusqu'au sol assoiffé. Il ne lui restait que si peu de vie à donner.

Bayr taillada ses propres paumes, ajoutant son sang à la terre, puis reprit la main de son oncle dans la sienne. Il se mit en devoir de tracer la rune de sa mère, cette rune qu'Ivo avait fait apparaître sur son bras, la racine de tout, la fin de tout.

— Le signe de l'enfant-fille, murmura Dagmar. La

colère vengeresse d'une femme, la fierté des hommes. Tout cela est présent dans sa rune, mais nous allons ajouter un nouvel élément.

Bayr le regarda, la mine torturée, la lame en suspens.

— Trace les lignes, lui enjoignit Dagmar, mais là où il y a un serpent, nous dessinerons le soleil. Là où il y a de la souffrance, nous dessinerons de l'espoir. L'homme, la femme, l'enfant, tous distincts mais interdépendants, et, autour d'eux, la vie.

*

Il n'y avait pas assez de place pour accueillir tous les morts, ni de réconfort pour les vivants. Les valides travaillèrent tout au long de la nuit à déblayer les décombres à la lueur de torches dans l'espoir de trouver des survivants. Sans succès. Les gardiens avaient péri. Dagmar aussi.

Ils déposèrent son corps sur les marches du palais avec ceux de tant d'autres, les triant par clans et par familles, tâchant de vider la cour et d'aider les blessés. Ils empilèrent les cadavres des Nordiques sur des charrettes et les acheminèrent dans les pâtures par-delà les remparts pour les brûler. Les villageois qui avaient survécu à l'attaque redescendirent leurs morts au pied de la colline, regagnant leur foyer. Les membres des clans rentreraient également chez eux, remportant leurs bannières colorées et les lambeaux de leur vie. Leurs proches tués lors de l'assaut resteraient sur la Colline du Temple, enterrés aux côtés des gardiens et des sans-clans. De nouvelles tombes champignonnaient déjà à flanc de coteau.

Fantôme se déplaçait dans un état second, aidée par Alba. Elle dispensait des soins là où elle le pouvait, traçait des runes de guérison et livrait des paroles de réconfort, tâchant de ne céder ni à l'horreur ni à la douleur. C'était le seul moyen d'aller de l'avant. Le soleil se leva et les chefs survivants se réunirent en conseil auprès du Foyer des Rois. La flamme s'était éteinte, les filles ayant quitté le temple, et Fantôme ne put que rendre grâce aux dieux que Dagmar ait insisté pour qu'elles partent. Aidan d'Adyar et Josef de Joran étaient présents. Logan, fils de Lothgar de Leok, prit la place de son père parmi les chefs, et un guerrier de Berne s'avança pour s'exprimer au nom de son clan jusqu'à ce qu'un nouveau chef fût nommé. Berne avait énormément à se faire pardonner. Certes, leurs traîtres étaient morts, mais tant d'autres avaient péri à cause d'eux.

Personne n'avait aperçu ni le roi ni le chef d'Ebba depuis que les hommes du Nord avaient lancé les hostilités. Quelqu'un déclara les avoir vus se réfugier dans le temple avec une partie de la garde royale lorsque avait commencé le massacre. Si tel était le cas, Banruud avait dû périr avec les Nordiques pris au piège. Une mort appropriée ; après tout, c'était par sa faute que la colline avait été détruite. Un jeune archer nommé Elijah, qui se disait neveu du défunt Erskin, fut présenté par ses concitoyens pour représenter le clan du Sanglier. Il avait été le premier à monter sur les remparts avec son arc, contribuant à sauver de nombreuses vies.

Tandis que les hommes des clans se réunissaient, Fantôme et Alba sortirent par les portes est de la citadelle pour se rendre au bord du ruisseau à flanc de colline, celui qui venait alimenter le fleuve serpentant à travers les bois du temple. Toutes les deux avaient grand besoin de se laver et de reprendre leurs esprits. Alba avait changé de robe – ses malles de voyage s'étaient renversées sur la route lors de l'attaque du convoi, et elle avait pu retrouver une grande partie de ses affaires – et elle en avait rapportée une pour Fantôme, trop grande, mais qui avait l'avantage d'être propre. Elles se frottèrent le corps et le visage, cherchant force et réconfort dans le plaisir simple de l'eau et du savon. Après un long silence, Alba prit la parole, la voix enrouée de larmes contenues :

— Pourquoi Dagmar a-t-il fait s'écrouler le temple ? demanda-t-elle.

— Pour tuer Gudrun, répondit Fantôme, soudain assaillie par une nouvelle vague de haine à l'égard des Nordiques.

Cette émotion était la bienvenue : elle était beaucoup plus facile à gérer que le chagrin.

Alba resta silencieuse, le front plissé, replaçant ses mèches blondes derrière ses oreilles. Fantôme vit que sa fille n'était pas convaincue par son explication : elle secouait la tête, les yeux embués de larmes.

— Il aurait dû se barricader à l'intérieur. Il aurait dû réunir tous les gardiens avec lui dans le sanctuaire et bloquer les portes à l'aide de runes, dit Alba. Il serait toujours en vie à l'heure qu'il est. Tous les gardiens seraient en vie.

Fantôme refusait qu'on impute une telle

responsabilité à Dagmar et elle tendit la main pour saisir les doigts froids d'Alba.

— La mission d'un gardien est de protéger le temple et d'empêcher que les runes ne tombent entre de mauvaises mains, dit Fantôme.

— Entre les mains des Nordiques ? s'enquit Alba, son accusation se muant en peine.

— Ou celles d'un roi indigne, chuchota Fantôme. Le temple regorgeait de secrets qui ne devaient pas être révélés.

L'histoire d'un jeune Dagmar et d'une jeune Desdémone tombant à l'improviste sur une grotte sacrée lui revint en mémoire.

— Regarde, chuchota Alba en se levant, les yeux rivés au-dessus de la tête de Fantôme. Fantôme, regarde !

Fantôme se retourna, craignant le pire, mais un sourire se forma bientôt sur ses lèvres. Une grappe de femmes en tunique pourpre émergeait de la lisière des bois, suivie d'une foule.

— Elles sont revenues ! s'exclama Alba, dévalant aussitôt la pente pour aller à leur rencontre.

Fantôme la suivit à une allure plus mesurée, mais non moins allègre. Les Filles de Freya étaient de retour, et même si le temple était détruit et le futur imprévisible, elle ressentait un intense soulagement.

— Nous n'avons pas pu, dit Juliah quand Fantôme la rejoignit. Nous n'avons pas pu partir. Nous avons assisté à l'assaut depuis la lisière de la forêt après avoir entendu les cris.

— Nous avons senti la terre trembler et vu le dôme s'effondrer, ajouta Liis, la mine sombre.

— Nous avons attendu toute la nuit, ne sachant que faire, dit Elayne. Mais en vous voyant tout à l'heure descendre la colline, nous savions que nous ne risquerions plus rien.

— Est-ce le cas ? demanda Dalys, craintive.

Fantôme ne put retenir ses larmes et Alba prit les filles dans ses bras, incapable de dire quoi que ce soit. Le danger serait toujours présent, il l'avait toujours été, et le monde avait changé à tout jamais. Mais peut-être pourraient-elles le rendre meilleur.

— Dagmar n'est plus. Les gardiens non plus, s'étrangla Fantôme.

Elle ne put leur fournir davantage d'explications malgré toutes leurs questions angoissées. Le temps viendrait quand elle serait moins à vif et sa peine moins accablante.

— Venez, finit par déclarer Alba.

Elle se mit en route vers les portes est de la citadelle. Le groupe de filles et de femmes la suivit, le pas lourd et la tête pleine d'interrogations.

— Où allons-nous habiter, maintenant que le temple est détruit ? s'enquit l'une des enfants du groupe, exprimant à voix haute les inquiétudes de nombre d'entre elles.

— Vous résiderez au palais, répondit Alba d'une voix qui ne tremblait pas. Il y a assez de place pour vous toutes. Et nous aviserons au jour le jour.

— Et Bayr ? demanda Juliah d'une voix timide où perçait l'appréhension. Qu'en est-il de Bayr ?

— Il est avec nous sur la colline, la rassura Alba.

Un soulagement palpable se répandit à travers le groupe de femmes, l'espoir donnant une vivacité nouvelle à leur pas. Lorsqu'elles franchirent les murailles, l'ampleur des destructions les fit se raccrocher les unes aux autres, leur arrachant des larmes d'incrédulité.

Lorsqu'elles traversèrent la cour, les chefs les regardèrent avec des yeux ronds tandis que les mains des guerriers se portaient instinctivement à leur tresse. Aidan se précipita vers le groupe, uniquement focalisé sur Elayne, et la prit dans ses bras, en proie à une vive émotion.

— Je te croyais morte, souffla Aidan. Je pensais que tu étais dans le temple.

Le visage de Bayr exprimait un mélange de gratitude et de tourment, et il salua les filles l'une après l'autre, leur prenant les mains et les remerciant. Son regard se posa sur Alba et une douleur terrible se peignit sur ses traits avant qu'il ne parvienne à la ravaler. Fantôme tressaillit, prenant conscience qu'il ne savait toujours pas la vérité. Bayr ne savait pas.

— Bayr, l'appela-t-elle, une main tendue, voulant à tout prix lui expliquer.

Il s'était déjà détourné. Mais, soudain, il se figea, son large dos bloquant la vue à Fantôme.

Dred lâcha un juron, la voix tremblante de haine, bientôt imité par ses hommes. Alba s'était statufiée, entourée par le groupe de femmes en tuniques pourpres. Fantôme fit un pas de côté pour découvrir ce qui avait ainsi pétrifié l'assistance.

Le roi Banruud descendait les marches du palais, la mise un peu débraillée, mais les épaules droites. Il s'était clairement mis à l'abri durant l'assaut, non dans le temple, mais au sein du palais. Il portait toujours sa pelisse et sa couronne, la main sur la garde de son épée. Une poignée de ses gardes sans clan l'encadraient – tous indemnes et armés. Leurs yeux furetaient çà et là, sur les cadavres que personne n'était venu chercher et sur les ruines de ce qui avait été le temple. Le chef d'Ebba suivait quelques pas derrière d'une démarche zigzagante, comme s'il s'était barricadé dans le cellier avec une barrique de vin royal.

Les chefs et les membres de leur clan, tous encore couverts de sang et des stigmates de la bataille, se tournèrent vers le roi sans un mot. Alba s'avança avec eux, le regard sombre et la tête haute, revendiquant sa place au sein des chefs de clan. Après tout, c'était Banruud qui l'avait proclamée reine.

Fantôme dégaina la dague de Benjie, qu'elle avait glissée à la ceinture de sa robe.

— Nous avons vaincu les hommes du Nord. Qu'Odin soit loué. Que Thor soit loué. Que les clans soient loués, clama Banruud d'une voix forte en dégainant sa propre épée et en la levant au ciel, puis il adressa un signe de tête aux chefs de clan comme s'il avait combattu à leur côté.

La petite troupe qui flanquait le roi l'imita, chacun brandissant son arme en poussant des cris de triomphe.

— Que le Dolphys soit loué. Que les gardiens soient loués. Que les clans soient loués ! s'écria Dred à son tour avant de cracher aux pieds de Banruud.

— Vous avez été banni de la colline, Dred de Dolphys, sous peine de mort, tout comme votre chef de clan, riposta Banruud.

Il s'était exprimé d'un ton neutre, comme s'il ne

se souciait guère du vieux guerrier, mais son regard était rivé sur Bayr. Il abaissa sa lame tandis que Bayr le scrutait, la mine indéchiffrable. Alba lui prit la main, indiquant clairement à qui allait sa loyauté.

— Tu as tranché ta tresse, Garçon du temple. Tu es un traître à ton roi, et pourtant, tu te permets de souiller la colline de ta présence, convoitant non seulement ma fille, mais aussi ma couronne.

— Elle n'est pas votre fille, rétorqua Fantôme en s'avançant d'un pas vers lui – Banruud pâlit et Fantôme sentit Bayr se raidir à son côté –, et ce n'est pas votre couronne non plus.

— Les gardiens m'ont fait roi, siffla Banruud en resserrant sa prise sur la garde de son épée.

Fantôme crut pendant une fraction de seconde qu'il allait la frapper. Elle le défia du regard.

— Vous avez menti aux gardiens. Vous avez menti aux clans. Vous avez menti à votre fils, ainsi qu'à *ma* fille. Nous allons vous retirer la couronne et désigner un nouveau roi, reprit Fantôme.

— Les gardiens ne sont plus, ricana-t-il. Et tu n'es qu'une esclave.

— Les gardiens sont toujours, riposta Juliah en se frayant un chemin jusqu'au premier rang, suivie des autres filles vêtues de leur tunique pourpre. Vous avez fait de nous des suppliantes. Maître Ivo a fait de nous des gardiennes. Et vous n'êtes plus le roi de Saylok.

Banruud devint tout rouge et son regard se porta successivement sur les différents chefs, comme s'il tâchait de jauger leur allégeance. Aidan d'Adyar fut le premier à empoigner sa tresse et à la sectionner de sa dague. Il la jeta ensuite dédaigneusement aux pieds de Banruud. Logan de Leok et Josef de Joran en firent de même, dardant un regard méprisant sur leur ancien monarque. Un à un, l'ensemble de leurs guerriers imitèrent leur chef, jetant leur tresse au sol pour signifier qu'ils ne reconnaissaient plus l'autorité de Banruud. Elbor se mit à reculer en trébuchant à moitié, et les hommes de Banruud, se sachant en infériorité numérique, abaissèrent leur épée en signe de reddition.

Banruud se jeta alors sur Fantôme et la plaqua contre lui, l'utilisant comme bouclier humain tout en pointant sa lame sur le torse de Bayr – celui dont il avait toujours su qu'il le remplacerait un jour. Bayr, qui prendrait son pouvoir ; Bayr, qui lui prendrait sa couronne... mais ce fut Fantôme qui lui prit la vie.

Et peut-être l'avait-il aussi toujours su.

Alors même qu'il la maintenait d'un bras contre son torse, elle le poignarda dans le ventre et l'épée de Banruud tomba sur les pavés disjoints. Serrant les dents, elle enfonça la lame de sa dague plus loin encore, puis lui imprima un mouvement de rotation. Banruud s'effondra comme au ralenti en lui jetant un regard curieusement résigné. C'était elle, le spectre qui avait hanté tant de ses nuits ; et lui l'homme qui avait volé son enfant. Pourtant, il ne la connaissait pas vraiment.

— Q-qui êtes-vous ? demanda-t-il dans un râle, des bulles de sang aux lèvres.

— Je suis Desdémone. Je suis Alannah. Je suis Ivo et je suis Bayr. Je suis les filles des clans et les gardiens du temple. Je suis la mère d'Alba et l'amie de Dagmar.

Elle faillit s'étouffer sur ces derniers mots, mais poursuivit courageusement :

— Je suis toutes celles et tous ceux à qui vous avez fait du tort. Et je suis Fantôme, la nouvelle Très-Haute Gardienne.

Épilogue

Bayr quittait la Colline du Temple lorsque la couronne lui pesait trop. Il ne s'absentait jamais trop longtemps du palais et revenait toujours revivifié par ces moments de solitude, ainsi que par le sentiment que Dagmar arpentait toujours les bois du temple. Parfois, Alba l'accompagnait. Parfois, ils s'évadaient tous deux du côté des chutes d'eau et se débarrassaient de leurs vêtements dans les embruns de la cascade, laissant à leur corps le soin de parler. Il aimait sa femme avec une intensité qui atténuait la douleur de la mort de Dagmar et lui permettait d'alléger le poids des attentes du peuple de Saylok à son égard.

Alba n'était pas avec lui en ce jour. Leur enfant grandissait en elle, arrondissant son ventre et ralentissant son allure. Elle souhaitait une fille – de nombreuses étaient nées parmi les clans dans les premières années du règne de Bayr –, mais lui ne souhaitait rien de plus que de passer sa vie à ses côtés. Il ne priait que pour le bon déroulement de l'accouchement, que cela soit un fils ou une fille, et pour la santé de la mère.

La malédiction appartenait désormais au passé, et le peuple de Saylok appelait Bayr tout autant son roi que son sauveur, mais il savait bien qu'il n'était que le Garçon du temple, un simple d'esprit à la langue tordue. Certes, il ne bégayait plus ni ne trébuchait plus sur les mots – la rune de Dagmar avait guéri son élocution en même temps que Saylok –, mais il s'était rendu compte qu'il n'avait pas grand-chose à dire. Il écoutait et il travaillait, et, une fois sa journée terminée, il s'endormait au côté d'une femme beaucoup plus apte à gouverner un pays qu'il ne le serait jamais. Sans elle, il n'aurait jamais supporté une telle vie. Il n'y avait pas de Bayr sans Alba.

Cela faisait longtemps qu'il n'avait pas rendu visite à l'arbre de Desdémone. Les spirales d'herbe et de terre noircie s'étaient fondues dans le sol du sous-bois, impossibles à distinguer hormis pour la pierre tombale qui marquait la dernière demeure de sa mère. Il y avait aussi une pierre pour Dagmar à présent, et Bayr s'agenouilla pour y presser son front, la repousse de sa tresse venant lui chatouiller la joue. Il avait toujours beaucoup à faire, mais il se força à rester tranquille. Il n'avait pas ménagé sa peine depuis qu'il était devenu roi.

Il avait fortifié les frontières et défendu les clans. Il avait rassemblé une centaine de guerriers et bouté les envahisseurs hors d'Ebba, avec l'aide d'Elijah, son nouveau chef. Il avait fait de même à Berne, bien que les hommes du Nord, décimés et encore sous le choc de la mort de leur roi, eussent déjà fui les côtes.

Dakin fut choisi pour diriger le clan du Loup, tandis que Dred restait sur la colline pour apporter son aide au couple royal. Son grand-père l'appelait toujours « Chef ». Bayr le nomma capitaine de la garde royale et défenseur de la colline. Il n'avait trouvé personne de mieux qualifié pour entraîner la prochaine génération de guerriers.

À la différence du palais, toujours bondé et en proie au chaos, la forêt autour de lui était un havre de paix et de recueillement. Bayr inspira l'air glaiseux à pleins poumons et enfonça ses mains dans la terre, le front toujours pressé contre la pierre froide de Dagmar pour s'éclaircir les idées. Durant de nombreux mois, la citadelle avait vu affluer les blessés et les pauvres, mais, petit à petit, les blessés étaient rentrés chez eux et le Village du Roi avait assimilé les autres, de nouvelles familles se formant, les chaumières incendiées depuis longtemps rebâties.

Ils avaient également entamé la reconstruction du temple, étayant tout d'abord les fondations avant d'ériger des murs solides. Le tablier de l'autel avait été apporté à l'intérieur du palais et placé à côté du trône, pour rappeler l'équilibre des pouvoirs et le rôle du roi. Fantôme avait supervisé le déblaiement des pierres du temple pour s'assurer que ce qui devait rester caché le reste, et que ce qui avait été endommagé soit restauré. Elle s'était autoproclamée Très-Haute Gardienne et personne n'y avait vu quoi que ce soit à redire.

Ce fut donc Fantôme qui plaça la couronne sur la tête de Bayr et les filles du temple qui l'adoubèrent roi. Toutes étaient restées sur la colline, mais Bayr avait conscience que chacune d'entre elles – Juliah, Elayne, Bashti, Liis et Dalys – devrait tôt ou tard choisir son propre chemin. Elles avaient peur et ne souhaitaient pas partir – Bayr était bien placé pour les comprendre –, mais toutes n'avaient pas l'étoffe de gardiennes. Cette réflexion lui rappela les mots que lui avait dits Dagmar bien des années auparavant.

« *Tu dois me promettre que, lorsque le jour viendra, quand tu auras grandi, et même si tu ne veux pas être roi, tu feras ce qui doit être fait.* »

— J'ai tenu parole, mon oncle, murmura Bayr. J'ai tenu parole et je fais de mon mieux.

Un craquement de branche fit relever la tête à Bayr, le tirant de sa méditation. Un loup au pelage aussi noir que la tresse de Bayr se tenait à quelques pas de lui, ses yeux bleus vrillés sur le roi agenouillé. Bayr avait déjà vu ce loup, bien qu'il ne se fût jamais approché si près. Il ne semblait pas faire partie d'une meute et gardait toujours ses distances.

Bayr se remit lentement debout, des fourmis dans les mains et les genoux ankylosés. Le sang qui lui était monté à la tête durant sa prière redescendit d'un coup, lui occasionnant un léger vertige. Le loup n'avait pas bougé et, au bout de longues secondes de face-à-face, Bayr s'apprêta à remonter la colline. Le loup le suivit. Bayr s'arrêta, dévisageant l'animal qui lui rendit son regard. Lorsqu'il se remit en marche, le loup lui emboîta le pas, le suivant à travers les bois du temple jusqu'au pied de la colline. Lorsque Bayr attaqua l'ascension, le loup lui lança un dernier long regard avant de s'éloigner en quelques bonds souples, tandis que la voix de Dagmar s'insinuait dans l'esprit de Bayr une nouvelle fois :

« *Je serai toujours là pour toi, Bayr. Toujours. Mon cœur t'appartient. Mon esprit t'appartient, et même lorsque je mourrai, je refuserai le Valhalla pour continuer à veiller sur toi.* »

Bayr se mit à rire, le son se propageant à flanc de coteau. Il renversa la tête en arrière et son rire se mua en un hurlement funèbre, un salut à son clan et au loup aux yeux bleus. Il n'était pas le seul à avoir tenu parole.

NOTE DE L'AUTRICE

Selon la mythologie nordique, Odin, le Père de Tout, a engendré d'innombrables fils. Beaucoup d'entre eux sont nommés, mais beaucoup aussi n'ont pas de nom. Certains, comme Thor, sont très connus, tandis que d'autres sont restés dans l'oubli. Cependant, le dieu Saylok, fils d'Odin, ainsi qu'il apparaît dans *La Première-née*, est un pur produit de mon imagination. Je l'ai créé à l'image des dieux de l'époque, lui ai donné une histoire, et ai envoyé Loki, célèbre dieu de la Malice et de la Discorde de la mythologie nordique, pour s'opposer à lui. J'avais pensé dans un premier temps utiliser l'un des fils connus d'Odin en tant que père de mon pays imaginaire, mais appréciais la liberté que me conférait l'invention d'un dieu de mon propre cru. Si vous n'êtes pas familiers de la mythologie nordique, sachez qu'elle regorge de formidables aventures. Que les Nornes qui résident sous Yggdrasil vous guident dans votre quête.

REMERCIEMENTS

Ce roman m'a encore plus poussée dans mes retranchements que les treize qui l'ont précédé, et il n'aurait jamais vu le jour sans l'aide constante de mon mari Travis qui m'a soutenue les jours où je ne savais plus quelle direction donner à l'intrigue. Il doit aussi énormément à mon agente, Jane Dystel – j'ai d'ailleurs baptisé un guerrier de Dolphys en son honneur –, qui a su me faire voir ma valeur quand j'avais l'impression de l'avoir perdue.

Merci mille fois à ma chère amie et assistante, Tamara Debbaut, et à toute mon équipe d'éditeurs et de bêta-lecteurs – Karey White, Amy Schmutz, Nicole Karlson, Stephanie Hockersmith et Sue Adams –, d'avoir lu et émis des critiques constructives, lesquelles ont rendu cette histoire meilleure que je n'aurais pu le faire seule.

Toute ma gratitude à l'équipe de 47North et à Amazon Publishing de croire en moi et d'avoir rendu cette aventure possible – et notamment à Adrienne Procaccini et à Jenna Free.

Merci finalement à mon père, qui m'a montré depuis ma plus tendre enfance ce qu'était un homme bon : Dagmar et Bayr ont été modelés à ton image. J'espère que de nombreuses autres histoires basées à Saylok verront le jour.

De la même autrice,
aux éditions Charleston :

Ce que murmure le vent, 2021
Un tourbillon de sable et de cendre, 2022
La fille qui prenait les armes, 2023
Le Second Fils. Les Chroniques de Saylok, vol. 2, 2025

PAPIER CERTIFIÉ

Le Livre de Poche s'engage pour l'environnement en réduisant l'empreinte carbone de ses livres. Celle de cet exemplaire est de :

250 g éq. CO_2

Rendez-vous sur www.livredepoche-durable.fr

Composition réalisée par Soft Office

Achevé d'imprimer en avril 2025 en France par
MAURY IMPRIMEUR – 45300 Manchecourt
N° d'imprimeur : 283928
Dépôt légal 1re publication : mai 2025
LIBRAIRIE GÉNÉRALE FRANÇAISE
21, rue du Montparnasse – 75298 Paris Cedex 06
marketing@livredepoche.com

87/7621/4